KB123512

일화의 형성 원리와
서술 미학

일화의 형성 원리와
서술 미학

이강옥

보고사

이 책은 제가 『조선시대 일화 연구』를 펴낸 지 17년 만에 다시 내는 일화 연구서입니다. 그 사이 일화에 대해서 성찰하고 고민한 내용을 모두 담았습니다. 짧지 않은 세월 동안 이뤄낸 성과라 생각하며 다시 읽어보니 겸연쩍고 부끄러운 곳이 많습니다.

서사는 허구성을 전제한다고 주장하는 대부분의 서사학자들과는 달리, 저는 허구가 아닌 실재를 담은 일화도 당당히 서사의 영역에서 한 자리를 차지해야하며 일화가 그 어떤 허구적 서사 못지않게 다채롭고 역동적인 모습을 보여준다고 말해왔습니다. 이제 일화가 미미하나마 서사의 한 영역을 차지하게 된 것을 기쁘게 생각합니다. 그러나 허구와 실재의 구분이 분별적 사유에서 만들어진 것임을 알고 있습니다. 현실이 환(幻)이고 꿈인 것을 알게 된 이상, 허구와 실재를 나누어 비교하는 것은 꿈속에서 꿈을 꾸는 것과 다르지 않음을 인정합니다.

허구적 서사에 온갖 전도몽상이 가득 차 있는 것을 발견할 때마다 그게 허구 세계의 것이지 현실에서는 있을 법하지 않은 것이라며 안도하고는 했습니다. 그러나 현실에서 일어나는 전도몽상이 허구 세계의 그것보다 더 심각한 것을 확인하면서 참담한 심정이 되고는 했습니다.

일화에 대한 첫 연구가 나올 때는 우리나라가 IMF 구제금융을 받기 시작한 뒤숭숭한 시기였습니다. 현실의 이야기가 아름답기보다는 서럽고 아픈 경우가 더 많았습니다. 두 번째 일화 저서를 내는 지금 우리나라는 그때보다 더 처참한 지경에 빠져 있습니다. 일화를 통하여 현실의 다채로움과 아름다움을 내세우려 하면할수록 현실의 사악함과 험상궂음이 두드러집니다. 이것은 이 책의 역설이면서 저의 역설이기도 합니다.

그러나 중생의 존재가 부처의 전제이듯, 험상궂음과 사악함은 자비로움과 진정성의 표징이라는 가르침을 외면하지 않을 것입니다. 온갖 상대적 개념의 올가미를 벗어나는 순간 감격적으로 목도할 그 비약을 그리워합니다. 그러기 위해 여전히 누추하고 사악한 현실의 구석구석을 외면하지 않고 응시할 것입니다. 그러는 것이 일화 연구의 본령일 것입니다. 한 개의 티끌 속에 우주가 깃들어있다는 징표를 볼 수 있기 때문입니다. 부디 이 책이 한 티끌 속에 깃든 온 우주의 마음을 더듬을 수 있는 초라하지만 뚜렷한 계기가 되기를 기대합니다.

앞으로도 허구와 실재, 전도몽상과 평정, 추악함과 아름다움을 함께 넘어서는 일을 계속 하여야 하겠습니다. 그러기 위해 먼저 실재와 평정과 아름다움에 기꺼이 집착하겠습니다. 부디 이 책이 있는 그대로의 진실한 세계를 여실지견하기 위한 선언적 몸부림으로 이해되기를 바랍니다.

제가 이 책을 펴낼 수 있도록 도와주시고 지켜보아주신 분들이 참 많습니다. 한 분 한 분 떠올려보니 배은망덕한 제 자신이 부끄럽습니다. 모든 분들께 참회와 감사의 큰 절을 올립니다.

2014년 7월 21일

圓峰 이강옥

❈ 차례

제3부 생활 이야기판의 활성화와 조선 일화의 발전

제1부

서 론

일화 갈래의 정의

일화(逸話)는 '잡록', '필기', '잡기', '패설' 등으로 지칭되는 책들에 실려 있는 아주 짧은 서사 작품들을 지칭하는 갈래 명칭이다. 일화는 그 서사 작품들이 일정하게 공유하는 속성들을 두루 포괄할 수 있는 문장으로 정의될 것이다.

우리 문학 연구에서 일화를 갈래로 설정하고 연구한 것은 오래 되지 않았다.[1] 단형서사 갈래 자체에 대한 연구의 연륜이 짧은데다가, 단형서사란 허구적이어야 한다는 편견이 쉽게 사라지지 않았기 때문일 것이다. 일화가 문학의 갈래로 정의되기 전에는, '서사 작품을 구성하는 몇 개의

---

[1] 서구에서도 애넥도트(anectote)가 갈래로 인정된 것은 17세기 후반이었다. 일화에 대한 연구는 그로부터도 훨씬 뒤부터였다. (Though anecdotes have been around in one form or another for a very long time, ······ it was not until fairly late-around 1650 in French, a few years later in English-that the term "anecdote" itself entered the European languages.(Lionel Gossman, Anecdote and history, *History and Theory* 42, Wesleyan University, 2003, p.151); Different historical dictionaries note that the term "anecdote" was established in literature during the 7th century by the Byzantine writer Procopius of Caesarea, but did not gain full acceptance as a term and as a genre until the 17 century. The word literally designates what is new: a fact or detail that was unknown to the public and had not been disclosed by official history (this was the meaning given by the Dictionnaire de l'Académie Française in its 1762 version). The term anecdote soon became synonymous with little story.(Marcel Hénaff, The Anecdotal:Truth in Detail, Substance: *A Review of Theory & Literary Criticism*, January 1, 2009, p.97))

단락' 정도로 일화가 이해되었다.

일찍이 이상일은 아르네-톰슨의 설화분류법에 의거하여 그 중 'jokes and anecdote'를 '신소리와 일화'로 번역하여 소개했다.[2] 일화는 '어떤 역사적 인물이나 주목할 만한 사건, 시대·계층의 특수한 경우에 관한 성격유형을 날카롭게 부각시키기 위한 짧고 솔직한, 때때로 밝은 진술로 하나의 개별적 정점을 포착하여 형상화하는 이야기 형식'[3]이라 설명했다. 객관적 사건묘사의 간결성과 그 요점의 충격적 구조가 일화의 요건이라 부연했다. 일화를 하나의 독립적 갈래로 인정하고 그 서술방식과 구조에 대해 기초적인 규정을 하였다는 점에서 일화 연구의 한 발판이 되었다고 할 수 있다.

그런데 이상일은 우리나라 일화의 예로서 어사 박문수의 행적이나 정수동의 이야기를 들면서, 일화를 사실(史實)이나 전설과 구분한다. 즉, '일화가 역사적 진실에 가깝고 그래서 일반적 진실을 겨눌 수는 있지만, 그것은 사실에 바탕을 둔다기보다 소문이나 허구적인 상상에 바탕을 둔다. 그만큼 일화는 자유로움의 징표이며, 사물 너머로 말을 건네는 징표이다. 그에 비하면 전설은 훨씬 구속적이라서 우선 인물과 시간과 장소에 얽매이며, '사물 너머로'가 아니라 '사물과 함께' 말하는 형식을 취한다'[4]라고 주장했다.

그러나 이와 같은 이상일의 일화 정의는 그것이 지칭하는 우리나라 작품들의 실상과 잘 맞지가 않는다. 서구의 '애넥도트anecdote'[5]에서 차

---

2) 김열규(외), 『민담학개론』, 일조각, 1985, 43면.
3) 위의 책, 47면.
4) 위의 책, 48면.
5) 그 외 서구의 애넥도트(anecdote)는 '특별한 사건에 대한 짧은 이야기'(brief narrative of a particular incident)로 정의되기도 한다. 애넥도트는 '숏 스토리(short story)와도 구분되는 바, 시간과 공간이 통일되고 복잡하지 않으며 하나의 에피소드를 다룬다는 점에

용된 그의 일화 개념을 『대동야승』이나 『패림』에 실려 있는 작품들에 적용시킬 했을 때, 갈래 개념과 작품 실상이 걸맞지 않는 것이다. 그리고 일화와 전설을 구분하여 일화가 '사물 너머로' 나아간 데 비해 전설이 '사물과 함께' 있다고 한 것은 더욱 복잡한 문제를 일으킨다. 설사 전설이 증거물에 의존하는 경향이 강하다 하더라도 그것은 전설이 실재하는 존재에 구속되는 근거라고 보는 것은 부당하다. 오히려 전설은 비현실적인 면이 강하기에 그 점을 보완하기 위해 동원한 현실적 장치가 바로 증거물이라 보아야 할 것이다. 이런 비현실적 전설에 비해 사실에 바탕을 두고 있다는 점이 일화의 전제가 되어야 할 것이다.

박희병은 『청구야담』을 구성하고 있는 작품들을 차별적으로 해석하기 위해 일화를 정의하고 그 개념을 적용하였다. 일화는 '대개 유명한 역사적 인물을 소재로 하여 그 인물의 재능이나 재치, 임기응변, 그 개성적 특징 등을 단면적으로 포착하여 제시하는' 갈래이다. 그래서 하나의 첨예한 중심점을 특징적인 것으로서 지니는데, 그 중심점에서 해학이나 뜻밖의 언행, 재치있는 해결 등이 결정적으로 제시된다. 이처럼 일화는 주체의 능력이나 재치, 개성을 부각시키고자 하기에, 문제 제기보다는 해답을 더 중요시한다는 것이다.[6] 단형 서사 갈래에 대한 가장 정교한 체계를 보이고 있는 독일 문예학 특히 클라인(Johannes Klein)과 프랑(Helmut Prang)[7]의 소론과도 일정한 관련을 가지면서 보편적 일화 이

서 그러하다.(An anecdote differs from a short story in that it is unified in time and space, is uncomplicated, and deals with a single episode. The literal Greek meaning of the word is "not published," and it still retains some such sense of confidentiality. Sometimes an anecdote is inserted into a novel as an interval in the main plot; *Columbia Electronic Encyclopedia*, 6th Edition, Columbia University Press, p.115)

6) 박희병, 「『청구야담』 연구-한문단편소설을 중심으로-」, 서울대학교 석사학위논문, 1981, 60면.

론을 제시하였다. 이로써 일화 갈래에 대한 논의가 이론적 체계를 갖추
게 되었다.

임완혁은 필기를 상위 개념으로 보고 그 속에 일화가 야사(野史), 시
화(詩話), 변증문(辨證文)과 함께 포함된다고 보았다. 일화의 성격을 '특
정 인물의 성품, 학생, 덕행 등을 평면적으로 서술하는 경우', '특정 인
물과 관련된 특이하고 재미있는 사건을 제시함으로써 인물의 성격이나
행동을 파악하게 하는 경우', '작가의 생각이나 느낌을 표현하는 과정
에서 자신의 주장을 강조하기 위해 삽입하는 경우' 등으로 나누어 설명
하였다. 일화의 내용적 특징을 '포폄(褒貶)을 통한 권계(勸戒)', '생활과
정의 특이한 사건이나 행동의 묘사', '사대부의 해학과 재치' 등으로 요
약했다. 그는 야사를 일화와 같은 차원의 다른 갈래로 설정하면서 그
차이를 일화가 '한 개인의 성격이나 특정한 사건을 통해서 그 인물의
독특한 면 및 그에 얽힌 특정 사건을 묘사하는 것'인 반면, 야사는 '비
교적 공적(公的)인 성격을 띠거나 공적인 사건과 관련된 뒷이야기'로서
'역사적 사건과 관련된 사건 또는 특정제도나 문물의 변화를 이해하는
데 도움을 주는 것'이라 설명했다.[8] 유용한 대립 개념이기는 하지만 야
사의 일화적 성격을 덮어두고 일화의 영역을 다소 축소했다는 점, 개인
적인 것과 공적인 것의 구분이 애매하다는 점 등은 숙제로 남는다고 하
겠다.

이강옥은 일화 갈래를 이론적으로 정의하고 하위 구분한 사대부일
화·평민일화·야담계일화의 상호 관계를 해명하였다. 하위 갈래를 설

---

7) Johannes Klein, *Geschichte der deutschen Novelle*, Franz Steiner Verlag,
Wiesbaden, 1956 및 Helmut Prang, *Formgeschichte der Dichtkunst*, W.Kohlham-
mer Verlag, Stuttgart, 1971.

8) 임완혁, 「조선 전기 필기연구─조선 전기 필기의 성격규명을 위하여」, 성균관대학교
석사학위논문, 1991, 65~112면.

명하는 과정에서도 일화 갈래의 전반적 특징이 드러나도록 하였다.[9]

일화는 일상생활에서 실제로 일어난 사건이나 생긴 현상 중 특별한 것을 서술한 것이다. 그런 점에서 일화의 바탕은 실재성(實在性)과 현실성이다. 일화의 묘미는 일상적 삶의 질서로부터 일탈된 행동이나 말, 상황이 창출하는 특별함에서 비롯한다. 특별한 것은 잠정적으로 일상적 질서에 충격을 가한다. 하지만 그 충격은 일상적 질서를 심각하게 지속적으로 파괴하지는 않는다.

일화는 전체가 아닌 부분을 담는다. 부분의 의미에 초점을 맞출 뿐, 부분이 다른 부분과 가지는 관계, 부분이 전체와 가지는 관계를 기술하는 데까지 나아가지 않는 경우가 많다. 시간적으로는 순간성을 지향한다. 어떤 사건이 전개되거나 어떤 인물의 인성이 변하는데 소요되는 시간을 최소화 하거나 아예 변화 과정을 생략하고 변화된 결과만을 간명하게 제시한다.

일화를 이렇게 정의할 때, 일화가 성립하는 가장 중요한 요소는 '일탈(逸脫)'이라고 할 수 있다. 일탈은 '밖으로의 일탈'과 '아래로의 일탈', '위로의 일탈'로 나누어진다. 일화의 일탈 양상은 일화의 사회적 성격과 기능을 알려준다. 일화는 사회에 존재하는 다양한 탈규범적 일탈들을 포착하기는 하지만 결국 일화의 귀결점은 규범 속으로 되돌아가는 것이다. 일화의 인물들은 행동이나 사고의 일탈을 통하여 당대 사회에 존재했던 심각한 일탈을 중화시키는 역할을 했다고도 할 수 있다.[10]

이강옥의 이와 같은 일화에 대한 개념 규정과 그 특징에 대한 해명은

---

9) 이강옥, 「조선후기야담집연구」, 서울대학교 석사학위논문, 1982; 「조선 초·중기 일화의 형성과 변모과정연구」, 서울대학교 박사학위논문, 1993; 『조선시대 일화 연구』, 태학사, 1997.

10) 이강옥, 「조선시대 일화의 일탈」, 『국문학연구 1997』, 서울대학교 국문학연구회, 1997, 142~143면.

실제 작품들의 성격과 특성을 설명하기 위한 것이다. 그런 점에서 이런
개념 규정에서 벗어나는 작품의 사례들이 있다. 그런 사례들까지 포괄하
기 위해서는 개념의 보완이나 수정이 필요하다.

제2장

일화 갈래에 대한 관점의 전환

잡록집에는 다양한 성격의 단편들이 실려 있다. 잡록집 편찬자들은 나름대로의 선별 기준과 서술원리를 가졌다. 그래서 그들이 활용한 개념 어들을 성실하게 추적하여 오늘날 일화 갈래의 성격을 해명하는 것에 재활용하는 것은 어느 정도 필요하고 유용하다. 그러나 아무리 완벽하게 옛 어법의 관습을 재구성한다 하더라도 그 관습이 체계적 개념화를 보장해주지는 않는다. 관습 자체가 일관되거나 체계적인 것은 아니었기 때문이다. '패설', '필기', '잡기' 등의 용어들에 대한 당대인들의 용법을 재구성하거나 당대적 용어들을 재규정하는 것은 그런 점에서 한계가 있다. 당대인이 사용한 용어들의 개념과 관습적 용례를 참조하되, 이론적 엄정성을 보장하는 갈래를 새롭게 정의하는 것이 필요한 이유가 여기에 있다. 물론 이때 그 용어를 무엇이라 지칭하는가보다는 어떻게 범주화하여 이론적 체계를 부여하는가가 더 중요하다.

일화 갈래의 설정과 새로운 정의내림은 잡록에 실린 단편들 중 서사적인 것들을 이론적으로 범주화하고 그 서술원리를 천착하는데 중요한 출발점이 된다고 볼 수 있다. 이 이론적 범주화를 바탕으로 하여 교술적인 것과의 비교 변별이 필요하다. 그러기 위해서는 서사적 단편과 교술적 단편이 잡록집 내에서 어떤 기능을 하고 어떤 의의를 가지는가를 살펴야 하며, 당대 사회의 삶에서 그것들이 차지했던 역할과 의의 등도 아울러 성찰해야 하겠다. 잡록집이란 당대 문화의 포괄적 반영이었기 때문이다.

앞으로 교술적인 단편들을 포괄하는 갈래가 성립할지를 진지하게 따져보아야 할 것이다. 그 하위 갈래를 나누고 공통점을 모아서 살피는 것이 선행되어야 하겠다. 교술적인 단편들을 모으고 분류하는 범주와 체계가 존재한다면 그것을 밝히기 위한 이론 틀이 요청되는 것이다. 일화 갈래의 설정과 개념화는 교술적 단편들의 성격을 해명하는 작업의 시금석이 될 것이다. 그런 점에서 일화 갈래에 대한 다각도의 이론적 모색이 더 이루어져야 하겠다. 특히 일화는 서사 문학의 가장 작은 단위가 되기에 그 서술원리에 대한 탐구는 보다 복잡하고 규모가 큰 서사 갈래의 서술원리를 해명하는 기틀이 될 것이다.

일화에 대한 이 같은 이론적 연구와 아울러 『대동야승(大東野乘)』, 『패림(稗林)』, 『대동패림(大東稗林)』 등에 실려 있는 개별 잡록집들에 대한 총체적 연구가 요청된다. 그것은 일화 관련 이론을 구체화하고 검증하게 하며, 또 일화의 역사적 이해를 가능하게 한다는 의의를 가진다.

특히 일화 작품들은 말을 구사하는 방식이나 인물의 특징을 형상화하는 방식, 서사적 흥미를 유발하는 방식 등 서술원리 면에서 독특한 미학을 갖추고 있다. 아울러 삶을 살아가는 지혜나 인간이 가질 수 있는 미덕, 악덕, 욕망 등도 진솔하게 보여준다. 이것들은 우리 민족 문학이 확보한 소중한 가치 영역들이다. 이들은 당대에 매우 큰 비중을 가지며 존재해왔지만 그것을 이해하고 설명하는 적절한 이론 틀이 없었기 때문에 지금까지 우리 문학사에서 무시되거나 가볍게만 다루어졌다. 이제 일화의 존재에 대해 보다 적극적인 의미를 부여하여 우리 문학사를 더 풍성하게 만들 때가 되었다.

이러한 이론적 작업의 결과를 바탕으로 일화 작품들을 대중화하는 데에도 눈을 돌려야 할 것이다. 오늘날 우리 시대 사람들은 문학이란 삶의 체험에 그대로 이어져 있는 것이라는 사실을 일화를 통하여 더 생생하게 확인할 수 있다. 일화는 문학이 삶의 경험과 갖는 긴밀한 관계를 실천적으로 보여준다. 일화를 읽고 내면화하면서 삶의 지혜와 재치를 모색할수 있고 삶을 살아가는 자세를 알맞게 조정할 수 있다. 이런 이유에서 조선시대부터 본격적으로 생산되어 한문으로 기록되었던 일화 작품들을 오늘날의 언어로 번역하여 대중화하는 일은 우리 삶을 풍성하고 지혜롭게 만드는 데 필요한 과업이 아닐 수 없다. 일화 연구자들도 궁극적으로 이런 점에 대해 관심을 가져야 할 것이다.

이 책은 이런 문제의식을 바탕으로 하여 일화의 형성 원리와 세계관, 서술미학 및 역사적 흐름 등을 다각도로 조명할 것이다.

제2부

조선 일화의 전사로서의
고려 인물 일화와 송대 필기

『파한집』·『보한집』·『역옹패설』의 인물 일화

어떤 인물에 대한 서술은 그 인물의 인간됨이나 삶의 자세에 대한 서술자의 관점을 근간으로 한다. 서술자는 어떤 인물에 대해 서술하면서 그 인물을 일정한 관점에서 평가한다. 그리고 그 평가 행위로써 직접적으로든 간접적으로든 바람직한 인간상이나 삶의 자세를 모색하게 되는 것이다.

신라의 육두품과 지방 호족 계층은 고려 체제 속으로 수용되면서 귀족층을 이루었다. 소위 고려 전기 문신 귀족이라고 일컬어진 이들은 농민 계층과 다양한 관계를 맺어 갔다. 문신 귀족층들은 농민과의 관계를 고려하면서 자기 계층이 추구해야 할 이상적인 인간상을 모색한 것이다. 과거제가 실시되고 교육제도가 일정하게 모색된 것이 바람직한 인간상에 대한 사회적 관심을 더욱 고조시켰을 것인 바, 문신 귀족층은 이러한 분위기의 형성에 주도적인 역할을 했다. 특히 김부식은 『삼국사기』 열전에서 삼국시대의 다양한 인물들을 선별 입전하고 그에 대한 평결을 붙임으로써 자기 시대의 이상적 인간상에 대한 관점을 드러내었다.

무신란이 일어나고 무인정권이 성립되자 고려 전기 문신 귀족층은 위축되고 사대부 계층이 형성되어 갔다. 사대부는 문신 귀족을 대신하여 국가의 행정을 도맡게 되면서 먼저 국가적 차원에서 권장할 만한 인간상을 찾았다. 다음으로 개인적 삶의 길잡이로서 이상적 인간상을 찾았다.

고려 후기의 가전(假傳)이나 탁전(托傳), 가전(家傳) 등의 작자들은 입전(立傳)할 공식적 사명을 갖지는 않았지만 장차 도래할 사회에 적절한 인간상들을 선별하고 그에 대해 적극적인 평가를 하였다. 사대부 계층이 새로운 사회를 구성하는 데 가장 바람직한 인간상은 전의 본사를 통해 제시되었고 전의 평결을 통해 평가되었다.[1]

　그런데 열전(列傳)이나 사전(私傳)에는 작자가 자기 이념을 강하게 개입시키는 과정에서 인간에 대한 묘사나 이해가 도식적이게 되었다. 특히 전의 평결은 아무리 충분하게 개별 사례를 보여주는 과정을 거쳤다 하더라도 이념에 압도된 것이었다.

　이러한 이념적 부담감으로 부터 벗어난 단계에서 모색된 인간상은 어떤 모습일까. 그것은 전을 통해 보여주고 주장한 모습과는 어떻게 다른 것일까. 이념적 선입견이나 부담감으로 부터 자유로운 단계에서 묘사된 모습이야말로 진정 그 계층이 일상생활에서 가식 없이 지향한 인간상이라고도 볼 수 있을 것이다.

　이런 이유에서 '한가로움, 무료함을 이기기 위해' 작성되었다고 주장되는 『파한집(破閑集)』, 『보한집(補閑集)』, 『역옹패설(櫟翁稗說)』에 나타나는 인간상들을 검토한다. 세 잡록집은 무엇보다 시화(詩話)를 기록하는데 우선적 목적을 두었다. 이들은 널리 회자되거나 편찬자에게 인상적으로 기억되는 시들을 그와 관련된 산뜻한 일화들과 함께 기록하여 파적거리를 제공하려 했다. 그래서 이들 잡록집에서는 시화가 큰 비중을 차지한다. 어떤 시가 어떤 배경에서 창작되었는가, 어떤 시의 작자는 어떤 사람이었나, 어떤 시는 어떤 동기로 지어졌는가, 어떤 시에 대해 다른 사람들은 어떻게 평가하였는가, 어떤 시는 어떤 점에서 잘되었고 어떤

---

1) 이 시대 사대부층은 전을 창작하여 서로 돌려 읽어 계급적 유대와 결속을 더욱 다져 나갔다고 추정되기도 한다.(박희병, 『한국고전인물전연구』, 한길사, 1992, 82면)

점에서 못되었는가, 어떤 시 때문에 어떤 사건이 일어났고 마침내 그것
이 어떻게 해결되었는가 등등을 보여주는 것이다.

그런데 이들 잡록집에는 시화만 실려 있는 것이 아니다. 그리고 시와
관련된 내용도 시 자체가 중심에 놓이지 않는 경우가 있다. 특히 『역옹패
설』에는 고려의 역대 사적과 제도가 소개되어 있는데 그것이 시를 포함
한 문학 일반에 대한 이해를 북돋워준다. 그리고 『보한집』과 『역옹패설』
에는 전설과 일화에 해당되는 작품들도 적지 않게 포함되어 있다. 이런
점에 대해 편찬자 자신은 물론 당시 그것을 읽은 사대부들도 특이하게
생각했던 흔적이 있다.

> 지금 이 책은 문장으로써 나라의 문화(文華)를 증대시키고 넓히려는 것이
> 아니요 또 빠뜨려진 성조(盛朝)의 일들을 찬술하려는 것도 아니다. 다만 갈고
> 다듬은 문장의 나머지들을 모아 우스갯소리 거리로 삼고자 하는 것이다. 그
> 러므로 끝에 몇 개의 음괴(淫怪)한 일들을 기록하여 어렵게 공부하는 신진들
> 로 하여금 잠시 놀고 쉬게 하려는 것이다.[2]

> 객이 역옹(櫟翁: 나)에게 말했다. "그대가 전집에서는 조종세계(祖宗世
> 系)의 근원을 기록했고 또 명공대부의 언행들도 그 사이에 자못 많이 실었으
> 나 마침내 골계로 끝마쳤네. 후집의 경우는 경사(經史)와 관련되는 것은 몇
> 되지 않고 거의가 글귀를 다듬고 새기는 것일 따름이니 어찌 그리도 조심하지
> 않는단 말인가.[3]

---

2) 今此書, 非敢以文章, 增廣國華, 又非撰錄盛朝遺事, 姑集雕篆之餘, 以資笑語. 故
  於末篇, 紀數段淫怪事, 欲使新進苦學者游焉息焉.(『보한집』, 147면; 앞으로의 『파한
  집』, 『보한집』, 『역옹패설』의 인용은 『고려명현집(高麗名賢集)』(성균관대학교 대동문
  화연구원, 1986년 영인) 소재 『파한집』, 『보한집』, 『역옹패설』으로부터 함.)
3) 客謂櫟翁曰: "子之前所錄述祖宗世系之遠, 名公卿言行, 頗亦載其間, 而乃以滑稽
  之語, 終焉. 後所錄, 其出入經史者, 無幾餘, 皆雕篆章句而已, 何其無特操耶?"(『역
  옹패설』, 362면)

여기서 '황음하고 괴이한 일들'이나 '골계'는 전설이나 소화에 해당하는 경우 뿐 아니라 실제로 일어난 사건이나 실존한 인물을 다루는 일화에 해당하는 경우도 있다. '명공대부의 언행'은 사대부일화를 지칭한다. 이렇듯 시나 문장에 대한 진술에서 뿐만 아니라 특히 사대부 사회에서 실제로 일어난 사건을 다루거나 실존한 인물을 소개하는 과정에는, 어떤 인간상이 가장 모범적인가, 나아가 어떻게 사는 것이 바람직한 것인가에 대한 편찬자의 생각이 담겨지는 것이다. 그것은 전(傳)의 경우와는 달리 이념적 부담감으로부터 비교적 자유롭다. 가벼운 마음으로 기술하는 글 속에 구현되는 인간상이야말로 그 시대 문인들이 일상생활 중에 구체적으로 발견하거나 혹은 추구한 이상적 인간상이라 할 수 있는 것이다.

새로운 정치세력이면서 문학 담당층으로 등장한 고려 후기 사대부 계층은 새로운 삶의 방식과 인간상을 모색하였다. 삶의 방식과 인간상은 맞물려 있는 것이지만, 어떤 삶의 방식이 뚜렷한 패턴으로 두각을 나타나는 데는 시간이 필요한 반면, 특정 인간상은 매순간 개별 인간의 삶을 통해 타자의 눈에 포착되게 마련이다. 전형화된 삶의 방식을 다루는 일화와 인간상을 다루는 일화가 본격적으로 마련된 것은 조선 왕조가 시작되면서부터였다. 형성 단계에 있던 고려후기 일화에서는 유형화된 삶의 방식보다 인간상이 눈에 더 두드러지기 마련이다.

1. 『파한집』의 이상적 인간상과 삶의 방식

『파한집』에는 크게 두 가지 인간상이 나타난다. 어떤 관직에 있으면서 거기에 가장 잘 부합하는 행동을 하는 인간과 현실로부터 스스로 멀어져 은둔자로서 살아가는 인간이다. 이인로는 이들을 내세워 그 특별함을 더 두드러지게 하는데 그것은 그가 이들의 품성이나 삶의 방식에 공감하여 그것을 지향했기 때문일 것이다.

먼저 관직에 있는 경우는 그 자리에 있는 사람에 대해 일반적으로 기대된 행동을 모범적으로 실천하는 것을 내세운다. 가령 〈지자견어미형(智者見於未形)〉(파한집. 89면)에서는 정언(正言)의 벼슬을 하던 문극겸(文克謙)의 직간(直諫)을 중시한다.

> 옛날 의왕(毅王)은 수십 년 지속된 태평하고 잘 다스려진 왕업을 이어받아 재위한 지 오래되도록 일이 안 되는 경우가 없었다. 모두가 태평한 왕업이 태산보다 편안하다 생각하여 감히 다른 말을 하는 사람이 없었는데 정언(正言) 문극겸(文克謙)만이 대궐문을 두드리고 상소문 한 주머니를 올렸는데 그 말들이 모두 당시의 병폐를 정확하게 지적한 것이니, 사람들이 이르기를 봉(鳳)이 아침 해에 우는 것과 같다 하였다.4)

문극겸은 겉으로 보면 지극히 평화로운 듯하지만 실제로는 많은 문제들을 안고 있는 나라의 형편을 정확하게 지적함으로써 간관(諫官)의 의무를 다한다. 비록 그것이 임금에 의해 수용되지는 않았지만 그의 그러한 직간이 있었기에 그 후대가 편안하게 되었다는 것이다. 직간을 중시하는 것은 〈자미계림수옹(紫薇鷄林壽翁)〉(파한집, 103면)도 마찬가지다. 여기서 계림수옹은 최구(崔鉤)라는 사람을 공부시켜 과거에 급제하게 한다. 최구는 '약관에 과거 병과에 급제하여 장서각(藏書閣)에서 노닐고 홍문관(弘文館)에 들어가 항상 직언을 하여 몸을 돌보지 않고 나라의 급한 일을 해결하고자 했다.'5) 완산 지방의 보잘 것 없는 소리(小吏)였던 최구

---

4) 昔毅王, 籍數十世豊平至理之業, 居位日久, 事無不擧, 皆以謂太平之業, 安於泰山, 莫敢有言之者, 正言文克謙, 直叩天扉, 上皀囊一封, 而所言皆中時病, 人謂之鳳鳴朝陽(파한집, 89면)

5) 及冠應擧中丙第, 遊石渠入金馬, 嘗蹇蹇匪躬, 欲以徇國家之急.(파한집, 103면)

가 발탁된 것은 그 얼굴이 엄정하고 과묵한 품성을 환기시켰기[6] 때문이다. 그 얼굴에서 직언을 당당히 하는 사관의 자세를 예견할 수 있었으며 그 점이 계림수옹(鷄林壽翁)의 지인지감에 의해 포착된 것이었다. 그런데 이인로는 최구가 가진 좋은 자질을 직언에만 국한시키지 않는다. 궁극적으로 최구의 문사(文辭)와 필치의 문제로 이끌어 그의 사어(詞語)가 유려(流麗)하다고 마무리한다. 직언하는 품성과 유려한 사어는 자연스레 연결되지 않음에도 불구하고 이인로가 구태어 둘을 연결한 것은, 인간의 삶에서 글읽기와 글쓰기를 중시했기 때문일 것이다. 어떤 성향을 가진 사람이라도 문인으로서의 행적과 자질은 그의 삶을 가치 있게 만들어 주는 필수적인 요소라고 인식한 것 같다. 위에서 언급한 〈지자견어미형(智者見於未形)〉에서도 전반부에서 일관되게 직간의 중요함에 대해 논급했지만 후반부에서는 이인로 자신이 지은 문극겸에 대한 만가(輓歌)를 언급한다. 그리고 그 만가에 대해 '공이 조정에 있을 때 그 위대한 절조의 시작과 끝이 이 두 구에서 벗어나지 않는다. 그것을 실록(實錄)이라 부르는 것도 가능할 것이다.'[7]라는 당시 사람들의 평을 덧붙인다. 직언하는 문극겸의 품성에 대한 진술과 이인로의 만가에 대한 평가가 이 단편을 구성하는 두 부분이라면 전자에서 후자로 서술의 중심점이 옮겨갔다고 보아야 할 것이다.

『파한집』이 '소신에 따라 맡은 일을 철저히 하는 관리'라는 이상적 인간상을 제시하기 위해 직간하는 관리를 선택했지만 결국 직간이라는 바람직한 행동에 대한 관심은 다소 약해지고 문장이나 시구의 특출함에 대한 논의로 나아간 것은 이인로가 문필이나 사장을 중시했던 것과 관련이 있다고 볼 수 있다. 〈추부김부의(樞府金富儀)〉(파한집, 89면)에서는 김

---

6) 鐵面嚴冷, 爲人沈默木訥.(같은 곳)
7) 公之立朝大節終始, 無出此二句, 雖謂之實錄可也.(파한집, 89면)

부의를 '부귀한 집 자식은 타고난 성품이 좋아하지 않으면 문장에 능숙한 경우가 드물다. 김추밀은 소씨(蕭氏) 8대의 귀함을 갖추었으나 사치스런 구습을 버리고 종일토록 꿇어앉아 책을 보았고, 또 사장을 짓는 것을 좋아하지는 않았지만 지어야 할 것이 있을 때면 반드시 얼음 담은 그릇에 붓을 씻은 연후에야 썼다.'8)라 하여 그가 문장에 뛰어났고 성실하게 책을 읽었다는 점을 부각시킨다. 이에 비해 가령 『고려사』 열전의 〈김부의〉조는 그가 국가적 난제가 떠오를 때마다 자기 소신을 분명하게 밝힌 상소를 올려 헌신했다는 점을 무엇보다 강조한다. 그리고 그 문장에 대해서는 끝부분의 평결부분에서 간명하게 덧붙일 따름이다.9) 『고려사』와 비교해 볼 때도 『파한집』이 문장을 기준으로 하여 인물상을 기술하는 경향이 강했음을 확인하게 된다.

〈상서김자의(尙書金子儀)〉(파한집, 91면)는 직언을 하는 쟁신(諍臣)의 풍모를 갖춘 인물로 김자의를 묘사하면서 아울러 술을 많이 마시고 춤을 즐겨 추었다는 점을 덧붙인다. 술에 만취한 뒤에도 많은 말을 했는데 그 것이 모두 조정의 기강에 대한 것이어 '차라리 호랑이나 외뿔소를 만나지 술 취한 김 공은 만나지 않겠다.'10)는 말이 나돌 정도였다. 그를 걱정한 임금이 술 석 잔 이상을 마시지 말기를 명하니 어느 날 큰 쇠 바리로 석 잔을 마셨다는 것이다. 그는 이처럼 쟁신으로서 원칙을 중시하면서도 술을 좋아해 여러 일화들을 남겼다. 엄격한 원칙주의에 여유 있는 풍류가 덧붙여진 셈이다. '술 석 잔' 모티프는 술 풍류를 묘사하는 데 유용하게 활용되었으니 조선시대 손순효 일화 등에서 다시 나타난다.11)

---

8) 富貴家兒, 非生得而性好, 則罕有工文章者. 金樞密, 閫有蕭氏之八葉之貴, 棄執綺舊習, 竟日危坐看書, 不好爲詞章, 及其有所作, 則必滌筆於氷甌中, 然後爲之.(파한집, 89면)

9) 詩文豪邁, 膾炙人口.(고려사 하, 아세아문화사 영인본, 160면)

10) 寧逢虎兕, 不逢金公醉.(파한집, 91면)

이상에서 본 것처럼 『파한집』에서는 어떤 관직에 있는 사대부가 그 자리에 가장 완벽하게 부응하는 행동을 하는 것이 이상적이라는 점을 강조하면서 문장에 대한 것이나 풍류 등을 덧붙여 긴장을 경감시키려 했다고 하겠다. 한편 〈김시중연(金侍中緣)〉(파한집, 90면)은 그런 해소책이 없이도 직언이 유발하는 긴장이 쉽게 해소된 경우이다. 김연이 간원(諫垣)에 있을 때 나라를 위한 원대한 모책(謀策)들을 두루 올렸다. 그러나 권신들이 전횡을 일삼아 세상이 어지러워질 것을 알고는 병을 핑계로 하고 고향으로 돌아갔다. 그렇지만 곧 반정이 일어나 김연은 다시 재상에 등용되었다. 간언에 철저한 사람은 결코 그 때문에 궁극적인 피해를 입지 않으며 잠시 어려움을 겪는다 하더라도 곧 해결되어 잘된다는 설정이다.[12] 현실의 실상이 그렇지 않은데도 현실적 긴장이 손쉽게 해소되는 것으로 서술한 것은 현실의 문제를 온전하게 파악하지 못했거나 그럴 의도가 뚜렷하지 않았기 때문일 것이다. 이는 이념적 추동력의 약화를 뜻한다.

이념적 추동력의 약화는 주체의 의지를 부정하고 운명이나 타고난 기질을 중시하는 데로 나아갔으니 〈기지피지(耆之避地)〉(파한집, 102면), 〈사자서문원(士子徐文遠)〉(파한집, 103면) 등에서 그런 점을 찾을 수 있다. 〈기지피지〉에서 임춘은 무신란을 만나 강남으로 피난을 갔다가 빈털터리가 되어 병든 아내를 데리고 돌아온다. 임춘에게는 송곳 꽂을 만한 땅도 없었다. 철저한 몰락을 경험한 임춘은 재기할 여력을 전혀 갖지 못

---

11) 〈손공순효위찬성겸태학사(孫公舜孝爲贊成兼太學士)〉(오산설림초고. 대동2. 516면); 이강옥, 『조선시대 일화 연구』, 태학사, 1998, 63면.

12) 〈예왕우중유생(睿王尤重儒生)〉(파한집. 97면)에서도 고효충(高孝冲)은 '사무익시(四無益詩)'를 지어 임금의 비위를 상하게 하여 벌을 받게 되었다가 학사 호종단의 간청으로 용서받는다. 마침내 장원급제하여 대궐을 드나들며 거리낌 없이 직언을 하여 쟁신의 풍모를 보여주었다고 하는데, 그런 점에서 이와 성격이 다르지 않다.

한 채, 자신을 알아보지도 못하는 어느 절의 스님에게 '일찍이 문장으로
서울을 움직인 이 세상의 일개 서생이었는데 지금에 와서야 비로소 공문
(空門)의 자미를 알겠소만 온 절에 나의 이름을 아는 사람이 없구려.'13)
라며 노년의 허망함을 나타낸다. 그에게는 더 이상 이 세상에서 자신의
처지를 개선하려는 능력도 의지도 없다. 〈사자서문원〉에서는 '하늘로부
터 품부 받은 것은 어떤 물건과도 바꿀 수 없다.'14)라 하여 사람의 주체
적 노력이 문제를 해결할 수 있는 가능성을 부정한다.

　이상을 통해보면,『파한집』이 제시하는 이상적 인간상은 맡은 일을
소신 있게 하는 관리이다. 그는 책을 읽고 문인적 교양을 넓혀 필요할
때 멋진 시를 지어 인구에 회자되게 한다.

　아울러『파한집』에는 '은거하는 선비'의 형상이 자주 나타난다. 그것
은 다음과 같은 공간 지향 의식을 바탕으로 하고 있다.

　　우리 본조의 경계는 봉래와 영주에 인접해 있다. 그래 옛 부터 신선의 나라
　라 일컬어졌던 것이다. 그 영이한 것을 모으고 빼어난 것을 길러온 지 500년
　이 되었는데, 중국에다 아름다운 것을 나타낸 사람으로서는 학사 최고운이
　앞에 섰고 참정 박인량이 뒤에서 화답했다. 그리고 명유(名儒), 운석(韻釋)
　으로 제영(題詠)에 뛰어나 다른 나라에 이름을 떨친 이가 대대로 있었다. 만
　일 우리들이 그것을 수집하여 후세에 전하지 않으면 인멸하여 전해지지 않을
　것이 분명하다.15)

　여기서 신선계에 대한 동경을 찾을 수 있다. 그 신선계의 기운이 곧

---

13) 早把文章動帝京, 乾坤一介老書生, 如今始覺空門味, 滿院無人識姓名.(파한집, 102면)

14) 夫鍾天所賦生而有之, 不可以因物而遷.(파한집, 103면)

15) 我本朝接境蓬瀛, 自古號爲神仙之國, 其鍾靈毓秀間生五百, 現美於中國者, 崔學士孤雲唱之於前, 朴參政寅亮和之於後, 而名儒韻釋, 工於題詠, 聲馳異域者, 代有之矣. 如吾輩等, 苟不收錄, 傳於後世, 則埋沒不傳, 決無疑矣.(파한집, 81면)

시인 문사들의 배출과 연관되어 있어, 시인 문사들의 작품들을 수집하여
전하고 있는 『파한집』은 곧 신선계에 대한 강렬한 동경을 나타내는 것이
라고도 하겠다. 그것은 〈지리산혹명두류(智異山或名頭留)〉(파한집, 85면)
에서 이인로 자신이 스스로 지리산 청학동을 찾아 나서는 데에서도 확인
된다. 이인로는 마을 늙은이들의 말을 근거로 그곳이 '세상을 피해 숨어
들어온 자들의 거주처'16)라고 보았다.

이인로가 세상을 피해 숨어 들어온 자들의 거주처인 청학동을 직접
찾아 나섰다는 것은 그 자신도 그런 곳에 살아보고자 하는 소망을 가졌
다는 뜻이 되고17) 아울러 그런 곳에 사는 은둔자를 이상적 인간상으로
생각했다는 뜻이 된다. 과연 『파한집』에는 그러한 은둔자나 은둔을 지
향하는 자들의 이야기들이 거듭 전재되어 있다. 〈동관시봉래산(東館是
蓬萊山)〉(파한집, 99면), 〈곽처사여(郭處士璵)〉(파한집, 91면), 〈진락공자
현(眞樂公資玄)〉(파한집, 91면), 〈계림구속(鷄林舊俗)〉(파한집, 97면), 〈경
성서십리허(京城西十里許)〉(파한집, 98면), 〈백운자신준괘관(白雲子神駿
掛冠)〉(파한집, 98면) 등이 모두 은둔자나 은둔에 뜻을 두고 있는 사람들
을 등장시킨다.

> 진락공 이자현은 재상 집안에서 태어나 비록 벼슬살이를 하였으나 항상
> 자하(紫霞)로 벗어나 살려는 생각이 있었다. 젊어서 금규(金閨)에서 지낼
> 때 술사 은원충(殷元忠)을 따라 계산(溪山) 승지(勝地)를 몰래 방문했는데
> 가히 은거할 만했다…… 나이 스무일곱에 벼슬이 대락서령(大樂署令)에 이
> 르렀지만 부인이 갑자기 죽자 옷깃을 털고 청평산으로 들어가 문수원을 지
> 어서 살았다.18)

---

16) 古之遁世者所居.(같은 곳)

17) 昔僕與堂兄崔相國, 有拂衣長往之意, 乃相約尋此洞.(파한집, 93면)

18) 眞樂公資玄, 起自相門, 雖寓跡簪組, 常有紫霞逸想. 少遊金閨, 從術士殷元忠, 密

이처럼 이자현은 유자로서의 삶을 완전하게 청산하고 선불교를 추구하여 혜조(惠照), 대감(大鑑) 등 국사도 배출하였다. 곽여(郭璵)는 그의 동년우(同年友)인데 그 역시 은둔을 실천한 인물이다.[19] 그가 절도사라는 관직에 있을 때 이자현을 방문했는데, 이때 화답한 시들이 이들과 이인로의 지향점을 잘 보여 준다.

청평 산수는 소상강과 같은데	清平山水似湘濱
여기서 옛 친구를 만났네	邂逅相逢見故人
삼십년 전 함께 급제했지만	三十年前同得第
천리 밖에 따로 살았네	一千里外各捷身
뜬 구름 골짜기에 들어와도 아무 일 없고	浮雲入洞曾無事
밝은 달 시내에 비쳐도 티끌에 묻지않지	明月當溪不染塵
말없이 오래오래 눈길 가는 곳에	目擊無言良久處
고요히 옛날 얼을 비쳐보네[20]	淡然相照舊精神

곽여는 절도사의 신분이지만 청평산 기슭에서 선수행(禪修行)을 하며 은둔생활을 하고 있는 친구 이자현의 삶의 방식을 아름답게 묘사하고 그를 선망하는 자기 마음을 드러내었다. 유자(儒者)로서의 벼슬살이를 일시적인 삶의 방식으로, 수행자로서의 은둔생활을 궁극적 삶의 방식으로 분명히 전제하고 있는 것이다.

따뜻한 기운 골짜기에 퍼지니 어느덧 봄이라	暖逼溪山暗換春
문득 선장(仙杖)을 돌려 깊은 곳 사람 찾았네	忽紆仙杖訪幽人

訪溪山勝地, 可以卜隱 …… 年二十七, 仕至大樂署令, 忽致叩盆之患, 拂衣長往入清平山, 葺文殊院以居之.(파한집, 91면)

19) 郭處士璵, 睿王在春宮時寮佐也. 及上踐阼, 掛冠長往.(파한집, 91면)

20) 파한집, 91면.

백이숙제가 숨은 것은 본성을 보전하기 위함이고	夷齊遁世惟全性
직과 설이 나랏일 부지런했던 것은 자기 위한 것 아니없네	
	稷契勤邦不爲身
조명을 받든 때에 옥패 소리 쟁쟁한데	奉詔此時鏘玉佩
어느 날에나 관을 걸어놓고 옷 먼지 털어내어	掛冠何日拂衣塵
이곳에서 함께 숨어살면서	何當此地同棲隱
종래의 불사신이 될 수 있을거나[21]	養得從來不死神

이미 은자의 생활을 하고 있는 이자현도 곽여의 그러한 선망을 포착하고 그로 하여금 관직 생활을 그만 두고 자기와 함께 생활하기를 은근히 바라는 것이다. 과연 곽여는 예종이 즉위하자 벼슬을 버리고 약두산으로 들어간다.[22] 이처럼 이인로는 은둔하여 살아가는 사람을 형상화 할 뿐만 아니라 그들의 시들을 제시하여 세속적 삶으로부터 초연하게 살아가는 것을 이상적 삶의 방식으로 제시한 것이다.

이상에서 『파한집』에는 '소신에 따라 맡은 일을 다 하는 관리로서 책을 읽고 문인적 교양을 넓혀 필요할 때 멋진 시를 지어 인구에 회자되게 하는 관인'이라는 이상적 인간상과 '세속적 삶으로부터 초연해 하며 살아가는 은둔자'라는 이상형 인간상이 공존하고 있다 볼 수 있다. 다만 전자의 경우 소신을 이념적 당위의 차원으로 승화시켜 지속적으로 실천하는 단계에까지 나아가지 않고 오히려 시의 창작과 감상, 회자 쪽으로 주 관심이 옮겨지고 있다. 이에 비해 후자의 경우 비록 시의 창작과 관련되기는 하지만, 그 때 지은 시 조차 은둔 지향자의 초월적 삶을 부각시키는 쪽으로 활용되고 있다. 그러므로 '세속적 삶으로부터 초연해 하며 살아가는 은둔자'가 『파한집』에서는 가장 두드러지고 중시된 이상적 인간

---

21) 파한집, 91면.
22) 파한집, 91면.

상이라고 볼 수 있다.

2. 『보한집』의 이상적 인간상과 삶의 방식

　『보한집』에도 은둔의 생활을 하거나 속세로 부터 멀어지고자 애쓰는 인사들이 등장한다. 〈국초유망명사(國初有亡名士)〉(보한집, 141면)의 이름이 알려지지 않은 선비는 지리산에서 은거했는데 행동이 고결하고 인간사에 관여하지 않으려 했다. 임금이 초빙하려 하니 시 한 구를 남기고 더 깊은 곳으로 숨어 버린다. 얼핏 『파한집』의 은둔자와 다를 바 없이 보인다. 그런데 '국초'란 단서가 시선을 끈다. 그리고 그는 끝까지 고려 임금의 초빙을 무시한다. 그런 점에서 이 선비는 기질적으로 세속적인 삶을 거부하는 은둔자라기보다 삼국 중 어느 한 나라의 멸망을 계기로 세속적 삶을 거부한 존재였을 가능성이 크다. 최자가 그를 '진정한 은사[眞隱者]'라 규정한 점도 이와 관련시킬 수 있다. 최자는 나름대로의 어떤 이념이나 신념을 간직하는 은자를 진정한 은자로, 막연히 세속을 벗어난 삶을 추구하는 은자를 그냥 은자로 일컬은 것이다.
　나아가 현실로부터 일정한 거리를 유지하며 유유자적한 삶을 추구하는 경우도 그 거리를 결정적인 것으로 만들지는 않는다. 유유자적한 삶의 공간과 현실적 삶의 공간은 적절한 관계를 지속하게 되는 것이다. 가령 조문정공(趙文正公)은 부귀공명이 극치에 이르렀을 때 산수에서 노닐고자하는 생각을 가져 동쪽 언덕에 독락원을 지어놓고 날마다 문하생들과 어진 사대부들과 더불어 시와 술을 즐겼다.[23] 조문정공의 독락당은 현실과 완전히 단절된 공간이 아니라 끊임없이 그곳과 연결되는 공간이

---

23) 〈趙文正公〉(보한집, 118면)

다. 아울러 조문정공 자신도 독락당에 기거하기 시작한 뒤에도 그 전에
교유했던 사람들과 관계를 지속하는 것이다.

　『보한집』은 이처럼 산수 간에서 사는 삶을 미화하기도 했지만 그러한
삶을 문제 삼거나 비꼬기도 한다. 〈최문헌공전시(崔文憲公典試)〉(보한집,
108면)에서 최문헌공은 과거를 관장하여 14명을 급제시켰다. 그중에는
상서(尙書)를 제수받거나 학사가 된 경우가 많았지만, 대강(大康) 9년 계
해년에 급제한 자들 중에는 한사람도 높은 관직에 오르지 못했다. 특히
이자현, 곽여가 같이 급제했지만 둘다 관직을 버리고 처사(處士)가 되었
으니 이들을 사람들은 처사방(處士牓)이라 불렀다는 것이다. 최자는 그
것을 비꼬는, '상서방을 할 것이지 처사과는 해서 무엇하누'(須占尙書牓
休登處士科)란 시구를 어느 골계집으로부터 인용한다. 이는 은사랍시고
홀로 동떨어져 살아가는 자들의 행태를 비꼬는 것이다. 골계집의 작자뿐
만 아니라 최자 자신도 그 시구를 통해 처사로서의 삶을 은근히 조롱했다
고 볼 수 있다. 〈윤문강공언이(尹文康公彦頤)〉(보한집, 112면)는 더 분명
한 비판을 한다. 문강공 윤언이는 만년에 벼슬을 그만 두고 금강재에 은
거하며 좌선에 몰두했다. 관승선사(貫乘禪師)라는 스님과 교유하다 '봄
인가 하더니 다시 가을이도다/ 꽃이 피더니 나뭇잎 떨어지네/ 동쪽이
다시 서쪽이니/ 진군(眞君)을 잘 봉양하도다/ 오늘 이 길에서/ 이 몸 돌이
켜 보니/ 만리 밖 먼 하늘에/ 한 조각 한가한 구름이로다'[24]라는 게송을
남기고 죽는다. 그가 죽자 '고인승사(高人勝士)'들은 슬퍼하고 사모하지
않는 경우가 없었다. 그런데 그에 대해 이중승(李中丞)은, '윤공은 재상
으로서 명망이 높아 모두들 우러러 보았으니 비록 늙어 벼슬에서 물러나
도 여전히 나라의 풍속을 염려하고 조행을 더욱 단단히 하여 후인들에게

---

24) 春復秋兮, 花開葉落, 東復西兮, 善養眞君, 今日途中, 反觀此身, 長空萬里, 一片
　　閑雲(보한집, 113면)

모범을 보여주어야 했다. 그런데 도리어 불교를 행하여 도를 어기고 상식을 부수어 성인의 교화를 해쳤다. 괴상한 풍습이 이로부터 시작될까 걱정이 된다.'[25]고 평했다 한다. 이중승의 입장은 '고인승사'와는 정반대다. 고인승사가 이미 은둔에 뜻을 둔 집단이라면 이중승은 유자의 전형적 삶을 추구하는 개인이다. 『보한집』은 고인승사라는 특정 집단이 그들과 유사한 삶을 살았던 윤언이를 추모하는 것을 비난하지 않는다. 고인승사들은 유자적 삶을 살아갈 의무가 없었던 사람들이기 때문이다. 이에 비해 이중승은 유자이다. 유자인 이중승은 유자로서 끝까지 살아가야 할 윤언이를 비판하고 있으며, 최자는 이중승의 그 비판적 발언을 끝에 배치하여 중시하고 있는 것이다. 애초 은둔지사라면 몰라도 일단 유자적 삶을 살아간 사람이라면 은둔을 하거나 특히 불교적인 행동을 한다는 것이 바람직하지 않다는 입장의 표시인 것이다.

『보한집』은 은둔하는 장소로서 자연 공간을 미화하기 보다는 순수무구한 자연공간을 연상하는 청정한 생활덕목을 더 부각시킨다. 〈최선숙공종준(崔宣肅公宗峻)〉(보한집, 139면)에서 최종준은 천성이 깨끗하고 곧아 약관에 벼슬살이를 시작한 후 한 번도 법을 어긴 적이 없었고 재상 노릇을 15년 동안이나 했지만 문간과 뜰 안이 깨끗했다는 것이다. 즉 그는 현실 생활공간의 중심부에서 살았어도 담박함과 청렴함을 저버리지 않았다. 담박함과 청렴함은 현실 공간으로 수용된 자연의 덕목이다. 여기서 자연은 현실에서 염증을 느낀 사람이 도피하여 들어가 사는 공간이 아니라, 현실에서 더 모범적이고 더 원만한 생활을 하게 해 주는 덕목의 상징인 것이다. 이러한 자연의 미덕은 곧 천성과 연결된다. 이규보에 대한 『보한집』의 찬사에서 그것을 확인할 수 있다.

---

25) 尹公身爲宰輔, 望重其瞻, 雖退老, 猶念國家風俗, 盆礪操持, 以示後人, 乃反作浮屠行, 反道敗常, 以傷聖化, 恐詭異之風, 自此始焉(보한집, 113면)

문순공의 가집(家集)이 세상에 나왔는데 그 시문을 보면 해와 달 같아서
칭찬할 대상이 아니다……공의 인품은 정직하고 공명하여 그가 선을 칭찬하
고 악을 꾸짖는 것을 보면 그것이 모두 천성에서 나왔음을 알 수 있다.26)

가식이나 위선으로 꾸며지지 않은 그 품성이 결국 천성에서 우러난
것이란 지적은 현실적 삶을 인정하면서도 그 삶을 지탱하는 덕목을 이끌
어 내는 데는 그 현실적 테두리에 구애되지 않는 어떤 초월적인 것을
전제했음을 의미한다. 그런 점에서 초월적 삶에 대한『파한집』고유의
지향이 변형된 것이라 할 수 있다.

〈최경문공홍윤(崔景文公洪胤)〉(보한집, 117면), 〈경문공영렬공(景文公
英烈公)〉(보한집, 117면)은 장원 급제하여 정승에까지 이른 최홍윤과 금의
(琴儀)의 다복한 일생을 함께 다루고 있다. 두 사람은 최고의 벼슬을 하고
늙은 뒤에는 스스로 물러나 유유자적한다. 물러난 뒤에도 여전히 임금의
은총을 받아 궁중의 잔치에까지 참여하게 된다. 이들이 영재들을 문생으
로 두었다는 사실은 궁중 잔치에 참여할 때 문생들이 그들을 부축하는
모습이 구경꾼들에게 포착되면서 알려 졌다. 그리고 궁중 잔치에 참석한
것을 기념하여 잔치를 열었는데 제자들과 자손들을 함께 참석하게 하고
나이 순으로 앉게 한다. 두 사람은 일생 동안 최고의 벼슬을 역임하여
영예를 누렸을 뿐만 아니라 늙어서는 스스로 물러나 유종의 미를 거두었
다. 아울러 영재들을 제자로 두고 그들 못지않게 능력이 있는 자손을 두어
뭇 사람들의 부러움을 산 것이다.

최홍윤은 최고의 벼슬을 지내고27) 늙어 스스로 물러나며 그 뒤에도

---

26) 文順公家集, 已行於世, 觀其詩文, 如日月, 不足譽 …… 公資正直公明, 觀其讚善話
   惡, 出自天性(보한집, 121면)
27) 〈최문헌공충(崔文憲公沖)〉(보한집, 107면)은 '선비가 세력을 얻어 행동하면 유종의
   미를 거두기가 힘들지만 글을 닦아 학문을 쌓으면 경사를 거둘 수 있는 것이다. 나는

임금으로 부터 정중한 대우를 받았다. 그리고 많은 뛰어난 제자들을 배출하고 그에 못지않은 자손들을 길러 그 제자들과 동렬에 들게 하였다.[28] 이러한 최홍윤의 일생이야말로 『보한집』에서 내세운 가장 바람직한 이상적 인간의 일생이라 할 수 있다.

3. 『역옹패설』의 이상적 인간상과 삶의 방식

『역옹패설』에도 제자들을 잘 배출하거나 집안 자손들을 잘 되게 하는 것을 중시한 부분이 있다. 〈강경룡(康慶龍)〉(역옹패설, 351면)에서 강경룡은 자기 집에 머물며 제자들을 가르치기만 했는데 충렬왕 31년의 성균시에 무려 열 명의 제자들이 합격했다. 이 미담이 궁궐에 알려져 임금이 하사품을 내리기까지 하였다. 〈국초서신일(國初徐神逸)〉(역옹패설, 352면)에서 서신일은 사냥꾼에게 쫓기는 사슴을 구해주는데 그 음덕으로 자손들이 재상의 자리에 오르게 된다. 거북의 남획을 금지시킨 박세통 역시 그 음덕으로 자손들이 높은 지위에 오르게 한다. 이들 단편들은 제자와 자손의 번창과 영예가 자신의 그것보다 더 중요하다는 인식을 깔고

다행히 글로 드러났고 맑음과 삼가함으로써 세상을 마칠 수 있게 되었다.'라는, 최충이 자손에게 주는 훈계말을 내세움으로써 벼슬하는 것보다는 학문을 하고 수양을 하는 것을 중시하는 듯하지만 곧 '자손을 훈계하는 글을 써서 후세에 전했다. 그러나 중엽에 이르러 그 책은 유실되었고 시 두 편이 남아 있다.'라는 구절을 덧붙이는 것으로 보아 이 단편은 최충에 의해 실천된 인간상을 추천하려는 것보다는 그의 책이 유실되었다는 사실을 지적하는 데 목표를 둔 것이라고 볼 수 있다.

28) 자손의 번창을 강조한 단편이 〈최예숙공석(崔譽肅公奭)〉(보한집, 109면)이다. 여기에 인용된 〈복야화시중시(僕射和侍中詩)〉(보한집, 198면)에 그런 경향이 압축되어 있다. '삼대에 걸쳐 평장을 지내더니 형은 시중이 되고 세 사위는 모두 정승에 올랐네. 한 사람은 장원급제하고 두 사람은 동시에 부월을 받아 부원수에 올랐네. 대대로 적선하니 자손에게 경사가 이어졌네. 조정에 높은 벼슬 가득하니 그 자손의 번성함이여'

있으며, 여기에서 소박하나마 가문의식을 찾을 수도 있다.

제자와 자손은 고려조 시험제도를 통해 서로 긴밀하게 연결되었다.

> 우리나라에서는 시험을 관장하는 사람을 학사라 불렀고 그 문생은 그를
> 은문(恩門)이라 일컬었다. 문생과 좌주의 예는 옛날에 비해 훨씬 엄중했는
> 데, 학사의 부모가 살아 계시거나 좌주가 있을 것 같으면 합격자 발표 후 반드
> 시 공복을 입고 찾아가 인사를 드리는데 이때 문생들이 줄을 지어 따라간다.
> 학사가 앞에서 절을 하면, 문생들은 뒤에서 따라 절을 한다. 여러 손님들은
> 비록 존귀하거나 나이가 많다 하더라도 모두 마루에서 내려와 뜰에 서서 예가
> 끝날 때를 기다렸다가 서로 읍양하고 올라가서 차례로 절하고 축하한다. 그
> 리고 난 뒤에 학사가 모두를 자기 집으로 초청하여 술잔을 올리고 장수를
> 축원한다…… 연우 경신년에 내가 외람되게도 고시관이 되었다. 그때 선군의
> 연세는 77세였고 대부인은 70세로서 모두 건강하시었다. 지금의 정승 권국재
> 공(權菊齋公)은 내가 등과할 때의 지공거였고, 동지공거는 열헌 조간공(趙
> 簡公)이었으며, 성균시 때의 시관은 정선공(鄭僐公)이었는데 세분 좌주가
> 모두 건강하였다. 이에 돌아가며 찾아뵙고 초청하였다. 나는 국재공의 사위
> 가 되므로 변국대부인도 나란히 수레를 타고 같이 오시니 사람들이 과거가
> 생긴 이래 일찍이 없었던 일이라고 하였다.[29]

이처럼 학사(고시관)가 되어 급제자를 배출하면 학사는 그들을 모두
데리고 자신의 부모와 좌주를 찾아가 문안을 올리는 관행이 반복되어
마침내 '좌주-문생' 간의 관계가 '부모-자식' 간의 관계와 같이 되었다.

---

29) 我國掌試者, 爲之學士, 其門生稱之則曰, 恩門. 門生座主之禮, 比古尤重, 學士有
父母若座主在, 旣放牓, 必具公服往謁, 而門生綴行隨之, 學士拜於前, 門生拜於後,
衆賓雖尊長, 皆下堂庭立, 竣禮畢揖讓而升, 以次拜賀, 於是, 學士邀至其第, 奉觴稱
壽 …… 延祐庚申, 僕承乏爲考試官, 先君年七十有七, 大夫人年七十, 俱康寧, 今菊
齋政丞權公, 是僕登科時知貢擧也, 而同知公擧, 悅軒趙公諱簡, 成均試官, 常軒鄭
公諱僐, 三座主皆無恙. 於是, 歷謁而請之, 僕於菊齋, 又忝東床之選, 故卜國肩輿偕
臨, 人謂科擧以來, 未嘗有也.(역옹패설, 372면)

심지어 문생이 좌주의 사위가 되는 경우도 있었으니 그런 동일시가 더 구체적으로 이루어진 것이다.

　한 사람의 일생을 재구성함에 있어 대체로 제자의 배출과 자손의 영달이 밀접한 관계를 갖게 한 것은 이러한 과거 제도의 풍습과 긴밀히 관련되었다. 『역옹패설』은 이상적 인간상이 확보해야 할 요소들을 제시함에 있어 당대에 가장 중시된 과거제도와 관련시켰다는 점에서 그것이 추구하는 이상적 인간상이 구체성을 갖추게 되었다.

　『역옹패설』은 이상적인 삶을 구성하는 한 부분으로서 제자와 자손의 출세를 제시하였을 뿐 아니라 이상적인 삶을 살아간 사람이 갖춰야 할 마음의 자세도 보여주었다. 이는 바람직한 생활덕목에 해당되는 것으로서 한 인간이 특정 상황을 맞이하는 방식이 어떠한 것이 되어야 하는가에 대한 심사숙고가 있었음을 암시하는 대목이다. 더 구체적으로는 어떤 직위에 있을 때 그 직위에 가장 떳떳하게 일을 해야 할 것을 강조하였다. 가령 〈유거실(有巨室)〉(역옹패설, 357면)에서 지전법사사(知典法司事) 김서(金㥠)와 그 동료들은 평민의 원통한 사정을 분명하게 알았으면서도 권세가를 두려워하여 평민에게 불리한 판결을 내렸다가 하늘에서 내려온 칼날에 찍히는 꿈을 꾼다. 그 뒤 한 달 안에 그들은 모두 죽는다. 응당 공정한 판결을 해야 할 사람이 그렇게 하지 않아 기이하고도 비참하게 죽었다. 이것은 그 직위에 알맞은 행동을 하는 것이 중요하다는 것을 역으로 강조한 것이다.

　그 직위에 가장 떳떳한 것이란 능력과 마음가짐의 면으로 나누어 볼 수 있다. 능력만 뛰어나도 마음가짐이 순수하지 못하면 진정으로 떳떳하지 못하고, 마음가짐은 갖추어져도 능력이 뒷받침되지 아니하면 공허하기만 하다. 〈손지추변(孫知樞抃)〉(역옹패설, 353면)은 경상도 안찰사가 된 손변(孫抃, ?~1251)이 누이와 남동생 간의 소송 사건을 원만하게 처리하여, 어느 쪽도 상처를 입거나 불만을 품지 않고 오히려 그 재판에 감복하여 스스로 변하게 해주는 이야기이다. 안찰사의 직위에서 가장 탁월한 능력을 보여준 것이다. 주인공의 행동 자체가 구체적일 뿐만 아니라 그에 대한 편찬자의 기술방식 자체도 더욱 구체적이다.

〈홍충정자번(洪忠正子藩)〉(역옹패설, 354면)에는 아상(亞相)인 충정공 홍자번과 수상인 문경공 허공이 등장하는데 이들은 매 사안마다 의견이 달랐다. 그렇지만 각자는 나름대로 자기가 해야 할 일에 대해 최선을 다한다 생각하였다. 다른 사람들은 이들의 그런 면을 이해하지 못하고 다만 두 사람 사이가 좋지 않다고만 짐작하였다. 문경공이 죽자 충정공은 '공은 삼가고 공정하며, 정직하고 아는 것이 많았다. 그리하여 말하지 못하는 것이 없었다. 세상에 어찌 허공 같은 이가 다시 있겠는가?'[30]라 했다는 것이다. 두 사람은 의견이 다른 경우가 많았지만 서로가 그 자리에서 최선을 다하고자 한 마음가짐을 인정한 것이다.

〈중관이대순(中官李大順)〉(역옹패설, 351면)과 〈사대지후(事大之後)〉(역옹패설, 351면), 〈위득유(韋得儒)〉(역옹패설, 354면) 등은 원칙과 신념에 철저한 마음가짐을 돋보이게 한다. 원칙을 내세워 청탁을 배격하고, 관례를 들어 사신 예절을 어긴 것을 비판하고, 나라를 저버리지 않기 위해 죽음을 무릅쓰고 자기 결백을 주장하는 것이다. 이러한 원칙주의는 관념적으로 막연하게 주창되는 것이 아니라 특수한 상황에 처한 개인의 분명한 행동과 말을 통해 표현되었다는 점에서 인상적이다. 이는 어떤 관직에 있는 관인의 탁월한 능력 못지않게 중요한 마음가짐인 것이다. 그 마음가짐을『역옹패설』은 거듭 강조하고 있다. 그것은 보통사람도 모범으로 삼아 따라갈 수 있는 생활덕목이다.

---

30) 公謹正直知, 無不言, 世豈復有許公哉?(역옹패설, 355면)

그런데 이상의 경우들에서는 상층 관리 혹은 왕들이 공식적 업무를 수행하는 과정에 봉착한 부정적 상황을 배경으로 하여 바람직한 생활덕목을 제시하였다. 이에 비해 공식적 업무와 관련이 없는 상황에서 그 인물의 덕목을 아름답게 형상화한 경우도 적지 않다. 〈유문도천우(俞文度千遇)〉(역옹패설, 354면)에서는 늙은 어머니의 마음에 상처를 주지 않기 위해 역모를 꾸민 동생을 고발하지 않는 유천우의 효성을 드러낸다. 지극한 효성을 다시 강조하기 위해 다음과 같은 일화도 덧붙였다.

> 옛날 내 [김인준] 아우의 집에서 음식을 대접했을 때 홍시가 놓여 있었다. 한자리에 있던 손님들이 다 그 맛이 좋다고 칭찬했으나 공은 홀로 먹지 않기에 그 까닭을 물었더니 "가져다가 어머니에게 드리겠다."고 말하였다. 나는 옛날부터 공이 어머니를 사랑하는 것을 알고 있다.[31]

이는 유천우의 아우에 의해 제거당할 뻔 했던 권신 김인준(金仁俊)이 한 말이다. 김인준은 불고지죄로 유천우를 죽일 수도 있었지만 그가 지극한 효자임을 알았기 때문에 죽이지 않는다. 효행이 죽을 사람을 살린 것이다.

〈한추밀광연(韓樞密光衍)〉(역옹패설, 353면), 〈진양공(晉陽公)〉(역옹패설, 353면) 등에서는 심각한 피해를 입을 수도 있었던 주인공이 그가 평소 보여준 청렴함이란 덕목 덕분에 피해를 모면한다.

> 설문경(薛文景)은 공정하고 검소하며 청렴하고 근신하여 예를 좋아했다. 조정의 6품 이상 관리 중에서 부모상을 당한 이가 있으면 반드시 소복을 입고 가서 문상했다. 고향 후배들이 찾아와도 의관을 갖추고 섬돌을 내려가서 맞이했다. 일찍이 병들어 누웠을 때 중암(中菴) 채홍철(蔡洪哲)이 안채에 들어

---

31) 昔者, 饗于吾弟之家, 有紅柿, 座客, 皆稱其美, 公獨不餐, 問其故, 曰: "將以遺母." 吾固知公之愛母也.(역옹패설, 354면)

가 진찰하였더니 베 이불에 요는 다 떨어졌는데 그 초라함이 스님의 방과 같았다. 중암이 나와서 탄식하기를, "우리같은 무리가 공을 바라보면 흙벌레가 황학을 바라보는 것과 같으리라."고 하였다.[32]

여기서 설문경의 삶은 『역옹패설』에 등장하는 다른 어떤 사람의 경우보다 더 바람직한 것으로 묘사되었다. '공검렴근(公儉廉謹)'이란 말에 그것이 압축되었고 그가 보여준 돋보이는 행동과 삶의 태도가 일화의 형태로 덧붙었다. 설문경은 어떤 관직에서 탁월한 능력을 보여주는 경우보다 더 적극적으로 형상화되어 이상적 인간상에 대한 『역옹패설』의 최종 지향점이 여기에 있을 것이라는 추정을 가능하게 한다.

그 외 〈현문혁(玄文赫)〉(역옹패설, 355면)에서는 능욕을 면하기 위해 딸을 데리고 투신자살하는 현문혁의 부인을 형상화하여 정절이란 유가적 이념을 구현하였다. 〈유문정경(柳文正璥)〉(역옹패설, 351면)은 양보의 미덕을, 〈의왕계년(毅王季年)〉(역옹패설, 352면), 〈허문경(許文敬)〉(역옹패설, 356면)은 용서와 자비의 미덕을 보여준다.

　　허문경공은 젊었을 때에 항상 한 종을 거느리고 다니면서 거의 매일 드러난 해골과 뼈들을 묻어 주었다. 버려진 시체를 보면 스스로 짊어지고 가서 묻어 주었다. 그가 세수할 때에는 다만 일작(勺) 정도의 물을 사용할 뿐이었는데 자기가 귀하게 된 뒤에도 한결같았다.[33]

이제 자신의 생활 태도만을 가다듬는 단계에서 남을 생각하는 단계로

---

32) 薛文景, 公儉廉謹, 好禮. 朝官, 六品以上, 其有父母之喪, 必素服往弔, 鄕黨後生來謁, 亦具衣冠, 下階迎之. 嘗臥疾, 蔡中菴洪哲, 入內寢診視, 布被弊席, 蕭然若僧居, 出而歎曰: "自吾輩而望公, 所謂壤虫之與黃鶴也."(역옹패설, 356면)

33) 許文敬, 少時, 常率一僕, 掩骼埋胔, 殆無虛日, 見棄屍, 自負以瘞之, 其頮面盥手, 只用勺水, 旣貴亦如之.(역옹패설, 356면)

나아갔다. 죽은 시신에 대한 배려는 남을 생각하는 태도의 지극한 경지이다. 허문경공의 삶에서 남을 배려하는 자비심과 자기의 자세를 추스르는 청렴이 종합된 것이다.

『역옹패설』에 이르러 이상적 삶에 대한 관심은 더욱 확대되어 타인과의 관계, 사회적 실천의 차원까지 포괄하게 되었다. 그것은 새롭게 형성된 사대부의 세계관과 무관하지 않다. 사대부가 자기 계급의 사회적 위치와 역할을 외면할 수 없었을 것이다. 사대부로서 응당 스스로 지켜야할 덕목을 실천하고 사대부로서 다른 계층을 위해 해야 할 일을 하게될 것이다. 『역옹패설』에서 형상화된 이상적 인간상과 그가 추구하는 바람직한 삶의 태도는 이처럼 기존 이념의 강요에 의해 만들어진 것이 아니라 실천적 행위를 통해 형성된 것이라 할 수 있다.

4. 소결

고려 후기에 기술된 세 잡록집은 이념적 부담감으로부터 비교적 자유로운 단계에서 나름대로의 이상적 인간상을 보여주었다고 볼 수 있다. 일정한 부분에서 상통하는 면이 있지만, 그 편찬자들의 계급적 처지나 개인적 취향이 다르기 때문에 이상적 인간상이나 삶의 방식에 있어서도 다소간 편차가 있다.

『파한집』은 소신에 따라 맡은 일을 철저히 하는 관리라는 이상적 인간상을 제시하기 위해 직간(直諫)하는 언관을 형상화했다. 그런데 직간이라는 바람직한 행동에 대한 관심은 문장이나 시구의 특출함에 대한 호기심으로 나아갔다. 그리고 그 직간을 한 관리는 현실 실정과는 달리 그 때문에 궁극적인 피해를 입지 않는다. 그것은 직간이 동반하는 이념적 긴장을 약화시키는 설정이라 할 것인데 그러한 경향이 마침내는 주체의 의지를 부정하고 운명이나 타고난 기질을 중시하는 쪽으로 귀결되었다. 아울러 이인로는 은둔하여 살아가는 사람을 형상화 하고 그들의 시들을 제시하여 세속적 삶으로부터 초연하게 살아가는 것을 이상적 삶의 방식으로 제시하였다.

『파한집』에는 '소신에 따라 맡은 일을 다 하는 관리로서 책을 읽고 문인적 교양을 넓혀 필요할 때 멋진 시를 지어 그것이 사람들의 입에 회자되게 하는 관인'이라는 이상적 인간상과 '세속적 삶으로부터 초연해 하며 살아가는 은둔자'라는 이상형 인간상이 공존하고 있다 볼 수 있다. 전자의 경우, 소신을 이념적 당위의 차원으로 승화시켜 지속적으로 실천하는 단계에까지 나아가지 않고 오히려 시의 창작과 감상, 회자 쪽으로 주 관심이 옮겨지고 있다. 후자의 경우, 비록 시의 창작과 관련되기는 하지만 그 때 지은 시 조차 은둔 지향자의 초월적 삶을 부각시키는 쪽으로 활용되고 있다. 그러므로 '세속적 삶으로부터 초연해 하며 살아가는 은둔자'가 『파한집』에서 일관되게 중시되어 두드러지는 이상적 인간상이라고 볼 수 있다.

『보한집』에도 은둔자의 상이 자주 나타난다. 그런데 그 은둔자는 나름대로의 이념이나 신념을 간직하는 사람이다. 최자는 이런 은둔자를 진정한 은자로 보았고, 그와 달리 막연히 세속을 벗어난 삶을 추구하는 은자를 그냥 은자로 일컬었다.

현실로부터 일정한 거리를 유지하며 유유자적한 삶을 추구하는 경우도 물러나 지내는 공간과 나아가 활약하는 현실적 공간을 완전히 단절시키지 않았다. 오히려 유유자적하는 공간과 엄연한 현실적 공간은 적절한 관계를 지속하는 것이다.

『보한집』은 이처럼 산수 간에서 사는 삶을 은근히 미화하기도 하지만

그러한 삶을 문제 삼거나 비꼬기도 한다. 그리고 자연 공간을 은둔하는
장소로서 미화하기 보다는 자연 공간을 통하여 청정한 생활덕목을 환기
시키는 경우가 많다. 그럴 경우 자연 공간은 현실에서 염증을 느낀 사람
이 도피하여 들어가 사는 곳이 아니라, 현실에서 더 모범적이고 더 원만
한 생활을 하게 해주는 환경이요, 상징물인 것이다.

이렇듯 『보한집』에서는 자연 공간과 현실 공간이 적절한 관계를 유지
하면서 상호 보완적인 역할을 한다. 그리하여 이상적 인간도 그 두 공간
을 왕래하며 원만한 일생을 보내는 존재이게 된 것이다. 그런 점에서 최
고의 벼슬을 지내고 늙은 뒤 스스로 물러났으며 그 뒤에도 임금으로부터
정중한 대우를 받았고 많은 뛰어난 제자들과 자손들을 길러낸 최홍윤의
일생이야말로 『보한집』에서 내세운 가장 바람직한 이상적 인간의 일생
이라고 하겠다.

『역옹패설』도 좋은 제자들을 많이 배출하거나 집안 자손들을 잘 되게
하는 것을 중시하였다. 그런데 한 사람의 일생을 재구성함에 있어 제자
의 배출과 자손의 영달이 밀접하게 연결되게 하였는데, 그것을 가능하게
한 것은 과거제도였다. 『역옹패설』은 이상적 인간상이 확보해야 할 요소
들을 제시함에 있어 당대에 가장 중시된 제도와 관련시켰다는 점에서
이상적 인간상이 구체성을 갖추게 되었다.

아울러 이상적인 삶을 살아간 사람은 어떤 마음의 자세를 갖추었는가
도 보여 주었다. 이는 바람직한 생활덕목을 제시하는 것으로서, 사람이
어떤 상황을 맞이하는 태도가 어떠한 것이 되어야 하는가에 대한 심사숙
고가 있었음을 암시한다. 더 구체적으로는 어떤 직위에 있을 때 그 직위에
가장 떳떳한 자세가 어떤 것인가를 보여준 것이라 하겠다.

설문경의 삶의 자세를 '공검렴근(公儉廉謹)'이란 말로 요약하고 그에
해당하는 몇 개의 일화를 통하여 그 점을 구체적으로 형상화하였다. 이

것은『역옹패설』이 가장 이상적인 것으로 제시한 인간상이다. 그리고 자신의 생활 태도만을 가다듬는 단계에서 남을 생각하는 단계로 나아갔다. 죽은 시신들에 대한 허문경공의 배려는 그렇게 나아간 경지를 잘 보여준다. 허문경공의 삶에서 남을 배려하는 인자함과 자기의 자세를 추스르는 청렴이 종합된 것이다.

『역옹패설』에 이르러 이상적 삶에 대한 관심은 더욱 확대되어 타인과의 관계와 사회적 실천의 차원까지 포괄한 것이 되었다고 할 수 있다. 그것은 사대부적 세계관의 형성과 관련된다. 잡록집 속의 사대부가 설사 그 이념적 부담감으로부터 다소 자유로운 상황에 있었다 하더라도, 사대부계급의 사회적 위치와 역할에 대한 자기의식을 뿌리칠 수는 없었을 것이다. 사대부로서 응당 스스로 지켜야 할 덕목을 실천하고 사대부로서 다른 계층을 위해 해야 할 일을 생각하게 된 것이다.『역옹패설』에서 형상화된 이상적 인간상과 그가 추구하는 바람직한 삶의 태도는 이처럼 기존 이념의 강요에 의해 만들어 진 것이 아니라 실천적 행위를 통해 형성된 것이라 할 수 있다.

『파한집』,『보한집』,『역옹패설』로 나아가면서 형상화한 이상적 인간상은 마침내 조선 건국과 함께 사대부 인간상의 정립으로 귀결되었다. 조선시대 잡록집은 새 시대에 부합하는 인간상의 재정립을 전제로 하고 거기서 일정한 일탈의 서사들을 포착하여 제시한 것이다.

제2장

『귀전록』의 수용과 조선 일화의 형성

1. 머리말

중국 지괴(志怪)나 전기(傳奇), 그리고 필기(筆記)는 조선 일화의 형성에 일정한 영향을 주었다. 그것은 동아시아 문화와 문학의 교섭관계를 고려할 때 당연하다고 하겠다. 물론 일방적인 영향과 수용의 관계가 아니라 변용의 관계이다.

지금까지 일화의 연구에서 고려후기『파한집』, 『보한집』, 『역옹패설』 등이 조선시대 잡록집과 일화 갈래 형성에 바탕이 되었다는 주장은 당연하게 받아들여졌지만, 그 과정에서 중국의 필기 등이 어떤 식으로 개입했는지에 대한 검토는 많지 않았다. 서적 수입과 유포를 고려하자면 중국쪽과의 관계를 부정하기 어렵다. 가령 고려 중기에 이입된『태평광기』는 조선시대에 들어와 축약본과 언해본이 나와 유포되었다. 세조 8년(1462년)에는 성임(成任)이『태평광기』를 요약하여 50권의『태평광기상절』을 간행했고, 거기에다 다른 책 30권을 덧붙여 80권의『태평통재』를 간행했다. 이런 식으로 중국의 전기나 지괴는 우리나라에도 널리 알려졌고, 그 것들이 우리나라 설화나 일화에도 수용되고 변용되었다고 볼 수 있다. 심지어『삼국유사』〈낙산이대성 관음정취조신(洛山二大聖 觀音正趣調信)〉조의 계사(戒詞)는『태평광기』권 82〈여옹(呂翁)〉조와 심기제(沈旣

濟)의 〈침중기(枕中記)〉를 수용하고 있다. 또『패관잡기』의 〈앵지위추단장(鸚之爲雛斷腸)〉은『태평광기』권 463의 〈앵(鸚)〉과『수신기(搜神記)』의 〈단장(斷腸)〉을 수용한 것이다.

『귀전록(歸田錄)』은『태평광기』못지않게 우리나라 필기와 일화의 형성에 영향을 주었다고 판단된다.『귀전록』은『보한집』발문과『필원잡기』서팽소의 서문에 언급되었다. 또 이제현은『역옹패설』을 편찬하기 전에 이미 구양수의 문집과『귀전록』을 탐독하고 양식을 채용했을 가능성이 있다고 추정되었다.[1]

이 사실은 잡록집 편찬자 뿐 아니라 그 주위 문인이나 사대부들조차도『귀전록』을 읽었고,『귀전록』의 글쓰기가 어떤 식으로든 고려 말과 조선시대의 글쓰기에 참조되었음을 암시한다. 그런 점에서『귀전록』에 대한 검토는 고려 말 조선 초 필기나 일화의 형성을 설명하는 데 필수적인 과업이라 하겠다. 더욱이『귀전록』과『필원잡기』를 일별해보면 적지 않은 단편들이 모티프나 서술방식 등에서 유사성을 보인다는 사실을 발견할 수 있다.

『귀전록』을 비롯한 중국 필기와 우리나라 필기의 관계에 대해서는 최근에 이르러서야 주목하기 시작했다. 강민경은 '중국필기문헌번역총서'의 하나로『귀전록』을 번역하면서『귀전록』에 대한 해설을 덧붙였다.[2] 그는『귀전록』의 내용을 분류하고 설명한 뒤,『귀전록』이 우리나라 필기 문학에 영향을 끼쳤다고 보았다. 특히 고려 말 최자의『보한집』에 영향을 미쳤다고 보았는데,『보한집』의 발문에『보한집』이『귀전록』의 영향을 받았음을 확실하게 밝히고 있다는 점을 중시했다. 나아가『역옹패설』,

---

1) 곽미라, 「『역옹패설』의 서술양상 연구 -인물 기술의 성격을 중심으로-」, 동국대학교 대학원, 2010, 90면.

2) 강민경, 「귀전록에 대하여」, 『귀전록』, 학고방, 2008, 1~51면.

『태평한화골계전』에까지 영향을 끼쳤다고 보았다.3) 곽미라는『역옹패설·전집』부분이『귀전록』의 구성과 내용 및 서술양식 등에서 비슷한 면모를 보인다는 점을 밝혀내었다.4)『귀전록』이 역사적 사실을 기록하면서도 뒷부분에는 해학과 풍자가 담긴 일화를 기록하고 있는데,『역옹패설』도 그러하다는 점5),『귀전록』이 구양수가 직접 경험하고 보고 들은 사항을 기록한 것인데,『역옹패설』에도 이제현이 관직생활 중에 직접 보고 들은 내용이 다량으로 수록되어 있다는 점6) 등에서 그러하다고 주장했다.

그러나 이런 논의들은『귀전록』의 내용과 어떤 서술적 특징들이 우리나라의 필기류에 반영되거나 영향을 주었는가를 구체적으로 논증하는데 이르지는 못하였다. 서문을 통해 확인한 편찬 동기의 유사성이나 개별 단편들의 분위기의 유사성만으로는 그 관계를 입증할 수 없다. 나아가 서술방법이나 수사법, 세계를 재구성하는 시각과 태도 등에서 유사성이나 영향관계를 확인할 수 있어야 할 것이다.

『필원잡기』는『귀전록』의 흔적이 가장 강하게 나타나는 잡록집이라할 수 있는데도 지금까지 그 점이 주목되지 못하였다.『필원잡기』의 서문에는 명백하게『귀전록』이 언급되어 있다. 또『필원잡기』는 많지는 않지만『귀전록』소재 단편들을 직접 옮겨오고 있다. 서술방식이나 세계관 면에서도『필원잡기』와『귀전록』이 유사한 점을 찾을 수도 있다.

이 장에서는 조선 초기 일화의 형성과『귀전록』의 관계를 살피기 위하여『필원잡기』와『귀전록』의 관계 해명에 초점을 맞춘다. 먼저『귀전

---

3) 위의 책, 48면.

4) 곽미라,「『역옹패설·전집』의 성립에 대한 재검토-『귀전록(歸田錄)』의 영향을 중심으로-」,『국제어문』, 국제어문학회, 2011, 85면.

5) 위의 논문, 같은 면.

6) 위의 논문, 86면.

록』의 특정 단편이 부분적으로든 전체적으로든『필원잡기』에 수용되거
나 전용된 사례들을 살펴보고 나아가 서술방식이나 수사법의 차원에서
『귀전록』과『필원잡기』가 연결되는 양상을 살펴보겠다. 그리고『필원잡
기』가『귀전록』의 영향을 받아 편찬되었음에도 불구하고『귀전록』과 구
분되는 점들을 추출해내고 그 점들을 응용과 혁신이란 차원에서 해명하
겠다.

2. 『귀전록』 서술방침의 수용

『보한집』의 발문에는『귀전록』에 대한 언급이 있다. 구양수가『귀전
록』을 지을 때, "귀신 이야기나 규방에 가까운 이야기는 모두 없앴다."[7]
는 이조(李肇)의『국사보』서문을 본받았다는 구절이다.『귀전록』의 마
지막 단편은 이렇게 되어 있다.

> 당(唐) 이조(李肇)의 〈국사보서(國史補序)〉에서 이렇게 말했다.
> "보응을 언급하고 귀신 이야기나 꿈 해몽, 규방에 가까운 이야기는 모두
> 버리고, 사실을 기록하고 물리를 탐구하며 의혹을 가리고 권계를 보여주며
> 풍속을 채록하고 담소에 도움이 되는 것만을 적었다."
> 내가 기록한 것은 대개 이조를 모범으로 삼았으나, 이조와 약간 다른 것은
> 남의 과오를 적지 않은 것이다. 사관의 본분이 아니라 여기기에 악을 덮고
> 선을 드러내는 것이 군자의 뜻이라 여긴다. 독자는 이를 잘 알아야 한다.[8]

---

7) 唐李肇, 國史補, 序云: '敍鬼神, 近帷箔, 悉去之' 歐陽公作, 歸田錄, 以肇言, 爲
法.(『보한집』, 146~147면)

8) 唐李肇, 國史補, 序云: '言報應, 叙鬼神, 述夢卜, 近帷箔, 悉去之, 紀事實, 探物
理, 辨疑惑, 示勸戒, 採風俗, 助談笑, 則書之', 余之所錄, 大抵以肇爲法, 而小異於
肇者, 不書人之過惡. 以謂職非史官, 而掩惡揚善者, 君子之志也. 覽者詳之.

고려 말과 조선 초 잡록집 편찬자들은 위와 같은 『귀전록』의 서술방침을 두루 읽고 참조했다고 할 수 있다. 서거정이 『필원잡기』를 편찬할 때도 마찬가지였다. 서거정은 『필원잡기』를 편찬하면서 『귀전록』을 참조하였다.[9] 무엇보다 『귀전록』에서 구양수가 세상과 세상 사람들을 관찰하고 선택적으로 서술한 자세가 서거정의 뜻과 부합했다고 할 수 있다. 이조(李肇)는 상식의 잣대에 의해 입증되지 않은 '허황한' 이야기나 여성의 은밀한 이야기는 제외하고서, 사실을 기록하고 사물의 이치를 탐구하며 의혹을 풀어주고 권계(勸戒)를 보여주며 풍속을 채집하고 담소거리를 제공하려 했다. 구양수는 이조(李肇)의 이런 서술방침을 따르되, 이조와는 달리, 남의 과악(過惡)에 대해서는 쓰지 않는다고 했다. 사관(史官)의 자리에 있는 사람이라면, 혹은 사관의 입장을 표방하는 사람이라면 남의 악을 언급할 수 있겠지만, 구양수 자신은 사관이 아니기에 남의 악을 드러내기보다는 덮어주고 남의 선만을 드러내겠다고 한 것이다.

구양수는 도연명이 〈귀거래사(歸去來辭)〉를 짓고 고향으로 돌아간 것을 염두에 두면서 『귀전록』을 지었다. 더 이상 높은 벼슬을 한다거나 세상의 잘잘못을 따져 비리나 부정을 바로잡고자 하는 의욕을 내려놓은 시점에서 세상 사람들에 대해 부정적인 담론을 전개할 이유는 없었을 것이다. 구양수의 이런 태도는 겉으로는 매우 조화로운 세계관의 소산으로 비쳐졌다. 서거정을 비롯한 조선 초기 잡록집 편찬자들은 훈구 사대부로서 스스로 사관임을 자처하지 않았고 또 준엄한 논법을 구사하는 사관의 춘추필법(春秋筆法)을 취하려고도 하지 않았다. 오히려 그것을

---

9) 盖法歐陽文忠公歸田錄(『필원잡기』의 조팽소(曹彭召) 서(序); 필원잡기, 『대동야승』
 Ⅰ, 민족문화추진회, 1985, 665면; 『필원잡기』 원문은 『필원잡기』(상), (하), 심노숭
 편, 『大東稗林』 29권, 국학자료원, 1992년 영인본을 참고했으며, 이 장에서의 『필원잡
 기』 면 수는 『대동야승』 권1, 민족문화추진회, 1988의 면 수를 가리킴.)

피하려 하였다. 조선 초기 잡록집의 기본적인 분위기가 밝고 조화로운 것도 이와 무관하지 않을 것이다. 그런 특징은 사대부 사회의 상대적 안정과도 관련이 있음은 이미 밝힌 바 있다.[10]

이와 같이 조선 초기 잡록집 편찬자들이 자신을 사관으로 보지 않으려 한 성향은 조선 중기 이후 잡록집의 편찬자들이 스스로 사관과 다를 바 없는 태도로 야사의 성격이 강한 단편들을 서술한 사실과 대조된다. 조선 중기 이후 잡록집 편찬자들은 사관이 놓치거나 무시했지만 역사적으로 중요한 장면이나 인물에 대해 기록을 남긴다는 의식을 분명히 가졌다. 그 결과 조선 중기 이후 잡록집들은 오히려 부정적 인물의 부정적 행위를 드러내는 쪽에 더 강한 관심을 가지게 되었다.

요컨대 서거정이 『필원잡기』를 편찬하면서 『귀전록』을 한 모범으로 삼은 것은 사관의 입장에서 남의 악을 이야기하지 않는다는 구양수의 기본적인 서술방침이 서거정 자신의 세계관과 잘 부합했기 때문이라 할 수 있겠다.

이런 점을 전제로 하고서 비교해보면 우선 대체적인 구성 내용에 있어 『귀전록』과 『필원잡기』는 비슷한 양상을 보인다. '인물에 관한 일화', '정치와 전장제도(典章制度)', '문학과 예술', '풍자와 해학', '차(茶)·생활상식·특산물' 등으로 『귀전록』의 내용을 분류한다면[11] 『필원잡기』의 내용도 이 범주에서 크게 벗어나지 않는다. 체제 면에서도 둘다 두 권(卷)으로 되어 있다.[12] 두 권 사이의 구분이 엄격한 것은 아니지만 대체로 권1

---

10) 이강옥, 『조선시대 일화 연구』, 태학사, 1996, 63~64면.

11) 강민경, 앞의 논문, 20~39면.

12) 『귀전록』은 『송사(宋史)』 수록본만 8권으로 되어있고, 그 외 『직재서록해제(直齋書錄解題)』, 『사고전서총목(四庫全書總目)』, 『구양문충공집』, 『패해(稗海)』, 『학진토원(學津討原)』, 『사고전서(四庫全書)』, 『필기소설대관(筆記小說大觀)』 본 모두 2권으로 되어 있다.(강민경, 앞의 논문, 18~19면) 『필원잡기』는 국립중앙도서관 및 고려대학교 만

이 황제나 임금, 나라의 거시사와 관련되는 내용으로 시작한다면 권2는
사대부의 일상이나 사대부 사회의 제도와 관련된 내용으로 시작한다는
점에서 서로 통한다.

3. 모티프와 일화의 전유 양상

　『필원잡기』 곳곳에서 『귀전록』 소재 단편들의 흔적을 찾을 수 있다.
먼저 〈세조상종용어신(世祖嘗從容語臣)〉(필원잡기, 672)은 『귀전록』의
〈태조황제초행상국사(太祖皇帝初幸相國寺)〉(귀전록, 57)를 그대로 옮겨
오고 있다. 〈태조황제초행상국사(太祖皇帝初幸相國寺)〉에서 송(宋) 태조
가 상국사(相國寺)에 행차하는데, 불상에 절을 해야하는지 말아야 하는
지 헷갈려 승관(僧官) 찬녕(贊寧)에게 묻는다.
　"마땅히 절을 해야 하는가 하지 말아야 하는가?(當拜與不拜)"
　그러자 찬녕은 이렇게 답한다.
　"현재불은 과거불에 절하지 않습니다.(現在佛, 不拜, 過去佛)"
　태조는 그 말이 자기 뜻에 맞았으므로 '미소 지으며 고개를 끄덕였다.
(微笑而頷之)' 그리하여 그 뒤로 황제가 불상에 절하지 않는다는 것이 정
해진 법제(法制)가 되었다.
　『필원잡기』의 〈세조상종용어신(世祖嘗從容語臣)〉에서는 세조가 서거
정에게 묻는다.
　"너는 유자(儒者)이니 예로부터 임금이 불상에 절을 해야 하는가 말아
야 하는가. 너는 숨기지 말라.(汝儒者, 自古人君, 於佛可拜否, 爾毋隱焉.)"
　그러자 서거정은 바로 『귀전록』의 〈태조황제초행상국사(太祖皇帝初幸

　송문고(晚松文庫)・산기문고(山氣文庫) 소장본 모두 2권 1책으로 되어 있다.

相國寺)〉에 나온 송태조-찬녕의 문답과 그 결말을 인용한 뒤,[13] "그런즉 임금이 불상에 절하지 않는 것이 정도(正道)이며 불상에 절하는 것은 권도(權道)입니다."라고 대답했다. 이에 대해 세조는 크게 웃었다.(大笑)

서거정은 여기에다 다른 예화를 제시한다. 즉, 중국 사신 황엄(黃儼)이 제주의 동불(銅佛)을 가지고 와서 태종에게 먼저 절을 하고 예를 행하게 하였는데, 태종은 절을 하지 않았다. 하륜(河崙) 등이 황엄은 흉험하여 트집 잡기를 좋아하니 태종으로 하여금 권도를 좇아 먼저 불상에 절하라고 청했다. 태종은 불상이 중국에서 온 것이라면 황제의 명을 공경한다는 뜻으로 절하겠지만 불상이 우리나라 제주에서 온 것이기에 절하지 않겠다고 했다. 그러자 황엄이 굴복하고 예를 행했다. 서거정은 이에 대해 "대 성인의 소견이 각기 같습니다."라고 평가하자 세조가 또 웃었다(世祖又笑之)고 했다.[14]

이처럼 서거정은 『귀전록』의 단편을 자기주장의 논거로 끌어올 뿐 아니라 수사의 원천으로 삼는다. 서거정은 세조의 질문에 대해 자기 견해를 그대로 진술하기보다는 『귀전록』에서 읽은 송태조-찬녕의 문답을 먼저 인용하고 그것을 바탕으로 하여 "임금은 불상에 절하지 않는다."는 자기주장을 피력한 것이다. 『귀전록』의 그 단편은 나아가 황엄-태종의

---

13) 여기서 서거정은 『귀전록』을 정확하게 인용한 것은 아니다. 찬녕(贊寧)이 "현재불은 과거불에 절하지 않습니다.(現在佛, 不拜, 過去佛)"라 했는데, 서거정은 "현재불에게는 절하지만 과거불에는 절하지 않습니다.(拜在佛, 不拜過去佛)"이라 했다고 잘못 인용한 것이다.

14) 世祖嘗從容語臣曰: "汝儒者, 自古人君, 於佛可拜否? 爾毋隱焉." 臣對曰: "昔宋太祖幸相國寺, 佛像前燒香, 問當拜與否, 僧贊寧曰: '拜在佛, 不拜過去佛.' 太祖笑而不拜. 然則人君不拜佛正也, 拜佛權也." 上大笑. 臣又曰: "太宗朝, 中朝宦官黃儼, 持濟州銅佛而來, 使太宗先拜佛而後行禮, 太宗欲不拜, 河崙等請曰: '黃儼兇險喜生事, 宜從權先拜佛.' 太宗曰: '彼佛若自中國來, 則當敬皇帝之命拜之, 今此佛自我國濟州而來, 何拜之有? 羣臣無人陳此者, 予以謂不拜可也.' 竟不拜, 儼屈遂行禮, 大聖人所見各同." 世祖又笑之.(필원잡기, 672~673면)

사례를 이끌어오는 마중물이 되기도 한다. 서거정은 중국의 사례를『귀전록』에서 빌려오고 그와 비슷한 조선의 사례까지 이끌어와 세조에게 흡족한 담론을 만들어준 것이다. 또 서거정은『귀전록』의 서술법을 활용했다. 임금과 신하의 문답을 설정하는 방법이나 신하의 대답에 대해 임금이 웃음으로써 동의를 표하는 것이 그 증거가 된다. 임금의 물음에 대해 신하로서 임금의 동의를 구하는 아주 중요한 진술을 하는데『귀전록』을 결정적으로 인용하고 활용한 것이다.

〈유제학효통(俞提學孝通)〉(필원잡기, 697)은 문장에 능했던 유효통이 등장하는 해학담인데,『귀전록』의 〈전사공(錢思公)〉(귀전록, 166)의 일부를 옮기고 있다. 〈전사공(錢思公)〉[15]은 독서광인 전사공(錢思公)과 사희심(謝希深) 등의 독특한 행실을 제시한다. 즉 전사공은 앉았을 때, 누웠을 때, 측간에 갔을 때 어느 때도 책을 손에서 놓지 않았다고 말했는데, 그중 측간에 갔을 때조차 글을 읽었다는 것이 두드러진 흥미소가 된다. 그래서 이어진 사희심의 경우에서는 측간으로 갔을 때에만 초점을 맞추었다. 그리고 그 마무리로서 구양수 자신이 문장을 지은 곳을 언급한다. 구양수는, 말 위[馬上], 침상 위[枕上], 측간 위[廁上] 등 '삼상(三上)'에서 평생의 문장을 다 작성했다는 것이다. 이는 글이란 우아하고 근사한 분위기에서 구상하고 쓴다는 상식적 예상과는 매우 다른 것으로 흥미와 웃음을 일으킨다.

『필원잡기』는 위와 같은『귀전록』의 모티프를 〈유제학효통(俞提學孝通)〉(필원. 697)에서 인용한다. 유효통(俞孝通)은 문장에 능했고 우스갯소

---

15) 錢思公雖生長富貴, 而少所嗜好. 在西洛時, 嘗語僚屬言:"平生惟好讀書, 坐則讀經史, 臥則讀小說, 上廁則閱小辭, 蓋未嘗頃刻釋卷也."謝希深亦言:"宋公垂同在史院, 每走廁必挾書以往, 諷誦之聲, 瑯然聞於遠近, 其篤學如此."余因謂希深曰:"余平生所作文章, 多在三上, 乃馬上, 枕上, 廁上也."蓋惟此尤可以屬思爾.(귀전록, 166~167면)

리를 잘하였는데 일찍이 집현전에서 작시(作詩) 공부에 대해 논할 때 이렇게 말한다.

"옛 사람의 시는 '삼상(三上)'에서 더욱 잘 생각할 수 있다 하였으니, 말 위[馬上], 침상 위[枕上], 측간 위[廁上]이었소. 나는 그렇지 않고 삼중(三中)에 있소."

그러자 주위의 집현전 학사들이 그게 무엇이냐 다그치니, 유효통은 '한중(閒中) 취중(醉中) 월중(月中)'이라 대답했다. 그러자 여러 학사들이 "그대의 삼중(三中)이 삼상(三上)보다 낫소."라고 했다는 것이다.[16]

여기서 먼저 유효통이 『귀전록』을 읽었음을 확인할 수 있다. 유효통은 『귀전록』 독서지식을 집현전 학사와의 대화에서 활용하였다. 나아가 『필원잡기』가 『귀전록』을 메타 텍스트로 활용했다. 〈유제학효통(俞提學孝通)〉(필원. 697)은 〈전사공(錢思公)〉(귀전록, 166)을 인용하면서 패러디 하고 마침내 그 관계를 역전시켰다. 구양수의 '삼상(三上)'이 다만 상식을 뒤집기만 했다면, 유효통의 '삼중(三中)'은 상식을 넘어서면서 낭만성까지도 확보했기 때문이다.[17]

『귀전록』의 〈인종재동궁(仁宗在東宮)〉(귀전록, 62)과 『필원잡기』의 〈윤문도공회(尹文度公淮)〉(필원잡기, 697), 〈윤문도공회남집현수문(尹文度公

---

16) 俞提學孝通能文章, 善談恢. 嘗在集賢殿, 與諸君論作詩功夫, 俞曰: "古人以詩於三上, 尤可以屬思, 馬上, 枕上, 廁上也. 予則不然, 在三中." 諸君曰: "何耶?" 曰: "閒中, 醉中, 月中也." 諸君笑曰: "君之三中, 果優於三上."(필원잡기, 697면)

17) 유방선(柳方善)도 〈즉사(卽事)〉라는 오언율시에서 구양수의 '삼상(三上)'을 중요한 용사로 활용했다. 그 시는 이러하다. '고요함을 좋아하여 주미(麈尾) 휘두르는 사람(愛靜麾塵客)/ 기심을 잊고 해오리와 친하네(忘機狎水鷗)/ 시는 삼상으로 좇아 얻고(詩從三上覓)/ 이치는 하나 가운데를 향하여 구하네(理向一中求)/ 집은 헐고 지붕은 낡았는데(屋破茅茨古)/ 산이 깊으매 나무들 빽빽하네(山深樹木稠)/ 강 물고기는 가을에 맛이 좋아(江魚秋正美)/ 낚시배를 사야겠다 생각했네(有意買漁舟)(서거정, 『국역 동문선』 제10권, 솔출판사, 1998, 〈오언율시(五言律詩)〉)

淮南集賢秀文)〉(필원잡기, 679) 역시 긴밀하게 관련된다. 임금이 신하의 재주를 아껴 총애해주는데 그 신하가 술을 너무 좋아한다는 게 문제다. 어느 날 임금이 그 신하가 꼭 필요하여 부르는데 신하는 술에 취해 있다. 하지만 신하는 임금의 뜻을 받들어 임무를 잘 수행한다. 그래서 임금이 신하의 음주를 용인한다. 다만 『귀전록』의 〈인종재동궁〉에서는 신하의 음주 전후의 과정에서 심각한 고민과 우려가 개입하지만, 『필원잡기』의 두 작품에서는 그런 심각함은 전혀 없고 재주의 거침없는 실현이 이뤄지고 그 재주에 대한 감탄만이 덧붙여진다는 점에서 다르다.

〈시법고인소중(諡法古人所重)〉(필원잡기, 688)은 시호(諡號)를 짓는 것과 관련된 것으로 『귀전록』의 〈노숙간공(魯肅簡公)〉(귀전록, 74)과 〈송상서위포의시(宋尙書爲布衣時)〉(귀전록, 75) 역시 비슷한 내용이다. 또한 『귀전록』의 〈전사공(錢思公)〉(귀전록, 170)과 『필원잡기』의 〈남의정지황의정수신(南議政智黃議政守身)〉(필원잡기, 692), 〈사문고풍(斯文古風)〉(필원잡기, 687) 등도 관련된다. 〈전사공〉에서는 장군과 재상을 겸직하고 직위나 품계 등에서 최고에 오른 전사공조차도 "내 평생에 부족한 것은 황지(黃紙)[18]에 이름을 올릴 수 없는 것뿐이다."[19]라고 한스럽게 여겼다. 〈남의정지황의정수신(南議政智黃議政守身)〉에서는 남지(南智)와 황수신(黃守身)이 수상까지 되어 부귀와 공명이 최고였지만 홍지(紅紙)에 이름을 올리지 못한 것을 자기의 흠과 한으로 여긴다. 〈사문고풍〉에서는 문주회(文酒會) 풍습을 소개하는데 고관으로부터 낮은 관직 벼슬아치에 이르기까지 술을 따르며 '선생'이라 부르는데 만약 홍지(紅紙)에 이름을 올리지 못했으면 '선생'이라 부르지 않고 '대인(大人)'이라고만 부르니

---

18) 황패(黃牌)·홍패(紅牌)·백패(白牌)와 같이 종이의 빛깔로 과거 합격의 등급을 표시하였다.

19) 平生不足者, 不得於黃紙書名(귀전록, 170면)

홍지에 이름을 올리지 못한 사람이 문주회를 피하는 것은 대인이란 소리를 듣기가 싫었기 때문이다. 과거에 급제 못한 것을 황지나 홍지에 이름을 올리지 못했다고 표현하고 또 과거에 급제하지 못한 것을 내내 안타깝고 한스럽게 여긴다는 점에서 서로 연결된다.

4. 서술방식의 수용과 변형

1) 대조에 의한 차이와 뛰어남의 부각

구양수가 『귀전록』을 기술하면서 가장 두드러지게 구사한 서술방식은 '대조하기'라 할 수 있다. 대조는 한 일화 내에서 반대의 모습을 보이는 두 인물을 제시하거나, 의미지향이 반대인 두 일화를 나란히 놓는 서술방식이다. 일화사에서 대조의 서술방식은, 사화와 당쟁 등 정치적 갈등이 심화되어 화매(禍媒) 역할을 하는 가해자나 악인들이 양산되자 피해자나 선인(善人)들도 뒤따라 부각되는 데서 비롯되었다 할 수 있다. 나열이 개별성과 포용성을 의식적 바탕으로 하고 있다면, 대조는 배타성을 의식적 바탕으로 하고 있다. 대조는 분열과 배타의 시대에 성행하여 타자를 배제하고 응징하는 서술지향을 갖고 있는 것이다.[20] 『귀전록』이 보여주는 대조는 이런 심각한 분열과 배타를 바탕으로 한 것은 아니고 훨씬 가벼운 것이다.

〈장복야(張僕射)〉(귀전록, 115)는 몸집이 비대하고 다른 사람보다 엄청나게 많이 먹는 장복야(張僕射)와 비쩍 마르고 매우 적게 먹는 안수(晏殊)를 대조시킨다. 두 사람은 직접 아는 사이도 아니고 서로 관계가 있는 사이도 아니다. 두 사람을 대조시키는 바탕은 '서로 다르다'는 점일 뿐이

20) 이강옥, 『조선시대 일화 연구』, 태학사, 1997, 185면.

다. 〈등주화랍촉명저천하(鄧州花蠟燭名著天下)〉(귀전록, 131)도 사치스런 구래공(寇萊公)과 검소한 두기공(杜祁公)을 대조시킨다. 두기공은 장수하고 편안하게 세상을 떠났지만, 구래공은 남쪽으로 귀양가서 고생만 하다 다시는 돌아오지 못했다. 여기서도 두 사람은 직접적 관계가 없었다. 이런 대조는 사대부 계급에 속하는 사람들의 외모나 행동, 삶의 방식과 관련되는 것으로서, 그만큼 타자에 대한 관심을 동반한 것이지만 아직 사람 사이의 엄연한 관계까지 포착하기 보다는 그냥 독립하여 존재하는 사대부들에게서 발견한 차이점을 하나의 단편에다 담은 것에 지나지 않는다. 사람 사이의 관계에 대한 통찰까지 나아가지는 못했지만 자기 계급의 삶에 대한 강한 관심의 소산임은 틀림없다.

이와는 달리 〈송선헌공(宋宣獻公)〉(귀전록, 117)은 대조되는 두 쪽을 다소 관련시키고 있다. 송선헌공(宋宣獻公)과 하영공(夏英公)이 행자(行者)들의 불경 암송 시험을 주재했는데, 『법화경』 암송에 불합격한 행자에게 몇 년간 공부했느냐고 물으니 10년간 공부했다고 대답한다. 이에 반해 송선헌공과 하영공은 각각 10일과 7일만에 『법화경』을 한 글자도 빠뜨리지 않고 다 외웠다. 이렇게 등장인물들은 서로 관련되기는 하지만 그 관계가 긴밀한 것은 아니다. 대조를 통하여 귀결된 바는, '사람이 품성이 서로 차이나는 것이 이와 같았다.'[21]이다. 〈안원헌공(晏元獻公)〉(귀전록, 133)에서는 관련되는 두 사람의 대조가 독특한 웃음으로 귀결되었다. 왕기(王琪)와 장항(張亢)은 안원헌공(晏元獻公)의 막료로서 상객(上客)으로 대우받았다. 둘이 은근한 경쟁 관계에 있었음을 암시한다. 왕기는 비쩍 말랐고, 장항은 살쪘다. 왕기는 장항을 소 같다고 평했고, 장항은 왕기를 원숭이 같다고 평했다. 서로가 서로를 놀리고 조롱했다. 왕기가 장항을

---

21) 人性之相遠如此.(117면)

놀리기를, "장항이 벽에 부딪치면 여덟 팔(八)자가 되네."라 하자, 장항은
왕기를, "왕기가 달을 바라보며 세 번 울부짖네."라 놀렸다. 귀결점은 좌
중의 사람들이 크게 웃는 것이다. 여기서 왕기와 장항은 한 마디씩 주고
받아 얼추 대등한 자리에 있다고 할 수 있겠지만 속을 들여다보면 섣부른
도발을 한 왕기를 되받아친 장항이 왕기를 압도했다고도 할 수 있다. 두
사람이 만든 대조 상황에 날이 섰고 대조되는 두 사람 중 한 사람이 패배
하는 형국으로 나아간 셈이다. 〈삼반원(三班院)〉(귀전록, 171)은 수사적
대조로써 풍자를 일으켰다. 삼반(三班)22)관원들이 돈을 갹출하여 절에
다 음식과 향을 보시하며 성수(聖壽)를 축원하고 남은 돈을 식사비로 사
용했다. 또 군목사(群牧司)23)는 녹봉 수입이 좋았을 뿐 아니라 매년 말똥
을 팔아 꽤 많은 돈을 벌어 공용비로 사용했다. 이에 대해 도성사람들은,
"삼반은 향을 먹고 살고, 군목은 말똥을 먹고 산다네."24)라고 풍자했다.
도성사람들은 삼반과 군목, 향과 말똥을 대조시키는 수사법으로써 삼반
과 군목을 함께 풍자했다. 그런 점에서 말이 부드럽기보다 날카롭다.25)

　대조가 융성해지면서 대조가 두 쌍으로 나타나기도 한다. 〈성문숙공
봉비(盛文肅公豊肥)〉(귀전록, 187)에서 성문숙공(盛文肅公)과 정진공(丁晉
公), 매학사(梅學士)와 두원빈(竇元賓)은 쌍으로 대조된다. 성문숙공(盛

---

22) 삼반(三班): 관서(官署)의 이름이다. 북송(北宋) 초 공봉관(供奉官), 전직(殿直), 전
　전승지(殿前承旨)를 삼반이라 했다.
23) 군목사(群牧司): 관서의 이름이다. 송대 마필(馬匹)의 목양(牧羊), 번식, 훈련, 사용
　등의 일을 주관했다.
24) 三班喫香, 群牧喫糞.(귀전록, 171면)
25) 그 외, 〈태종시유대조가현(太宗時有待詔賈玄)〉(귀전록, 163)에도, "만일 바둑을 이해
　하기 쉽다고 여긴다면 나처럼 총명한 사람도 오히려 능할 수 없으며, 이해하기 어렵다고
　여긴다면 이감자처럼 우둔한 소인도 종종 최고의 경지에 이를 수 있다.(以棋爲易解,
　則如旦聰明尚或不能, 以爲難解, 則愚下小人往往造於精絶)"(163~164면)는 말의 대
　조가 뚜렷하다.

文肅公)과 정진공(丁晉公)은 '풍비대복(丰肥大腹)': '소수여삭(疏瘦如削)'
으로 대조되고, 매학사(梅學士)와 두원빈(竇元賓)은 '성희분향(性喜焚
香)': '불희수식(不喜修飾)'으로 대조된다.26) 그러나 짝이 되는 두 사람
은 긴밀하게 관련되는 사람이 아니라 다만 타인의 눈에 포착된 행동만이
대조될 따름이다. 그래서 "성 뚱보와 정 말라깽이, 매 향기장이와 두 냄
새장이."27)라고 당시 사람들의 말을 이끌어온 것은 그 느슨한 관계를
좀더 단단하게 만들기 위한 조치라 할 수 있겠다.

이와 같이 『귀전록』은 인물, 사건, 말 차원에서 다양한 대조의 범례를
보여준다. 비슷한 대조의 서술방식이 『필원잡기』에도 두루 나타난다.
〈권익평어경오향회(權翼平於庚午鄕會)〉(필원잡기, 685)에서는 향시(鄕
試)·회시(會試)·전시(殿試) 등 3시(試)에서 모두 장원으로 합격한 권람
(權擥)과, 향시·회시·전시에서 모두 꼴찌로 합격한 김수광(金秀光)이
대조되었다. 이에 대해 당시 사람들은, "삼장(三場)에서의 장원은 고금에
많이 있었지만, 삼장에서의 꼴찌는 천하에 정말 없던 일이다."28)라며 웃
었다. 이 웃음은 김수광에 대한 비웃음이기도 하지만 그렇게 악의적이거
나 심각하지 않은 가벼운 것이다. 그래서 김수광 본인도 그것을 모욕적
으로 받아들인 것 같지가 않다. 〈허공간공성(許恭簡公誠)〉(대동1, 326)에
서는 뇌물을 받지 않고 사사로운 청탁을 배격하며 원칙을 지키는 허성과
권모술수에 능한 스님 일운이 대조되고 있다. 일운에 의해 허성이 농락

---

26) 盛文肅公豊肥大腹, 而眉目淸秀, 丁晉公疎瘦如削. 二公皆兩浙人也, 并以文辭知
　名於時. 梅學士詢在眞宗時 已爲名臣, 至慶歷中爲翰林侍讀以卒. 性喜焚香, 其在官
　所, 每晨起將視事, 必焚香兩爐, 以公服罩之, 撮其袖以出, 坐定撤開兩袖, 郁然滿室
　濃香. 有竇元賓者, 五代漢宰相正固之孫也. 以名家子有文行爲館職, 而不喜修飾,
　經時未嘗沐浴. 故進人爲之語曰: "盛肥丁瘦, 梅香竇臭也."(귀전록, 187~188면)
27) "盛肥丁瘦, 梅香竇臭也."(귀전록, 188면)
28) 時人笑曰: "三場壯元, 古今多有, 三場爲尾, 天下必無."(대동1, 685면)

당하기는 하지만 그 때문에 허성이 심각한 곤경에 빠지거나 조롱받는 것은 아니다. 〈간원직간쟁(諫院職諫諍)〉(필원잡기, 698)은 사간원(司諫院) 관리와 사헌부(司憲府) 관리의 근무 실상을 대조시킨다. 사간원은 간쟁(諫諍)만을 직책으로 하니 나머지 시간동안 술 마시는 것을 업으로 삼는다. 반면 사헌부는 백관의 비위를 적발해야 하여 사무가 번거롭고 많았으며 모든 사무가 엄정 엄격해야만 하니 술을 마음대로 마시지 못한다. 사간원 관리가 사헌부 관리를 조롱하는 말로 귀결되었는데, 그 말은 두 부서의 갈등을 부추기는 것이 아니고 상호부정을 조장하는 것도 아니다. 한바탕 웃어넘기는 것이다.

〈조문정공용(曺文貞公庸)〉(필원잡기, 281)은 책을 소유한 서생(書生)과 그 책을 빌려보고자 하는 조용(曺庸)이란 사람을 대조시킨다. 조용은 그 책을 어렵게 빌려 며칠 사이에 한 자의 착오도 없이 책들의 내용을 외워버리기 때문에 조용의 능력이 부각된다. 그와 대조되는 서생이라는 인물은 경쟁이나 갈등을 부추기는 것이 아니라 조용이라는 탁월한 인물의 형상을 인상적으로 만들기 위해 존재한 것이다. 〈박정숙공안신(朴貞肅公安信)〉(필원잡기, 282)도 박안신과 맹사성의 성격 및 행동을 대조시켜, 결국 박안신의 너그럽고 당당한 행동을 두드러지게 한다는 점에서 〈조문정공용〉과 동일하다. 그렇다고 하여 맹사성의 열등을 비하하거나 비난하는 것은 아니다. 여기에다 덧붙여진 일화에서는 박안신과 익명의 다수가 대조되었다. 이 대조 역시 앞의 일화에서 이미 드러난 박안신의 대범함을 확인해주는 계기로서만 작용한다.

〈유사족신씨(有士族申氏)〉(필원잡기, 317)는 두 개의 일화를 대조시킨다는 점에서 특이하다. 두 일화는 여자의 개가를 문제 삼기에 주제 면에서는 동일하다. 다만 뒤의 일화는 앞의 일화가 지향하는 바를 평가하기 위해 인용된 성격이 강하다. 두 일화가 대등한 비중을 갖지 못하는 것이다.

이상을 통해 확인할 수 있듯이, 『필원잡기』의 대조가 『귀전록』의 대조 원리를 수용하기만 한 것은 아니지만 일정한 영향관계에 있는 것을 애써 부정할 수는 없다. 그러나 『필원잡기』의 대조는 본질적으로 『귀전록』의 대조와 다른 면을 보인다. 『귀전록』의 대조는 한쪽을 드높이고 다른 쪽을 비난하거나 혹은 다른 쪽을 부정하고 빈정대는 데 초점을 맞추는 경우가 많다. 『필원잡기』의 대조는 대조되는 한쪽을 부정하고 비난함으로써 다른 한쪽을 찬양하고 드날리는 것이 아니다. 그보다는 한쪽의 긍정적인 면을 인상적으로 드러내는 쪽으로 귀결된다.

그런데 『필원잡기』가 대조의 서술방식을 통하여 긍정적 인물을 일방적으로 부각시키려 하는 한, 대조가 내장하고 있는 의미 형성력을 약화시킨다고 할 수 있다. 이 점은 조선 중기 이후 잡록집의 대조와 비교할 때 분명해진다. 가령, 『패관잡기』의 〈연산조〉(대동1, 755면)와 『기재잡기』의 〈신문경공용개(申文景公用漑)〉(대동13, 21면) 등을 살펴보자. 이들 작품들은 심각하게 관련되는 두 사람을 대조시켜 어느 한쪽을 부정하거나 비난하고 다른 쪽을 칭찬한다. 〈연산조〉는 연산군의 폭정과 중종반정 전후의 정치적 격동을 배경으로 하여, 배반한 종을 죽여 버리는 주인과 용서해주는 주인을 대조시키고, 그런 대조가 정치의 문제와 관련되어 있음을 밝힌다. 〈신문경공용개〉는 신용개와 고형산이란 두 인물이 술을 좋아하는 자세를 대조시킨다. 서술자는 '호걸스러움'과 '거칠음'으로 두 사람의 자세를 대조한 뒤, 전자의 자세를 정당화하면서 그런 만큼 후자의 자세를 비꼰다. 그런데 신용개는 무오사화, 갑자사화의 피해자였고, 고형산은 남곤 일파와 함께 기묘사화를 일으킨 훈구 집단에 속했다. 이 대조는 서로 직접적인 관계를 맺지 않은 두 인물을 통하여 정치적 정당성 여부를 판단하기에 이르렀다. 그럴 때 서술자의 의도는 이중적으로 강조된다. 먼저 대조 현상 자체를 통해 강조되고, 또 그 현상에 대한 서술자의 진술에

의해 강조된 것이다.[29]

요컨대 『필원잡기』는 대조라는 『귀전록』의 독특한 서술법을 활용하여 긍정적 결말로 나아갔다. 그 점은 조선 중기 이후 잡록집과 비교하더라도 다르다. 그것은 『필원잡기』의 대조에서 대조되는 요소가 인물의 인성이나 능력 등 개인 수준의 것이지 집단의 처지나 이념을 대변하는 것이 아닌 데서 비롯한 것이라 볼 수 있다. 『필원잡기』에서 가장 두드러진 서술방식은 대조가 아니라 말대꾸를 활용하는 것이다.

2) 말대꾸에 의한 웃음과 설득력의 창출

『귀전록』에는 명언(名言)이나 시구(詩句), 기묘한 말대꾸를 중심에 놓은 단편들이 있다. 〈구래공재중서(寇萊公在中書)〉(귀전록, 154), 〈함평오년(咸平五年)〉(귀전록, 172), 〈왕문정공(王文正公)〉(귀전록, 89), 〈매성유(梅聖俞)〉(귀전록, 184) 등이다.

〈구래공재중서(寇萊公在中書)〉와 〈함평오년(咸平五年)〉(귀전록, 172)은 시작(詩作)에서 대구(對句)를 보여준다. 〈구래공재중서〉에서는 '물 속에 있는 해는 하늘 위에 있는 해라네.(水底日爲天上日)'와 '눈 속에 있는 사람은 얼굴 앞에 있는 사람이라네.(眼中人是面前人)'의 대구를 보여준다. 〈함평오년〉(귀전록, 172)에는 사구(四句)의 대구[30]가 나온다.

〈왕문정공〉에서는 어진 재상인 왕문정공의 말이 두 번 인용되어 있다. 그는 "대신이 집정하면서 은혜는 자신이 차지하고 원망은 회피하는 것은 부당하다."[31]고 했고 그 뒤 "은혜가 자기한테 돌아오기를 바란다면 원망

---

29) 이상 〈연산조〉(대동1, 755면)와 〈신문경공용개(申文景公用漑)〉(대동13, 21면)에 나타난 대조에 대한 분석은 이강옥, 『조선시대 일화 연구』, 태학사, 1996, 190~193면 참조.
30) "神龍異稟, 猶嗜欲之可求, 纖草何知, 尙薰蕕而相假.":"相國寺前, 熊翻筋斗, 望春門外, 驢舞柘枝."(귀전록, 173면)

은 누구에게 감당하게 한단 말인가!"[32]라고 말했다. 둘 다 같은 뜻으로
왕문정공의 어진 인격을 잘 담고 있으며 이에 대해 사람들은 모두 탄복하
며 명언이라고 여겼다. 〈매성유(梅聖俞)〉에서는 매성유의 말과 그 아내
의 대꾸가 소개되었다. 『당서(唐書)』를 편찬하라는 칙명을 받은 매성유
가 "내가 책을 편찬하는 것은 원숭이가 포대 속으로 들어가는 것이라 말
할 수 있소."[33]라 하니 그 아내가 "당신이 벼슬살이 하는 것은 메기가
대나무 장대 위로 올라가려는 것과 또한 무엇이 다르겠습니까?"[34]라 대
꾸했다. 이 말을 들은 사람들은 모두 멋진 대답이라고 여겼다.[35] 두 작품
에서 혼자 말하든 대꾸로 말하든 각각의 한 마디 말은 등장인물의 인품이
나 정서를 핍진하게 담고 있으며 바로 그런 이유로 서술은 한 마디 말로
귀결되었다.

　다른 한편 말장난을 보여주는 단편들도 있다. 〈고참지정사정공(故參
知政事丁公)〉(귀전록, 66)과 〈석자정(石資政)〉(귀전록, 67) 등이다. 두 작품
은 등장인물들이 '서로 농담하기를 좋아했다.'[36]라든가 '석자정은 농담
을 좋아했는데 그의 말을 이야기하는 사대부들이 매우 많았다.'[37]라 하
여 농담 좋아하는 사람들의 농담을 압축하여 제시한다는 것을 분명하게
밝혔다. 두 작품에 등장하는 인물들은 상대방의 어떤 말에 대해 기발한
대꾸를 하거나 상대방의 시구에 대해 의미심장한 시구(詩句)를 지어 웃
음을 유발한다. 그 웃음은 상대방 뿐 아니라 주위의 사람과 후대의 사람

---

31) 大臣執政, 不當收恩避怨.(귀전록, 89면)

32) 恩欲歸己, 怨使誰當.(귀전록, 89면)

33) 吾之修書, 可謂猢猻入布袋矣.(귀전록, 184면)

34) 君於仕宦, 亦何異鮎魚上竹竿耶.(귀전록, 184면)

35) 聞者皆以爲善對.(귀전록, 184면)

36) 喜相諧謔.(귀전록, 66면)

37) 石資政好諧謔, 士大夫能道其語者甚多.(귀전록, 67면)

에게까지 확산된다. 그래서 들은 사람들이 대꾸를 잘 했다고 감탄하고[38] 웃지 않은 사람이 없다.[39]

한편 『필원잡기』의 〈이문경공종선목은지자(李文景公種善牧隱之子)〉 (필원잡기, 694)에서는 권근(權近)의 아들 권천(權踐)이 이색(李穡)의 아들 이종선(李種善)을 향해, "그대는 목은의 아들인데도 문장이 부족하고, 나는 양촌의 자식인데도 문명(文名)이 미치지 못하니, 그대와 내 형제는 마땅히 등하불명계(燈下不明契)를 만들어야 겠어요."[40]라는 농담을 던져 유쾌하게 웃는다. 각자 문장이 신통찮다는 자기 고민을 웃어 젖히는 것이다. 〈김문도공수령(金文悼公壽寧)〉(필원잡기, 695)에서는 두 번이나 승지(承旨)가 되었다가 파직당한 김수녕(金壽寧)에게 한 번도 승지가 되지 못한 강희맹(姜希孟)이, "어찌하여 두 번이나 승지가 되었다가 두 번이나 쫓겨났는가?" 하자, 김수녕이, "능히 두 번 파직당하니 한 번도 승지가 되지 못한 것보다 낫지 않소?"라 대꾸한다. 〈문도위계유과장원(文悼爲癸酉科壯元)〉(필원잡기, 695)은 김수녕과 서거정의 말대꾸 놀이이다.

〈유제학효통(俞提學孝通)〉(필원잡기, 697)은 유효통(俞孝通)이 회해(詼諧)를 잘하였다는 말부터 시작하여 한다. 유효통은 시작(詩作)과 관련된 통념인 '삼상'(三上; 馬上·枕上·廁上)을 소개하고는 '삼중'(三中; 閒中·醉中·月中)을 주장한다. 그리고 주위 사람들의 공감의 찬사를 듣는다. 〈광릉상호위평(光陵嘗號威平)〉(필원잡기, 697)에서는 세조가 홍윤성(洪允成)에게 내린 '경음당(鯨飲堂)'이란 호를 두고 술고래 선비가 지은 시구를 제시한다. 이 역시 여러 사람의 공감과 웃음을 가져왔다.

---

38) 聞者以爲善對.(귀전록, 66면)

39) 聞者無不大笑.(귀전록, 67면)

40) 君爲牧隱之子, 而文章不足, 我是陽村之兒, 而文名又不及, 君吾兄弟, 當作燈下不明契.(대동1, 694면)

〈간원직간쟁(諫院職諫諍)〉(필원잡기, 698)은 특별한 일도 하지 않고 매일 술에 취해서 여유롭게 생활하는 사간원 관리의 목소리를 들려준다. 그 조롱의 대상은 부서의 일을 엄격하고 법도에 맞게 해가는 사헌부 관리이다.

> "나는 밤낮 취하니 취한 얼굴 붉은 고로 옷도 붉지. 너 대관(臺官)은 신산하고 차가워 술조차 마시지 못하니 얼굴이 항상 검은고로 옷도 검지."

장난기 어린 이 말은 두 부서 구성원을 포함한 사람들을 한바탕 웃게 만든다.

〈신고령숙주위영상(申高靈叔舟爲領相)〉(필원잡기, 673)은 이런 말장난이나 말대꾸로써 유쾌하고 원만한 사람 관계를 창출하는 가장 두드러지고 종합적인 사례를 제시하고 있다. 전임 우의정(舊政丞)인 신숙주(申叔舟), 신임 우의정(新政丞)인 구치관(具致寬)를 불러놓고 임금인 세조가 말장난을 한다는 것이야말로 조선 초기 사회와 그 속의 특징을 담는 필기에서 말장난 혹은 말대꾸가 얼마나 활성화되었느냐를 잘 보여준다.[41]

〈유문정공관(柳文貞公寬)〉(필원잡기, 676)에서는 청렴하기만 하여 가난하게 살아가던 유관이 자기 방으로 빗물이 뚝뚝 떨어지자 우산으로 비를 피하면서 한 마디 한다. "우산이 없는 집은 어떻게 견디겠소?"[42]

유관은 자기 스스로가 어이가 없을 정도로 대책 없는 삶을 살아가면서도 자기보다 못한 사람을 '우산 없는 집'으로 지칭하며 걱정을 한다. 그의 세상 물정 없음과 순수함이 이 한마디로 드러난다. 이에 대한 그 부인의

---

41) 『필원잡기』의 말장난 혹은 말대꾸에 대한 구체적 논증은, 이강옥, 「필원잡기 서사적 단편의 존재방식과 서거정의 세계관」, 『동양한문학연구』 제37집, 동양한문학회, 2013, 179~182면을 참조함.
42) "無傘之家, 何以能堪?"(필원잡기, 676면)

대꾸, "우산 없는 집은 반드시 다른 준비가 있겠지요."43)란 말은 당신같이 방 안에서 우산을 쓰고 있는 대책 없는 사람이 이 세상에는 없다는 안타까운 고백이기도 하다. 이렇듯 독특한 말하기와 대꾸하기는 욕심 없이 청렴하게 살아가는 유관의 순수함을 감동적으로 재현한다.44)

말대꾸의 묘미를 보여주는 것은 조선시대 일화에서 가장 두드러지는 서술방법이라 할 수 있다. 물론 이는 조선시대 사대부들이 말에 대해 큰 관심을 보이고 우스운 말이나 기묘한 말을 기꺼이 듣고 기록하였으며, 더 근본적으로는 사대부 중에서 말을 재미나고도 기묘하게 잘하는 사람들이 많았다는 점과 직접 관련이 된다.45) 위에서 살펴본 것처럼 『귀전록』에서도 한 마디 말이나 말대꾸 등이 나타나지만 그것들은 『귀전록』에서 주도적 서술방식으로 구사되지는 않는다. 그와 비교할 때 『필원잡기』에서는 말이나 말장난, 말대꾸가 가장 압도적인 서술원리로 실현된 것이다.

5. 『필원잡기』의 응용과 혁신

1) 동음이의어의 활용과 파급

『필원잡기』는 『귀전록』의 인물형상화 방식과 서술방식을 적극 참조하였지만, 『귀전록』에서 훨씬 나아간 영역도 개척하였다. 무엇보다 『필원잡기』에는 삶의 경험과 기억이 역동적으로 재현되어 있다는 점에서 『귀

---

43) "無傘者, 必有備!"(같은 면)
44) 유관의 인물형상에 대한 검토는 이강옥, 「필원잡기 서사적 단편의 존재방식과 서거정의 세계관」, 『동양한문학연구』 제37집, 동양한문학회, 2013, 164면 참조.
45) 이강옥, 「조선시대 서사 속의 말과 그 문화적 의미」, 『어문학』 113집, 한국어문학회, 2011, 193~223면.

전록』을 능가하고 있다.

당연한 일이기는 하지만, 『귀전록』이 흉내낼 수 없는 『필원잡기』의
특징 중 하나는 한자의 동음이의어를 활용한 말하기이다. 〈신고령숙주
위영상(申高靈叔舟爲領相)〉(필원잡기, 673), 〈어판추효첨순후(魚判樞孝瞻
脣厚)〉(필원잡기, 673), 〈재추유명마승(宰樞有名馬勝)〉(필원잡기, 699) 등
이 그 두드러진 사례이다. 〈신고령숙주위영상〉에서는 신숙주의 신(申)과
새 정승의 신(新), 구치관의 구(具)와 옛 정승의 구(舊)의 동음이의어 현
상을 활용한다. 〈어판추효첨순후〉에서는 입술이 두텁다의 순후(脣厚)와
사람됨됨이가 순박하고 넉넉하다는 순후(淳厚), 볼에 험이 있다는 시험
(腮險)과 시기하는 마음이 엉큼하다는 시험(猜險) 사이의 동음이의어 현
상을 활용한다. 〈재추유명마승〉(필원잡기, 699)은 장기의 마(馬)와 차(車)
를 실명인 마승(馬勝)과 차유(車有)와 연결시킴으로써 기발한 농담을 만
든다.

『필원잡기』에 이런 사례가 많다고는 할 수 없지만 『필원잡기』에서 완
벽하게 보여준 한자 동음이의어 활용 원리는 그 뒤 일화와 야담, 재담
등에서 아주 활발하고 독특하게 재구성되었다.[46] 〈이차공(李次公)〉(용
재총화. 대동1, 620), 〈백발백중〉(송계만록), 〈매자유취(媒者油嘴)〉(『開券
嬉嬉』, 『한국재담자료집성』 1, 239), 〈술막 하인의 익살〉(『재담기담꽃동산
상편』, 『한국재담자료집성』 2, 208), 〈반소상대(班小常大)〉(『개권희희』, 『한
국재담자료집성』 1, 240), 〈출희피조설(出戱被嘲說)〉(『상사동기』, 『한국재
담자료집성』 2, 281), 〈先生之皮狗皮〉(『笑天笑地』, 『한국재담자료집성』 2,
401) 등이 그 두드러진 사례이다. 수준이 낮든 높든 『필원잡기』의 한자
동음이의어 활용은 구어의 동음이의어를 활용할 기반을 마련해주어 갖

---

46) 이에 대한 자세한 분석은 이강옥, 「이중언어 현상과 고전문학의 듣기·말하기·읽기·
쓰기에 대한 연구」, 『어문학』 106호, 한국어문학회, 2009, 57~97면 참조함.

가지 재미난 텍스트들이 생산되게 해주었다. 이것은 우리의 일상 언어 생활에서 자주 일어난 한자와 한글의 동음이의어 현상을 좀 과장한 것인데, 불편하고 어색하기도 했을 일상의 동음이의어 현상을 오히려 즐기면서 여유 있는 문화를 구성해낸 결과라고 하겠다. 일상어 단계의 동음이의어 현상을 적극 활용한 소화나 일화는 우리 문학을 풍성하게 하고 또 그 시대를 증언하는 역할을 충분히 하였다. 바로 이러한 점이야말로 『귀전록』이 상상하지 못한 『필원잡기』의 혁신이라 할 수 있다.

2) 당대 자기 경험의 재현과 서사적 비약

『귀전록』과 『필원잡기』는 과거의 제도나 인물, 야사 등을 기록할 뿐 아니라 편찬자 당대의 그것들도 기꺼이 기록했다는 점에서 특징이 있다. 당대의 사항들을 기록하는데 가장 손쉬운 방법은 편찬자 자신의 경험이나 견문을 바탕으로 하는 것이다. 그래서 편찬자를 지칭하는 '나'가 등장하는 단편들이 많다.

『귀전록』에 편찬자 구양수 자신이 등장하는 단편으로는 〈국조지제(國朝之制)〉(귀전록, 60), 〈지화초(至和初)〉(귀전록, 103), 〈자태종숭장유학(自太宗崇獎유학)〉(귀전록, 143), 〈전사공(錢思公)〉(귀전록, 166), 〈황우이년(皇祐二年)〉(귀전록, 169), 〈연왕태종유자야(燕王太宗幼子也)〉(귀전록, 194), 〈화원군왕(華原郡王)〉(귀전록, 195), 〈가우이년(嘉祐二年)〉(귀전록, 205), 〈범물유상감자(凡物有相感者)〉(귀전록, 216) 등이다. 이들은 『귀전록』 소재 단편들이 대부분 구양수 당대의 인물이나 사건, 제도와 관련된 것일 뿐 아니라, 상당수는 구양수 자신과 직접 관련된 것이라는 사실을 알려 준다. 한편 『필원잡기』 소재 작품 중에서 편찬자 서거정이 직접 등장하는 단편은, 〈세종려정문치(世宗勵精文治)〉(필원잡기, 671)[47], 〈세종설

집현전(世宗設集賢殿)〉(필원잡기, 672)[48], 〈세종상종용어신왈(世宗嘗從
容語臣日)〉(필원잡기, 672)[49], 〈신고령숙주(申高靈叔舟)〉(필원잡기, 68
5)[50], 〈중조사신전후래자(中朝使臣前後來者)〉(필원잡기, 685)[51], 〈근유일
노(近有一奴)〉(필원잡기, 689)[52], 〈세종조송사불도본국(世宗朝宋史不到本
國)〉(필원잡기, 691)[53], 〈최치원소저계원필경(崔致遠所著桂苑筆耕)〉(필원
잡기, 691)[54], 〈소일(少日)〉(필원잡기, 692)[55], 〈거정상재집현전(居正嘗在

---

47) 변변찮은 거정도 그 사이에 낄 수 있었다.(雖以居正之無狀, 亦獲列其間; 필원잡기,
   672면)

48) 비록 거정이 재주없지만 역시 여기에 뽑혔으니 진정 한 시대의 성대한 일이었다.(雖以
   居正之無似, 亦獲是選, 眞一時盛事; 필원잡기, 672면)

49) 세조가 일찍이 조용히 신[서거정]에게 말하기를, "너는 유자이니 예로부터 임금이 부
   처에게 절을 하는가 숨김없이 말하라."하므로 신이 대답하기를 …… 신이 또 아뢰기를(世
   宗嘗從容語臣日: "汝儒者自古人君, 於佛可拜否? 爾毋隱焉." 臣對日 …… 臣又日;
   필원잡기, 672~673면)

50) 서거정도 역시 갑자년에 과거에 제3위로 합격하고 정축년 복시에는 제4위로 합격하여
   고령을 알현하니, 고령은 웃으며 서거정에게 말하기를, "자네 같은 재분으로 어찌 제4위
   에 굽힌단 말인가?"하니, 서거정은 말하기를(居正亦中甲子科第三, 丁丑覆試第四, 謁
   高靈, 笑謂居正日: "以子之才, 何屈第四乎?"居正日; 필원잡기, 685면)

51) 거정이 본 바를 말하면 …… 이때 거정은 객관 아래서 일을 맡고 있었는데 매번 고윤(高
   閏)의 작품을 볼 때마다 발끈 얼굴빛이 달라져 혹 손으로 그걸 찢어 땅에 내동댕이치기
   도 하였다.(自居正所及見 …… 時居正執事於館下, 每見高作, 勃然變色, 或手裂擲
   地; 필원잡기, 685면)

52) 근래 한 사내종의 모습이 흡사 여자같았다. 사내종은 어릴 적부터 여자옷을 입고 나이
   40이 넘도록 사대부 집에 출입하였는데 일이 탄로되자 대간이 법에 따라 논죄할 것을
   청했다. 세조는 일이 애매하다 하여 용서해주고 신[서거정]을 돌아보며 말했다. "경의
   뜻은 어떠하시오?" 거정이 대답하였다.(近有一奴容貌酷類女, 奴自髫齔雌服, 年踰四
   十, 出入士大夫家門, 事頗露. 臺諫請論如法, 世祖以事涉曖昧貸之, 顧謂臣居正日:
   "於卿意如何?"居正對日; 필원잡기, 689면)

53) 세종 때 송사(宋史)가 본국에 도착하지 않아 …… 하루는 집현전 여러 선생들이 송나라
   인물을 논하는데 거정도 말석에 있었다.(世宗朝, 宋史不到本國 …… 一日, 集賢諸先生
   論宋朝人物, 居正亦在末席; 필원잡기, 691면)

54) 거정이 근래 북경에 갔는데, 서생(書生) 소진(邵鎭)이란 자가 글씨 써 주는 것을 업으
   로 삼고 있으면서 이도은(李陶隱) 선생의 시 몇 편을 외우기에 어디서 구했느냐 물으니

集賢殿)〉(필원잡기, 693)56) 등이다.

『귀전록』과 『필원잡기』의 경우를 비교해보면, 『귀전록』에서 구양수
는 어떤 경우는 매우 소극적으로 자기를 개입시키며 사건이나 상황에
개입할 때도 다소 경직된 자세이다. '나'의 자리에 제3자를 넣어도 분위
기가 달라지지 않을 정도이다. 이에 반해 『필원잡기』의 경우는 서거정의
개인적 경험과 견문이 해당 단편 속에 긴밀하게 깃들어 있다. 서거정은
자기 경험의 기억을 해당 단편에 녹아들게 하고 자기 생각을 해당 단편에
적극적으로 개진한다.

가령 〈신고령숙주(申高靈叔舟)〉(필원잡기, 685)는 서거정이 갑자년 과
거에 3위, 정축년 복시(覆試)에 4위로 합격한 사실을 두고 만들어진 단편
이다. 먼저 농담을 거는 신숙주도 기미년 과거에 3위, 정묘년 복시에 4위
를 했다. 신숙주가 "자네 같은 재주로 어찌 4위에 굽힌단 말인가?"57)라

"너희 나라 재상 이변이 준 것이다."라 대답했다.(居正近赴京, 有書生邵鎭者, 以傭書
爲業, 誦李陶隱詩數首, 問: "得之何處?"曰: "汝國宰相李邊所贈; 필원잡기, 691면)
55) 젊었을 적 동학 두 세 명과 함께 산사에서 놀다가 불상 그림을 보았는데 그 위에 "공자
는 찬하고, 오도자는 그리고, 소식은 쓰다."라고 써져 있었다 …… 우리들은 모두 연소하
여 이를 헤아리지 못하고 이것을 믿었다. 뒷날 한 귀공자의 집에서 이 그림을 보니 고금
의 제일로 지칭되면서 화보의 으뜸으로 삼았다. 내가 자세히 살펴보니 소위 공자가 찬했
다는 것은 열자(列子)에 기록되어 있는, "공자 가로되, 서방에 대성인(大聖人)이 있어
부처라 이름하는데, 말을 하지 않아도 믿으며 아무 일도 하지 않아도 화한다."는 말을
소식(蘇軾)이 취하여 쓴 것이니, 전일 억지로 짐작하던 자의 말은 일소에 붙일 일이다.
후세에 그 본말을 모르고 무리하게 일을 판단하려는 자는 모두 이런 류의 사람들이다.
(少日, 與同學二三人遊山寺, 見一畫佛, 題其上曰: "孔子贊吳道子畫蘇軾書" …… 子
等皆年少, 不料事信之. 後於一貴公子家見此畫, 乃稱古今第一, 而爲畫譜之首, 矛
審視之, 則所謂孔子贊者, 乃列子所言孔子曰西方有大聖人, 名曰佛, 不言而信無爲
而化之說也. 蘇軾取而書之, 前日强料事者之言, 可付之一笑, 後世不知本末而强解
事者, 皆此類也; 필원잡기, 692면)
56) 거정이 일찍이 집현전에 있을 때, 문간공 이승소와 더불어 같이 근무하고 있었다. 동료
유성원이 해주 이목사의 만장을 지어 달라고 청하기를 …… (居正嘗在集賢殿, 與李文
簡公承召同坐, 有同僚柳誠源, 請作海州李牧使挽章.; 필원잡기, 693면)

고 한 말은 신숙주가 서거정이 1등을 못한 것에 대해 안타까워하는 것이
라기보다는 서거정의 탁월성을 인정하는 것이라 할 수 있다. 그것을 서
거정도 그대로 지나치지 않는다. 서거정은 곧바로 "화응(和凝) 이후에 범
질(范質)이 있었으니, 김구(金坵) 이전에 어찌 김인경(金仁鏡)이 없겠습
니까?"58)라고 응수하는 것이다. 서거정의 이 대꾸의 말은 각각 과거에
13위를 한 화응-범질, 2위를 한 김인경-김구의 사례를 끌어와 신숙주-
서거정 자신을 긴밀하게 연결시킨다. 과거에 1위를 하지 못했지만 나중
제1인자가 된 화응과 김인경이 각각 자기의 탁월함을 잇는 범질과 김구
를 13위와 2위로 만들었듯이, 문과와 복시에 3위와 4위를 한 신숙주의
탁월성도 서거정 자신에게 이어진다는 것이다. 이것은 서거정이 신숙주
에 대한 존경의 마음을 표시하고 자신의 자신감을 드러낸 것이다. 신숙
주의 가벼운 농담이 이렇게 품위 있는 연상을 만들 수 있었던 것은 서거
정의 폭넓은 지식과 자기 경험이 뒷받침 된 덕이다. 서거정의 과거 경험
이 바탕이 되어 품격 있는 대화를 창출했지만, 서거정의 재치를 돋보이
게 한다는 인상도 준다. 일상적 경험의 독특함을 정확하게 포착한 뒤 거
기로부터 산뜻한 의미를 추출해내는 것이다.

  이에 비해 〈근유일노(近有一奴)〉, 〈세종조송사불도본국(世宗朝宋史不
到本國)〉, 〈최치원소저계원필경(崔致遠所著桂苑筆耕)〉, 〈중조사신전후
래자(中朝使臣前後來者)〉 등은 먼저 서거정이 목격하거나 들은 세상의
특별한 사례들을 열린 자세로 서술한 뒤, 거기에다 서거정 자신의 견문과
경험을 투영시켜 더욱 생생한 서사 담론을 만드는 경우이다. 〈근유일노〉
는 어려서부터 생김새가 여자 같아 여자 옷을 입고 여자 행세를 하던
사내종의 사연을 소개한 뒤, 세조와 서거정의 대화를 덧붙인다. 세조는

---

57) 以子之才, 何屈第四乎?(필원잡기, 685면)
58) 和凝之後, 有范質, 金坵之前, 豈無金仁鏡乎?(필원잡기, 685면)

일이 애매하다 하여 사내종을 용서해주라고 명하고는 서거정에게 의견을 묻는다. 서거정은 자기가 읽은 『강호기문(江湖記問)』의 글 중에서 유사한 사례를 소개하는데 "이 비구(比丘)는 남자도 아니고 여자도 아니니 인도의 바른 것을 어지럽히는 자이다."[59]라 판단하고 비구를 죽여 버리고는 모두들 시원하게 여겼다고 하였다. 이런 서거정의 말을 듣고 세조는 웃으면서, "경은 부디 억지로 일을 밝히려고 하지 말라."[60]고 대꾸한다. 서거정은 자신의 독서경험에 존재했던 유사 사례와 그에 대한 조처를 환기함으로써, 당대 조선 현실의 트랜스젠더에 대한 자신의 견해를 세조에게 간접적으로 전달했다. 세조는 생각을 바꾸지 않지만, 서거정의 독서경험 진술로써 트랜스젠더에 대한 다채롭고 역동적인 재현이 이루어졌다. 〈세종조송사불도본국(世宗朝宋史不到本國)〉에서는 조선의 임금 세종이 중국 쪽에 누차 송사(宋史)를 보내주기를 요청했지만 받지 못한 상황에서 집현전 학사들이 송나라 인물들에 대한 궁금증을 일으키는 상황을 제시한다. 그 예로써 왕안석(王安石)이 어떻게 평가될 것인가에 대해 거듭 논란이 일어났다. 어떤 사람은 간신전(奸臣傳)에 들어갈 것이라 했고 어떤 사람은 열전(列傳)에 들어갈 것이라 했다. 후자를 주장한 사람은 유성원(柳誠源)인데, 유성원이 그런 주장을 하는 근거가 자세하게 소개된다. 이때 서거정이 어느 쪽에 섰는가는 분명하지 않지만 그가 이 논의의 자리에 있었기에 집현전 학사들의 생각이 더 생생하게 재현될 수 있었다. 〈최치원소저계원필경(崔致遠所著桂苑筆耕)〉과 〈중조사신전후래자(中朝使臣前後來者)〉는 서거정이 사신으로 중국에 갔거나 조선에서 사신을 맞이할 때 겪은 바를 체계적 담론으로 재구성한 것이다. 전자는 중국 사람들에게 우리나라 문인들의 작품들이 알려지는 과정을 설명하면서 '중국사람이 간행하는 것

---

59) 今此比丘非男非女, 亂人道之正(필원잡기, 689면)
60) 卿愼勿强曉事(필원잡기, 690면)

이라고 반드시 모두 좋은 것은 아니다.'라는 생각을 개진한다. 후자는 서거정이 겪은 명나라 사신들을 평가하되 주로 문장과 행실 면을 따졌다. 그들 중에는 진순(陳純)처럼 고매한 인품의 소지자도 있었지만 고윤(高閏)처럼 오만하여 조선을 경멸하며 잇속은 다 차리는 사람들도 있었다. 서거정은 이처럼 스스로 사신이 되었거나 혹은 중국 사신을 맞이한 경험을 바탕으로 하여 중국 사람들의 실상을 적나라하게 파헤치는 비판적 안목을 보인다.

〈소일(少日)〉은 서거정이 젊었을 적 친구들과 산사에서 놀다가 부처의 그림에 쓰여 있던 "공자는 찬하고, 오도자(吳道子)는 그리고, 소식(蘇軾)은 쓰다."[61]는 구절을 두고 "옛 그림이니 신묘함이 있을 것이다."는 둥, "공자는 주(周)나라 사람이다. 한(漢)나라 명제(明帝) 때에 불법(佛法)이 비로소 중국에 들어왔으니, 공자가 부처를 찬양할 리가 없고, 소식이 천백 년이나 뒤에 나서 어찌 공자와 때를 같이하여 공자가 지은 찬을 쓸 수 있겠는가? 반드시 후세의 호사자의 짓일 것이다."[62]라는 둥의 억측을 했는데 젊은 서거정과 그 친구들은 그걸 믿었다. 서거정은 어른이 되어 그 그림을 자세히 살필 기회를 얻는다. 그 글귀는 『열자(列子)』에 기록되어 있는, "공자가 말씀하시기를 '서방(西方)에 대성(大聖人)이 있어 이름을 불(佛)이라 하니 말을 하지 않아도 믿으며, 인위를 만들지 않아도 화한다는 설법을 하였다.'"는 부분을 소식이 인용하여 쓴 것이었다.[63] 그렇게 하여 젊은 날의 억측이 잘못된 것이었음을 알게 되었다. 그리고 이를 교훈으로 삼아, '후세에 그 본말을 모르고 무리하게 억지로 일을 해석

---

61) 孔子贊, 吳道子畫, 蘇軾書(필원잡기, 692면)

62) 孔子贊佛無理. 且吳道子唐人也, 安有吳道子畫而孔子贊乎? 蘇軾生於千百載之後, 安得與孔子同時, 而書所著之贊乎? 必後世好事者所爲也.(필원잡기, 692면)

63) 乃列子所言孔子曰: "西方有大聖人, 名曰佛, 不言而信, 無爲而化之說也." 蘇軾取而書之.(필원잡기, 692면)

하는 자는 모두 이런 부류이다.'[64]라는 교훈을 받든다. 여기서 시간이 흘러감에 따라 상황이 달라지고 그래서 진실을 발견하게 된다.

서거정은 자기 경험을 적극 활용함으로써 서사와 교술이 융합된 필기적 글쓰기의 역동적 영역을 개척하였다고 볼 수 있다.

3) 하층관원과 민중 세계의 포용

잡록집이 사대부 세계의 일상을 담는다는 전통은 뚜렷하다. 『귀전록』도 이런 전통을 따랐고 『필원잡기』 역시 그 전통을 수용한다. 필기가 사대부 사회를 테두리로 한다는 것은 그만큼 강고한 조건이었던 것이다. 그런데 『필원잡기』에는 『귀전록』과는 달리 하층관원과 민중 세계의 일상을 보여주는 단편들도 담겨 있다.

〈조관성오자(朝官姓吳者)〉(필원잡기, 689)에서는 장범(贓犯)을 저질러 투옥되어 죽게 된 남편을 구출해내는 아내 허씨와 그 종의 꾀와 용기를 보여준다. 주인이 법을 어겨 범죄자가 되어 죽음을 앞두게 되었다는 것은 사대부 사회의 일반적 테두리를 벗어나는 상황이다. 이때 초점이 맞춰지는 부분은 주인을 살려낸 종의 의리이다. 그리고 임금도 그 종의 행위를 의롭게 여겨 벌을 면해준다. 범법행위로 투옥된 하층관료가 탈옥을 했다는 점에서 기존사회의 질서에 충격을 주지만, 종이 의리 혹은 충(忠)을 실현하고 있는 맥락을 부각시킨다. 그런 점에서 하층민의 생각과 행동이 서사의 중심 자리를 차지하고 있다고 하겠다. 〈근유일노(近有一奴)〉(필원잡기, 689)는 상술했듯 트랜스젠더인 사내종의 기구한 운명과 특이한 행실을 보여준다. 사회적 담론의 대상이 되기 어려웠던 트랜스젠더 현상을 정면에서 다루었다는 점에서 세계관의 확장이 이루어졌다.

---

64) 後世不知本末而强解事者, 皆此類也.(필원잡기, 692면)

〈경주부유일촌온(慶州府有一村媼)〉(필원잡기, 690)은 큰 벼락이 친 뒤에
뜰 가운데에 나타난 광채 나는 구슬 이야기다. 민담의 한 변형이라 할
텐데 재물에 대한 세간의 욕망의 편린을 그대로 엿보인다. 일화화 된 것
이라 할지라도 여전히 하층민의 민담적 관심을 보존하고 있다. 〈근유일
승(近有一僧)〉(필원잡기, 690)도 아버지와 딸, 그리고 고양이와 뱀이 연이
어 처첨한 죽음을 당한 민간의 풍경을 그대로 보여준다. 불가항력적 힘
에 의해 연속되는 불행의 장면들이 어떤 이념적 해명이나 검열 없이 그대
로 재현된다는 점에서 사대부일화의 기대지평을 크게 벗어나고 있다.
〈유여무(有女巫)〉(필원잡기, 690)는 과거는 잘 맞추지만 미래는 맞추지 못
하는 무당의 이야기를 들려준다. 〈일본국대내전(日本國大內殿)〉(필원잡
기, 690)은 연오랑 세오녀 신화를 소재로 하여 이야기를 엮는다.

　『필원잡기』는 나라의 제도와 규범과 함께 상층 사대부들의 특별한 생
각과 행동들을 다룬다는 점에서 『귀전록』과 다르지 않다. 그러나 『필원
잡기』는 교술이 아닌 서사의 틈에다 하층관원과 민중의 일상을 위와 같
이 집어넣고 있는 것이다. 그것은 서거정이 『태평한화골계전』에서 이미
민중의 패설을 적극 수용한 일이 있기에 당연한 일일지도 모른다. 서거
정에게 당연한 이런 경향이야말로 잡록집이 현실에 대해 가지는 관계를
유연하게 만들어주었고 그런 점에서 잡록집을 혁신하는 계기를 마련하
였다고 할 수 있다. 이로써 조선 잡록집은 사대부의 삶과 생각을 중심에
담기는 하지만 그와 함께 하층민의 삶과 생각을 두루 받아들이는 열린
글쓰기의 장으로 나아갈 수 있게 된 것이다. 이런 바탕이 마련되었기에
『기재잡기』나 『죽창한화』 같은 열린 이야기판을 보여주는 조선 중기 잡
록집이 나올 수 있었고, 조선 후기에 이르러 다채로운 일상적 감각과 세
계관이 망라되는 야담집이 만들어질 수 있었다고 본다.

6. 소결

  조선 초기의 필기집인『필원잡기』와 중국 필기집의 대표격인 송대의
『귀전록』의 관계를 살펴보았다.『귀전록』의 특정 모티프나 일화가『필
원잡기』에 수용되거나 전용된 사례들을 살펴보고 나아가 서술방식이나
수사법의 차원에서『귀전록』과『필원잡기』가 연결되는 양상을 살펴보았
다. 그것을 전제로『필원잡기』가 이뤄낸 응용과 혁신을 분석했다.

  서거정은 사관이 되기를 거부하고 남의 악을 이야기하지 않는다는 구
양수의 기본적인 서술방침을 수용했다.『귀전록』의 일부 모티프들이나
일화들은『필원잡기』에 그대로 받아들여지거나 전유되었다.『필원잡기』
는 대조라는『귀전록』의 독특한 서술방법을 활용하되, 주로 긍정적인 쪽
으로 나아가는 경향을 보였다. 그것은『필원잡기』의 대조에서 대조되는
요소가 인물의 인성이나 능력 등 개인 수준의 것이지 집단의 처지나 이념
을 대변하는 것이 아닌 데서 비롯한 것이라 볼 수 있다.

  『필원잡기』에서 가장 두드러진 서술방식은 말대꾸에 의하여 웃음과
설득력, 감동을 창출하는 것이다. 명언(名言)이나 시구(詩句), 기묘한 말
대꾸를 중심에 놓았다. 이런 서술방식이『귀전록』에서도 구사되지만 그
것이 주도적 자리에 있지는 않다. 반면『필원잡기』에서는 말이나 말장
난, 말대꾸가 가장 두드러지는 서술방식이 된다. 그런 웃음은 기존 질서
나 기존 인간관계를 유지하게 하거나 더 돈독하게 한다. 이것은『필원잡
기』의 탈이념적 낙관적 지향을 가능하게 주도적 서술방식이라 할 수 있
겠다.

  『필원잡기』가『귀전록』을 응용하면서도 마침내 혁신해낸 새로운 영
역을 살펴보았다.『필원잡기』는 한자의 동음이의어의 활용하는 범례를
제시하였다.『필원잡기』의 한자 동음이의어 활용은 구어의 동음이의어

를 활용할 기반을 마련해주어 갖가지 재미난 텍스트들이 생산되게했다. 이것은 우리의 일상 언어생활에서 한자와 한글의 동음이의어 현상이 비일비재하게 일어난 양상을 좀 과장한 것인데, 불편하고 어색하기도 했을 그런 현상을 오히려 즐기면서 여유 있는 문화를 구성해낸 결과라고 하겠다.

『귀전록』과 『필원잡기』는 과거의 제도나 인물, 야사 등을 기록할 뿐아니라 편찬자 당대의 그것들도 기록했다는 점에서 특징이 있다. 편찬자가 자기 경험을 서사적 단편에 활용하는 길을 보여준 것이다. 구양수가 매우 소극적으로 사건이나 상황에 개입한 반면, 서거정은 자신의 경험과 견문이 해당 단편 속에 긴밀하게 깃들게 하였다. 그런 점에서 서거정은 자기 경험을 활용함으로써 서사와 교술이 융합된 필기적 글쓰기의 역동적 영역을 개척하였다고 볼 수 있다.

『필원잡기』가 나라의 제도와 규범과 함께 상층 사대부들의 특별한 생각과 행동들을 다룬다는 점에서 『귀전록』과 다르지 않다. 그러나 『필원잡기』는 그 틈에다 하층관원과 민중의 일상을 집어넣었다. 이로써 『필원잡기』는 사대부의 삶과 생각을 중심에 담기는 하지만 그와 함께 다른 계층들의 삶과 생각을 두루 받아들이는 열린 글쓰기로 나아갈 수 있었다.

이러한 점에서 『필원잡기』는 『귀전록』의 범례와 자료를 적극 참조하고 활용하였지만 『귀전록』의 수준과 범위를 훨씬 넘어선다는 것을 확인할 수 있었다. 『필원잡기』는 과거 역사와 당대 현실, 상층 사대부와 민중, 타자의 경험과 자기의 경험을 두루 포괄하는 역동적 글쓰기의 범례를 제시했다고 할 수 있다.

제3부

생활 이야기판의 활성화와
조선 일화의 발전

제1장

『용재총화』의 이야기판

1. 가문의 이야기판

　『용재총화(慵齋叢話)』에는 편찬자 성현(成俔, 1439~1504) 친가와 외가, 처가 관련 일화들이 적지 않다. 성현의 친가는 창녕 성씨(昌寧成氏), 외가는 순흥 안씨(順興安氏), 그리고 처가는 한산 이씨(韓山李氏)이다.

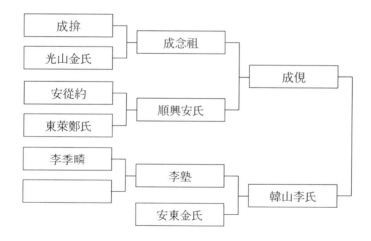

　명나라가 표문의 문체가 공손치 못하다 하여 표문을 지은 광산군 김약항(金若恒)과 서원군 정총(鄭摠)을 불러들이니 두 분이 북경으로 갔다 …… 남경에 이르자 다시 먼 곳으로 귀양을 가게 되어 [거기서 죽었다] …… 집안사람

들로 하여금 시신을 가져가라 해서 갔지만 결국 시신을 찾지 못하고 돌아왔다. 광산군의 딸은 나의 조모이시다.[1]

성현의 조모는 광산군(光山君) 김약항(金若恒)의 딸이다. 성현의 조모는 그 아버지와 두 남자 형제의 슬프고 비장한 이야기들을 성현에게 이야기해주었을 것이다. 혹은 조모가 성현의 집안사람들에게 먼저 이야기를 하고 그 이야기가 집안에서 전승되던 것을 성현이 들었을 수 있다.

광산군 김약항과 서원군(西原君) 정총(鄭摠)은 표문 문제로 북경으로 갔다가 귀양을 가게 되어 귀양지에서 죽었다. 김약항의 아들 김처(金處)는 아버지가 중국 땅에서 죽은 것에서 충격을 받아 광질에 걸렸다.[2] 정신이 혼몽하고 일을 헤아리지 못하니, 어린애나 우부(愚婦)들이 여러 가지로 속여도 모두 믿고 좇아 의심하지 않았다. 집안의 한 종을 두려워하여 그 지휘에 따르는데, 부앙(俯仰)도 마음대로 못하며 무엇을 하려 하다가도 그 종이 꾸짖으면 두려워하여 움직이지 못하였다. 김처(金處)는 낮에 대부분 잠을 자고 이따금 깨는데, 깨면 관동별곡을 부르며 소매를 떨쳐 춤도 추는데 춤이 끝나면 큰 소리로 울었다. 밤에는 시구를 길게 읊조리며 처량하게 혼자 거니는데, 혹은 깊은 산에 들어가기도 하고 혹은 울타리를 뚫기도 하며 잠시도 쉬지 않았다. 하루는 산속에 병자가 누워있는 것을 보고 김처가 불쌍히 여겨 물을 갖다 먹였는데 마침내 병이 옮아 죽었다.

특히 〈김부정허(金副正虛)〉는 아버지의 죽음에 상심한 아들 김허(金虛)가 그 슬픔을 이기지 못하여 광질에 걸리고 마침내 실성하여 죽게 되는 과정을 실감나게 그렸다.

---

1) 大明, 以表辭不恭, 徵撰表人光山君金若恒與西原君鄭摠赴京師 …… 至南京, 俱被遠謫 …… 令其家室求尸而去, 竟不得而還. 光山之女則我祖母.(대동1, 585면: 일화 작품의 인용은 『대동야승』, 민족문화고간행회, 1985로 부터임)
2) 〈김처광산김약항군지자(金處光山金若恒君之子)〉(대동1, 590면)

부정(副正) 김허(金虛) 또한 광산군(光山君)의 아들인데, 성품이 지극히 효성스러웠다. 어머니가 돌아가시어 여막에 있을 적에 효경의 상친장(喪親章)을 벽에다 써 놓고 날마다 벽을 보고 읽으며 읽고 난 뒤에는 흐느껴 우는데 흐르는 눈물을 가누지 못하고 3년 동안 조금도 쉬지 않았다. 사람됨이 곡하기를 잘해서 곡하는 소리가 맑고 처량하고 애절하여 듣는 사람도 눈물을 닦지 않는 이가 없었다.[3]

이 실감나는 문체는 이야기꾼인 성현의 조모가 구연 대상 인물에 대해 가지는 피붙이로서의 동정에서 비롯된 것이라 추정할 수 있다. 즉 성현은 조모로부터 거듭 들은 그 이야기를 바탕으로 하여, 나름대로 윤색하여 더욱 절절한 문체를 이루었다고 하겠다. 그런데 그런 문체에는 그 정치적 상황에 대한 문제제기나 해명이 담기지 않았다. 한 가문의 비극을 운명으로 담담히 받아들이고 있는 것이다.

내가 큰형을 모시고 개성으로 길을 떠났는데 파산(坡山)별장에서 하룻밤을 자면서 달밤에 이야기를 나누었다. 이야기가 우연히 옛 도읍지에 대한 것에 미쳐 내가 탄식하며 "송경은 우리 조상이 거쳐하던 땅이라 응당 분묘들이 있을 것입니다."라고 말했다. 큰형이 말하기를 "현조 총랑공은 창령에다 모셨고, 고조 문정공 양위는 포천에다 모시었고…(중략)… 오직 총랑부인 오씨의 분묘만 개성에 있다고 아버지께서 일찍이 말씀하셨다. 그때는 연소하여 자세히 여쭤보지 못했는데 평생 그것보다 더 큰 한은 없다 …(중략)… 하였다."[4]

---

3) 金副正虛, 亦光山之子, 性至孝. 喪母居廬, 書孝經喪親章於壁, 日日對壁而讀, 讀畢嗚咽流涕不自勝, 三載不小休. 爲人善哭, 哭聲淸亮哀慘, 聞者莫不抆淚.(대동1, 590~591면)

4) 余陪伯氏, 將向開城, 宿坡山別墅, 月夜論話. 偶及故都之事, 余慨然嘆曰:"松京吾祖宗所居之地, 應有墳墓."伯氏曰:"玄祖摠郞公葬昌寧, 高祖文靖公兩位葬抱川 …… 惟摠郞夫人吳氏墓在開城, 嚴君曾言之. 其時年少未及詳禀, 平生大恨莫甚焉." (대동1, 641면)

위의 구절은 편찬자 성현이 백형 성임(成任)을 모시고 떠난 여행 중에 있었던 일을 회상한 부분이다. 여기서 몇 가지 사실을 짐작할 수 있다. 먼저 성현은 자기 집에서 같이 생활할 때는 물론 여행과 같은 특별한 상황에서도 형들로부터 이야기를 들었음을 알 수 있다. 위의 파산별장 은5) 이야기판이 성립되는 전형적 공간인 격리된 여관이나 피난처, 은둔지를 연상시킨다. 다음으로 성임은 집안의 일이나 선조의 일화들을 성현에게 많이 이야기해 주었음을 암시하고 있다. 그때 성임의 이야기는 그의 직접적인 견문의 소산이기도 하겠지만 그 아버지나 선조들로부터 들은 것을 이차적으로 구연한 것이기도 하다.

> 나의 백씨와 중씨가 회암사에서 독서를 하고 있을 때 스님을 보았는데 연세가 90여세가 되었지만 용모가 맑고 파리했으며 기체(氣體)가 여전히 단단하여 며칠 밥을 먹지 않아도 배고파 하지 않고6)

이 구절을 통하여 두 형들과 성현이 일상생활 중에 이룬 이야기판을 짐작할 수 있다. 두 형들은 자신들이 독서하던 회암사에서 보고 들은 아주 은밀한 사실들에 대해 성현에게 이야기를 해 주었고 성현은 그것을 일화로 만들어 기록한 것이다. 두 형들이 처한 상황과 그들 이야기의 성격을 살펴보면, 두 형 관련 대부분의 이야기들이 본인들에 의해 구연되었다고 보아도 좋을 것이다.

『용재총화』에 실린 일화들 중 성현의 친족들이 등장하는 단편들은 두 형들과 부친에 의해 구연되었다고 볼 수 있다. 〈맹좌상위대사헌(孟左相

---

5) 이곳은 성현이 농부와 밤 깊도록 이야기를 나눈 곳이기도 하다.(〈坡山村庄與老叟話〉(『허백당집』, 한국문집총간 14, 민족문화추진회, 245면)

6) 我伯仲氏, 嘗讀書于檜巖寺, 見師年九十餘, 容貌淸癯, 氣體尙强, 或倂日不食, 不甚饑餒.(대동1, 617면)

爲大司憲)〉(대동1, 587면), 〈맹상소시(孟相少時)〉(대동1, 587면), 〈국조이
도한양(國朝移都漢陽)〉(대동1, 588면), 〈상곡여기우이공상선(桑谷與騎牛
李公相善)〉(대동1, 588면), 〈아증조정평공(我曾祖靖平公)〉(대동1, 590면),
〈유승축구(有僧丑邱)〉(대동1, 591면) 등에는 성현의 증조인 상곡(桑谷) 성
석인(成石珚)과 상곡의 큰형인 독곡(獨谷) 성석린(成石璘)이 등장한다.
〈세묘설발영시(世廟設拔英試)〉(대동1, 594면), 〈여배백형(余陪伯兄)〉(대
동1, 641면) 등에는 성현의 큰형인 성임(成任)이 등장하고 〈집현제학사(集
賢諸學士)〉(대동1, 597면)에는 성현의 둘째형 성간(成侃)이 등장한다. 〈소
자세순(少子世淳)〉(대동1, 597면)에는 큰형의 아들인 세순이 등장하고
〈오중씨유삼자(吾仲氏有三子)〉(대동1, 598면)에는 둘째형의 세 아들이 등
장한다.

　〈나옹주회암사(懶翁住檜巖寺)〉(대동1, 616면)와 〈석둔우자(釋屯雨者)〉
(대동1, 617면) 역시 두 형 중 어느 한 사람으로부터 들은 것임이 틀림없
다. 〈백씨문안공(伯氏文安公)〉(대동1, 660면)에서는 성임이 '호학망권(好
學忘倦)'했다며 그가 저술한 책명을 나열하여 그를 내세우고 있다. 또
〈계유동(癸酉冬)〉(대동1, 660면)에서는 성임이 계유년, 무자년, 기축년에
세 번이나 공신이 될 뻔 했는데 우연한 사정들 때문에 되지 못했던 것을
지적하고 있다. 이것은 명백하게 성임이 성현에게 직접 이야기해 준 것
이다.

　그런데 성현 친족들이 등장하는 일화들은 서사적 성격 보다 교술적
성격이 더 강하며 서사적 성격이 강한 것도 그 전개가 충분하지 않다는
공통점을 가진다. 또 사대부의 치정(治政)과 관련된 이야기나 사대부의
품위가 유지되는 사대부일화가 대부분이다. 그런 점에서 이런 종류의 일
화들을 성현에게 제보한 사람은 직접 벼슬경험이 있는 사대부 남성이라
보는 것이 타당한 것이다.

성현은 성장하는 과정에서 큰형 성임과 둘째형 성간의 영향을 크게 받았는데 특히 18세나 위인 큰형은 성현이 어릴 때 돌아가신 부친을 대신하는 존재였다.[7] 성현은 집안에서 성임과 성간으로부터 다방면의 가르침을 받았는데 그 속에는 분명 자기 집안의 역사뿐만 아니라 집안 선조들의 일화들이 포함되었을 것이다. 『용재총화』의 발문을 쓴 황필은 성현이 형들로부터 배운 그것들을 '견문'이라 표현했다.[8] 성현은 특히 큰형의 이야기로부터 집안 역사를 알게 되고, 그것을 바탕으로 하여 더 넓은 범위의 견문을 획득한 것이다.

　① 외조모 정씨는 봉원군의 딸이어서 내가 그것을 알게 되었다.[9]
　② 나는 대부인으로부터 그 이야기를 들었다.[10]

①은 고려조 신우(辛禑)가 부녀자들에게 온갖 나쁜 짓을 다했지만 봉원군(蓬原君) 정양생(鄭良生)만은 두려워하여 피했다는 이야기 끝에 붙어 있는 구절이다. 성현의 외조모는 자기 친정집에서 겪었던 이야기를 손자에게 이야기해 준 것이다. ②는 외조모 정씨 집안의 신들린 여종이 몇 가지 신통력을 행사하다가 마침내 쫓겨나는 이야기의 끝에 붙은 구절이다. 외조모 정씨 집안의 은밀한 이야기이기에, 먼저 외조모 정씨가 이야기한 것이라 할 수 있을 것인데, 성현이 이 이야기를 모친으로부터 들었다 했으니, '외조모 정씨 → 모친 안씨 → 성현'의 전승 과정을 추증할 수 있겠다.

---

7) 余少孤閔凶, 鞠於伯氏, 占科揚榮, 有名於文苑者, 皆平昔敎誨之力寔賴.'(「家兄安齋詩集序」,『虛白堂集』文集 권6, 민족문화추진회 영인본, 462면)
8) 仲伯俱以文章見推縉紳間, 有得於見聞者, 亦多.(대동1, 664면)
9) 外姑鄭氏, 卽蓬原君之女也. 故子得知之(영남대 고도서본 『용재총화』); 대동1에는 "外禑鄭氏, 卽蓬原君之女也"(대동1, 582면)으로 되어있다.
10) 吾聞諸大夫人.(대동1, 590면)

그런데 『용재총화』에는 성현의 외조모 집안인 동래 정씨 가문의 이야기와 더불어 외가 순흥 안씨 집안사람들에 대한 이야기들도 여럿 있다. 〈아외가 안씨(我外家安氏)(대동1, 587면)〉, 〈파주서교(坡州西郊)(대동1, 587면)〉, 〈안유후원(安留後援)(대동1, 87면)〉, 〈아외구안공(我外舅安公)(대동1, 589면)〉, 〈외숙안부윤(外叔安府尹)(대동1, 589면)〉 등이 그것이다.

〈아외가 안씨〉에서는 문성공(文成公) 안향(安珦) → 안우기(安于器) → 안목(安牧) → 안원숭(安元崇) → 안원(安瑗) → 안종약(安從約)(성현의 외조) → 안구(安玖) → 안지귀(安知歸) → 안호(安瑚), 안침(安琛)으로 이어지는 안씨 가계를 설명했다. 〈파주서교(坡州西郊)〉는 파주의 서교가 황량하여 사람이 살지 않았는데, 안목(安牧)이 개간하여 집을 지었고, 그 손자 안원에 이르러서는 창성하게 되었다고 했다. 〈안유후원〉은 〈파주서교〉의 후반부에 언급되었던 안원을 주인공으로 내세워, 매와 개를 좋아한 그의 행실을 그렸다. 〈아외구안공〉, 〈외숙안부윤〉은 주인공들이 귀신이나 도깨비를 어떻게 대하는가를 보여주었다. 먼저 〈아외구안공〉에서 성현의 외조부는 귀신을 잘 본다. 그리고 위정자로서 음사(淫祠)를 헐고 귀신이 깃들었다는 우물을 메워 민간의 폐단을 없애준다.

그런데 〈외숙안부윤〉의 안부윤은 〈아외구안공〉에서 그 아버지가 보여준 것과는 전혀 다른 행동을 한다. 그는 길에서 도깨비불에 둘러싸여 안절부절못하며 집에 돌아와서도 종들이 지펴놓은 솔불을 보고 도깨비불이라 착각하여 칼을 휘두르는 심약함을 보인다.

아버지와 아들 사이인 이 두 사람의 상반된 행동에 대해 서술자는 일관된 시각을 보이지 않는다. 그런데 이념적 입장이 분명한 사대부 서술자라면 귀신에 대한 나름대로의 분명한 입장을 가지고 있었을 터이고, 귀신을 의연하게 물리치는 사람과 귀신 앞에 안절부절못하는 사람에 대해 상이한 입장을 보여 주었을 것이다. 두 작품의 서술자에게서 그런 차이를 발견하기 어렵다는 사실은 서술자의 이념적 입장이 분명치 않거나 서술자 자신이 이념적 입장을 분명히 드러내지 않아도 좋은 처지에 있었음을 암시한다. 이념적 입장보다는 귀신 관련 이야기 자체를 흥미롭게 생각하고 그것을 재미있게 꾸려가는 태도를 가졌다고 하겠다.

①, ②와 같은 명백한 진술을 근거로 할 뿐만 아니라 동래 정씨와 순흥 안씨 집안 인물 관련 이야기들의 서술방식과 서술시각을 고려할 때, 성현의 외조모 동래 정씨와 모친 순흥 안씨는『용재총화』소재 동래 정씨, 순흥 안씨 집안 인물 이야기들의 주된 이야기꾼이라 볼 수 있다. 특히 외조모 정씨는 이야기꾼으로서 독특한 개성을 지녔다. 그녀에 의해 구연된 이야기들은 다른 이야기들에 비해 흥미소가 충분히 갖추어져 있으며 묘사도 구체적이고도 상세하다. 그러나 사대부 사회에 대한 제반 사실들을 전달하거나 한 인물의 일생이 내포한 이념적 의의를 드러내는 쪽에 대해서는 그리 큰 관심을 보이지 않았다. 외조모 정씨는 세속적인 사건에 관심을 많이 가진 전형적인 이야기꾼이다. 이러한 점은『용재총화』의 또 다른 이야기꾼인 성현의 조모이자 광산군의 딸인 광산 김씨와 대조된다. 외조모 정씨가 서사적 흥미가 두드러지는 이야기를 주된 레퍼토리로 가진 이야기꾼이라면, 조모 김씨는 교술적 교훈을 내세우는 이야기를 주된 레퍼토리로 가진 이야기꾼이다.

그 외 성현 집안의 늙은 종이나 친지들로부터 들은 이야기도 있다.[11]

2. 사대부 동료의 이야기판

청파에 심생과 유생이란 사람이 있었는데 둘 다 부유한 사족이었다. 날마

---

11) 吾家, 有老姑, 年過九十. 嘗言, 少時.(대동1, 582면)

다 기생들 사이에서 술에 취했다 …… 좌중에서 "지난 일들에 대해 이야기하며 웃어보세."라 제안하니 모두들 그러자 했다. 그래서 좌중 손님들이 온갖 이야기들을 다하며 웃고 즐겼다.[12)]

성현에 의해 포착된 사대부들의 이야기판 모습이다. 그 이야기판은 술판에서 발전된 것이다. 여기서 '왕사(往事)'는 단순히 꾸며진 이야기가 아니라 스스로 겪은 경험담이다. 경험담 중 특히 기이하고 웃기는 것이 주로 선택되었음을 알 수 있다. 이야기의 귀결점이 웃음이기 때문이다.

그리고 성현 자신이 직접 참여하는 이야기판도 이루어졌다. 사실 성현의 주위에는 방옹(放翁) 이륙(李陸), 최세원(崔勢遠), 이숙도(李叔度), 기지(耆之) 채수(蔡壽) 등[13)] '담론(談論)'이 뛰어나고 장난기가 많은 친구들이 있었다. 이들은 실재 일어난 재미있는 사건들에 대해 성현에게 해 주었고, 또 스스로 세인의 주목을 끄는 사건들의 주동자가 되었다. 이들은 이야기판의 이야기꾼이면서 일화의 등장인물이었다. 성현은 그들이 이야기 해준 일화들과 그들이 주인공으로 등장하는 일화들을 기록하였다.[14)]

가령 〈여소시현진일선생(余少時見眞逸先生)〉(대동1, 575면)은 과거시험이 임박해오자 성현이 최세원, 노선성(盧宣城) 등과 함께 산방으로 가서 독서하게 된 것을 언급한 뒤, 최세원이 등장하는 세 일화를 소개한다. 그 일화들은 최세원 자신의 경험에 대한 자기 진술을 그대로 기록한 것이

---

12) 靑坡, 有沈柳兩生, 皆豪富士族. 日沈醉於粉黛間 …… 座有言者曰: "宜談往事以解頤耳." 皆曰: "諾." 座客縱談笑嘘.'(대동1, 608면)

13) 放翁, 李叔度, 柳于後, 李子犯, 柳貫之 등은 金懼知가 훈장이었던 서당의 동문들이다.(대동1, 646면)

14) 성현은 〈村中鄙語序〉에서 친구 채기지가 일화나 소화를 기록한 행위를 '以平昔所嘗聞者, 與夫朋儕談諧者, 雖鄙俚之詞, 皆錄而無遺, 其著述之勤, 用力之深, 非老於文學者, 其何能爲? 可爲後人之勸戒也.'(『虛白堂集』文集 권7, 474면)라 하여 높이 평가했다. 성현도 그와 같은 입장에서, 친구들의 행동과 구연 이야기들을 기록한 것이다.

다. 〈여소시여방옹(余少時與放翁)〉(대동1, 580)은 방옹과 성현이 친구의
소를 훔친 일화를 기록한 것이기에 성현의 자기 경험 진술이라고 하겠다.
　이렇듯 성현의 주위에는 장난을 좋아해 스스로 일화 형성자가 되거나
일화 구연자 노릇을 하는 사대부들이 많았으며, 성현 자신이 장난기가
많은 인물이기도 했다.[15] 먼저 성현은 장난기 많은 친구들과 더불어 있
으면서 그들의 일탈된 행동들을 자주 목격하게 되고 그 귀추를 재미나게
기록한 것이다. 그리고 이야기 잘하는 친구들과 이야기판을 만들어[16]
스스로의 경험담이든 견문한 이야기이든 다양한 이야기들을 구연하였고
그것을 다소 윤색하여 『용재총화』에 기록한 것이 『용재총화』에 실려 있
는 대부분의 사대부일화라고 하겠다.[17]

3. 비사대부층의 이야기판

　『용재총화』에는 장님들이 조롱당하거나 바보들이 사기 당하는 이야기
들이 실려있다. 주로 권5에 실려 있는 이 단편들은 그 서술방법이 상투적
이고 발상이나 귀결이 비현실적이며 작위적이라는 점 등에서 사대부일
화가 아니라 소화라 보아야 할 것이다.

---

15) 성현은 친구 김간(金澗)에게 이끼를 매산(苺山; 매생이)이라며 먹게 하여 구토 설사하
　도록 하며, 청충(靑虫)을 매산(苺山)이라며 인편으로 보내어 친구가 그것에 물려 피부
　병이 들게 만들 정도로 장난기가 많았다.; 〈태출어남해자(苔出於南海者)〉(대동1, 640).
16) 두드러진 예가 靑坡, 有沈柳兩生, 皆豪富士族. 日沈醉於粉黛間 …… 座有言者曰:
　"宜談往事以鮮頤耳." 皆曰: "諾." 座客縱談笑噱.'(대동1, 608면)이다.
17) 그 외 이와 유사한 형성 과정을 암시하는 대목을 열거해 보면 다음과 같다.
　'庚寅年間, 余以喪居坡州, 僧常往來, 年過七十.'(대동1, 618면)
　'吾隣, 有朴姓儒, 爲柳家婿郎而寓居焉.'(대동1, 619면)
　'吾友孫永叔, 爲儒時.'(대동1, 620면)
　'先生退朝, 忽謂伯氏曰'(대동1, 622면)

그런데 권5의 중간에 함북간(咸北間)이란 사람에 대한 언급이 있다.

> 우리 집 이웃에 함북간이란 사람이 살았다. 그는 동계(東界) 땅으로부터
> 이주해 왔는데 피리를 조금 불 줄 알고 우스개 이야기를 잘했으며 광대놀이도
> 할 줄 알았다.[18]

함북간은 동북쪽 변방 출신으로 사대부가 아니다. 사람 흉내와 악기 흉내를 잘 내어 내정(內庭)으로 불려가 상도 많이 받았다는 것으로 보아 기예인이라고 보아야 할 것이다. 그런 그가 성현의 이웃에 살았고 또 성현에 의해 '우스개 이야기를 잘 했다'는 평가를 받았다. 장님과 바보들에 대한 소화들이 이 구절 바로 앞에 수록되어 있다는 점, 그리고 그 소화들은 사대부 계급 이야기꾼에 의해 제보된 이야기와는 다르다는 점[19] 등을 고려할 때, 『용재총화』의 한 중요한 제보자로서 함북간과 같은 비사대부층이 있었음을 인정해야 할 것이다. 이들 제보자는 함북간처럼 성현의 이웃에 살았거나[20] 아니면 성현과 인연이 닿아 담화를 나눌 수 있었던 사이였을 것이다.[21]

성현이 『용재총화』를 편찬하기 위해 비사대부층의 이야기판에도 주목함으로써 『용재총화』의 서사적 단편들의 내용이나 갈래가 보다 개방적

---

18) 吾隣, 有咸北間者, 自東界出來, 稍知吹笛, 善談諧倡優之戱(대동1, 608면)

19) 채기지, 최세원, 방웅 등 사대부들이 구연해 준 사대부일화들과 이 소화를 비교해 보면 그 차이는 분명해 진다. 『용재총화』 권5와 나머지 권들의 분위기를 비교하여도 차이가 느껴진다.

20) 기재추(奇宰樞)의 흉가에 대한 이야기도 성현이 이웃사람으로부터 들은 것이다.(吾從 其隣聽其說(대동1, 601면))

21) 〈파산촌장여노수화(坡山村庄與老叟話)〉에는 성현이 파산별장에서 농부와 술상을 차려 놓고 밤 깊도록 이야기를 나누는 장면이 선연하게 형상화되어 있다. ('養鷄烹具 饌, 獲稻釀成醪, 山果紅將墮, 畦蔬翠可挑, 農談不知倦, 晴月近窓高')(『허백당집』, 245면)

인 쪽으로 나아가게 했다고 볼 수 있다. 가문과 계층의 범위를 넘어서려는 성향이 『용재총화』에 깃들어 있다는 점은 주목되어야 할 것이다. 그런데 이 비사대부층의 이야기판은 『용재총화』의 분위기를 주도할 만큼 서사적 힘을 발휘하지는 못한다. 『용재총화』 전반을 이끌어가는 서술자는 여전히 가문의 이야기판과 사대부계층의 이야기판을 중심축으로 삼고 있기 때문이다. 조선 중기 이후에야 잡록집의 이야기판은 개방된다.

제2장

『기재잡기』와 『기재사초』(임진잡사)의 이야기판

1. 가문의 이야기판

『기재잡기(寄齋雜記)』의 편찬자 박동량(朴東亮, 1569~1635)의 가계도
는 다음과 같다.

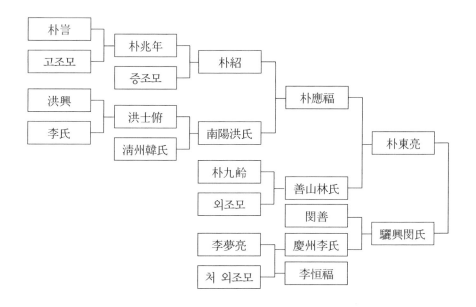

『기재잡기』에도 박동량의 친인척이 등장하는 일화들이 많이 실려 있

다. 그 내용은 해당 인물 자신이거나 그 인물과 가까운 사이가 아니면 알기 어려운 것이다.

① 조모 정경부인은 85세가 되었는데도 건강하셨다······ 어느날 옆에서 모시고 있던 자손들이 모두 일들이 생겨 떠나가고 내[박동량] 혼자 잠자리 시중을 들게 되었다. 한밤이 되자 천둥번개가 치고 비바람이 몰아쳤다. 조모께서 "너는 무얼 하러 일어나 앉았니?" 하고 묻길래 "천둥번개와 비바람이 심해지면 반드시 얼굴빛을 달리 해라고 일찍이 들었습니다."라 응대했다. 다음날 아침 여러 숙부들이 돌아와 문안을 드리니 조모께서는 먼저 나의 그 말을 들어 말씀하시기를 "아홉살 아이가 어찌 그것을 알까?" 하시니 서로들 감탄하셨다.[1]

② 조모 정경부인 홍씨는 팔순이셨을 때도 마루에 거쳐하시니 주위에서 모시는 내외 손자들이 수십 명이나 되었다. 여러 손자들을 불러 모아놓고 물으시기를 "너희 할아버지께서 장원급제를 하셨는데 누가 그 웅장함을 계승할 수 있겠니?"하자 나의 중씨께서 일어서서 대답하기를 "제가 능히 하겠나이다." 했다. 중부 국구 반성공께서 듣고 기특하게 여기고서 데리고 가 길러주셨다.[2]

①과 ②는 박동량의 조모 남양 홍씨가 중심이 된 이야기판을 보여준다. ①에서 박동량은 조모 가까이에서 유년기를 보내며 조모의 총애를 받았음을 알 수 있다. 한밤 천둥 번개가 쳤을 때 박동량이 보여준 의젓한 행동에 대해 조모는 탄복하였고, 다음날 문안 인사 온 숙부들에게 조모

---

1) 祖妣貞敬大夫人, 八十五歲, 康寧無恙 ······ 一日, 子孫之在傍者, 皆有故散居, 召翁使侍寢. 夜半大雷電以風, 大夫人問曰: "爾起欲何爲?" 對曰: "嘗聞迅雷風烈必變." 明朝諸叔父來問侯, 大夫人首擧其語以告之曰: "九歲兒亦知此耶?" 相與歎賞(〈扶寧漫書〉, 『봉촌집(鳳村集)』 권5)

2) 祖妣貞敬夫人洪氏, 八旬在堂, 內外諸孫環侍者數十人. 呼諸孫問之曰: "汝祖爲壯元及第, 誰能繼其武者?" 仲氏起而對曰: "我能之." 仲父國舅潘城公, 聞而奇之, 牽歸而育(〈仲氏守黃海道觀察使朴公行狀〉, 『오창집(梧窓集)』 권18)

는 그 이야기를 해주며 칭찬한 것이다. 조모는 가문 구성원들의 일상적
행위를 소재로 하여 이야기를 만들었고 그것을 기회가 생길 때마다 구연
했다. 그리고 그런 분위기가 형성되었기에 ②에서 보듯 가문의 이야기는
자연스레 가문 선조들의 특별한 사연에 대한 이야기로 나아갔다. 조모를
중심으로 한 '조모-숙부-사촌'들 사이에서 이야기판이 이루어졌고, 거
기서 일화의 구연이 중심부에 놓였다고 하겠다. 선조나 당대 친족들의
특별한 사연에 대한 이야기는 일화일 수밖에 없기 때문이다.

   ②는 그 이야기들 중 주류가 어떤 것이었을까를 알려준다. ②는 먼저
대가족 생활에서 조모를 중심으로 여러 사촌들이 모여 이야기판을 이룬
모습을 더욱 분명하게 보여준다. 그 이야기판에서 조모는 손자들에게 조
부의 장원급제 사실을 환기시키고는 손자들의 분발심을 부추겼다. 조모
가 조부 박소(朴紹, 1493~1534)의 장원급제를 환기시킨 것은 조부의 탁월
한 능력을 후손들에게 알리고자 했기 때문이었다. 그리고 그런 탁월한
능력을 가졌음에도 불구하고 부귀를 누리기는 커녕 시련 속에서 일생을
보낸 부분에 대해 애석함을 나타내기 위한 것이기도 하다. 그런 점에서
조부의 정치적 시련과 관련되는 이야기를 후손들에게 해 줄 분위기가
마련되었다고 보는 것이다. 『기재잡기』에 실려 있는 박소(朴紹) 관련 일
화들은 이런 분위기와 관련이 있다고 볼 수 있다. 그리고 조모의 물음에
대해 박동량의 형인 박동열(朴東說, 1564~1622)이 결의와 확신에 찬 대꾸
를 한 것에서, 조모의 이야기판에서의 동기부여가 얼마나 절실하게 후손
들에게 받아들여졌는가를 알 수 있다. 요컨대 조모는 가문의 이야기판에
서 선조들의 자랑스런 일화들을 들려주어 자손들을 분발케 하면서도 선
조들과 관계를 맺었던 인물들에 대한 일화를 덧붙임으로써 선조들이 풀
지 못했던 문제나 한을 인지시킬 수 있었던 것이다.

③ 공[박응복]은 의정공[박소]이 남쪽으로 귀양가셨을 때 태어났으니 그때
가 가정 경인년이었다. 다섯 살 때 아버지를 잃고 일곱 살 때 대부인을 따라
다시 서울로 돌아왔다. 대부인은 여러 자식들을 위해 선생을 초빙하여 가르
쳤으니 세상에서 맹모에 견주었다 …… 하루내내 대부인 곁에서 책을 읽으니
대부인이 기뻐하셨는데, 대부인은 만년에 매번 그 일을 예로 들어 손자들을
훈계하셨다.3)

조모 남양 홍씨가 어려운 여건에서도 자식 교육에 대해 열성을 다하였
고, 손자들을 훈계할 때는 박동량의 아버지 박응복이 학업에 몰두한 실
화들을 이야기해 주었다는 사실에서 우리는 조모가 구연한 이야기가 대
체로 교훈성을 지향하는 내용이면서 자기 가문 인물들에 대한 것이었음
을 짐작할 수 있다. 그런 점에서『기재잡기』의 중요한 이야기꾼인 조모
남양 홍씨는 성현의 조모 광산 김씨와 유사하다. 다만 가문 이야기판을
형성하고 이끌어가게 하고 또 가문의 이야기를 교훈적으로 활용하는 자
질 면에서 남양 홍씨가 더 돋보인다고 하겠다.

④ 백형 목사 박응천(朴應川)은 여러 동생들을 엄하게 이끌어 갔으니 여러
동생들도 그를 아버지같이 섬겼다.4)
⑤ 항상 자제들을 한방에 모아놓고 난해구와 의문처를 묻게 하여 가르쳤는
데 저녁이 되기까지 조금도 태만해지지 않았다.5)
⑥ 이때 숙부 남일선생(南逸先生: 朴應南)은 사림들의 추앙을 받았다. 물
러난 겨를에는 여러 종자제들을 불러와 순순하게 가르쳤으니 시례현송(詩禮

---

3) 公[박응복]生于議政公南歸之年, 喜靖庚寅也. 五歲而孤, 七歲而隨大夫人, 復至都
下. 大夫人爲諸子, 必求朋師而敎焉, 世儗以孟母 …… 終日伊吾大夫人側, 大夫人悅,
晚年每擧以誠諸孫.(崔岦 撰〈碑銘〉,『국조인물고(國朝人物考)』,『한국역대인물전집
성』2, 민창문화사, 1280면)
4) 伯兄牧使應川, 帥諸弟, 嚴, 諸弟, 父事之(같은 면)
5) 恒聚子弟於一室, 設難質疑, 竟夕不怠.(李恒福 撰〈墓碣銘〉,『국조인물고(國朝人
物考)』,『한국역대인물전집성』, 민창문화사, 1284면)

弦誦)의 풍도가 있었다. 중씨 역시 책을 끼고가 배우기를 청하니 숙부께서
기뻐하며 이마를 어루만지며 "너도 여기에 뜻이 있느냐?" 하였다.[6]

④, ⑤, ⑥은 박동량의 아버지 세대 역시 이야기판을 허물지 않았음을
암시한다. ④에서는 조부 박소가 일찍 죽자, 백부 박응천(朴應川)이 그
아버지를 대신하여 동생들을 보살폈음을 알 수 있다. 아버지가 돌아갔을
때 겨우 15살이던 박응천은 정적 김안로에 몰려 죽은 아버지의 억울함을
잊지 못했을 것이고 김안로 일당에 대한 분노의 감정을 숨길 수 없었을
것이다. 그 흔적이 〈안로피적(安老被謫)〉(대동13, 22면), 〈왕부재합천(王
父在陜川)〉(대동13, 22면), 〈주신재세붕(周愼齋世鵬)〉(대동13, 22면), 〈심
충혜공연원(沈忠惠公連源)〉(대동13, 22면) 등에 남아 있다. 조부 박소가
죽은 순간의 비장한 분위기와 그 죽음을 애도하는 친구들의 통곡장면은
조모 남양 홍씨에 의해서 뿐만 아니라 백부인 박응천에 의해서도 포착되
어 가문의 이야기판에서 거듭 구연되었을 것이다. ⑤에서 박응천이 동생
들을 모아놓고 공부를 시켰던 공부방은 경전의 난해구를 해명해 주는
곳이었겠만, 집안의 일들을 의논하고 선조에 읽힌 이야기와 자기의 경험
을 조카들에게 들려주는 곳이기도 했다. 가령 〈강적임꺽정(强賊林巨
正)〉(대동13, 29면)은 임꺽정의 활약과 그 토벌과정에 대한 상세한 기록이
며 조선후기 야담집인 『동야휘집』의 〈취학경단산탈화(吹鶴脛丹山脫禍)〉
(동야휘집 상. 798면)로 수용될 정도로 서사적 요건을 온전하게 갖춘 일화
이다. 그 속에 박응천(朴應川)이 직접 등장한다. 이 일화가 임꺽정에 관
한 이야기의 근원이 되었으며, 또 그 이후의 다른 어떤 이야기 못지않게
서사적 짜임새를 갖춘 것은 무엇보다 경험의 당사자인 박응천에 의해

---

6) 時叔父南逸先生, 身爲士林冠冕, 公退之暇, 輒引群從子弟, 循循勸誨, 彬彬, 有詩
   禮弦誦之風, 仲氏亦挾書而願學, 叔父喜而撫其頂曰: "爾且有志於斯耶?"(〈중씨수황
   해도관찰사박공행장(仲氏守黃海道觀察使朴公行狀)〉, 『오창집(梧窓集)』, 권18)

진술된 뒤, 가족 사이에 거듭 구연되었기 때문일 것 같다. 이를 통해 보면 박응천에 의해 만들어진 그 공부방은 자기 경험을 진술하고 그것을 후손들에게 전하는 공간으로도 활용되었음을 짐작할 수 있다.[7)]

⑥에서는 셋째 숙부인 남일(南逸) 박응남(朴應南)이 박응천에 의해 형성된 그 학구적 분위기를 계승하여 여러 종자제들을 모아놓고 사대부 사회에서 필요한 다양한 문화를 전수했음을 알 수 있다.[8)]

이렇듯 조모 남양 홍씨와 여러 숙부들에 의해 만들어진 공부방은 선조들의 일생을 재구성하는 이야기판이 되기도 했다. 그런 이유로『기재잡기』에 실려 있는 반남 박씨 선조에 대한 일화들은 교훈적 성격이 강하다.[9)] 특히 조부의 정치적 역정과 시련, 그리고 죽음에 관련된 이야기가 그 대표적인 사례에 해당된다고 하겠다.

> ⑦ 임숭선이 북문(北門)의 계(啓)에 참여할 때 외조부는 그 동생으로서 금화사별제(禁火司別提)로 있었다. 이때 겨우 15살이었던 모친께서는 항상 그 곁에 계실 수 있었으니 그 사이에 있었던 말들을 자못 정확하게 기억하셨다.[10)]

---

7) 이와 관련하여 신흠이 쓴 다음 문구를 참조할 수 있다. '洪夫人(조모를 지칭함)年八十猶康寧, 左右就養無方, 及卒, 居廬致毁, 以弱不能前喪, 追慕愈篤, 伯兄牧使應川, 敎諸弟甚嚴, 公父事之, 自少至老, 終始毋怠, 一門式之, 自公之子弟及諸從昆弟姊妹姪孫, 亦莫不觀感濡染.'(〈申欽, 〈大司憲朴公夫人林氏合葬墓誌銘〉,『象村稿』,『한국문집총간』72, 민족문화추진회, 45면).

8) [應男은……]獨喜書籍, 不去手, 多識國朝往事, 語子弟, 子弟能世之, 該洽若掌故然(같은 곳).

9) 반남 박씨 가문의 풍도에 대한 세인들의 평은, 나라의 외척 가문임에도 불구하고 명행(名行)이 이렇게 방정한 경우는 드물다는 것이다. (叔父, 大司憲應南, 號南逸, 爲士林所宗, 至公兄弟輩從數十人, 皆以詩禮立揚, 尙儉素, 修飾禮法, 論者爲國朝外戚家門, 闡顯盛而名行益礪者, 無如朴氏云: 〈朴東善 碑銘〉,『국조인물고(國朝人物考)』,『한국역대인물전집성』2, 민창문화사, 1168면) 이런 세인들의 평은 반남 박씨 가문의 이야기판이 교훈 지향적이게 한 하나의 원인이 되었을 것이다.

박동량의 모친 선산 임씨는 임구령(林九齡, 1501~1562)의 딸인데, 임구
령은 윤원형등과 을사사화를 모의한 임백령(林百齡, ?~1546)의 동생이
다. ⑦을 통해 선산 임씨가 자기 집에서 임백령 등이 일을 꾸미는 과정을
직접 지켜보았음을 알 수 있다. 그리하여 『기재잡기』에 실려 있는 많은
을사사화 관련 일화들은 주로 모친을 입을 통해 박동량에게 전해졌다고
할 수 있을 것이다. 그리고 선산 임씨 선조에 대한 다른 이야기들도 그녀
에 의해 구연되었다고 보아도 좋다. 선산 임씨는 남양 홍씨의 며느리로
서 남양 홍씨가 주재하는 이야기판에 끼어들 수도 있었겠지만, 아울러
더욱 좁혀진 이야기판에서 아들들에게 자기 친정 집안 이야기를 들려주
었을 가능성이 더 크다.11)

그런데 반남 박씨 가문에 마련된 이야기판에서는 이런 친인척 선조에
대한 이야기만 구연된 것은 아니다. 선조에 대한 이야기 사이에 다양한
제보자에 의해 구연된 다양한 성격의 이야기가 끼어든 것이다.

> 그 손녀는 향화군수 고헌의 처가 되었는데 우리 집안과는 먼 인척이 되므
> 로 나의 집안에서도 그 일에 대해 상세히 이야기하였다. 나는 그 이야기를
> 한두번 들은 것이 아니다.12)

---

10) 林崇善, 旣叅北門之啓, 外祖以其季弟, 方爲禁火司別提, 而先妣年纔十五, 常在其
   側, 頗記其一二語云(대동13, 26면)

11) 모친 임씨 부인은 가문 전승 일화의 주인공이 되기도 했다. 신흠이 써준 그녀의 묘지명에
   는 다음과 같은 일화가 실려 있다. '欽甞聞公一家言, 夫人少時在南中, 遭乙卯倭變,
   泛海避兵, 船發而賊至, 有二婦人, 攀船號哭, 求活甚急, 船人拒之, 夫人力捄生之,
   周其餓乏, 與同寢處, 二婦人竟得全, 賊平泣別, 拜祝而去, 聞者聳嘆(申欽, 〈大司憲
   朴公夫人林氏合葬墓誌銘〉, 『象村稿』, 『한국문집총간』 72, 민족문화추진회, 46면)

12) 其孫女, 爲向化郡守高巘妻, 與吾家有遠族之分, 在余親庭, 言其事甚詳悉, 余亦聞
   之非一(대동13, 15면)

이 구절은 한 사족 처녀가 홍윤성(洪允成)의 부당한 성적 요구를 거부하고 범절에 맞는 청혼을 요구해 마침내 홍윤성의 정실이 되는 이야기인 〈인산부원군홍윤성(仁山府院君洪允成)〉(대동13, 15면) 끝에 붙은 것이다. 그 손녀가 향화군수의 처가 되었고 그녀가 박동량과 먼 친척이 되므로 박동량의 집에서 그 일화를 여러 번 구연했고 그것을 박동량 자신이 들은 것도 한 두 번이 아니라는 것이다. 여기서 먼저 박동량 친가에 마련된 이야기판에는 친척이든 친척이 아니든 간에 가끔 이웃 사람이 동참했음을 짐작할 수 있고, 다음으로 그럴 경우 이 이야기판은 교훈적인 내용뿐만 아니라 흥미를 유발하는 세속적 내용의 일화로도 구성되었음을 알 수 있다.

이렇듯 조모 남양 홍씨와 여러 숙부들, 그리고 모친 선산 임씨에 의해 만들어진 반남 박씨 가문의 이야기판은 선조들의 일생을 재구성하는 성격이 강했음을 짐작할 수 있다. 그런 이유로 『기재잡기』에 실려 있는 반남 박씨 선조에 대한 일화들은 교훈적 성격이 강하며 서사적 긴장이 고조된 경우가 적지 않다. 특히 조부의 정치적 역정과 시련, 그리고 죽음에 관련된 이야기가 그 대표적인 사례에 해당된다고 보겠다.

그런데 반남 박씨 가문에 마련된 이야기판에서는 이런 친인척 선조에 대한 이야기만 구연된 것은 아니었을 것이다. 가령 선조와 교유했던 인물들에 대한 이야기 역시 그 가문의 이야기판에서 나왔을 가능성이 크다. 그런 점에서 『기재잡기』에 실려 있는 작품들이 주로 형성된 곳은 박동량 가문의 이야기판이라고도 볼 수 있을 것이다.

이야기판과 제보자의 성격 면에서 일정한 무리를 이루게 된 일화들을 통하여 몇 개의 가족사를 재구성할 수 있다. 여기에는 반남 박씨 선조에 대한 이야기, 남양 홍씨 선조에 대한 이야기, 선산 임씨 선조에 대한 이야기, 여흥 민씨 선조에 대한 이야기, 부친의 외조모의 친가 가계인 청주 한씨와 관련된 이야기 등이 주류를 이루고 있다.

반남 박씨 선조와 관련된 이야기로서, 반남 박씨 선조가 직접 등장하는 일화는 〈세전(世傳)〉(대동13, 14면), 〈왕부재합천(王父在陜川)〉(22면), 〈허굉위이조판서(許磁爲吏曹判書)〉(25면), 〈아왕부(我王父)〉(25면), 〈심충혜공연원(沈忠惠公連源)〉(25면), 〈경복궁(景福宮)〉(28면), 〈강적임꺽정(强賊林巨正)〉(29면) 등이고, 선조와 사제관계나 교우관계가 있는 사람이 등장하는 일화는 〈박송당영(朴松堂英)〉(18면), 〈무인년간(戊寅年間)〉(20면), 〈박송당선생(朴松堂先生)〉(21면), 〈홍영상인재(洪領相忍齋)〉(23면), 〈무술알성(戊戌謁聖)〉(23면), 〈성소선제원(成笑仙悌元)〉(28면) 등이다.

박동량의 조모는 남양 홍씨이기에 남양 홍씨 선조들이 등장하는 일화가 네 편이다. 〈대사헌홍흥(大司憲洪興)〉(16면)에는 조모 남양 홍씨의 조부인 홍흥(洪興)이 등장하고, 〈홍정사부(洪正士俯)〉(24면), 〈좌랑심의(佐郞沈義)〉(24면), 〈홍정공(洪正公)〉(24면)에는 조모 남양 홍씨의 부친인 홍정(洪正)이 등장한다.

박동량의 모친은 임구령의 딸이기에 『기재잡기』에는 선산 임씨이기에 이야기도 적지 않다. 『기재잡기』에 실린 선산 임씨 선조 관련 일화는 〈임숭선(林崇善)〉(24면), 〈인묘대점지일(仁廟大漸之日)〉(25면), 〈박눌재위나주목사(朴訥齋爲羅州牧使)〉(26면), 〈임목사형수(林牧使亨秀)〉(26면), 〈임숭선백령(林崇善百齡)〉(26면), 〈을묘왜적(乙卯倭賊)〉(27면), 〈문정왕후(文定王后)〉(28면), 〈범재신청시자(凡宰臣請諡者)〉(28면) 등이다.

박동량은 장인 민선(閔善)의 집에서 처가살이를 하였다.[13] 그래서인지 여흥 민씨 선조와 관련된 이야기도 몇 개 있다. 〈정문익공광필(鄭文翼公光弼)〉(16), 〈정문익공(鄭文翼公)〉(23), 〈정임당(鄭林塘)〉(25), 〈신문경

---

13) 十七委禽驪興閔氏之門, 處甥舘(『국조인물고』, 『한국역대인문집성』 2, 1160면)

용개(申文景用漑)〉(21), 〈성묘(成廟)〉(16) 등이 그것이다.

청주 한씨는 부친 박응복의 외조모이며 남양 홍씨의 모친이 된다. 청주 한씨의 선조가 등장하는 작품은 〈서평군문정공한계희(西平君文靖公韓繼嬉)〉(16면), 〈한판서형윤(韓判書亨允)〉(20면) 등이다.[14]

2. 사대부 동료의 이야기판

⑨ 진사 전언경이 스스로 말하기를 "세칭 〈장옥시상리부(張玉柴桑里賦)〉는 내 조부 전영(全英)의 소작이다."했다…… 오성 이항복이 친히 그 말을 들었다고 했다.[15]

⑩ 하루는 오성이 나에게 말하기를 "그대는 심청천(沈聽天) 집안의 이야기를 들었는가?…… 청천은 내 부친의 친구로서 경모하던 분일세."했다.[16]

⑨와 ⑩을 통해 박동량의 처외숙이면서 그와 절친한 관계를 유지했던 오성 이항복이 『기재잡기』의 중요한 제보자였음을 알 수 있다. ⑨는 진사 전언경이 자기 조부에 대해 해준 이야기를 이항복이 다시 박동량에게 제보해 주었음을 밝혔다. 전언경은 조부의 탁월한 글재주를 알린 뒤 그런 조부가 현달하지 못한 안타까움을 드러내었다. 그렇다면 이 이야기는 전언경의 가문에서 전승된 것인데 이항복이 그것을 박동량에게 전했다는 점에서, 가문 전승과 사대부 사이의 전승이 결합된 사례라 하겠다. ⑩ 역시 심청천(沈聽天) 일가에 전승되던 이야기를 풀어서 이항복이 전해

---

14) 이상 각 가문 선조 관련 이야기에 대한 상세한 분석은 이 책의 제5부를 참고하기 바람.

15) 進士全彦慶, 自言: "世稱張玉柴桑里賦者, 乃吾祖英之作也."…… 鰲城, 親聞之云.(대동13, 17면)

16) 一日, 鰲城謂余曰: "公得聞沈聽天一家之言乎?"…… 聽天吾父執, 素所敬慕者.(대동13, 20면)

준 경우이다.

    ⑪ 이실지가 일찍이 말하기를 "이 이야기는 내 외가 선조의 이야기이기에 대대로 전해오는 것이다." 했다.[17]

⑪는 이실지(李實之)라는 친구가 자기 외가 선조의 이야기를 박동량에게 전하였음을 알려준다. 그런데 이 이야기는 〈지중추원사이순몽(知中樞院事李順蒙)〉(대동13, 14면)을 말하는데, 여기서 이순몽이란 사람은 들판에서 밭일을 하다가 대낮에 도깨비를 본다. 대단히 기이한 내용인데, 이순몽은 이실지의 외가 선조가 되기에 그 이야기가 자기 외가에 대대로 전해진다고 하였다. 이에 대해 박동량은 '필부가 하루아침에 발탁되어 국가의 명장이 되었으니 어찌 기이하고 특별한 징조가 없었겠는가?'[18] 라며 그 기이한 사연의 의미를 해명했다. 그런데 이실지의 외가는 이순몽이란 특별한 선조가 있었고, 그 선조에 얽힌 많은 이야기들을 가문의 이야기판에서 전승되었을 것이다. 여기에 소개된 이순몽의 이야기는 박동량 선조의 이야기와는 그 성격이 매우 다르다. 박동량 선조의 이야기는 사대부 사회의 정치적 회오리와 관련된 정치 이념적 성격이 강하다면, 이순몽의 이야기는 현실의 정치적 맥락을 벗어나 기이한 영역에 걸쳐져 있는 것이다. 이순몽의 이야기가 비현실적이고 기이한 내용을 통하여 이순몽의 특별함을 드러내고자 했다면, 『기재잡기』에 실린 박동량 선조의 이야기들은 현실의 맥락에서 정치적 시비를 가리고자 한 것이다. 그런 점에서 사대부 사회에서 가문 선조에 대한 이야기 전승은 일반적인 생활 문화의 일부라 하겠지만, 그 가풍이나 집단 분위기에 따라 이야기

---

17) 李實之嘗言: "此乃外家先祖, 故世傳其語."(대동13, 14면)
18) 以匹夫, 一朝拔起, 爲國家名將, 豈無奇絶傑特之徵歟?(같은 면)

내용이나 시각이 달랐음을 알 수 있다.

『기재잡기』의 한 바탕이 된 사대부 동료 이야기판의 성격을 더욱 구체적으로 분명하게 밝히기 위해서는 『기재사초(寄齋史草)』의 〈임진잡사(壬辰雜事)〉를 분석하는 것이 필요하다.

박동량은 임진왜란이 일어나자 병조좌랑(兵曹佐郎)으로서 의주까지 왕을 호종(扈從)하였다. 평양에 이르러서는 강건너로 왜적의 불빛이 보이는 절박한 상황에 처하기도 했다. 박동량은 후대의 역사 기술을 위해 그때의 견문을 『기재사초』에 기록으로 남겼다. 『기재사초』 상권은 선조 24년(1591) 2월 3일부터 5월 16일까지, 하권은 선조 25년 6월 18일부터 6월 22일까지의 역사적 사실을 기록하였다. 그런데 『기재사초』 상에는 〈신묘사초(辛卯史草)〉라는 하위 장이, 『기재사초』 하에는 〈임진일록 1(壬辰日錄 一)〉, 〈임진일록 2〉, 〈임진일록 3〉, 〈임진일록 4〉, 그리고 〈임진잡사〉라는 하위 장이 들어있다. 〈임진잡사〉를 제외한 다른 하위 장들은 모두 임금의 전교(傳敎)나 신하들의 대(對), 상계(上啓) 등을 정확하게 기재하고 있다. 이에 비해 〈임진잡사〉는 박동량이 그 주위의 고관들과 주고받았던 독특한 대화, 주위에서 화제가 되었던 독특한 인물에 대한 이야기들을 주로 싣고 있다. 『기재사초』의 다른 부분이 객관적 서술자로서 사관(史官)으로서의 엄정한 자세를 유지하며 역사적으로 중요한 사실을 진술했다면, 〈임진잡사〉는 주관적 서술자로서 서술자와 개인적으로 가까운 인간군상과 그들의 말에 대해 세밀하게 서술했다고 하겠다. 그러므로 일화와 관련하여 볼 때 〈임진잡사〉가 중요하다.

〈임진잡사〉는 국가 존망과 자신의 생사의 갈림길에서 상층 사대부들이 어떤 생각을 하고 어떻게 행동하였는가를 보여주는 사대부의 생활사이기도 하다. 여기에는 독특한 인간의 어떤 특별한 행실이나 품성이 포착되어 있고 또 사대부들이 유독 큰 호기심을 가졌던 독특한 말들이 소개되어 있다.

〈유지숙(俞止叔)〉(대동13, 57면), 〈이이립(李而立)〉(대동13, 58면), 〈박계길성허소(朴季吉性虛踈)〉(대동13, 59면), 〈교검허징(校檢許徵)〉(대동13, 60면), 〈거빈지일(去邠之日)〉(대동13, 60면) 등은 어떤 인물의 독특한 행동이나 그 인물이 개입된 독특한 사건을 제시함으로써 전쟁 상황에서 더욱 두드러지는 독특한 품성을 보여주었다. 그것은 두 가지 점에서 특이하다. 먼저 부정적 인물들이 대부분이라는 점이다. 그 인물들은 작품 끝에서 웃음으로써 조롱되거나 풍자된다. 또한 그 품성이 주로 독특한 말을 통해 드러나도록 한다. 특정 인물의 말이 그 사람의 부정적 품성을 드러내면서 동시에 듣는 자들로 하여금 웃게 하는 것이다. 품성과 말의 관계는 상호적이다. 말을 통해 독특한 품성을 구체화하고, 구체화된 품성은 그 사람이 한 말이 더욱 큰 관심을 끌게 만든 것이다.

독특한 말, 재치있는 말, 우스운 말, 정곡을 찌르는 말 등이 주된 관심의 대상이 된 경우는 더 많다. 〈신립패후(申砬敗後)〉(대동13, 55면), 〈권감사징재임진군중(權監司徵在臨津軍中)〉(같은 면), 〈인성선회해(寅城善詼諧)〉(같은 면), 〈기성설홍문관(箕城設弘文舘)〉(같은 면), 〈홍사신성걸교(洪士信性傑驕)〉(대동13, 56면), 〈김의백(金宜伯)〉(같은 면), 〈적도임진(賊渡臨津)〉(같은 면), 〈공저파호농(公著頗好弄)〉(대동13, 57면), 〈자상효언급여(子常孝彦及余)〉(대동13, 58면), 〈이감사원익(李監司元翼)〉(같은 면), 〈인의이춘간(引儀李春幹)〉(같은 면), 〈자상선회해(子常善詼諧)〉(같은 면), 〈유정충신자(有鄭忠信者)〉(대동13, 59면), 〈유회부천애(柳晦夫淺隘)〉(같은 면) 등은 재치있는 말 자체나 대꾸를 보여준다.

가령 〈권감사징재임진군중〉을 보자. 경기감사로 있던 권징(權徵)은 위급한 상황에서 더 중요한 일들이 많음에도 불구하고 박치홍(朴致弘)이란 사람의 구원에 급급한다. 해원(海原) 윤두수가 이를 보고 "공이 허둥지둥

하니 필시 실성한게야"[19]하며 빈정대니, 박동량이 "아니 권 감사는 차분하고 침착하다 할 것입니다."[20]라 대꾸한다. 윤두수가 "자네 지금 권 감사를 두둔하나?"하니 박동량이 "만일 차분하고 침착하지 않았다면 그 치계(馳啓)의 상세함이 어찌 이 지경에 이르렀겠습니까?"[21]하자 자리에 있던 모든 사람들이 웃으면서 "그래 좋아, 좋아"[22]했다는 것이다. 여기서 '나'인 박동량과 윤두수가 말을 주고받아 웃음을 유발하는데, 그중 윤두수의 말은 사실에 대한 진지한 판단의 소산이라 하겠지만, 박동량의 말은 우스개의 성격이 강하다. 물론 그 우스개는 다시 경기감사로서 해야 할 일을 잘 하지 않는 권징에 대한 조롱과 연결되기는 하지만, 그보다는 말 자체의 묘미가 더 두드러진다. 그래서 권징을 비판하는 윤두수의 말을 부정하는 듯 했지만 결국 윤두수의 입장을 더욱 두둔하는 결과를 가져왔다. 그런데 여기에 등장하는 인물들의 관계를 살펴보면, 권징(1538~1598)은 당시 정2품인 경기관찰사이고, 윤두수(1533~1601)는 정1품인 좌의정이고, 박동량(1569~1635)은 정6품인 병조좌랑이었다. 문제는 윤두수와 박동량의 관계이다. 우스개를 한 주체인 박동량은 윤두수보다 36살이나 아래였고 또 5품이나 낮은 하관이었다. 그런 박동량이 윤두수와 더불어 우스갯말을 스스럼없이 하였고, 또 그것이 다른 사람들에 의해 전혀 거북하게 받아들여지지도 않은 것이다. 그것도 왜적에 의해 몰리는 절박한 상황에서였다. 여기서도 조선시대 사대부들이 말하기나 농담하기를 일상적으로 즐겨 하였음을 충분히 짐작할 수 있다.

〈인성선회해〉가 절박한 전쟁 상황에서도 주고받는 말의 재미를 포기

---

19) 此公顚倒, 必失性也.(대동13, 55면)
20) 權監司, 可謂從容不迫.(같은 곳)
21) 若非從容不迫, 啓本詳悉, 何能至此乎?(같은 곳)
22) 大好大好.(같은 곳)

할 수는 없다는 사대부만의 성향을 보여준다면, 〈기성설홍문관〉은 바로 상쾌한 한 마디 말을 찾아내려는 충동과 호기심이 얼마나 강한지를 보여 준다. 즉 평양이라는 궁지에 몰린 사대부들이 자기의 처지를 '솥안의 고기[鼎中魚]'로 지칭했다가 '걸어 다니는 시체, 달아나는 살덩이(行屍走肉)'으로 표현하여 주위로부터 인정을 받는 것이다. 〈이감사원익〉은 키가 작았던 이원익(李元翼)의 말을 부각시켰다. 키 작은 이원익이 강변의 여러 고을에서 군사를 모아가지고 행조(行朝)(피난 조정)에 도착했는데, 키만 작을 뿐만 아니라 탄 말도 작았고, 수행한 사람은 단지 어린 두 동자 뿐이었다. 사람들이 놀리기를 "참으로 소국의 감사로다.(眞小國之監司也)"라 하니 "두고 봐, 능소능대(能小能大)하는 게 나의 장기지." 했다는 것이다. 이원익의 되받는 말은 듣던 사람을 모두 웃게 하였기에 자기를 조롱하던 자들을 압도했다. 〈유정충신자〉는 이항복의 총애를 받아 이항복과 함께 자고 길을 갈 때도 반드시 동행하며 앉을 때도 무릎을 맞댄 정충신(鄭忠信)이란 사람을 '이판별실(李判別室)'이라 불렀다는 것을 강조했다. '별실'이란 말은 여성을 가리키는데, 남자인 정충신을 '이판별실'으로 지칭했다는 사실 자체가 이항복과 정충신의 관계를 압축하여 잘 보여준다는 점에서 묘미를 풍긴다. 그런가 하면 〈자상선회해〉는 웃기는 말속에 뼈가 들어 있다. 어떤 사람이 동인 서인의 분쟁이 마침내 왜구를 불러들였다 하니, 이항복은 "동인 서인의 무리들은 서로 전쟁하는데 능숙하니, 조정에서는 왜 그 무리들로써 왜적을 방어하지 않는가?"[23]라며 비꼬았다.

〈홍사신성걸교〉는 이러한 점이 더하다. 홍사신은 평소 누구에게도 굽히지 않는 기(氣)가 센 인물이었다. 그런 그가 평양성을 떠나려는 어가를

---

23) 東西之人, 相戰熟矣. 朝廷何不以此輩禦賊乎?(대동13, 58면)

호위하고 있다가 성난 백성들로부터 봉변을 당한다. 백성들은 큰 막대기로 그의 등을 때리면서 "금관자 옥관자를 찬 도적들아. 평소에 후록을 먹더니 왜적조차 막지 못하자 도리어 임금이 우리를 버리고 떠나게 만드느냐?"라 꾸짖었다. 이에 홍사신은 말에서 떨어져 거의 죽을 뻔 했다. 겨우 도망쳐 나온 홍사신은 다른 사람에게 "오늘 내 거의 죽을 뻔[幾死] 했다."하였다. 그러자 옆에 있던 이징원이 "이 사람 평양 백성들에게 기가 죽었군[氣死]"하고 되받았다는 것이다. '거의 죽었다'는 대단히 절박한 처지를 '기가 죽었다'는 다소 가벼운 상황으로 치환하여 가벼운 웃음을 유발하였다. 그리고 긴장감을 누그러뜨렸다. 그것은 한자의 동음이의(同音異義) 현상을 재빨리 활용할 수 있었기에 가능했다. 구어를 한문으로 재빨리 번역하고 번역된 한문에서 '기(幾)'와 '기(氣)'의 동음이의 관계를 순발력 있게 활용한다는 것은 사대부만이 가능했을 것이다.24)

백성들에 대한 위정자의 책임을 생각하며 비장한 자세를 가져야 할 심각한 전쟁 상황에서 말장난을 도모했다는 것은 위정자의 책무 방기라 할 수도 있을 것이다. 그러나 여기서 그것이 문제되지 않았다. 오히려 이런 가벼운 농담으로 자신들이 처한 심각한 상황에 활기를 불어 넣은 것이다. 우스갯말은 절박한 상황에 몰린 삶을 지치지 않고 꾸려 가려는 지혜 중의 하나라고도 할 수 있다. 사회가 안정되었을 때 행동의 일탈은 삶의 무료감을 떨치게 하여 다시 생동적으로 삶을 꾸려가게 했다.25) 전쟁이 한창 진행 중인 이 위기의 시기에는 행동의 일탈이 불가능했다. 일탈의 출발이 될 안정된 공동체가 없었기 때문이다. 그래서 행동의 일탈을

---

24) 한자의 동음이의를 활용하는 것은 〈자상효언급여(子常孝彦及余)〉(대동13, 58면), 〈유회부천애〉(대동13, 59면)에서도 나타나고, 〈인의이춘간〉(대동13, 58면)은 화어(華語)와 한자음의 유사성 때문에 일어난 사건을 포착했다.
25) 『용재총화』를 비롯한 조선 초기 잡록집에 실린 '밖으로의 일탈' 일화가 여기에 해당된다.

대신하는 말의 일탈이 시도되었다. 위기의 시대에서 말의 일탈은 위기를 여유 있게 넘기게 하는 분위기를 만들 수 있었을 것이다. 〈임진잡사〉의 이야기판과 거기서 만들어진 우스개는 이와 같은 논리로 이해할 수 있을 것이다. 조선 중기 사대부들은 절박한 상황에서도 말하기로써 불안과 긴장을 해소하고 비관을 낙관으로 전환시켜 삶의 활력을 되찾으려 한 그들만의 언어문화를 향유하였음을 이런 점에서 확인할 수 있다.[26)]

이상 『기재사초』의 〈임진잡사〉를 보면 임진왜란이 한창이던 때 평양과 의주 등에서 박동량, 이항복 등을 중심으로 정철, 유성룡, 이호민, 이성중(李誠中) 등이 참여한 이야기판이 형성되었음을 알 수 있다. 그것은 사대부들만의 이야기판이다. 이 이야기판에서는 이미 서사 세계를 구축한 일화가 구연되는 경우도 있었지만, 그보다는 이야기판에 참석한 사대부들의 행동과 말 자체가 일화를 만들었다고 할 수 있다. 이때의 일화는 서사적 구조를 갖추기보다는, 주로 독특한 말의 주고받기로 이루어졌다 할 수 있다.

---

26) 이런 분위기를 가장 잘 보여주는 일화가 〈인성선회해〉, 〈평양설승정원(대동13, 56면)〉이다.

인성(정철)이 우스개 이야기를 잘 했는데, 난리 중에도 여전하였다. 서애·공언(許功彦)·징원(李澄源) 부자와 나(박동량), 그 외 여러 사람이 연광정에 모여서 왜적의 불이 멀리 소나무 사이에서 깜박거리는 것을 보고 끊임없이 울리는 총소리를 듣고 있었다. 이때 서애가 울면서 "우리들의 생사가 조석에 달렸으니 이 모임이 영결식이 아닌지 모르겠소"라고 하자, 인성이 "그렇지 않소. 결국은 다 함께 죽을 것인데, 어찌 영결이라 하겠소"라고 하였다. 서애는 눈물을 닦고 웃으며 "신정(新亭)에서 청담(淸談)이 어찌 없을 수 있겠소?"하였다.(寅城善談諧 亂離亦不廢 常與西厓功彦澄源父子 及余諸人 會于練光亭 遙見賊火明滅於松樹間 銃聲不絶 西厓泣曰吾輩死生 只在朝夕 此會未必非永訣 寅城曰不然 畢竟同歸於盡 何謂永訣 西厓拭淚笑曰 新亭之上 豈可無淸談乎(대동13, 55면))

평양에 승정원을 두었는데 거기에 주서방(注書房)이 있었다. 궁벽하면서도 일이 없어 여러 사관(史官)들은 한가한 이야기와 농담을 주고받을 따름이다.(平壤設承政院 又有注書房 僻而無事 諸史官 淸談嘲謔而已(대동13, 56면))

【제3장】

『죽창한화』와 『송도기이』의 이야기판

1. 가문의 이야기판

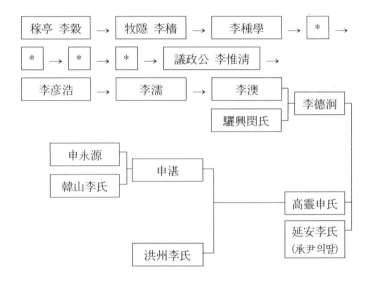

　　먼저 이덕형(李德泂, 1566~1645)의 장인인 신담(申湛, 1519~1595)이 중
요한 제보자로서 이야기판을 만들었다. 이덕형은 신담이 죽자 사위로서
신담 가문의 세계(世系)를 작성하였는데[1], 장인으로부터 이덕형이 들은
이야기의 폭과 깊이를 짐작할 수 있다. 그리고 장인의 모친이 한산(韓山)

　1) 〈신담 묘갈명(墓碣銘)〉, 『국조인물고』, 『한국역대인물전집성』 2, 1693면.

이씨(李氏)였기에 『죽창한화(竹窓閑話)』에 실려 있는 한산 이씨 관련 이야기 중 일부는 장인이 들려준 것일 수도 있다.

이덕형은 〈명묘조(明廟朝)〉(대동17, 55면), 〈만력신묘(萬歷辛卯)〉(대동17, 58면), 〈윤생자(尹生者)〉(대동17, 60면), 〈만력무자년간(萬歷戊子年間)〉(대동17, 61면), 〈한산숭문동(韓山崇文洞)〉(대동17, 66면) 등이 신담으로부터 들은 것임을 밝혔다. 그중 〈명묘조〉, 〈만력신묘〉, 〈만력무자년간〉은 모두 사대부 사회의 풍속, 벼슬제도 등에 대한 것으로 교술적 성격이 강하며, 〈윤생자〉, 〈한산숭문동〉만이 일정한 줄거리를 갖춘 서사라 할 수 있다.

〈윤생자〉에서 윤생은 부마의 손자이고 재상의 사위였는데 화훼 수집에 미치고 호사스런 생활을 하느라 재산을 탕진하고 망한다. 그 끝에 다음과 같은 구절이 나온다.

> 나의 처가가 윤생 집의 이웃에 있었기에 그 일들을 상세하게 들었다. 고로 그 경개를 대략 서술함으로써, 재물만 믿고 공부하지 않는 권세가 자제들을 경계하고자 한다.[2]

먼저 처가가 윤생의 이웃에 있었기에 처가댁 사람들은 윤생의 일들에 대해 그 어느 누구보다 더 상세하게 알았을 것이다. 그리고 집안에서 그 이야기를 거듭했을 것이다. 처가집의 이야기판에서 거듭 이야기되는 과정에서 윤생의 이야기는 서사적 체계를 갖출 수 있었을 것으로 추정된다. 이렇게 처가의 이야기판에서 구연되어 윤색된 윤생의 이야기는 장인이나 부인에 의해 이덕형에게 전해진 것이다.

---

2) 余之聘家, 與尹生比隣, 備聞其事, 故略叙梗槪, 以爲世家子弟侍富不學者之戒(대동17, 61면)

〈한산숭문동〉에 등장한 이상사(李上舍)는 목은 이색의 증손이다. 이상사는 추수시기에 찾아온 동냥 스님들에게 정성을 다하여 보시한다. 어느날 어떤 스님이 찾아와 정성스런 보시에 대한 보답으로 앞날의 운세가 어떠할 지를 예언해 준다. 이상사의 후손들이 번창하겠지만 그 집은 다른 성씨의 사람에게 넘어갈 것이라 했다. 과연 이상사의 후손들은 번창했지만 그 집은 큰 아들이 죽자 둘째 아들 참봉 윤수(允秀)에게 돌아갔고 윤수는 자식이 없어 외손(外孫)인 신담으로 하여금 뒤를 잇게 하고 그 집을 주었다. 신담은 그 집에서 태어나 자란 것이다.

이 이야기는 편찬자 이덕형에게 이원적으로 전해졌을 수 있다. 먼저 한산 이씨 선조의 선행담으로 한산 이씨 가문의 이야기판을 통해 이덕형에게 전해졌을 것이다. 그리고 이 이야기에 직접 등장하여 동냥 스님의 예언이 적중했음을 입증해주는 결정적 역할을 한 장인 신담에 의해서도 전해졌을 것이다. 이런 이중적 구연은 이 이야기가 서사구조 면에서 『죽창한화』의 다른 작품들에 비해 더 잘 짜여지게 했다고 볼 수 있는 것이다. 그런 점에서 그 끝에 붙은 평도 이원화되었다. 먼저 현대부(賢大夫)의 적선에 대한 보답은 정확하다고 보고 이 이야기를 하늘이 이승(異僧)을 보내어 적선을 권면하려 한 것이라고 해석한 부분3)과 동냥 스님의 예언이 그대로 입증되었으니 참 기이하다고 감탄한 부분4)이 그것이다. 전자의 평이 이야기로부터 애써 도덕적 의미를 추출하려 한 것이라면 후자의 평은 그러한 도덕적 부담감에서 벗어나 이야기 자체의 전개에 대해 관심을 보인 것이다. 가문 이야기판이 꾸려지는 경향도 이와같이 두 부류로 이해할 수 있을 것이다. 어떤 이념이나 도덕적 덕목을 이끌어

---

3) 賢大夫積善之報, 可謂如合符節, 此必天誘異僧, 使積德者, 有所觀感而益勵也.(대동17, 66면)

4) 其僧之言, 一一皆驗, 豈不異哉?(같은 면)

내고자 하는 진지한 철학적 경향과 이야기 자체의 재미에 충실하려는
자유로운 문학적 경향이다. 가문 이야기판에 나타난 이와 같은 두 가지
경향 중 전자는 일화 형성의 원천이 되었지만 후자는 일화 발전의 무대가
되었다고 볼 수 있다. 〈한산숭문동〉의 사례에서 이야기꾼이 이야기의
사건과 일정한 거리를 유지하고 이야기 내용으로부터 자유로울 수 있을
때 이야기의 발전이 이루어진다는 암시를 받을 수 있다.

　다음으로 이덕형의 친가 선조인 한산 이씨들에 대한 이야기가 집중적
으로 나타나는데, 이것은 한산 이씨 가문의 이야기판에서 나온 것들이
다. 이덕형의 선계는 가정(稼亭) 이곡(李穀) → 목은(牧隱) 이색(李穡) →
이종학(李種學) → * → * → * → * → 의정공(議政公) 이유청(李惟淸)(고
조) → 이언호(李彦浩)(증조) → 이유(李濡)(조부) → 이오(李澳)(부친)로 이
어진다. 『죽창한화』에 실려 있는 한산 이씨 관련 일화는 〈여고조의정공
(余高祖議政公)〉(대동17, 57면), 〈오종이공지번(吾宗李公之蕃)〉(같은 면),
〈이헌평공봉(李憲平公封)〉(같은 면), 〈이아계산해(李鵝溪山海)〉(같은 면),
〈전배문장(前輩文章)〉(대동17, 59면), 〈여선조가정모부인(余先祖稼亭母夫
人)〉(같은 면), 〈이한성군질(李韓城君秩)〉(대동17, 62면), 〈여고조의정공
(余高祖議政公)〉(대동17, 64면), 〈한산숭문동(韓山崇文洞)〉(대동17, 66면),
〈여위충청감사순도한산(余爲忠淸監司巡到韓山)〉(같은 면) 등이다.

　이중 이덕형의 직계 선조가 등장하는 경우는 〈여고조의정공〉 2편으
로, 2편 모두에 이덕형의 고조 이유청이 등장한다. 그런데 그중 〈여고조
의정공〉(대동17, 57면)에서는 양경공(良景公) 이종선(李種善)이 이유청의
꿈에 나타나 그 무덤을 손질해 달라고 부탁한다. 이종선은 이유청에게
고조 항렬이긴 하지만 직계가 아니다. 이종선은 이파(李坡)의 직계 선조
인데,[5] 이파는 폐비 사건과 연루되었기에 죽은 뒤에 극형을 당했다. 이
종선은 이파의 조부라는 이유로 그 묘를 훼손당한 것이다. 이 일화에서

묘를 훼손당한 이종선의 혼령이 방계 후손인 이유청에게 현몽하여 묘의
정비를 부탁하는데, 직계 후손들에게는 그럴 능력이 없기 때문이었다.

그런데 이에 대한 서술자의 태도는 시종 여유가 있다. 이덕형은 방계
후손으로서 부관참시 당한 선조 이파의 처지나 무덤을 훼손당한 이종선
의 억울한 경우에 대해 원통해 하지 않는다. 그는 사람의 정백(精魄)이
없어지지 않기에 후손으로서 선조의 분묘를 잘 돌봐야 한다는 생각을
담담하게 개진했을 따름이다.6) 여기서 이종선이 방계 선조이고 이유청
이 직계 선조란 점이 특별히 고려된 것 같지는 않다. 이덕형은 가문의
이야기에 대해 이미 충분한 거리를 유지하고 있는 것이다. 〈여고조의정
공〉(대동17, 64면)은 고조 이유청과 윤인경(尹仁鏡) 간의 시혜와 보은의
관계를 보여준다. 그리고 그 관계에 대해 '배은망덕을 일삼는 말세의 사
람들을 볼 때 어찌 같은 해 아래에서 비교할 수가 있을까'7)라는 평을
붙였다. 두 사람은 그 시대에는 물론 후대에 있어서도 모범이 될 만한
관계를 맺었는데, 여기서도 등장인물이 이덕형의 선조라는 사실은 크게
의식된 것 같지 않다. 다만 그 선조가 등장인물 간 관계의 한 쪽을 차지하
였기에 그 선조로부터 시작된 이야기를 간접적으로나마 들을 수 있게
되었다는 정도만의 의미를 지녔다. 이에 비해 편찬자 이덕형과 선조의
존재가 긴밀하게 관련되는 경우8)는 서사적 체계를 이루지 않고 교술적
인 성격을 더 강하게 지녔다. 여기서는 가문의식을 꽤 강하게 드러난
다.9) 가문의식을 가문의 전통에서 비롯되는 자부심이나 한(恨)에 집착하

---

5) 이색→이종선→이계전(李季甸)→이파(李坡)
6) 距其時, 已九十餘年. 觀於此, 人之精魄久而不泯, 墳墓爲死者之宅明矣. 爲子孫
者, 不可以遠祖而慢忽. 墳墓崩頹, 亦不可不修築矣.(대동17, 58면)
7) 其視末世背恩忘德者, 豈可同日語哉?(대동17, 64면)
8) 〈여위충청감사순도한산〉, 〈전배문장〉 등.
9) 至於連五代建院尊奉, 饗以俎豆, 爲士子矜式者, 吾韓山李姓外無聞 …… 此雖不係

는 것이라 본다면 『죽창한화』는 가문의식을 교술의 영역으로 담았고, 서
사의 영역에서는 서사적 원리에 충실하고자 했던 것이다. 서사적 전개가
충분하여 나름대로 탄탄한 서사세계를 만들고 있는 〈이아계산해〉, 〈이
한성군질〉, 〈여선조가정모부인〉, 〈오종이공지번〉, 〈한산숭문동〉 등의
작품들이 이색→이종선→이계전 등으로 이어지는 방계 계파의 인물과
관련된 것이란 점도 이와 관련된다. 같은 한산 이씨이기는 하지만 직계
선조가 아닌 인물에 대한 이야기는 서술자가 일정한 거리를 둘 수 있기
때문에 비교적 자유로운 서사적 전개가 가능했다. 그리고 그러한 점은
형성 과정 혹은 구연단계와도 관련된다. 이런 이야기들은 이덕형의 직계
선조들에 의해 구연되어 이덕형에게 전승되었다 하더라도 직계 선조 자
신의 이야기보다는 구연의 단계를 더 많이 거쳤을 것임에 틀림없다. 특
히 〈한산숭문동〉은 주인공 이상사(李上舍)가 한산 이씨이긴 하지만, 이
상사의 집이 이덕형의 장인인 신담(申湛)에게 귀속되었다는 사실에 의할
때, 장인에 의해 구연되었을 가능성이 더 크다.10)

 이처럼 내용 면에서 편찬자가 심정적으로 거리가 있는 방계 선조에
대한 이야기가 많으며, 이야기판의 성격 면에서 편찬자 직계 가문의 이
야기판이 아닌 이야기판에서 구연된 이야기가 많다는 이유에서 『죽창한
화』에 실린 일화들은 서사적으로 더 온전한 단계로까지 나아갔음을 알
수 있다. 편찬자나 이야기꾼이 이야기 자체의 내용이나 구성에 대해 이
념적으로나 윤리적으로 부담을 적게 느끼는 것이야말로 서사적 발전의

於書院, 亦吾門義烈, 足以激千古之感慨也.(대동17, 66면) 余以新及第, 投剌崔簡易
 崒, 簡易曰: "牧隱子孫, 文官繼出, 其遺風餘韻, 尙有存者. 雖後裔末葉, 血脈流通,
 甚可異也!"(대동17, 59면).

10) 後其宅, 歸於上舍之次子參奉允秀, 參奉無子, 以外孫申聘君爲繼, 聘君生於是宅
 (대동17, 66면) 貞夫人韓山李氏, 以正德己卯十二月丁丑, 生公[申湛]於朝之崇文洞
 (〈墓地銘〉, 『한국역대인물전집성』 2, 민창문화사, 1693면)

전제임을 암시하는 대목이다.

2. 사대부 동료들의 이야기판

『죽창한화』에는 편찬자가 직접 견문했다고 언급된 사례들이 유난히 많다. 이덕형은 수많은 사람들을 만나 독특한 이야기를 듣고 그것을 기록하였다. 여기에는 〈여위전라감사(余爲全羅監司)〉(대동17, 59면)와 같이 이덕형이 직접 현장에 가서 견문한 바를 묘사하고 그와 관련된 간단한 사건을 제시하는 경우도 있고 〈만력무술여위정언(萬曆戊戌余爲正言)〉 (대동17, 63면)과 같이 위정자로서 일의 시말을 기록하여 어떤 인물의 잘못된 행위에 대해 문제를 던지는 경우도 있다. 그리고 〈여족인김현감(余族人金縣監)〉(대동17, 65면)에서처럼 완전하고 체계적인 서사세계를 만드는 경우도 적지 않다.

형성 과정 면에서 볼 때, 먼저 이덕형이 직접 경험한 바를 그대로 기술한 경우가 있다.11) 이덕형은 일차적 진술자라 할 수 있다. 그리고 남의 진술을 듣고서 그것을 옮긴 경우도 있는데,12) 이때는 이덕형이 이차적 진술자가 된다. 대체로 전자는 서사적 요건을 두루 갖추지 못하고 서사적 체계도 이루지 못한 경우가 많다. 물론 〈만력계묘추〉나 〈천계갑자〉처럼 편찬자 자신의 경험을 기술한 것임에도 불구하고 어느 정도의 체계를

---

11) 〈정참판협자화백(鄭參判恊字和伯)〉(대동17, 67면), 〈이연평귀(李延平貴)〉(같은 면), 〈진선생욱(陳先生郁)〉(대동17, 56면), 〈폐조시(廢朝時)〉(대동17, 63면), 〈만력계묘추 (萬曆癸卯秋)〉(대동17, 65면), 〈만력무술여위정언(萬曆戊戌余爲正言)〉(대동17, 63면), 〈천계갑자(天啓甲子)〉(대동17, 62면) 등.

12) 〈이생대순(李生大醇)〉(대동17, 61면), 〈이근(李謹)〉(대동17, 56), 〈여피란유우어진안 (余避亂流寓於鎭安)〉(대동17, 60면), 〈여족인김현감(余族人金縣監)〉(대동17, 65면), 〈하경청(河景淸)〉(대동17, 58면) 등.

이루고 기이소가 적절하게 안배되어 서사적 흥미를 불러일으키는 경우
도 있지만, 나머지 경우들에서는 그러하지 못하다. 자신의 경험을 진술
할 때는 사실성을 입증하는 데 몰두하기 때문이다. 이에 비해 타인의 자
기 진술에 대해서는 그 이야기 자체에 큰 관심을 가져 서사적으로 발전시
켜 줄 수가 있는 것이다.

　가령 〈이생대순〉의 예를 살펴보자. 여기서 이대순(李大醇)은 서당 훈
장으로서 어린 학동들이 벌써 신분과 당파에 따라 사람을 제멋대로 당돌
하게 평가하는 세태를 직시하고 장차 큰 화가 도래할 것을 예언하며 세상
으로부터 멀어진다. 그는 이덕형과 교분이 있는 사람으로서 떠나기 전
이덕형을 찾아와 이런 사연을 다 말해준다.[13] 이렇듯 중간에 서술자가
개입하지만, 그 자체가 이대순이란 문제적 인물이 서사적으로 형상화되
는 것을 방해하지 않는다. 중간에 개입한 '나'는 서사의 전개 속에 녹아
들어가서 그 일부가 되었지, 서사의 흐름을 중단시키거나 방해하지는 않
는다. 〈하경청〉과 〈이근〉은 더욱 그러하다. 〈하경청〉에서 서술자는 어
릴 때부터 하경청과 같은 동네에 살며 절친하게 지냈다.[14] 이덕형은 하
경청이 영변의 어느 큰 절 부처를 훼손하여 분란을 일으킨 비밀스런 이야
기를 거듭 들을 수 있었을 것이다.[15] 그래서 하경청이 부처를 훼손하는
과정과 부수적인 일련의 사건들이 잘 짜여져 제시되었다. 〈이근〉은 일화
가 소설로 나아가는 단계를 보여주는 사례라 인정될 정도로 서사적으로
발전된 것이다.[16] 그런데 서술자는 이 이야기를 박경신(朴慶新)으로부터

---

13) 一日, 李生來余告別, 余甚怪訝, 問其所以, 李生曰 …… (대동17, 61면)
14) 余與景淸, 同居比隣, 自少相切.(대동17, 59면)
15) 하경청은 자기의 그 장난을 자기를 그곳으로 초대해준 친구 송구(宋耉)에게도 밝히지
　　않다가 서울로 돌아와서야 비로소 말했다.(景淸與宋耉, 同處安州十有餘朔, 一不開
　　口, 到京始言.(대동17, 59면))
16) 이강옥, 『조선시대 일화 연구』, 태학사, 1998, 84~89면.

들었다고 하였다.[17] 박경신은 이근이 왜적들로부터 풀려났을 때 누구보다도 먼저 찾아간 이근의 외사촌이다. 그렇다면 이때 이근이 박경신에게 자기체험을 이야기해 주었을 것이고 박경신은 이근으로부터 직접 들은 포로체험의 이야기를 바탕으로 하고, 거기다가 인척으로서 알고 있던 이근의 성장과정과 포로송환 뒤의 처지 등을 덧붙인 이야기를 이덕형에게 들려준 것이다. 즉, 이근은 어떤 사건의 직접적 체험자로서 그 체험이 독특했기에 박경신에게 그 이야기를 해 주었다. 이근이 체험의 일차적 진술자라면, 박경신은 그것을 바탕으로 하여 부연, 보충, 윤색하여 이덕형에게 이야기해 준 이차 진술자이다. 그리고 박경신은 이 이야기를 여러 번 반복했다는 것을 알 수 있다. 그렇다면 박경신은 이근 이야기를 주된 레퍼토리로 가진 이야기꾼이라고 볼 수 있을 것이다. 이렇듯 박경신이 주도한 이야기판을 통해 이 작품은 서사적으로 다듬어졌겠지만, 아울러 서술자에 의해서도 서사적 부연과 변개가 이루어졌음을 알 수 있다. 〈이근〉이 『죽창한화』에 실려 있는 작품 중 서사적으로 가장 돋보이게 된 것은 이같이 작품 자체가 경험자의 자기 진술을 바탕으로 하면서도 이차적 구연자의 구연을 거쳤으며, 또 그 이야기로부터 분명한 거리를 유지할 수 있었던 서술자의 '부담 떨쳐내기'와 '거리두기', 그리고 '대상화'가 가능했기 때문이라고 하겠다. 자유로운 이야기판을 거쳤다는 뜻이다. '이근의 일은 참으로 기이하도다.'[18]라는 서술자의 소감피력은 자기가 서술한 이야기 자체에 이념적 부담 없이 몰입한 결과라 할 수 있다.

---

17) 朴監司慶新, 常言之(대동17, 57면)
18) 李謹之事, 吁亦異哉!(대동17, 57면)

3. 비사대부층의 이야기판

『죽창한화』에는 〈여피란유우어진안(余避亂流寓於鎭安)〉의 예에서 보듯 이야기판과 제보자의 성격이 다른 경우가 있다.

> ① 내가 진안으로 피란을 가서 머무를 때였다.
> ② 97살 노인과 73살 먹은 그 아들이 살고 있었다. 그들의 생활 모습을 나는 기이하게 생각했다.
> ③ 어느 날 가까이서 그 노인의 맑고 빛나는 얼굴을 보고 소위 지상선인 것 같아 경탄을 금치 못했다.
> ④ 내가 그 노인에게 소싯적 일을 물었다.
> ⑤ 노인은 가까이서 본 연산군의 모습과 궁중에서의 그의 이상한 행동을 진술했다.
> ⑥ 서술자의 평
> ⑦ 서술자와 노인, 노인의 아들 간의 대화
> ⑧ 서술자가 작품의 의미를 추출한다.[19]

이덕형이 진안 산골에서 만난 노인은 평민출신으로 신선의 풍모를 보이며 연산군 대의 일을 역력히 기억하고 있는 존재다. 이덕형은 그의 풍모와 삶의 방식에서 충격을 받아 여러 가지 질문을 하고 그에 대한 노인의 대답을 제시하였다. ⑤와 ⑦에 노인의 말이 그대로 제시되었다. 그중 ⑤는 경험자의 자기 진술에 해당되는데, 그 진술이 이덕형을 크게 감동시켰다. 그 감동을 바탕으로 하여 ⑧의 의미를 추출하기에 이른 것이다. 이러한 점은 여러 가지 면을 암시해 준다. 먼저 노인의 입으로 진술된 이야기부분을 '속 이야기'라 하면 서술자가 노인을 만나게 되는 과정과 노인과 그 아들이 살아가는 모습을 묘사한 부분은 '겉 이야기' 혹은 '액자'

---

19) 天理所在, 公心自發, 所謂民俱爾瞻, 至愚而神者也, 可不懼哉?(대동17, 60면)

에 해당된다. 등장인물의 자기 진술이 속 이야기를 만들고 그것을 액자
가 둘러싸고 있다는 설정은 조선후기 야담계소설 중 자기 진술이 나타나
는 경우와 유사하다.[20] 그리고 평민의 자기 진술에 대해 사대부인 서술
자는 충격을 받고 감동한다. 경험과 통찰력에서 평민이 사대부를 압도한
셈이다. ②, ③, ⑥, ⑧에 있는 서술자의 평은 이러한 관계를 노출시키고
있다.

  이덕형은 평민의 삶에서 감동을 받았다. 그래서 그들의 이야기를 수용
하였다. 이는 갈래면에서 평민일화의 수용에 해당된다. 그리고 이야기판
의 확장을 뜻한다. 사대부가 서사의 세계를 통하여 평민을 발견하는 것
이기도 하다. 이덕형이 이야기의 수용에 있어서 개방적인 입장을 취했음
을 확인할 수 있다. 그러나 『죽창한화』에서는 부분적으로만 개방되었다.
그러던 것이 『송도기이』에서는 전면적으로 개방되었다.

  『송도기이(松都記異)』에는 앞에 서문이 있고 끝에 발문이 있다. 1631
년(인조 9년)에 씌어진 이 서문에서 편찬자는 민간의 가담(街談)과 야화
(野話)를 듣고 기록했다고 했다. 가담이나 야화란 민간에 떠도는 이야기
로서 평민일화나 전설 등이 그 주류를 차지한다. 그것들을 1629년 경
향노(鄕老)들로부터 들었다고 밝혔다. 그리고 그 전인 1604년 경에 개성
에 머물게 되었는데, 그때는 안사내(安四耐)와 진주옹(陳主翁)으로부터
신이한 이야기를 들었다고 했다. 이 두 사람은 초보적인 이야기꾼으로서
스스로 경험한 내용이나 견문한 내용을 모아 이덕형에게 이야기해준다.
안사내는 안경창(安慶昌)으로 근재(謹齋) 안축(安軸)의 후손 이며 방외인
처럼 산수(山水)를 즐기다가 산수에서 일생을 마쳤다. 진주옹은 서리 진
복(陳福)의 아버지로서 그 역시 아전이었다. 그는 이덕형에게 황진이와

---

20) 이강옥, 『한국야담연구』, 돌베개, 2006, 201~249면.

관련된 많은 일화들을 이야기 해주었다.[21] 안경창은 방외인으로 살아가고 스님으로 자처하기까지 하며 유람했으니 민간의 다양한 삶의 모습에 익숙해졌을 것이고 진주용은 아전노릇을 했기에 사대부 사회와 민간사회를 모두 꿰뚫어 볼 수 있는 처지에 있었다. 그러므로 두 사람에 의해 이덕형에게 전해진 이야기는 주로 평민일화였으며 진주용에 의해서는 그뿐 아니라 사대부일화도 전해졌을 것이다.

이덕형은 개성의 농민들과 아전으로부터 들은 이야기들에 대해 큰 의미를 부여했음을 서문에서 알 수 있다. 평민일화나 전설들이 이덕형을 감동시킨 것이다. 그런 점에서『죽창한화』의 〈여피란유우어진안(余避亂流寓於鎭安)〉과 상통한다. 상층 사대부가 의식적인 긴장을 풀거나 경험의 영역을 개방하였을 때, 평민일화가 사대부의 생활감각과 의식에 신선한 충격을 주었다고 하겠다. 이럴 때 평민일화는 이야기판에서 사대부일화에 곁들여지는 단계를 넘어서 사대부일화와 대등한 경지에 이른다. 평민일화는 독립된 작품으로서 사대부일화에 못지않게 많아졌을 뿐만 아니라, 한 편의 일화군에서 사대부일화와 대등하게 결합되었다.

『송도기이』에는 사대부일화와 평민일화가 함께 실려 있다. 먼저 서경덕, 차식 등 개성지방 출신의 명사들에 대한 이야기는 사대부일화이다.[22] 그런데 그 형성 과정은 복합적이다. 〈화담선생(花潭先生)〉(대동17, 69)은 서경덕 관련 일화들을 전재하면서 그것들이 김연광(金鍊光)의 일기에서 나왔음을 밝혔다. 문헌 전재인 것이다. 또 퇴계선생의 문집에 나오는 구절

---

21) 余於甲辰年, 爲御史於本府, 纔經兵火, 公廨蕩然, 舘余於南門內書吏陳福家, 福之父亦老吏也, 與眞娘爲近族, 時年八十餘, 精神强健, 每說眞娘之事, 歷歷如昨.(대동 17, 71면)

22) 〈화담선생(花潭先生)〉(대동17, 69면), 〈차사문식(車斯文軾)〉(대동17, 70면), 〈최영수(崔永壽)〉(대동17, 70면), 〈한상당명회(韓上黨明澮)〉(대동17, 71면), 〈한호(韓濩)〉(대동17, 72면), 〈차사문천로(車斯文天輅)〉(대동17, 72면)

중 '서화담이 만월대에 올랐는데 어떤 사람이 율무죽을 바쳤다. 화담이 그걸 마시고는 일어나 춤을 추었다.'23)라는 부분에 대해 이덕형은, 화담이 풍경을 완상하고 마음에 어떤 깨달음이 있어 저절로 팔다리가 움직였다면 모르겠지만 율무죽을 마시고 춤을 추었다는 것은 있을 수 없는 일이라는 생각을 갖고 있었다. 그러다가 송도유수로 부임해 갔을 때 한대용(韓大用)이란 사람을 만났다. 그는 어릴 때 화담 선생으로부터 가장 오랫동안 수업을 받은 사람이었기에 화담의 평소 모습을 누구보다 더 정확하게 알고 있었을 것이다. 그런 한대용에게 이덕형은 그 의심처를 물었고, 그가 들려준 이야기를 통해 문헌에 실려 있던 구절의 오류를 밝힐 수 있었다. 문헌전재와 구연기록이 공존하고, 양자가 모순될 때, 확실한 권위만 인정된다면 구연 쪽이 선택된 것을 여기서 확인한다.

또 〈안경창〉(대동17, 72면), 〈유성(有成)〉(대동17, 72면), 〈진이(眞伊)〉(대동17, 71면) 등은 평민일화에 해당되는 대표적인 작품이다. 〈안경창〉에서는 『송도기이』의 주 제보자인 안경창이 주인공으로 등장했다. 먼저 안경창이 이승(異僧)을 만나 나눈 대화를 소개한다. 다음으로 박연폭포에서 일어난 괴상한 사건을 묘사한다. 이 역시 직접 목격한 것으로 설정되었지만 여러 번 구연되어 안경창에게 전해졌을 듯한 느낌을 준다. 여기서 평민일화가 다양한 영역에 걸쳐 있다는 사실을 실감할 수 있다.

〈유성〉은 천민인 유성이 옛 주인에 대해 어떻게 행동하는가를 보여줌으로써 계급관계를 본격적으로 다룬다. 유성은 군부(軍簿)에 올라 역부(役夫)의 일을 하다가 관상을 잘 보는 고을 원의 배려에 힘입어 군적에서 벗어나고, 장사를 하여 재산을 많이 모은다. 그런데 자기 집안이 사족의 종이었다는 사실을 알고는 옛 주인을 찾아가 그 집안사람들을 극진히

---

23) 徐花潭登滿月臺, 有客進薏苡粥, 花潭飮而起舞.(대동17, 70면)

봉양한다. 유성은 계급질서를 온전하게 지켜 종으로서의 본분에 충실한 것이다. 유성은 경제적인 처지가 향상된 뒤, 그리고 주인 쪽에서 면천을 허락한 뒤에도 주인을 섬겨야 한다는 생각을 더욱 굳건히 하여 실천했다. 사대부 사회의 계급이데올로기에 매몰되었다고 볼 수도 있고, 천민의 자신만만한 삶의 자세를 보여주었다고도 해석할 수 있다. 전자가 사대부일화의 기본 이념지향이라면 후자는 평민일화의 한 특징이기도 하다. 후자에서 평민일화의 세계관적 우위를 찾는다.

　더욱이 이 일화의 다음에는 온전한 평민일화가 덧붙여져 있다. 호랑이 새끼를 데려와 길러주었는데 그들이 사나워져서 어린 아이를 잡아먹자 그들을 놓아 보낸다. 그 뒤 새끼호랑이들은 사슴을 잡아 유성의 문 밖에 갖다 놓곤 했는데, 유성은 그것을 사사로이 쓸 수가 없다고 하여 관가에 바쳤다. 짐승인 호랑이에 대해서까지 자상한 은혜를 베풀어 호랑이가 보은하게 만든 유성의 행위는 그의 인품이 다른 어떤 사람과 비교되지 않을 정도로 인자하고 고귀했음을 드러내어 보여준다. 그리고 그러한 인품에 대해 송도의 최고 통치자였던 유수조차 감탄했다는 것은 적어도 인격의 면에서 계급관계가 전도되었음을 뜻한다. 그렇다면 지금까지 언급한 두 편의 일화는 모두 사대부계급과 평민계급 간의 구체적, 관념적 관계를 중심축에 놓았다 할 것인 바, 어느 경우든 평민계급의 일방적 시혜나 자기과시로 끝나고 있는 것이다. 사대부계급과의 관계를 묘사했다는 점에서 평민일화의 영역 확대라 하겠으며, 사대부가 아닌 등장인물이 우위에 서서 관계를 주도했다는 점에서 평민적 세계관의 고양이라고 하겠다.

　〈진이〉에도 몇 개의 일화가 나열되고 있다. 나열된 일화들에서 기생 황진이의 일방적 우위나 비교 우위를 보여준다. 서술자는 바로 그 점을 계속 강조한다. 이처럼 평민일화와 사대부일화가 두루 결합되었고, 그 결과 평민일화가 우위를 차지하게 되었다는 점은 『송도기이』의 이야기판이 크게 달라졌음을 말해준다. 이야기판의 변화가 일화의 속성과 본질이 달라지게 한 것이다.

『송도기이』에 비해 사대부일화나 야사의 비중이 더 큰 것이 『죽창한화』이다. 그렇지만 『죽창한화』에서 편찬자 이덕형은 가문의 이야기판을 발판으로 하되, 그 판을 열어 놓았다. 열려진 이야기판을 통해 사대부일화는 평민일화와 긴밀한 관련을 획득할 수 있었다. 사대부일화와 평민일화가 통합되고 발전되면서 야담계일화로 나아가는 자질들을 많이 창출하게 된 것이다.

『죽창한화』에 실려 있는 〈한산숭문동(韓山崇文洞)〉(대동17, 66면), 〈김남창(金南窓)〉(같은 면) 등을 그 대표 사례로 생각할 수 있다. 〈한산숭문동〉은 분명 한산 이씨와 고령 신씨 가문의 이야기이지만 그 소재나 분위기는 평민일화의 그것과 유사하다. 무엇보다 '예언의 실현'이라는 기본 줄기는 서사문학에서 사대부와 평민의 구분을 넘어서서 사람의 의식을 사로잡은 일종의 시대정신이었다. 〈김남창〉에서 김언겸은 곤궁하게 살아가지만 학문을 닦아 효성이 지극하다. 벼슬을 하기 전 모친이 사망하자 상여를 수레에 싣고 선산으로 향하는데 신원이란 곳에 이르자 바퀴가 부러졌다. 어찌할 바를 모르고 울고 있으니, 마을 사람들이 와서 길가 높은 곳에 장지를 마련하여 주었다. 그런데 지관이 그 무덤자리를 보고 명당이라 탄복하며 '금방(金榜)에 붙을 귀한 자손이 2대에 걸쳐 나올' 것임을 예언한다. 과연 그로부터 3년 뒤 김언겸은 과거에 급제하여 수령의 자리에 오르게 되었으며, 그 아들 남창(南窓)도 대과에 올랐다.

남에게 덕을 베풀고 자기 부모에게 효행을 다하는 것은 당대 사회가 최고로 가치있는 것이라 여겼던 이념이다. 두 작품은 그 이념이 구현되는 것을 보여준다. 그리고 예언자가 개입한다. 예언자는 주인공의 좋은 운명을 예언해 주며 결국 그 예언이 실현된다. 이념이 구현되는 과정과

예언된 운명이 실현되는 과정은 정교하게 연결되어 청자나 독자의 관심
을 모은다. 그런데 그 사이에 감춰진 것이 있다. 그것은 욕망이다. 신분
상승이나 처지 개선에 대한 욕망은 아직 분명치 않고 또 서사를 이끌어가
는 강력한 원동력은 되지 못하지만 그 존재를 무시하기는 어렵다. 조선
후기 야담계소설에 이르러 그런 욕망은 노출되고 그것을 합리화하는 다
양한 서술시각이 서사를 이끌어가게 된다.『죽창한화』의 이 작품들에서
그 실마리를 찾을 수 있다.24) 야담계소설에서 집중적으로 나타날 이러
한 요소의 발생은 지금까지 살펴본 이야기판의 개방과 다양화라는 변화
와 깊은 관련이 있다 하겠다.

---

24)『송도기이』의 〈유성〉도 여기에 포함시킬 수 있다.

제4장

이야기판의 변화와 조선 초·중기 일화의 전개

1. 일상적 경험에 대한 탈이념적 서사

『용재총화』를 통하여 편찬자 성현의 가문에서는 성현의 조모, 외조모, 모친, 큰형, 둘째형 등이 이야기꾼으로 등장하는 이야기판이 형성되었음을 알 수 있다. 이 이야기판의 이야기꾼들은 그 성별이나 개성, 그리고 경험에 따라 이야기의 갈래나 성격, 지향을 달리 했다. 그리고 성현 자신이나 그 동료 사대부들이 이야기꾼 노릇을 하는 이야기판도 뚜렷하게 형성되었다. 여기에다 성현 자신이 사대부로서 생활하는 과정에서 견문한 바를 기록한 경우도 적지 않았다. 성현이 실제로 참여한 현실의 이야기판은 계급적으로 폐쇄되지 않았지만 『용재총화』에서 실현된 이야기판이 개방적이라고 보기는 어렵다.

가문의 이야기판과 사대부 동료들의 이야기판은 『용재총화』에서 공존하며 그 고유한 이야기세계를 만들었다. 가족의 이야기판에서 구연된 이야기들은 대체로 이미 작품으로서 형성되어 있던 것이다. 그것들은 여러 번 구연되었기에 서사적 체계를 갖추고 있었다. 그리고 세계관 면에서 비현실적이거나 기이한 경우도 적지 않다. 이에 반해 사대부 동료들의 이야기판에서 구연된 이야기들은 경험을 토대로 한 것이면서 현실적인 내용을 담고 있었다. 그것들은 자기 경험을 일차적으로 구연하는 것이거나 경험 자체를 일차적으로 소개하는 것이었다. 가문의 이야기판은 가문 선조들의 실제 경험과 그들이 향유했던 이야기들을 함께 담았다. 가문 선조들이 등장하는 이야기와 가문 선조들이 향유한 이야기는 분간되기 어려울 정도로 뒤섞여 있다. 이것은 이념적 부담 없이 선조의 이야기들이 이 이야기판에서 향유되었기 때문일 것이다. 사대부 동료의 이야기판은 지금 이곳의 자유분방한 삶의 경험을 느긋하게 재생하는 분위기에서 이끌어졌다고 하겠다. 이 두 개의 이야기판은 다양한 글쓰기 형식을 실현하고 있는 『용재총화』를 지탱하는 가장 중요한 두 축이라 할 수 있다.

『용재총화』의 이야기꾼들은 일상생활 과정에서 일상적으로 접할 수 있던 존재들로서, 사대부들도 이런 일반적인 구연 환경과 구연 경험의 국외자는 아니었음을 말해 준다. 그들의 이야기는 대체로 가정 내에 국한되어 가정이나 가문의 관심 영역을 크게 벗어나지 않았다. 성현의 조모의 경우 그 부친의 사망과 남자 형제들의 불행에서 비롯된 개인적 한의 세계를 이야기로 만들기는 하였지만, 그들의 불행을 이야기할 때 당연히 고려되어야 할 정치적 맥락이 나타나지 않는다. 그 외 대부분의 이야기 구연에서는 제보자나 등장인물 각자가 경험하는 세계는 행복하고 여유가 있는 것이다. 거기에 기이의 세계가 끼어들었다.

『용재총화』의 이야기판은 일상생활에서 자연스럽게 만들어진 것으로 이야기의 내용 역시 그런 한계를 넘어서지 않는 것이었다. 이들의 이야기 행위는 가문 대대로 계승되어야 할 지식이나 사건들을 전수하는 것으로서 다른 가문의 경우와 크게 다르지 않다. 그 이야기 행위와 이야기 자체 속에는 가문의 범위를 넘어선 공간에서의 사건이나, 평범한 일상사의 의미지향을 넘어서는 심각한 이념 같은 것이 담겨지지는 않았다.

이 현상은 두 가지 관점에서 설명될 수 있다. 먼저 실제 현실의 이야기판의 성격이 그러했기 때문이라는 것이다. 일상에서 특별한 문제를 갖지 않았던 가문의 이야기판은 그 가문의 행복한 삶에 부담을 주는 이념적 진지성을 회피하기 때문이라는 설명이 가능하다. 다음으로 실제 이야기 판에서는 가문의 문제점들과 관련되거나 가문 범위를 넘어서는 이야기도 있었겠지만, 그것들이 성현에 의해 배제되었을 수 있다. 후자는 무엇보다『용재총화』자체의 편찬 경향을 통해 짐작될 수 있다.『용재총화』에 실린 모든 단편들이 이야기판에서 나온 것이 아닐진대, 이야기판을 통하지 않고 형성된『용재총화』의 단편들 역시 이런 성향을 보이고 있다는 사실은 편찬자 성현의 의식이 그런 경향이 있음을 말해준다. 아울러 성현의 또 다른 문학행위의 결과인 그의 한시와 관련하여 생각할 수도 있다. 성현의 한시 중 타인의 경험을 수용하기 위해 등장인물로 하여금 자기 이야기를 하게 하는 대표적인 사례로는 〈향파산별서삼수(向坡山別墅三首)〉(『허백당집』. 시집 7, 294면), 〈맹호행(猛虎行)〉(『허백당집』, 249면) 등을 들 수 있을 것이다. 이들 작품은 대상 인물의 경험이나 처지를 작품 세계 속으로 수용하기 위해 서사한시의 형식을 갖추었다. 그런데 이들은 대상 인물이 봉착한 불행을 운명적인 것으로나 혹은 천지지변의 소산인 것으로 보아 그 사회적 맥락를 제거하였다는 점에서 공통된다.『용재총화』의 경우도 이와 유사하다. 이야기의 소재나 이야기판에서 구연된 이야기가 설사 사회적이고 정치적인 성격을 농후하게 지니는 것이라 할지라도 듣기 과정에서 혹은 기록의 과정에서 대체로 개인적이고 가족사적인 것으로 이해하려 했다. 그것은 성현이 타인의 경험을 받아들여 해석하는 자세와 관련된 것이다. 아울러 조선 초기 이야기판의 일반적 성격과도 관련지어야 하겠다. 조선 초기 일화 전반에 대한 연구에서 이미 밝혀졌듯이[1] 이 시기 사대부의 이야기판은 '일상-운명-기이' 맥락을 추구

---

1) 이강옥,『조선시대 일화 연구』, 태학사, 1998, 209~226면.

한 경향이 강했다. 자질구레한 일상의 세계가 과장되어 선택되고 그것들을 해명하는 방식으로서 사회 정치적 맥락이나 이념 보다는 운명적 결정론을 선택하려 했다는 것이다. 기이한 내용의 이야기들이 많이 만들어지고 또 잡록에 수용된 것은 이런 분위기에서 이루어졌다.

2. 폐쇄된 이야기판과 가문의 한(恨) 표출

『기재잡기』에서도 편찬자 가문의 사람들과 편찬자의 사대부 동료들이 이야기판의 중요한 이야기꾼이면서 제보자였다. 특히 『기재잡기』에는 아주 분명한 가문 이야기판이 만들어져 있는데, 거기서 주로 박동량의 친가인 반남 박씨 선조들의 한 많은 일화들과 외가인 선산 임씨의 박진감 나는 일화들이 집중적으로 이야기되었다. 이들 선조들은 직접 간접으로 기묘사화나 을사사화 등 정치적 사건들과 연루되어 있었다. 그래서 당연히 선조들에 대한 이야기는 정치성을 띠었다. 『기재잡기』에서 형성된 이야기판은 가문 선조의 한을 되새기는 공간이면서 동시에 정치사를 재정립하는 공간이기도 하다. 이야기판이 가족사를 통한 정치사의 이해, 정치사를 통한 가족사의 복원 기능을 한 것이다. 조선 전기의 일화들이 왕별로 묶여져 배열되었다는 사실은 왕조사를 통해 역사를 이해하려는 편찬자의 의도를 암시하며, 반대로 각 왕별 항목에서 가장 큰 비중을 차지하는 것이 편찬자의 친인척, 외가의 선조 관련 일화라는 사실은 그런 왕조사가 가족사를 통해 이해되었다는 점을 암시한다.

그런데 사대부 동료의 이야기판의 경우, 『용재총화』에서는 그 동료들이 일화의 제보자인 경우와 일화의 등장인물인 경우들이 함께 나타나는데 반해, 『기재잡기』에서 박동량의 동료들은 이미 형성된 일화들을 제보하거나 확인해 주는 역할만을 한다. 그리고 『기재사초』의 〈임진잡사〉에서 사대부 동료들은 다시 등장인물로 직접 나타난다.[2] 그런 점에서 『기재잡기』가 과거의 정치적 사실과 개인의 일상적 경험을 통합하여 서사 세계를 독자적으로 형성하였다면[3] 『기재사초』 〈임진잡사〉는 당대의 정치적 사실과 당대의 일상적 경험 내용을 분리하여 일상적 경험 내용만을 선별한 것이다. 〈임진잡사〉는 서사의 이야기 줄거리를 온전하게 만들기보다는 말의 일탈이나 경험의 일탈 자체만을 보여주었다고 하겠다. 즉 『기재잡기』가 이미 일화 작품으로서 확립되었다고 판단될 뿐만 아니라 등장인물이나 사건 시간의 차원에서 일정한 거리를 두고 대상화될 수 있는 경우들을 주로 기록하였다면, 『기재사초』의 〈임진잡사〉는 편찬자가 직접 겪은 당대의 일화들을 언어적 일탈이나 행동의 일탈 면에 초점을 맞추어 기록하였다고 하겠다.

『기재잡기』에 실린 사대부일화들 중 다른 잡록집에서는 찾아보기 어려운 경우가 많고, 또 다른 잡록집에 실린 것과 비슷한 경우도 사건의 상황 설정이나 표현법 등에서 차이가 있는데, 이 현상은 『기재잡기』가 다른 어떤 잡록집보다 가문의 이야기판에 의존한 정도가 컸던 것과 관련된다.[4] 그리하여 『기재잡기』에 실려 있는 일화들은 독자적 작품 세계를 확보하였다는 점에서 중시되어야 하겠는데, 〈박송당영〉(대동13, 18면),

---

2) 대표 사례가 이항복(李恒福)이다.

3) 한 개인의 경우에도 그 개인이 갖고 있는 정치적 속성과 인성을 관련시킨 경우가 많다. 가령 정치성을 근거로 인성을 이끌어낸 것이 〈삼대장(三大將)〉(대동13, 19면), 〈판중추구수영(判中樞具壽永)〉(19면)이라면, 인성을 근거로 정치성을 이끌어낸 것이 〈조언형(曹彦亨)〉(20면), 〈신문경용개(申文景用漑)〉(21면), 〈신문경공(申文景公)〉(21면) 등이다.

4) 물론 선행 문헌 속의 일화들을 전재하는 방법과도 관련이 있다. 즉 박동량은 선행 문헌으로부터 일화들을 옮겨왔지만, 선행 문헌을 다시 눈으로 확인하며 옮기지 않고 그냥 기억하고 있던 내용을 옮겼던 것이다. 그 과정에서 다소의 변개가 이루어졌다.

〈박송당선생〉(대동13, 21면), 〈인산부원군홍윤성〉(대동13, 15면) 등이 그 대표적인 사례에 해당된다. 이 작품들은 조선 중기 일화 중에서도 탁월한 것인데, 박동량 가문에 독특한 이야기판이 성립되었기에 이런 작품들이 성립되었다고 볼 수 있다.

그런데 『기재잡기』와 『기재사초』에서 형성된 이야기판은 폐쇄성이 강한 것이다. 『기재잡기』가 주로 편찬자 가문의 이야기판을, 『기재사초』가 사대부 동료의 이야기판을 이야기 형성의 원천으로 삼고 있어, 그 각각이 이야기판의 범위를 넓히지는 않았던 것이다. 그중에서도 가령 '청파 사람들이 아직도 그 이야기를 하고 있다'[5]와 같은 진술을 고려한다면 이야기판이 개방된 점도 없지는 않다. 그러나 이 경우도 편찬자가 일반 백성들의 이야기를 수용하기는 했지만, 그 백성들의 이야기는 자기 자신의 이야기가 아니라 당시 그 지역에 떠돌던 상층 사대부에 대한 이야기라는 점에서 이야기 자체는 여전히 폐쇄적이라 할 것이다. 이야기판이 확장된 경우라도, 이야기의 내용과 갈래 면에서는 완전하게 개방되지 않았던 것이다. 무엇보다 『기재잡기』는 한(恨) 많은 가문과 선조들의 심각한 일화들에 대한 집착이 강하다는 점이 이야기판이나 일화의 세계가 개방되는 것을 막았다고 보아야 할 것이다. 사대부 가문의 이야기판이란 본질 상 가문의식에서 자유로울 수 없으며, 그런 이야기판에서 전형적인 사대부일화가 주로 만들어지고, 가문의식이 더 강조되면 서사적 일화보다는 교술적인 진술이 만들어지게 마련이다. 그래서 보다 다양한 하위 서사갈래들이 수용되지 않고, 서사갈래들의 통합도 이루어지지 않는 것이다. 서사갈래들의 통합에 의해 세계를 바라보는 시각이 다양해지고 서사체의 길이가 늘어나는 것은 조선후기 야담 형성의 징조가 되는데, 여

---

5) '靑坡里人, 至今傳言公之事蹟者, 甚多.'(대동13, 15면)

기서는 아직 그런 징조를 강하게 느끼기는 어렵다.

3. 이야기판의 개방과 일화 영역의 확장

　『죽창한화』는 『기재잡기』와 같이 사대부들의 이야기판을 바탕으로 하여 사대부일화를 지향하였지만 『기재잡기』에 비해 조금 더 개방되어 있다. 『기재잡기』의 가문 이야기판이 편찬자 박동량의 조부 박소와 외조부 임구령의 정치적 좌절과 파란을 중심으로 꾸려지고, 편찬자 박동량 역시 순조롭지 못한 정치적 역정을 걸어간 사람이었기에 『기재잡기』는 자기 가문의 한과 문제점을 드러내고 해결하려는 데 초점이 맞춰졌다. 이에 비해 『죽창한화』는 그 점에서 조금 자유로웠던 것 같다. 사실 『죽창한화』에서도 편찬자 이덕형의 가문인 한산 이씨에 대한 이야기의 비중이 매우 크다고 할 수 있다. 그럼에도 불구하고 『죽창한화』에 등장하는 한산 이씨는 이덕형과 가까운 직계 선조가 아니라 방계의 먼 선조이다.[6] 그리고 이덕형의 가문에서는 직계 선조의 발자취와 한을 후손들에게 두드러지게 만드는 이야기판이 형성되었다는 확실한 증거를 찾기 어렵다. 그럴진대 가문 선조의 이야기라 할지라도 편찬자가 서술 내용에 대해 일정한 거리를 분명하게 유지할 수 있었다. 또 『죽창한화』에는 처가 가문의 이야기판이 장인에 의해 간접적으로 편찬자에게 전달된 부분이 발견된다. 처가 가문의 이야기판에 심각한 문제의식이 개입했다 하더라도 그것이 사위에 의해 심각하게 받아들여지지는 않게 마련이다.

　사대부가의 이야기하기 전통을 일화 형성을 위해 활용했다는 점에서

---

[6] 이덕형은 여말 이종학(李種學)의 후예인데, 『죽창한화』에 등장하는 대부분의 한산 이씨는 이종학의 동생인 이종선(李種善)의 후예이다.

『기재잡기』와『죽창한화』는 비슷하다 하겠지만, 『죽창한화』는 자기 가문의 이야기에 대해서 일정한 거리를 유지하며 대상화하기에 이르렀다는 점에서『기재잡기』와 다르다. 가문 선조의 삶과 이야기를 대상화했다는 것은 자기 가문의 한과 문제에 대한 집착을 벗어 던지고 관심의 영역을 확장할 계기를 마련했음을 뜻한다. 그것이『송도기이』의 편찬으로 나아갔다.

『송도기이』에서는 비사대부들의 이야기판이 일화 형성의 원천이 되었다. 가문과 사대부 동료들에 국한되었던 이야기판이『송도기이』에 이르러 확장되었다는 점은 중요한 문화적 현상이라 하겠다. 이덕형은 사대부로서 부임지의 백성들과 더불어 이야기판을 만들고 거기서 아전들의 이야기를 귀담아 듣고 일화로 정착시킨 것이다. 그로써 가문의 범위를 벗어나고 사대부의 문화규범의 테두리로부터도 벗어난 개성 지방의 설화와 일화들을 두루 포착할 수 있었다.

『죽창한화』의 이야기판은『용재총화』나『기재잡기』의 그것과 다를 바 없는 사대부의 이야기판이었지만, 이야기판의 구성요소가 다양해지고 편찬자 이덕형의 열려진 서사의식에 힘입어 사대부가 이야기판의 한계를 넘어설 수 있었다고 하겠다. 그래서 한산 이씨 가문의 이야기들 사이에 평민일화의 속성이 강한 사례들이 포함되기에 이른 것이다.『죽창한화』의 이러한 현상은『송도기이』에서 더 두드러졌다. 특히『송도기이』에서는 개별 일화마다 이야기판을 지적하는 겉 액자가 떨어져나가 서두로 독립되었다. 그럼으로써 개별 일화들은 이야기판으로부터도 더욱 자유로워졌고 또 이야기꾼과 서술자로부터도 적절한 거리를 유지할 수 있었다.

사대부가문의 '이야기하기'라는 전통은 사대부들이 왕조사나 정치사를 재구성하는 출발이 되었다. 왕조사나 정치사가 가문 선조들의 경험

과 그 이야기를 통해 포착되어 기술되었다는 것은 구체적 실감을 동반
한다는 긍정적인 면과 주관적 왜곡의 여지가 많다는 부정적인 면을 함
께 가진다. 『기재잡기』에서 가장 두드러진 이러한 성격은 앞으로 더 신
중하게 검토되어야 할 사안이다.[7] 그리고 '이야기하기'는 사대부 가문
의 문화나 규범이 후세에 계승되는 통로가 되었으며 특히 사대부일화
가 형성되는 원천이 되었다. 이처럼 이야기판의 '이야기하기'는 조선시
대 일화가 번성하는 한 계기가 되었지만, 다른 한편 일단 갈래적 기틀
을 잡은 일화가 계층적 한계를 넘어서서 다양한 작품 세계를 확보하는
데 장애가 되기도 하였다.

4. 이야기판의 변화와 조선 후기 야담의 형성

이상 『용재총화』→『기재잡기』·〈임진잡사〉→『죽창한화』·『송도기
이』로의 전개를[8] 주로 이야기판의 '이야기하기' 양상을 중심으로 살펴보
았다. 『송도기이』로 귀결되는 그 일련의 변화과정은 결국 조선 후기 야
담계일화나 야담계소설에서 두드러질 자질이 형성되는 것과 연결된다고
하겠다. 조선 초·중기 일화의 이야기하기 전통, 특히 사대부 가문의 이
야기하기나 사대부들 간의 이야기하기 전통의 자기 전화 과정이 조선
후기 야담계일화나 야담계소설로 귀결된 것이다. 물론 비사대부가의 이

---

7) 이러한 문제는 국사학계와 함께 검토되어야 할 것이다. 잡록 자료의 사료적 가치에
   대한 판단은 학자에 따라 차이가 적지 않다. 역사 기술에서 잡록의 기록을 전적으로 부
   정할 수도 없고 전적으로 인정할 수도 없는 형편이고 보면, '이야기판의 성격'이란 관점
   에서 잡록을 분석하는 작업은 잡록별 신빙성을 살피는 하나의 길이 될 것이다.
8) 이 잡록집들을 3단계로 설정한 것은 그 편찬 시기에 의한 것이 아니라, 이야기판의
   양상에 따른 것이다.

야기하기 전통은 사대부 가문의 이야기하기 양상을 미루어 짐작할 때
더 활발했을 수 있을 것이다. 그러나 그에 대한 기록을 찾기 어렵기 때문
에 현재로서는 더 이상 그것에 대해 상세하게 설명하기 힘들다.

사대부 가문의 이야기판은 일화의 형성을 가능하게 했던 중요한 생활
문화 중 하나였다. 그런데 또 다른 면에서 볼 때 사대부 가문의 이야기판
은 거기에 참여한 이야기꾼과 구성원들로 하여금 사대부의 이야기판에
얽매이게 하여 이야기판이 개방되는 것을 어렵게 하였다. 그리하여 어떤
경험이나 사건을 자유로운 관점에서 전환적으로 서술하는 것을 힘들게
하였다고도 볼 수 있다. 조선 초·중기 잡록에 실린 사대부일화들이 사대
부 사회의 고정 관념을 벗어나지 못하였고, 또 벗어난 경우들도 마침내
다시 거기로 돌아가게끔 설정되었던 것은 이야기판의 이러한 속성에서
비롯된 것이라 볼 수 있다.

가문 이야기판은 구성원의 속성이 달라지지 않은 한 쉽게 변화되지
않는다. 또 가문 이야기판은 가문의 여러 문제들로부터 자유로울 수 없
었기 때문에 경직될 때가 많다. 가문 이야기판은 한 가문의 세계관과 인
간관을 지속시켜 주고 대대손손 특정 정치 국면에 대해 일관된 자세를
견지하게 하는 것이다. 가문과 가문의 관계, 가문과 특정 왕권과의 관계
는 이야기판의 이야기하기와 그에 대한 기억에 의해 지속되었다.

사대부 사이에서 이루어진 이야기판 역시 사대부 계급의 생활 감각이
나 세계관을 넘어설 수 없었다. 사대부 문화의 지속과 확장을 지향했다
는 점에서 사대부 이야기판의 한계도 분명했다.

그렇다면 사대부 가문의 이야기판이나 사대부 이야기판이 본원적으로
갖춘 속성인 고정성 혹은 폐쇄성을 인정하면서 그 이야기판에서 구연된
이야기들을 보다 개방되고 전환적인 작품으로 만드는 것은 편찬자의 몫
이라 할 수 있다. 편찬자는 사대부 가문 이야기판이나 사대부 이야기판

에서 구연된 내용들을 일화로 승화시켜 기록하게 되는데, 그 과정에서 가능한한 작품으로서의 독자적 세계를 가질 수 있도록 다양한 조치를 할 수 있다. 『죽창한화』나 『송도기이』에서 그 가능성을 확인한다. 편찬자가 독자적으로 취할 수 있는 이 조치야말로 일화가 기록문학으로서 한 단계 비약을 하게 하는 것이며, 편찬자가 명실상부 창작자의 지위에 오를 수 있도록 하는 것이다. 문학 작품을 창작한다는 수준에서의 작가의 탄생은 일화 형성의 이 같은 전통을 계승하는 것으로도 가능했을 터인데, 과연 그것이 우리 근대문학사의 전개과정에서 이루어졌는지에 대해서는 비관적인 선입견을 경계하며 차분하게 다시 점검해야 할 과제이다.

서술원리와 서술구조의 차원에서도 몇 가지 암시를 받을 수 있다. 조선 초·중기의 일화들 중 상당수는 이야기판에서 촉발되었다. 이야기판이 일화 형성의 한 원천이 되었던 것이다. 기록된 일화는 그 이야기판의 분위기를 담을 뿐만 아니라 원천이나 형성 과정에 대한 언급을 달게 되었다. 이야기판과 제보자에 대한 언급, 편찬자나 서술자의 판단 등이 개별 일화 작품 시작이나 중간 혹은 말미에 붙게 된 것이었다. 그 부분은 개별 일화가 수용자에 대해 권위를 갖도록 하였지만 일화의 세계와 일화 밖의 현실 세계가 분리되지 못하게 하기도 했다. 그것은 일화 작품 자체의 독자성을 인정하지 않은 단계의 반영이었다.

조선 후기에 이르러 그 액자는 대체로 탈락된다. 그 대신 그 액자가 작품 속으로 들어오거나 서술원리로 응용되었다. 많은 야담계 서사체들이 등장인물 사이의 관계를 만들고 사건을 발전시키는 데 '이야기하기'의 전통을 활용하였으니, 한 등장인물이 자기 사연을 상대인물에게 이야기하게 한 것이다. 등장인물의 자기 경험에 대한 진술은 지엽적 서사기법으로만 존재하는 게 아니라 작품 전개에 가장 중요한 서술원리 역할을 한다. 그리고 '이야기하기'에 멈추지 않고 '이야기 듣기'와 '이야기에 대한 반응', '이야기하기를 통한 소통'으로까지 나아간 것이다. 그런 점에서 이야기하기와 이야기 듣기가 작품 내적 인간 간의 원활한 상호소통을 가능하게 한 것이라는 결론이 가능하다.

조선 후기 야담에 나타나는 이러한 서술원리는 조선 후기 야담이 조선 초·중기 일화를 바탕으로 하고 있다는 사실과 조선 후기 현실에서의 경험을 바탕으로 하고 있다는 사실과 관련된다. 즉, 조선 후기 야담에 나타나는 '이야기하기'와 '이야기 듣기'는 조선 초·중기 일화에 나타나는 문학적 이야기판의 응용이며 조선 후기 현실에서 사람들이 경험하게 된 현실적 이야기판의 수용이라고 해석할 수 있는 것이다. 이 장의 분석 결과는 전자의 면을 해명할 단서를 마련했다고 하겠다. 그리고 후자와 관련하여서는 이야기판의 개방이란 논지를 발전시킬 수 있겠다. 그것은 새로운 이야기꾼의 등장이란 현상과 연관시켜 검토되어야 하겠다.

이상 이 장은 주로 이야기판의 '이야기하기'라는 부분에 초점을 맞추어 조선 초·중기 일화의 형성 변화를 살펴보고, 그것들과 조선 후기 야담계 서사체가 어떻게 연결될 지를 생각해 보았다. 그런데 일화는 꼭 이 이야기하기에 의해서만 형성되고 발전된 것은 아니다. 문헌의 전재과정에 의해서도 충분한 변화와 발전이 이루어졌음은 분명하다.[9]

---

9) 이와 관련된 대표적인 논문으로는 김상조, 「계서야담계 연구」, 고려대학교 박사학위논문, 1991; 임완혁, 「문헌전승에 의한 야담의 변모양상」, 성균관대학교 박사학위논문, 1997; 김준형, 「기문총화의 전대문헌 수용양상」, 『한국문학논총』 제26집, 2000 등을 들 수 있다.

제4부

일화 서술 형식과 서술 미학

【제1장】

일화의 유형과 그 서술원리

조선시대 잡록에 대한 기존연구 중에는 잡록 편찬자들의 편찬 방침과
선별 기준, 그리고 '잡록', '필기', '패설', '소품' 등 개념어들의 용례를
추적하여, 그것들을 학문적으로 재활용하는 '관습 존중' 경향이 뚜렷하
다. 그런데 아무리 완벽하게 그 관습을 재구성한다 하더라도 그것이 잡
록의 서사물들을 체계화하는 척도로는 부적절할 때가 많다. 관습적 용어
자체가 엄정한 개념어가 아니고 또 당대인들이 그 용어들을 일관되게
체계적으로 사용하지 않았기 때문이다.

당대인의 갈래 개념과 관습적 용례를 참조하기는 하되, 다시 이론적
엄정성을 갖출 수 있게 하는 새로운 갈래 설정이 필요한 이유가 여기에
있다. 이런 문제의식에 바탕을 두고 '일화' 갈래가 설정되었다.[1] 일화
갈래의 설정은 당대인의 관념을 활용하는 연구방법에 대한 문제제기일
뿐만 아니라, 우리나라 단형 서사문학을 대상으로 한 기존연구에 대한
문제제기이기도 하다. 소위 '설화삼분법'이 허구적이고 비현실적인 내용
을 담은 서사체를 중심에 놓았기에, 현실에서 실제로 일어났고 또 일어
났다고 믿어졌던 단형서사체들을 도외시하는 경향에 대한 문제제기였
다. 실재담 혹은 경험담을 '전설'이나 '민담'으로 지칭한다고도 변명할

---

1) 이강옥, 「조선 초·중기 일화의 형성과 변모과정 연구」, 서울대학교 박사학위논문,
  1993.

수 있겠지만, 그렇게 되면 개념규정과 지칭대상이 걸맞지 않게 된다. 그래서 일화 갈래를 새로 설정하여 덧붙임으로써 실제로 일어났고 또 실제로 일어났다고 믿어졌던, 많은 단형서사체들이 문학적 조명을 받게 되었다. 특히 잡록집에 주로 실려 있는 이런 작품들에 대한 분석을 통하여, 단형서사에서 중·장형서사로 나아가는 과정을 해명하는 실마리를 잡기도 하였다.

일화에 대한 연구에서 그 유형을 먼저 살펴야 하는 이유는 무엇보다 일화 자체의 성격에 있다. 일화란 개념으로 포괄되는 작품들의 내적 속성이나 형식적 특징들이 대단히 다양하다는 것이다. 그 성격을 해명하기 위해서 우선 몇 개의 동질적 단위들로 묶는 것이 필요하다. 일화의 성격은 이같이 분류된 하위 유형들의 세부 특징들을 검토하고 그 결과를 다시 연결하는 과정에서 더욱 소상하고도 분명하게 드러날 것이다. 이 장에서는 이런 동기에서 서술원리에 따라 일화의 유형을 설정하고자 한다. 서술원리는 서술자가 대상을 선택하고, 다시 선택한 대상을 재편하는 태도나 방식과 관련된 것이다. 그런 점에서 서술원리는 세계를 바라보는 태도와 그 세계를 해석하는 방식과 직접 연결되어 있다. 서술원리를 통하여 당대인의 세계관을 추정할 수 있는 근거가 여기에 있다.

저자는 먼저 서술방식에 따라 나열구조, 대조구조, 갈등구조로 나누어, 일화 유형을 설정할 수 있는 가능성을 타진한 바 있다. 그리고 그것을 발전시켜 나열, 대조, 대응, 일탈의 설정과 일탈의 교정으로 보완하였다.[2] 그런데 그것들은 현상 자체에 대한 분석에 초점을 맞춘 것이어서, 그것들이 다시 서로 어떻게 관련을 맺고 또 시기적으로 다음 단계의 작품

---

2) 이강옥, 「조선 초·중기 일화의 형성과 변모과정 연구」, 서울대학교 박사학위논문, 1993; 이강옥, 「용재총화의 장르구성과 서술구조에 관한 연구」, 『구비문학연구』 제6집, 한국구비문학회, 1998, 96~105면.

이나 갈래에 어떻게 활용되는가까지를 고려한 것은 아니었다. 이 장에서는 저자의 기존 논의를 바탕으로 하여 일화의 유형들을 분류하고, 그 각각이 어떻게 결합하여 조선 후기 야담을 형성하는가를 살펴보고자 한다. 이 작업은 일화에서 소설이 발생하는 양상을 살피는 것이기도 하다.

일화 유형에 대한 연구는 우리 서사문학 연구의 한계를 넘어서기 위해서 필요할 뿐만 아니라 서구 문학 연구에서 통용되고 있는 일화 이론에 대한 수정과 보완의 차원에서도 필요하다. 루돌프 셰퍼(Rudolf Schä-fer)는 일화의 세 구성요소를 '서두(Einleitung)', '전개(Überleitung)', '정점(Pointe)'으로 규정하고, 그것으로써 일화를 규정하였다.3) 셰퍼의 이러한 설명은 일화의 서술원리에 대한 것으로는 가장 설득력이 있는 것으로서 서구 문예이론이 일화를 설명하는 틀로 활용하곤 하는 것이다. 그러나 그것은 일화의 영역을 지나치게 축소시켰다는 비판을 면하기 어렵다. 삼단 구조의 서술원리는 일화 서술의 두드러진 원리이기는 하지만 모든 일화가 삼단 구조로 되어있는 것은 아니다. 조선 시대 일화의 경우를 고려할 때 특히 그러하다.

이 장에서는 일화의 유형을 체계적으로 설정하고 그 유형의 고유한 서술원리를 밝혀, 우리나라 일화 연구의 한 시금석을 마련해 보고자 한다. 그리고 서구 문예 이론에서 시도한 일화론의 한계를 극복하고자 한다. 일화가 실제로 있었던 사례나 실제로 일어났던 사건, 실존했던 인물을 대상으로 한 이야기하기를 근간으로 하여 형성된 것이라면, 일화의 서술유형은 사람이 일상생활에 대해 가졌던 접근법과 관련된 것이라 볼 수 있다. 일상생활을 어떤 각도로 접근하여 어떻게 포착하였고 마침내 그것을 어떻게 정리했는가가 일화의 서술원리 속에 투영되어있다고 볼

---

3) Rudolf Schäfer, *Die Anekdote*, R. Oldenbourg Verlag: München, 1982, pp.29
~30.

수 있는 것이다. 그런 점에서 일화 서술원리 유형에 대한 분석은 일상생활에 대한 당대인의 자세를 점검하는 의의를 지니고 있다.

검토의 대상으로는 조선 전기 일화들이 집대성되어 있는『대동야승』을 위주로하고『몽유야담(夢遊野談)』,『국창쇄록(菊窓瑣錄)』등도 검토한다. 그리고 조선 후기 야담집 중『동야휘집』을 집중적으로 검토할 것이다.『동야휘집』은 다른 야담집에 비해 기존 일화들을 결합하는 경향이 강하기 것이기 때문이다.

1. 일단 서술유형

일단 서술유형은 주동인물의 독특한 발언이나 일탈된 행동을 제시한다. 상대인물은 존재하지 않거나 존재한다 하더라도 주동인물의 일탈을 움츠리게 할 정도의 힘을 발휘하지는 못한다. 서술자의 관심이 한 인물 한 국면에만 집중된 경우인데, 서술자가 대상을 단순하게 바라본 결과일 수 있고, 대상인물이 두드러져 상대인물을 압도한 결과일 수도 있다. 사회가 인물 사이에 대립이나 갈등을 조장하지 않을 때, 그 속의 개인에 대한 서술은 이런 방식을 취하는 것이 적절하다. 인물 사이에 대립이나 갈등이 일어나지 않는 까닭은 갖가지일 것이다. 그 사회가 조화로울 때 그러할 것이다. 또 특정 집단이 특권을 가져 다른 집단의 존재를 일방적으로 무시할 때도 그러할 것이다. 사회가 조화롭지도 않고 독점적이지도 않은데, 서술자가 일면적으로 사회를 볼 때도 역시 그러할 것이다.

이 유형은 주동인물의 일탈된 발언이나 행동을 그 자체로만 제시하는 서술유형으로서 일화를 일화이게 하는 요인인 '일탈'을 가장 단순하게 제시한 것이라 볼 수 있을 것이다.

1) 독특한 말의 제시

남의 말에 대해 관심이 많고 또 말 자체를 중시하는 사회에서는 어떤 인물이 남긴 독특한 말 한마디가 길이 화젯거리가 되었을 터인데, 그에 대한 이야기나 기록 역시 기록되었다. 물론 구전되던 것이 기록되는 과정에서 말 자체의 묘미가 더욱 돋보이도록 보완되었다.

이런 일화가 형성되기 위해서는, 말이 그 사회의 생활에서 중요한 역할을 하고, 사람들이 그 말의 독특한 구조나 어감에 대해 예민한 감각을 갖추어야 할 것이다. 사회도 사람들로 하여금 말에 대해 큰 관심을 가질 여유를 보장해주어야 할 것이다. 우리 역사에서 이런 여건이 만들어졌을 경우로는 신라 육두품 지식인 사회와 고려 전기 문신 귀족 사회를 먼저 떠올릴 수 있다. 그런데 육두품 계층은 안정된 여건을 마련하지 못했다. 고려 전기 문신 귀족들은 말하기와 듣기 보다는 소위 '각촉시(刻燭詩)'의 사례에서 볼 수 있듯이 한시를 화답하는 것에 더 큰 관심을 가졌다. 고려 말부터 형성된 사대부계층의 경우 한시나 시조 등 시가의 창작과 화답이 문화생활의 한 매체였기는 했지만 일상적 말하기가 소통과 문화형성의 더 중요한 수단으로 간주된 것 같다.

이런 점은 중국에서 사대부 사회가 형성되던 시기인 송(宋)대 인물들에 대한 일화에서 말이 중시된 것을 연상시킨다.

> 문목공(文穆公) 여몽정(呂蒙正)은 관후(寬厚)함으로 재상이 되어 태종(太宗)의 특별한 대우를 받았다. 한 조사(朝士)가 집에 오래된 거울을 갖고 있었는데, 그 거울로 200리를 능히 비출 수 있다 하면서 문목공의 동생을 통하여 안면을 터고자 하였다. 그 동생이 틈을 보아 조용히 말했더니 문목공이 웃으며 말하였다.
>
> "내 얼굴은 거울보다 작은데 이백 리 밖을 비추는 거울을 어디에 쓰겠나?"

그 동생이 다시는 감히 말을 꺼내지 못하였다 한다.

이 이야기를 들은 사람들은 탄복하며 이위공(李衛公; 李德裕) 보다 훨씬 현명하다고 여겼다. 대개 좋아하는 것이 적어 재물에 얽매이지 않는 것은 옛 현인들도 하기 어려운 일이었다.4)

문목공(文穆公) 여몽정(呂蒙正, 944~1041)의 청렴한 품성을 나타내기 위해 그의 한마디 말을 제시했다. 이백 리 밖을 능히 비출 수 있다는 거울을 뇌물로 바쳐서 벼슬을 얻으려는 어느 조사(朝士)의 청탁에 대해, "내 얼굴은 거울보다 작은데 이백 리 밖을 비추는 거울을 어디에 쓰겠나?"라는 한 마디로 대꾸한다. 이 말은 뇌물을 주어 벼슬을 얻으려는 조사를 도덕적으로 꾸짖거나 자신의 청렴함을 과시하지 않는다. 그냥 지극히 당연한 사실을 환기함으로써 구질구질한 도덕적 설교보다 더 산뜻하고 강력한 메시지를 만들어내고 있는 것이다. 재치있는 말 속에 담담한 인격이 깃들어 있다.

조선 초기 사대부 사회에서는 재치있는 말로서 이름을 날린 사람들이 기억되고 있으니, 가령 『용재총화』의 이륙(李陸), 최세원(崔勢遠), 이숙도(李叔度) 등과 같은 사람이다. 이들은 '담론(談論)'이 뛰어나고 장난기가 있는 사람들이었다. 이들은 그 장난기로서 뿐만 아니라 그 재미난 말솜씨로서 많은 일화를 만들었다.5) 『기재사초』의 〈임진잡사〉를 보면 임진왜란이 한창이던 때 평양과 의주 등에서 박동량, 이항복 등 상층 사대부들을 중심으로 정철, 유성룡, 이호민, 이성중(李誠中) 등이 참여한 이

4) 呂文穆公蒙正, 以寬厚爲宰相, 太宗尤所眷遇. 有一朝士, 家藏古鑒, 自言能照二百里, 欲因公弟獻以求知, 其弟伺間從容言之, 公笑曰: "吾面不過鏡子大, 安用照二百里?" 其弟遂不復敢言. 聞者嘆服, 以謂賢於李衛公遠矣. 蓋寡好而不爲物累者, 昔賢之所難也.(구양수, 강민경 역, 『귀전록(歸田錄)』, 학고방, 2008, 189~190면.).

5) 대표적인 사례로 최세원의 경우를 참조할 것[〈余少時見眞逸先生〉(대동1, 575면)]

야기판이 형성되었음을 알 수 있다. 이 이야기판에서는 서사구조를 갖춘 일화가 구연되는 경우도 있었지만, 그보다는 그 이야기판에 참석한 사대부들의 말 자체가 독특한 묘미를 만들고 있다.

> 자상은 우스개이야기를 잘했다. 혹자가 "동서의 당쟁이 마침내 왜구를 끌어들인 것이니 원통키도 하구려"했다. 자상이 말하기를 "동서 당인들이 서로 싸우기에 능숙하니 조정에서는 어찌 그 자들로 도적을 막게 하지 않는고?" 하였다.6)

이렇듯 독특한 말을 하고 되받는 것이 절박한 전쟁 상황에서도 이루어진 것을 보면 평시에는 얼마나 성행했을 지 짐작할 수 있는 것이다. 위 예문에서 자상의 말은 혹자의 말에 대한 대꾸라고도 볼 수 있겠으나, 그보다는 자상의 독특한 말 자체를 두드러지게 하는데 서술의 목표를 두었다고 볼 수 있겠다.

어떤 상황에서 어떤 인물이 한 독특한 말이 두루 알려졌다가 기록되어, 말에 의한 일화가 형성되었다고 볼 수 있다. 이런 말은 말한 사람의 순간적 재치를 돋보이게 하며 듣는 사람으로 하여금 웃음을 터뜨리게 하는 기능을 하기에 의식적 부담을 주지 않는다. 일화는 그렇게 가벼운 역할을 하는 말을 포착하였다. 그런가하면 무거운 말도 있다. 일화의 말이 심각해지는 것이다. 먼저 송사나 재판 과정에서 판관이 명판결을 내리기 위해 구사한 발언이 여기에 해당된다. 그것은 뜻밖의 기발한 발상을 담았거나7) 듣는 사람을 감동시키는 논리를 담은 것이다.8) 말이 사람

---

6) 子常善諧謔, 或曰東西之戰, 終致倭寇, 甚可痛也, 子常曰: "東西之人, 相戰熟矣. 朝廷何不以此輩禦賊乎?"(대동13, 58면)

7) 〈함동원(咸東原)〉(대동1, 681면)

8) 〈손지추변(孫知樞抃)〉(역옹패설.『고려명현집』2, 성균관대학교 대동문화연구원, 권

사이에서 진지하고 심각한 역할을 하는 극단적 경우는 역사적 사건과
연루된 한 인물이 심문의 과정에서 자신의 죽음을 초래하는 말을 하거
나, 죽음 직전에 있는 한 마디를 남기는 경우이다. 조광조가 죽기 직전
한시의 형식을 빌어 남긴 "임금 사랑하기 아버지 사랑하듯 했고, 나라
근심하기 내 집 근심하듯 했지. 하늘의 해가 이 땅에 비치니 내 붉은 마음
밝디 밝게 비추리."란 말이 대표적 사례이다.[9]

2) 독특한 행동의 제시

규범과 질서가 중시되는 사회에서 어떤 행동으로 인해 잠시 규범과
질서로부터 일탈하는 개인은 주목을 받게 마련이다. 일화의 인물은 그러
할 경우가 많다. 그런데 그 일탈은 잠정적인 것이다. 그 행동은 행위자의
세계관적 일탈을 전제로 한 것이 아니고,[10] 그 행동이 행위자로 하여금
심각한 일신상의 타격을 받게 하는 것도 아니다. 세인의 관심을 끌어 화
제가 되는 일탈일 따름이다.

> 태종 병신년 중시(重試)에 이조정랑 김자(金赭)와 병조정랑 양여공(梁汝
> 恭)이 같이 과거장에 들어갔다. 양여공이 문장에 뛰어난 반면 김자는 호방했
> 다. 양이 저녁 무렵이 되어서야 답안을 완성하니 김자가 "너는 시골 유생으로
> 병조낭관이면 족해"라며 양의 답안지를 빼앗아서는 자기 이름을 적어 제출했
> 다. 김자가 장원을 했다.[11]

중, 353면).

9) 愛君如愛父, 憂國如憂家, 白日臨下土, 昭昭照丹衷.(대동5. 6면)

10) 물론 일화의 등장인물 중 '문제적 인물'의 경우는 다소 이러한 경향이 있다고 보아야
   할 것이다. 이강옥, 『조선시대 일화 연구』, 태학사, 1998, 133~151면.

11) 太宗丙申年重試, 吏曹正郎金赭與兵曹正郎梁汝恭, 同入試場, 梁能文而金豪俊.
   梁日夕成篇, 金謂梁曰: "汝以鄕生, 得爲兵曹郎官足矣." 就奪卷子, 改書名而呈之,
   金遂擢壯元.(〈태종병신년중시(太宗丙申年重試)〉(대동1, 650면))

여기서 김자의 과거 부정행위는 대단히 심각한 범죄행위라고 할 수 있다. 과거는 체제 유지에 근간이 되는 제도이며, 김자는 그 제도의 규범을 어겼기 때문이다. 그러나 서술자는 그것을 문제 삼지 않는다. 김자는 부정행위를 했음에도 불구하고 응징을 당하기보다는 오히려 장원으로 급제를 하게 되었다. 김자가 장원 급제를 했다는 사실에 대한 지적은 김자가 부정행위를 했다는 이유로 벌을 받지 않았음을 보여주기 위한 것이지, 부정행위를 문세삼는 것이 궁극의 목표는 아니다. 행위의 본질이나 성격을 반성하거나 그 행위의 결과를 드러내는 것 보다는 그 행위의 독특한 일탈을 보여주는 데 목표를 두었다고 하겠다.

이렇듯 이 유형은 주동인물의 일탈 행동을 보여주는 데 초점을 맞추기 때문에 그 앞의 상황이나 그 뒤의 결과를 자상하게 제시하지 않고 중요하게 다루지도 않는다. 주동인물의 행위에 대해서도 서술자는 어떤 평가나 판단을 자제한다. 가벼운 마음으로 독특한 그 행동들을 완상하는 태도이다.

주동인물의 일탈 행동만을 보여주기에 시간이 정지되었다는 인상도 준다. 한 인물의 한 국면이 순간적으로 포착되어 세밀하게 서사된 것이다.

규범을 탁월하게 실천하는 것도 일탈은 일탈이다. 그것은 '위로의 일탈'이다.[12]

> 좌의정 박은은 자가 앙지(仰之)이고 호가 조은(釣隱)이었다. 일찍이 태종의 신임을 받아 최고의 지위에 올랐지만 찢어지게 가난하기만 했다. 하루는 태종이 북문(北門)으로 왕림했는데 한참 뒤에야 나와 배알했다. 임금이 고이하게 여겨 물으니 "소신이 조밥을 해 먹는데 목에 걸려 넘어가지가 않아 좀 늦었사옵니다."했다. 임금이 탄복하여 청문(靑門) 밖 고암전(鼓岩田)[13] 약

---

12) 이강옥, 「조선시대 일화의 일탈」, 『국문학 연구 1997』, 서울대학교 국문학연구회, 1997 참조.

간을 하사했으니 지금까지 자손에게 전해지고 있다.[14]

여기서 박은은 임금의 총애를 받아 최고 자리에 올랐지만, 조로 밥을 해 먹을 정도로 가난했다. 사건은 그것 때문에 일어났다. 조밥이 목에 걸려 넘어가지 않아 임금 알현에 늦었다. 이 사건은 박은의 후손이 고암전을 하사받는 것으로 귀결되기도 했지만, 그보다는 박은의 청렴과 안빈이 드러나는 계기가 되었다. 압축된 사건 묘사를 통해 '위로의 일탈'이 나타나게 한 것이다. 그리고 바로 그 점 때문에 이 일화는 문헌들을 통해 거듭 전재되어 갔을 것이다.

이렇듯 어떤 인물의 독특한 행동이나 그 행동이 유발한 사건은 일화 서술의 주맥을 이루었다. 그 행동이나 사건에 대한 묘사가 어떤 정점에 이르고 마침내 정지되거나 끝나는 즈음에 일화의 서술도 끝이 나게 되는 것이다. 그런 점에서 단선적이다. 서술자의 서술동기와 목표가 분명하며, 서술자는 중간의 우회나 수정, 은폐 없이 단도직입적으로 서술한다.

2. 이단 서술유형

어떤 일화에 두 인물 이상이 등장하여 그 각각이 일탈된 발언이나 행동을 하거나, 독특한 처지를 나타내는 서술유형이다. 주로 주동인물과 상대인물의 말이나 행동이 선명하게 변별되거나, 대응되거나, 뒤엉켜 대결한다.

---

13) 고암전(鼓岩田): 서울 성북구 종암동 북바위 부근에 있는 밭으로서, 북바위밭이라고도 하였다. 땅이 비옥하여 소출이 많았다.

14) 左議政朴訔, 字仰之, 号釣隱. 少受知於太宗, 位極人臣, 又甚貧. 一日, 太宗枉訪北門前, 稍久始出迎拜, 上怪問之, 對曰: "臣適炊粟爲飯, 旣入口數噍而不下, 以此小遲."上嗟嘆, 乃賜靑門外, 鼓岩田若干, 至今子孫傳之.(『鷄山談藪』, 『한국야담자료집성』 9, 계명문화사, 7면)

나아가 등장인물들의 수준을 넘어서서 개별 일화 사이에 대조가 이루어질 수 있다. 두 일화의 대조에 의해서 대조를 서술원리로 하는 더 큰 일화가 만들어진 것이다.

1) 대조

어떤 일화에서 두 인물 이상의 행동이나 사고, 말 등의 대조가 나타나는 것은 주로 우열·선악·능불능 면에서다. 그리고 그 관계에 대한 서술자의 입장은 ①어느 한쪽만을 인정 ②양쪽 다 부정 ③양쪽 모두 긍정으로 나누어질 것이다. 그런 점에서 대조는 서술자의 의지가 비교적 분명하게 개입하는 서술법이라 할 수 있다. 대조된 어느 한쪽에 대해 문제를 제기하는 경우가 많기 때문이다.

먼저 〈민중추대생(閔中樞大生)〉(대동1, 579)과 같은 작품은 서술자의 문제제기가 대단히 약한 모습을 보여준다. 즉, 정월 초하룻날 어느 조카가 90세를 맞이한 민대생에게 "숙부님 백 년까지 향수하소서."[15]라 축원하니 민이 "내 나이 90인데 내가 만약 100세까지 산다면 앞으로 수년밖에 못사는 셈인데, 무슨 입이 그렇게 복없는 소리를 하느냐."[16]라 화를 내며 쫓아 내었다. 또 다른 조카가 이 소문을 전해 듣고 "숙부님 백년을 향수하시고 또 백년을 더 향수하소서."[17]하니 비로소 민은 "이것은 참으로 송수(頌壽)하는 체모(體貌)로다."[18]하고는 잘 먹여 보냈다는 내용이다. 여기서 민의 두 조카가 한 말이 대조된다. 두 조카 중 후자가 전자보다 우위를 점하게 되어 민으로부터 두터운 대접을 받았다. 그러나 민으

---

15) 願叔享壽百年(대동1, 579면)
16) 我齡九十餘, 若享百年, 只有數年, 何口之無福如是?(같은 곳)
17) 願叔享壽百年, 又享百年(같은 곳)
18) 此眞頌禱之禮也.(같은 곳)

로 부터 푸대접을 받은 조카는 단지 쫓겨났을 뿐, 그 뒤 민에 의해서든 혹은 다른 사람에 의해서든 어떤 지속적인 제재를 받아 처지가 심각하게 악화되지는 않는다. 그의 처지부분은 관심거리가 되지 못했던 것 같기도 하다. 또 민을 흡족하게 하여 극진한 음식대접을 받은 두 번째 조카도 바로 그것 때문에 삶의 처지가 결정적으로 향상된 것은 아니다. 그의 처지에 대해서도 서술자는 특별한 관심을 갖지 않았기 때문이다. 이 작품에서의 대조는 선/악, 능/불능 등을 드러내어 한쪽의 정당성과 다른 쪽의 부당성을 주장하기 위함이 아니다. 양쪽은 한 묶음이 되어 말 한마디의 섬세한 차이가 듣는 사람에게 얼마나 상이한 인상을 주는가를 느끼게 하며, 그 느낌의 다름을 바탕으로 웃음을 유발하게 하는 것이다.

〈세종조〉(대동1, 579면)는 예조판서 신상(申商)과 이조판서 허조(許稠)의 대조적 근무자세를 소재로 하였다. 신상이 해가 중천에 떴을 때 집무하러 나가서는 해가 기울면 돌아오는 반면에, 허조는 이른 아침에 집무하려 나가서는 해가 지고 난 뒤에야 돌아왔다. 상식적으로 보아 신상은 게으르고 허조는 부지런하다. 그렇다면 신상에 비해 허조가 떳떳하다 하겠다. 그러나 그러한 상식적 대조에서 이 작품이 끝나지는 않는다. 허조가 신상의 근무자세에 대해 이의를 제기하자 신상은 "대인이 일찍 출근한다 하여 무슨 이익되는 일이 있으며, 제가 비록 늦게 출근한다 하나 무슨 손해를 끼친 일이 있습니까. 각각 자기의 수완에 달려 있을 따름입니다."[19]라고 반론을 제기했기 때문이다. 이에 대해 서술자는 "신은 때에 임하여 결단을 잘 하였고, 허는 부지런하되 각박하게 시행하니 성격이 같지 않은 것이다."[20]라 하여 신상의 자기변명을 받아들인다. 이로써 두사람 사이의 상식적 우열관계는 해소되고 대등하게 평가되었다. 서술

---

19) 大人早仕, 有何加益之事? 余雖晩仕, 有何加損之事? 不如各弄掌而已.(같은 곳)
20) 申臨機善決, 許勤苦刻行, 所性不同也.(같은 곳)

자는 가능한한 현상의 여러 국면들을 긍정적으로 수용하여 그 각각의 특장들을 이해해 주고자한 태도를 보였다. 그것은 〈민중추대생〉의 경향이 보다 발전된 것이다.

이에 반해 〈연산조〉(대동1, 755면), 〈신문경공용개(申文景公用漑)〉(대동13, 21면) 등은 대조를 통해 어느 한쪽을 부정하거나 비난하고 다른 쪽을 칭찬하려는 경향이 강하다. 〈연산조〉는 연산군의 폭정과 중종반정 전후의 정치적 격동을 배경으로 하여, 배반한 종을 죽여버리는 주인과 용서해주는 주인을 대조시키고, 그런 대조가 정치의 문제와 관련되어 있음을 밝힌다. 〈신문경공용개〉는 신용개와 고형산이란 두 인물이 술을 좋아하는 자세를 대조시킨다. 서술자는 '호걸스러움'과 '거칠음'으로 두 사람의 자세를 대조한 뒤, 전자의 자세를 정당화하면서 그런만큼 후자의 자세를 비꼰다. 그런데 신용개는 무오사화, 갑자사화의 피해자였고, 고형산은 남곤 일파와 함께 기묘사화를 일으킨 훈구 집단에 속했다. 이 대조는 직접적인 관계가 없는 두 인물을 통하여 정치적 정당성 여부를 판단하기에 이르렀다. 그럴 때 서술자의 의도는 이중적으로 강조된다. 대조 현상 자체를 통해 강조되고, 또 그 현상에 대한 서술자의 진술에 의해 강조된다.

2) 대응

주동인물과 상대인물이 작품 속에서 서로를 의식하기 시작하는 것은 상호 관계를 맺는 출발이 된다. 설사 그 관계가 깊이 진척된 것은 아니라 하더라도 관계의 형성은 대응서술의 전제가 된다. 대응서술에서는 대꾸로서의 재치있는 말이나 반응으로서의 기발한 행동이 작품의 결정적 구성요소로 작용한 경우다.

대응에서는 등장인물의 재치있는 말, 의미심장한 말 한마디가 상호관계에서 변화를 초래하거나 우열이 달라지게 한다. 상대인물의 말이 출발이 되고 그에 대한 적확한 응수가 서술의 중심이고 귀결이라는 점에서 대응구조라 하겠다. 〈낙산사승해초(洛山寺僧海超)〉(대동1, 615), 〈김복창(金福昌)〉(대동1, 615) 등이 그 대표적인 경우이다.

> 낙산사 스님 해초가 우리 문중에 출입한 지가 오래 되었는데, 하루는 부처에게 공양할 것을 요구하니, 유본(有本)이 방에 있다가 말하기를 "높은 집에다 단청을 칠하고 나무에다 진흙을 칠하여 불상을 만들어, 밤낮으로 정성을 다하여 공궤하여서 무슨 이익이 있는고?"하니, 스님이 즉석에서 대답하기를 "높은 집에 단청을 칠하고 밤나무를 깎아 신주를 만들고, 사철의 중월(仲月)에 정성을 다하여 공궤한들 무슨 이익이 있는고?"하니, 유본은 대답하지 못하였다.[21]

여기서 유본과 해초의 관계가 제시되었다. 유본은 유학자로서 스님인 해초의 행위를 무의미한 것으로 여겨 그것을 무시하는 발언을 한다. 이에 대해 해초는 유본이 한 말의 구문을 그대로 되살려서 유본에게 역공을 한다. "유본은 대답하지 못하였다는" 구절은 유본이 자기의 말 때문에 오히려 패배했음을 인정한 것이다. 유본의 말을 그대로 되받아 치는 해초, 그리고 그 재치를 파악하여 기록한 서술자 모두 말에 대한 일정 수준의 감각을 갖추었음을 알 수 있다. 〈김복창〉도 김복창과 송려성의 관계를 바탕으로 하여 "재상 못지않은 사람이 어찌 남의 집을 내 집으로 삼는가?"[22]라는 송려성의 빈정댐에 대해 "재상 못지않은 사람이 어찌 남의

---

21) 洛山寺僧海超, 出入吾門已久. 一日來求供佛之具, 有本在房曰: "高架棟宇, 塗以丹雘, 塑泥木爲像, 晝夜虔誠而飼之, 有何利益?" 僧卽應聲答曰: "高架棟宇, 塗以丹雘, 斲栗木爲主, 四仲之月, 虔誠而飼之, 有何利益?" 有本不能對.(대동1, 615면)
22) 不小宰相, 何以人之家, 爲我家?(대동1, 615면)

자식을 내 자식으로 삼는가?"²³⁾라는 말로 응수하여 희롱했다. 김복창이
성품이 소탈하여 산업을 경영치 않고 남의 집을 빌려서 사는 것과 송려성
이 자식이 없어 조카를 후사로 삼았던 사실을 전제로 한 대화이다. 역시
김복창은 자기를 빈정대는 송려성이 말 구문을 그대로 이용하여 역습하
며 마침내 지적 우위를 차지하게 된 것이다.

　이러한 서술원리는 '재치있는 말에 의한 기존 관계의 역전'이라 요약
할 수 있겠는데, 그것이 가능하기 위해서는 일정수준 이상의 언어감각이
뒤따라야 한다. 그리고 말에 의한 관계를 행동에 의한 관계 못지않게 실
질적인 것으로 수용할 만큼 말을 중시하고 말에 관심을 많이 가지는 분위
기가 조성되어야 할 것이다. 고려시대 잡록류에서는 이런 사례는 많지
않았다. 그러다가 『역옹패설』의 초기 사대부일화에 등장하기 시작하다
조선조 『용재총화』에 이르러 집중적으로 나타났다. 그러나 분명한 점은
관계가 역전됨에도 불구하고 그 역전이 역전당한 사람의 처지를 악화시
키거나 역전시킨 사람의 처지를 상승하도록 해 주지는 않는다는 사실이
다. 이런 구조의 이야기들은 역전된 상황에 대한 웃음을 유발시키거나
재치있는 응수를 한 등장인물에 대한 감탄을 유도하는 것이 목표다. 이
는 웃음을 유발하기 위해 처지의 변화를 잠정적으로 꾀하기는 하지만
그 바탕이 된 기존관계를 심각하게 변화시키지는 않으려는 입장과 연결
된다 하겠다.

　조선 전기의 일화에서 이 구조는 단순히 재치만을 드러내어 지적 흥취
감을 느끼게 하는데 비해 사화기 이후 조선중기의 '대응구조'는 어떤 의
미항들을 만들어 내는 쪽으로 변한다. 그것은 한쪽의 입장에서 다른 쪽
을 비판하는 대조구조와 비슷한 성격을 지니게 된 것이다.

---

23) 不小宰相, 何以人之子, 爲我子?(같은 곳)

3) 대결

대결은 의식이나 처지 면에서 서로 다른 주동인물과 상대인물이 긴밀한 관계를 맺게 되어 갈등하는 경우이다. '대조'보다 인물관계가 더 긴밀해졌다.

일화에서의 대결이 삼단 구조가 아니라 이단 구조일 수밖에 없는 것은 일화의 서술자가 대결하는 두 쪽 중 어느 한쪽을 명백하게 지지하기 때문이다. 두 쪽은 귀결이 분명한 대결을 벌이기에, 그 대결이 끝나도 새로운 상황을 만들지 못한다. 대결은 도식적 이분법을 근거로 하기에 매개인물이 개입할 여지를 만들지 않는다. 그래서 삼단 구조가 아니고 이단 구조이다.

역사적으로 말하자면 한 인물의 일방적 우위에 의해서 일시적으로 대결관계가 형성되는 단계에서 상호우위에 의해서 대결관계가 지속되는 단계로 나아간다. 대결관계를 형성하는 주체의 성격 면에서는 비현실적인 것에서 현실적인 것으로 나아간다. 현실적인 존재일 때도 개인의 처지만을 대변하는 단계가 있고 나아가 어떤 집단의 고유한 처지를 대변하는 단계도 있다.[24]

가령, 〈고려시중강감찬(高麗侍中姜邯贊)〉(대동1, 381)에서 스님으로 변신한 호랑이와 강감찬이 대결하나, 강감찬의 일방적인 승리로 귀결된다. 〈파성군댁(坡城君宅)〉(대동2. 541면)에서는 파성군의 사위와 정체불명의 무사들이 맞섰다. 둘의 대결은 하층계급이 상층계급에 대해 갖는 불만을 암시하는 듯 한데, 회나무 귀신의 개입으로 흐지부지된다. 〈중원방온(中原朴溫)〉(대동2. 537면), 〈부마하성부원군(駙馬河城府院君)〉(대동2. 540면), 〈문정수렴(文定垂簾)〉(대동13, 12면) 등에서, 〈중원방온〉이 개인적

---

24) 이강옥, 앞의 책, 196면.

대결을 보여준다면, 〈부마하성부원군〉은 부분적으로 집단적 대결의 속성을 보여주고, 〈문정수렴〉은 계급적 집단성과 정치적 당파성을 포괄하여 대결 양상을 한층 복잡하게 만든 것이다.

대결구조는 특히 '악인형 인물'의 등장으로 더 두드러진다. 악인형 인물은 타고난 인성이 선량하지 못하여 일상생활에서 온갖 악독한 짓을 다하는 경우와, 정치적 행위를 함에 있어 상대방이나 상대 집단을 부당하게 헐뜯고 모해하는 경우로 나눠진다.[25] 악인형 인물은 다른 인물과 관계를 맺고서 부정적 영향을 끼치려 하며 그때 상대인물도 그것을 받아들이지 않기에 대결이 이루어지는 것이다.

대결관계는 인물 간 갈등이 더욱 복잡해지고 절실한 것이 되면서 이단구조의 단순성을 벗어난다. 주동인물과 상태인물 사이에 매개인물이 들어가 활약하게 되는데, 이로써 여러 겹으로 뒤엉키는 갈등구조가 형성된다. 그리하여 서사체가 길어지고 갈등하는 양쪽의 처지와 심리가 복잡하게 설정되며, 갈등 자체가 쉽게 해소되지 않는다. 그것은 소설적 갈등구조의 창출을 뜻한다.

3. 삼단 서술유형

'삼단 서술유형'은 '기본상황의 제시 → 잘못되거나 엉뚱한 판단이나 발언 → 재치 있는 교정의 발언'의 순으로 서술되는 것과, '기본 상황의 제시 → 기존질서로부터의 일탈 행위나 일탈 상황 → 일탈의 용인과 낙관적 해결'의 순으로 서술되는 것으로 나눌 수 있다. 두 경우 모두 두 번째 단계에서 상식이나 예상을 벗어나는 일탈을 보여준다면 세 번째 단계에

25) 이강옥, 앞의 책, 107면

서 그 일탈이 극복되거나 일탈 자체가 용인된다. 그런 점에서 상식이나 예상으로부터 두 번 일탈한다고 하겠다. 독자도 두 번의 일탈을 경험하는 데서 흥미와 쾌감을 느끼게 된다. 궁극적으로 상식이나 기존 질서로 돌아 가지만, 두 번의 일탈을 경험했기에 그 상식은 탄력을 얻게 되고 기존질서 는 새롭게 장식된다.

1) 착각의 교정(기본 상황의 제시 → 잘못되거나 엉뚱한 판단이나 발언 → 재치있는 교정의 발언)

① 전라도 관찰사가 된 안초(安超)는 나주에 이르러 순찰사 김상회(金相 會)를 만났는데, 마침 제주목사가 청귤(靑橘) 한 상자를 보내왔다.

② 안초는 그 색이 파랗고 겉이 거칠거칠하여 먹을 수 없는 과일이라 생각 하고서는 "목사는 어찌 익지도 않은 감귤을 먼 길인데 힘들여 보내 왔을꼬?" 하며 기생들에게 주어 버렸다.

③ 김상회가 사정을 알고는 기생들이 먹고 있던 귤을 빼앗아 안초 앞으로 가 씹어먹으며 "감사께서는 이것이 싫어서 버렸지만 나는 무척 좋아 하지요." 라 했다. 이에 안초가 비로소 귤 맛을 알게 되었다.[26]

안초와 김상회의 만남, 제주목사가 보낸 청귤의 도착 등이 초기 기본 상황이다. 두 번째 단계에서 안초는 색깔과 겉모양만 보아 청귤을 먹기 어려운 것이라 판단한다. 안초의 말 속에 그 판단의 오류가 압축되어 나 타났다. 세 번째 단계에서 김상회는 그 오류를 시정하고 잠시 진실에서 멀어졌던 안초가 온당한 판단을 하도록 한다. 김상회의 말 속에 오류 시 정의 재치가 압축되어 있다. 두 번째 단계에서 일탈을 했다면 세 번째 단계에서 곧바로 일탈이 시정되어 정상적 관점을 확보했다고 하겠는데,

---

26) 〈安焦判超〉(대동1, 615면)

그 과정이 각 인물의 발언을 통해 이끌어 진다는 점이 눈을 끈다.

〈세종갑인년(世宗甲寅年)〉(대동1, 650면)에서는 과거 합격만이 목표였던 주인 박충지(朴忠至)와 주인이 우수한 성적으로 합격하기를 바랐던 종 사이의 기대 차이 때문에 실망과 환희가 교차되어 삼단 구조가 형성되었다.

소위 '밖으로의 일탈'을 보여주는 일화들이 여기에 해당하는 경우가 많다.

> ① 황빈연(黃彬然)이 친구들과 감악사에서 과거준비를 하고 있었는데, 당시 명사였던 김신윤(金莘尹)이 고향으로 돌아가는 늙은 병사를 자처하며 기숙을 청했다.
> ② 황빈연은 그 늙고 고단한 모습을 불쌍하게 여겨 기숙을 허락했지만 한 마디 말도 부치지 않았다. 김신윤이 부젓가락으로 글을 쓰자 주위에 있던 자들이 "이 늙은이 문자를 아네그려"했다.
> ③ 다음날 김신윤의 아들이 찾아오자 황빈연은 비로소 김신윤이 얼마나 유명한 인사인가를 알고 엎드려 사죄했다. 김신윤이 기꺼이 그 실수를 이해해주었다.[27]

황빈연은 과거를 준비하는 유생이기에 높은 벼슬을 하고 있는 선배들을 깎듯이 대접해야 했다. 귀향중인 늙은 병사를 자처한 김신윤이 황빈

---

[27] 江夏黃彬然未第時, 與兩三友讀書湍州紺岳寺. 時金東閣莘尹名士也. 醉發狂言, 忤當時貴幸, 徒步出城歸紺岳, 自云: "老兵將還鄕, 請寄宿." 彬然憫其老且困許焉, 終日在床下無一言. 偶取火筋畫灰成字勢, 座皆指目: "這老漢, 頗解文字也." 詰朝公之子蘊琦, 已登第也, 率蒼頭兩三人, 負酒壺, 往尋及門, 問於人曰: "昨者, 家公出都門抵此, 今在否?" 答曰: "但有一老兵來宿, 安有金東閣耶?" 蘊琦突入拜庭下, 彬然伏地愧謝, 公笑曰: "措大, 爾安得知范雎之已相秦耶?" 相與登北峯坐松下石, 共飮極歡, 命座客賦松風各一韻 …… 彬然叩頭願受業, 留數月讀前漢書畢, 方還, 士林至今以爲口實.(『파한집』, 『고려명현집』 2, 성균관대학교 대동문화연구원, 93면)

연의 집에 들렀다. 김신윤은 황빈연이 정중하게 모셔야 할 인물이었다. 이것이 기본상황이다. 그러나 황빈연은 그가 다만 늙고 피곤한 것 같아 기숙을 허락해 주고는 종일토록 한마디 말도 부쳐주지 않았다. 이는 잘못된 판단의 소산이다. 그것이 교정되는 계기는 두 개다. 김신윤이 화젓가락으로 재 위에다 글자를 끄적이는 것을 보고 황빈연을 비롯한 유생들이 다소 이상하게 생각하는 것과 다음날 김신윤의 아들 김온기가 찾아와 사실을 알리는 것이다. 이에 잘못된 판단은 수정되었다. 황빈연은 자신이 잘못 판단하였다 사실을 깨닫고 안절부절못한다. 그러나 김신윤은 그 잘못을 용서한다. 마침내 두 사람은 실컷 술을 마시며 회포를 풀 뿐만 아니라 사제관계까지 맺게 된 것이다. 이렇듯 삼단 구조를 통해 이루어지는 주동인물의 일탈이나 실수는 기존 관계를 더욱 돈독하게 만들거나 존재하지 않던 관계를 맺어주기까지 한다는 점에서 특이하다.

이상의 사례들에서 볼 수 있듯, 첫 단계의 기본 상황은 전혀 문제가 없는 것이다. 그 자체는 완벽하거나, 문제를 삼을 대상이 아니다. 그런 점에서 기본 상황은 무미건조하며 그 자체에서 흥미소를 찾기 어렵다. 등장인물의 엉뚱하거나 비상식적인 판단이나 발언이 그 무미건조한 기본 상황을 독특한 상황으로 전화시킨다. 그 상황은 극복되어야 할 것인데, 그 극복 방식에 대해 독자나 청자의 관심이 집중되는 것이다. 그래서 '등장인물의 재치있는 교정의 발언'에 의해 서술의 정점이 형성된다.

2) 일탈 행동의 용인(기본 상황의 제시 → 기존질서로부터의 일탈 행위나 일탈 상황 → 일탈의 용인과 낙관적 해결)

기본 상황은 주동인물이 일탈하는 출발점이다. 주동인물의 일탈은 그 상황에서 필연적으로 이루어지기 보다는 우연이나 장난기에 의해 이루어지는 경우가 더 많다. 일탈은 예상과는 달리 심각한 결과를 초래하지 않는다. 뒤 이은 주동인물의 행동은 그 일탈의 폐단을 보상하며, 그런 이유로 상대인물이나 독자들이 앞의 일탈 행위를 용인해주게 된다. 일탈 이전보다 주동인물의 가치를 더 높이 평가하기도 한다. 주동인물의 일탈을 용인하는 상대인물의 태도는 상대인물 자신의 관용을 입증하거나 여유를 드러내는 것이다.

신하의 실수를 이해하고 불문에 부치거나 나아가 오히려 그 실수 때문에 그 신하를 더 총애하게 되는 임금의 이야기가 이 유형의 속성을 전형적으로 보여준다 하겠다. 윤회(尹淮)의 경우는 한 걸음 더 나아갔다.

① 윤회는 술을 좋아했다.
② 세종이 소명을 짓게 하기 위해 불렀을 때 윤회는 만취 상태였다. 대궐로 가는 말에 올랐을 때도 깨지 않았다.
③ 임금 앞에서 소명의 초를 잡았는데, 모두 임금의 뜻에 맞았다. 임금이 '진정한 천재'라 칭찬했다.28)

임금이 급히 불렀을 때 크게 취해 있는 윤회의 처지는 대단히 난처한 것이어 부정적인 귀결을 예감하게 한다. 그러나 윤회는 그런 상황에서 뜻밖으로 탁월한 능력을 보여 자신의 일탈을 충분하게 보상한다. 그리고 그 때문에 임금은 그 능력을 더욱 높이 평가하게 되었다. 문제적 일탈이 오히려 상황을 더욱 좋게 만들었다.

그런데 이 일화의 후반부에 동일 구조의 다른 일화가 덧붙여져 있다. 손순효의 '큰 그릇으로 석 잔[三爵大椀]' 일화와 비슷하다. 그렇다면 동일

---

28) 尹淮字淸卿, 文章冠一世, 然性喜酒. 一日在家沈醉大臥, 世宗遣中使急召扶起上馬, 宿醉未醒, 及至上前, 從容代草王言, 揮翰如飛, 皆合睿旨, 上曰: "眞天才也!" 時人語曰: "文星酒星, 聚精, 生此一賢." 世宗命飮酒毋過三爵, 自後, 凡宴會必飮大椀, 名雖三爵, 實倍於人, 上聞而笑曰: "予之戒, 所以勸飮也."(『鷄山談藪』, 『한국야담자료집성』 9, 7면)

구조 일화의 병치로 볼 여지도 있지만 사실은 그렇지 않다. 이 후반부
일화는 전반부 일화 중 '하루는 집에서 크게 취해 누워 있었다(一日在家
沈醉大臥)'에 대한 설명에 해당되기 때문이다. 후반부가 전반부의 일부
에 예속되기에 단일 삼단 구조로 볼 수 있다.

　　① 박일동(朴逸同)이 학 새끼 한 마리를 거두어 길러주며 '학산'이라 이름
지어 불렀다. 학산은 집안 닭들과 어울려 잘 지냈다.
　　② 몇 년이 지난 어느날 학산이 종적을 감추었다. 박일동이 무척 걱정을
하였다.
　　③ 몇 달 뒤 박일동이 신발을 신으려 하고 있는데 학산이 다시 나타나 신발
안에 있던 뱀을 물고 날아갔다. 그리고 다시는 나타나지 않았다.[29]

　여기서 ①은 학이 닭과 어울려 지내게 된다는 특별한 상황을 제시하지
만, ②에서 그 학이 종적을 감추기에 ①은 ②를 위한 기본상황이라 할
수 있다. ②에서 학산이 종적을 감춘 것은 ①에서 학산이 보여준 행실에
익숙해진 독자에게는 예상 밖의 충격을 준다. ①단계에서의 '특별한 관
계'가 관계의 과잉이라면 ②단계의 '관계의 단절'은 '관계의 현저한 결핍'
이다. 그 관계의 결핍은 ③단계에서 메워진다. 그것은 ①단계에서 확보
했던 관계로의 단순한 회귀가 아니라 질적 전환 혹은 의미 전환이 곁들여
진 관계의 회복이다. 다시 돌아온 학산은 박일동 가족들과 만나지만, 그
것은 단순한 재상봉이 아니라 '은혜갚음'이라는 의미를 창출하는 만남이

---

29) 朴逸同者, 其家園古樹, 有鶴來巢産兩雛, 羽翅未成而樹枝風折, 卽一雛死一雛亦
不能飛, 逸同哀而籠養之. 雛馴擾與家鷄飮啄不離, 名以鶴山, 呼之則必引頸翩然而
至, 如是者累年. 一日忽颺去, 不還者殆數月, 逸同每歎其不復見, 且慮其或爲人傷
殺. 嘗以事入郡, 着上衣取靴子欲穿, 家人忽指屋上曰: "鶴山至矣!" 相與驚歡, 逸同
亦顚倒出見, 俄而鶴飛入逸同坐房, 啄去靴中之物, 卽數尺毒虺也. 渾舍嗟異之, 鶴
亦冲空而去, 自此永絶影響. 鶴雖羽族中微物而尚不忘護養之恩, 知所報, 不但如黃
雀之報楊實誠焉. 背恩忘德者之戒也.(『鷄山談藪』, 『한국야담자료집성』 9, 52면)

다. 학산이 곧 떠나는 것은 질적 전환을 이룬 만남을 그 자체로 고정시켜 더욱 빛나게 하기 위함이다.

삼단 구조는 익숙한 것으로부터 일시적 벗어남이나 익숙한 것에 대한 잠정적 파괴라는 일화의 속성을 생각할 때, 일화의 가장 기본적인 구조라 하겠다. 익숙한 것이 파괴되기 위해서는 먼저 익숙한 것이 제시되어야 하고, 다음으로 그 익숙한 것을 파괴하고, 그리고 파괴된 것은 복구되어야 하기 때문에 마지막 단계가 설정되는 것이다.

익숙한 것에 대한 파괴는 우연·오해·실수·우둔 등에 의해서 우발적으로 이루어지는 경우와 고의·계산·교활·영악 등에 의해서 의도적으로 이루어지는 경우로 나눌 수 있다. 전자가 일상에서 자연스럽게 생기는 일탈의 묘미를 느끼는 기회를 제공한다면, 후자는 일상을 지금까지와는 다른 각도에서 바라보고 느끼게 하는 자극을 제공한다고 하겠다. 어느 쪽이든 한 번의 일탈 경험과 그 일탈의 조정 과정은, 익숙해져 있는 일상적 삶이 소중하고 가치가 있다는 것을 확인하는 데로 귀결된다. 일탈의 경험은 일상적 삶의 소중함과 가치를 더 돋보이게 만든다는 점에서 의의를 지닌다.

4. 종합 서술유형

종합 서술유형은 위에서 설정된 여러 유형들이 결합된 경우이다. 어떤 인물과 관련된 일화들을 총 집성한다는 의도로 나열하여 일종의 '일화군'을 만드는 경우와, 가능한 한 한 인물의 일생을 순차적으로 재구성한다는 의도로 여러 일화들을 긴밀하게 연결시킨 경우로 나눌 수 있다. 전자가 좀 느슨한 종합이라면 후자는 단단한 종합이다. 그런데 여기에 해당하는 작품을 소설이라 지칭하지 못하는 이유는, 그 부분들의 종합이 일화→소설로의 질적 비약을 가능하게 하지 않았다는 점이다. 종합되었음에도 불구하고 여전히 부분이 부분으로서 독자성을 지니며, 그 부분들이 합쳐져서 유기적 전체를 형성하지 못한 것이다.

1) 나열

나열은 유사하거나 유사하지 않는 것들을 그럴 듯하게 이어놓은 경우를 지칭한다. 유사하지 않은 것들은 모여서 어떤 인물의 어떤 성격을 형성해준다. 다양한 사건들은 어떤 인물의 삶의 자세를 보여준다. 이처럼 나열되는 것은 어떤 인물과 관련된 사실이나 행동일수도 있고 독립된 사건일수도 있다. 독립된 사건일 경우, '일화군'이라 부를 수 있을 것이다.

유사한 것들은 어떤 인물의 성격이나 행실을 더 선명하고 구체적으로 보여준다. 가령, 〈백사이공항복(白沙李公恒福)〉(몽유야담[30]. 134면)은 조선 중기 화제의 인물이었던 이항복의 재치있는 말이나 행동을 보여주는 6개 일화를 나열하였다.

> ① 이항복이 장인 권율의 먹 한통을 장모로부터 얻는 일화.
> ② 이항복이 장인 권율로 하여금 버선을 신지 않고 조정에 나가게 했다가 임금 앞에서 망신당하게 만든 일화.
> ③ 이항복이 임금이 거처하는 자리에 지각하고는 늦은 핑계를 대는 일화.
> ④ 연안부사 모친이 연꽃 완상을 즐겨 민폐를 끼친 것과 파주원의 하녀가 관노와 놀아나 민폐를 끼친 것을 사헌부가 탄핵하려 하자 두 고을 원의 아들이 이항복을 찾아와 중지시켜 달라 간청했는데, 이항복이 사헌부 대관에게 더 심각한 가상 상황과 비교함으로써 탄핵을 그만두게 해주었다는 일화.
> ⑤ 탐욕스럽던 재상 홍여순(洪汝諄)에게 자기 집에 엄청난 석가산(石假

---

30) 이우준, 『몽유야담(夢遊野談)』 하(下), 홍성남(洪性南) 편, 보고사, 1994.

山)이 있다고 하여 많은 인부를 데리고 오게 하여서는 남산 잠두(南山蠶頭)를 가리키며 그것이 석가산이라 하여 골려준 일화.

⑥ 삭직된 뒤, 동교의 한 백성이 "신역(身役) 때문에 살아갈 수가 없나이다."하니 "나도 호역(護逆) 때문에 살아갈 수가 없소이다."라고 응수했다는 일화.[31]

여기서 이항복이 등장한 6개의 일화들은 모두 독자적인 구조를 온전하게 갖추었다. 즉, ①은 일단, ②는 삼단, ③은 일단, ④는 일단, ⑤는 일단, ⑥이단 구조이다. 이 일화들은 이항복이 재치있는 말이나 장난기 많은 행동을 무척 잘 했으며, 그것은 당시는 물론 후대에서도 화젯거리

---

31) 白沙李公恒福, 爲權都元帥倮女壻. 權公爲海伯遞歸, 有墨一籠, 置壁藏中, 白沙乘權公駕他, 往見權公夫人曰: "聘丈在海營時, 有寵妓二人, 曰首陽, 曰梅月, 思念不已, 至於印名於墨丁以來, 將使流布於世, 則其貽笑見譏, 必不少, 誠爲可憂." 夫人大怒, 啓鑰視之, 果然, 卽命炭燒於庭, 公曰: "此乃暴殄天物, 請以賜我, 則我當自用, 不掛人眼也." 夫人許之, 權公雖知見棄, 而無以發明, 公之俳諧, 多類此. 當夏月入侍, 謂權公曰: "今日甚熱, 丈人必不能堪耐, 脫襪着靴, 甚爲便好." 權公然之如其言, 及入侍旣久, 公進奏曰: "當此盛署, 老宰臣公服, 甚難, 請令脫靴." 上可之, 自首相以次, 脫靴, 權公目視, 公惶愧跼蹐, 上命小官脫之, 乃赤足也. 權公以袂掩足, 伏地曰: "爲李某所瞞, 至此耳." 上大笑, 侍官皆捧腹. 嘗赴備坐, 獨後至曰: "適見途中有相鬨者, 宦者捽僧人髻, 僧人挽宦者莖, 相持半晌, 令人可觀, 不覺來遲." 諸宰大笑. 此雖戲談, 盖警時人多尙虛僞也. 爲都憲時, 有親友, 一爲延安倅, 一爲坡州牧, 延安南大池, 蓮花盛開, 府使之母, 頻出賞蓮, 頗爲民弊, 坡州衙婢, 潛奸官奴, 多有害政, 憲府將劾之, 二倅之子, 皆來謁公, 請爲止之, 公卽招臺官謂曰: "延倅之母奸常漢, 則是固可駭, 而乃今賞蓮, 非所當劾, 坡牧之母奸官奴, 則是固可彈, 而今衙婢奸官奴, 亦非當言." 臺官乃笑而止. 時宰洪汝諄, 好貪無厭, 窮搜民家花草怪石. 一日, 公謂曰: "吾有極品石假山, 世所罕有." 洪聞而欲之, 不覺膝前於席, 公曰: "君誠好之, 吾何靳焉? 弟有許多人力, 方可運致矣." 洪大喜, 盡發京江牛馬車夫下隷百餘人, 來請運石, 公指示南山蠶頭曰: "此吾怪石." 洪方知見欺, 大慙恚. 國制削職者, 雖大臣, 必稱及第. 時漢陰李公, 以領相削職, 稱及第, 公以左相, 亦被時議曰: "吾同接已爲及第, 吾何時爲及第?" 旣罷散居東郊, 有一氓來謁曰: "以身役, 不能聊生." 公曰: "吾以護逆, 不能聊生." 盖公時被護逆之名, 故云. 平生善謔如此, 而能一心循國持正不撓, 立朝四十年, 勳業俱全, 名節卓異, 豈非吾東方間氣之人歟?(몽유야담 하, 134~137면)

가 되었음을 알려준다. 그런데 이항복과 관련된 이 같은 일화는 얼마든지 덧붙여질 수 있다. 6개의 일화들은 서로 연결되어 폐쇄적인 구조를 만들고 있지 않다. '나열'이 종합적 성격을 지녔다고 말할 수 있는 근거는 그 개방적 성격 때문에 일화들이 제한 없이 엮어질 수 있다는 점이다.

그런데 나열법에서 나열되는 일화들은 구조면보다 의미 면에서 더 강한 구속을 받는다. 나열된 일화들은 어떤 통일된 의미항을 만들어내는 것을 목표로 하기 때문이다. 통일성이나 일관성 없이 나열되기만 하는 경우도 있지만, 그것은 바람직한 나열이라 보기 어렵다. 위 작품의 경우도 6개의 일화들을 통해 서술자가 추출한 의미항에 대한 진술이 끝부분에 붙어 있다. 그 의미항 진술부분[32]은 다소 이완된 대로나마 이 6개의 일화에 의해 구성된 일화군이 더 큰 하나의 일화를 이루게 해준다.

2) 통합

통합은 어떤 인물이나 사건과 관련된 일화들을 망라하여 단계적이고 체계적인 서사체를 완성하는 것을 지칭한다. 간략한 일화소나 일화들을 연결함으로써 서사적 요소를 극대화한다는 점에서 교술적 압축을 지향하는 전(傳)과는 구별될 것이다. 그리하여 지금까지 막연히 전이라고만 보아 왔던 것들 중 상당수는 여기에 포함시켜야 할 것이다.

통합을 통해 이루어진 일화가 전과 다른 점은 다음과 같다. 먼저 통합을 서술원리로 하는 일화는 한 사람의 일생을 개략적으로 서술하는 부분과 세밀하게 서술하는 부분을 적절하게 배치한다. 탄생, 성장, 출세, 품성, 인간관계, 죽음 등을 설명하는 부분들은 보통 한 문장 혹은 하나의 일화소 단위로 압축하여 제시한다. 이때는 진술의 시간이 사건의 시간에

---

32) 平生善謔如此, 而能一心循國持正不撓, 立朝四十年, 勳業俱全, 名節卓異, 豈非吾東方間氣之人歟?(몽유야담 하, 137면)

비해 훨씬 짧다. 그러다가 독자의 관심을 강렬하게 끌 수 있는 중심부 혹은 정점이 설정된다. 서술의 시작에서 자극된 독자의 호기심은 바로 이 지점에서 충족된다. 관심 집중의 대상이 되는 중심부는 해당 인물의 일생 중 가장 독특하고 중요한 부분이다.

일화적 인물이란 그 일생을 통하여 이념적 문제를 강하게 제기하기 보다는 일상적 행위로써 당대는 물론 후대에서까지 화제가 된 인물이다. 그런 점에서 통합서술에 의한 일화 주인공의 일생은 이념적 문제를 던지 거나 지배이념을 충실하게 실천하는 전(傳)의 인물의 일생과는 구분된다 고 하겠다. 설사 중심부나 정점을 갖춘 전(傳)이 있다 하더라도 전(傳)의 중심부나 정점은 일화의 그것만큼 관심을 끌지 못하거나 작품 형성의 관건이 되지 않는다.

그 외 이 경우가 전(傳)과 다른 점은 1) 서술자 스스로가 전(傳)을 입전 한다고 생각하지 않았고, 2) 입전의식이 작품에 드러나지 않으며, 3) 서, 본, 결의 구성을 취하지 않고, 4) 전(傳)에서 일반적으로 나타나는 긴장 이 없다는 점 등이다.

> 고은(皐隱) 안선생은 관직이 높을수록 더욱 겸손했다. 집이 인왕동에 있었 는데 초라한 띳집이었지만 주위 산수가 맑고 빼어났다. 매일 시 읊조리는 것 을 낙으로 삼았다. 친구에게 보내는 간단한 서신조차도 시구를 인용했다. 선 조계 제사지낼 때는 반드시 목욕재개하고 치성을 다했다. 여러번 끼니가 떨 어졌지만 언제나 편안해했다. 벼슬이 일품에 이르렀는데 80이 되자 시골로 물러가기 위해 대궐로 가서는 사배한 뒤 통곡하고 나서니 사람들이 듣고 모두 슬퍼했다.[33]

---

33) 皐隱安先生, 官雖高而心愈下. 家在仁王洞, 茅舍蕭條, 而山水淸奇. 每以諷詠爲 娛, 雖朋友尺牘之間, 皆用詩句. 其祭先祖考, 必齋沐致誠, 未嘗少懈. 雖至屢空晏如 也. 官至一品, 年八十, 以老退于鄕曲, 就闕下四拜大哭而出, 行者聞之, 無不悲嘆 (대동1, 663면)

이것은 통합서술에 의한 일화 중 가장 단순한 사례라 할 수 있다. 벼슬살이부터 치사까지를 서술하는 문장들은 서로 긴밀하게 연결되어 있다. 그 과정에서 고은의 '안분자족', '성경(誠敬)'의 자세가 담담하게 드러났다. 고은의 일생은 '안분자족'이 돋보인다는 점에서 '위로의 일탈' 요소를 갖고 있으며 '안분자족'이라는 관념적 정점을 설정하고 있다고도 할 수 있다.

율곡 이이 선생에 대한 다음의 일화는 통합서술이 좀 더 나아간 양상을 보여주고 있다.

> ① 율곡 문성공 이이는 병신년 12월생이다.
> ② 모부인 신씨의 꿈에 흑룡이 바다에서 솟아나 집으로 들어와 품에 안기었는데 얼마 안 있어 공이 태어났다.
> ③ 세살 때 스스로 문자를 터득했고, 놀이하는 것은 모두 책쓰는 것이나 글짓는 것과 관련되는 것이었다. 외왕모(外王母)가 석류를 가리키며 무엇과 같으냐 물으니 즉시 "紅皮囊入碎紅珠"라 대답하니 모두들 기특하게 생각했다.
> ④ 다섯 살 때 신씨 부인이 병에 걸려 위독하니 자기 몸으로 대신해 주십사고 사당에 기도하니 부인의 병이 나았다.
> ⑤ 병자년 명경과에 급제했다.
> ⑥ 명종, 선조 양조를 섬기며 벼슬이 찬성에 이르렀다.
> ⑦ 갑신년 정월 16일에 죽었다.
> ⑧ 밤 집안사람의 꿈속에서 흑룡이 침실방으로부터 집의 대들보를 뚫고 하늘로 솟아올랐다. 이튿날 아침 서거했다. 부음을 들은 임금의 애통해함이 특별하여 그 곡성이 바깥까지 들렸다. 영의정에 추증되고 문성의 시호를 받았다.34)

---

34) 李栗谷文成珥, 以丙申十二月生. 其母夫人申氏, 夢黑龍騰海入室納懷中, 已而生, 以見龍爲小字. 三歲自知文字, 其所遊戲, 皆著書作文之事. 外王母問石榴曰: "此物

이것은 전(傳)과 유사하지만 전은 아니다. 형식적 주제적 면에서 전(傳)의 요건을 온전히 갖추지 않고 일화의 서술법을 선택했다. 즉, ①-②와 ⑦-⑧은 서로 조응하면서도 율곡의 탄생과 죽음을 서사의 방법으로 돋보이게 한다. ③-④는 율곡의 인간 됨됨이와 능력을 보여주기 위한 세밀 서사 부분이다. ③-④의 주위에 있는 ①, ②, ⑤, ⑥, ⑦, ⑧은 율곡의 일생을 간략하게 재구성하기 위한 개략 서술부분이다. 전체로 볼 때는 개략 서술이지만 중심부에 세밀 서사가 포함되어 있는 것이다. 요컨대 율곡의 일생은 입전의식(立傳意識)에 의해 서술되지 않고 일화적 감각과 일화의 통합적 서술원리에 의해 서술됨으로써, 율곡의 일생이 독자들에게 특별한 인상을 주게 된 것이다. 이 특별함이란 전에 전형적으로 나타나는 이념적 긴장감과는 상당히 다른 것이다.

5. 일화 유형의 상호 관계와 조선후기 야담의 활용

'일단 서술유형'이 다른 일화 유형으로 발전할 일종의 기본 유형이라면 '이단 서술유형', '삼단 서술유형', '종합 서술유형'은 그것의 응용 유형이다. '이단 서술유형'과 '삼단 서술유형'은 등장인물들이 말 혹은 행동을 통하여 서로 긴밀하게 맺는 관계에 서술의 초점을 맞추었다는 점에서 상통한다. 두 사람 이상의 인물을 등장시켜, 그들의 말 혹은 행동을

甚似?"先生卽對曰:"紅皮囊入碎紅珠."人奇之. 五歲, 申夫人, 疾劇, 禱于外家祠堂, 十二歲, 其考監察公, 又疾劇, 先生刺臂出血, 泣禱于先祠, 請以身代, 疾乃瘳, 其誠孝之出天如此. 中甲子明經科, 事明宣兩朝, 位至贊成. 甲申正月十六日卒, 是夜家人夢黑龍自寢房穿過屋樑, 飛躍上天, 翌朝而逝, 年四十九. 訃聞, 上哀慟特甚, 哭聲徹於外. 後贈首揆, 諡文成(『국창쇄록』, 영신아카데미 한국학연구소, 『野史叢書의 個別的 硏究 : 資料篇』, 永信아카데미 韓國學硏究所, 1978, 189~190면.)

세련된 방식으로 정교하게 대응시키거나 관련시키는 것이다. 이에 비해 '종합 서술유형'은 일단 서술유형과 이단 서술유형, 그리고 삼단 서술유형에 해당되는 일화 작품들을 두루 활용하고 교술적 진술을 덧붙여 서사의 시공간과 서사량을 확장시킨 것이다. 그 과정에서 작품 구조에 대한 서술자의 배려가 상대적으로 약한 경우도 나타나지만 그것도 점차 체계화되어 갔다. 종합 서술유형에서는 서술 대상 인물의 일생의 독특함이 흥미소가 되는데, 구조의 체계가 미약한 경우는 서술자가 흥미 있는 소재들을 가능한한 많이 제시하고자 했기 때문이었다고 하겠다. 나아가 흥미 있는 소재들을 담고 있는 일화들을 망라하면서도 그 일화들을 긴밀하게 연결시키기에 이르렀는데, 이 단계야말로 '종합 서술유형'의 귀결점이다.

이런 점에서 조선 초기에서 조선 후기에 이르기까지 일화의 서술유형은 두 맥락을 따라 나아갔다고 할 수 있다. '일단 서술유형→이단 서술유형·삼단 서술유형'의 계열과 '일단 서술유형→이단 서술유형·삼단 서술유형→종합 서술유형'의 계열이 그것이다. 전자의 계열은 대상인물의 일생의 한 단면이나 그 행동의 한 편린을 포착한다. 시간을 정지시켜 한 순간의 모습을 포착하기에 해당 인물이 내적으로나 외적으로 변화되지 않는다. 역사의식으로부터도 비교적 자유롭다. 이에 비해 후자의 계열은 대상 인물의 일생을 환기하려는 의도가 강하다. 그 일생의 재구성은 연대기에서 출발하지만 그로부터는 대단히 멀어져 있다. 또 대상 인물의 일생은 역사적 사건이나 인물과 긴밀하게 관련되는 것이어서, 서술의 과정에 역사의식이 강하게 개입한다.

특히 종합 서술유형은 조선 초·중기 일화를 바탕으로 하여 형성된 조선 후기 야담계 일화나 야담계 소설에서 적극 활용되었다. 그런 점에서 소위 '야담' 형성의 한 원동력으로서 '일단·이단·삼단 서술유형의 종합'

을 지적할 수 있겠다. 그때의 종합서술은 '나열'과 '통합'의 경우를 함께 지칭한다. '나열'은 종합이 느슨하게 이루어지는 경우가 많다면 '통합'은 종합이 좀더 온전하고도 단단하게 이루어지는 경우가 많다.

조선후기 야담에 나타난 종합 서술법은 '일화의 조합'을 가장 두드러진 서술방식으로 삼고 있는 『동야휘집』에서 뚜렷하다.

먼저 나열을 중심 서술원리로 삼고 있는 작품을 살펴보자. 〈감신몽독점외과(感宸夢獨占嵬科)〉(동야휘집35) 상, 17면)는 성종이 특별한 방식으로 신하를 발탁하는 이야기 4개를 나열하고 있다.

① 미행 중 우연히 만난 선비는 역경에 깊은 조예를 가졌지만 급제하지 못하고 있었다. 그를 발탁하기 위해 별시를 열었지만 그 대신 그 제자가 급제하게 됨.
② 미행 중 까치 소리를 내며 과거 급제를 희구하던 선비를 위하여 '人鵲'이라는 시제를 내어 그 선비를 급제시킴.
③ 황룡 꿈을 꾼 성종이 새벽 숭례문으로 처음 들어온 이석이(李石伊)라는 소년을 급제시켜 줌.
④ 경회루에서 만난 구종직이 춘추(春秋)에 뛰어나다는 사실을 알고 대사간(大司諫)에 임명해 줌.36)

이상은 '임금의 신하발탁담' 중 성종과 관련된 대표적인 경우를 나열한 것이라 할 수 있다.37) 성종이 미행 중 만났거나, 꿈속에서 암시받은 사람을 정상적인 절차를 거치지 않고 발탁한다는 점에서 4개의 일화는 공통된다. 각각의 일화들을 분리하여 그 서술방식을 살펴보면 대체로 삼단 서술법을 취하고 있다. ①의 경우, 가난하게 살아가고 있던 늙은 선비

---

35) 정명기 편, 『원본(原本) 동야휘집(東野彙輯)』, 보고사, 1992.
36) 『원본(原本) 동야휘집(東野彙輯)』 상, 17~23면.
37) 임금의 신하 발탁담에 대해서는 이강옥, 앞의 책, 328~336면 참조.

와 미행을 나선 성종의 만남이 1단계라면, 그 늙은 선비를 급제시키기 위해 술과 고기를 내리고 별시를 시행한 성종의 행동이 2단계이고, 마침내 늙은 선비의 제자가 급제하게 된 것이 3단계라 할 수 있다. ②의 경우, 역시 과거에 급제하지 못하고 살아가고 있는 선비와 미행을 나선 성종의 만남이 1단계라면, 과거에 급제하기 위해 까치집을 짓고 까치 소리를 내던 선비 부부의 행동이 2단계이고, 마침내 그 선비만이 알 수 있는 시제를 내걸어 선비를 급제시켜주는 성종의 행위가 3단계라 할 수 있다. ③과 ④도 이런 식으로 3단계를 나눌 수 있다. 그러나 그 4개의 일화들은 그 서술방식이나 인물관계에서 완전히 동일하지는 않고, 그 궁극 지향에 있어서는 더욱 다르다. 즉, ①과 ③이 초월적 힘의 불가항력성을 보여준다면 ②는 사람의 간절한 정성의 힘을 보여주고 ④는 인물에 대한 성종의 탁월한 통찰력을 보여주고자 하였다. 그런 점에서 외형상 '성종의 신하 발탁담'이라 명명할 수 있는 4개의 일화는 그 세부 의미지향에 있어 차이가 있다.

　편찬자 이원명은 평결에서 임금의 현몽으로 신하가 발탁되는 것이 고귀함을 지적했고, 또 까치 소리를 내어 급제하게 된 것은 정성을 다하면 하늘을 감동시킬 수 있다는 점을 확인케 한다고 하였다. 결론으로 "하늘이 정해주신 명을 억지로 이끌어올 수는 없지만 다만 마땅히 정성을 다하고 천명을 기다릴 뿐이다"[38]고 하였다. 편찬자는 이 4개의 일화를 통하여 하나의 의미지향을 형성한 것이다. 그 의미지향은 편찬자가 평소 가졌던 생각을 정돈한 것일 수 있고, 4개의 일화를 기술하는 과정에서 추출해낸 것일 수도 있다. 어느 쪽이든 독자에게 나열된 4개의 일화는 가능한 한 많은 사례들이라고 할 수 있으며, 그것을 통해 귀납된 결론이 평결

---

38) 皆有天定, 何可力取? 但當盡吾誠待天命而已.(『원본 동야휘집』 상, 23면)

내용인 것이다.

〈회도량아동정희(恢度量兒僮呈戲)〉(동야휘집 상. 58면) 역시 황희를 주인공으로 내세워 그와 관련된 일화들을 총 망라하고 있을 뿐만 아니라 다른 인물과 관련되었던 일화[39]까지도 황희의 일화로 바꾸어 끌어들였다. 그 일화들은 작품 속에서 다소 부자연스럽게 존재하는 듯하지만, 궁극적으로는 상통하는 맥을 만들었다. 편찬자는 평결에서 황희의 인성을 "관대하고 넓은 도량을 가져 성색(聲色)에 동요되지 않고 대사를 처리하고 큰 의문점을 처리할 때는 의연하여 그 뜻을 누구도 빼앗지 못했다."[40]라 규정했는데, 나열된 일화들은 편찬자의 이런 해석에 어느 정도 부합된다. 하지만 어떤 일화는 성격이 다르기도 하다. 즉 이질적인 것과 동질적인 것이 뒤섞여 있는데, 그 각각이 어떤 역할을 하며 같은 작품 속에 공존할 수 있는가를 따져보는 것이 중요할 것이다.

맨 먼저 놓인 일화는 패악한 처가댁 하인의 목을 작두로 베게 하는 단호한 황희를 그렸다. 이것은 일단 서술이다. 다음 일화는 두 마리 소 중 어느 쪽이 일을 더 잘하느냐고 물었을 때 늙은 농부가 작은 목소리로 대답해 그 까닭을 물었다가 마침내 크게 깨닫는 황희를 그렸다. 이것은 황희의 상식적 문제제기를 노옹이 부정하여 마침내 황희의 깨달음을 도출한다는 점에서 삼단 서술을 바탕으로 하고 있다. 일화의 끝에는 황희가 깨달음을 통해 달라지게 된 점을 이렇게 요약했다.

---

39) 주군(州郡)의 창기를 없애자는 조정 논의에 반대의견을 피력하는 일화는 허조(許稠)의 일화이고(〈허문경공(許文敬公)〉(대동1, 651) 참조), 아들 수신(守身)이 기생가를 출입하지 않겠다 결심하고도 술에 취해 다시 갔다가 말의 목을 베는 일화는 김유신의 천관녀일화에서 이끌어 온 것이다.

40) 翼成以寬弘度量, 不動聲色, 至於臨大事決大疑處, 毅然有不可奪者.(『원본 동야휘집』 상, 65면)

공이 두려운 듯 스스로 깨닫고 일어나 공경을 표하면서 "짐승 대하기를
이같이 하시니 사람에 대해서는 어떻게 하겠습니까? 노인장의 말씀이 아니셨
다면 제가 경박자 되기를 면치 못했을 것입니다. 저는 장차 노인장의 말씀을
깊이 새겨 제 병을 고치는 약으로 삼겠습니다."하였다. 이로 말미암아 입으로
남의 허물에 대해 말하지 않았으니 세상에서 황공의 도량이 크다 칭찬하는데
그것을 암행어사로 간 이때 얻었다고 한다.'[41]

그렇다면 이 일화는 황희의 인성과 삶의 자세가 달라지는 계기와 과정
을 보여주는 것이다. 그 다음에는 황희의 벼슬살이와 관련된 몇 개의 일
화가 덧붙여져 있다. 그것은 황희가 원칙에 따라 일을 분명하게 처리하
는 모습을 보여준다.[42] 이것들은 대체로 일단 서술에 해당된다. 그리고
는 "공의 도량이 관대하고 넓어 기쁨과 노여움을 얼굴에 나타낸 적이 없
었다."[43]라는 진술 뒤에 황희의 관대한 도량을 보여주는 유명한 일화들
을 나열했다. 그것들은 모두 일단 서술이 아니면 삼단 서술에 의한 것들
이다.

이상에서 황희의 단호함을 보여준 맨 처음의 일화와 황희의 한량없는
관대함을 보여주는 후반부 일화들은 모순되지만, 그 계기로서 두 번째
일화가 들어 있기에 일화들의 연결은 적절하다. 일화의 나열이 주인공의
인성을 체계적으로 창출하기에 적절한 순서로 배치되었으며, 그런 점에
서 나열서술법이 통합서술법을 어느 정도 수용했음을 알 수 있다. 그리

---

41) 公惕然自省, 起而致敬曰: "待物尙如此而況於人乎? 微子之言, 吾未免爲輕薄子
矣. 吾將腹子之言, 以藥吾病." 由是口不言人過, 世稱黃公大度, 得之暗行時云.(『원
본 동야휘집』 상, 60면)

42) 황희와 관련된 일화 중 유독, 어떤 사태에 대해서도 함부로 판단을 내리는 것을 경계하
는 내용의 일화(〈황익성공〉〈송와잡설〉)가 선택되지 않은 사실이 이와 관련이 있을 것
같다. 일을 원칙에 따라 분명하게 처리하는 황희와 어떤 사태에 대해서도 분명한 판단을
내리지 않는 황희는 모순되기 때문이다.

43) 公度量寬弘, 喜怒未嘗見於面(61면)

고 나열되는 일화들은 일단 서술이나 삼단 서술에 의한 것들인데, 이것
들은 그 이전 시기에 널리 활용된 일화의 서술법으로서, 『동야휘집』이
그것들을 계승하고 변형시켰다고 하겠다.

〈선녀정실강유현(仙女定室降儒賢)〉(동야휘집 상. 24면)은 일화의 통합
서술법이 조선후기 야담계소설에서 어떻게 수용되고 발전되었는가를 보
여주는 대표적 작품이다.

① 퇴계 이황은 천성이 순수하고 성품이 온순하였다.

② 소년 등과하여 현달했고 만년에는 벼슬살이를 마다하고 물러나 학문에
정진했다.

③ 그 출처(出處)와 사수(辭受)의 절도는 엄격했다.

④ 한성에서 살 때, 이웃 밤나무 가지가 자기 담장으로 넘어와 자라 밤톨이
마당에 떨어졌다. 공은 아이들이 주어 먹을까봐 그것을 주워 다시 담장 밖으
로 던져주었다.

⑤ 성학십도(聖學十圖)를 지어 바쳤다.

⑥ 선생의 외조부가 함창(咸昌)에 살았을 때 거지 형체를 한 봉래궁선녀를
구해주고, 그 선녀로부터 문창제군(文昌帝君)의 명을 받았다. 그 명은 후원
에 집 한칸을 지어두었다가 동성의 임산부가 들어가 해산하기를 기다리라는
것이었다. 과연 거기서 이퇴계가 태어났다.

⑦ 관직이 문형(文衡), 찬성(贊成)에 이르렀고 70수를 하였으며 문묘(文
廟)에 배향되었다.

⑧ 평결[44]

여기에서는 ④, ⑥이라는 2개의 큰 일화 앞뒤와 사이에 여러 개의 압축
된 진술들이 들어가 있다. 그런데 ⑥은 퇴계 선생의 출생과 관련된 것인
데, 그것을 마지막에 놓은 까닭은 무엇일까. 평결에서 편찬자는 하늘이

---

44) 『원본 동야휘집』, 24~30면.

위대한 현자를 탄생시키실 때 반드시 기이한 징조를 내리신다고 했다.[45] 그리고 송(宋)의 정주(程朱) 이후로 쇄락해진 유학을 부흥시킨 퇴계가 얼마나 위대한지를 강조했다. 그렇다면 퇴계의 출생을 신비하게 서사한 일화야말로 이 작품의 중심이라 하겠으며, 그것을 중심에 놓은 것은 유학사에서 퇴계가 차지한 위치를 부각시키기 위한 것이었음을 알 수 있겠다. 이렇듯 분명한 주제의식을 바탕으로 하여 그 주제의식을 뒷받침하는 일화를 중심에 놓고, 그것을 보조하는 일화를 앞에 높은 뒤 그 사이에 단편적 진술을 덧붙였다. 이것은 통합의 원리가 한단계 더 나아간 것이라 할 수 있다.

〈설천기기성구우(洩天機祈星救友)〉(동야휘집 상. 42면)는 나열서술법과 통합서술법을 함께 구사하여 북창(北窓) 정렴(鄭磏)의 독특한 일생을 그렸다. 시작부분에서 청허과욕(淸虛寡慾)한 품성과 총명절륜(聰明絶倫)한 능력에 대해 진술했다. 잡술에 능했고 병을 두드려 곡조에 맞는 소리를 내었으며 고기를 좋아하지 않고 술을 좋아했다는 것이다. 그것은 정렴의 독특한 성품과 능력을 압축 진술한 부분이다. 곧이어 정렴이 휘파람을 잘 불었던 사실과 관련된 일화를 서술한다. 그것은 세밀 서사에 해당된다.[46] 이 세밀 서사를 시작으로 하여 6개의 일화가 나열된다. ①아버지의 부탁으로 금강산에 올라가 휘파람을 불어 감탄을 불러일으키는 일화 ②백리 밖의 일을 훤히 꿰뚫어 보는 일화 ③중국에 가서 이인인 유구국 사신을 만나 이야기를 나누고 여러 나라 사람들과 그 나라말로 이야기를 나눠 감탄을 사는 일화 ④연단술을 연마하여 한겨울에도 차가운 철편을 겨드랑이에 꼈다는 일화 ⑤고질병에 걸렸던 사람을 쉽게 낳게 해주는 일화 ⑥수

---

45) 天生大賢, 必有奇徵異兆.(위의 책, 30면)
46) 性不喜肉, 善飮酒, 數三斗不醉 → 又善嘯, 其父順朋以關東伯, 遊楓嶽, 北窓從之, 順朋曰: "人言汝善嘯, 我未曾聞, 到此境, 可作一曲 ……"(위의 책, 42면)

명이 다한 친구에게 정렴이 자기 수명 중 10년을 떼어 주는 일화 등이다. 그리고는 만시(輓詩)를 스스로 지었다는 것, 삼교(三敎)에 통달했다는 것 등을 간략히 지적한다. 이는 그의 죽음을 지적한 뒤, 그 일생을 간략하게 다시 요약한 것이다. 그리고 이에 대해 평결을 덧붙였다.

이상의 서술과정을 요약하면 '통합→나열→통합'이라 하겠다. 그것은 나열이 앞뒤의 통합 속에 들어가 있는 형국이다. 중간에 나열된 6개의 일화들은 조선 초기와 중기 일화에서 두루 나타난 것들로서, 그것들은 정렴의 비상한 능력을 구체화하는 역할을 한다. 그것은 작품세계가 다양해진 현실과 개방적인 관계를 맺은 것과 관련된다.[47] 나열된 일화들은 무질서하게 방치되지 않고 정렴의 탁월한 능력이 드러나는 과정이란 점에서 긴밀하게 서로 관련을 맺고 있으며, 나아가 그것이 앞뒤의 통합 속에 들어감으로서 전체 구조 속에 적절한 자기 자리를 차지하게 된 것이다. 그런 점에서 이 작품은 조선 후기 야담계소설에서 통합과 나열이 장편화와 구체화, 구조화의 중요한 원리로 작용했음을 분명하게 보여주는 사례라 하겠으며, 일화가 소설적 전환을 이루어 소설로 발전되게 한 원동력이 되었음을 보여주는 것이라고도 하겠다.

6. 소결

이상 조선시대 일화의 유형을 서술원리에 따라 설정하고 그 각각의 특징과 역할 그리고 소설적 변용에 대해 살펴보았다. 먼저 조선시대 일

---

47) 〈수기환금시기술(授器換金試奇術)〉(동야휘집 상. 48면)이 작품의 중간에 토정 이지함의 이술들을 여러 개 제시하는 것도 이와 관련된다. 설사 그것들이 환술에 가까운 것이라 할지라도 비슷한 것의 다채로운 나열은 그 환술에 가까운 세계에 대한 열려진 자세에서 비롯되었다고 할 것이다.

화는 일단 서술유형, 이단 서술유형, 삼단 서술유형, 그리고 종합 서술유형으로 나눠짐을 밝혔다. 그리고 그 각각은 다시 하위분류될 수 있다는 것도 해명했다.

일단 서술유형이 다른 일화 유형으로 발전할 일종의 기본 유형이라면 이단 서술유형, 삼단 서술유형, 종합 서술유형은 그것의 응용 유형이다. 일단 서술유형과 이단 서술유형 그리고 삼단 서술유형이 일화의 기초를 마련한 서술유형이라면 그것을 발판으로 하여 일화를 소설로 나아가게 한 것이 종합 서술유형이라 할 수 있다.

이단 서술유형과 삼단 서술유형은 등장인물들이 말 혹은 행동을 통하여 서로 긴밀하게 맺는 관계에 서술의 초점을 맞추었다는 점에서 상통한다. 두 사람 이상의 인물을 등장시켜, 그들의 말 혹은 행동을 세련된 방식으로 정교하게 대응시키거나 관련시키는 것이다. 이에 비해 종합 서술유형은 일단 서술유형과 이단 서술유형, 그리고 삼단 서술유형에 해당되는 일화 작품들을 두루 활용하고 교술적 진술을 덧붙여 서사의 시공간과 서사량을 확장시킨 것이다. 그 과정에서 작품 구조에 대한 서술자의 배려가 상대적으로 약한 경우도 나타나지만 그것도 점차 체계화되어 갔다. 종합 서술유형에서는 서술 대상 인물의 일생의 독특함이 흥미소가 되었는데, 구조의 체계가 미약한 경우는 서술자가 흥미 있는 소재들을 가능한한 많이 제시하고자 했기 때문이었다고 하겠다. 나아가 흥미 있는 소재들을 담고 있는 일화들을 망라하면서도 그 일화들을 긴밀하게 연결시키기에 이르렀는데, 이 단계야말로 종합 서술유형의 귀결점이다. 물론 종합 서술이 일화로 하여금 소설의 단계로 나아가게 한 것은 아니지만, 종합이 성공적으로 이루어진 경우는 거의 소설로 전화했다고도 할 수 있을 것이다.

조선시대 일화사는 '일단 서술유형 → 이단 서술유형·삼단 서술유형'

의 계열과 '일단 서술유형 →이단 서술유형·삼단 서술유형 →종합 서술
유형'의 두 계열이 형성되었다 할 수 있다. 두 계열이 어떻게 다시 관련되
며, 특정 역사 시기에 어느 쪽이 더 두드러지고 어느 쪽은 그렇지 못했는
가를 알아내고, 그 현상이 나타나게 된 이유를 밝히는 것은 일화사의 재
구성뿐만 아니라 문학사의 합리적 해명을 위해서도 중요한 과업이다. 분
명한 것은 후자의 계열이 조선후기 야담계소설의 형성에 결정적인 원동
력이 되었다는 점이다. 그 점이 특히 『동야휘집』의 분석을 통해 입증될
수 있었다.

　아울러 조선 초·중기 일화의 '대결'이 조선 후기 야담의 갈등구조로
전환되는 양상도 일화의 소설화를 해명하는데 중요한 사항이라 하겠다.

제2장

일화의 일탈 양상

　일화가 현실 생활에 뿌리를 내리고 자라날 수 있었던 원동력은 '일상적 삶의 질서로부터 일탈된 행동이나 말, 상황'[1]에서 생겨났다. 그 일탈은 '특별한 것'으로서 잠시 일상적 질서를 흐트러뜨려 충격을 주지만 흐트러진 일상적 질서는 곧 회복된다.

　일화의 일탈 개념은 다각도에서 포괄적으로 정의되어야 하며, 그래야만 비로소 일탈을 가장 중요한 서술원리로 삼고 있는 일화 갈래가 포용하는 영역도 넓어진다.

　여기서는 일화의 일탈 양상을 살펴본다. 일화 작품들에서 발견되는 일탈 경우들을 두루 관찰하여 유형화하고 그 결합의 양상을 살핌으로써 일탈의 본질과 기능을 밝힌다.

1. 일탈의 성격과 방향

　보통 사람들의 삶은 제각기 동심원을 이룬다. 평범하게 살아가는 보통 사람이 뻗을 수 있는 가장 넓은 원을 울타리로 본다면, 보통 사람들의 일생은 그 울타리 속에서 꾸려진다.

---

1) 이강옥, 『조선시대 일화 연구』, 태학사, 1998, 43면.

그런데 사람들은 가끔 그 울타리를 벗어나고 싶어 한다. 그것을 일탈
욕구라 한다면 일화의 중심 요소는 주동인물의 일탈이라 할 수 있다. 일
탈은 '익숙한 것'으로부터 벗어나는 것을 말한다. 어떤 행동이 상식적
규범을 지키면서 일상의 울타리 안에서 이루어질 때 우리는 그것을 '정상
적이라' 여기거나 '익숙하게' 느낀다. 상식적 규범은 일상 행동의 기준이
되어 일상의 울타리 안에서 모든 사유와 행동이 이루어지게 끌어당기는
구심력 역할을 한다. 그래서 일상적 질서가 유지되게 해 주는 사회 구성
원의 행위나 생각의 기준이 된다.

일화의 주동인물의 행동이나 발언은 그러한 규범의 범위에서 벗어나
거나, 규범의 수준을 능가하거나 그에 못 미친다. 이 경우들이 일탈을
초래한다. 일화의 시작, 중간, 끝은 일탈의 진행과정을 보여주기도 하고,
그 일탈의 해소과정을 보여주기도 한다. 일화의 시작과 중간, 끝이 일탈
의 진행과정과 해소과정을 어떻게 보여 주느냐 하는 것도 중요하지만
그보다 더 중요한 것은 그 일탈의 성격과 방향이다.

일상적 삶을 담는 일화에 있어, 그 삶을 유지하는데 필수적인 규범은
큰 관심의 대상이 된다. 그 규범의 실천은 기존 사회를 존속시키는 데
가장 중용한 요소이기 때문이다. 그런데 규범이 아무리 중요하다 할지라
도 삶의 과정에서 항상 그것을 의식하고 실천할 수는 없다. 가끔 그것을
어기거나 망각하고 싶어지는 것이다. 규범이 엄격하게 관철되는 영역으
로부터 사람들은 가끔 벗어나려 한다. 그러한 충동이 실현되는 것이 '밖'
으로의 일탈이다. 일탈(逸脫)에서 일(逸)보다는 탈(脫)에 무게가 더 실린
경우로 이완된 일탈이라 부를 수 있다. '밖'으로의 일탈은 사회적 규범이
엄격하게 적용되는 삶의 영역 밖으로 일탈하는 것을 뜻한다. 주동인물이
규범이 적용되는 영역의 밖에서 행동을 하거나 혹은 규범을 의식하지
않고서 행위를 한다 하더라도, 그 사회의 규범은 엄연히 일정한 범위 안에

서 관철되고 있다. 그러므로 주동인물이 일탈했다 하더라도 언제나 그 규범에 심각한 손상을 끼치는 것은 아니다. 주동인물이나 서술자, 향유층이 잠시 그 규범을 망각했을 따름이다. 이 경우에 대한 이야기가 사람의 관심을 끌어 회자 것은 그것이 독특한 인상을 제공하기 때문이다. 또 규범에 의한 사회의 존속을 위해 그런 이완의 경험이 필요하기 때문이다.

일화의 또 다른 일탈은 '위'나 '아래'로의 일탈이다. 이는 주동인물이 그 사회의 규범을 분명하게 의식하며, 그 일탈이 사회의 규범과 직접 관련되는 경우이다.

'위'는 규범 실천의 정도가 높은 것을 지칭한다. 주동인물이 규범에 부합하는 행위를 탁월하고 철저하게 하는 경우를 위로의 일탈이라 한다. 일탈(逸脫)에서 일(逸) 쪽을 더 부각시키는 경우이다. 그 반대가 '아래'로의 일탈이다. 규범을 극단적으로 어기거나 규범의 일반적 수준에 크게 못 미치는 행동을 하는 경우이다. '위'나 '아래'로의 일탈은 서술과정에서 규범에 대한 의식이 강하다는 점에서 공통된다. 긴장된 일탈이라고 부를 수 있다.

이 세 가지의 일탈은 한 작품에서 단독으로 이루어지기도 하고, 결합하여 이루어지기도 한다. 전자를 단독 일탈이라 하고 후자를 복합 일탈이라고 명명하자. 이제부터 그 일탈 양상을 구체적으로 살펴본다.

2. 단독 일탈

1) 밖으로의 일탈

윤회(尹淮)와 남수문(南秀文)은 모두 문장에 뛰어났으나 술을 좋아하는 게 흠이었다. 세종께서 그 재주를 아껴 석 잔 이상 마시지 말 것을 명했다.

그 뒤로 연회에 갔을 때마다 두 사람은 큰 술잔으로 석 잔을 마셨다. 명목은 비록 석 잔이나 실은 다른 사람이 마신 것의 배가 되었다. 세종께서 듣고는 "내가 술을 경계한 것이 아니라 술을 권한 게였군."이라며 웃었다.[2]

여기서 두 사람이 술에 탐닉하는 것은 그들이 능력을 실현하는 데 장애가 될 수 있지만 그 자체가 죄악으로 인식되지는 않는다. 그들의 지나친 음주는 규범 준수 문제와는 직접 관계가 없는 것으로 간주되었기에 밖으로의 일탈이다. 그것이 첫 번째 일탈이다.

임금이 지나친 음주를 경계하는 뜻에서 하루에 마시는 술잔 수를 정하자 그들은 술잔 크기를 크게 하는 방법을 생각해 내었다. 그래서 술잔 수는 적어도 술은 더 많이 마실 수 있게 된 것이다. 임금의 뜻을 무시하고 술을 여전히 많이 마시고자 기발한 방법을 고안해 내어 술을 많이 마신 것이 두 번째의 일탈이다.

이 두 일탈에 대해 임금은 끝내 문제 삼지 않았다. "내가 술을 경계한 것이 아니라 술을 권한 게로군."이란 임금의 마지막 말은 그 밖으로의 일탈을 더 인상적으로 만든다. 서술자 역시 임금의 뜻을 무시하고 교묘하게 자신들의 욕망을 충족시킨 신하들의 행위를 불충으로 매도하지 않았다. 이처럼 밖으로의 일탈의 경우, 그 일탈을 조정하여 다시 규범이 적용되는 범위 안으로 불러들이는 묵인자 혹은 중재자가 존재한다. 이 존재에 의해 밖으로의 일탈은 탈규범으로 낙인찍히지 않을 수 있게 된다.

밖으로의 일탈은 규범에 심대한 영향을 끼치지 않기에 분위기는 시종

---

2) 尹文度公淮, 南集賢秀文, 皆能文章, 而性喜酒嘗度. 世宗惜其才, 命飮酒毋過三爵, 自後, 凡宴會, 二公必飮三大椀, 名雖三爵而實倍於他人, 世宗聞而笑曰: "子之戒酒, 所以勸飮也."(『하곡쇄어』, 『야사 총서의 개별적 연구』, 영신 아카데미 한국학 연구소, 1978, 29~30면; 『해동야언』, 대동야승2, 민족문화추진회, 616면; 『필원잡기』, 『대동야승』 1, 민족문화추진회, 679면)

부드럽고 느긋하다. 밖으로의 일탈은 규범과 그 규범에 의해 영위되는 일상적 삶의 질서에 충격을 주거나 상처를 입히지 않는다. 오히려 그 일탈조차 용납되는 데서 일상의 넉넉함과 여유를 느끼게 한다. 나아가 밖에서의 일탈 경험은 안에서의 규범과 질서의 소중함을 더 인상적으로 느끼게 만든다. 위의 예에서 세종에 의해 대변된 지배 질서는 그 여유와 관용 면에서 은근히 칭송된 것이다. 그러므로 이 일탈은 역설적으로 일탈이 아니다. 돌아오는 것을 요구할 필요조차 없을 정도로 안의 규범과 질서는 존중되기 때문이다. 밖으로의 일탈은 안에서의 규범적 삶을 장식해 주고 그 가치를 드높인다.

2) 아래로의 일탈

'아래'는 당대 사회에 통용되는 규범의 수준에 훨씬 못미치거나 그 규범을 부정하는 경우를 일컫는다. 주동인물의 행동은 그 본질상 당대의 사회 규범과는 어긋나는 것이다. 그러므로 서술자는 그것을 조롱하거나 비난할 수밖에 없다.

> 안성군(安城君) 이숙번(李叔蕃)은 공을 세우고 난 뒤 그것을 내세우며 교만해져 동렬의 재상들을 노복만도 못하게 보았을 뿐만 아니라 임금이 불러도 병을 핑계 삼아 가지 않기까지 했다. 안부를 묻는 중사(中使)[3]의 발길이 끊이지 않았고 풍악 소리가 내실에 가득했다. 혹 관직을 추천할 때면 그 이름을 적어 궁궐로 보냈는데, 그런고로 그 친척이나 친구들이 높은 벼슬자리에 많이 올랐다. 돈의문 안에 거대한 집을 짓고는 인마 소리가 싫다하여 돈의문을 닫게 하고 행인의 통행을 금지시켰다. 그 사치가 날로 심해져 마침내 벌을 받아 함양으로 유배되었다. 세종이 신하들로 하여금 용비어천가를 짓게 할 때, 숙번이 태종 대의 일을 잘 안다하여 불러 들였다. 숙번이 백의를 입고

---

3) 중사(中使): 왕의 명령을 전하던 궁중의 내시.

궁궐로 들어서자 현달한 관리들과 재상들이 모두 후배들이어 앞 다투어 배알
하였다. 숙번은 다만 손을 휘젓고 만류하며 말하였다.

"소싯적에 모는 영특했고 모는 신실했지. 나 역시 이들이 우두머리가 될
그릇이라 생각했는데 과연 그대로 되었군."

그 오만한 자세를 조금도 굽히지 않았다.[4]

이숙번의 행동은 오만, 부정, 탈법 등으로 규정된다. 위에 소개된 그의
행동들은 하나같이 당대적 규범에 어긋난 것이다. 그리고 그는 끝까지
이러한 성향을 바꾸지 않았다. 서술자는 '교오(驕傲)', '사참(奢僭)' 등의
어휘를 통해 그의 행위를 평가하기는 하지만 어투를 감정적으로 기울게
하지는 않는다. 가능한 한 아래로의 일탈 행동을 객관적으로 제시하고자
한 것이다. 그러나 아래로의 일탈을 포착하여 압축적으로 제시하는 서술
자의 의도가 따뜻한 것은 아니다. 여기서는 밖으로의 일탈에서 느낄 수
있는 흐뭇하고 부드러운 분위기를 찾을 수 없다. 그만큼 서술자는 주동
인물에 대한 혐오의 관점을 배면에 숨기고 있다.

일화의 일탈이 궁극적으로 돌아오게 마련인 것이라는 정의에 이 경우
는 다소 멀어져 있다 할 수 있다. 아래로의 일탈을 한 주동인물은 대체로
규범적 행동을 다시 하지 않기 때문이다. 그런데 아래로의 일탈을 보여
주는 일화들은 그 자체로만 존재하지 않고 밖으로의 일탈을 보여주는
일화들과 잡록집에 공존하는 것이다. 이를 달리 이해하면 일화 향유층의

---

4) 安城君李叔蕃, 自成大功後, 恃功驕傲, 視同列宰樞, 不啻如僕隷, 君命召則稱疾不
往. 中使候者絡繹不絶, 而絲竹鬧於內室. 或欲注人官爵, 則書名於小簡, 佯人奏之,
以故親朋布列腥仕, 大起甲第於敦義門內, 惡聞人馬之聲, 奏塞門禁行人. 奢僭日甚,
遂得罪, 長流咸陽別墅. 世宗命儒臣撰龍飛御天歌, 以叔蕃知大宗朝事, 馳馹召之,
叔蕃以白衣詣闕, 達官宰樞皆後生, 爭趨拜謁, 叔蕃但揮手止之曰: "少時某也英邁,
某也信實, 余亦意其爲令長之器, 果然." 其意氣桀驁, 曾不少屈.(『용재총화』, 대동1,
585면; 『하곡쇄어』, 272면)

의식 속에 다양한 일탈을 보여주는 일화들은 공존하는데 아래로의 일탈을 보여주는 일화들은 그와 다른 일탈을 보여주는 일화들과 긴밀한 관계를 유지하며 존재한다고 볼 수 있다. 고로 아래로의 일탈을 한 주동인물은 스스로는 기존 규범의 범위 속으로 돌아오지 않지만, 밖으로나 위로 일탈한 주동인물이 규범 속으로 돌아오거나 규범을 빛내고 있음을 부각시켜 주는 것이다.

유자광이나 연산군과 관련된 여러 일화들도 여기에 포함될 것이다. 이들은 반규범적이고 패륜적인 일을 일삼은 것으로 알려져 있어, 이들에 대한 당대인이나 후대인의 부정적 통념에 의해 그 행동들은 일화를 통해 과장적으로 형상화되었다.

3) 위로의 일탈

'위'는 당대 사회의 규범을 실천함에 있어 일반적인 수준을 훨씬 능가하는 정도를 말한다. 유가이념이 일상의 실천 덕목을 제시할 때, 응당 그것을 철저하고도 완벽하게 실천하는 사람이 있게 마련이다. 그 행동이 서사적으로 포착될 때 위로의 일탈이 이루어진다.

> 문정공(文貞公) 유관(柳寬)은 공렴방정(公廉方正)했다. 비록 벼슬이 정승에 이르렀어도 한 칸 띳집과 베옷, 짚신으로 담박하게 살았다. 공은 퇴청 후에도 가르치기를 게을리 하지 않아 가르침을 받고자 하는 자들이 몰려 왔는데, 그들이 와서 알현하면 바라보기만 할 뿐 그 성명을 묻지 않았다. 공의 집이 흥인문밖에 있었는데, 이때 금륜사에 사국(史局)을 열려 했다. 절이 성안에 있어 공이 사국 개수를 감독했다.
>
> 항상 가벼운 모자에 지팡이를 짚고 걸었지 수레나 말을 타지 않았다. 간혹 아이들을 데리고 읊조리며 왕래하니 사람들이 그 고상하고 중후함에 탄복했다. 그 절은 이미 허물어 졌다. 일찍이 장마비가 한 달 넘게 내렸는데 삼대

같은 빗물이 방안으로 쏟아졌다. 공이 우산을 들고 빗줄기를 피하며 부인에
게 돌아보며 말했다.

"우산이 없는 사람들은 어떻게 이 비를 감당하겠소?" 이에 부인이 "우산이
없는 사람들도 다른 방도가 있겠지요."라 대꾸하니 공이 웃었다.[5]

문경공(文敬公) 허조(許稠)는 간엄방정(簡嚴方正), 공렴청근(公廉淸謹)
하여 성현을 사모했다. 매일 새벽닭이 울면 세수하고 의관정제하고는 정좌하
였으며 하루 종일 태만한 용모를 보이지 않았다. 부지런히 항상 나랏일만을
생각했지 말이 사사로운 것에 미치지 않았다. 국정을 논할 때도 신조를 지키
고 남의 의견에 뇌동하지 않았으니 당시 사람들이 '현재상(賢宰相)'이라 불렀
다. 가법도 엄격하여 자제들이 잘못을 저지르면 반드시 사당에 고한 뒤 벌을
주었으며 노비들이 죄를 지으면 법에 따라 처리했다. 공은 어릴 때부터 깎은
듯 수척하고 어깨와 등이 굽었다. 일찍이 예조판서가 되어 상하 복색을 정했
는데 법도가 분명했다. 시정의 경박자들은 그를 심히 싫어해 '척안재상(瘠鴈
宰相)'이라 불렀는데, 기러기는 살이 찌면 날아가고 여위어지면 잡혀 갇히기
때문이었다.[6]

유관은 청렴이란 유가적 생활덕목을, 허조는 근엄강직이라는 유가적
생활덕목을 완벽하고도 철저하게 실천했다. 그 정도가 보통 사람의 기대

5) 柳文貞公寬公廉方正. 雖位極人臣, 茅屋一間, 布衣芒鞋, 淡如也. 公退之暇, 敎誨
不倦, 摳衣者坌集, 有來內謁, 顧之而已, 不問姓名. 公之第在興仁門外, 時開史局于
金輪寺, 寺在城內, 公領脩史. 嘗以軟帽杖屨而行, 不煩輿馬. 或携童冠, 嘯咏往還,
人服其雅重. 寺今已廢. 嘗霖雨經月, 屋漏如麻. 公手傘庇雨, 顧夫人曰:"無傘之家,
何以能堪?"夫人曰:"無傘者, 必有備." 公笑.(『필원잡기』,『대동야승』1, 676면;『하
곡쇄어』, 288면)
6) 許文敬公稠, 簡嚴方正, 公廉淸謹, 動慕聖賢. 每鷄鳴盥櫛, 冠帶正坐, 雖終日不見
惰容. 矻矻常以國事爲念, 言不及私. 論議國政, 自信獨守, 不與人軒輊, 時稱賢宰
相. 家法亦嚴, 子弟有過, 必告祠堂罰之, 奴婢有罪, 按律治之. 公自幼銷瘦如削. 肩
背傴僂. 嘗判禮曹, 定上下服色儀制, 截然有分. 市井輕薄子深疾之. 號曰瘦鷹宰相,
蓋鷹肥則颺去, 瘦則思搏禽也.(『필원잡기』,『대동야승』1, 677면)

치를 훨씬 넘어서기 때문에 일탈되었다고 하겠으며, 그런 위로의 일탈이
세인의 화제가 된 것이다. 그중 유관이 시종 우러러 받들어 진다면 허조
는 '시정의 경박자'들로부터 조롱을 받는다. 물론 서술자는 그들을 경박
자라 지칭하여 그 조롱이 부당함을 알렸지만, 허조가 유관과는 다른 일
탈을 보여 준 것은 분명하다. 유관이 유연하게 그 규범적 탁월함을 보여
준 데 비해 허조는 경직되게 그 규범적 엄격함을 보여 주었다. 전자의
일탈은 밖으로의 일탈을 수용할 수 있지만 후자의 일탈은 그럴 수 없다.
후자의 이러한 경직성이 상대인물의 조롱을 불러일으킨 것이다.

두 인물은 많은 행동을 하지만, 그 행동들의 본질은 상기한 덕목에
모두 부합한다. 즉, 이들은 개별 행동이 위로 일탈되었을 뿐만 아니라,
그 행동의 중첩에 의해 일탈성이 더 강조된 것이다.

이들 일화의 서술자나 독자들은 일반적인 서사와는 달리 주동인물의
행동에 자신들의 행동을 동일시하지 못하는데, 바로 그 때문에 위로의
일탈은 더 강렬한 인상을 주어 서사적 생명을 이어갔다고 하겠다.

3. 복합 일탈

한 작품에서 둘 이상의 일탈이 이루어지는 경우이다. 먼저 한 주동인물
의 행동 방식이 크게 달라진 경우이다. 이럴 때는 두 개의 일탈이 계기적
으로 이루어진다. 다음으로 상대인물의 행동 비중이 커져 주동인물과 긴
밀한 관계나 팽팽한 갈등을 이루는 경우이다. 상대인물은 주동인물이 일
탈하는 여건을 마련해 주는 역할을 하는 데 그치지 않고 나름대로 비중있
는 행동을 하는 것이다. 이럴 때 두 일탈은 거의 동시적으로 이루어진다.

1) 밖과 위로의 일탈

> 정백욱(鄭伯勖)은 소시에 술을 좋아해 하루는 친구와 함께 술을 잔뜩 마시
> 고는 들판에 누워 자고 돌아오니 모부인이 "네 아버지가 돌아가시어 미망인
> 인 내가 의지할 곳은 오직 너뿐인데 지금 네가 이같이 행동하니 내가 누구를
> 의지해 살아갈까?"라 책했다. 선생이 스스로 깊이 새겨서 그 뒤로 임금이 내
> 린 술 이외에는 더 이상 술을 입에 대지 않았다.[7]

정백욱은 음주로써 밖으로의 일탈을 한 뒤 모부인의 훈계를 받자 술을
멀리했다. 모부인의 가르침을 완벽하게 따랐으므로 효행의 완전한 실천
이다. 이는 한 인물에 의해 두 일탈이 계기적으로 이루어 진 것으로, 밖
으로의 일탈은 위로의 일탈의 전제가 되었다. 그러나 밖으로의 일탈은
위로의 일탈에 의해 부정되었다. 두 일탈이 한 인물의 인격적 향상을 보
여주기 때문이다.

> 정렬공(貞烈公) 최윤덕(崔潤德)은 우찬성(右贊成)과 평안도 도절제사 및
> 안주목사를 겸했다. 공무의 틈을 이용해 관청 뒤 텃밭을 일구어 오이를 심고
> 는 호미질을 해 주었다. 송사를 하러 온 사람이 그가 공인 줄 모르고 "나리께
> 선 지금 어디 계십니까?"라고 물으면 "아무 곳에 있다."고 대답하고는 들어가
> 옷을 갈아입고 일을 보았다. 한 촌부가 읍소하기를 "호랑이가 제 남편을 물어
> 죽였습니다."하니 공이 "내가 너를 위해 복수를 해 주마."하고는 호랑이를 추
> 적해 활을 쏘아 맞히고는 그 배를 갈라 그 골육과 사지를 꺼내어 의복으로
> 싸고 관에 넣어서는 묻어주었다. 그 촌부가 감읍하기를 그치지 않았다. 안주
> 사람들이 지금까지도 그를 부모처럼 흠모한다.[8]

---

7) 鄭先生伯勖, 少時嗜酒. 一日與友人痛飲, 醉倒廣野, 經宿而返. 母夫人責曰: "爾父
旣沒, 未亡人所賴者唯爾也. 今爾如此, 吾誰賴乎?"先生深自刻厲, 君賜飮福外, 更
不接口.(『병진정사록』, 『대동야승』 1, 727면; 『해동야언』, 『대동야승』 2, 635면)
8) 崔貞烈公潤德, 以二相兼平安道都節制使判安州牧使. 公務之暇, 治廳後隙地, 種
苽手自鋤之, 有訴訟者, 不知是公, 乃問曰: "相公今在何所?"公給曰: "在某所." 入

이 일화에서 두 일탈은 한 인물 안에서 계기적으로 이루어 졌지만 인물의 행동방식에 변화가 있는 것이 아니다. 최윤덕은 한 고을의 수령으로서 공무의 틈을 이용해 오이 농사를 지었다. 공무의 틈을 이용한 사사로운 농사는 사대부에 대해 기대된 행동의 범위를 훨씬 벗어난 것이다. 송사를 하러 온 백성들이 그를 몰라보는 것이야말로 밖으로 일탈된 그의 행동이 어떤 것인가를 확연히 보여준다. 그러나 일단 공무에 들어가면 탁월하고도 철저하게 일을 처리했다. 그것은 안주 사람들이 그를 부모처럼 흠모한 데서 입증된다.

최윤덕의 예를 통하여 밖으로의 일탈과 위로의 일탈은 같은 인물 속에서 공존할 수 있음을 알 수 있겠다. 그의 밖으로의 일탈은 그 자체의 의의를 인정받으면서 위로의 일탈을 더 돋보이도록 하였다. 손순효(孫舜孝)가 세자 연산이 장차 왕노릇 하기에 부족한 존재임을 알리기 위해 성종의 어탑을 어루만지면서 탄식한 것이 당시 정치적 문제가 되었다는『병진정사록(丙辰丁巳錄)』의 일화도9) 이런 차원에서 이해된다. 지극한 충신 손순효는 국가의 장래를 위해 절대적으로 중요한 사실을 파격적인 행동으로 알린 것이다. 그의 파격이 밖으로의 일탈이라면, 그 일탈은 그의 순수지극한 충성(위로의 일탈)을 더 부각시킨다. 아울러 그 지극한 충성이 중요하기에 다소의 밖으로의 일탈에 의한 부차적 탈규범도 용인되었다.

이와는 달리 밖으로의 일탈이 위로의 일탈을 조정하는 경우가 있다.

공간공(恭簡公) 허성(許誠)은 소신을 지키는 고집이 있었다. 일찍이 이조판서가 되었는데 공명정대하여 어떤 청탁도 받지 않았다. 사람의 청탁을 미

而改服聽決焉. 有一村婦, 泣而訴曰：“虎殺妾夫.” 公曰：“吾爲汝報仇!” 跡虎手射之, 剖其腹肉取其骨肉支節, 裹以衣服, 備棺埋之, 其婦感泣不已. 一州之人, 至今慕之如父母.(『청파극담』, 『대동야승』 2, 543면)

9) 〈成廟朝〉(『병진정사록』, 『대동야승』 1, 721면) 및 『하곡쇄어』, 61면.

위해 청탁이 있으면 반드시 그와는 반대로 처리해 버렸다. 어느 조관(朝官)이 지방관으로 자리를 옮기게 되었는데 남도 쪽을 간청하자 도리어 평안도 변군으로 발령을 내었고, 또 한 문사가 문관의 높은 벼슬을 청하니 지방의 교수직 자리를 내어 주었다. 홍덕사에 일운(一雲)이란 중이 있었는데 속임수와 꾀가 많았다. 단속사(斷俗寺)로 가서 살려고 짐짓 청하기를, "서도의 영명사(永明寺)는 산수가 빼어나다 하니 한번 가보고자 합니다. 만일 단속사로 가게 되면 소승의 일은 다 그르치게 됩니다."하니 며칠 만에 단속사로 비자(批子)가 내렸다. 일운이 껄껄 웃으며 "늙은이가 내 꾀에 넘어갔군."했다.10)

이조판서로서 멸사봉공의 규범을 철저하게 지키는 허성이 위로의 일탈을 보여준다면, 청탁을 반대로 처리하는 허성의 헛점을 이용해 자기 뜻을 이루고 그를 골려주는 일운은 밖으로의 일탈을 보여 준다고 하겠다. 허성은 이조판서로서 떳떳하게 할 바를 다했다. 그런데 그 규범성이 지나치고 규범을 관철시키는 방식이 독특하여 세인의 주목을 받았다. 허성의 위로의 일탈은 세인의 밖으로의 일탈을 부추긴 셈이다. 일운은 허성의 규범적 자세 자체를 부정하기 보다는 그 방식을 문제 삼고, 나아가 그것을 이용해 자기 목표를 성취하였다. 일운이 자기 의도대로 단속사로 가게 되었다는 귀결은, 허성의 규범주의를 존중하면서도 일상사에는 융통성이나 타인에 대한 배려도 필요함을 은근히 보여준 것이다. 위로의 일탈이 밖으로의 일탈에 의해 보완된 셈이다.

김시습, 정희량, 남효온 등 소위 방외인들의 행동도 이 범주에 포함시켜야 할 것이다.11) 설사 드러난 그들의 행동이 당대 규범의 범위로부터

---

10) 許恭簡公誠, 性執. 嘗爲吏曹判書, 奉公守正, 關節不到, 嫉人干請, 有請必反其意. 有一朝官, 例遷當補外寄, 請官南道, 乃授平安道邊郡. 一文士請爲文官華職, 乃授外敎授. 興德寺僧一雲, 權詐多智計, 欲住斷俗寺, 誣訴曰: "聞西道永明寺山水之勝, 欲往一住, 若住斷俗, 吾事去矣." 數日批下雲住斷俗, 雲大笑曰: "老賊, 已墮吾術中!"(『필원잡기』, 『대동야승』 1, 692면; 『해동야언』, 『대동야승』 2, 616면)

벗어난 듯하지만, 그것조차 규범적이지 못한 분위기에 대한 반발이라 읽을 수 있다. 그런 점에서 이들의 일탈은 밖과 위로의 일탈 중 가장 두드러진 경우라 하겠다. 한 개인의 일생에서 밖으로의 일탈과 위로의 일탈이 통합되었다고 할 수 있다.

2) 아래와 위로의 일탈

환관 김처선(金處善)은 2품직에 있었는데 연산군이 혼황(昏荒)한 짓을 할 때마다 마음을 다해 간언을 하니 연산은 노여움이 쌓였지만 발설하지는 않았다. 연산은 매일 궁중에서 처용희를 스스로 하는 등 황음하기가 끝이 없었다. 처선이 집안사람들에게 "오늘 나는 반드시 죽을 것이다."라 말하고는 궁중으로 들어가 숨김없이 극언을 하였다. "이 늙은이가 4대를 섬기며 사기를 조잡하게나마 읽었는데 고금에 전하와 같은 행동을 한 경우가 없습니다. 어찌 나라의 기틀을 생각지 않으십니까?"했다. 연산이 분을 이기지 못해 화살로 처선의 옆구리를 꿰뚫었다. 처선이 "조정 대신조차 주살하길 꺼리지 않으신데 이 늙은이 같은 것이 어찌 죽는 것을 애석해하겠습니까? 다만 임금께서 나랏주인 노릇을 오래 못할 것 같아 그것이 안타깝습니다."라 했다. 또 화살 하나가 명중하니 쓰러졌다. 쫓아가 그 다리를 잘라 버리고는 일어나 걸으라고 명했다. 처선이 쳐다보며 "임금도 다리를 자르면 걸을 수 있겠소?"라 했다. 다시 그 혀를 자르고 직접 그 배를 갈라 창자를 꺼내 흩어 버렸다. 처선은 죽을 때까지 말하기를 멈추지 않았다. 마침내 시신을 호랑이에게 먹이고 조야에 명하여 '처(處)'자를 말하지 못하게 했다.[12]

---

11) 대표적 예로 〈南孝溫字伯恭〉(『해동야언』 2, 『대동야승』 2, 635면)을 들 수 있다.

12) 宦臣金處善職正二品. 燕山昏荒, 每盡心規諫, 王積怒未發. 每於宮中自作處容戲, 荒淫無度. 處善語家人曰: "今日吾必死." 入而極言無諱曰: "老奴逮事四朝, 粗讀史記, 古今無有如君王所爲者, 何不念國體?" 王不勝怒, 持滿發矢中脇肋, 處善曰: "朝廷大臣, 而誅殺不憚, 如老奴何敢愛死? 但君不久爲國主." 又中一矢則仆地, 趨前斷其脚令起行, 仰曰: "君亦折脚而能行乎?" 又斷其舌, 親自剖腹出腸而散之, 至死不絶口. 竟以屍委虎, 令朝野.(『해동야언』, 『대동야승』 2, 656면; 『하곡쇄어』, 101면)

이 처참한 일화에서 환관 김처선과 폭군 연산군 간의 피비린내 나는 갈등이 만들어졌다. 김처선은 자기의 죽음을 뻔히 예견하면서도 신하로서 마땅히 해야 할 간언을 다한다. 그의 행동은 '충'이란 규범의 극단을 보인 것이다. 자신의 죽음과 바꾼 그 극단적 행위는 위로의 일탈이라고 볼 수 있다. 이에 반해 연산군의 행동은 패륜의 극을 보이고 있다. 옳은 간언을 하는 신하를 가장 잔인한 방식으로 죽인다는 점에서 그는 임금으로서 지켜야 할 규범에 절대적으로 반대되는 행동을 한 것이다. 그런 점에서 과장된 아래로의 일탈에 해당된다. 김처선과 연산군의 갈등은 위로의 일탈과 아래로의 일탈이 조화를 이룰 수 없음을 선명하게 보여준다. 그럴 때 서술자는 위로의 일탈을 실현하는 인물의 편에 선다. 그것은 일화가 그 사회의 규범을 궁극적으로 보호한다는 원칙을 고려할 때 당연하다. 이러한 점은 위와 아래로의 일탈이 한 등장인물에게 계기적으로 이루어지는 〈청주유양수척(淸州有楊水尺)〉[13]의 경우 '위→아래'가 아닌 '아래→위'의 순서로 일탈이 이루어지는 것과 같은 이치이다.

4. 일화 일탈의 의미와 기능

밖으로의 일탈과 위로의 일탈은 일화 일탈의 두 근간으로서 규범적 현실생활을 지향한다. 일화란 궁극적으로 기존 체제에서의 삶의 가치를 드높이는 것이기 때문이다. 그중 밖으로의 일탈은 조선 일화가 형성되던 초기에 활발하게 실현된 것이다. 『용재총화』나 『필원잡기』에는 밖으로의 일탈을 일삼는 인물들의 등장과 함께 다양한 사례들이 제시되어 있

---

13) 『諛聞瑣錄』, 서벽외사 해외수일본, 아세아문화사, 179면 및 『해동야언』, 『대동야승』 2, 641면.

다.[14] 이것은 적어도 그 향유층들이 사회의 규범적 존속에 대해 어느 정도 자신감을 가졌던 것에 기인한다고 볼 수 있다. 규범을 의식하지 않고 규범으로부터 벗어난 행동들조차 느긋한 마음으로 받아들일 수 있었던 것은 결국 규범적 삶에 대해 자신감과 여유를 가진 덕이었다. 밖으로의 일탈을 보여주는 일화마다 그 일탈을 중재해주는 존재가 가시적으로 혹은 암시적으로 있다는 사실도 밖으로의 일탈의 사회적 성격을 암시해 준다.

이와 관련하여 『용재총화』의 다음 구절을 따져 볼 필요가 있다.

> 신생(申生)은 나의 동년이다. 수염은 숱이 많고 누런색이었고 작은 키에 등이 굽었다. 성격이 근면하지만 엄격하여 남의 사정을 조금도 고려해 주지 않았다. 일찍이 예조정랑이 되어 관기들을 단속했는데 엄하기 이를 데 없었다. 기생들이 노래로 그를 조롱하였다. 또 순채와 송이버섯을 싫어 해 "이것들이 무슨 맛이 있기에 세인들이 좋아하누?"하니 친구들이 모두 "신군은 인정과는 먼 사람이야"며 비웃었다. 또 꾀꼬리 소리를 듣고는 "묘하도다 갹조 소리여."하니 친구들이 "그것은 황조(黃鳥)인데 왜 갹조(噱鳥)라 불러?"했다. 신이 "'갹갹' 우니 '갹조'지 황조가 아냐"라 설명하니 친구들이 모두 그 고집을 비웃었다. 이때 어떤 사람이 시를 지었다.
>
> > 나무 끝에 앉은 황조 갹갹
> > 순채나물 송이 나는 싫어
> > 자주 수염 곱사등이 키 작은 사내
> > 그래도 이원 기생 단속할 줄은 안다네[15]

---

14) 특히 성현의 주위에는 放翁, 崔勢遠, 이숙도, 채기지 등 '談論'이 뛰어나고 장난기가 있는 친구들이 많았다. 이들은 성현에게 실재 일어난 재미있는 이야기를 해 주었고, 또 스스로들 세인의 주목을 끄는 사건의 당사자가 되었다. 성현은 그들이 이야기 해준 일화들과 그들이 주인공으로 등장하는 일화들을 기록하였다. 이중 放翁, 李叔度, 柳于後, 李子犯, 柳貫之 등은 金懼知가 훈장인 서당의 동문들이다. (『용재총화』, 『대동야승』 1. 646면)

여기서 성현과 그 친구(기생까지 포함)들은 시종일관 신생을 조롱하고 있는데 그 이유는 이중적이다. 먼저 신생은 성격이 엄격하여 원칙을 고수한다. 예조정랑으로서 관기 단속을 엄격하게 한 것은 사대부 관원으로서 응당 할 일을 다한 것이다. 그런데 성현과 그 친구들은 그것을 '융통성 없음' 혹은 '인정을 모름' 등의 이유로 조롱하고 있다. 그리고 그의 수염의 색깔, 키 작음, 등굽음 등 신체적 특징을 끌어 들이고 그의 식성과 다소의 유머까지도 조롱한다. 그런데 이 후자의 항들은 다른 일화들에서는 오히려 일화의 유용한 소재가 될 것들로, 부드러운 어조에 의해 용납되어야 할 것들인데도 불구하고 조롱되고 있다. 신생의 고지식함을 조롱하려는 의도가 지배적이었기 때문이다. 끝에 붙어 있는 시가 성현과 그 친구들이 신생에게 보낸 조롱의 본질을 보여준다. 이들은 신생의 고지식함, 엄격함 등(4행)을 조롱하기 위해 그의 신체적 특징, 언어적 습관, 식성 등(1, 2, 3행)을 이용한 것이다.

여기서 조선 초 일화 향유자들의 생활 감각이나 정서를 짐작할 수 있다. 그들은 신생처럼 규범이나 원칙에 얽매이는 것을 참지 못했다. 규범이나 원칙은 필요하고 중요한 것이지만 그것의 적용은 좀 여유가 있고 융통성이 있어야 한다고 보았다. 여유나 풍류 등을 용납하라는 것이다. 남들의 '밖으로의 일탈'을 이해하고, 또 스스로도 '밖으로 일탈'할 수 있는 사람이야만 자기들과 조화를 이루며 원만하게 살아갈 수 있으며, 그들 공동체의 구성원들이 모두 그런 사람일 때만이 그들이 편안하고 유쾌

---

15) 同年申生, 鬚多而黃, 體短背曲, 然性度勤核, 不少假借於人. 嘗爲禮曹正郎, 檢察伶妓太刻, 妓皆作歌嘲之. 又性惡蓴菜松菌曰: "此物有何滋味, 而世人嗜之?" 僚友皆笑之曰: "申君, 不近人情者也." 又聞鶯聲, 乃曰: "好哉! 嚛鳥之聲." 僚友曰: "此是黃鶯, 何謂嚛鳥?" 申曰: "其鳴嚛嚛, 此乃嚛鳥, 非黃鶯也." 僚友皆笑其膠固也. 時有作詩者曰: "樹頭嚛嚛黃鳥止, 蓴菜松菌非我喜, 紫鬚曲脊小男兒, 猶知檢察梨園妓." (『용재총화』, 『대동야승』 1, 641면)

하게 살아갈 수 있다고 느끼고 생각한 것이다.

밖으로의 일탈과 위로의 일탈이 결합되는 것은, 위로의 일탈을 실현한 사람조차 밖으로 일탈할 수 있는 여유를 갖고 있었음을 강조한 것으로, 조선 초 일화 향유자들의 삶의 태도를 반영한 것이다. 복합 일탈의 한 가능태인 '밖으로의 일탈과 아래로의 일탈'이 결합한 사례가 거의 없다는 현상은, 밖으로의 일탈이 자기 사회의 규범을 인정하고 위로의 일탈을 원만하게 조정하는 데 그 본령이 있었음을 간접적으로 알려 준다고 하겠다.

위 일화의 신생은 빼어나게 위로 일탈한 존재도 아니면서 규범을 내세웠다. 그것은 존경의 대상이 되기보다는 고지식하다는 조롱의 대상이 될 따름이다. 그는 불편하고 성가신 존재였다. 그러나 그의 규범적 행위를 직접 조롱할 수는 없어, 그가 가진 다른 특징들을 이용해 간접 조롱하였다고 하겠다.

성현과 그 친구들은 밖으로 일탈하는 사람을 보거나 그 이야기를 듣고 즐거워하며 마침내 그 일탈의 극복을 위한 중재자의 역할은 기꺼이 하려 했지만, 일탈하지 않으려는 자들에 대해 동정을 하지는 않았던 것이다.

이에 비해 위로의 일탈은 의식적으로 규범을 강조하는 것이다. 규범이란 일상적 삶을 정상적으로 영위하는 사람들을 편안하게 만들어주는 것임에도 불구하고, 그 규범을 위해 자신을 지나치게 억압하고 경직되게 하는 것은 특별한 이유가 있었기 때문일 것이다. 물론 당대 대부분의 사람들이 체제가 요구한 규범을 대체로 지키고 있었으므로 단지 규범을 그럭저럭 지키는 이야기로는 그들의 관심을 끌 수 없었기에 과장했다고도 해석할 수 있다. 그러나 과연 당대인들 스스로가 규범적인 삶을 떳떳하게 영위해 갔다면 규범을 과장적으로 실천한 사람들의 이야기가 그토록 강렬한 호기심의 대상이 되었을까?

　당시의 평균적 인간들인 일화 향유층과 일화에서 밖으로 일탈한 인물들은 삶의 자세에서는 본질적인 차이가 없다. 그래서 향유층은 그 일화 속의 인물들을 자신들과 잠시나마 동일시할 수 있었다. 향유층은 일탈 인물에게 자신을 투영시킴으로써 잠정적 탈선 충동을 대리 만족한 것이다. 반면 일화 향유층은 위로 일탈을 한 인물에 대해서는 자신을 투영시키기보다 그들과 자신들 사이에 분명한 선을 그어 그들을 대상화했다. 일화의 향유층은 그들을 자기들의 일상적 삶에서는 찾아보기가 지극히 힘든 예외적 인물이라 생각한 것이다. 위로 일탈한 인물은 향유층이 현실에서 추구해야 할 아득한 저곳의 이상적 인간형인 셈이다. 위로 일탈하는 인물에 대한 일화는 한 체제의 규범이 동요되는 단계에 집중적으로 형성되었다고 볼 수 있다. 이러한 이해는 '위'로의 일탈을 보이는 인물 일화가 '아래'로의 일탈을 보이는 인물 일화와 공존하며, 또 한 일화 속에 위로의 일탈과 아래로의 일탈이 동시에 이루어진다는 사실에서 더 설득력을 얻는다. '아래'로의 일탈을 통해 규범의 중요성을 인식하고, '위'로의 일탈을 통해 그 완성된 모습을 보고 감동하여 삶의 지향점으로 삼는 것이다.

　이런 점에서 볼 때, 조선조 일화사의 전개과정에서 초창기에는 '밖'으로의 일탈 일화가 집중적으로 생산 향유되었다면 차츰 '위'와 '아래'로의 일탈 일화가 생산 향유되었다고 할 수 있다.

　규범적 삶의 일반적 수준과 범위를 '중심'이라 할 때, 일화는 '밖'과 '아래'와 '위'를 오가는 갈래라고 할 수 있다. 일화의 인물들은 끊임없이 '밖'으로 나갔다, '아래'로 타락했다, '위'로 승격되었다. 일화 향유층들은 일화 주동인물들의 이러한 다양한 행동의 궤적을 따라가면서 흥미진진한 경험을 하게 될 터인데, 그 결과 그 향유층들에게 남는 것은 무엇일까?

　일화는 당대 사회에 존재하는 다양한 인물들의 행동을 먼저 담는다. 그리고 전대 실존했던 인물들에 대한 원망과 선망, 나아가 배척의 통념

까지 담는다. 일화는 그 향유층들로 하여금 다양한 인간 행동들을 경험
하게 하지만 그 경험이 어느 한 지점에 머물게 하지는 않는다. 일화란
기본적으로 해결을 보여주는 것이어, 일화가 끝난 뒤 향유층이 지속적으
로 어떤 문제를 풀려고 애쓰게 만들지는 않기 때문이다. 밖과 아래, 그리
고 위를 끊임없이 오가는 일화를 경험하면서 향유층들은 결국 바람직한
중간 지점에 도달한다. 밖과 아래와 위에 둘러싸인 '안'의 세계이다. 그
것은 당대 사회의 문화를 구성하는 요소이면서 문화 자체이기도 하다.
그리하여 향유층들은 마침내 당대의 일상적 규범으로 되돌아오는 것이
다. 잡록집에는 문화 일반을 소개하는 부분이 큰 비중을 차지하는데, 이
부분이야말로 당대 사회의 삶을 구성하는 중심부라 하겠다. 그런데 거기
에는 서사적 일탈이나 긴장이 없다. 주로 자기 체제의 문물과 제도를 자
랑스럽게 제시하는 그 부분은 교술적 진술로 꾸려지기 때문이다. 일화와
관련하여 해석한다면, 그곳은 일탈되지 않은 영역이며, 일탈의 바탕과
출발이 되는 부분이다. 중화된 일화의 보금자리이면서 다시 일탈할 출발
점이 되는 것이다.

그런 점에서 일화는 체제유지적이다. 당대 사회의 다양한 양상들을
담되 그 다양한 극단들을 규범의 평균적 수준으로, 일반적 범위 속으로
중화시키는 기능을 한다. 일화는 스스로 일탈함으로써 현실에 실재하는
일탈을 중화시키는 기능을 하는 것이다.

그러나 일탈은 여전히 일화를 통하여 이루어진다. 일화가 현실의 일탈
을 중화시키는 기능을 한다 해도 그 자체의 일탈을 중단하지는 않는다.
그것은 다시 현실에서 일탈이 생겨나게 만든다.

일화의 사회적 기능은 일탈의 끊임없는 중화와 생성이라는 결론이 가
능하다. 현실은 일화의 일탈 중화 기능을 요구하기도 하고, 때로는 일화
의 일탈의 생성을 요구하기도 한다.

밖으로의 일탈은 잠정적으로 일탈한 자의 자기 진술에서 출발하여 구연 전승되거나 문헌 전승되었다고 볼 수 있다. 그 일화는 사대부 사회에서 화제가 되었을 것인데, 그런 점에서 밖으로의 일탈 일화는 사대부들의 호기심의 충족 대상으로 그 역할을 다했다고 볼 수 있다. 위로의 일탈은 규범을 과장적으로 완벽하게 실천한 역사적 인물과 당대적 인물의 모범에서 출발했다고 하겠다. 그것은 사회적으로 규범 정립이 절실히 요청되는 시점에서 지속적으로 문헌 전승되었고 그 과정에서 다양한 변이가 있었다. 그리고 사대부 가문 이야기판에서 어른들이 자손들을 훈계하는 마당에서 모범이 될 만한 인물들의 이야기를 소개했을 터인데, 위로의 일탈 일화는 이러한 필요에 적실하게 부합하는 것이었기에 구연 전승되었다고 하겠다.16) 아래로의 일탈은 밖으로의 일탈과 비슷한 호기심의 대상이 되었으면서도 위로의 일탈 못지않은 이념적 부담감을 야기했다. 그것은 궁극의 귀결점이 될 수 없었고, 밖으로의 일탈과 위로의 일탈이 결합되도록 하는 계기 역할을 했다고 볼 수 있다. 규범이 과장적으로 지켜지는 경직된 사회보다는, 규범이 지켜지되 여유 있는 사회가 이 시대 사대부들이 추구하는 것이었기 때문이다.

---

16) 가령 『용재총화』에서 성현의 조모와 백형 成任, 중형 成侃 등은 위로 일탈한 집안 인물들의 이야기를 성현에게 해 준 것을 알 수 있다.

제5부

조선 잡록집의 존재 양상과
조선 일화의 전개

제1장

『용재총화』의 형성과 제보자

1. 머리말

『용재총화(慵齋叢話)』는 조선 초기 잡록집의 모범이다. 잡록집을 편찬
자가 직접 견문한 바를 우선적으로 수록한 원본 잡록집과 이전 잡록집들
에 실려 있던 단편들을 선별하여 재수록한 전재 잡록집으로 나눈다면,
『용재총화』나 『필원잡기』 등 조선 초기 잡록집들은 원본 잡록집이라 할
수 있고, 조선 중기의 『해동야언』이나 『해동잡록』 등은 전재 잡록집이라
할 수 있다. 원본 잡록집을 대표한다고 할 수 있는 『용재총화』의 형성
과정을 살펴본다면 조선 시대 일화의 형성과 초기 잡록집의 성립 과정을
짐작할 수 있을 것이다. 다행스럽게도 『용재총화』는 편찬자 성현이 해당
단편들을 어떻게 얻었는가를 밝히고 있는 사례가 적지 않아, 그것을 통
하여 그 형성을 따져볼 수 있다.

구비성과 기록성의 차이와 기능에 대한 관심은 꾸준히 이어졌다.[1] 구
비성과 기록성의 관계에 대한 논의가 필요해 졌다는 것은 구비성과 기록
성이 도식적으로 나누어지지는 않는다는 인식을 하게 되었다는 증거이
다. 설화문학이 구비성을 전제로 한다는 생각이 지나쳐, 그 구비성이 설

---

[1] 한국고전문학회의 "국문학에 있어서 구비성과 기록성의 관계양상"(Ⅰ)'97 하계학술대
회;(Ⅱ)'98 동계학술대회가 그 응집된 사례이다.

화문학을 규정하는 가장 중요한 요건으로 간주되기에 이르렀다. 이러한 경직된 생각은 설화문학에 해당되지 않은 문학은 구비성과는 무관한 것이어야 한다는 더 경직된 생각으로 나아갔다. 그러나 기록단계는 결코 구비단계와 무관할 수 없고, 또 기록 자체도 구비적 속성을 내포할 수 있다는 점을 고려하지 않으면 안 된다. 잡록집은 사대부들에 의해 한문으로 기록되었다는 점에서 구비성과 다소 동떨어진 것이라는 선입견도 이런 이유에서 극복되어야 하겠다.

　이 장에서는『용재총화』의 제보자와 형성 과정에 대한 검토를 통하여 일화의 형성에도 구비성과 기록성이 혼용되어 있음을 밝혀, 조선 시대 일화 형성의 진면을 살펴본다. 그것은 구비성과 기록성에 대한 생각이 정리되는 한 계기를 마련하고, 기록성의 본질에 대한 새로운 시각을 제공할 수 있을 것이라 기대한다.

2. 문헌 전재

　『용재총화』에는 편찬자의 생존 시기로부터 동떨어진 시기의 역사적 인물에 대한 일화들이 실려 있다. 그중 문헌으로부터 전재된 것이 확실한 것도 적지 않다. 〈신라왕〉(대동1, 574면)이『삼국유사』의 〈사금갑(射琴匣)〉조를 옮겨온 것이 대표적인 사례이다. 문헌 전재는 찬술(撰述)의 주된 방식이었다. 그러나 기존 문헌의 단편을 전재함에 있어, 과연 정확하게 그대로 옮겼는가는 의심스럽다.

　〈신돈(辛旽)〉(582면), 〈고려정승한종유(高麗政丞韓宗愈)〉(583면), 〈최철성영(崔鐵城瑩)〉(583면) 등은 고려 말을 대변하는 인물들에 대한 일화인데, 그 인물들은『고려사』등 정사(正史) 열전의 입전대상이기도 했다.

『고려사』의 신돈에 대한 열전이 그와 관련된 고려 말 왕실 사정을 시대별
로 진술했다면 『용재총화』의 〈신돈〉은 그의 수뢰나 엽색행각 등에 초점
을 맞추었다. 그런데 유사한 구절이 발견된다.

   ① '顯夫妻, 侍側, 如老奴婢'.(〈신돈〉):
     '顯與妻, 事旽, 朝夕不離側, 若老奴婢.'(열전 〈신돈〉조),

   ② '旽慮陽道衰, 每斬白馬莖, 或膾蚯蚓而食之, 若見黃狗蒼鷹, 愕然驚
     懼, 時人以爲老狐精.'(〈신돈〉):
     '旽性畏畋犬惡射獵, 且縱淫, 常殺烏鷄白馬以助陽道, 時人謂旽爲
     老狐精.'(열전 〈신돈〉조)

   ①은 현달한 벼슬아치들이 더 높은 자리를 얻기 위해 그 부인들로 하
여금 신돈 집으로 가서 '늙은 노비처럼' 시중들게 했다는 내용이다. 사실
에 대한 정보가 동일하고 '늙은 노비처럼'이란 비유법도 동일하지만 문장
이 똑 같지는 않다. 분명 이 두 진술은 이미 달라진 다른 두 문헌을 바탕
으로 했을 가능성이 크다. 그리고 전재 과정에서 조금 변형했을 것이다.
그런데 '如[若]老奴婢'라는 문구는 달라지지 않았다. 다른 부분은 변형되
었음에도 불구하고 변형되지 않은 이 구는 전재자들이 동일 사실을 인상
적으로 지적하는데 꼭 살려야 할 것이라고 판단했기 때문이다. 그것은
전재자나 독자로 하여금 추상적인 의미항을 확연하게 떠오르게 하는 가
시적 형상이면서 아울러 관련 일화가 문헌에서 문헌으로 전재되어 되살
아나게 하는 일종의 씨앗이다. 그런 점에서 그것은 '씨앗구'이다. 씨앗구
는 전재자의 눈을 끄는 핵심부이기에, 그것이 이끄는 일화의 다른 부분
이 변형되어도 씨앗구만은 변하지 않는 것이다. 같은 맥락에서 ②의 '時
人以[謂旽]爲老狐精'도 씨앗구라 할 수 있다. 온갖 비행을 저지른 신돈

을 '늙은 여우의 정령'으로 상상했을 때 한편으로 그럴듯하게 여겨졌을 것이고 다른 한편으로는 기이함에 끌리는 사람들의 본능이 자극되었을 것이다. 그런 점에서 그 구는 세인의 관심을 강하게 끌어 그것이 포함된 단락이나 일화 전체가 선택되도록 했다. 그런데 ②에서 그 당시 사람이 신돈을 '늙은 여우의 정령'으로 본 이유는 다르다. 『용재총화』의 〈신돈〉은 신돈이 누렁개와 창응(蒼鷹)를 보면 놀랐기 때문이라 설명했고 고려사 열전 〈선돈〉조[2]는 신돈이 음탕하여 양기를 보충하기 위해 항상 오골계와 백마를 잡아먹었기 때문이라고 설명했다. 신돈을 여우의 정령이라고 상상할 수 있는 근거로는 아무래도 그가 개와 매를 무서워했다는 사실이 더 적절하다. 양기를 보충하기 위해 오골계나 백마를 잡아먹는 신돈의 행위는 인간의 그것에 가까운 반면, 개나 매를 보고 기겁하는 것은 그들과 천적 관계에 있는 짐승의 행동에 가깝기 때문이다. 그런 점에서 『용재총화』의 어순과 설명법이 옳다.

여기서 문헌 전재의 중요한 한 원리를 포착할 수 있다. 즉, 어떤 일화나 화소단락이 씨앗구의 매력 때문에 다른 문헌에 전재될 때, 그 씨앗구는 거의 그대로 옮겨지지만, 다른 부분들에는 의도적이든 의도적이지 않든 간에 일정한 변형이 이루어진다. 그리고 그 변형은 항상 서사적 합리성을 강화시키는 쪽으로만 이루어지지는 않는다는 것이다. 가끔 씨앗구에 연연하기 때문에 서사적 불합리를 초래할 수 있는데, 그 예가 『고려사』 열전 〈신돈〉조의 위 인용부분이라 할 수 있다. 이에 비해 『용재총화』의 〈신돈〉은 서사적 합리성을 확보하면서 해당 일화를 전재하는데 씨앗구를 알맞게 이용한 예라고 볼 수 있다.

〈고려정승한종유〉는 어디에 얽매이지 않고 방탕한 생활을 했던 젊었

---

2) 『고려사』 열전 〈李達衷〉조도 이와 같은 문구를 담고 있다.(『고려사』(하), 아세아문화사 영인본, 455면)

을 적 한종유의 모습을 그린다. 그는 수십 인의 무리를 만들어 무당이
굿하는 굿판마다 찾아가 훼방을 놓고는 배불리 먹고 취한다.

> 結徒數十人, 每於巫覡歌舞之處, 劫掠醉飽, 拍手歌楊花, 時人謂之楊
> 花徒.

『고려사』 열전의 〈한종유〉조에서 이 부분을 적출하면 다음과 같다.

> 與一時名士相往還, 群飮無虛日, 號楊花徒, 宗愈醉輒起舞, 謌楊花辭3)

여기서 씨앗구는 '謂之楊花徒[號楊花徒]'라 할 수 있다. 이 구는 강직
하게 국정을 이끌어간 정승 한종유의 다른 한 면을 암시하는 것으로『용
재총화』의 위 일화에서 그 내력이 적실하게 제시되어 있다. 그는 악동의
무리들과 함께 무당의 굿을 훼방 놓기 위해 박수를 치면서 '양화'의 노래
를 불렀기 때문에 당시 사람들이 '양화도'라 불렀다는 것이다. 이에 비해
『고려사』는 그들 무리 스스로가 자신들을 '양화도'라 이름 짓고, 한종유
는 거기에 맞춰 '양화사'를 부른 것으로 설명했다. 한종유와 그 무리들에
게 품위를 갖추게 한 것이다. 요컨대 한종유의 경우는 한 일화가 그 씨앗
구를 중심으로 문헌에 따라 그 내용이 크게 달라진 예라고 하겠다.4)

이상을 통해 문헌 전재에 있어 씨앗구가 실재한다는 사실과 전재 과정
에서 그 씨앗구를 중심으로 서사 내용이 다양하게 변형된다는 사실을
알 수 있다. 성현은 스스로 많은 책을 읽었고, 그중 인상 깊었던 대목이

---

3) 『고려사』(하), 아세아문화사 영인본, 408면.
4) 그 외 〈최철성영〉에서는 '見金如土'란 아버지의 말이 씨앗구로 삽입되어 있음을 확인
   할 수 있다. 즉, '其父常戒之曰 見金如土'(대동1, 583면)': '父臨終戒之曰汝當見金如
   石'(고려사, 494면)

나 부분을『용재총화』에 전재했다. 그런데 전재를 위해 해당 책을 다시 보고 확인한 것이 아니라, 독서 과정에서 기억한 부분을 재생하여 기록한 것이다. 변형 부분은 먼저 성현의 기억과 재생의 과정에서 이루어 졌을 것이며, 다음으로 성현이 갖추고 있는 나름대로의 서사의식이 개입하면서 이루어졌을 것이다.

아울러 성현의 주위에는 담론에 뛰어난 여러 친구들이 있었는데, 그들은 당대의 여러 일화들을 성현에게 이야기 해 주었을 뿐만 아니라 문헌에 등장하는 여러 역사적 인물들에 대해서도 이야기 해 주었을 것이다.『용재총화』의 문헌 소재 일화의 변용 과정에는 편찬자 성현뿐만 아니라 이들 친구들의 담론도 적지 않은 영향을 주었다고 보아야 하겠다.

3. 성현의 가족 구성원의 구연 기록

『용재총화』에는 성현의 가족 및 그들과 간접적으로나마 관련이 있는 사람들에 대한 이야기가 적지 않다. 이것들은 성현이 가족 구성원들로부터 직접 들었던 것을 기록한 것이라고 볼 수 있다.

먼저 광산군(光山君) 김약항(金若恒) 및 그의 두 아들과 관련된 이야기들이 있는데 그것들의 제보자는 성현의 조모이다. 성현의 조모는 광산군의 딸이기 때문이다.[5] 〈대명이표사불공(大明以表辭不恭)〉(대동1, 585면)은 광산군 김약항과 서원군(西原君) 정총(鄭摠)이 표문 문제로 북경으로 가서는 다시 먼 곳으로 귀양가 죽게 된 사실을 언급한다. 황제의 노여움이 풀린 뒤 그 집안사람들로 하여금 시체를 찾아가게 했으나 결국 찾지는 못했다. 다음으로 〈김처광산김약항군지자(金處光山金若恒君之子)〉(대동

---

5) '光山之女則我祖母'(대동1, 585면)

1, 590면)는 아버지가 중국 땅에서 죽은 것에서 충격을 받아 광질에 걸린
김처에 대한 이야기이며, 〈김부정허(金副正虛)〉(대동1, 590면)는 효성이
지극한 광산군의 아들 김허가 모친 사후 여막생활을 할 때, 『효경』의 〈상
친장(喪親章)〉을 벽에 써놓고 날마다 흐느껴 우니 그 소리가 처량하여
듣는 사람도 눈물을 흘렸다는 이야기다.

> 판관 김처는 그의 아버지가 이국에서 죽어 상심하고 아파하여 광질에 걸렸
> 다 …… 판관은 낮에 잠을 자고 이따금 깨는데, 깨어나면 관동별곡을 부르며
> 소매를 떨쳐 춤도 추다가 춤을 다 추고는 대성통곡 하였다. 밤에는 시구를
> 길게 읊조리며 처량하게 혼자 거니는데, 혹은 깊은 산에 들어가기도 하고 혹
> 은 울타리를 뚫고 가기도 하며 잠시도 쉬지 않았다. 하루는 산속에 병자가
> 누워 있는 것을 보고 판관이 불쌍히 여겨 물을 갖다 주다가 도리어 그 병이
> 옮아 죽었다.[6]

　아버지의 죽음에 상심한 아들이 그 슬픔을 이기지 못하여 광질에 걸리
고 마침내 실성하여 죽게 되는 과정을 실감나게 그렸다. 이 실감은 구연
자인 성현의 조모가 구연 대상 인물에 대해 가지는 피붙이로서의 동정에
서 비롯된 것이라 볼 수 있다. 성현은 조모로부터, 억울하게 죽은 조모의
아버지 김약항과, 아버지 죽음의 충격에 의해 정신이상자가 되었다가 죽
은 조모의 형제들에 대해 거듭 이야기를 들었을 것이다. 그 거듭된 이야
기를 바탕으로 하고, 기록하는 과정에 나름대로의 윤색을 덧붙여 이와
같은 절절한 어조를 이루었다고 하겠다.
　다음으로 성현의 친족들이 등장하는 단편들이 많다.

---

6) 金判官處, 以其父死於異國, 傷痛得狂疾 …… 判官晝則多睡小醒, 醒則自唱關東別
　曲, 拂袖而舞歌, 舞畢則大聲而哭. 夜則長吟詩句, 踽踽獨行, 或入深山, 或穿籬落,
　不暫休. 一日見病者臥山中, 判官憐之, 持水而飮之, 遂染疾而死(대동1, 590면)

〈맹좌상위대사헌(孟左相爲大司憲)〉(대동1, 587면), 〈맹상소시(孟相少時)〉(대동1, 587면), 〈국조이도한양(國朝移都漢陽)〉(대동1, 588면), 〈상곡여기우이공상선(桑谷與騎牛李公相善)〉(대동1, 588면), 〈아증조정평공(我曾祖靖平公)〉(대동1, 590면), 〈유승축구(有僧丑邱)〉(대동1, 591면) 등에는 성현의 증조인 상곡(桑谷) 성석인(成石珚)과 상곡의 큰형인 독곡(獨谷) 성석린(成石璘)이 등장한다. 〈세묘설발영시(世廟設拔英試)〉(대동1, 594면), 〈여배백형(余陪伯兄)〉(대동1, 641면) 등에는 성현의 큰형인 성임(成任)이 등장하고 〈집현제학사(集賢諸學士)〉(대동1, 597면)에는 성현의 둘째형 성간(成侃)이 등장한다. 〈소자세순(少子世淳)〉(대동1, 597면)에는 큰형의 아들인 세순이 등장한다. 〈오중씨유삼자(吾仲氏有三子)〉(대동1, 598면)에는 둘째형의 세 아들이 등장한다.

그런데 상곡, 독곡이 직접 간접으로 등장하는 이상의 단편들은 서사적 성격 보다 교술적 성격이 더 강하며 서사적 성격이 강한 것도 그 전개가 충분하게 이루어지지는 않았다는 특징을 가진다. 또 사대부의 치정(治政)과 관련된 이야기(〈맹좌상위대사헌〉, 〈맹상소시〉, 〈아증조정평공〉)나 사대부의 품위가 유지되는 사대부일화(〈국조이도한양〉, 〈상곡여기우이공상선〉, 〈유승축구〉)가 전부란 점에서 이런 이야기를 성현에게 제보한 사람은 ①직접 벼슬경험이 있는 남성이거나 ②벼슬살이등 사대부로서의 원만한 생활에 큰 관심을 가진 여성으로 추정된다. ①은 성현 친가의 남성(성현의 아버지와 큰형 성임, 둘째형 성간)으로 추정된다. 성현은 성장하는 과정에서 큰형 성임과 둘째형 성간의 영향을 크게 받았는데 특히 18세나 위인 큰형은 성현이 어릴 때 돌아가신 부친을 대신하는 존재였다.7) 성현

---

7) 홍순석, 『성현문학연구』, 한국문화사, 1992, 28면; '余少孤閔凶, 鞠於伯氏. 占科揚榮 有名於文苑者, 皆平昔敎誨之力寔賴.'(〈家兄安齋詩集序〉, 『虛白堂集』 文集 권6, 민족문화추진회 영인본, 462면)

은 집안에서 두 형들로부터 다방면의 가르침을 받았는데 그 속에는 분명
자기 집안의 역사뿐만 아니라 집안 어른들의 일화들이 포함되었을 것이
다. 『용재총화』의 발문을 쓴 황필은 그것을 '견문'이라 표현했다.[8] 성현
이 특히 큰형으로부터 집안 역사를 비롯한 견문을 넓히는 모습을 다음에
서 짐작할 수 있다.

> 내가 큰형을 모시고 개성으로 길을 떠났는데 파산(坡山)별장에 하룻밤을
> 자면서 밤 깊도록 이야기를 나누는데 이야기가 우연히 옛 도읍지에 대한 것에
> 미쳤다. 내가 탄식하며 말하기를 "송경은 우리 조상이 거처하던 땅이라 응당
> 분묘들이 있을 것입니다."했다. 큰형이 말하기를 "현조 총랑공은 창령에다
> 모셨고, 고조 문정공 양위는 포천에다 모시었고…(중략)…오직 총랑부인 오씨
> 의 분묘만 개성에 있다고 아버지께서 일찍이 말씀하셨다. 그때는 연소하여
> 자세히 여쭤보지 못했는데 그것이 평생의 큰 한이다…(중략)…"하였다.[9]

여기서 세 가지 사실을 알 수 있다. 성현은 자기 집에서 일상생활을
영위할 때는 물론 여행과 같은 특별한 상황에서도 형들로부터 이야기를
들었다. 위의 파산별장은[10] 이야기 구연의 전형적 공간인 격리된 여관이
나 은둔처를 연상하는 곳이다. 다음으로 성임은 집안의 일이나 선조의
일화들을 성현에게 많이 이야기해 주었음을 암시하고 있다. 끝으로 성임
의 이야기는 그의 직접적인 견문의 소산이기도 하겠지만 그 아버지로부
터 들은 것을 이차적으로 구연한 것임을 암시한다.

---

8) 仲伯, 俱以文章見推縉紳間, 有得於見聞者, 亦多(대동1, 664면)

9) 余陪伯氏, 將向開城, 宿坡山別墅, 月夜論話, 偶及故都之事, 余慨然嘆曰: "松京
   吾祖宗所居之地, 應有墳墓." 伯氏曰: "玄祖摠郎公葬昌寧, 高祖文靖公兩位葬抱川
   ……惟摠郎夫人吳氏墓在開城, 嚴君曾言之, 其時年少未及詳稟, 平生大恨莫甚焉
   ……"(대동1, 641면)

10) 이곳은 성현이 농부와 밤 깊도록 이야기를 나눈 곳이기도 하다.(〈坡山村庄與老叟
    話〉(『허백당집』, 245면)

〈백씨문안공(伯氏文安公)〉(대동1, 660면)에서는 성임이 '호학망권(好學忘倦)'했다며 그가 저술한 책명을 나열하여 그를 내세우고 있다. 또 〈계유동(癸酉冬)〉(대동1, 660면)에서는 성임이 계유년, 무자년, 기축년에 세 번이나 공신이 될뻔 했는데 우연한 사정들 때문에 되지 못했던 것을 지적하고 있다. 이것은 명백하게 성임이 성현에게 직접 이야기해 준 것이다.

〈나옹주회암사(懶翁住檜巖寺)〉(대동1, 616면)와 〈석둔우자(釋屯雨者)〉(대동1, 617면)는 그 두 형 중 어느 한 사람으로부터 들은 것이다. 〈석둔우자〉에 '우리 백씨와 중씨가 회암사에서 독서를 하고 있을 때 스님은 나이가 90여세가 되었는데 용모가 맑고 파리했으며 기체가 여전히 단단하여 며칠 밥을 먹지 않아도 배고파하지 않고'11)란 구절이 있기 때문이다. 두 형들은 회암사에서 보고 들은 것을 성현에게 이야기 해 주었고 그것을 성현이 일화로 만들어 기록한 것이다.

이상 큰형 성임과 둘째 형 성간이 중요한 제보자였음을 확인할 수 있다. 특히 성임은 집현전에 있으면서 『태평광기』 500권을 초록하여 『상절태평광기(詳節太平廣記)』 50권을 간행했고, 『태평통재(太平通載)』 80권을 저술하였다는 점을 고려할 때, 『용재총화』의 많은 서사적 단편들이 그의 구연으로부터 왔을 것을 추정할 수 있다.

②는 조모 김씨일 가능성이 크다. 제보자로서의 조모 김씨의 특징을 고려하거나 그녀가 집안에서 차지한 위치를 생각할 때 그러하다.

그런데 한 가지 더 고려해야 할 사실은 성현에게 이상의 단편들을 이야기 해준 가족 구성원들이 단지 자기 가족이 등장하는 이야기만을 해 준 것은 아니라는 점이다. 그들은 물론 그런 이야기를 우선 했겠지만, 거기에다가 그 외 다양한 이야기들도 곁들여 해 주었다고 보아야 할 것이다.

---

11) 我伯仲氏, 嘗讀書于檜巖寺, 見師年九十餘, 容貌淸癯, 氣體尙强, 或併日不食, 不甚饑餒.(대동1, 617면)

외가인 안씨 집안사람들에 대한 이야기들도 몇 개 된다. 〈아외가안씨(我外家安氏)(대동1, 587면)〉, 〈파주서교(坡州西郊)(대동1, 587면)〉, 〈안유후원(安留後瑗)(대동1, 587면)〉, 〈아외구안공(我外舅安公)(대동1, 589면)〉, 〈외숙안부윤(外叔安府尹)(대동1, 589면)〉 등이다.

〈아외가안씨(我外家安氏)〉는 외가의 가계를 소개한다. 문성공(文成公) 안향(安珦) → 안우기(安于器) → 안목(安牧) → 안원숭(安元崇) → 안원(安瑗) → 안종약(安從約)(성현의 외조)[12] → 안구(安玖) → 안지귀(安知歸) → 안호(安瑚), 안침(安琛)으로 이어짐을 밝혔다.

〈파주서교(坡州西郊)〉는 파주의 서교가 황량하여 사람이 살지 않았는데, 안목(安牧)이 개간하여 집을 지었고, 그 손자 안원에 이르러서는 극히 창성하게 되었다는 내용이다. 이는 안씨의 세거지(世居地)를 지적함으로써 앞으로 안씨들의 이야기를 이끌어 나가겠다는 암시를 주는 것이다. 거기에다 안원은 매를 팔위에 올려놓고 개를 데리고 왕래함을 낙으로 삼는 사람임을 밝혔다.

〈안유후원〉은 〈파주서교〉의 후반부에 언급되었던 안원을 주인공으로 내세웠다. 그리고 매와 개를 좋아한 그의 성품을 다시 문제 삼는다. 그는 책을 읽을 때도 왼팔에 매를 올려놓고 오른손으로 책장을 넘겼다. 이에 대해 장인이 그러지 말라고 충고하니 "글은 조상 때부터 내려오는 직업이니 폐할 수 없고, 성질이 매와 개를 좋아하니 매 또한 폐할 수 없습니다. 두 가지를 행하더라도 어긋나지 않으면 어찌 순리에 해가 된다 하겠습니까"[13] 라고 말할 정도로 안원은 독서를 게을리 하지 않으면서 그렇다고 지나치게 근엄한 자세로 독서에 얽매이지도 않는다. 그래서 사대부로서의 자유롭고 여유 있는 삶을 추구한다. 왜구가 쳐들어왔을 때도 태

---

12) 해주목사 역임;〈허백당선생행장〉, 『허백당집』, 542면.
13) 書是箕裘之業, 不可廢, 性嗜鷹犬, 亦不可廢, 兩行不悖, 何害於理(대동1, 587면)

연하게 책만 읽는 행동은 그러한 자세를 더욱 분명하게 확인케 한다.
〈아외구안공〉, 〈외숙안부윤〉은 주인공들이 귀신이나 도깨비를 어떻
게 대하는가를 보여준다. 먼저 〈아외구안공〉에서 외조부는 귀신을 잘
보아 그것을 물리친다. 다음으로 위정자로서 음사(淫祠)를 헐고 귀신이
깃들었다는 우물을 메워 민간의 폐단을 없애준다.

> 공이 서원별장에 오랫동안 있을 때에 길옆에 고목 한 그루가 있었는데,
> 그 크기가 몇 아름 되고 높이가 하늘을 찌를 만했다. 하늘이 흐리면 귀신이
> 휘파람을 불며 밤이면 불을 켜놓고 시끄럽게 떠들었으며, 공이 매를 놓아 꿩을
> 쫓다가도 그 숲에 들어가면 찾을 수가 없었다. 마을의 어떤 소년이 용기만
> 믿고 그 나무를 자르다가 귀신이 지피어 밤낮으로 미쳐 날뛰니 온 동네 사람들
> 이 당해내지 못하였다. 그러나 공의 이름만 들으면 재빨리 도망가 숨었다.
> 공이 그 집으로 가서 문밖 평상에 앉아 사람을 시켜 머리털을 나꾸어 끌어
> 내니, 소년은 안색이 검어지며 애걸하였다. 공은 꾸짖기를 "너는 마을에 있은
> 지 2백여 년이 되는데 불을 켜놓고 해괴한 행동을 하며 내가 지나가도 걸터
> 앉아 불경한 짓을 하고 매를 놓으면 숨겨두고 내놓지 않더니, 지금은 또 이웃집
> 을 괴롭히니 무엇을 얻고자 하는 짓이냐!"하니, 소년이 이마를 땅에 대고 공손
> 히 사죄하였다. 공이 동쪽으로 뻗은 복숭아 나무가지를 잘라 긴 칼을 만들어
> 짐짓 그 목을 베니, 소년이 몸을 굴러 길게 울부짖고 죽은 것처럼 땅에 엎드려
> 깊이 잠들었다가 3일 만에 비로소 깨어나더니 광태가 갑자기 사라졌다.[14]

이 부분은 귀신들린 소년을 성현의 외조부가 어떻게 치료하고 그 속의

---

14) 公又常居瑞原別墅, 路傍有古樹, 其大數圍, 長可參天, 天陰則鬼必嘯, 夜則張火喧
鬧, 公放鷹逐雉入其藪, 則尋無所覓. 有里中少年, 恃勇負氣, 往伐其樹, 遂爲鬼所
憑, 晝夜狂走, 一里難當. 聞公名則疾投隱處而避之, 公遂至其家, 踞床門外, 令人捽
髮而出, 少年色墨乞哀. 公叱曰: "汝在里中二百餘歲, 夜則張火騁怪, 予過則蹲坐不
敬, 放鷹則匿而不出, 今又凌虐隣舍, 其意何求?" 少年頂禮遜謝. 公斫桃樹東枝作長
刀, 虛斬其頸, 少年翻身長呼, 作爲死狀, 卽仆地昏睡, 三日始覺, 狂態頓除.(대동1,
589면)

귀신을 어떤 방법으로 물리치는가를 상세하게 서술하였다. 귀신에 대해 외조부는 일방적 우위에 있다. 그런 점에서 전설적 경이와는 다른 분위기가 형성되었다. 기이한 세계에 대해 관심을 갖고 그것과 밀접한 관계를 가지며 삶을 영위하기는 하지만 거기에 종속되지는 않는 것이다.

그런데 〈외숙안부윤〉의 안부윤은 〈아외구안공〉에서 그 아버지가 보여준 것과는 크게 다른 행동을 한다. 그는 서원별장으로 갈 때 도깨비불에 둘러싸여 안절부절못하며 집에 도착해서도 비복들이 켜 놓은 솔불을 보고 도깨비불이라 착각하여 칼을 휘두르는 심약함을 보인다.

아버지와 아들 사이인 이 두 사람의 상반된 행동에 대해 서술자는 다른 입장을 보이지 않는다. 이념적 입장이 분명한 사대부 서술자라면 귀신에 대한 나름대로의 입장을 분명하게 가지고 있었을 터이고, 귀신을 의연하게 물리치는 사람과 귀신의 존재 앞에 안절부절못하는 사람에 대해 상이한 입장을 보여 주었을 것이다. 두 작품의 서술자에게서 그런 차이를 발견하기 어렵다는 사실은 서술자의 이념적 입장이 분명치 않거나 서술자 자신이 이념적 입장을 분명히 드러내지 않아도 좋은 처지에 있었음을 암시한다. 이념적 입장보다는 두 귀신 관련 이야기 자체를 흥미롭게 생각하고 그것을 재미있게 꾸려가는 태도를 유지했다고 하겠다.

이상 외가 집안 인물이 등장하는 이야기는 주로 외조모 정씨에게서 들은 것이라 할 수 있다. 그 근거는 이러하다. 먼저 신우가 봉원군(蓬原君) 정양생(鄭良生)을 두려워했다는 내용의 〈고려신우(高麗辛禑)〉(대동1, 582면)를 성현이 그 외조모로부터 들었다고 분명히 밝혔다.[15] 몇 작품 건너 뛰어 외조모의 남자 형제인 정구(鄭矩)와 정부(鄭符)의 이야기가 실려 있다. 성현의 외조모는 먼저 외손자 성현에게 자기 친정 아버지와 친

---

15) 外禑[Sic]鄭氏 卽蓬原君之女 故予得知之(대동1, 582면). 여기서 '外禑'는 '外姑'를 잘못 인쇄한 것임(영남대 고도서본 『용재총화』 참조)

정 형제의 이야기를 해 준 것이다. 이어 〈아외구안공〉, 〈외숙안부윤〉 등 시가 인물들에 대한 이야기를 해 주었다. 정양생, 정구, 정부 그리고 안원(安瑗), 안종약(安從約), 안구(安玖) 등에 대한 이야기들은 권3에 거의 나란히 실려 있고 또 서술방식이나 서술의 분위기도 비슷하다. 동일인에 의해 성현에게 제보된 것이라고 하겠는데, 그렇다면 외조모 정씨가 그 제보자라고 보아도 좋을 것이다. 성현이 어려서 성장한 곳이 파산(坡山)의 외가였고[16] 조카인 세순(世洵)과 함께 큰형 밑에서 수학하고 장성한 이후 이따금 머문 곳도 그 파산의 외가였다는 사실[17]은, 성현이 외가의 일에 대해 관심이 많았을 뿐만 아니라 외가의 일들을 많이 알게 되었음을 방증해 주며, 또 성현이 그렇게 되는데 외조모의 이야기가 큰 역할을 했음을 알 수 있다.

외조모 정씨는 이야기꾼으로서 독특한 개성을 지녔다고 할 수 있다. 그녀에 의해 구연된 이야기들은 다른 이야기들에 비해 세속적인 흥미소가 충분히 갖추어져 있으며 묘사도 구체적이고도 상세하다. 그러나 사대부 사회에 대한 제반 사실들을 전달하거나 한 인물의 일생이 내포한 이념적 의의를 드러내는 쪽에 대해서는 관심을 보이지 않았다. 그런 점에서 외조모 정씨는 세속적인 흥미에 관심을 많이 가진 전형적인 이야기꾼이다. 이러한 점은 『용재총화』의 또 다른 중요한 이야기꾼인 성현의 조모이자 광산군의 딸인 김씨와 대조된다. 외조모 정씨가 서사적 흥미가 두드러지는 이야기를 주된 레파토리로 가진 이야기꾼이라면, 조모 김씨는 교술적 교훈을 내세우는 이야기를 주된 레파토리로 가진 제보자라는 것이다.

또 한 사람의 제보자로서 성현의 대부인이 있다.[18] 그녀는 〈아외고정

---

16) 홍순석, 『성현문학연구』, 한국문화사, 1992, 43면.
17) 대동1, 626면.
18) 성현은 겨우 12세에 부친을 여의고 모친 순흥 안씨의 지엄한 가정교육을 받으며 자랐

씨(我外姑鄭氏)〉한편을 제보했다.19) 그런데 "우리 외조모 정씨는 양주
에서 생장하셨는데 어떤 집에 신이 내려 어린 계집종에 덮어 씌었다."는
구절이 있어, 성현의 대부인은 이 이야기를 성현의 외조모로부터 들었음
을 짐작할 수 있다. 그런 점에서 이 경우도 외조모가 1차 구연자라 할
수 있다. 대부인은 그것을 듣고 다시 성현에게 구연해준 2차 구연자이며
제보자이다. 그리고 외조모가 구연자라고 추정된 앞의 이야기들도 대부
인에 의해 다시 구연되었을 가능성이 있다고도 볼 수 있다.

그 외 성현 집안의 늙은 종이나 친지들로부터 들은 이야기도 있다.20)

4. 친구 및 지인의 구연 기록

성현의 주위에는 방옹(放翁) 이륙(李陸), 최세원(崔勢遠), 이숙도(李叔
度), 기지(耆之) 채수(蔡壽) 등21) '담론(談論)'이 뛰어나고 장난기가 많은
친구들이 있었다. 이들은 실재 일어난 재미있는 이야기들을 성현에게 해
주었고, 또 스스로 세인의 주목을 끄는 사건들의 주동자가 되었다. 성현
은 그들이 이야기 해준 일화들과 그들이 주인공으로 등장하는 일화들을
기록하였다.22)

다(홍순석, 앞의 책, 28면)

19) 吾聞諸大夫人(대동1, 590면)

20) '吾家有老姑年過九十, 嘗言, 少時'(대동1, 582면)

21) 放翁, 李叔度, 柳于後, 李子犯, 柳貫之 등은 金懼知가 훈장인 서당의 동문들이다.
(대동1, 646면)

22) 성현은 〈村中鄙語序〉에서 친구 채기지가 일화나 소화를 기록한 행위를 '以平昔所嘗
聞者與夫朋僚談諧者, 雖鄙俚之詞, 皆錄而無遺, 其著述之勤, 用力之深, 非老於文
學者, 其何能爲, 可爲後人之勸戒也?'(『虛白堂集』文集 권7, 474면)라 하여 높이 평
가했다. 성현도 그와같은 입장에서, 친구들의 행동과 구연 이야기들을 기록한 것이다.

〈여소시현진일선생(余少時見眞逸先生)〉(대동1, 575면)에서 성현은 과거가 임박해오자 최세원, 노선성(盧宣城) 등과 함께 산방으로 가서 독서를 한다. 이어 최세원이 '담론을 잘했다.'고 지적한 뒤, 그가 등장하는 세 일화를 소개한다. 하나는 심심원(沈深源)과 그 친구들이 기생 놀음을 하는 것이고 또 하나는 최세원이 과거에 급제하여 평소 자기를 홀대하던 기생 초요경(楚腰輕)에게 뽐내는 것이며 나머지 하나는 그가 밀양부사로 부임할 때의 모습을 그린 것이다. 즉, 세 일화들은 최세원이 직접 경험한 일에 대한 본인의 이야기를 기록한 것이다. 그런데 둘째, 셋째 일화에서는 최세원을 지칭하는 대명사로 '余'를 사용하여 최세원의 말투를 그대로 재생시키고 있다는 점이 특이하다.[23] 여기서 최세원은 제보자이면서 등장인물이다. 최세원은 자기 경험을 진술한 것이다.

> 최세원이 일찍이 말했다. "우리 친구 중 강희맹, 노사신, 성하산은 모두 음탕하여 바르지 못한 자들이고 서평 한경신만이 절조가 있는 사람이라 하여 나도 그가 당시의 성인이라 생각했는데 요즘 보니 성인이 아니로세." 사람들이 그 이유를 물으니 "얼마 전 새벽에 일어나 울타리 틈으로 보니 서평이 문 앞 난간에 앉아 있다가 어린 종이 세숫물을 올리니까 세숫물을 움켜서 종의 얼굴에 뿌리면서 희롱하는데 이것이 어찌 성인의 행동이겠는가?"했다. 사람들이 모두 배를 잡고 웃었다.[24]

---

23) '崔勢遠嘗言: "余與金瑠同遊沖宮"'(대동1, 575면). 비슷한 예가 〈崔勢遠嘗言〉(579면)에서도 발견된다. '崔勢遠嘗言: "吾友 …… 余亦"'. 이것은 조선후기 야담계일화나 야담계소설에서 중요한 서술방식의 하나로 정착된 '등장인물의 자기 경험 진술'의 선구적 형태이다.

24) 崔勢遠嘗言: "吾友姜晉山盧宣城成夏山, 皆淫蕩不正人也, 惟韓西平敬慎, 有操, 余亦謂之當時聖人, 以今見之, 非聖人也." 人問其故, 答云: "一日晨興, 於籬隙間窺見, 西平坐其門前軒, 有小婢奉灌匜進之, 西平掬灌水洒婢面而弄之, 此豈聖人所爲乎?" 人皆絶倒.(대동1, 579면)

여기서는 최세원은 이 일화의 제보자이기는 하지만 등장인물이 아니라 목격자이다. 목격자는 사건 현장으로부터 일정한 거리를 유지함으로써 사건에 대한 이야기를 더 교묘하게 꾸려갈 수 있다고 할진대, 여기서 그런 면을 확보하고 있기에 새롭다. 이는 편찬자 성현이 일화의 독립적 세계를 인정한 것과 대응되는 것이다.

〈여소시여방옹(余少時與放翁)〉(대동1, 580)은 방옹과 성현이 직접 경험한 사건을 기록한 것이다. 그들은 어느 빈집을 빌어 책을 읽고 있었는데 그곳으로부터 얼마 안 떨어진 곳에 친구 조회(趙恢)의 집이 있었다. 이때 방옹의 장난기가 발동했다. "잠이 와 죽을 지경인데, 차라리 조가의 집에 놀러 가 능금이나 얻어 먹자." 방옹은 결국 능금 대신 조회의 소를 훔쳐와 그를 골려 준다. 손님 대접이 시원찮았기 때문이다. 그렇다면 이 경우 편찬자 성현 스스로가 제보자이면서 등장인물이다. 성현은 자기 경험을 직접 진술한 것이다.

윤통(尹統)은 성현의 친구는 아니지만 우스개 이야기를 잘하고 남들을 속이는 행동을 일삼는[25] 인물이다. 그는 어떤 아전이 자기와 관계를 맺었던 기생과 놀아나고 있는 것을 발견하고서는 그 아전을 협박하여 관아의 사슴 가죽과 여우 가죽을 강탈한다. 상중에 있던 기생을 궁지로 몰아넣어 겁탈하고, 삼촌 말과 자기 말을 위장하여 삼촌 말을 여위게 하고 자기 말을 살찌게 한다. 그리고 절을 지어 준다고 했다가 그 집에 눌러앉아 자기 것으로 삼는다. 이 네 개의 일화는 그가 끊임없이 장난을 부리고 남을 속이는 일화 생산의 장본인임을 보여 준다.

이렇듯 조선조 사대부 사회에서도 항상 사건을 만들고 일을 저지르는 장난기 많은 인물들이 있었다.[26] 이들을 '일화 생산자'라 부를 수 있다.

---

25) '尹斯文統, 詼諧善話, 常以誑人爲事.'(대동1, 611면)

26) 고려조에도 이런 부류의 인간형이 있어 일화들을 만들었음을 〈高麗政丞韓宗愈〉(대동

성현은 이런 인물들과 친했거나 그들에 대해 관심이 많았던 모양이다. 성현 자신이 장난기가 많은 인물이었기 때문이기도 하다. 먼저 성현은 장난기 많은 친구들과 더불어 있으면서 그들의 일탈된 행동들을 자주 목격하게 되고 그 귀추를 재미나게 기록한 것이다. 그리고 이야기 잘하는 친구들로부터 스스로의 경험담이든 견문한 이야기이든 다양한 이야기들을 들었고 그것을 다소 윤색하여 『용재총화』에 기록한 것이다. 그것이 『용재총화』에 실려 있는 대부분의 사대부일화가 되었다고 하겠다.[27] 장난기 많은 인물 스스로가 일화의 주인공이면서 일화의 일차 생산자였다면, 성현은 그것을 목격하고 기록하는 과정에서 서사적 요소를 적극 보충함으로써 이차적 일화 생산자와 기록자의 역할을 다했다고 하겠다.

아울러 『용재총화』의 권5에는 서사적으로 가장 잘 짜여진 소화에 가까운 재미난 이야기가 많이 실려 있다. 그것은 『용재총화』의 서사 문학적 면을 더욱 돋보이게 한다. 주로 장님들이 조롱당하거나 바보들이 사기 당하는 이들 이야기들은 그 서술방법이 상투적이고 발상이나 귀결이 현실에서 있을 성 싶지 않을 정도로 작위적이라는 점 등에서 사대부일화와는 다른 분위기를 보이고 있다. 그런 점에서 그 제보자가 채기지나 최세원 등 사대부와는 다른 부류일 가능성이 크다. 물론 사대부 제보자들도 심심풀이로 이런 부류의 이야기들을 기억하여 구연했을 가능성을 완전히 배제할 수는 없다. 그것은 오늘날 상류층이나 지식인층 남자들의

1, 583)가 말해준다.

27) 그 외 이와 유사한 형성 과정을 암시하는 대목을 열거해 보면 다음과 같다.
　'靑坡有沈柳兩生, 皆豪富士族, 日沈醉於粉黛間 …… 座有者曰: "宜談往事以鮮頤耳."'(대동1, 608면)
　'庚寅年間, 余以喪居坡州, 僧常往來, 年過七十.'(대동1, 618면)
　'吾隣有朴姓儒, 爲柳家婿郎而寓居焉.'(대동1, 619면)
　'吾友孫永叔爲儒時'(대동1, 620면)
　'先生退朝, 忽謂伯氏曰'(대동1, 622면)

술자리에서 오고가는 이야기들을 살펴보면 더 쉽게 짐작할 수 있을 터이다. 그런데 권5의 중간에 함북간(咸北間)이란 사람에 대한 언급이 있다. '우리 이웃에 함북간이란 사람이 있었다. 그는 함경도에서 왔는데 피리를 좀 불줄 알고 우스개 이야기를 잘하고 광대놀이도 잘했다.'[28]란 구절이 그것이다. 함북간은 사대부가 아니다. 사람 흉내와 악기 흉내를 잘 내어 내정(內庭)으로 불려가 상도 많이 받았다는 것으로 보아 중인 이하의 기예인이라고 보아야 할 것이다. 그런 그가 성현의 이웃에 살았고 또 성현에 의해 '우스개 이야기를 잘 했다'는 평가를 받았다는 점을 중시해야 할 것이다. 장님과 바보들에 대한 소화들이 이 구절 바로 앞에 수록되어 있다는 점, 그리고 그 소화들은 사대부 계급 이야기꾼에 의해 제보된 이야기와는 다르다는 점[29] 등을 고려할 때, 『용재총화』의 한 중요한 제보자로서 함북간과 같은 비사대부층이 있었음을 인정해야 할 것이다. 이들 제보자는 함북간처럼 성현의 이웃에 살았거나[30] 아니면 성현과 인연이 닿아 담화를 나눌 수 있었던 사이였을 것이다.[31]

5. 소결

『용재총화』 소재 작품의 형성 과정을 몇 유형으로 나눌 수 있겠다. 먼저 제보자가 밝혀져 있지 않는 많은 교술적 단편들은 편찬자 성현이

---

28) 吾隣有咸北間者, 自東界出來, 稍知吹笛, 善談諧倡優之戲(대동1, 608면)
29) 채기지, 최세원, 방옹 등 사대부들이 구연해 준 사대부일화들과 이 소화를 비교해 보면 그 차이는 분명해 진다.
30) 기재추(奇宰樞)의 흉가에 대한 이야기도 성현이 이웃사람으로부터 들은 것이다.(吾從其隣聽其說(대동1, 601면))
31) 〈坡山村庄與老叟話〉은 성현이 파산별장에서 농부와 술상을 차려 놓고 밤 깊도록 이야기를 나누는('農談不知倦') 장면이 선연하게 형상화되어 있다. (『허백당집』, 245면)

문헌 독서를 통하여, 그리고 동료 사대부들과의 대화를 통하여 취득한 지식들을 기록한 것이라고 볼 수 있다. 서사적 단편들 중 고려조 인물이 등장하는 경우도 문헌으로부터 전재한 것일 가능성이 크다. 그러나 그것들을『고려사』열전등과 비교할 때 상당한 변개를 거친 것이라 하겠는데, 이것은 문헌 전재 과정을 통해서도 서사적 변개·발전이 이루어 졌음을 암시한다. 물론 이 서사적 변개 과정에 구연의 결과가 개입하였을 것은 당연하다.

다음으로『용재총화』에 실려 있는 많은 서사적 단편들은 성현이 자기 가족들로부터 전해들은 것이라고 하겠다. 조모, 외조모, 대부인, 큰형, 둘째형 등이 이야기꾼으로 등장했다. 제보자들의 성별이나 개성에 따라 그 갈래도 평민일화, 사대부일화, 전설 등 다양하게 나타났다.

성현이 친구들로 부터 전해들은 이야기나 아니면 성현 자신이 사대부로서 생활하는 과정에서 견문한 바를 기록한 경우도 있다. 이들은 주로 사대부일화에 해당된다고 하겠다.

그리고 성현이 알게 된 비사대부층이 제보한 이야기도 기록되었는데, 그중 상당수는 일화가 아니라 소화나 전설[32]이다.

이상을 통해 '사실이나 경험 → 이야기 → 기록'의 과정이 야담계 서사체에만 나타나는 것은 아님을 알 수 있다. 즉 사대부일화나 평민일화도 야담계일화 등에 못지않게 구연전승의 과정을 거쳤다는 것이다.

이 장에서는 문헌 전재 과정을 창조적 변용의 일종이라고 적극적으로 해석할 수 있는 단서를 찾았다. 대량 인쇄가 힘들었던 시절의 문헌 전재는 전술(傳述)을 지향하던 사대부들에게는 큰 의의를 지닌 저술 행위였다.

---

32) 〈吾隣有奇宰樞〉(대동1, 601면)에는 성현 자신이 이 이야기를 이웃 사람으로부터 들었다고 밝히고 있는데, 사대부 집안에서 일어난 일이 민간의 전설적 사유법에 의해 재구성되어 다시 사대부에게 전해지는 과정에서 '전설화'되었음을 알 수 있다.

대다수 잡록들은 기존 문헌의 단편들을 선별적으로 전재했다. 이때 씨앗 구가 전재의 원동력이 되었다. 『용재총화』도 예외는 아니었다. 다만 그 과정에서 상당한 변용을 가해 서사적 발전을 이루었다는 점이 특별하다. 그리고 그에 못지않게 다양한 구연 서사체들을 기록했다. 『용재총화』의 이야기꾼들은 일상생활 과정에서 일상적으로 접할 수 있던 존재들로서, 사대부들도 이런 일반적인 구연 환경과 구연 경험의 예외자는 아니었음을 말해 준다. 널리 알려진 전문 이야기꾼이 아니었다는 점이 조선 후기 야담의 이야기꾼과 다를 뿐, 이야기꾼은 조선 초기 잡록에도 엄연히 존재했음을 『용재총화』는 분명히 보여 주고 있는 것이다.

제2장

『용재총화』의 갈래와 서술구조

1. 머리말

　『용재총화』는 편찬자 성현(成俔)이 견문한 내용을 기록한 것이다. 시간적으로는 아득한 신화의 시대로 부터 조선 초기까지 이르며, 공간적으로도 조선의 한양으로 부터 중국의 북경에까지 이른다. 그러나 그 중심에 놓인 작품의 사건은 성현의 생존년대에 그가 소속된 한양의 사대부 사회에서 일어난 것이다. 그런 점에서『용재총화』는 성현에 의해 포착된 당대 사대부 사회의 모습을 주로 보여준다고 할 수 있다.『용재총화』에 실려 있는 기록들을 살펴봄으로써 조선 초기 사대부 사회의 진면목을 알 수 있을 뿐만 아니라, 자기 시대의 삶의 양상을 기록하는 전형적 서사 형식을 추출해 낼 수 있을 것이라 기대한다.

　이 장에서는 먼저『용재총화』에 실려 있는 작품들의 소속 갈래를 검토하고자 한다.『용재총화』에 실려 있는 교술의 역할을 부각시킨 뒤 그것과 구분되는 서사의 존재 양태를 해명하려는 것이다. 서사는 시작과 중간, 끝의 단계를 거치면서 인간의 욕망을 충족시키려 하거나 의지를 간접적으로나마 실천하려는 언어 행위이다. '패관 잡기'에 대한 부정적 시각이 조선 초에 두루 존재했음에도 불구하고 최상층 사대부인 성현이『용재총화』를 편찬하기에 이르는 것도 서사적 언어 행위에 대한 욕망을 이념적 원칙으로써 완전히 억제하기는 힘들었기 때문일 것이다.

다음으로 서사의 서술구조 면을 살펴보고자 한다. 산만하게 실려 있는 작품들도 그 고유한 서술원리를 바탕으로 하여 일정한 구조를 갖추고 있는데, 그것들을 밝혀내는 작업은『용재총화』소재 단편들이 엄연한 문학의 한 갈래임을 입증하는 데 있어 필수적인 것이라 하겠다. 아울러 잡록집 소재 서사 작품들에 두루 활용된 서술원리라 할지라도『용재총화』에서 특별하게 변용된 면이 있는데, 그 변용 부분을 드러내는 것은『용재총화』의 고유한 성격을 해명하는 데 도움이 될 것이다.

2.『용재총화』의 갈래 구성

1) 교술

『용재총화』의 권1과 권2의 대부분 그리고 권8, 권9, 권10의 상당수는 대체로 실재한 사실이나 제도를 그대로 기록하고 있다. 거기에는 생각과 감정의 주체가 되는 개별 인물이 등장하지 않으며 체계적 구조를 갖춘 사건도 일어나지 않는다.

가령 권1의 대부분은 글, 글씨, 음악, 미술 등 문화예술 전반을 소개하고 그에 대한 서술자의 생각을 덧붙였다. 아울러 한양의 풍물, 경관 등도 그대로 제시하고 있는 점을 고려하면 권1은 사대부 문화와 사대부 사회의 자랑스러운 모습을 드러낸다는 성격이 강하다. 편찬자의 입장에서 볼 때, 이 교술 부분은 편찬자가 가진 사대부 교양의 최고 단계를 유감없이 보여 주었다고 하겠다. 그것은『용재총화』에 실려 있는 모든 언어물의 바탕이요 출발점이다.

권2도 권1과 별 차이가 없이 교술에 해당되는 작품을 많이 싣고 있다.

고려조에 대한 것도 없진 않으나 주로 조선조의 국가제도, 민간풍속, 풍물 등을 상세하게 소개하고 있다. 이는 자기 시대의 문화에 대한 큰 관심과 애정의 소산이다. 그 관심과 애정이 분명하기에 다른 허구적 사항을 덧붙이지도 않고 그 자체를 정확하게 소개한 것이다. 교술의 우위는 작품외적 세계의 우위를 의미하기 때문이다.

아울러 사대부 지식인으로서 자기 사회에 대해 가질 수밖에 없었던 불만이나 비판정신을 드러내기도 했다. 가령 〈풍속지불여고자다의(風俗之不如古者多矣)〉(대동1, 563)는 당시의 풍속을 훤히 떠올릴 수 있을 정도로 상세하게 묘사한다. 그런데 그 밑에는 자기시대에 대한 비판정신과 일종의 위기감까지 깔려 있다.

> 풍속이 옛날과 같지 않은 것이 많다. 옛적에는 잔치를 베푼 뒤에 악(樂)을 하였으며, 먼저 전두(纏頭)를 갖춘 뒤에 기생을 청하였다. 찬품(饌品)에도 규제가 있으며, 음악은 진작, 만기, 자하동, 횡살문 등의 곡을 연주하게 하고, 조그마한 잔을 돌려 수작을 하나 술은 조금씩 따르고, 낮은 소리로 노래를 불렀으되 떠들고 주정하는 데까지는 이르지 않았다. 근래에는 연품(宴品)이 모두 사치스럽다. 밀과(蜜果)는 모두 짐승의 모양으로 만들어 사용하고, 이미 찬상을 마련하고도 또 찬반을 마련하니 좋은 안주와 맛있는 음식이 없는 것이 없고, 탕이나 구운 고기는 모두 쌓여서 한두 가지가 아니다. 술이 끝나기도 전에 번거롭고 조급한 관현(管絃)을 뒤섞어 날랜 장고와 빠른 춤을 추되 쉴 줄 모른다. 더러는 사회(射會)를 빙자하고, 더러는 영송(迎送)을 빙자하여 장막이 도문(都門) 밖에까지 나오게 되며, 종일토록 놀아나며 직무는 내버려둔다. 또 사저에 세 사람만 모여도 반드시 기악(妓樂)을 쓴다. 여러 관청의 종들을 데려와 남에게 빌려주고는 술과 음식을 장만하게 하는데, 조금이라도 맞지 않으면 반드시 매질을 하니 동복이 날로 피곤해진다. 창기(娼妓)에게도 연폐(宴幣)를 주지 않고 아침저녁으로 뛰어 다니게 하여 의복이 피폐해 지며, 편지를 보내 청하는 사람이 많으니 영관(伶官)[1]이 조악(調樂)을 할 수 없게까지 되었다.[2]

적절한 절제가 필요한 의례에서 사치스러워지고 방자해진 세태를 비판적으로 묘사하고 있는 것이다. 이는 지식인으로서 자기 사회에 대해 자부심을 가지면서도 자기시대에 대해 진지하게 성찰한 결과라고 평가할 수 있다. 〈고자혼가납채(古者婚家納采)〉(대동1, 564면)는 그러한 풍속의 일반적 성향을 혼례의 경우에 국한시켜 보여준다. 그 서술법은 과거와 현재를 대비하는 방식이다. 이러한 대비법은 성현이 당대 사회의 문화풍토에 대해 한편으로는 자부심을 가져서 그 모습들을 소개했지만, 다른 한편으로는 그 폐단에 대해 심각한 반성을 하고 그 반성에 입각해 그것을 비판하는 입장을 견지했음을 말해준다. 나아가 대비법은 중국과 우리나라를 대비하는 데에 이른다. 중국의 경우, 인성이 순하고 의심이 없고 절약하고 적게 먹고 관원이 민폐를 끼치지 않고 윗사람의 말을 잘 듣는다면, 우리나라의 경우, 인성이 의심 많고 서로 믿지 않으며 많이 먹고 관원들이 민폐를 많이 끼치고 윗사람과 아랫사람이 서로 능멸하여 갈등이 심하다는 것이다.3)

　요컨대 권1과 권2에 실린 단편들의 대부분과 권8, 권9, 권10에 실린 상당수 단편들은 교술에 해당된다. 권1에 수록한 것은 성현이 가장 중요하다고 생각한 부분일 테다. 성현은 서사와 교술을 오늘날처럼 명확하게 분별하지는 않았지만, 막연히 구분한 단계에서 각각에 대한 가치판단은

---

1) 영관(伶官): 음악을 맡아보던 벼슬아치.
2) 風俗之不如古者多矣. 古者設華筵然後用樂, 先備纏頭然後請妓. 饌品有制, 樂奏眞勺慢機紫霞洞橫殺門等曲, 傳小杯酬酢, 淺斟低唱, 不至呼呶伐德. 今也宴品皆豪侈, 蜜果皆用鳥獸之形, 旣設饌案, 又設饌盤, 佳肴珍味, 無所不陳, 湯炙皆疊而不單. 酒未畢, 繁絃促管雜用, 賁鼓屢舞不休. 或憑射帳, 或憑迎送, 帳幕相連於都門外, 終日遨遊, 廢棄職事. 又聚邸舍, 三人相遇, 必用妓樂. 各司僮僕, 稱貸於人, 以備酒食, 稍有不協, 必加鞭笞, 日就貧困. 娼妓亦無宴幣, 晨夕奔走, 衣服彫弊, 馳書請之者坌集, 至使伶官, 不得調樂也.(대동1, 563면)
3) 〈我國與中朝不類〉(대동1, 644면)

내리고 있었다고 보인다. 그중 교술에 보다 큰 가치를 부여한 것이 아닐까 한다. 교술 부분은 『용재총화』 소재 서사물 특히 일화들에서 주인공들이 여러 가지로 '일탈'을 하게 되는 출발점 혹은 바탕에 해당한다. 일화의 여러 주인공들은 설사 잠정적인 일탈을 하여 기존 질서를 부정하거나 잠시 망각하기는 하지만 곧 그 기존 질서 속으로 돌아오는 공통점을 보이는데, 일탈적 개인들이 궁극적으로 돌아오는 귀결점이 바로 권1과 권2가 제시해 준 사대부 사회의 긍정적인 세계인 것이다. 일탈하였다가 다시 돌아온 세계는 일탈하기 전의 세계보다 그 가치와 의의가 더 돋보이게 마련이다. 그런 점에서 일탈의 체제수호적 성격을 생각할 수도 있다.

2) 서사

여기에는 전설, 민담, 소화 등과 아울러 일화, 전기소설 등이 포함된다. 전설, 민담 등이 초현실적이거나 비현실적인 내용을 주로 담고 있다면, 소화나 일화는 원칙적으로 현실적인 내용을 다루고 있다.[4] 그중 소화는 일화에 비해 과장과 작위성이 더 강하여, 현실적 내용이지만 꾸며졌다는 인상을 강하게 준다. 『용재총화』에는 초현실적인 내용의 전설이나 민담이 적지 않게 실려 있지만, 그보다는 현실적인 내용을 다루는 일화와 소화가 더 큰 비중을 차지한다. 전설이나 민담은 전대에 형성되어 이 시기에까지 전승된 것이거나 아니면 비현실적·초현실적 의식에 입각하여 이 시기에 형성된 것이다.

(1) 전설

전설로는 〈홍재추(洪宰樞)〉(대동1, 593면), 〈오린유기재추(吾隣有奇宰

---

4) 이와 관련하여 이강옥, 「조선 초·중기 일화의 형성과 변모과정 연구」, 서울대학교 박사학위논문, 1993의 25면 도표를 참조할 것.

樞)〉(대동1, 601면), 〈우유이사문두(又有李斯文杜)〉(대동1, 601면) 등을 들수 있다. 〈홍재추〉에서는 홍재추에 의해 배신당한 여인이 심질(心疾)로죽은 뒤 뱀과 이무기로 다시 나타나 홍재추를 끝까지 따라다님으로써결국 그를 죽게[5] 만든다. 〈오린유기재추〉에서 기유(奇裕)는 귀신이 나타나는 흉가로 변한 집을 떠났다가 다시 돌아와 '선조의 가실을 오랫동안돌보지 않는 것이 어찌 선조를 받드는 도리라 할 것이며, 대장부로서 어찌 귀신을 두려워 하리오'라며 들어가 살다가 끝내 귀신에 홀려 죽는다.[6] 〈우유이사문두〉에서는 이두의 집에 죽은 숙고(叔姑)가 귀신으로 들어와 집안일을 지휘하는데, 허리 위는 보이지 않고 허리 아래는 종이치마에 뼈만 남은 다리만 보였다. 다리가 왜 그러냐고 물으면 '죽은 지 오래된 사람 다리가 이렇게 되지 않겠니'라 대답했다. 아무리 물리쳐도 효험이 없어 얼마 뒤 이두는 병들어 죽는다.[7]

이들 이야기는 죽은 사람이 동물이나 귀신으로 나타나서 사람을 죽게만드는 공통점을 가지고 있다. 그런데 〈홍재추〉에서 이무기나 뱀으로환생한 여인이 홍재추를 죽이는 것은 정당하다고 할 수 있다. 홍재추는스스로 저지른 잘못으로 응징당한 것이다. 그런 점에서 윤리적 분위기를강하게 띄고 있다. 〈오린유기재추〉에서 유계량(柳繼亮)이 이두의 집에나타나 해코지를 하는 것은 그가 억울하게 피살당했기 때문이다. 그러나이두가 그 피해를 입는 것은 부당하다. 오히려 그는 대대로 물려받은 집을 지킴으로써 자손으로서의 도리를 다하려 한 지극히 윤리적인 행동을한 것이다. 주인공의 행위와 귀신의 응징 사이에 필연적 연관이 없다.

---

5) 公精神漸耗, 顔色憔悴, 竟搆疾而卒.(대동1, 593면)
6) 怪亦復作 …… 裕若叱之, 則空中唱云: "奇都事敢如是乎?" 未幾裕得病而卒.(대동1, 601면)
7) 百計禳之不得, 未幾斯文得病而死.(대동1, 601면)

그런 점에서 윤리적이라기보다는 운명적이다. 나아가 〈우유이사문두〉
에서 귀신은 아무런 이유 없이 나타나 주인공을 죽게 한다. 그렇다면 기
이한 현상 자체를 제시하는 단계에 멈췄다고 하겠다.

이렇듯 전설을 성격도 다양하다. 성현은 전승된 전설들을 일관된 기준
에 의해 검열하거나 변형하지 않고 게재했다고 볼 수 있다. 황당하면서도
기이한 내용을 이렇게 전재했다는 것은 『용재총화』가 개방적 자세로 다
양한 현상이나 사건, 인물들을 수용하였음을 말해주는 것이다. 그것은
성현이 개방적 자세로 세상을 바라보았기 때문이겠고 성현에게 이야기를
제공한 제보자들의 의식이 그런 차원에 가까웠기 때문이라고도 하겠다.
〈아외구안공〉(대동1, 589면), 〈외숙안부윤〉(대동1, 589면), 〈아외고정씨〉
(대동1, 589면) 등 외가 집안사람들로부터 전해들은 이야기를 거의 그대로
전재해 전설적 성격을 유지하는 것이 그 근거가 될 수 있다.

(2) 소화

〈석유청주인(昔有青州人)〉(대동1, 602면), 〈석유인(昔有人)〉(대동1, 02
면), 〈석유형제이인(昔有兄弟二人)〉(대동1, 602면), 〈상좌무사승(上座誣師
僧)〉(대동1, 603면), 〈우유상좌(又有上座)〉(대동1, 603면), 〈유승모과부왕
취(有僧謀寡婦往娶)〉(대동1, 603면), 〈석유사인영서(昔有士人迎婿)〉(대동
1, 604면), 〈도중유명통사(都中有明通寺)〉(대동1, 607면), 〈석유일맹거개
성(昔有一盲居開城)〉(대동1, 607면), 〈우유일맹(又有一盲)〉(대동1, 607면),
〈경중우유맹(京中又有盲)〉(대동1, 607면), 〈종실풍산수(宗室豊山守)〉(대
동1, 608면), 〈윤사문통(尹斯文統)〉(대동1, 611면) 등이 여기에 해당된다.

이 작품들을 주로 주인공이 속임을 당하거나 조롱당하는 상황을 만들
어 독자들에게 웃음을 유발한다. 주인공은 대체로 정신적으로나 육체적
으로 평균수준 이하이다. 바보(〈석유형제이인〉, 〈석유사인영서〉), 장님(〈석

유일맹거개성〉, 〈도중유명통사〉, 〈우유일맹〉, 〈경중우유맹〉) 등이 그 예이다.
또 정상인들도 조롱되기도 한다. 정상인이 궁지에 몰려 웃음거리가 되는
것은 그가 자기 분수를 잊고 지나친 욕심을 가졌기 때문이다.

비정상인이든 정상인이든 각각 다시 두 경우로 나눌 수 있다.

① 주인공이 상대인물에 속아 웃음거리가 됨
② 상대인물이 없거나, 있어도 방관하거나, 혹은 상대인물이 호의적임에
도 불구하고 주인공이 웃음거리가 됨

①이 풍자적이고 비판적인 성격이 강하다면 ②는 해학적이거나 희화
적 성격이 더 강하다. ①, ② 모두 주인공과 상대인물 간에는 지적능력
면에서 상대인물이 우위에 있다. 그래서 두 인물이 잠시 갈등한다해도
그 결과는 뻔하다. 심각하고도 지속적인 갈등상황이 만들어지지는 않는
것이다. 갈등상황 대신 우스운 상황이 갑자기 창출됨으로써 정서적, 지
적 이완이 일어난다. 우스운 상황을 원활하게 창출하기 위해서는 어느
한 부분 이상이 과장되게 마련이다. 이 과장 때문에 현실성과 멀어진다.
〈상좌무사승〉에 등장하는 중은 상좌의 윗사람이다. 그러나 지적 능력
면에서는 상좌가 중보다 우위에 있다. 일련의 상황 제시를 통하여 지적
능력 면에서 상좌의 우위가 확정된다. 주인공 중은 일방적으로 조롱당하
기는 하지만 도대체 그가 왜 조롱당해야 하는지는 문제되지 않았다. 즉
옳고 그름은 문제되지 않는 것이다. 중은 조금 우둔하달 뿐이지 그렇게
악한 존재도, 선한 존재도 아니다. 다만 중으로서의 권위와 위엄이 다소
모자란다는 인상을 주기는 한다. 이 작품은 특정 중이 어떠하고 특정 상
좌가 어떠하기 때문에 사건이 일어났음을 보여주고자 하지 않는다. '상
좌가 사승을 속이는 것은 옛날부터 흔히 있는 일이다"[8]라고 이 작품이
시작하고 있는 것은 이 작품이 그런 경향을 일반화시켜 제시하고자 함을

암시한다. 호기심의 충족이 귀결점이다.

〈우유상좌〉에서는 주인공이 조롱당하는 이유가 조금은 더 분명하게 드러난다. 그만큼 조롱이나 웃음이 비판적이다. 중은 여색에 초연하지 못하다. 그렇다고 그 점에 대해 고민하지는 않는다. 중은 단지 사회적 관행 때문에 그것을 드러내지 못해왔을 따름이다. 그래서 기회가 주어졌을 때 그 숨겨진 욕망을 거침없이 추구하고자 한다. "내가 여기에 앉고 여자는 여기 앉게 하고, 내가 밥을 권해 여자가 먹으면 여자의 손을 잡고 방으로 들어가서 함께 즐기지." 이 같은 혼잣말에서 그의 음흉한 마음이 밝혀졌다. 결말 부분에서 중이 스스로 머리를 숙이고, 상좌로 하여금 중의 입을 치게 하고, 상좌가 그 말에 따라 중의 입을 쳐서 이빨을 부러뜨리는 것은 중이 진정으로 반성하기 때문이 아니라 욕정을 충족시킬 좋은 기회를 잃은 뒤의 허망감을 달래기 위함이다. 그러나 상좌의 일격은 중으로 대변된 위선적 윗사람의 행태를 질타하는 행위이기도 하다. 그런 점에서 문제제기적인 것이다.

〈유승모과부왕취〉의 중은 더욱 타락하여 과부를 겁탈하려는 계획을 짤 정도로 욕정을 드러낸다. 상좌는 그 중이 설사를 하게 하여 과부로부터 매를 맞고 쫓겨나게 만든다. 이어 중은 세 번에 걸쳐 봉변을 당한다. 그런데 그 봉변은 앞의 경우처럼 중이 의도적으로 어떤 잘못을 저질러서 당한 것이 아니다. 우연한 실수, 우연의 일치 때문이다.

이상에서 중이 당하는 봉변은 지속적인 것이 아니요 치명적인 것도 아니다. 한 순간에 있었던 해프닝으로 기억될 뿐 그것이 중의 처지를 악화시키지는 않는다.

그 다음으로 바보가 주인공으로 나오는 이야기도 꽤나 된다. 〈석유

---

8) 上座詆師僧, 自古然矣(대동1, 603면)

인〉, 〈석유형제이인〉, 〈석유사인영서〉 등이다. 이들 작품의 주인공들은
상대인물로 부터 그 바보스러움 때문에 동정을 받고 도움을 받지만 마침
내 어리석은 행동을 하여 웃음을 초래한다.

〈석유인〉에서 동네사람들은 화를 물리치자면 자기가 시키는 대로 해
라는 점쟁이의 말을 듣고 고지식하게 그대로 따라 하기만 한다. 점쟁이
가 "명미(命米)를 내 놓아라"하니 그들도 입으로만 따라서 "명미를 내놔
라"하고, 점쟁이가 "명포를 내놔라"하니 그들도 "명포를 내놔라"했다. 답
답한 점쟁이가 "아니 어째서 내가 말하는 대로만 하는가"하니, 모두들
"아니 어째서 내가 말하는 대로만 하는가"한다. 그 잘못된 의사소통과
모방은 끝없이 이어진다. 이처럼 마을사람들은 점쟁이가 지시하는 뜻을
정확하게 이해하여 행동할 줄 모르고 앵무새처럼 그 말만 되풀이한다.
마침내 점쟁이가 우발적으로 하게 된 행동을 따라하고 점쟁이가 당한
사고 까지도 의도적으로 당함으로써 안도하는 것이다. 마을사람들이 그
렇게 하게 된 것은 그만큼 화를 피하기 위해 애썼다는 뜻도 되겠지만,
점쟁이의 말을 이해할 정도의 지적 능력이 모자랐기 때문이다. 그리고
이 작품에는 고유명사가 전혀 등장하지 않는다. 특정 시기와 공간의 특
정 사건을 서술하는 것이 아니라 가상적 공간에서 언제라도 좋은 시간에
사건이 일어난 것으로 서술한 것이다. 유일한 목표인 우스운 상황을 도
출하기 위해 인물이나 시공간이 꾸며진 것이다.

〈석유형제이인〉에서 바보 형의 존재도 과장되게 희화화되었다. 바보
형은 동생의 가르침대로 행동하고자 하나 동생의 말이 적용되는 대상을
항상 잘못 파악하여 웃음을 유발한다.

동생이 "산 속에 들어가 까만 옷을 입은 분을 만나면 청해 오세요"하였다.
형이 나뭇가지 끝에 앉아 있는 검은 새를 보고 "선사님 저희 집에 가셔서 재를

좀 올려 주세요"하니 새는 울며 날아 가 버렸다. 형이 돌아와서 "스님을 청했더니 꽉꽉 하며 날아 가버리더라" 했다. 동생이 "그것은 까마귀요 중이 아니니, 다시 가서 누런 옷을 입었거든 청해 오시오"하였다. 형이 산중으로 들어가서 나무 끝에 꾀꼬리가 앉아 있는 것을 보고, "선사님, 저희 집에 오셔서 재를 올려 주소서"하니 꾀꼬리도 울면서 날아 가 버렸다.

형이 돌아와서 "스님을 청했더니 예쁜 모습으로 물끄러미 보면서 가더라" 했다. 동생이 "그것은 꾀꼬리요 스님이 아닙니다. 내가 가서 스님을 청해올테니 형님은 여기 계시다가 솥 안의 죽이 넘치거든 떠서 오목한 그릇에 담아 놓으세요."하였다. 형은 처마물이 떨어져서 움푹 패인 섬돌을 보고 죽을 그 속에 모두 부어버렸다. 동생이 스님을 청하여 돌아오니 한 솥의 죽이 모두 없어졌다.[9]

누런 옷을 입었거든 청해오라는 동생의 주문은 대상이 사람임을 전제로 하는 것인데 형은 그것을 이해하지 못하고 색깔이 노란 꾀꼬리에게 수작을 걸었다. 오목한 그릇에 담아 놓으란 동생의 주문은 죽을 담아 놓았다가 다시 떠먹을 수 있는 그릇을 전제로 하는 것인데 형은 그것을 파악하지 못하고 그릇이 아닌 섬돌에 죽을 부어 못 먹게 만들어 버렸다. 이처럼 형의 바보스런 행동은 어떤 말의 적용대상을 정확하게 파악하지 못한 데서 시작된 것인데, 그것이 반복됨으로써 우스운 상황은 계속된다.

〈석유사인영서〉에서 바보 사위는 물건의 이름을 모르며 가르쳐 주어도 정확하게 기억하지 못한다. 그리하여 이름을 엉뚱한 물건에 붙여서 웃음을 유발한다. 그런 점에서 〈석유형제이인〉과 서술원리가 같다. 이

---

9) 弟曰: "入山中, 見緇衣而請之." 兄往見樹抄有黑鳥, 乃呼曰: "禪師請來食齋." 烏鳴而飛. 兄還曰: "請僧, 乃攫攫而去." 弟曰: "此鳥也, 非僧也. 更往, 見黃衣而請之." 兄入山中, 見樹抄有黃鳥, 乃呼曰: "禪師請來食齋." 鳥鳴而飛. 兄還曰: "請僧, 睍睆而去." 弟曰: "此鶯也, 非僧也. 我往請僧, 兄且留焉, 若釜中粥溢, 則斟而盛諸凹器." 兄見簷溜滴階成凹, 遂以粥盡瀉於其中. 及弟請僧而還, 則一釜之粥盡矣.(대동1, 602~603면)

작품 역시 주제의식이나 도덕성 등을 문제삼지 않는다. 가상적 상황을
만들어 바보가 바보 노릇 하는 것을 과장하고 거기서 부담 없는 웃음을
유발하는 것이다.

이상의 소화들에서는 등장인물 중 상대인물이 주인공보다 지적 능력
이 탁월하거나, 주인공의 지적 능력이 극히 열등하다. 그리하여 대등한
인물들 사이의 갈등상황은 만들어지지 않는다. 대신 어느 한 인물의 일
방적인 열세를 보여주거나 과장된 행동을 보여주어 우스운 상황을 창출
한다. 마침내 한 인물이 봉변을 당하거나 조롱을 받지만, 그렇다고 그의
처지에 심각하고 지속적인 변화가 초래되지는 않는다. 우스운 상황을 만
들어내는 데 필요한 정도만 조롱될 뿐, 그것 때문에 그의 처지가 악화되
어 삶의 여건이 달라자자 않는다. 예를 들어〈유승모과부왕취(有僧謀寡
婦往娶)〉는 여색을 밝히는 스님을 지나칠 정도로 조롱하고 응징하지만
그렇다고 그로부터 스님의 자격을 박탈하거나 혹은 스님노릇을 하는데
어려움을 겪게 하지는 않는다.

아울러 주인공이나 상대인물은 서술자의 계급과는 다른 계급에 속하
는 인물들이다. 서술자는 자기와는 다른 계급 구성원을 웃음의 대상으로
선택한 것이다. 여기에는 일정정도 계급적 우월의식이 개입했다.

또 웃음유발이 궁극적 목표이기에 웃음을 유발하는데 도움이 된다면
어떤 소재라도 활용한다. 윤리나 도덕이 문제되지 않으며 마침내 패륜적
인 것까지 웃음유발을 위해 이용된다. 예를 들어〈경중우유일맹(京中又
有一盲)〉에는 장님인 남편을 밖에서 기다리게 하고 그 아내를 별실에서
겁탈하는 젊은이와, 그 젊은이를 기꺼이 맞이하는 아내가 등장하지만 그
들에 대해 서술자가 윤리적인 간섭을 하지 않는 것이다.

이상과 같은 소화는 파격적인 성격을 가진 경우가 많으며 그것들 역시
성현의 개방적 세계관에 의해 수용된 것이라 하겠다.

(3) 일화

일화는 주로 성현 당대의 정황과 사건, 인물 형상들이 직접 반영되어 형성된 것이다. 일화를 많이 담고 있는 『용재총화』를 성현이 편찬했다는 것은 그가 훈구 지배세력으로서 자기 사회의 실정에 대해 적극적인 관심을 가지고 있었음을 뜻한다. 아울러 이 시기의 사회에는 새로운 양상들이 생겨나기 시작했다. 먼저 새로운 인간형이 나타나 흥미로운 상황을 만들거나 재미있는 사건을 일으켰다. 편찬자 성현은 독특한 개성을 갖춘 인간형에 대해 유별난 관심을 가져 그들이 연루된 일화들을 놓치지 않고 포착하였다. 성현의 주위에 있었던 담론 잘하고 장난기 많은 인물들은 일화 형성을 가능케 했던 모든 요소들을 갖춘 주체였다. 가장 두드러지는 사람이 최세원이다. 〈최세원〉(대동1, 579)에서 최세원은 절조가 있어 성인에 가까운 사람으로 알려져 있던 한경신이란 인물의 비밀을 발설하여, 그가 소문과는 전혀 다른 성격의 소유자임을 폭로한다. 최세원은 이미 존재하는 현상이나 사실을 전혀 다른 관점에서 포착한 것이다. 위엄 있는 인물로 알려졌던 한경신은 세숫물을 올리는 하녀의 얼굴에다 세숫물을 뿌리면서 희롱을 할 정도로 방종한 인물로 형상화되었다. 관점의 전환이 이루어 진 것이다. 이에 대해 서술자는 어떤 가면을 쓰거나 풍자적인 광대나 바보를 개입시키지도 않고서 서술을 지속한다.[10] 그런 점에서 마지막의 웃음은 비판적이거나 풍자적인 성격이 약하다. 도덕을 문제 삼지도 않는다. 단지 웃음만을 초래하고자 할 뿐이다. 최세원과 같은 새로운 인물의 등장은 일화가 세상을 새로운 시각에서 바라볼 수 있게 하였다.

〈최세원〉이 최세원이란 이야기꾼의 이야기하기로써 구성되었다면 등

---

10) 미하일 바흐친, 『장편소설과 민중언어』, 창작과 비평사, 1998, 355면.

장인물이 직접 사건에 개입하여 행동을 하고 마침내 웃음을 유발하는
일화로 〈여소시여방옹(余少時與放翁)〉(대동1, 580면)이 있다. 여기에는
방옹이라는 악동이 등장한다. 방옹은 손님대접을 탐탁하게 하지 않는 조
회(趙恢)의 말을 훔쳐 잡아먹으려 한다. 이 때 조회는 사태를 명확하게
간파하지 못하고 안절부절못한다.

> 이튿날 회가 왔는데 눈이 퀭하고 얼굴이 초췌하여 방옹이, "자네는 어찌
> 편치 않은 기색이 있는가."하고 물었더니, 회는, "어제 처고모가 김포 댁으로
> 돌아가려 하여 말을 문 밖에 매어 두었더니, 도적이 말을 훔쳐 갔으므로 급히
> 온 집안 사람이 나누어 찾고 있으며, 나도 고양과 교하 등지를 찾아 돌아다녔
> 으나 지금까지 찾지를 못하였네. 이 때문에 근심이 쌓여 있네."하였다. 조금
> 뒤 창고 안에서 말이 울자 방옹이 미소를 지었다. 조회가 가서 본즉, 그 말이
> 었으므로 한편으로 노하고 또 한편으로는 기뻐하면서 욕하기를 마지않았다.
> 만당(滿堂)이 크게 웃었다.[11]

손님대접이 시원찮다고 그 집의 말을 훔쳐가는 이 같은 행동은 범죄에
해당된다. 더욱이 그는 장차 지배체제의 핵심구성원이 되기 위해 과거준
비를 하던 사람이다. 그의 행동은 기존질서와 도덕을 파괴한 의미를 지
닌다. 그러나 그에 대해 서술자나 상대인물들이 심각하게 문제를 제기하
지는 않는다. 오히려 그것을 재미있거나 풍류스런 행동으로 생각하여 웃
어넘긴다. 범죄를 저지른 방옹의 처지에도 전혀 변화가 일어나지 않는
다. 자유분방하게 살아가는 방옹이란 인간형, 그의 지나친 행동을 용인
해주고 오히려 웃어주기 까지 하는 서술자와 조회 등이 사대부일화의

---

11) 翌日恢來, 目動面悴, 放翁問: "子何有不豫之色?"恢曰: "昨日妻姑將往金浦鄕墅,
    係馬於門外, 有盜偸馬而去, 擧家遑遽, 分人往搜, 余則巡歷高陽交河等處, 至今未
    覓, 是, 以憂耳." 少焉馬鳴庫裡, 放翁微笑, 恢往見之則卽其馬, 恢且怒且喜, 詆之不
    已, 於是滿堂大噱.(대동1, 580면)

기본 요건을 충족시킨다고 할 것이다. 그리고 그것은 다소의 일탈이 있어도 그 사회질서의 바탕은 전혀 손상되지 않는다는, 자기 체제에 대한 어느 정도의 자신감이나 정신적 여유를 바탕으로 한 것이라고 보아야 할 것이다.

〈손영숙〉(대동1, 621면)에는 채기지란 재치 있는 인물이 등장한다. 그는 장난기 섞인 말을 잘해 남들을 웃긴다. 그는 〈김량일일목묘〉(청파극담.대동2.530면), 〈김사문〉(대동1, 659면), 〈신축년〉(대동1, 642면) 등에도 거듭 등장한다. 〈김량일일목묘〉, 〈김사문〉 등에서 채기지는 애꾸눈인 김량일에게 한 쪽 눈을 고치는 방법을 가르쳐준다. 눈에 1년생 개의 눈알을 넣는 방법을 추천하는데, 다만 그렇게 했을 때 사람의 똥이 고량진미처럼 맛있게 보이는 것이 문제라며 듣는 사람들을 웃게 만든다. 채기지는 손영숙, 성현과도 친구 사이인데, 재치있는 말이나 남을 웃기는 촌철살인적인 말을 잘하여 사대부 간에 널리 알려진 존재임을 알 수 있다. 이런 존재야 말로 조선 초기 사대부일화 및 소화가 양산되는데 결정적 기여를 하였다고 하겠다.

손영숙도 성현의 친구로서 채기지에는 못 미치지만 여러 일화들을 만들어낼 만한 자질을 갖춘 사람이다. 그는 〈오우손영숙〉, 〈손영숙〉, 〈세전(世傳)〉(병진정사록, 대동1, 724면) 등에 등장한다. 그 역시 사대부 사회에서 여러 가지 일화들을 만들어내는 계기들을 제공한 인물이었다고 할 수 있다.

이상과는 좀 다른 '개성적 인물' 역시 일화 창출의 주역이 되었다. 권5에는 당대 사대부 사회에서 일반적이라 보기 힘든 개성적 인물들이 발견된다. 〈김속시여진인야(金束時女眞人也)〉〉(대동1, 609면)에서 김속시는 사냥을 일삼는 존재이지만 무예가 뛰어나고 경사(經史)에도 밝았다. 그는 성현에게 사슴 잡는 법, 곰 잡는 법, 호랑이를 잡는 법 등을 이야기해 주었다. 이 작품은 그의 이야기를 그대로 옮겨놓는 방식을 취했다. 그중 사슴과 곰을 잡는 법은 일반화되어 진술되었다.

여름이 되어 풀이 우거질 때에는 노루와 사슴이 새벽에 나와서 풀을 먹고 배가 부르면 숲 속에 들어가 누워 있으므로…… 짐승이 만약 이 소리를 들으면 심상한 일인 줄 알고 달아나지 않고 기를 죽이고 엎드려 있는데, 이 틈을 타서 나는 활시위를 당기고 나아가서 화살 한 개로 적중시킵니다.[12]

대개 곰은 용감하고 힘이 세어 호랑이를 만나면 한 쪽 앞 발로 큰 돌을 들고, 한.쪽 앞발로는 호랑이의 목줄기를 누르고는 나뭇가지를 꺾어 때리지요…… 곰이 살을 맞으면 어쩔 줄을 모르고 내려와서 사방을 더듬어 찾다가 내가 있는 곳까지 와도 모르고 해치지 못하며, 그러다가 괴로움을 못 견디어 사람이 슬피 울부짖는 소리 비슷한 것을 내다가 시냇물에 엎어져서 죽고 말지요.[13]

이처럼 사슴과 곰의 행태와 습관 등을 세밀히 묘사하였지만 그것을 특정 시공간에서 일회적으로 있었던 것으로 사건화하지는 않았다. 김속시가 성현에게 해 준 말은 자기체험을 토대로 한 것이지만 그 체험을 일반화시켜 진술한 것이다. 이 일반화의 서술방식은 서사를 교술에 가깝게 만든다. 여기에는 사건을 생생하게 재현하여 청자나 독자의 감흥이나 긴장을 유발하기 보다는, 독특한 사실이나 지식을 전달하여 지적 호기심을 충족시킨다는 서술의식이 더 강하게 작용했다.

---

12) 當夏草茂之時, 獐鹿淩晨出喫草, 腹果入臥林藪…… 獸若聞之, 則以爲尋常而不走出, 屛氣而伏, 余持滿而進, 一箭而中之.(대동1, 609면)
13) 大抵熊勇敢多力, 若見虎則以一手取大石, 以一手搤虎項而壓之, 又折樹枝而搏之…… 熊被箭則狼狽而下, 捫摸四旁, 雖及吾身, 而亦不知不能害, 少頃不堪其苦, 如人哀號之聲, 伏澗而死矣.(같은 곳)

옛날에 세조께서 온양에 머무르셨는데, 한 선비가 와서 아뢰기를 '열여섯 살쯤 된 여자가 어젯밤 안방에 있었는데 마침 창문이 열려 호랑이가 물어 갔사오니 성덕은 이 원통하고 억울한 마음을 풀어주소서'하였다. 세조께서 장수들에게 명하시어 잡아오라 하셨는데, 나도 따라가게 하셨지요. 내가 그 여자의 집에 도착하여 형편을 물어 보고서 산 중턱에 이르니, 붉은 적삼이 반쯤 찢어져서 나무 끝에 걸려 있고, 몇 걸음 더 가니 시체가 산골짜기 시냇가에 버려져 있었는데 반은 이미 먹혔습니다. 조금 있다가 나무 사이에서 으르렁거리는 소리가 들리기에 돌아다보니, 큰 호랑이가 노려보고 있었지요. 저는 분함을 못참고 말을 달려가 한 살로 맞히고 물러나다가 말이 소나무 가지에 걸려 쓰러지니 ……14)

여기에서는 처녀를 물어간 호랑이를 처치하는 김속시의 행동이 일회적으로 서술되었다. '옛날 세조께서 온양에 머무르실 때'란 특정 시간을 전제로 하고 '온양의 한 고을'이라는 구체적 공간을 배경으로 설정하였다. 김속시가 위험을 무릅쓰고 호랑이를 죽이는 것은 그 호랑이에게 죽임을 당한 처녀와 그 가족의 원통함을 풀어주기 위한 것이다. 그런 점에서 행동의 동기와 목적이 분명하며 서사적 전개가 충분하다. 이처럼 김속시는 자기체험을 진술함에 있어서도 의도하는 바에 따라 그 서술방식을 달리했다. 사슴이나 곰 사냥의 경우, 자기체험을 이야기하는 것 같으면서도 일반적인 사냥방식을 전달한다는 서술태도를 취했다. 이에 비해 호랑이 사냥의 경우, 생생한 자기체험을 그대로 전달한다는 서술태도를 보였다. 후자는 전자들보다도 자기체험이 보다 생생하고 긴장감 있게 전했다.

---

14) 昔世祖駐溫陽, 有士族來告曰:"年十六女子, 昨夜在閨閣, 適窓開, 惡獸攬之而去, 仰冀聖德以伸冤抑."世祖命將往捕, 亦令余隨之. 至婦家問其狀, 到山半腹, 有紫衫, 半裂掛林杪, 又至數步, 見尸在澗旁, 半遭啖矣. 俄聞松間有咆哮之聲, 顧見之則大虎耽耽而視, 余不勝憤, 躍馬而進, 一箭而中之, 退爲松枝所掛, 馬躓而仆 …… (대동 1, 609면)

이 작품은 김속시라는 사람의 자기 진술을 바탕으로 하여 그 독특한 인간형을 보여주었다. 그는 여진인이란 점에서 먼저 다른 사람들과 구분된다. 경사에도 밝긴 했지만 무예와 사냥에 뛰어난 자질을 갖고 있다는 점이 전형적인 사대부로부터 구분된다. 동물들의 생리와 속성을 꿰뚫어 알고 머리를 써서 동물들을 궁지에 몰아넣거나 기만하여 화살로 명중시킨다는 점에서 평범한 포수와 구분된다. 아울러 자기 체험을 실감나겍 전달하는 적절한 서술방식을 선택하는 능력도 있다는 점도 특이하다. 그런 점에서 김속시는『용재총화』에 등장하는 인물 중에서도 독특한 경우라 하겠다.

〈봉석주효용선사〉의 봉석주(奉石柱)는 날래고 용감한 데다가 활을 잘 쏘아 그의 격구(擊毬) 솜씨는 당시 제일이었다. 정난공신(靖難功臣)으로 정2품 봉군(封君)되었다. 문제는 그의 성격이다. 그는 탐욕스럽고 포학하여 재물 불리는 것을 일삼았다. 그 방법은 ①종들을 지방으로 파견하여 사람들에게 바늘 한 개와 달걀 하나를 준 뒤 가을에 큰 닭을 변상케 하는 것 ②강 상류로 사람을 보내어 남들이 잘라 놓은 나무의 머리에 쇠못을 박아 두었다가 본주인과 소유문제로 다투게 되면 "내 나무의 머리에는 모두 못이 박혀 있다"고 우겨 나무를 빼앗는 것 ③조정의 얼음을 착복하여 시장에 파는 것 ④전라수사(全羅水使)가 되었을 때 군졸들을 거느리고 섬으로 들어가 밭을 일구어 깨, 면화 등을 가득 싣고 나오는 것 등이다. 그중 ①, ②, ③은 협박과 사기, 우격다짐 등의 수단을 써서 치부하는 것이라면 ④는 노동력을 착취하고 농작물을 직접 생산하여 치부하는 것이다.

그는 재물욕이 많았을 뿐만 아니라 여색도 지나치게 좋아해 난신(亂臣)의 처첩을 공신집의 노비로 주는 법을 악용했다. 자색이 있는 난신의 처첩을 데려와 삼고 향락생활을 일삼았다. 이러한 행각은 공신의 권위를 스스로 실추시키는 것이면서, 정난공신의 권위까지도 간접적으로 의심케 만드는 것이다. 마침내 그가 반역죄로 사형 당했다는 사실은 그가 개인적인 탐욕과 포학함 때문에 마땅한 응징을 받았음을 뜻하는 동시에 정난공신의 권위와 계축옥사의 정당성에 대한 회의를 표명한 것이기도 하다. 그런 점에서 이 작품은 『용재총화』의 다른 작품에서 찾아보기 힘든 정치적 문제의식을 바탕에 깔고 있다. 그러나 정치적 문제의식이 사건이나 인간상에 충분히 반영된 것은 아니다. 봉석주가 마침내 사형을 당한 것은 그가 반역을 했기 때문이지만 그에 대한 언급은 마지막에 몇 마디로 요약되었을 뿐 이 작품의 대부분은 그의 성격이나 행동 상의 특징들을 개인적 차원에서 묘사하는데 머문다. 그런 점에서 이 작품은 정치적 사건과 연루된 인물의 일생과 그 성격을 정치적 맥락에서 묘사하기보다는 오히려 그것을 가능한한 도외시하고 개인적 성격의 특수성으로 해석하려는 경향을 보여준다. 그리하여 조선중기 야사류의 정치지향적 진술 자세와 차이를 보인다.

성현이 김속시나 봉석주 그리고 〈윤사문통(尹斯文統)〉(대동1, 611면)의 윤통과 같은 장난꾸러기 혹은 사기꾼의 행동을 기꺼이 묘사했다는 것은 그의 인간관이 개방적이었음을 뜻한다. 부정적 인물조차도 무시하지 않고 그 행적이나 독특한 성격을 상세히 묘사했으며, 또 교훈적 입장에서 노골적 배척의 어투를 내세우지도 않으면서 있는 그대로를 제시한 것이다. 일화의 '아래로의 일탈'의 한 전형을 보여 준 것이다. 긍정적 인물들도 그들의 존재에 의해 생생하게 느껴진다. 가령 〈하정유정승(夏亭柳政丞)〉(대동1, 592면), 〈고령공득종탐라인야(高令公得宗耽羅人也)〉(대동1, 592면), 〈정정절공갑손(鄭貞節公甲孫)〉(대동1, 592면) 등은 청렴, 충절, 강개직언(慷慨直言) 등 사대부 사회가 요구하는 이념항을 철저하게 실천한 인물의 행동을 보여준다. 이들 인물들은 '위로의 일탈'을 실천하였다. 이들의 존재가 구체적으로 빛나는 것은 그렇지 못한 인물, 즉 아래로 일탈한 인물의 행동이 주위에 제시된 덕이다.

그런데 사대부일화는 사대부나 사대부 사회, 평민이나 평민사회를 바라보는 시각의 면에서 크게 양분된다. 이 두 유형의 성격을 대변한다고 할 〈한봉련(韓奉連)〉(대동1, 613면)과 〈오우손영숙(吾友孫永叔)〉(대동1, 620면)을 분석해보자.

〈한봉련〉의 주인공 한봉련은 우인(虞人)으로 활을 잘 쏘았기 때문에 세조의 총애를 받았다. 그는 특히 호랑이를 화살 하나로 쏘아 죽일 정도로 용감했다. 그러나 조정의 문사(文士)들이 참석한 내정(內庭)의 나회(儺會)에서 호랑이 가죽을 쓴 광대를 쏘는 흉내를 내다가 계단에서 떨어져 팔을 부러뜨린다. 한봉련은 문사들 앞에서 망신을 톡톡히 당했다. 다음 일화에서 조정 문사들은 그를 노골적으로 조롱하고 배척한다.

> 영순군 댁의 잔치에 조정의 문사들이 모두 참석하였는데, 세조의 명으로 한봉련이 선온(宣醞)[15]을 싸 가져가니 좌중이 모두, "너는 천사(賤士)지만 어명으로 왔으니 천사(天使)다."하면서, 상좌에 앉혔다. 기생들이 자리를 가득 채웠는데, 노래 소리와 음악 소리가 하늘을 찌를 듯 했지만, 한봉련은 부끄러워 한 마디 말도 하지 못하고 고개만 숙이고 있었다. 사람들이 다투어 술을 권하니 마침내 크게 취해 호상에 걸터앉아 팔을 휘두르며, 눈을 부릅뜨고 호랑이 쏘는 시늉을 하면서 큰 소리로 고함 치기만 하니, 좌우에 있던 사람들이 다 포복절도했다.[16]

조정의 문사들은 "너는 천사(賤士)지만 …… 천사(天使)다."는 식의 조

---

15) 선온(宣醞): 궁중에서 쓰는 술.
16) 永順君第宴, 朝廷文士盡赴之, 世祖命奉連齎宣醞而往, 座中皆曰: "汝雖賤士, 御命而至, 卽天使也." 延之上座, 紅粧翠黛滿四座, 歌吹沸天, 奉連羞澁, 一無所語, 但俯首而已. 人爭勸酒, 乃大醉踞胡床, 攘臂瞋目, 爲射虎狀, 呼吸不已, 左右無不絕倒 (대동1, 613면)

롱으로 한봉련을 무안하게 만든다. 설사 한봉련에게 그렇게 무안을 당할 요소가 있다 하더라도 현장에서 특별한 잘못을 저지르지도 않은 한봉련을 이렇게 대접하는 문사들의 태도는 지나친 바가 없지 않다. 마지막 문장에서 제시된 한봉련의 우스꽝스런 몸짓과 그에 대한 문사들의 비웃음은 한봉련이 조정의 문사들과는 결코 같은 무리가 될 수 없음을 확인하게 한다.[17]

이 작품은 사대부 사회에서 일어난 사건을 다룬다는 점에서 사대부일화이지만 주인공이 전형적 사대부는 아니다. 이에 대해서는 사대부일화가 인간형들을 폭넓게 수용한 결과라고 긍정적으로 해석할 여지도 있지만 그 궁극적 귀결점을 본다면 결국 사대부일화의 배타적 성격을 드러낸 것이다. 개방성을 가장하여 사대부들의 배타의식을 드러내었다.

이 점과 대비되는 것이 〈오우손영숙〉이다. 벼슬에 오르기 전의 손영숙은 무뢰배들과 어울려서 절을 찾아다니며 스님들을 때리고 물건을 빼앗는 범죄자에 가까운 존재였다. 그리고 그것이 발각되어 투옥되기까지 한다. 그러나 그 자신은 물론 서술자까지도 그와 같은 젊은 날의 탈선을 심각하게 문제 삼지 않는다. 오히려 옥살이가 편안하여 "구복(口腹)을 채우기에는 이 곳 만한 데가 없으니, 만약 석방되어 집으로 돌아가면 무엇을 먹을꼬"[18]라는 농담까지 할 정도이다. 여기에다 그가 대간(大諫) 벼슬을 할 때 임금에게 감옥이 오히려 더 영화로운 곳이라고 말했다가 임금으로 부터 은근한 꾸중을 듣는 일화가 덧붙여진다. 이 역시 잠시의 실수로

---

17) 유사한 일화가 〈才人韓鳳連〉(『태평한화골계전』, 『고금소총』, 민속학자료간행회본, 77면)에도 실려있다. 이를 통해서도 그 당시 문인들 간에 한봉련의 이야기는 유명했으며, 한봉련과 관련되었을 법한 많은 일화 중에서 유독 그가 엉뚱하게 실수하는 이 일화만이 유명해졌던 것은 당시 문인들이 무인들에 대해 가졌던 냉소적 시각 때문이라는 추정이 가능하다.

18) 營口腹, 莫如此地, 若放還家, 將食何物?(대동1, 620면)

간주되었을 뿐 상황을 악화시키지는 않는다. 손영숙이 무슨 일을 하든지 간에 분명한 것은 그가 결코 사대부 사회로 부터 축출당하거나 소외당하지 않는다는 점인데, 이것이야말로 전형적인 사대부일화의 시각이다.

  등장인물 스스로가 치명적인 피해를 입지 않는 것에 대응하여 작품 내적 세계의 질서 또한 훼손되지 않는다. 그런 점에서 손영숙이 엉뚱한 실수나 범죄행위를 하였음에도 불구하고 그로 하여금 사대부로서의 원만한 삶을 살아가게 한 것은 손영숙 개인에 대한 배려이면서 기존질서가 잠정적으로는 동요될 수 있지만 궁극적으로는 동요되거나 훼손되어서는 안된다는 의식을 가진 사대부일화 향유자층에 대한 배려라고도 하겠다. 나아가 이 작품을 향유층들의 현실생활과 관련시켜 해석할 수 있다. 이 작품은 현실생활에서 만족한 삶을 보장해주는 삶의 질서가 훼손되기를 바라지 않는 특권계급의 의식을 반영한 것이라 하겠다. 그리하여 〈한봉련〉의 배타적 성향은 현실의 특권을 누리는 계급이 자기의 세계로 잠입해와 자기들의 기득권을 공유하는 특정 개인에 대한 경계심에서 비롯된 것이라고 볼 수 있는 것이다.

  아울러 두 유형 어디에도 포함되지 않는 경우도 있다. 그것들은 사대부일화의 변두리에서 평민일화에 걸쳐져 있는 것이라고 파악할 수 있다. 가령 〈어함종(魚咸從)〉(대동1, 621면)의 어함종은 온갖 악독한 짓을 서슴없이 저지르는 인간이다. 동네 닭을 죽게 하고 부스럼이나 옴이 있는 사람이 있으면 그것을 긁어내어 떡에 싸서 남에게 먹게 했다. 또 어함종이 네 명의 친구와 함께 관방(館房)에서 독서를 하며 지냈는데 상사(上舍) 유조(俞造)가 꿈을 꾸었다. 다섯 마리의 뱀이 하늘로 올라가다 한 마리가 떨어지는 내용이었다. 이 이야기를 들은 어함종은 유조를 협박하여 떨어진 한 마리가 유조 자신이라 외치게 했다. 과연 네 사람은 모두 대신이 되었는데, 유독 유조만이 만년까지 어렵게 지냈다. 여기에서는 어함종의

인성이나 행동 자체가 문제될 뿐만 아니라, 그것을 서술하는 서술자의
서술태도도 문제가 될 수 있다. 어함종은 악독한 짓을 서슴없이 하는 존
재로 사대부 사회에서 용납되어서는 안 되는 인물이다. 악인의 전형을
보는 듯 하다. 그러나 그런 그에 대해 서술자는 어떤 윤리적 비난도 하지
않는다. 오히려 그 악행에 대한 응징은 전혀 나타나지 않게 하고, 그의
협박에 의해, 하늘에서 떨어진 뱀이 자기 자신이라고 외친 유조만이 일
생을 어렵게 살았다고 했다. 만일 이 사건이 실제로 일어난 것이라면 그
것의 부당함을 내세우지 않은 서술자의 태도는 부당하다. 그리고 이 사
건이 서술자가 꾸며낸 것이라면 더욱 문제가 된다. 즉, 서술자는 등장인
물들의 처지변화와 그 윤리적 자세를 대응시키지 않은 것이다. 착한 자
가 못되기도 하고, 악한 자가 잘되기도 한다. 잘되고 못되는 것은 윤리와
는 무관하다는 발상이다. 오직 수단과 방법을 가리지 않고 힘을 행사하
는 자만이 현실에서 잘된다는 것이다.[19]

권4에 실려 있는 일화에도 비사대부층이 자주 등장한다. 〈백귀린(白
歸麟)〉(대동1, 594면)에서 백귀린은 의술을 가진 인물로서 남의 병을 고
쳐주고는 돈을 받지 않아 빈한하게 살아간다. 〈배후문이석정〉(대동1,
594면)에 등장하는 두 사람은 사대부이긴 하지만 활쏘기에 온 힘을 들이
며 살아가는 존재이기에 사대부로서의 전형적 태도를 거부한 경우다.
사대부로서의 전형적 삶으로부터 멀어진 경우는 왕실이나 대군과 관련
된 일화에서도 나타난다. 〈양녕위세자(讓寧爲世子)〉(대동1, 592면), 〈영
천군정(永川君定)〉(대동1, 599면) 등에 등장하는 양녕대군이나 영천군 정
(효령대군의 아들)은 사대부 사회에서 크게 벗어난 환경에서 살아가는 존
재들이다. 그들은 사대부로서 살아가려고 해도 살아갈 수 없는 운명을

---

19) 조선조 일화에서의 능력-윤리-처지의 관계에 대해서는 이강옥, 「조선 초·중기 일화
의 형성과 변모과정 연구」, 서울대학교 박사학위논문, 1993, 175~243면 참조할 것.

타고난 존재이다. 또 권5에는 〈효령대군〉(대동1, 608면), 〈종실풍산수(宗室豊山守)〉(대동1, 608면) 등 일상적 사회생활의 현장으로부터 본의 아니게 멀어질 수밖에 없었던 종실들에 대한 이야기가 실려 있다. 〈효령대군〉이 세상을 냉소하는 양녕대군을 독특한 대화를 통해 소개하고 있다면 〈종실풍산수〉는 어리석어 재산관리 조차 못하는 종실 풍산수(豊山守)를 소개하고 있다. 사회생활의 현장으로부터 멀어진 종실을 평범하지도 정상적이지도 못한 쪽으로 형상화했다고 하여 거기에 어떤 비판의식이 개입한 것은 아니다. 이상의 작품들은 전형적인 사대부일화에서 다소 멀어진 경우이다.

『용재총화』는 이러한 경우들에 대해 관심을 갖고 묘사한다. 그 태도가 규식으로부터 벗어났다고 하여 숨기거나 무시하지 않는 서술자세 역시 『용재총화』가 적극적인 개방지향성을 갖고 있었음을 말해준다. 이러한 작품들은 전형적인 사대부일화에서 다소 멀어져 간 경우라 하겠다.

이상에서 거론된 인물들은 ①사회현실을 이전까지와는 다른 안목으로 바라보거나 ②스스로 다른 인간들과 독특한 관계를 맺어 기발한 사건을 일어나게 함으로써 많은 사람들의 흥미를 끌어 오래 기억될 이야기를 창출했다. 그 이야기는 실제로 일어난 것이며 지극히 현실적인 내용이란 점에서 신화나 전설 민담과 같은 설화와는 근본적으로 구분된다. 이것이 바로 사대부일화와 평민일화로 하위구분되는 일화인 것이다. 개방적 세계관을 갖춘 편찬자 성현은 현실의 제 국면에 대해서 열려있는 갈래인 일화를 적극 활용함으로써 당대 사회의 다양한 모습들을 응축하여 수용했다고 하겠다.

(4) 소설적 전환

한정된 계급적 시각을 벗어난 자유로운 세계 인식을 바탕으로하여 다

양한 욕망을 분방하게 성취하는 과정을 보여주는 것을 야담이라 본다면
〈유장군이성자(有將軍李姓者)〉(대동1, 604면)을 그 맹아로 보는 것이 가
능하다. 이장군은 거리에서 빼어난 미모의 과부를 발견하고 그녀와 육체
적 관계를 맺으려는 강력한 욕망을 가진다. 그가 자기 욕망을 성취하는
과정에는 매개인물인 궁장(弓匠), 여종 등이 개입한다. 특히 여종의 지략
이 돋보인다. 그녀는 이장군으로 하여금 과부의 방으로 들어가 숨게 하
는데 '참고 또 참으세요 참지 못하면 허사가 됩니다.'라고 충고한다. 과
부가 중을 이끌어 들이는 것을 본 이장군은 흥분하여 뛰쳐나가려다 여종
의 그 말을 상기하고 참는다. 이장군은 중과 과부의 정사가 끝나기를 기
다려 뛰쳐나가 중을 제압한다. 마침내 과부를 차지하여 중으로부터 신례
안구(新禮安具)까지 제공받는다.

　여인과 놀아나는 중을 봉변당하게 만드는 데서 소화의 흔적을 찾을
수 있으나 그것이 귀결점이 아니라, 그것을 통해 행위 주체가 자기 욕망
을 성취한다는 점에서 야담적이다. 이장군의 욕망 충족 과정은 체계화된
사건의 진행과정이며, 그것은 일상적 사건의 진행 방식과는 상당히 다른
것이다. 장군이 여인을 차지하기 위해 궁장, 여종 등과 결탁하고 마침내
여인의 안방에까지 들어간다는 점에서 그러하다. 장군의 이러한 행위는
'행동의 일탈'이며, 그러한 행동으로 '사건의 일탈'이 이루어진다. 인격의
일탈과 단편적 행동의 일탈이 조선 초·중기 일화의 전형적 일탈이라면
사건의 일탈은 조선 후기 야담의 전형적 일탈이다. 일탈의 양상에서도
이 작품은 야담 가까이 가 있다고 할 수 있을 것이다.

　그러나 이것은 서술 형식면에서 그러하다. 아직 사회적 분위기나 세계
관 단계에서는 야담의 형성 기반이 마련되지 못했다. 『용재총화』를 비롯
한 조선 초·중기 일화에 잠재된 이 같은 서술 형식적 기반은 조선 후기
에 이르러 그 사회적 분위기나 세계관적 변환이 이루어지면서 야담으로

적극 수용되었다고 하겠다.

아울러『용재총화』에 실려 있는 일화 중에는 일화의 압축적 진술 단계를 넘어서서 전환적 서술로 나아간 경우가 있어 소설화의 가능성을 따져볼 수 있다. 주로 '애정담' 혹은 '사대부–기생 관계담'에서 이러한 경향이 나타난다.

먼저 〈어우동(於宇同)〉(대동1, 609면)은 한 사대부가(家) 여성과 그 몸종이 보여주는 남성편력의 이야기이다. 조선조 사회에서 사대부가 여성이 육욕을 채우기 위해 스스로 거리로 나섰다는 것은 충격적인 사실이다. 남녀관계를 사실에 가깝게 묘사한 작품으로 〈김사문(金斯文)〉(대동1, 610면), 〈윤사문통(尹斯文統)〉(대동1, 611면), 〈이장군성이자(李將軍姓李者)〉(대동1, 604면) 등을 들 수 있다. 그리고 충격적이면서 비교적 허구에 가까운 남녀관계담으로는 〈아외구안공(我外舅安公)〉(대동1, 605면), 〈유안생자(有安生者)〉(대동1, 606면) 등을 들 수 있다.

〈김사문〉은 한 기생에 대한 진지한 사랑을 소개하고 있다. 그러면서 기생의 처지를 핍진하게 묘사하고 있다. 이 작품은 김(金)이 사랑을 성취해가는 과정과 기생이 신분상승을 이루는 과정이 점진적으로 그리기 때문에 길이도 길고 다양한 흥미소를 대동한다. 결국 김의 소원이 이루어지면서 낙관적으로 끝나 어떤 문제를 제기하는 단계에 이르지는 못했다. 애정담의 이러한 수준은 사대부일화에 속하는 작품들의 일반적 수준이라고 보아도 좋을 것이다.

〈윤사문통〉은 애정의 수준이 보다 떨어지는 작품이다. 윤은 기생을 단지 육욕충족의 대상으로만 보기 때문에 남녀 간의 진솔한 사랑이 이 작품에 나타나지 않는다. 또 애정담이 사기담과 같은 성격으로 꾸려졌다. 이러한 점은 소화인 〈경중우유맹(京中又有盲)〉(대동1, 607면)과 같은 수준이다. 즉 이 작품의 애정행각은 사기와 패륜에 가까운 것임에도 불구하고 그것을 문제시 하기는 커녕 오히려 용인하면서 웃음을 유발하는 것이다.

이상 작품들은 남녀 간의 관계를 육욕 차원으로 묘사하거나 진지한 사랑을 개입시키지 않는 사대부-기생 관계담이다. 설사 진지한 사랑이 내포되었다 하더라도 그것을 통하여 제2의 의미항을 추출해내거나 다른 문제점들에 대해 이의를 제기하는데 이르지 못한다. 그런 점에서 주제의식이 빈약하다. 그것은 사회적 특권을 독점하고 있던 양반계급이 여자까지도 마음대로 할 수 있었던 여건에 뿌리를 둔 것이라 하겠다. 물론 이때의 여자란 기생이나 종을 지칭한다.

그런데 여자가 기생이나 종이라 할지라도 그들을 마음대로 손아귀에 넣지 못하거나 혹은 내키는 대로 대하지 않는 사례들이 나타나기 시작한다. 이는 여성을 생각과 감정의 주체로서 인식하기 시작한 단계를 반영한 것이면서 계급적·성적 독단에 대한 반성의 소산이라고 일단 볼 수 있다. 그럼으로써 남자의 입장을 일방적으로 내세우는 압축적 진술에서 나아가 여자 쪽의 입장도 고려하는 전환적 서술을 시도했다. 이러한 분위기는 〈김사문〉에서 부분적으로 보인다. 김은 공무를 수행하는 것보다도 기생과 만나는 것을 더 중시한다. 그리고 하층민에게 일방적으로 명령하기보다는 청탁을 하여 그 기생과 해후한다. 그러나 기생의 남편이 스스로 김에게 기생을 양보한다는 설정은 이 작품이 계급적 특권의식을 근절하지는 못했음을 말해준다.

〈을사세박생(乙巳歲朴生)〉(대동1, 631면)은 육정이 강한 사대부와 그 놀이개 감인 기생간의 애정관계를 다룬다. 주인공 박생은 기생들의 관심을 끌 정도의 용모나 권세를 갖추지 못했지만 기생과 관계를 맺기를 강렬히 원한다. 때마침 그는 을사년에 성현을 따라 명경(明京)으로 가게 되었는데 도중에서 여러 명의 기생들과 관계를 가진다. 그는 가리지 않고 기생과 욕정을 채우고는 성의를 다하여 기생을 대접해주지만 기생들은 한사코 그를 마다하며 그로부터 멀어지려 한다. 의주에 도착하여서는 말비(末非)라는 어린 계집종을 예쁘게 보아 그녀와 동침한다. 말비 역시 그를 사랑하는 뜻은 없었지만 뒷날 무슨 이익이라도 얻을까 하여 애교를 부리니 그가 반해 버렸다. 말비는 그를 자기 집으로 데려가 극진한 대접을 다한다. 이별할 때 두 사람은 강가 모래사장에 누워 울면서 돌을 쪼개어 서로의 이름을 써서 나누어 가졌는데, 그것을 박생은 옷소매에 매어 보물처럼 간직한다. 박생은 중국에 갔다 돌아올 적에 다시 의주에 들러 말비와 재회한다. 말비가 중국 물건을 얻으려고 더욱 애교를 부리니, 그녀에 대한 박생의 사랑은 더 간절해지고 박생은 그만큼 더 많은 물건을 말비에게 준다. 다시 두 사람이 이별할 때는 완력으로 떼어놓아야 할 정도로 정이 들었다. 박생은 말비가 쫓아올까 걱정하여 급히 달려 나와 다른 사람의 말을 거꾸로 타서 보는 사람으로 하여금 포복절도케 했다. 그러나 박생은 하염없는 눈물을 흘린다.

> 한 시냇가에 이르러 아침밥을 먹을 때 친구들이 음식을 권해도 생은 돌아보지도 않고 오직 머리를 숙이고 시내만 내려다보고 있기에 친구가 "자네 울고 있는 게 아닌가?"하니 생이 대답하기를 "우는 게 아니라네. 물속의 고기 구경 좀 하고 있는 걸세."하였다. 모자를 벗겨 보니 이미 눈은 통통 부어 있었다.[20]

이 마지막의 묘사는 박생이 얼마나 말비를 사랑하고 있었고. 그녀와의 이별을 얼마나 아쉬워했는가를 적실히 보여준다. 한 계집종과의 이별 때문에 눈이 통통 부을 정도로 울며 아쉬워하는 사대부를 만나기는 쉽지 않다. 말비를 만나기 전의 박생은 바람둥이에 지나지 않았다. 말비를 만

---

20) 至一溪曲朝飯, 同伴勸飧專不顧, 惟俯首向溪, 同伴曰: "子無乃泣乎?" 生曰: "我非泣, 乃翫水中魚耳." 捲帽而視之, 目盡腫.(대동1, 633면)

나면서 사람이 달라진 것이다. 이 작품은 그 변화 과정을 아주 상세하게 보여 주었다. 박생의 우직한 사랑과 그것을 이용해 물건을 얻어내려고 말비가 보여주었던 거짓 사랑이 묘한 대조를 이룬다. 이런 미묘한 설정을 통해 애정관계를 가볍게 그렸던 사대부일화 애정담의 수준을 넘어서게 된 것이다.

서술자는 박생의 엽색행각을 옆에서 목도했다. 그는 직접 목도한 바를 이처럼 세밀하게 이야기한 것이다. 그런데 박생이 후반부로 올수록 진실한 사랑을 하는 인간형으로 바뀌는 데도 불구하고 서술자는 그것을 인정하지 않으려는 태도를 취한다. 예를 들어 "말비는 비록 생을 사랑하는 뜻이 없지만 뒷날 이익을 얻을까 하고 애교를 부리니 생이 여기에 홀딱 녹아 스스로 아름다운 짝을 얻었다고 여겼다."[21]라든가 혹은 "말비가 중국 물건을 얻으려고 더욱 애교를 부리니",[22] "생은 말비가 쫓아올까 걱정하여 급히 달려나와"[23]라는 구절들은 서술자가 박생과 말비의 사랑의 진실성을 인정하지 않았음을 드러낸다. 사대부들의 가벼운 엽색행각을 기술하는데 익숙해진 서술자는 그러한 시각으로 두 사람의 사랑을 바라보았다. 그런 점에서 서술대상 인물의 시각과 서술자의 시각이 괴리되었다. 서술자는 애초 박생의 말비에 대한 사랑이 장난기 섞인 것이며 박생이 말비를 일시적 욕정 배설의 대상으로만 생각했다고 판단했기에, 박생이 적당한 기회에 말비를 떨쳐 버리려 했다고 착각한 것이다. 이런 서술자의 착각에 의해 "생은 말비가 쫓아올까 걱정하여 급히 달려나와"라는 앞뒤 모순적 서술이 나타나게 되었다고 해석할 수 있다.

---

21) 末非雖無愛生之志, 欲獲後利, 百態媚之, 生心膽盡落, 自以爲得佳偶.(대동1, 632면)

22) 末非欲得唐物, 務增媚態(같은 곳)

23) 生恐末非追來, 踉蹌走出(대동1, 633면)

〈유안생자(有安生者)〉(대동1, 606면)의 "그는 큰 소리로 부르며 달려가서 한 도랑에 이르렀는데 여자가 또 그 옆에 앉았다. 안생은 돌아보지 않고 그의 집에 당도하니 여자는 또 문밖에 섰다. 그가 큰 소리로 종을 부르니, 여자는 모탕에 몸을 감추어 아무 것도 보이지 않았다."[24]라는 구절도 이런 맥락에서 해석하게끔 한다. 안생은 억울하게 죽은 여인을 간절하게 그리워한다. 그래서 마침내 그 귀신이 나타난 것이다. 그렇다면 그것이 귀신이었다 하더라도 안생이 이렇게 공포에 휩싸여서 여인을 배척한다는 것은 잘 납득되지 않는다.[25] 이 역시 서술자가 가졌던 귀신에 대한 부정적 의식이 서술과정에 작용하여 안생으로 하여금 귀신을 배척하게 한 것이다. '어린 계집종과 사대부의 진실한 사랑'은 '귀신과 선비의 사랑'과 마찬가지로 서술자의 정상적 의식범주에서 크게 벗어난 내용이다. 그래서 서술과정에서 배제의 태도를 은근히 드러낸 것이다. 그런데 서술자는 자신의 배제의 태도를 등장인물의 태도 속으로 베어들게 하였다. 그것은 서술자와 등장인물을 동시에 통제하는 작가의 존재를 입증하는 사례라 하겠다.

그 외에도 〈유안생자〉는 여러 면에서 문제적임에 틀림없다. 이 작품의 앞에는 시골여자와 육체관계를 맺은 중이 죽어서 뱀으로 화신하여 여전

---

24) 生大呼而走, 至一溝曲, 女又坐其傍, 生不顧而去至其家, 女又坐門外, 生大聲喚僕, 女沒身于砧竇, 寂無所見(대동1, 607면)

25) 『청파극담』에도 유사 일화가 실려 있는데, 관련 부분은 다음과 같다. '楡은 그녀가 오래전에 죽었음을 알고 있었으므로, 분명 귀신이려니 하였지만 너무도 그리워 했던 탓으로 더 의심도 않고, 그녀의 손을 잡으면서 말하기를 "어찌 여기까지 왔소"하였는데, 바로 보이지 않으니 목 놓아 통곡하였다. 이로 말미암아 상심하여 병이 나 여러 해 동안 먹지 못하다가 죽었다.'(楡久知其死, 明是鬼假, 然以篤念之故, 不復致疑, 就執其手曰: "何以至此也?"因忽不見, 楡失聲痛哭, 由是病起於傷心, 食不得下咽, 數歲歿. (대동2, 540면))
이처럼 귀신임에도 불구하고 그녀를 그리워하던 정 때문에 와락 손을 잡은 『청파극담』의 서술이 훨씬 더 자연스럽다.

히 육체관계를 맺는 이야기가 나온다. 중이 여인에 대해 가졌던 사랑이
나 그리움의 감정이 설사 절실하였다 하더라도 그가 뱀으로 화신했기
때문에 다른 사람에게 혐오감을 주게 마련이다. 하물며 여인에 대한 중
의 사랑이 그리 아름답게 형상되지도 않은 이상 이 작품의 전반적 분위
기는 괴기스러운 것이라 하겠다. 거기에다가 서술의 초점이 남녀 간의
사랑관계에 맞추어진 것이 아니라 성현의 외삼촌이 어떻게 뱀으로 화신
한 중을 인간세계로 부터 격리시켰는가에 맞추어 져 있다. 위정자의 문
제 해결 능력을 부각시키려 하고 있는 것이다. 그런 점에서 〈유안생자〉
가 사랑을 서술하는 수준에 미치지 못한다.

〈유안생자〉는 죽은 여인의 혼령이 등장하여 기이한 분위기를 만든다
는 점에서는 이와 상통한다. 그러나 그 기이한 요소가 개입한 동기나 그
것이 개입함으로써 형성되는 분위기는 다르다. 무엇보다도 남녀 간 애정
이 절절히 묘사되었다는 점이 다르다. 귀신의 존재를 주인공 안생이 마다
하고 기피하기는 하지만 죽은 여인의 혼령이 수반하는 애절한 사랑의
감정은 이런 계통의 다른 이야기들과 큰 차이가 있다. 안생은 여인이 정
승의 집으로 끌려갈 수밖에 없다는 이야기를 듣고 애통해 한다. 그러나
정승의 그 명을 거역하지는 못한다. 다만 여인이 끌려가고 난 뒤에도 그
담을 넘어 가 계속 만난다. 사랑을 지속하는데 방해가 되는 요인에 대해
직접적으로 항거하지는 못하지만 그렇다고 그것 때문에 자기 사랑을 포
기하지도 않는 것이다. 또 안생은 여인이 죽었다는 이야기를 전해 듣고
처음에는 믿지 않다가 마침내 시신을 보고서는 대성통곡 한다. 그런데
그는 여인의 혼령에 대해서는 앞뒤가 맞지 않는 행동을 취한다. 먼저 꿈
속에서 여인이 나타났을 때 기꺼이 그녀와 함께 하려 한다. 이에 비해
죽은 여인이 현실에 직접 나타났을 때는 그 존재를 두려워하고 멀리한다.

안생은 여인을 그리워하긴 하지만 유명을 달리하는 단계에까지 그 관

계를 끌어가지는 않으려 했다고 하겠다. 꿈속의 무의식 상태와 현실의
의식 상태가 여인에 대해서 상반된 입장을 보인다는 점은 〈만복사저포
기〉나 〈이생규장전〉 등과 다르다. 여인에 대한 사랑의 표현 면에서 〈유
안생자〉는 〈만복사저포기〉나 〈이생규장전〉의 지극함에 못 미친다. 여인
의 혼령은 현실에서 남녀가 원만하게 사랑하며 일생을 보내고자 하는
소박한 소망의 상징적 형태임에도 이 작품의 서술자는 혼령의 그와 같은
상징적 함의를 받아들이지 않고 혼령 자체로만 인식하여 안생으로 하여
금 혼령을 거부하게 만든 것이다.

이 작품의 초반부에서 안생은 여인과의 사랑관계에 있어 진지하지 못
한 면을 보였다.

> 안생이란 서울의 명문집 사람이 있었는데, 이름은 학궁에 걸어두었으나,
> 살찐 말에 가벼운 복장으로 장안을 돌아다녔다. 일찍 상처하고 혼자 살았는
> 데, 동성(東城)에 미녀가 있다는 소문을 들었다. 그녀의 집은 부자였고 당시
> 재상의 하녀였다. 생은 많은 재물을 빙폐로 들였으나 뜻대로 되지 않았다.
> 마침 안생이 병이 났으므로 중매하는 사람이 상사병이라 하며 그 여자에게
> 공갈을 하고 마음을 움직여 성혼을 하게 되었다.[26]

안생은 일찍 상처하고 혼자 산다는 점 이외는 부족함이 없는 존재다.
그는 사회적 박대나 경제적 어려움을 겪지 않는다. 여인에 대해 관심을
가지는 것도 자기의 존재지속에 있어 그녀가 꼭 있어야하기 때문은 아니
었다. 단지 그녀가 돈이 많다는 것, 미인이라는 것 등이 그의 욕심을 부
추겼다. 이는 한 순간의 향락을 추구하는 재자한량들의 여인에 대한 태

---

26) 有安生者, 京華巨族也. 雖名隷學宮, 而乘肥衣輕, 浪遊長安. 嘗喪耦獨居, 聞東城
有美女, 其家殷富, 卽當代大相之婢也. 生以豐財納聘, 而不能得. 適生有疾, 媒者以
思疾恐動之, 遂成婚(대동1, 606면)

도와 다르지 않다. 게다가 그가 여인과의 혼인을 이루는 방식도 늑혼(勒
婚)에 가깝다.

그러나 혼인을 맺고 난 뒤부터 안생은 여인에게 충실했다. 그리고 여
인의 혼령을 보았다가 그것을 물리치고 난 뒤에는 심각한 존재적 전환을
보인다.

> 안생은 심신이 흐리멍덩하여 바보 같기도 하고 미치광이 같기도 하더니,
> 달포가 지난 뒤에 정중한 예로 아내의 장사를 지내주었다. 얼마 안 가서 안생
> 도 죽었다.[27]

여인의 장래를 예의에 맞게 치른다는 것은 부부관계를 유가적 예의범
절에 맞게 이끌어가고자 했던 사대부의 삶의 가장 중요한 절차 중 하나
다. 안생은 그것을 실천했다. 그리고 그는 정상적인 삶을 영위할 수 없게
된다. 어느덧 그가 일상적 삶을 영위하는데 있어 여인은 필수적인 존재
가 되었기 때문이다. 여인의 죽음은 안생의 삶의 종말을 뜻하기도 한다.

안생의 존재전환과 비극적 죽음은 여인을 죽게 한 요인에 대한 항변이
기도 하다. 여인은 그 형부들의 질투와 재물에 대한 욕심, 정승의 계급적
우월의식에 의해 희생되었는데, 그중 결정적인 것은 계급적 우월의식이
라 보아야 할 것이다. 그렇다면 안생의 이러한 비극적 최후는 계급적 횡
포에서 비롯되었다고 하겠다.

이는 나말여초의 전기소설(傳奇小說) 중 남녀관계를 다룬 경우 주로
계급차이가 혼사성립의 장애요인으로 작용한 사실을 연상시킨다. 이 작
품은 나말여초의 전기소설부터 축적되어온 남녀관계담의 전통을 이어받
고, 동 시대의 작품인 〈금오신화〉의 진지함을 수용한 것이라 볼 수 있다.

---

27) 生心神昏懷, 若癡若狂, 月餘以禮葬之, 未幾生亦死(대동1, 607면)

이런 문학사적 흐름에서 이 작품은 남녀의 사랑관계의 지속을 방해하는 요소들을 보다 다양하고도 실감나게 설정하고 구성해냈다는 점에서 문학사적 가치를 지닌다. 〈금오신화〉에 비해 사랑의 진지성이 다소 부족하지만, 사랑이 현실적 함의를 농후하게 가지게 되었다는 점에서 소설사적 가치를 지닌다고 하겠다.

만일 안생이 여인의 혼령을 받아들여 같이 살았다면 과연 이 소설의 가치가 더해졌다고 말할 수 있을까? 〈금오신화〉를 소설로 보고 그것이 이전의 명혼설화를 소설적으로 발전시켰다는 생각을 따른다면 그렇게 해석할 여지가 커진다. 그러나 안생이 여인의 혼령을 배척하여 명혼을 성립시키지 않았다고 하여 여인과의 현실적 혼인생활에 대한 미련이나 애착이 없었다고 볼 수는 없다. 즉 현실적 혼인생활이 인간의 삶에서 가장 중요한 것이며 그것을 방해하는 요소들이 많은 현실이란 마땅히 극복되어야 한다는 강한 의지는 ①죽은 여인을 환생시켜, 살아생전에 못 다한 혼인생활을 계속하게 하는 것으로 실현되기도 하고(금오신화의 경우) ②행복했던 혼인생활이 현실의 횡포에 의해 파괴된 뒤 살아남게 된 남자가 극단적으로 존재전환을 하여 생을 마치는 것으로 실현되기도 한다. 이 중 ②는 살아남은 자가 혼령을 배척함으로써 명혼설화나 명혼소설의 길을 거부한 경우이다. 그런데 ②의 경우도 전설과 소설로 양분될 수 있다. 전설인 ②가 세계의 기이함에 대한 막연한 두려움을 바탕에 깔고 있으면서 그에 대한 호기심을 충족시켜준다면, 소설인 ②는 남자의 불행을 극단화함으로써 그 불행을 초래한 현실적 요인들에 대해 강렬하게 항변한다고 하겠다. 이 작품은 후자에 해당된다. 요컨대 〈유안생자〉는 남녀 관계를 소재로 한『용재총화』의 많은 일화들을 포괄하여 마침내 소설의 단계까지 나아간 경우라 하겠다.

3. 『용재총화』의 서술구조

1) 나열[28]

둘 이상의 인물이나 사건을 대등하게 제시하는 것을 병치 혹은 나열이라 규정한다. 그것은 둘 이상의 인물이나 사건의 차이를 부각시키는 '대조'나 인물 간, 사건 간의 대립갈등을 드러내는 '갈등'과는 서술의식면에서 상당히 다르다. 병치, 나열이 개방성 혹은 선린성을 지향한다면, 대조, 갈등은 배타성을 지향하는 경향이 강하다.[29]

〈최세원(崔世遠)〉(대동1, 659면)의 주인공 최세원은 '담론(談論)'이 뛰어난 사람으로 거듭 언급된 자이다. 그는 망건이 방정치 못한 김항신, 눈이 어둡고 사시인 김백형, 별명이 귀(鬼)인 곽승진, 자기보다 먼저 장원급제한 강진산 등이 가진 특징들을 계속 비꼬아 간다. 일정한 줄거리도 없는 부분들이 상호 인과관계도 갖지 않은 채 나열되어 있을 따름이다. 또 최세원의 말만 소개되어 있을 뿐, 그 말의 대상이 되었던 인물들의 자기변명이나 반격 등이 제시되지 않았다. 등장인물의 행동은 전혀 나타나지 않는다. 이와 같은 경우를 동질성의 나열이라고 볼 수 있다.

〈석유인(昔有人)〉(대동1, 602면), 〈석유형제이인(昔有兄弟二人)〉(대동1, 602면) 등 소화들은 등장인물들의 동일한 행동들을 여러 번 나열하고 있다. 그것은 소화에서 나열이나 반복이 웃음을 창출하는 중요한 서술원리임을 입증해 준다. 특히 등장인물의 첫 행동 자체가 잘못된 것이거나 무의미한 것이거나 과장된 것일 때, 그런 것들을 끝없이 반복하게 하는 것은 웃음을 더욱 증폭시킨다. 〈석유인〉에서 동네 사람들은 '내가 시키는

---

28) 이 부분은 이 책의 '제4부 | 일화 서술 형식과 서술 미학', 172~174면과 중복되는 부분이 있으니 참고바람.

29) 이강옥, 앞의 논문, 148면 참조.

대로 하라'는 점쟁이의 말을 '내가 하는 것과 똑같이 하라'는 뜻으로 잘못
이해하고서 점쟁이가 하는 말이나 행동 흉내 내기를 계속한다. 잘못된
행동의 나열인 것이다. 〈석유형제이인〉에서 바보 형은 거듭 제시되는
동생의 주문을 정확하게 이해하지 못한 채 엉뚱한 행동을 계속하여 사태
를 악화시킨다. 〈석유인〉이 '하나의 주문 → 여러 개의 부수 행동'이라면
〈석유형제이인〉은 '여러 개의 주문 → 여러 개의 부수 행동'이다.

〈유생신린(儒生辛鏻)〉(대동1, 660면)은 신린(辛鏻)과 박거경(朴巨卿)의
체험을 나란히 놓고 있다. 먼저 신린은 키가 크고 눈이 횃불처럼 빛났으나
겁이 많고 재용(才勇)이 적었다. 그런데 이때 조선을 원수로 여기던 여진
인들은 온갖 방법으로 조선인들 위협했다. 신린이 명경으로 가다가 그
여진인들을 만난다. 일행은 신린이 뒤떨어져 있는 것을 보고 그가 여진인
에 의해 봉변을 당했다고 생각했다. 그러나 여진인들은 신린을 보고 모두
피해갔다. 사람들이 괴상하게 생각하고 신린에게 물어보았더니 "심신이
떨려서 어찌할 바를 모르고 다만 눈을 크게 뜨고 보았을 따름입니다."[30]
라고 대답했다. 여기에는 여러 가지 아이러니가 나타난다. 먼저 신린은
외모는 위엄이 있지만 속마음은 유약하다. 바깥과 안의 이런 극단적 상이
함은 현상의 아이러니를 만들었다. 다음으로 여진족과 신린 사이의 관계
에서 아이러니가 나타난다. 신린은 겁이 나서 눈을 크게 뜨고 바라보기만
했는데 여진족은 그러한 신린의 외모에 겁이 질려버린 것이다. 겁에 질린
사람의 외모를 보고 오히려 겁이 나서 피하는 여진족의 태도는 행동의
아이러니이다. 그리고 이런 모습을 멀리서 바라보는 신린의 동행들의 관
점에서도 아이러니가 나타난다. 그들은 멀리 떨어진 신린이 여진족으로
부터 봉변을 당하고 있다고 생각했다. 그러나 사실은 전혀 그렇지 않았다.

---

30) 心神戰悸, 罔知所爲, 但縱目視之而已.(대동1, 660면)

이런 해석의 오류에서도 아이러니가 나타난다.

박거경은 영압사(營押使)로 명나라 서울에 갈 때 역시 여진인을 만난다. 그는 놀라 말을 급히 달려 도망갔다. 이에 동행들도 뒤에서 여진인이 추격해온다고 판단하고 박거경을 따라 도망갔다. 박거경은 수십 리를 달려간 뒤에야 비로소 여진이 자기를 추격해오는 것이 아님을 깨달았다.

〈유생신린〉에 나열된 두 일화는 어떤 상황의 실상을 전혀 반대로 받아들이기 때문에 일어난 사건을 다룬다는 점에서 동일하다. 그러나 전자가 겁내야 할 상황에서 겁을 내지 않은 듯하거나 오히려 상대방을 위협하는 듯한 표정을 지었는데 비해, 후자는 겁내지 말아야 할 상황에서 겁을 내는 동작을 지나치게 했다는 점에서 대조가 된다. 그렇다면 이 작품은 사건구조가 동질적이면서도 이질적인 두 삽화를 나열함으로써 독특한 묘미를 느끼게 한다. 그러나 이러한 대조적 나열이 결국 어떤 의미항을 추출해 내는 단계에까지 이르지는 않았다.[31]

이와 관련하여 〈기재추건(奇宰樞度)〉(대동1, 658면)을 분석할 필요가 있다.

---

31) 이 점이 야담계소설인 〈李節度窮途遇佳人〉(청구야담 권4)과 비교될 필요가 있다. 〈이절도궁도우가인〉은 조선후기 지배질서의 혼란상황에서 온 재산을 탕진하고서도 변변한 벼슬자리를 얻어내지 못하여 죽기를 결심한 이무변의 주위에 일어난 사연들을 소개한다. 이무변은 죽기 위한 여러 가지 시도를 하지만 결국 남들이 이무변의 뜻을 전혀 반대로 받아들이거나, 이무변 자신의 자기행동의 궁극적 목표를 순간 잊어버림으로써 엉뚱한 결과가 초래된다. 마침내 이무변이 역관의 여자를 얻고 부자가 되어 벼슬까지도 얻기는 하지만, 이 작품은 당대의 현실 속에서 있을 법한 아이러니 상황을 다소 과장하여 보여준다. 이 작품은 여러 아이러니 상황을 창출하면서 당대 현실의 모순된 면들을 놀랄 정도로 사실적으로 보여준다. 그러한 시각은 결국 이런 모순된 면들을 문제적으로 바라보았으며, 그것을 어떤 식으로든 해결해야 함을 전제로 하는 것이다. 그런 점에서 상당히 문제적이며 이념항을 만들어내는 쪽으로 이야기가 전개된 것이다. 이에 비해 〈유생신린〉은 여진인과 조선인과의 적대적 관계가 어떤 의미를 갖는지, 그리고 등장인물들이 그런 적대관계가 왜 생겨났는지를 알지 못하거나 알 필요를 느끼지 않는다. 다만 등장인물들의 상반된 행동들을 독자들에게 연상시킴으로써 어떤 지적 흥취감, 웃음을 체험케 하는 것이다.

재추 기건이 평생에 복어를 먹지 아니하므로 사람들이 그 까닭을 물으니,
재추가 말하기를, "일찍기 제주목사가 되었을 때 백성들이 (복어를) 잡는 데
몹시 괴로워함을 보았으므로 먹지 않을 뿐이다."하였다. 김현보가 쇠고기를
먹지 아니하므로 친구가 물어보기를, "옛날에는 먹더니 지금 어찌 먹지 않는
고."하니, 김현보가 말하기를, "일찍기 봉상시정(奉常侍正)이 되어 회음으로
인하여 죄를 얻고는 그 뒤로부터 이 고기를 먹지 않는다."하였다. 이는 비록
사람이 하기 어려운 일이나 교유(矯揉)[32]의 폐단이 있음을 면치 못한다.[33]

  복어를 먹지 않는 기건과 쇠고기를 먹지 않는 김현보가 나란히 등장했
다. 기건이 복어를 먹지 않는 것은 위정자로서 백성에 대해 가지는 동정
심 때문이며, 김현보가 쇠고기를 먹지 않는 것은 그것이 환기하는 아픈
체험 때문이다. 그런데 서술자는 평을 통해 두 사람의 결단을 부분적으
로 인정하기는 하지만 그런 태도가 지나쳤을 때의 폐단을 걱정한다. 서
술자는 나열된 두 사람의 행동이나 발언에서 의미를 추출하는 것이 아니
라 그것을 감싸는 맥락을 문제 삼았다. 그러나 나열된 것들이 각각 함축
하고 있는 의미 그 자체를 포착하지 않았다. 이러한 서술자의 자세를 이
규보의 〈슬견설(虱犬說)〉과 비교해보자. 〈슬견설〉은 개가 비참하게 도
살되는 모습을 보고 다시는 개고기를 먹지 않겠다고 맹세하는 사람에
대해 상대인물이면서 서술자 역할까지 하는 나는, "무릇 피와 기운이 있
는 것은 사람으로부터 소, 말, 돼지, 양, 벌레, 개미에 이르기까지 그 살
기를 원하고 죽기를 싫어하는 마음이 모두 한 가지이니, 어찌 큰 몸만
죽기를 싫어하고 작은 놈은 그렇지 않겠는가. 그런 즉 개와 이의 죽음은

---

32) 교유(矯揉): 잘못된 것을 손질해서 바로 고침.
33) 奇宰楗度, 平生不食鰒魚, 人問其故, 宰楗曰:"曾爲濟州牧使時, 見民困苦採捕, 故
  不食耳." 金賢甫不食牛肉, 僚友問曰:"昔何食而今何不食?" 賢甫曰:"曾爲奉常正,
  因會飮得罪, 自後不食此肉矣." 此雖人所難爲之事, 而未免有矯揉之弊也.(대동1,
  658면)

한 가지일세."[34]라며 상투적 사유를 뒤엎는다. 이렇게 형성된 의미항은 인간중심적 사고에 대한 근본적인 반성을 하게 할 정도로 강력하다. 이와 비교할 때 〈기재추건(奇宰樞虔)〉을 통해 만나는『용재총화』의 서술자는 〈슬견설〉의 수준에 훨씬 못 미치는 의미항을 만들고 있다. 그것은 『용재총화』 자체가 이념 형성력이 약화된 잡록집이라는 사실과 관련될 뿐만 아니라 나열이라는 서술법과도 관련된다. 나열의 서술법은 나열되는 사건 자체를 통해 보여줄 따름이지, 서술자가 거기서 심각한 의미항을 만들어내려 하지 않는다는 것이다.

2) 대조[35]

나열에 비해 대조는 서술자의 분명한 의지가 전제되는 서술법이라 할 수 있다. 대조된 두 부분 중 적어도 하나에 대해서는 문제를 제기하기 때문이다. 그런데『용재총화』에 나타나는 대조는 이러한 전형적 속성을 완전하게 갖추지는 않았다.

〈민중추대생(閔中樞大生)〉(대동1, 579면)은 90세를 맞이한 민대생에게 축원하는 말에서 비롯된 일화이다. 정월 초하룻날 어느 조카가 "숙부님 백 년까지 향수하소서."[36]라 축원하니 민이 "내 나이 90인데 내가 만약 100세까지 산다면 앞으로 수년 밖에 못사는 셈인데, 무슨 입이 그렇게 복 없는 소리를 하느냐."[37]라 화를 내며 쫓아내었다. 또 다른 조카는 이

---

34) 凡有血氣者, 自黔首至于牛馬猪羊昆蟲螻蟻, 其貪生惡死之心, 未始不同, 豈大者
   獨惡死而小則不爾耶? 然則犬與虱之死一也.(李奎報,『李相國集』,『고려명현집』, 성
   균관대학교 대동문화연구소, 1986, 225~226면)
35) 이 부분은 이 책의 '제4부 | 일화 서술 형식과 서술 미학', 159~161면과 중복되는 부분
   이 있으니 참고바람.
36) 願叔享壽百年.(대동1, 579면)
37) 我齡九十餘, 若享百年, 只有數年, 何口之無福如是?(대동1, 579면)

소문을 전해들은 듯 "숙부님 백년을 향수하시고 또 백년을 더 향수하소서."[38]하니 민은 비로소 "이것은 참으로 송수(頌壽)하는 체모(體貌)로다."[39]하고는 잘 먹여 보냈다는 내용이다. 여기서 민의 두 조카가 한 말이 대조된다. 앞의 조카가 상식적인 축원을 했다면 뒤의 조카는 그 상식을 넘어섰다. 상식을 넘어설 수 있었던 것은 그 전에 있었던 사건에 대한 정보가 있었기 때문이다. 결국 두 조카 중 후자가 전자보다 우위를 점하게 되어 민으로부터 두터운 대접을 받았다. 그러나 민으로 부터 푸대접을 받은 조카는 단지 쫓겨났을 뿐, 그 뒤 민에 의해서든 혹은 다른 사람에 의해서든 어떤 지속적인 제제를 받아 처지가 심각하게 악화되지는 않는다. 어쩌면 그의 처지부분은 관심거리가 되지 못했던 것 같다. 또 민을 흡족하게 하여 극진한 음식대접을 받은 두 번째 조카도 바로 그것 때문에 삶의 처지가 결정적으로 향상되지도 않았다. 그의 처지에 대해서도 역시 서술자는 특별한 관심을 갖지 않았기 때문이다. 이 작품은 축원의 말이 축원의 대상이 처한 독특한 상황에 따라 달리 받아들여짐을 이용하여 우스운 상황을 창출하는데 궁극의 목표를 두었다고 하겠다. 그래서 이 작품에서의 대조는 선/악, 능/무능 등을 드러내어 한쪽의 정당성과 다른 쪽의 부당성을 주장하기 위함이 아니다. 양쪽은 한 묶음이 되어 말 한마디의 섬세한 차이가 얼마나 듣는 사람에게 상이한 인상을 주는가를 느끼게 하며, 그 느낌의 다름을 바탕으로 웃음을 유발하게 하는 것이다.

〈세종조〉(대동1, 579면)는 예조판서 신상(申商)과 이조판서 허조(許稠)의 대조되는 근무 자세를 소재로 하였다. 신상이 해가 중천에 떴을 때 집무하러 나가서는 해가 기울면 돌아오는 반면에, 허조는 이른 아침에 집무하려 나가서는 해가 지고 난 뒤에야 돌아왔다. 상식적으로 보아 신

38) 願叔享壽百年, 又享百年.(같은 곳)
39) 此眞頌禱之禮也.(같은 곳)

상은 게으르고 허조는 부지런하다. 그렇다면 신상에 비해 허조가 떳떳하다 하겠다. 그러나 그러한 상식적 대조에서 이 작품이 끝나지는 않는다. 허조가 신상에게 그의 근무 자세에 이의를 제기하자 신상은 "대인이 일찍 출근한다 하여 무슨 이익 되는 일이 있으며, 제가 비록 늦게 출근한다 하나 무슨 손해를 끼친 일이 있습니까. 각각 자기의 수완에 달려 있을 따름입니다."[40]라고 반론을 제기했기 때문이다. 이에 대해 서술자는 "신(申)은 때에 임하여 결단을 잘 하였고, 허는 부지런하되 각박(刻薄)하게 시행하니 성격이 같지 않은 것이다."[41]라 하여 신상의 자기변명을 받아들인다. 이로써 두 사람 사이의 상식적 우열관계는 해소되고 대등하게 평가되었다.

일반적으로 보아 어떤 일화에서 두 인물 이상의 행동이나 사고, 말의 대조가 나타날 때 우열관계가 형성된다. 그런 등장인물의 관계에 대한 서술자의 입장은 ①어느 한쪽만을 인정 ②양쪽 다 부정 ③양쪽 모두 긍정으로 나누어질 것이다. ③의 서술자는 가능한 한 현상의 여러 국면들을 긍정적으로 수용하여 그 각각의 특장들을 이해해 주고자한 입장에 있다. 이 작품은 ③에 해당된다. 그것은 〈민중추대생〉의 경향이 보다 발전된 것이다. 그런 점에서 『용재총화』의 낙관적 경향을 다시 확인할 수 있다.

3) 대응[42]

대응은 대꾸로서의 재치있는 말이나 반응으로서의 기발한 행동이 작품의 결정적 구성요소로 작용한 경우를 일컫는다. 성현의 말에 대한 관

---

40) 大人早仕, 有何加益之事? 余雖晚仕, 有何加損之事? 不如各弄掌而已.(같은 곳)
41) 申臨機善決, 許勤苦刻行, 所性不同也.(같은 곳)
42) 이 부분은 이 책의 '제4부 | 일화 서술 형식과 서술 미학', 161~163면과 중복되는 부분이 있으니 참고바람.

심은 대단했고,43) 정확한 언어감각을 갖추고 있었으며 또 장난기 있거나 기발한 행동을 하는 사람들과 가까이 지냈으며, 스스로도 그런 행동을 하였다. 이러한 요소들이 이 계통의 일화들을 창출했다고 볼 수 있다.

등장인물의 재치있는 말, 의미심장한 말 한마디가 인간관계에 변화를 초래하거나 우열관계를 역전시킨다. 상대인물의 말에 대해 적확한 응수를 하는 것을 보여주는 것이 서술의 중심축이라는 점에서 대응구조라 하겠다. 〈낙산사승해초(洛山寺僧海超)〉(대동1, 615면), 〈김복창(金福昌)〉(대동1, 615면) 등이 그 대표적인 경우이다. 이에 대해서는 앞에서 논급한 바 있다.44) 〈낙산사승해초(洛山寺僧海超)〉에서는 유본과 해초가 대응된다. 유본은 유학자로서 스님인 해초의 행위를 무의미한 것으로 여겨 그것을 무시하는 발언을 한다. 이에 대해 해초는 유본의 구문을 그대로 되살려서 유학을 역공한다. "유본은 대답하지 못하였다는" 구절은 유본이 자기의 말 때문에 오히려 패배했음을 인정한 것이다. 유본의 말을 그대로 되받아 치는 해초, 그리고 그것의 재치를 파악하여 기록한 서술자 모두 말에 대한 일정 수준의 감각을 갖추었음을 알 수 있다. 〈김복창〉도 김복창과 송려성의 관계를 바탕으로 하여 "재상보다 못지않은 사람이 어찌 남의 집을 내 집으로 삼는가"45)라는 송려성의 빈정댐에 대해 "재상보다 못지않은 사람이 어찌 남의 자식을 내 자식으로 삼는가"46)라는 말로 응수하여 희롱했다. 김복창은 자기를 빈정대는 송려성의 말 구문을 그대로 이용하여 역습하며 지적 우위를 차지하게 된 것이다.

---

43) 〈諺云〉(대동1, 640면)은 속담을 소개하고 있는데 이것도 성현의 말에 대해 큰 관심을 가졌음을 확인해주는 부분이다.

44) 이 책의 '제4부 | 일화 서술 형식과 서술 미학', '제1장 일화의 유형과 그 서술원리' 참조할 것.

45) 不小宰相, 何以人之家, 爲我家?(대동1, 615면)

46) 不小宰相, 何以人之子, 爲我子?(같은 곳)

　이러한 서술구조는 '재치있는 말에 의한 기존 관계의 역전'이라 요약할 수 있겠는데, 그것이 가능하기 위해서는 일정수준 이상의 언어감각이 뒤따라야 한다. 그리고 그 말에 의한 관계를 실질적 관계로 수용할 만큼 말에 비중을 두는 분위기가 조성되어야 할 것이다.

　고려시대 잡록류에서는 이런 구조를 찾기 힘들다. 그러다가『역옹패설』에 이르러 사대부일화의 초기적 작품들이 양산되면서 등장하기 시작하다 조선조『용재총화』에 이르러 집중적으로 나타났다. 그런데 등장하는 두 사람의 관계가 역전됨에도 불구하고 역전당한 사람의 처지가 악화되거나 역전시킨 사람의 처지가 향상되지 않는다.『용재총화』에 나타나는 이런 구조의 이야기들은 역전된 상황에 대한 웃음을 유발시키거나 재치 있는 응수를 한 등장인물에 대한 감탄을 하게끔 하는 것이다. 웃음을 위한 처지의 변화를 잠정적으로 꾀하기는 하지만 그 바탕이 된 기존관계를 심각하게 변화시키려 하지 않으려 한 것이다.

4) 일탈의 설정과 일탈의 교정[47]

　'대조'와 '대응'이 이단 구조를 근간으로 한다면 이 '일탈의 설정과 일탈의 교정'은 삼단 구조를 근간으로 한다는 점에서 구별된다.

　일화는 기본적으로 기존 질서로부터의 일탈을 전제로 한다. 그것은 위로의 일탈, 아래로의 일탈, 밖으로의 일탈, 그리고 그중 두 개 이상이 복합된 경우들로 나눌 수 있다.[48]

　이러한 일탈을 중심에 놓고 그 앞과 뒤에 그 일탈을 조정하기 위한

---

47) 이 부분은 이 책의 '제4부 | 일화 서술 형식과 서술 미학', 165~171면과 중복되는 부분이 있으니 참고바람.

48) 일화의 일탈 양상에 대해서는 이 책의 '제4부 | 일화 서술 형식과 서술 미학', '제2장 일화의 일탈 양상'을 참조할 것.

두 단계가 설정되어 있는 경우가 적지 않다. 즉 서술의 서두에 초기 상황
이 제시되고, 다음으로 그것에 대한 반응으로서의 일탈된 말이나 행동이
묘사되다가 마침내 그 반응의 오류나 부적절함이 지적되거나 극복된다.
그래서 삼단 구조인 것이다. 이러한 삼단 구조는 일화의 근원 서술원리
임이 지적된 바 있다.49) 그러나 이 삼단 구조를 갖추어야만 일화일 수
있다고 규정하는 것은 지나치게 일화를 좁게 규정하는 입장으로서 그것
을 받아들이기 힘들다. 그러나 이 삼단 구조가 일화의 중요한 한 서술원
리라는 것을 부정할 필요는 없다. 『용재총화』에도 이 구조를 바탕으로
한 경우가 적지 않다. 가령, 〈안참판초(安僉判超)〉(대동1, 615면)는

> ① 전라도 관찰사가 된 안초는 나주에 이르러 순찰사 김상회(金相會)를
> 만났는데, 마침 제주목사가 청귤(靑橘) 한 상자를 보내왔다.
> ② 안초는 그 색이 파랗고 겉이 거칠거칠하여 쓸모없는 물건이라 생각하고
> 서는 "목사는 어찌 익지도 않은 감귤을 먼 길인데 힘들여 보내 왔을꼬?"하며
> 기생들에게 주어 버렸다.
> ③ 기생들이 귤을 먹고 있는 것을 본 김상회가 사정을 알고는 남은 것을
> 빼앗아 안초 앞에 가 먹으며 "감사께서는 이것을 싫어 버렸지만 나는 무척
> 좋아 하지요."라 했다. 이에 안초가 비로소 귤 맛을 알게 되었다.

여기서 안초와 김상회의 만남, 제주목사가 보낸 청귤 도착 등은 초기
상황의 제시라 할 수 있다. 두 번째 단계에서 안초는 색깔과 겉만 보고
청귤을 쓸모없는 물건이라 판단하는데 이것은 판단의 오류이다. 그 오류
가 안초의 말 속에 압축되어 나타났다. 세 번째 단계에서 김상화는 그

---

49) Rudolf Schäfer는 그것을 'Einleitung', 'Überleitung', 'Pointe'로 규정하고 그 각각
　 은 'Occasio', 'provocatio', 'dictum'을 포함한다고 설명했다.(Rudolf Schäfer, *Die
　 Anekdote*, R. Oldenbourg Verlag: München, 1982 참조)

오류를 시정하고 잠시 사실을 오해한 안초로 하여금 사실을 정확하게 이해하도록 이끌어 준다. 김상회의 말 속에 오류 시정의 재치가 압축되어 있다. 요컨대 두 번째 단계에서 '일탈'을 했다면 세 번째 단계에서 곧바로 '일탈이 교정'되어 정상화되었다고 하겠는데, 그 과정이 각 인물의 발언을 통해 이끌어 진다는 점이 눈을 끈다.

〈세종갑인년설별시(世宗甲寅年設別試)〉(대동1, 650면)에서는 상사(上舍) 박충지(朴忠至)와 그 종 간에 일어난 착각과 교정이 서술의 중심에 놓여 있다.

이러한 삼단 구조는 체제나 기존 질서로부터 '잠정적으로 일탈'했다가 다시 그 출발점으로 되돌아오는 일화의 본질을 가장 잘 살려 주는 것이라고 볼 수 있다. 이 구조는 일화의 세계관을 잘 드러내어 줄 뿐만 아니라, 두 번의 반전을 통해 말하기의 묘미를 맛보게 한다.

4. 소결

『용재총화』에는 교술과 서사에 걸쳐 많은 단편들이 실려 있다. 먼저 교술에 해당되는 단편들은 간혹 당대 사회의 문화적 풍토에 대해 이념적으로 비판하는 입장을 취하긴 했지만, 감각의 중심은 그 사회의 모습을 자랑스럽게 드러내는 데 있었다. 아울러 그 교술적 단편들은 서사적 단편들, 특히 일화들에서 주인공들이 일탈을 하게 되는 출발점 혹은 바탕을 제시한 것이라 볼 수 있다. 일화의 여러 주인공들은 설사 잠정적인 일탈을 하여 기존 질서를 부정하거나 잠시 망각하기는 하지만 곧 그 기존 질서의 테두리 안으로 돌아오는 공통점을 보이는데, 일탈적 개인들이 궁극적으로 돌아오는 바탕이 바로 권1과 권2가 제시해 준 사대부 사회의 긍정적인 세계인 것이다. 일탈하였다가 다시 돌아온 세계는 일탈하기 전의 세계보다 그 가치와 의의가 더 돋보이게 마련이다. 그런 점에서 일탈의 체제수호적 성격을 생각할 수도 있다.

『용재총화』는 사대부나 평민의 일상생활에서 실제로 일어났던 일에 대한 이야기 중 독특한 것을 기록하고 거기에다 구비 전승되던 이야기를 덧붙여 놓은 것이다. 그리하여 갈래면에서 전설, 민담, 사대부일화, 평민일화, 소화, 전기소설(傳奇小說) 등이 섞여있다고 하겠다. 특히 그 등장인물들 중에는 ①사회현실을 지금까지와는 다른 안목으로 바라보거나 ②스스로 다른 인간들과 독특한 관계를 맺어 기발한 사건을 일어나게 한 경우가 있다. 그들에 대한 이야기는 실제로 일어난 현실적인 내용이란 점에서 신화나 전설, 민담 등의 설화와는 근본적으로 구분된다. 이것이 바로 사대부일화와 평민일화로 하위구분되는 일화인 것이다. 개방적 세계관을 갖춘 편찬자 성현이 적어도 현실의 제 국면에 대해서는 열려있는 갈래인 일화를 적극 활용함으로써 당대 사회의 다양한 모습들을 응축하여 수용하였다는 사실을 확인할 수 있다.

『용재총화』는 서술방식 면에서도 독특한 면이 많음을 알 수 있었다. 인물이나 사건의 차이를 부각시키기 보다는 '병치'나 '나열'의 서술방법을 통하여 가능한 많은 사항들을 포괄적으로 제시하는 개방적 입장을 취했다. 차이를 부각시키는 성향이 강한 '대조'의 서술방법을 취하는 경우도, 궁극적으로 대조에 의해 배척되는 쪽의 불행보다는 대조에 의해 부각된 쪽의 행복을 드러냄으로써 낙관적 입장을 보였다. 되받아치는 말의 재치를 보여줌으로써 일상생활의 부담감과 의식의 긴장을 해소시켜주었다고 하겠다. 또 일탈을 중심에 놓고 그 일탈을 조정하기 위해 앞뒤에 두 단계를 설정함으로써 '삼단 구조'를 취하는 경우도 적지 않다. 서술의 서두에 초기 상황이 제시되고, 다음으로 그것에 대한 반응으로서의 일탈된 말이나 행동이 묘사되다가, 마침내 그 반응의 오류나 일탈이 지적되거나 극복되는 삼단 구조인 것이다. 이는 일화의 가장 보편적 서술원리를 『용재총화』가 포괄하고 있음을 입증하는 것이다. 그리고 대꾸로서의 재치있는 말이나 반응으로서의 기발한 행동이 작품의 결정적 구성요소로 작용하는 '대응 구조'가 형성되는 일화들도 있다. 그럴 경우도 대체로 재치만을 드러내어 지적 흥취감을 느끼게 하기에, 어떤 의미항들을 만들어 내는 사화기 이후 잡록의 대응 구조와는 차이가 크다고 하겠다.

이상과 같은 『용재총화』의 특징들은 전대에 형성되었거나 당대에 형성되고 있었던 현실의 여러 양상들을 관찰한 편찬자 성현의 시각에서 비롯되었지만, 그것이 다만 단편적으로 언어화된 결과이다. 이것이 보다 전면적으로 구조화되어 갈래적 전환이 이루어지면서 일화에 근본을 둔 소설이 형성되었다고 하겠다.

【제3장】

『필원잡기』 서사적 단편의 존재방식과 서거정의 세계관

1. 머리말

서거정(徐居正, 1420~1488)은 필기(혹은 잡기), 패설(혹은 골계), 시화라는 갈래 개념에 따라『필원잡기(筆苑雜記)』,『태평한화골계전(太平閑話滑稽傳)』,『동인시화(東人詩話)』등을 편찬했다.[1] 필기나 패설 중 서사적인 것에 초점을 맞추어 새롭게 갈래를 비정하면 사대부일화, 평민일화, 소화 등을 거론할 수 있는데,[2] 『필원잡기』는 사대부일화 뿐 아니라 평민일화, 소화, 그리고 전설이나 야사 등도 싣고 있다.

서거정은 생애 말년인 1486년에『필원잡기』를 편찬했다. 그가 일생동안 견문하여 알게 된 사실, 인물, 역사, 제도 등을『필원잡기』에다 망라한 셈이다.『필원잡기』소재 단편들은 조선 초기 전후의 조선 현실과 역사를 실감나게 이해하는 데 매우 요긴한 지식과 정보를 제공한다. 또 일화의 형성을 해명하는 데 꼭 필요한 갈래적 범례를 제시한다는 점에서 문학사적으로 중요한 의의를 가진다고 하겠다.

『필원잡기』는『용재총화』와 함께 조선 초기 잡록집을 대표하는 것이

---

1) 임형택,『한국문학사의 시각』, 창작과비평사, 1984, 414~415면.
2) 이강옥,『조선시대 일화 연구』, 태학사, 1996, 33~92면.

지만 지금까지 충분하게 연구되지는 못했다. 『필원잡기』에 대한 기존연구들은 대체로 단편들의 내용을 구분하고 흥미로운 모티프를 도출하여 다른 필기집과의 관계를 설명하거나 단편들 중 특별한 것만을 선별하여 그 의미를 해명하였다.[3] 그래서 『필원잡기』의 내용과 서술형식에 대한 총체적 검토는 이루어지지 않은 형편이다. 서거정을 관각파로 보고, 관각파의 문학관과 『필원잡기』 단편들의 관계를 설명하기도 하였다. 그렇지만 정작 개별 단편들의 갈래적 성격을 따져보지는 않았다. 또 그 단편들이 일화의 형성과 전개에 어떤 위치에 있는가와 관련하여 연구를 진행시키지는 못하였다.

조선 초기 사건과 인물, 제도 등을 선택하여 재현하는 과정에는 편찬자 서거정의 세계관이 긴밀하게 개입하였다. 특히 서거정은 조선사회를 지탱하는 이상적 사대부상을 찾아 소개하고 후대에 전하려는 의도를 가장 강하게 갖고 있었다. 물론 그런 태도는 전(傳)의 입전(立傳)의식보다는 훨씬 약하고 부드러운 것이다.

이 장에서는 이런 점을 유념하면서 『필원잡기』의 서술 내용과 갈래, 서술방식과 서거정의 세계관 등의 관계를 살펴본다. 먼저 『필원잡기』 서문과 발문을 검토할 것이다. 여러 편의 서문과 발문은 조금씩 다른 견해가 들어있기는 하지만, 이들이 주장하는 바를 면밀하게 검토한 뒤, 그런 원칙에 바탕을 두고 재현한 갈래, 인물, 서술방법의 특징을 살펴보겠다.

---

3) 차종재, 「筆苑雜記 硏究」, 단국대학교 석사학위논문, 1982, 1~137면; 차종재, 「필원잡기(筆苑雜記)의 문체(文體)와 수사(修辭)에 대하여」, 『국어국문학』 제89권, 국어국문학회, 1983, 221~228면; 정교주, 「筆苑雜記의 文學的 特性」, 『돈암어문학』 8, 돈암어문학회, 1996, 95~129면; 이경혜, 「徐居正 硏究 : 筆苑雜記를 中心으로」, 『인문과학연구』 1, 대신대학교 인문과학연구소, 1993, 40~70면; 이경혜, 「徐居正 硏究 : 筆苑雜記를 中心으로」, 『인문과학연구』 2, 대신대학교 인문과학연구소, 1994, 21~76면.

2. 서문과 발문을 통해본 『필원잡기』의 서술지향

『필원잡기』에는 서거정의 조카 서팽소(徐彭召), 서거정의 문인인 표연말(表沿沫), 조위(曺偉) 등의 서(序)와 문인 이세우(李世佑)의 발이 있다. 각각은 『필원잡기』의 성격을 나름대로 규정하고 그에 대한 일정한 평가를 내리고 있다. 이것들은 조선 초기 사대부들이 잡록이나 필기에 대해 가졌던 생각을 집성한 것이라 할 수 있다. 나아가 필기들을 학문적으로 규정하고 분류하는 적절한 준거를 마련해준다는 점에서 상세하게 검토될 필요가 있다.

서팽소는 『필원잡기』가 구양수의 『귀전록(歸田錄)』을 모범으로 삼으면서 국노(國老)의 한담(閑談)과 동헌(東軒)의 잡록을 취하여 만들었으며 사관이 기록해주지 않은 조야(朝野)의 한담(閑談)을 기록하였다고 보았다.[4] 구양수는 자기가 사관이 아니기에 남의 악을 드러내기보다는 덮어주고 남의 선만을 드러내겠다고 하였다. 특히 이 점이 서거정의 취지에 부합했다고 할 수 있다. 이어서 '국노(國老)의 한담(閑談)'은 사대부일화의 형성과 관련된다. '국노'란 나라에서 이름을 얻고 있던 상층사대부 정도로 해석되니 '국노의 한담'은 상층사대부들의 기록되지 않은 이야기라 할 수 있다. '동헌잡록(東軒雜錄)'이란 것도 관가생활의 잡다한 기록이란 뜻이기에, '동헌잡록'은 '국노의 한담'에 비해 상대적으로 낮은 사대부들의 기록된 이야기라고 할 수 있겠다.

그 뒤를 이은 구절인 '사관이 기록하지 않은 것을 기록한다.'(欲記史官之所不錄)는 편찬자가 자신을 사관과는 구분되며 스스로 사관이 기록하

---

4) 盖法歐陽文忠公歸田錄, 又取國老閑談東軒雜錄而爲之, 欲記史官之所不錄朝野之所閑談, 以備觀覽, 其有補於來世, 夫豈小哉?'(대동1, 665면). 『필원잡기』 원문은 『필원잡기』(상), (하), 심노숭 편, 『大東稗林』 29권, 국학자료원, 1992년 영인본을 참고했고, 이 논문에서의 면수는 『대동야승』 권1, 민족문화추진회, 1988의 면수를 가리킴.

는 대상과는 본질적으로 다른 것을 기록하려 했다는 것을 암시한다. '사관(史官)이 기록하지 않은 조야(朝野)의 한담(閑談)'이 '국노한담(國老閑談)'이나 '동헌잡록(東軒雜錄)'들과 본질적 차이는 없겠지만, '야(野)'가 들어가 있다는 것이 의미심장하다. '야'는 관직활동을 하지 않는 사대부들의 생활공간을 지칭할 수도 있고, 비사대부계층들의 생활공간을 지칭할 수도 있다. 여기서 '사대부일화'와 '평민일화'의 구분이 가능해지는데, 『필원잡기』가 후자를 포용했다는 사실을 확인할 수 있다. 어느 쪽이건 서팽소는 그 자체의 가치를 효용론적 관점에서 지적했다. 그는 필기류의 문예적 가치를 그대로 인정하기 보다는 그것이 역사기록을 어떤 식으로든 보충한다는 역사적 가치를 우선적으로 인정했다고 하겠다.

표연말(表沿沫)이 작성한 서문의 핵심은 다음 부분이다.

> 그 저술한 바는 모두 우리나라의 일들을 널리 모은 것이니, 위로는 조종(祖宗)께서 신사(神思) 예지(叡智)로써 창업하신 큰 덕을 기술했고, 아래로는 공경과 어진 대부들의 도덕 언행 문장 정사(政事) 등 모범이 될 만한 것과 국가 전고(典故)와 여항의 풍속 등 세교(世敎)에 관련된 것 중 국승(國乘)에 실리지 않은 것들을 빠짐없이 다 기록했다······ 대개 필담(筆談)은 임하(林下)에서의 견문을 이야기한 것이요 언행록(言行錄)은 명신(名臣)의 실적(實跡)을 기록한 것인데, 이 책은 양쪽을 겸비한 것이다. 어찌『수신기(搜神記)』나『유양잡조(酉陽雜俎)』등이 기괴한 것만을 캐어내어 섭렵한 것이 많고 넓음을 자랑하여 이야기거리가 되기에만 그치는 것과 같으리오?[5]

표연말은 서거정의 문인이면서 아울러 김종직, 정여창의 문인이기도

---

5) 其所著述, 皆博採吾東之事. 上述祖宗神思叡智創垂之大德, 下及公卿賢大夫道德言行文章政事之可爲模範者, 以至國家典故間巷風俗, 有關於世敎者, 國乘所不載者, 備錄無遺 ······ 盖筆談, 談林下之聞見, 言行錄, 錄名臣之實跡, 而是篇殆兼之, 豈若搜神雜俎等編, 摘奇抉怪, 誇涉獵之廣博, 供談者之戲劇而止也?(대동1, 665면)

하다. 서거정은 성종조의 좌리공신(佐理功臣)으로서 이 시기 훈구파의
핵심인물 중의 한 사람이다. 이에 비해 김종직과 정여창은 사림의 핵심
인물이다. 정치적 입장면에서 상반되는 두 사람을 선생으로 모신 표연말
은 먼저 『필원잡기』가 중국 것이 아닌 우리 동방의 사적을 다룬 것이라는
점을 강조하고는 소재 단편들을 나름대로 분류하였다. 그 내용이 무엇이
든 위로 임금부터 사대부 평민에 이르기까지 그 담당 계층이 다채롭다.
『필원잡기』는 이런 담당 계층의 위계를 설정하기는 했지만, 그 내용으로
는 ①임금과 그 선조의 깊은 생각과 예지, 큰 덕 ②공경 등 현명한 사대부
들의 도덕적 언행, 문장, 정사 ③나라의 전고 ④민간의 풍속 등을 망라하
기에 어떤 계층도 배제하지는 않은 것이다.

그런데 표연말은 형성 원천 면에서 『필원잡기』를 양분했다. '임하(林
下)'의 견문을 '이야기'하는 '필담(筆談)'과 명신(名臣)의 실적(實蹟)을 '기
록'하는 '언행록(言行錄)'이다. '필담'과 '언행록'은 먼저 향유층이 다르
다. '임하(林下)'가 벼슬을 하지 않고 있는 집단의 총칭이라면 '명신'은
상층사대부를 지칭한다. 여기서 표연말은 사대부와 비사대부를 구분했
을 뿐만 아니라 사대부도 벼슬을 하는 대부와 벼슬을 하지 않는 사로
구분한 것이다.

이런 맥락에서 당시 사대부계층의 권력 관계에 유념하게 된다. 훈구
세력이 권력을 독점하고 있었고, 사림들은 훈구파의 입장을 성리학적
관점에서 비판하기는 했지만 집단적 수준으로 나아가지는 못하고 있었
다.6) 사림들은 집단적 당파의식을 갖추지는 않았지만 객관적 처지 면
에서 훈구파들과 분명히 구분되었고 그런 이유에서 사림들의 체험과 지
식은 훈구파들의 그것과 구분되었을 것이다. '임하'와 '명신'은 이런 구

---

6) 李秉杰, 『朝鮮後期畿湖士林派硏究』, 일조각, 1987, 8면.

분을 바탕으로 하고 있다고 본다. 나아가 '임하'가 '명신'과 대립된 이상 '임하'에는 비사대부계층도 포함될 여지가 없지 않다. '여항풍속(閭巷風俗)'을 술회한다는 앞부분을 고려할 때 더욱 그러하다. 그런데 표연말이 『필원잡기』를 『수신기』나 『유양잡조』와 다른 잡록집이라 보았던 근거는 『필원잡기』가 교훈성과 사실성을 갖추고 있다는 점이다. 교훈성이 있기에 단지 우스개 수준에 머물지 않았고 사실성이 있기에 허무맹랑하거나 기괴하지 않다.

조위(曺偉)의 서문 역시 필기가 갖추어야 할 최소한의 내용으로서 '자기 시대 조야의 일, 명신현사들의 언행록'[7]을 들었다. 전자는 당대 현실의 일을 지칭한다. 실제로 일어났던 사건, 실제로 있는 현상을 중시한 것이다. 후자는 사대부들의 모범적 행동과 인간상을 부각하는 것이다. 갈래 면에서 보면, 전자가 사대부일화와 평민일화 모두에 해당하고 후자는 사대부일화나 전(傳)이 될 것이다.

한편 조위는 잡록집의 형성 과정을 역사적으로 통찰하고 그들에 대한 일정한 평가를 내리고 있다는 점에서 특별하다. 조위는 『파한집』, 『보한집』, 『역옹패설』 등이 『필원잡기』 이전에 '자기 시대 조야의 일, 명신현사들의 언행록'을 기록하여 후세에 전했기에 시인들의 논담하는 자료가 되고 진신(縉紳)들이 사랑하는 대상이 되었다고 했다. 그러나 그중 『파한집』과 『보한집』 등이 논한 것은 주로 글귀를 갈고 다듬는 것이요, '국가경세지전(國家經世之典)'으로서 취할 바는 거의 없다고 그 문제점을 지적한 반면, 『역옹패설』은 '조종세계조정전고(祖宗世系朝廷典故)'를 많이 기록하고 변증하였으니, 가히 당대의 유사(遺史)라 할 만하다며 긍정적으로 평가했다.[8] 조위의 눈에 『역옹패설』이 전대 다른 잡록집과 다르게

---

7) 當世朝野之事, 名臣賢士之所言若行.

8) 獨李學士破閑集, 崔大尉補閑集, 至今資詩人之談論, 爲縉紳之所玩. 然所論者, 皆

보였다는 점을 가볍게 지나칠 수 없다. 『역옹패설』이 보여주는 가장 두
드러진 특징은 조위가 지적한 '조종세계조정전고'를 많이 담고 있다는
점 이외, 사대부일화도 많이 싣고 있다는 점이다. 사대부가 일상적으로
경험하는 사건들을 서술의 초점으로 삼는 일화들이 『역옹패설』에서 본
격적으로 나타나기 시작하는 것이다. 『역옹패설』에 사대부일화가 나타
나기 시작한 것은 무신란을 분수령으로 하여 전대의 문신 귀족들이 몰락
하고, 신흥사대부계층들이 무신들의 후광을 받거나 과거급제를 통해 중
앙정계로 진출하여 세력기반을 구축하고, 그럼으로써 신흥사대부들만
의 사회생활이 가능해졌기 때문일 것이다. 사대부 사회에서 전형적으로
일어날 수 있는 사건들은 전대 문신귀족 사회에서 전형적으로 일어날
수 있는 사건들과 본질적으로 다를 수밖에 없다. 사대부들은 신유학 교
양을 갖추고 있었고 그걸 바탕으로 한 일상을 꾸려간다고 자부했다. 사
대부들이 등장하는 이야기는 사대부들이 일상에서 보여준 삶 중에서도
사대부 고유의 자질이나 이념을 가장 잘 담고 있은 것 중에서 선택된
것이다. 이 시기 사대부 사회는 전대 문신귀족사회나 권문세가들의 사회
에 비할 때 불완전하고 유동적이었기에, 더욱 그들만의 변별적 자질들을
제시하거나 과시할 필요가 있었다. 조위가 『역옹패설』에 들어있다고 지
적한 '조종세계조정전고'는 이러한 사대부들의 교양과 직결된 것이다.
『필원잡기』가 『역옹패설』과 규모가 부합된다는 조위의 지적은 『역옹패
설』에서 가장 두드러진 사대부일화 갈래를 『필원잡기』가 계승 발전시킨
사실을 지적한 말이라고 해석해도 좋을 것이다.

雕篆章句, 其於國家經世之典, 槩乎其無所取也. 厥後益齋李文忠公著櫟翁稗說, 雖
間有滑稽之言, 而祖宗世系朝廷典故, 多所記載而卞證焉. 實當世之遺史也.(666면)
『역옹패설』의 이러한 성격에 대해서는 이강옥, 『조선시대 일화 연구』, 태학사, 1998,
58~59면에서 자세하게 분석하고 있다.

서문에서 다양하게 설명된 『필원잡기』의 서술 내용을 이세좌(李世佐)는 발문을 통하여 '국가의 전고[國家之典故]'와 '현신의 사적[賢臣之事蹟]', '조종제작(祖宗制作)의 성대함'과 '현사대부(賢士大夫)의 가언(嘉言) 의행(懿行)'으로 요약했고, 서술 지향을 국승(國乘)에 도움이 되고 후세의 법(法)이 되는 것으로 압축했다.

요컨대 조선시대 사대부들은 필기나 잡록이 사회적으로 유용한 면을 갖추고 있어야 한다고 생각했다는 것을 알 수 있다. 유용성이란 역사 기술이 빠뜨린 부분을 보충할 수 있다는 점과 독자들에게 어떤 교훈을 전할 수 있다는 점 등이다. 그것을 전제로 할 때, 현실의 제반 현상을 설명하는 논리나 국가 문물제도를 기록하는 교술과, 현실에서 실제로 일어났던 사건을 서술하거나 실존한 인물의 특별한 말과 행동을 재현한 서사를 포괄한다. 그중 서사를 따로 떼어내어 본다면 일화가 가장 두드러지는 것이다. 일화는 사대부일화와 평민일화로 하위 구분되는데, 『필원잡기』는 전자를 더 중시했다고 할 수 있다.

3. 『필원잡기』 소재 서사 단편들의 갈래적 존재방식

『필원잡기』에는 신화, 전설, 민담 등 허구적 단형서사갈래와 사대부일화, 평민일화 등 사실적 단형서사갈래가 실려 있고, 또 교술적인 단편들도 있다. 여타의 갈래들이나 교술 단편들이 사대부일화를 감싸고 있는 형국이다. 또 신화나 전설, 민담 등은 일화에 비할 때 매우 변형되어 전형적 모습을 보이지 않는다.

〈일본국대내전(日本國大內殿)〉(대동1, 690)에서 서거정은 일본의 오우치 씨[大內氏]들이 그 선조가 우리나라로부터 나왔다고 믿으며 선조를

사모하는 정성이 대단하다는 소문을 듣는다. 서거정은 오우치 씨의 선조
가 우리나라로부터 나왔다는 근거를 찾아가는 과정을 보여준다. 『신라
수이전(新羅殊異傳)』에 실려 있는 〈영오(迎烏)와 세오(細烏)〉 이야기를
옮기고는, "우리나라 사람으로 일본의 임금이 된 자는 이 뿐이나 다만
그 말의 시비(是非)는 알 수 없다. 오우치 씨의 선조란 혹 여기에서 나온
것이 아닌가 모르겠다."라는 추정을 한다. 서거정은 흔적만 남은 신화인
〈영오와 세오〉를 옮기지만, 그렇다고 그가 신화 자체에 관심을 가진 것
은 아니며 그것을 독립적 신화작품으로 인식하는 것도 아니다. 다만 일
본 오우치 씨들의 선조가 과연 조선족이었을까를 따져보기 위해 인용할
뿐이다. 신화가 작품외적 사실을 설명하기 위해 활용되었다는 점에서 신
화의 교술적 활용이라고 할 수 있다. 〈김부식입송(金富軾入宋)〉(대동1,
670면)에서는 〈선도산성모(仙桃山聖母)신화〉를 끌어와 그 사실여부를 따
지고 사실이 아닌 경우 그렇게 언어화된 과정을 추정한다. 그런 점에서
교술 지향적 태도는 동일하다.

〈도선백제인(道詵百濟人)〉(대동1, 266면)의 전반부는 영웅의 기이한 탄
생과 탁월한 능력의 획득과정을 보여준다.[9] 도선을 문화적 영웅으로 본
다면, 하늘의 신선으로 부터 천문과 지리, 음양의 비법을 전수받았다는

---

9) 일찍이 도선의 어머니가 처녀로서 川澤 위에서 놀다가 아름답고 큰 오이를 얻어먹었
는데 갑자기 임신한 것을 깨닫게 되었다. 아이가 태어나자 부모들이 상스럽지 못하다
하여 냇가에 버렸다. 때는 혹독하게 추웠는데 뭇 갈매기들이 날아와서는 덮어주어 십
수 일이 지났는데도 죽지 않았다. 부모가 기이하게 여겨 거두어와 길렀다. 장성하여 출
가해서는 입산하여 수련을 했다. 하늘의 신선이 내려와 天文과 地理, 陰陽의 비법을
전수해주었다. 唐나라에 들어가서 一行法을 배웠다. 세상에 전해지는 圖讖은 모두 도
선이 저술한 것이다.(初詵母爲處子, 出遊川澤上, 得一美大瓜啖之, 忽覺有娠, 及生
兒, 父母以爲不祥, 而棄之川上, 時方沍寒, 羣鷗數千來集, 上下承覆之, 不死十數
日, 父母異以收養之, 及長出家, 入山修鍊, 有天仙下降, 授天文地理陰陽之祕, 又入
唐, 學一行法, 世傳圖讖, 皆詵所著也; 대동1, 668면)

사실이나 당나라에 들어가 일행법(一行法)을 배웠다는 사실, 그리고 도참을 저술했다는 사실 등은 그 자체가 탁월한 능력의 획득이면서 위대한 업적의 실현이기도 하다. 그런 점에서 이 부분은 축약된 형태이나마 영웅이 세계와 상보적 관계를 맺으면서 위대한 질서 혹은 문화적 결실을 이룩하는 신화라고 할 수 있다.

그런데 서거정은 이것을 바탕으로 하여 『당본성요(唐本星曜)』란 책에 실려 있는 〈고려국사부(高麗國師賦)〉의 작자를 비정한다. 의론(議論)의 정미(精微)함으로 보아 도선이 지었을 수밖에 없다고 추정하면서도 다른 한편으로는 거기에 등장하는 야율초재(耶律楚財)의 생존시기를 따져보면 그런 추정이 문제가 있다는 것이다. 그리하여 이 경우에서도 도선을 주인공으로 하는 신화는 그 자체의 존재의의를 갖지 못하고 뒤따르는 의론의 도론(導論)으로 존재한다. 이 경우는 교술의 한 구성요소로 들어갔기에 신화의 형태를 비교적 분명하게 보존할 수 있었다고 하겠다.

〈경주부유일촌온(慶州府有一村媼)〉(대동1, 690면)은 벼락이 내리친 뒤 뜰에 나타난 빛나는 구슬에 얽힌 이야기다. 경주부의 늙은 노파가 그 구슬을 갖고 있었는데 한 소년이 빼앗아 가 숨겨두고는 부(府)에 바쳤다고 거짓말을 했다. 구슬의 행방이 묘연해졌는데, 이에 대해 시골사람들은 "악한 소년이 본래 가난했는데 그 구슬을 얻은 뒤부터 날로 부유하게 되었으니 이는 아마도 구슬 덕인 것 같다."고 말했다는 것이다. 이 이야기는 사람이 원하는 바를 얼마든지 만들어내는 도깨비방망이 민담이나 하늘에서 금덩어리가 떨어져 길 가던 사람을 부자로 만들어주는 민담과 상통하는 면을 지닌다. '정황의 환상적 상승구조'의 이야기인 것이다. 이 작품을 소년의 처지 쪽에만 초점을 맞추어 읽으면 전형적인 민담이 되지만 이 이야기에 붙어있는 평을 살펴보면 다른 해석도 가능하다. 즉, '시골사람'은 본 이야기의 등장인물이 아니라 이 이야기의 구연자이면서 수

용자이다. 서술자는 시골사람의 입장을 받아들이기는 했지만 완전한 동
질감을 가지지는 않는다. 서술자가 시골사람들 대상화한 것이다. 시골사
람들도 작품 속에 개입된 기이한 요소에 대해 인식의 차원에서 일방적으
로 위축되지 않으며 그것을 대상화하여 나름대로 그 의미를 해석해내고
있다.

하늘에서 구슬이 갑자기 떨어지고 알 수 없는 이유로 사람이 부자가
된다는 것 등은 비합리적 인식 수준에 대응하는 모티프들이다. 그런 점
에서 전실이나 민담 갈래와 부합한다. 그러나 기이한 모티프들을 사람
의 사회적 처지변화를 설명하는 데 활용했다는 점에서 전설이나 민담
의 수준에서 더 나아간 것이다. 그것은 기이함 자체 보다는 그 기이함
이 현실에서 발생했다는 점을 중시하는 자세이다. 기이함을 외면하거
나 무시하지 않고 그것을 작품 속으로 수용했다 하더라도 궁극적으로
는 거기에 매몰되지 않았다. 그러므로 이 작품은 민담이 일화로 전환된
것이라 하겠다.

〈근유일승(近有一僧)〉(대동1, 690면)에서는 몸통을 고양이에게 잡아먹
히고 머리만 남은 뱀이 여자 아이를 물어 죽이자 아이의 아버지가 고양이
를 저주하며 죽이려 한다. 그러자 고양이가 달려들어 아버지의 목을 물
고 늘어진다. 어쩔 수 없어 칼로 고양이를 쳐서 죽이는데 그러다 아버지
도 죽게 되는 비극을 그리고 있다. 부인은 남편과 딸, 고양이와 뱀의 주
검 옆에서 울부짖고 있는데 그 장면을 스님이 목격하였다. 스님은 이 사
연에 대해 "이제 넷의 삼생(三生)의 죄업이 이와 같으니 명복(冥福)을 닦
지 않으면 영원히 떨어지기 어려울 것이다."라며 두 사람을 화장해주고
고양이와 뱀은 한 무덤에 묻어준다.

여기에는 다소 허황되고 기이한 면이 없지 않지만 어디까지나 민간에
서 일어난 특별하고 독특한 사건을 흥미 있게 기록한다는 서술태도가

뚜렷하다는 점에서 평민일화라 할 수 있다. 스님은 삼생의 죄업으로 이 일을 해석하지만, 서술자가 그러한 종교적 해석을 받아들이지는 않았다. 서술자는 스님의 해석까지도 거리를 두고 대상화한 것이다. 그래서 전설에서와 같은 공포나 경이감이 형성되지 않았다. 또 민담에서와 같은 근거 없는 낙관주의도 없다. 비극적 결말을 담담하게 실제로 일어난 일로 기록하는 어조야말로 평민일화의 두드러지는 특징이다. 정황이 상승하거나 하강하거나 간에 변하지 않으면 안 되는 갈래가 평민일화이다. 평민화는 민중들의 현재 자기 처지에 대한 막연한 불만을 출발점으로 삼기 때문이다.

이처럼 『필원잡기』는 신화, 민담, 전설 등 전대의 설화 갈래들을 싣고 있지만, 상당히 변형시켜놓고 있다. 신화는 교술적 진술의 근거로 들어가고 민담이나 전설은 변형되어 일화를 닮아갔다. 신화나 전설, 민담의 비현실적 요소나 모티프들을 현실 상황이나 사람의 처지와 관련시킴으로써 그것은 가능했다. 서거정이 민간 세상에 대해 관심을 가지고 그 속 이야기를 수용하기는 하였지만 비현실적 요소나 모티프를 온전하게 모두 다 인정할 수는 없었던 사정에서 기인한다고 본다.

『필원잡기』의 대부분 단편들은 교술이거나 사대부일화이다. 특히 서거정은 새로운 사대부 사회를 이끌어갈 이상적 인물을 희구했는바, 『필원잡기』에는 이상적 사대부의 독특한 언행을 소개하는 사대부일화가 주류를 이루게 되었다. 다음 장에서 그런 이상적 사대부의 특별한 행동과 생각을 담은 일화를 살펴본다.

4. 이상적 사대부상의 개성적 재현

1) 이상적 사대부상의 탈이념적 재현

조선 사대부는 새로운 왕조 건설에 성공하여 국가를 이끌어가게 되었다. 특히 서거정을 비롯한 집권 훈구 사대부들은 사대부 사회가 국가의 중추 세력으로 사회적 터전을 잡고 뿌리를 내리기를 희구했다. 그러는데 시급한 것은 모범이 되어 사회를 이끌어갈 인물을 발굴하여 널리 알리는 일이었다. 이상적 사대부상을 정립하는 것이다. 『필원잡기』에 실려 있는 사대부일화는 대부분 이런 동기에 부합하는 것들이다. 서거정은 먼저 사대부 사회에서 실존했으면서 그 사회의 영원한 모범이 될 만한 인물들을 포착하여 소개한다.

〈유문정공관(柳文貞公寬)〉(대동1, 676면)은 유관의 검소함과 청렴함을 인상적으로 보여준다. 유관은 높은 지위에 올라도 수레나 말을 타지 않고 걸어 다니며, 지붕에 구멍이 나도 그대로 두었다가 방안으로 비가 떨어지자 우산으로 비를 피한다. 그런데 이 대목에서 특이한 대화가 소개된다. 우산을 펴들고 비를 받던 유관이 부인에게 말한다.

"우산이 없는 집은 어떻게 견디겠소?"[10]

그러자 부인도 한 수 거든다.

"우산 없는 집은 반드시 미리 방비가 있었을 것입니다."[11]

유관은 자기가 가장 대책 없는 삶을 살아가면서도 엉뚱하게 자기보다 못한 사람을 '우산 없는 집'으로 지칭하며 걱정을 한다. 한심한 남편에게

---

10) "無傘之家, 何以能堪?"(대동1, 676면)
11) "無傘者, 必有備!"(같은 면)

그 부인이 다소곳하면서도 뼈있는 답변을 했다. 당신같이 방 안에서 우산을 쓰고 있는 대책 없는 사람이 이 세상에는 없다는 안타까운 고백이기도 하다. 이렇듯 독특한 대화는 검소하고 청렴한 유관의 형상을 생생하게 재현한다. 그런 점에서 전(傳)과 구분되는 사대부일화의 독특함을 감지할 수 있다.

전(傳)도 사대부 사회에 모범적인 인간상을 제시하는 기능을 하지만 이처럼 장면적 압축성이 강하지는 않다. 더욱이 전(傳)의 인정기술과 평결이 교술적 성향을 강하게 만든다. 유관의 삶이 전이 아닌 일화로 서술된 것은 그 삶이 특징이 그러했기 때문이기도 하다. 유관은 1401년(태종 1) 대사헌이 되어 불교를 배척하는 상소를 올렸고, 이어 간관을 탄핵하였다는 이유로 파직되어 문화에 유배된 것 이외에는 일생을 평탄하게 살았다. 유관이란 이름은 언제나 황희(黃喜)·허조(許稠)와 함께 세종대의 대표적인 청백리로 통한다. 이렇게 원만하게 보낸 삶에서 심각한 시련이나 장애를 찾기는 어렵다. 설사 시련이나 장애가 있어도 유관은 그것을 심각하게 받아들이지 않으며 세상도 그에게 심각한 삶을 강요하지 않았다. 유관의 삶은 이념적 문제를 비장하게 제기하는 전(傳)의 입전대상이 되기에는 적합하지 않은 것이다. 이것이 전이 아닌 일화가 선택된 이유이다.

〈김문평공수온(金文平公守溫)〉(대동1, 694면)은 전반부가 전(傳)의 서두 부분처럼 진술하는 서술방식을 취했다면, 후반부는 단 하나의 일화로써 인품을 인상적으로 보여준다. 말을 야위게 하여 죽게 만든 종을 벌주라고 권유하는 주위 사람에게 "어찌 가축 때문에 죄가 사람에게 미치게 할 수 있겠는가?"[12]라고 대꾸하여 사람에 대한 예우의 자세를 보여준 것이다. 이것으로 김수온의 인자한 품성이 생생하게 형상화되었다.

〈삼봉정도전(三峯鄭道傳)〉은 색깔이 다른 신을 신고 관아에 나와서 태

---

12) "安可爲畜物而罪及於人乎?"(대동1, 694면)

연하게 일을 보는 정도전을 다루었다. 그 점을 종이 알려주자 정도전은 이렇게 대답한다.

> "너는 내 신이 검고 흰 것을 괴상하게 여기지 말지어다! 왼쪽 사람은 흰 것만 보고 검은 것은 보지 못할 것이요, 오른쪽 사람은 검은 것을 보고 흰 것은 보지 못할 것이니 무슨 걱정이 있겠느냐?"13)

이렇게 정도전의 검소함과 소탈함을 인상적으로 재현했다. 서술자도 정도전이 겉으로 꾸미지 않은 것이 이와 같다고 찬양한다.14) 물론 이 이야기가 널리 회자된 원동력은 정도전의 재치있는 말이라 하겠지만, 궁극적으로는 검소하고 소탈한 정도전이란 인간상의 형상화로 귀결된다. 그의 검소함은 기존사회 내에서 특권을 누리는 사대부계층이 물질적 여유를 가지는 것을 전제로 하였을 때, 충분히 가치 있는 미덕이 된다.

정도전은 조선개국과 왕자의 난에 이르기 까지 절박한 정치적 격변의 한가운데에 있었던 인물이다. 이 일화는 그런 정도전을 그렸음에도 불구하고 어떤 갈등이나 고난도 재현하거나 암시하지도 않는다. 정도전의 덕목만을 단도직입 제시한 것이다. 이렇게 단일사건의 독특함이나 단일인물의 덕목을 하나의 맥으로만 단순화시켜 묘사하는 서술태도는 세계를 긍정적으로 단순하게 바라보는 서술자의 세계관과 긴밀한 관련이 있다고 볼 수 있다. 그런 점은 서술대상을 선택하는 것과 선택된 대상을 서술하는 방식에서 선명하게 드러난다. 『필원잡기』는 정치적이고 역사적인 의미를 제거시켜 가면서 정도전을 소개한 것이다. 〈신문충공숙주(申文忠公叔舟)〉(대동1, 680면)도 그러하다. 신숙주는 계유정난에 참여하여 정난공신(靖難功臣) 1등이 되었다. 성삼문 등의 단종복위 거사가 발각되어 옥

---

13) "爾無怪乎吾靴之黑白也! 左者見白不見黑, 右者見黑不見白, 亦何傷乎?"(대동1, 675면)
14) 其不外飾如此(대동1, 675면)

사가 일어나자 단종과 금성대군(錦城大君)의 처형을 강력히 주장하였고 그 공로로 우의정에 올랐으며, 또 남이(南怡)를 숙청한 공으로 익대공신(翊戴功臣) 1등이 되기도 했다. 신숙주의 삶은 15세기 중반 살벌한 정치 상황 속에서 전개되었다. 특히 그는 세종 때의 집현전 학사로서 세종의 총애를 받았으나, 세종의 고명신하(顧命臣下)로서 그 뜻을 받들지 못하고 세조의 왕위찬탈을 방조하며 동지들을 배반했다는 정치적 평가를 받았다. 그러나 〈신문충공숙주〉는 신숙주의 그러한 정치적 이력을 언급하지 않고 그것과 연결시키지도 않는다. 오직 조선의 어떤 정치상황과도 완전히 동떨어진 바다 한 복판에서의 위기상황에서 의연하게 처신하며 연약한 아낙에게 덕행(德行)을 베푸는 사대부로서만 신숙주를 형상화하는 것이다.

이와 같은 탈정치적 탈이념적 경향은 『필원잡기』를 비롯한 조선 초기 잡록집의 두드러진 특징이라고 말할 수 있다. 이에 대한 더 근본적인 검토가 이루어져야 하겠지만, 일단 이 시기 잡록집 편찬자들이 비교적 안정된 여건에서 생활하면서 정치적으로나 이념적으로 민감한 사안을 건드리지 않으려고 했다는 점을 짐작할 수 있다.

〈황익성공희(黃翼成公喜)〉(대동1, 677면)는 너그러운 품성으로 가장 유명한 황희의 일화를 소개하였다. 황희의 넉넉한 인품은 상대적으로 안정된 사회 여건의 뒷받침을 받아 돋보인다. 심지어 7년 동안의 귀양살이조차도 문을 닫아걸고 운서(韻書)만을 읽었던 장면을 묘사하였다.

이에 비해 〈정정절공갑손(鄭貞節公甲孫)〉(대동1, 679면)에서의 정갑손은 과거 제도와 관련된 잘못된 사회적 관행에 대해 강력히 제동을 거는 품성을 가진 사대부다. 그는 실제로 충격적 행동으로써 그 품성을 드러낸다. 이런 모습은 『필원잡기』 소재 다른 사대부일화들에서 모범적 사대부들이 보여주는 자세와는 상당히 다르다. 대부분의 이상적 사대부들은 다른 동료사대부들의 문제적 품성까지도 인정하고 수용하면서 자신의 후덕을 두드러지게 한다면, 정갑손은 다른 사대부를 배척함으로써 자신의 소신을 나타내는 것이다. 그런데 정갑손이 이런 문제제기를 한 것은 물론 그의 성품이 청직(淸直)하고 엄준(嚴峻)하기 때문이기도 하지만, 자격을 갖추지 못한 자기 아들이 과거에 급제했기 때문이다. 정갑손은 학업을 충분히 이루지 못한 자기 아들이 과거에 급제한 사실을 두고 화를 낸다. 그리고 그때 시관(試官)이 자기에게 아첨하기 위해 자기 아들을 부정 합격시켜주었다고 확신하고 자기 아들의 합격을 취소시킬 뿐 아니라 시관을 쫓아내어버리는 것이다. 이렇게 되어, 앞부분에서 강조한 정갑손의 공분(公憤)이 사적 경험 차원으로 축소되었다. 그런 점에서 탈정치적 경향을 보이는 다른 작품들과 비교할 때 본질적 차이가 없다. 더욱이 이 잠정적 대립과 배척은 뒤를 잇고 있는 다른 일화를 통하여 무마된다. 즉 정갑손은 대사헌(大司憲)이 되었을 때 금주령을 어기고 술잔을 주고받으며 희롱하다 술잔을 떨어뜨린 간관(諫官)과 대장(臺長)의 실수를 농담으로써 묻어주는 것이다. 이 단편은 "자리에 있던 사람들이 모두 그 아량에 탄복하였다."[15]로 정갑손의 품성을 평가한다. 반대와 배제가 화합과 관용으로 귀결된 것이다.

〈김문평공수온(金文平公守溫)〉(대동1, 694면)에서 김수온은 그 인자한 품성으로 모범적일 수 있다고 하겠다. 그러나 그는 경사자가(經史子家)뿐만 아니라 열장노불(列莊老佛)의 서적을 두루 읽고 잠심했다. 특히 그는 고승(高僧) 신미(信眉)의 동생으로서 불교에 조예가 깊었던 것으로 알려져 있다. 이 단편은 김수온의 그러한 이념적 자유분방함에 대해 이의를 제기하기는커녕 오히려 그러한 점이 김수온의 자랑스러운 자질이라

---

15) 滿座皆服其雅量(대동1, 679면)

고 높이 평가하고 있다.

이상을 사례를 통해볼 때, 조선 초기 사장파 잡록집의 전형이라 할 『필원잡기』에서 주로 형상화되는 인간상은 사대부계급이 이상으로 추구 했던 인간상임을 알 수 있다. 이때의 인간상은 유가사대부로서의 명분을 뚜렷하게 갖고 있는 존재이지만, 이념적 측면의 인상보다는 일상적 삶에서 보인 특징으로 더 두드러진다.

이 시기 훈구 사대부들은 일상생활에 이념을 철저히 관철시키려 하지 않았고 또 정치적 문제의식을 잡록집에 담는 것을 회피한 경향이 강하다. 이럴 때 배타적인 원칙주의 보다는 관용적 현실주의를 선택할 것은 자명 하다. 『필원잡기』를 비롯한 조선 초기 필기류의 편찬자는 대부분 훈구파 에 속하며 그 속의 사대부일화의 주인공들도 대부분 훈구파이다. 조선 초기 잡록집에서 편찬자, 서술자, 등장인물은 계층적 동질성을 띠며 세계 관 면에서도 원만하게 호응한다고 하겠다.

〈함동원우치(咸東原禹治)〉(대동1, 681면)가 『필원잡기』에서 갖는 의미 도 그 연장선에서 해명할 수 있다. 함우치는 전라감사에 부임해가서는 형제가 큰 가마솥을 서로 가지려고 송사를 일으킨 것을 보고, "마땅히 깨뜨려서 나누어 주겠다."는 기발한 발언을 하여 형제가 송사를 취소하게 만든다. 함우치는 서거정이 선별한 이상적 벼슬아치인 셈이다. 함우치가 보여주는 행동은 '옳은' 벼슬아치라기보다는 '잘하는' 사대부이다.[16] 그 는 윤리나 규범의 실천이 아닌, 자기 자리에서 보여주어야 할 능력을 뛰어 나게 보여주는 존재다. 이런 존재가 『필원잡기』의 탈이념지향에 부합하 는 것은 당연하다.

---

16) '옳고-그름'과 '잘하고-못함'의 관계에 대해서는 이강옥, 『조선시대 일화 연구』, 태학 사, 1998, 226~280면 참조함.

2) 매력적 인간상의 일탈적 재현

『필원잡기』는 이상적 사대부의 규범적 행실을 직서하기도 하지만 상식과 예상을 벗어나는 일탈을 통하여 간접적으로 형상화하기도 한다.

〈홍중추일동(洪中樞逸童)〉(대동1, 682면)의 홍일동은 사대부이지만 그 행동양식은 특별하여 일사(逸士)나 호걸(豪傑)에 가깝다. 그는 거문고를 잘 탔고, 임금 앞에서 부처를 논했으며, 임금이 죽음으로 위협해도 동요하지 않았다. 또 음식과 술을 많이 먹고 마셨고, 마침내 폭음으로 죽었다는 점 등이 그러하다. 그리고 "뜻이 있어도 시행치 못하였고, 벼슬이 그 능력에 차지 못했으니 애석하다."라는 서술자의 평가 부분은 소위 일사전(逸士傳)의 경우에 근접한다.

〈허공간공성(許恭簡公誠)〉(대동1, 692면)이 소개하는 허성은 소신을 지키는 고집을 가진 사대부로서, 이조판서가 되어도 공도(公道)를 철저히 지켰다. 여기까지만 보면 그는 이상적 사대부이다. 그런데 그는 좀 특별하고 지나친 행동을 보인다. 뇌물을 바치며 청탁하는 자가 있으면 오히려 그 청탁내용과 반대로 일을 처리해버리는 것이다. 이 작품은 이런 그의 행동과 관련하여 또 하나의 재미난 이야기를 제시한다. 어느 한 조관이 남도 쪽의 벼슬을 주기를 청하니 도리어 평안도의 변방의 자리를 추천해주었고, 한 문사가 문관의 화려한 벼슬을 청하니 도리어 지방의 교수직을 주었다. 그러다 홍덕사의 일운이란 스님을 만나게 되었다. 일운 스님은 권모술수가 뛰어났다. 그는 단속사로 가서 살려는 마음이 간절하였다. 그래서 짐짓 서도에 있는 영명사로 가기를 원한다고 청탁한 뒤 만일 단속사 같은 곳으로 가게 되면 자기 일은 다 그르치게 된다고 엄살을 부렸다. 며칠 뒤 허성은 일운 스님에게 단속사로 옮겨가라는 명을 내렸다. 허성이 '옳음'을 추구하는 사람이라면 일운은 '잘함'에 소속되는 사람

이다. 결국 옳음을 추구하는 허성이 잘함을 추구하는 일운에게 농락당한
다. 옳음을 철저하게 추구하는 것은 한번은 조롱당해야 할 고지식함으로
매도되는 듯하기도 하다. 여기서도 옳음을 치열하게 추구함으로써 이념
적 숭고함을 실천하려는 경향과 『필원잡기』는 거리가 있음을 알 수 있
다. 〈기공건(奇公虔)〉(대동1, 679면)에서도 그런 양상을 확인한다. 연안부
사로 간 기건은 붕어가 많이 산출되어 그 때문에 수탈에 시달리는 연안
백성들에게 폐를 끼치지 않으려고 6년 동안이나 붕어를 먹지 않는다.
또 제주목사로 가서는 제주에서 많이 나는 복어를 3년 동안 먹지 않는다.
연안 사람들은 기건의 전임자 김모가 붕어 먹기를 좋아하는 것을 비꼬아
"6년 동안 무슨 사업을 하였는가. 못 안의 고기만 다 먹었도다."라는 글
을 관사의 벽에 쓰기까지 했다. 그런데 막상 기건이 백성들에게 폐를 끼
치지 않기 위해 이같이 결백하게 생활하자 사람들은 "그 고집에는 탄복
하였으나 고의로 그러함이라고 의심"했다고 한다. 이러한 결말은 지나친
청렴에 대해 의심스런 눈으로 바라보는 관점에서 비롯한 것이다. 관리가
재물에 흔들리지 않는 것은 바람직하지만 그렇다고 지나치게 철두철미
하게 살아가는 것도 꼴사납다는 것인데, 그것은 원칙주의를 매도하는 현
실 타협주의의 혐의를 보인다.

　〈윤문도공회(尹文度公淮)〉(대동1, 679면)에서 윤회와 남수문은 모두 문
장에 능했는데, 술을 지나치게 좋아하는 것이 흠이었다. 세종께서 그들
의 재주를 아껴서 술을 석 잔 이상 마시지 말기를 명했다. 그 뒤로 부터
두 사람은 반드시 큰 술그릇으로 석 잔을 마셨으니, 비록 석 잔만을 마셨
지만 양은 다른 사람보다 곱을 마시곤 했다. 신하가 술을 많이 마시는
것이 임금의 근심거리라는 사실은 그 외 다른 심각한 문제는 없다는 뜻도
되어 태평세월을 연상시킨다. 〈윤문도공회(尹文度公淮)〉(대동1, 697면)은
이의 후속편이라 할 수 있다. 윤회가 만취해 있다가 세종의 부름을 받지

만 조금의 착오도 없이 제서(制書)를 기초(起草)했다는 것이다.

　이와 비교될 작품이 『오산설림초고(五山說林草藁)』에 실려 있는 〈손공 순효위찬성겸태학사(孫公舜孝爲贊成兼太學士)〉(오산설림초고, 대동2,[17] 516면)이다. 손순효는 성종의 총애를 받았지만 술을 너무 많이 마셨다. 그 재주를 아낀 성종이 손순효에게 하루 석 잔 이상을 마시지 말라고 명했다. 어느 날 승문원(承文院)에서 사대문서(事大文書)를 올렸는데 성 종은 불만스러워 대제학 손순효를 급히 불렀다. 손순효는 만취 상태에 있었다. 성종이 하루 석 잔 이상을 마시지 말라했던 명을 환기하며 추궁하 니 손순효는 큰 술잔으로 세 잔밖에 안마셨으니 명을 어긴 것이 아니라 했다. 손순효는 만취 상태이긴 했지만, 임금의 마음에 흡족한 표문을 지어 올리고 과분한 칭찬을 받는다. 그런데 이 작품은 "임금과 신하 간이 이와 같았으므로 오늘에 이르도록 듣는 사람이 감격하여 눈물짓는다."[18]라는 구절로 끝난다. 『오산설림초고』의 이 작품을 『필원잡기』에 실린 두 편의 〈윤문도공회〉와 비교하면, 전자가 상당히 부연되고 체계화되었음을 알 수 있다. 〈손공순효위찬성겸태학사〉는 두 편의 〈윤문도공회〉를 활용하 여 앞뒤가 매끈하게 연결되는 단편을 이룬 것이다. 일화의 확대 및 체계화 과정을 보여준 것이다. 그만큼 일상의 구조가 간단하지만은 않음을 암시 한다. 〈손공순효위찬성겸태학사〉는 편찬자의 소감을 덧붙였다. 군신관 계의 돈독함에 대해 감격하여 눈물을 짓는다는 것이다. 그것은 군신관계 와 관련하여 『필원잡기』가 편찬된 15세기말과 『오산설림초고』가 편찬된 16세기말의 상황이 달라졌음을 뜻한다. 『필원잡기』가 단지 군신간의 관 계를 유머러스하게 묘사한 것은 군신간의 관계가 원만하게 꾸려져갔음을 암시한다. 혹은 편찬자는 원만치 못한 군신관계를 문제시하지 않는다.

---

17) 『대동야승』 권2, 민족문화추진회, 1988.
18) 君臣之間, 乃如此也, 至今聞者感淚(대동2. 517면)

후자는 서거정이 모범적인 사대부상을 제시하면서 그 인물들이 가졌던 정치적 의미항들을 가급적 탈각시킨 점과 상통한다. 그렇기 때문에 그 묘사부분에 대해 특별한 감회를 가질 수 없었다. 이에 비해 『오산설림초고』의 편찬자 차천로(車天輅, 1556~1615)는 이 이야기를 들은 사람들이 눈물을 지었다고 표현할 정도로 이야기 속 군신관계에 대해 특별한 의미를 부여했다. 그것은 편찬자를 비롯한 당대 사대부들이 진정한 군신관계에 대한 열망이 그만큼 강렬했기 때문이라고 할 수 있다.

그러나 갈등을 보이는 사대부일화도 있다. 파국적 상황까지도 예견하게 한다. 〈조관성오자(朝官姓吳者)〉(대동1, 689면)은 장범(贓犯)에 걸려 죽게 된 주인을 구출하기 위하여 사내종이 부인의 옷을 입고 옥으로 들어가 부인 옷을 주인에게 입힌 뒤 탈옥시키는 내용이다. 주인은 스스로 죄를 지었기에 그의 죽음은 안타깝기는 하지만 당연하다. 이와 같은 절박한 상황이 만들어지는 것은 사대부일화에서 보기 드물다. 그런데 여기서 초점이 맞춰진 부분은 주인의 범법이나 죽음의 위기가 아니라 주인을 살려낸 종의 의리이다. 임금인 세종은 그 종을 의롭게 여겨 죄를 면해주었다. 범법행위가 임금에 의해 용인된 셈이다. 범법행위보다 더 중요한 덕목인 '주인에 대한 종의 충성'이 실현된 것을 높이 평가했기 때문이다. 범법행위를 하여 투옥된 하층관료가 탈옥을 했다는 점에서 기존사회의 질서에 충격을 주었다 하겠지만, 그보다 더 중요한 이념이 실현되었다는 점에서 기존질서는 수습되고 오히려 그 이전보다 더 확고한 질서가 구축된 것이다. 이처럼 예견된 파국이 결국 행복한 결말로 이어지는 것은 권력을 가진 세종의 관용과 지혜 덕이다.

이런 관점에서 마찬가지로 〈신문희공석조(辛文僖公碩祖)〉(대동1, 693면)를 해석할 수 있다. 신석조가 춘추관에서 국사를 편찬하는데 한 하급관리가 실수로 서리를 돌아보며 "신석조야 벼룻물 좀 가져 오너라"라 말했다. 이는 고의적이지 않은 실수이지만 신석조가 그것을 문제를 삼는다면 하급관리는 큰 벌을 받을 것이다. 그러나 신석조는 하급관료의 실수를 이해해줄 뿐만 아니라 술까지 권하며 위로해준다. 순간의 실수가 실수를 한 사람의 처지를 악화시키기는커녕 오히려 그 실수를 이해해주는 사람의 도량을 알리는 기회를 제공하는 것이다.

〈강문량공희맹(姜文良公希孟)〉(대동1, 694면) 은 예외적으로 연소기예(年少氣銳)한 신진들이 인신공격을 일삼는 것을 보고 장차 그 폐단이 심각해질 것을 우려하는 강희맹을 소개하고 있다. 강희맹이 붕당 간, 집단 간의 갈등을 내다보고 걱정한 것이다. 서거정도 이러한 생각에 대해 공감했기에 이 일화를 기술했을 것이다. 그러나 『필원잡기』는 집단 간의 갈등이나 정치적 이해관계 때문에 벌어진 사건을 기피한다. 그런 점에서 이 일화는 강희맹이나 서거정과 같은 조선 전기 필기류를 편찬한 훈구사대부들이 사화나 당쟁이 일어날 가능성을 막연히 추상적으로 예지하고 있긴 했지만 그것을 자기문제로 심각하게 받아들이지 않았기 때문이며, 아울러 집단 간 사화는 필기류 관련 사대부들의 삶을 근본적으로 옭죄는 단계에 이르지 않았기 때문으로 추정된다.

〈권문충공(權文忠公)〉(대동1, 674면) 의 전문은 이러하다.

> 권문충공이 일찌기 충주에 적거(謫居)하였는데, 계유년 봄에 태조가 계룡산에 행차하였을 적에 행재소(行在所)로 불려갔다. 하루는 태조가 호종하는 여러 신하들에게 은쟁반 하나를 주고 활쏘기 내기를 하게 했다. 무신(武臣)들은 아무도 맞추지 못했다. 문충공은 그때까지 한번도 활을 잡아보지 못했으나, 이날에는 한 화살에 정중시켜 은쟁반을 땄다. 사람들이 모두 "활 쏘는 법으로써 그 덕을 볼 수 있다는 것은 이를 두고 말함이다."라 말하며 탄복했다.[19]

---

19) 權文忠公嘗謫居忠州. 癸酉春太祖幸鷄龍山, 召赴行在, 一日太祖賜銀盤一面于扈從諸宰樞, 爭射賭之, 武臣以次皆不中, 文忠平生一不操弓, 是日一箭中之, 得銀盤,

은쟁반이 임금의 은총을 상징하는 것이라면 권근을 대표로 내세운 문신들은 불리한 여건에서도 무신을 이겨 그 은총을 따냈다. 이때 활쏘기란 무신들의 능사이지만, 권근이 그들과 겨루어 이긴 원동력은 덕(德)에 있다. '사이관덕(射以觀德)'이란 경전의 원칙에 입각하여 활쏘기를 바라보았다. 이는 사대부문신 집단의 도덕적 우월성을 입증해주는 것이다. 혹은 사대부들이 자기들의 우월성을 드러내기 위해 이런 류의 일화를 만들거나 과장하여 전승시키고 기록했다고 볼 수 있다. 어느 쪽이든, 이 작품에서는 경쟁관계가 만들어져 서사에서 대립구조가 형성될 조짐을 보였으나, 마침내는 한쪽의 일방적 승리로 귀착됨으로써 대립구조의 형성이 중간에 포기된 셈이다.

〈윤문헌공공자운(尹文憲公子雲)〉(대동1, 681면)의 윤자운은 이시애난 때 이시애 일당이 수령들 대부분을 살해하는 상황에서도 의젓하고 태연하게 그들을 대한다. 그래서 이시애 일당 중 스스로 뉘우치고는 윤자운을 도와주는 자까지 생겼고 마침내 윤자운은 무사히 귀환하게 된다. 이는 반란세력에 대해 명분 상 우위에 있는 사대부의 승리를 보여준다. 사대부 사회의 질서가 흔들리는 요인이 나타나지만, 여전히 사대부 사회의 질서는 존중되며 마침내 회복된다. 사대부 사회의 질서가 유지되는 것은 다른 계층에 비해 사대부계층이 우월하기 때문이며, 바로 그 점을 윤자운의 존재가 보여주는 것이다.

이처럼 『필원잡기』는 긍정적 상황을 바탕으로 하는 소재들을 선호한다는 점에서 낙관적이다. 아울러 부정적 상황조차 외면하지 않고 수용하여 그것을 긍정적인 쪽으로 유도한다는 점에서 더욱 낙관적이다. 물론 후자의 경우, 소화의 성격을 다분히 띠게 된다.

人皆曰: "射以觀德, 此之謂也."(대동1, 674면)

〈이문안공사철(李文安公思哲)〉(대동1, 679면)의 이사철은 체격이 커서 남보다 많이 먹고 마셨다. 그러나 등에 종기가 나서 거의 죽게 되었다. 의원이 불고기와 술을 금해야 한다고 충고하자 그는 "(그것을) 먹지 아니하고 사는 것보다 차라리 먹고 죽는 것이 낫다."며 여전히 마음대로 술을 마시고 불고기를 먹어댔다. 먹고 마시는 것은 가장 세속적 관심사이다. 이사철이 그것을 마음대로 할 경제적 여건을 갖추고 있다는 점에서 좋은 처지를 확보했다. 그러나 등에 종기가 나서 죽을 지경이 되었다는 것은 심각한 문제에 봉착한 것에 해당된다. 음식을 마음대로 먹을 수 있는가 없는가는 사는가 죽는가의 문제보다 덜 중요하다. 그것이 상식이다. 이사철은 덜 심각하고 덜 중요한 것을 향락하기 위하여 더 심각하고 중요한 생사의 문제를 무시하려 한다. 이는 유가에서 가장 중시했던 본말관(本末觀)을 거스르는 태도다. 이사철이 본말관을 거스르는 것은 그가 본말관 자체에 대해 진지하게 반대의 의견을 가졌기 때문이 아니다. 그가 먹고 마시는 즐거움을 포기할 수 없었기 때문이다. 그는 살아도 즐겁게 사는 것을 추구한 것이다. 이것은 일종의 향락주의인데, 서술자가 그것을 비난하지 않는다. 오히려 이 일화 바로 뒤에 가죽신에 술을 부어 마시는 삼각산에서의 일화를 덧붙임으로써 이사철의 그러한 행위를 풍류로 미화한다. 서거정의 낙관주의가 더욱 노골적으로 드러나는 대목은 이사철의 이러한 선택이 초래하는 결과 대목이다.

이 점을 살피기 위해 먼저 『태평한화골계전』의 〈유일호장(有一豪將)〉 (권1, 193면)[20]의 경우와 비교할 필요가 있다. 〈유일호장〉도 이와 비슷한 내용이다. 그런데 〈유일호장〉은 술과 고기를 끊으라는 의원의 충고를 거부했다는 것이 끝이다. 즉 그래서 어떻게 되었다는 것을 밝히지 않는

---

20) 서거정 원저, 박경신 대교 역주, 『대교 역주 태평한화골계전』 1, 국학자료원, 1998, 193면.

다. 이에 반해 『필원잡기』의 〈이문한공사철〉에서는 이사철이 여전히 술을 마시고 고기를 먹었는데도 불구하고 병이 나았다는 언급이 덧붙어 있다. 〈유일호장〉이 단지 우스운 상황을 제시하는 데 머물고 있는 반면 〈이문한공사철〉은 우스운 상황을 만들었을 뿐만 아니라, 우스운 상황을 만든 주체가 좋은 처지를 계속 누리도록 만들기에 이른 것이다. 이러한 결말 처리태도에서 『필원잡기』의 낙관주의를 선명하게 확인할 수 있다.

앞에서 언급한 〈조관성오자(朝官姓吳者)〉, 〈윤문도공회(尹文度公淮)〉 (대동1, 338면), 〈신문희공석조(辛文僖公碩祖)〉 등도 부정적 상황이 예견되는 국면에서 예기치 못한 존재를 등장시켜 긍정적 결말을 이끌어내는 데 그것도 낙관주의를 기반으로 하고 있기에 가능한 일이다.

더욱 극단적인 경우로 〈김문장공말(金文長公末)〉(대동1, 678면), 〈김직제학문(金直提學汶)〉(대동1, 697면), 〈성수찬간(成修撰侃)〉(대동1, 698면) 등을 들 수 있다. 세 작품 모두 등장인물의 죽음에 초점을 맞추거나 그것을 중요한 흥미소로 활용한다는 점에서 매우 부정적인 결말을 예고한다.

〈김문장공말〉에서 김말(金末)은 딸 하나만을 두었을 뿐 아들이 없었다. 이것은 사대부로서는 심각한 문제였다. 스스로도 고민을 하며, 자기에게 아들이 없는 것이 혹 자기의 "학문이 거칠고 거짓되어 남을 덕되게 하지 못"했기 때문이 아닐까 회의하기도 한다. 그러나 막상 죽음을 앞두고서는 "내가 벼슬이 일품에 이르렀으니 벼슬이 부족하지 않고, 나이가 80을 넘었으니 수(壽)가 높지 않지 않다. 나고 죽는 것은 사람의 상리(常理)이니 올바르게 죽으면 어찌 다행하지 않은가"[21]라며 애석해 하고 통곡하는 가족들을 위로했다는 것이다. 죽음의 순간에 아들이 없어 대를 잇지 못한다는 심각한 사실은 눌러두고 그 대신 자기가 충분히 누린 벼슬

---

21) "子位至一品, 官非不達, 年踰八耋, 壽非不高, 生死常理, 得正而死, 豈非幸歟?" (대동1, 678면)

과 수(壽)를 환기시키며 태연한듯 죽어갔다는 것은 세상을 낙관적으로
바라보고자 노력하거나 실제로 낙관주의자가 되지 않으면 보여주기 어
려운 경지이다.

〈김직제학문〉의 김문은 경사(經史)에 탁월한 능력을 가졌으며 임금인
세종도 그의 자질을 인정했다. 장래의 영달이 보장된 셈이다. 그러나 요
절하여 포부를 크게 펴지 못했다. 김문의 애석한 죽음을 두고 비장한 분
위기가 만들어질 법한데, 서술자는 그의 죽음을 언급한 뒤에 술 잘하는
그의 익살스런 발언을 덧붙임으로써 예견된 비장한 분위기를 정반대로
전환시켜버렸다.

〈성수찬간〉은 독서를 광범위하게 하느라 무리하여 몸이 여위고 파리
하게 되어 마침내 서른이라는 이른 나이에 죽은 성간을 그리고 있다. 그
리고 남다른 재주를 가졌고 박학강기했던 그가 일찍 죽은 점에 대해 서술
자는 '애석하다[惜也]'라는 한마디만 붙이고 끝맺는다. 성간의 죽음은 책
을 읽느라 과로한 탓에 초래된 것이어서 예를 들어 남의 모함을 받아
죽었다거나 비명횡사하는 것과 비교할 때도 비장성이 덜하다.

〈성문경공석린(成文敬公石磷)〉(대동1, 676면)과 〈고려공양조(高麗恭讓
朝)〉(대동1, 315면)는 일탈 대신 기이(奇異)를 매개로 하여 한 인물의 특별
함을 인상적으로 형상화한다. 여기서 기이는 현실적인 것을 보다 설득력
있게 전달하기 위한 수단이다. 〈성문경공석린(成文敬公石磷)〉(대동1, 676
면)은 성석린의 현달과 효행이란 두 사항을 드러내고 있다. 그런데 그것
들을 드러내기 위해 몽조, 신돈의 예언 등을 개입시켰다. 이를 통해 성석
린은 보통 사대부들의 삶의 수준보다 훨씬 높은 수준의 삶을 살아갈 수
있게 된다. 더욱이 모친이 위독했을 때 향을 피우고 애절하게 하늘을 부
르느라 거의 기절할 지경이 되었는데 그때 모친이 기이(奇異) 경험을 한
다. 하늘이 궤장(几杖)을 주면서 "아들의 지극한 정성이 이러하니 가히

의지하여 일어나거라."[22]라고 했는데, 병이 나았다는 것이다. 여기서 기
이가 극단에 이르렀다. 기이는 성석린의 효행을 추인한다는 점에서 유가
로부터 부정되기만 할 것도 아니다. 〈고려공양조(高麗恭讓朝)〉(대동1,
688면)에서 이색과 권근은 변란과 관련되었다는 누명을 쓰고 억울하게
체포되어 투옥된다. 갑자기 비가 내려 성문이 무너지고 성안이 범람한
다. 이에 담당 신문관이 표류하다가 은행나무를 잡고 겨우 화를 면한다.
이는 사대부가 겪게 되는 부당한 고난상황에 초월적 요인이 개입하여
사대부의 고난이 극복되는 과정으로, 사대부의 고난이 절실한 것으로 암
시되긴 했지만 그 해결방식이 조선중기 사화과정의 경우와는 구별된다.
조선중기에 이르면 사대부들이 아무리 절박한 상황에 봉착한다 하더라
도 사대부의 의지, 이념, 의식이 견지된다.

5. 『필원잡기』의 서술방식과 서거정의 세계관

　『필원잡기』는 대상인물의 언행이나 어떤 사건의 전개과정을 지극히
단순화시켜 간략하게 제시하고 진술하는 특징을 보인다. 단순 사실이나
사건을 특별한 서술의식을 개입시키지 않고 소극적으로 서술하는가 하
면 범주나 성격이 단일한 모티프나 행위 등을 대등하게 나열하는 것이
다. 또 역사적 인물의 일생 동안의 행적 중 이목을 끄는 부분을 심각한
문제의식 없이 담담히 소개한다. 이것은 나열의 서술방식이라 할 수 있
다. 나열의 서술방식은 서술대상의 시대와 서거정 자신의 시대가 분열보
다는 조화를 지향한 것과 관련된다고 하겠다. 설사 시대가 분열상을 보
인다 하더라도 그것을 분열이 아니라 조화의 계기로 수용한 것과 관련된

---

22) 天遣人賜几杖曰："有子至誠如此, 可扶而起"(대동1, 676면)

다고 본다.

　이에 비해 서술자의 서술의도가 또렷하게 개입하여 만들어진 서술방식도 찾을 수 있다. 가령 〈신문충공숙주(申文忠公叔舟)〉(대동1, 295면)는 세 개의 일화가 병치되어 이루어진 작품이다. 세 일화들은 각각 위기상황에서 보여주는 신숙주의 의연함, 남을 희생시켜서는 자기문제를 해결하지 않으려는 덕행, 진지한 학문탐구자세 등을 보여준다. 그런데 세 일화는 서로 긴밀한 관계를 가지면서 신숙주의 인간적 장점을 말해준다. 그런 점에서 일화들은 대립되는 것이 아니라 조화된다. 다른 한편, 두 번 째 일화에서는 바다에 풍파가 일어나는 탓을 임산부에게 돌려서 임산부를 바다로 던지고자 하는 사람과 "사람을 죽여서 살기를 구하는 것은 덕(德)에 상서롭지 못하다."는 생각을 하며 다른 사람들의 부당한 제안에 반대하는 신숙주가 함께 등장한다. 그러나 곧 임산부를 바다에 던지기를 주장하던 사람들이 신숙주의 생각에 따른다. 그래서 절박한 대립상황이 만들어지지 않았다. 이 일화에 잠시 형성된 대립구도는 한쪽으로 수렴되기 위한, 혹은 한쪽의 존재를 더욱 두드러지게 하기 위한 것이다.

　나열의 서술방식과 달리 사람 사이의 차이를 더 부각시키려 한 것이 '대조'의 서술방식이다. 대조는 한 일화 내에서 대조되는 두 인물을 제시하거나, 의미지향이 반대인 두 일화를 나란히 놓는 경향이다. 나열이 개별성과 포용성을 의식적 바탕으로 하고 있다면, 대조는 배타성을 의식적 바탕으로 하고 있다.23) 『필원잡기』에서 대조의 서술방식을 구사하는 단편으로는 〈권익평어경오향회(權翼平於庚午鄉會)〉(대동1, 685면), 〈허공간공성(許恭簡公誠)〉(대동1, 326면), 〈조문정공용(曹文貞公庸)〉(대동1, 281면), 〈간원직간쟁(諫院職諫諍)〉(대동1, 698면), 〈박정숙공안신(朴貞肅公安

---

23) 이강옥, 『조선시대일화연구』, 태학사, 185면.

信)〉(대동1, 282면) 등을 들 수 있다.

〈권익평어경오향회(權翼平於庚午鄉會)〉에 가장 가벼운 대조가 나타난
다. 여기서 권람(權擥)과 김수광(金秀光)이 대조되는데, 궁극적으로 초래
되는 웃음은 김수광에 대한 비웃음이기는 하지만 악의적이거나 심각하
지 않은 가벼운 비웃음이다. 김수광 본인도 그것에서 모욕감을 느끼지
않는다. 〈조문정공용(曺文貞公庸)〉에서는 조용(曺庸)과 어떤 서생(書生)
이 대조된다. 책을 소유한 서생과 책을 빌리고자 하는 조용은 각자 분명
한 입장을 가지고 상호관계를 맺게 되지만, 조용의 일방적 우위로 귀결
된다. 서생이라는 상대인물은 경쟁이나 갈등을 부추기는 것이 아니라 조
용이라는 탁월한 인물의 형상을 인상적으로 만들기 위해 존재할 따름이
다. 〈간원직간쟁(諫院職諫諍)〉은 사간원(司諫院) 관리와 사헌부(司憲府)
관리의 근무 실상을 대조시켜 보여준다. 사간원 관리는 관리생활을 엄격
하고 법도에 맞게 하는 사헌부 관리를 조롱하는 말을 하여 주위를 웃기지
만, 그러나 이 말이 두 부서의 갈등을 초래하거나 사헌부의 존재를 부정
하려 한 것은 아니다. 〈박정숙공안신(朴貞肅公安信)〉에는 박안신과 맹사
성의 성격 및 행동이 대조되었다. 결국 박안신의 너그럽고 당당한 행동
이 두드러지는데 그렇다고 하여 맹사성의 열등을 비하하거나 비난하는
것은 아니다.

이상과 같은 『필원잡기』의 대조는 대조되는 한쪽을 부정하고 비난함
으로써 다른 한쪽을 찬양하고 드날리는 것이 아니다. 그보다는 한쪽의
긍정적인 면을 인상적으로 드러내는 경향이 더 강하다. 아주 희미하게나
마 나타나는 대립 갈등의 요소들도 서사적 대립구조를 창출하는 데까지
이르지는 않는다. 또 한 인물이 상대인물에 대해 우위에 있게 한 요소는
인성이나 능력 등 개인 수준의 것이지 집단의 처지나 이념을 대변하는
수준의 것이 아니다. 그 결과 대조는 지속적 서술원리로 작용하지 못하

고 또 울림도 크지 않다.

그 대신 말장난이나 우스개가 『필원잡기』의 서술에서 두드러진다. 〈이문경공종선목은지자(李文景公種善牧隱之子)〉(대동1, 694면)에서 문경공 이종선(李種善)은 목은(牧隱) 이색(李穡)의 아들이고 총제(摠制) 권천(權踐)은 양촌(陽村) 권근(權近)의 아들이다. 두 사람은 탁월한 문인의 아들이었음에도 불구하고 문장이 신통찮았다. 이 사실은 관점에 따라 매우 심각한 고민거리이다. 그러나 당사자 중 한 사람인 권천은 술에 취하여 이종선에게, "그대는 목은의 아들인데도 문장이 부족하고, 나는 양촌의 자식인데도 문명(文名)이 미치지 못하니, 그대와 내 형제는 마땅히 등하불명계(燈下不明契)를 만들어야 겠어요."[24]라는 농담을 한다. 그 말을 듣는 사람들이 모두 웃었다고도 했다. 농담 한 마디가 심각한 상황을 잊게 하고 유쾌한 분위기를 만들었다. 〈김문도공수령(金文悼公壽寧)〉(대동1, 695면)은 김수녕(金壽寧)과 강희맹(姜希孟)의 말대꾸를 보여준다. 김수녕은 두 번이나 승지(承旨)가 되었다가 파직되었는데 그에 대해 강희맹이 "어찌하여 두 번이나 승지가 되었다가 두 번이나 쫓겨났는가?" 하니 김수녕이, "능히 두 번 파직당하니 한 번도 승지가 되지 못한 것보다 낫지 않소?"라 대꾸한다. 여기서 두 사람은 은근히 서로를 빈정대기는 하지만, 그렇다고 하여 그게 심각한 지경까지 이른 것은 아니다. 그보다는 역시 벼슬을 얻고 얻지 못함, 쫓겨남 등이 재치 있고 재미난 말싸움의 소재가 되었다는 점에서 유쾌하다. 〈재추유명마승(宰樞有名馬勝)〉(대동1, 699면)은 장기의 마(馬)·차(車)를 실명인 마승(馬勝)·차유(車有)와 연결시켜 재미난 말대꾸를 만든다. 〈문도위계유과장원(文悼爲癸酉科壯元)〉(대동1, 695면)에도 김수녕과 서거정의 말대꾸 놀이가 소개되어 있다.

---

24) 君爲牧隱之子, 而文章不足, 我是陽村之兒, 而文名又不及, 君吾兄弟, 當作燈下不明契(대동1, 694면)

〈황양평공효원(黃襄平公孝源)〉(대동1, 693면)에서는 어느 문사의 아내
가 종과 사통하여 아이를 낳아 고소당하는데, 그녀를 국문하는 것과 관
련하여 농담이 오고 간다. 황효원(黃孝源, 1414~1481)이 의금부제조(義
禁府提調)로 있었고 구진무(具鎭撫)는 국문을 맡았다. 구진무가 "문사의
아내가 완강히 숨기고 있소만 그 기세를 살펴보니 황효원의 아이 같소
이다."[25]고 농담하자, 황효원은, "내 아이라면 내 다시 뭘 근심하겠는
가?"[26]라 말하며 크게 웃었다는 것이다. 주인과 종의 간통이라는 패륜
행위에 대한 심리 책임자가 동료에게 성적 농담을 하고 그것을 다시 성
적으로 되받는 데서 『필원잡기』의 자유로움을 느낀다. 〈윤문도공회남
(尹文度公淮南)〉(대동1, 679면)에는 세종과 세종이 아끼는 두 신하 윤회
남(尹淮南)과 남수문(南秀文)이 등장한다. 이들 신하들이 문장에는 뛰어
나지만 과음하는 것을 걱정한 세종은 술을 하루 석 잔 이상은 마시지
말라고 명을 내린다. 그러자 두 신하는 반드시 큰 술잔에 술을 가득 부
어 세번 마셨다. 그래서 두 신하는 세 잔밖에 마시지는 않았지만 실은
다른 사람보다 두 배로 마신 셈이 되었다. 그러자 세종은 "짐이 술을 경
계한 것이 오히려 음주를 권하였도다."[27]라며 웃는다. 〈윤문도공회(尹
文度公淮)〉(대동1, 697면)는 만취한 윤회가 세종의 부름을 받고 가서는
탁월한 제서(制書)를 써서 바치니, 사람들이 "문성(文星)과 주성(酒星)의
정기가 모여 한 현인을 낳았다."[28]고 말했던 사실을 밝혔다. 〈김직제학
문(金直提學汶)〉(대동1, 697면)도 술을 좋아하는 사람과 술과 관련된 재
미난 말을 소개한다. 즉, 자소탕(紫蘇湯)을 차의 최고로 보고 증계(蒸鷄)

---

25) 士妻固諱, 然觀氣勢, 似是黃孝源之兒(대동1, 693면)

26) 若是吾兒, 吾復何憂(같은 면)

27) 子之戒飮, 適所以勸飮也(대동1, 680면)

28) 文星酒星聚精, 生此一賢也(대동1, 697면)

를 궁중요리의 최고로 본다는 집현전 학사의 말에 대해 '새로 익은 술' 과 '우심적(牛心炙)'이 더 좋다고 되받아친 김문(金汶)의 말을 소개하고 그 말에 대해 자리를 가득채운 모든 사람이 다 웃었다고 마무리한다.

〈유제학효통(俞提學孝通)〉(대동1, 697면)은 유효통(俞孝通)이 회해(詼諧)를 잘하였다는 말부터 시작한다. 그리고 "시는 삼상(三上)에서 더욱 잘 생각해낼 수 있다 하였으니, 마상(馬上)·침상(枕上)·측상(廁上)이었다."는 옛 사람의 시에 대한 발언을 소개한다. 이어 자기는 삼중(三中)에서 시를 잘 지을 수 있다며 그것은 "한중(閒中)·취중(醉中)·월중(月中)"이라고 했다. 이에 대해 여러 학사들이 "그대의 삼중(三中)이 삼상(三上)보다 낫소."고 했다는 것이다.[29] 유효통은 시작(詩作)과 관련된 기존 통념을 소개한 뒤 그것과 다른 자기만의 독특한 생각을 개진하는데, 마침내 이에 대해 주위 사람들이 모두 찬사를 보내는 구도인 것이다. 〈광릉상호위평(光陵嘗號威平)〉(대동1, 697면)에서는 세조가 홍윤성(洪允成)에게 '경음당(鯨飮堂)'이란 호를 내리는데 홍윤성의 이웃에 있는 한 선비 역시 술을 좋아해 찾아와서는, "주인도 술고래 객도 술고래/ 주인이 고래처럼 마시는데 객이 어찌 사양하겠소?"라는 시구를 짓자, 그것이 일시에 전승되어 많이들 웃었다는 것이다.[30] 세조의 사호(賜號)가 전제이며 출발이라면, 이웃집 선비의 내방과 작시는 사호 정신의 전복이면서도 발전이다. 역시 그 말이 여러 사람의 공감과 웃음을 가져왔다.

〈신고령숙주위영상(申高靈叔舟爲領相)〉(대동1, 673면)은 이런 말장난이나 말대꾸로써 유쾌하고 원만한 사람 관계를 창출하는 가장 두드러지

---

29) 俞提學孝通能文章, 善談恢. 嘗在集賢殿, 與諸君論作詩功夫, 俞曰: "古人以詩於三上尤可以屬思, 馬上枕上廁上也." 予則不然, 在三中, 諸君曰: "何耶?" 曰: "閒中醉中月中也." 諸君笑曰: "君之三中, 果優於三上."(대동1, 697면)

30) 光陵嘗號威平曰: "鯨飮堂." 刻圖書賜之. 隣有一儒士, 亦好飮, 嘗投刺內謁云: "鯨飮主人鯨飮客, 主人鯨飮客何辭?" 一時傳笑.(대동1, 697면)

고 종합적인 사례를 제시하고 있다. 전임 우의정[舊政丞]인 신숙주(申叔舟), 신임 우의정[新政丞]인 구치관(具致寬)을 불러놓고 임금인 세조가 말장난을 한다는 것이야말로 필기에서 말장난 혹은 말대꾸가 얼마나 활성화되었느냐를 단적으로 보여준다. 구(舊)정승인 신숙주의 성 신(申)이 신(新)과 음이 같고, 신(新)정승인 구치관의 성 구(具)가 구(舊)와 음이 같은 현상을 놓치지 않았다. 특히 임금인 세조가 그것을 맨 먼저 이용하여 말놀이를 한 것이다. 세조는 임금임에도 그 말에 장난기가 서려있다. 그것은 생활의 여유와 상대방에 대한 관심과 애정을 바탕으로 하는 것이다. 그런고로 등장인물 간에 대립이나 오해가 생기지 않는다. 또 등장인물들은 모두 각자의 직분이 공적으로 요구하는 행위를 하고 있지 않다. 그래서 생활의식도 상당히 이완되어 있다.

서거정은 세상의 일들을 문제적인 것으로 포착하기 보다는 그 자체를 있는 그대로 인정한 뒤 두드러진 영역들을 선별하여 담으려 했다. 특히 정치적 함의가 있는 사례들에서 철저하게 그 정치성이나 이념성을 탈색하여 담았다. 이럴 때 우선 나열의 서술방식을 구사했다. 다음으로 세상에서 일어난 사건들이나 존재했던 인물들 사이의 차이를 포착하기도 하였다. 세상을 분별하고 견주는 세계관이 형성된 셈이다. 그러나 이때도 차이 나는 두 쪽 중 한쪽을 칭찬하고 다른 쪽을 비난하려하지 않았다. 그보다는 둘의 차이를 통해 한쪽의 긍정적 측면을 인상적으로 부각시키는 쪽으로 귀결하였다. 여기서 서거정의 낙관주의를 발견할 수 있다. 그러나 대조의 서술방식은 기본적으로 세상을 일부를 배제하려는 지향을 강하게 가진 것이기에 대조는 서거정의 낙관주의와 조화를 이루기 어려웠다고 판단한다.

그 결과 『필원잡기』를 주도하는 서술방식은 말장난 혹은 말대꾸의 방식이었다. 말장난의 서술구조는 준거(발언), 중심발언, 반응 등 세 단계로 구성된다. 첫 단계에서는 재미나고 널리 알려진 사실이나 발언을 제시한다. 이는 상식이나 통념의 제시이면서 상대인물에게 농담 걸기에 해당한다. 두 번째 단계에서는 그에 대한 주인공의 발언이 제시된다. 이것은 기발한 아이디어나 말의 형식으로써 기존 상식이나 통념을 뒤엎는 것이다. 그렇지만 기존 사실이나 체제에 대한 진지한 문제제기는 아니다. 웃음 창출을 위한 전복이다. 마지막 단계에서 듣는 사람들의 공감 반응이 제시된다. 공감의 웃음이나 찬사이다. 이때의 웃음은 기존 질서나 기존 인간관계를 유지하게 하거나 더 돈독하게 한다. 말장난이나 말대꾸는 형식적으로는 기존 상황이나 통념을 뒤엎지만 내용적으로는 오히려 기존 상황의 가치를 드높인다. 그런 점에서 삼단 구조의 말장난 혹은 말대꾸야말로『필원잡기』가 추구한 탈이념적 낙관적 지향에 가장 잘 대응되는 서술방식이라고 본다. 물론 서거정의 이런 낙관주의는 긍지와 자부심을 가졌던 조선 초기 관학파 문인들과 공유하는 것이기도 하다.

6. 소결

이상『필원잡기』의 서술 내용과 갈래, 서술방식과 서거정의 세계관 등의 관계를 살펴보았다.

『필원잡기』의 서문과 발문에는 필기집에 대한 당대인의 생각이 정리되어 있다. 서문과 발문들은 필기집에 신유학 교양을 갖춘 사대부들의 일상이 수용되는 것에 특별한 의미를 부여하였다. 그것은 사대부일화의 형성에 대한 인식을 정확하게 했다는 증거이다.

『필원잡기』에는 신화, 전설, 민담 등 허구적 단형서사와 사대부일화, 평민일화 등 사실적 단형서사가 실려 있고, 또 교술적 단편들도 적잖다.

교술적 단편들이 사대부일화를 감싸고 있는 형국이며 신화나 전설, 민담 등이 일화로 변환되는 양상도 뚜렷하다.

서거정은 새로운 세상을 이끌어줄 이상적 인물들을 부각시키고자 했기에 『필원잡기』에서 이상적 사대부상을 보여주는 사대부일화가 주류를 이루게 되었다. 이상적 사대부상은 탈이념적이고 탈정치적 성향이 강하다. 실제로는 조선 초기 정치 현실에서 중심 자리를 차지하고 정치적 소용돌이에 휩쓸린 정도전이나 신숙주 같은 인물의 경우조차도 철저히 그런 정치적 흔적을 제거해내고 일상적인 사소한 행실을 중심으로 그 일생을 재현했다. 사대부의 '옳고-그른 행위'보다는 '잘하고-못하는 행위'를 중심으로 그 행실을 보여주었다.

상식과 예상을 벗어나는 일탈을 통하여 이상적이고 매력적인 사대부상을 형상화하기도 하였다. 이들은 바람직하지 못한 버릇도 있고 실수도 하지만, 그 때문에 심각한 불이익을 받거나 처벌을 받지 않는다. 오히려 그런 일탈 덕으로 임금이나 상급자로부터 총애를 받게 된다. 일탈은 이상적 사대부를 더 매력적 인물로 만들어주기도 하였다. 심지어 탈옥이나 반란, 죽음 등의 심각한 상황에서도 낙관적 전환 서술이 이루어지며 웃음을 창출하는 쪽으로 귀결되는 경우가 적지 않다.

『필원잡기』는 대상인물의 언행이나 사건의 전개과정을 지극히 단순화시켜 간략하게 제시하고 진술하는 특징을 보인다. 단순 사실이나 사건을 특별한 서술의식을 개입시키지 않고 소극적으로 서술하는가 하면 범주나 성격이 단일한 모티프나 행위 등을 대등하게 나열하는 것이다. 나열의 서술방식은 서술대상의 시대와 서거정 자신의 시대가 분열보다는 조화를 지향한 것과 관련될 것이다. 설사 시대가 분열상을 보인다 하더라도 그것을 분열이 아니라 조화의 계기로 수용한 것과도 관련된다고 본다.

나열의 서술방식과 달리 사람 사이의 차이를 더 부각시키려 한 것이 대조의 서술방식이다. 『필원잡기』의 대조는 대조되는 한쪽을 부정하고 비난함으로써 다른 한쪽을 찬양하는 것이 아니다. 그보다는 한쪽의 긍정적인 면을 인상적으로 드러내는 경향이 더 강하다. 아주 희미하게나마 나타나는 대립 갈등의 요소들도 서사적 갈등구조를 창출하는 데까지 이르지는 않는다. 또 한 인물이 상대인물에 대해 우위에 있게 한 요소는 인성이나 능력 등 개인 수준의 것이지 집단의 처지나 이념을 대변하는 수준의 것이 아니다.

서거정은 세상의 일들을 문제적인 것으로 포착하기 보다는 그 자체를 있는 그대로 인정한 뒤 호기심을 끄는 부분들을 선별하여 담았다. 특히 정치적 함의가 있는 사례들은 철저하게 그 정치성이나 이념성을 소거시킨 뒤 수용하였다. 세상을 분별하고 견주면서도 상반되는 두 쪽 중 한쪽을 칭찬만 하지 다른 쪽을 비난하지는 않는다. 여기서 서거정의 낙관주의를 발견할 수 있다. 그러나 대조의 서술방식은 기본적으로 세상을 일부를 배제하려는 지향을 강하게 가진 것이기에 서거정의 낙관주의와 조화를 이루기 어려웠다고 판단한다.

그 결과 『필원잡기』를 주도하는 서술방식은 말장난 혹은 말대꾸의 방식이었다. 말장난의 서술구조는 준거(발언), 중심발언, 반응 등 세 단계로 구성된다. 첫 단계에서는 재미나고 널리 알려진 사실이나 발언을 제시한다. 이는 상식이나 통념의 제시이면서 상대인물에게 농담 걸기에 해당한다. 두 번째 단계에서는 그에 대한 주인공의 발언이 제시된다. 이것은 기발한 아이디어나 말의 형식으로써 기존 상식이나 통념을 뒤엎는 것이다. 그렇지만 기존 사실이나 체제에 대한 진지한 문제제기는 아니다. 웃음 창출을 위한 전복이다. 마지막 단계에서 듣는 사람들의 공감 반응이 제시된다. 공감의 웃음이나 찬사이다. 이때의 웃음은 기존 질서나 기존 인간관계를 유지하게 하거나 더 돈독하게 한다. 말장난이나 말대꾸는 형식적으로는 기존 상황이나 통념을 뒤엎지만 내용적으로는 오히려 기존 상황의 가치를 드높인다. 그런 점에서 삼단 구조의 말장난 혹은 말대꾸야말로 『필원잡기』가 추구한 탈이념적 낙관적 지향에 가장 잘 대응되는 서술방식이라고 본다.

제4장

『기재잡기』 일화의 원천과 서술방식

1. 머리말

『기재잡기(寄齋雜記)』는 금계군(錦溪君) 박동량(朴東亮, 1569~1635)에 의해 편찬된 조선 중기 잡록집이다. 전체가 세 권인데, 각 권마다 '역대 조정의 옛이야기[歷朝舊聞]'라는 제목을 붙였다. 이는 박동량이 전해지는 조정의 이야기들을 기록한다는 서술의식을 가졌음을 뜻한다. 조정의 이야기를 전하려 한다면 관련 기록들을 전재하는 것이 일반적 경우다. 그러나 박동량은 그런 방법을 취하지 않았다. 박동량은 자기가 직접 보고 들었던 이야기들 중 조정의 일과 긴밀하게 관련되는 것을 선별하여 기록한 것이다. 물론 그것들 중에는 다른 문헌들로부터 옮겨온 경우도 있지만 상당수는 가문 이야기판이나 사대부 이야기판에서 이야기된 것들을 기록하였다.

사대부가의 이야기판에서 형성된 일화들은 가족사와 왕조사 및 정치사의 기술로 나아간다. 그것은 조선시대 생활사에서 이야기하기는 사대부가에서도 이루어졌으며, 그 이야기는 가문의 역사와 정신을 이어가고, 나아가 정치사를 구성하는 중요한 요소였다고 하겠다.

아울러 『기재잡기』의 형성과 존재 원리에 대한 해명은 조선 중기 일화가 조선 초기 일화와 다른 양상을 보인 현상[1] 중 한 사례를 드러내는

의미도 지닌다. 『기재잡기』에 대한 정밀한 검토는 조선 중기 잡록집의
성향을 두루 밝혀가는 중요한 교두보가 되겠다.

『기재잡기』에 실려 있는 박동량 가족 이야기를 이해하기 위해서 그
친인척 관계를 다시 그려보자.

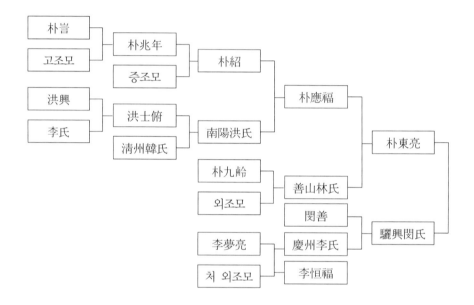

박동량은 대사헌 응복(應福)의 넷째 아들로 자는 자룡(子龍), 호는 기재
(寄齋)・오창(梧窓)・봉주(鳳洲)이다. 1592년 임진왜란 때 병조좌랑으로
서 예조참판이었던 아버지 박응복(朴應福)과 함께 왕을 의주로 호종하여
이듬해 도승지에 올랐다. 1596년에는 이조참판으로 동지사(冬至使)가 되
어 명나라에 다녀오고 이듬해 정유재란 때는 왕비와 후궁 일행을 호위했
다. 이어 경기도 관찰사, 강원도 관찰사 등을 역임하고, 1604년 호성공신
(扈聖功臣)으로 금계군(錦溪君)에 책봉되고 호조판서가 되었다. 1608년

---

1) 이강옥, 『조선시대 일화 연구』, 태학사, 1998 참조.

선조가 죽자 수릉관(守陵官)으로 3년간 수묘하고, 1611년(광해군3) 판의금
부사가 되었다. 선조 때부터 영창대군을 잘 보호하라는 부탁을 받은 이른
바 유교7신(遺敎七臣; 유영경(柳永慶)·한응인(韓應寅)·신흠(申欽)·박동량
(朴東亮)·허성(許筬)·서성(徐渻)·한준겸(韓浚謙))의 한 사람으로 대북파
(大北派)와 대립하게 되었다. 1613년 계축옥사 때 모반혐의로 심문을 받다
가 혐의가 희박하여 아산으로 유배되었다가 1621년에야 해배되었다. 계
축옥사 때 반역은 극구 부인했지만 선조가 죽을 당시 인목대비(仁穆大妃)
의 사주로 궁녀들이 유릉(裕陵; 懿仁王后의 능)에 저주했다는 무고를 인정
했다는 이유로 1623년 강진으로 유배되었다. 1627년 뒤 부안으로 이배되
었다가 1632년 충원으로 옮겨지고 1633년(인조10)에야 전리로 돌아올 수
있었다. 박동량이 1635년에 사망했으니, 그 생애의 후반 20여년은 유배생
활의 연속이었다.

　박동량의 반남 박씨 가문은 조부 박소(朴紹)의 죽음으로 충격을 받았
지만, 그 자제들의 분발로 다시 일어났다. 박동량의 전반기 삶은 비교적
순탄한 것이었지만 후반은 그렇지 못했다. 가슴 속 생각을 숨기지 않고
발설했던 그는[2] 그 때문에 더 고단한 삶을 살았다.

　반남 박씨 집안에는 조모 남양 홍씨와 백부들이 중심이 된 가문 이야
기판이 이루어졌고 박동량의 동료 관리들 사이에서도 이야기판이 구성
되었으니[3] 이 이야기판에서 박동량은 적극적인 이야기꾼이면서도 기억
력 좋은 청자였다. 『기재잡기』가 다른 잡록집에서는 찾아보기 어려운 일
화들을 두루 수록할 수 있었던 기반은 이런 이야기판이었다고 할 수 있을
것이다.

---

2) 胸中無所隱蓄, 或言其太露, 則曰: "待人先設疑難, 是我自不信也." …… 當事慷慨
　直前不避(金尙憲 찬, 〈박동량 비명〉, 『한국역대인물전집성』 2, 민창문화사, 1163면)
3) 이야기판에 대해서는 이 책의 제3부를 참조.

박동량은 신흠(申欽)[4], 이항복(李恒福), 김상용(金尙容)·김상헌(金尙
憲) 형제와 친교가 두터웠다. 신흠은 중씨의 친구이기도 하여 사우지교
(師友之交)를 맺었고 이항복은 처외삼촌이었다.[5] 특히 이항복과 신흠은
한 마을에 나란히 살면서 일생동안 변함없는 관계를 유지했다. 그래서
이들은 이야기꾼으로서 『기재잡기』에 거듭 등장한다.[6]

2. 『기재잡기』 소재 일화들의 형성 과정

1) 문헌전재

『기재잡기』에는 박동량이 직접 서적을 읽고 그 내용을 그대로 혹은
적절하게 재구성하여 옮긴 단편들이 있다. 가령 〈교동주초정(喬桐主初
政)〉(대동13, 18면)[7]은 연산군 때 조정 신하들이 곤욕을 겪는 내용을 담았
는데, 끝에 '승정원일기에서도 보았노라'[8]며 그 출전을 밝혔다. 〈성묘어

---

4) 신흠은 박동량을 위한 제문을 지었다. 『象村稿』 附錄二 참조.

5) 少隨仲氏, 得與申敬叔相善, 有師友之義, 旣長, 入鰲城之門, 爲連姻之親, 居在一
洞, 家若鼎列, 二公平生名行文章, 少許可偶 …… 黃思叔, 鄭時晦, 金景擇, 尹可晦,
亦許爲友.(『鳳村集』, 扶寧漫書)

6) 그 외 이들 간의 교우관계를 살펴볼 자료들로는 다음과 같은 것이 있다. '漢陰墳草宿,
梧里謫居偏, 斯世將何若, 惟君又溘然, 誰能賁黃閣, 吾欲問蒼天, 濟濟先朝盛, 空令
淚徹泉'(〈哭白沙相國〉(『鳳村集』) 3) 〈夢與思叔聖徵(李公廷龜)敬叔叔度集景擇(金公
尙容)靑楓溪草堂覺而有感〉(『봉촌집』 3), 〈懷敬叔〉(幷引), 〈寄齋記〉(『象村稿』 권22),
'秋陰結不散, 凉雨在池荷, 適我有幽趣, 思君無奈何, 世間爲附贅, 澤畔亦婆娑, 底事
三間子, 支離詠九歌'(〈憶鳳洲(朴公東亮)〉(『상촌고』 권10)
　　그 외 자세한 사항들은 이상 〈大司憲朴公夫人林氏合葬墓誌銘〉(『상촌고』 권24. 한국
문집총간 72); 『해동명신록(海東名臣錄)』; 『봉촌집』; 〈행장〉(『오창집』); 〈부령만서(扶
寧漫書)〉(『오창집』); 『한국인물대사전』(한국정신문화원) 등 참조.

7) 앞으로 작품의 인용은 『대동야승』, 13, 민족문화추진회로부터 한다.

8) 亦於日記見之.(대동13, 18면)

연파(成廟於筵罷)〉(대동13, 16면)도 인물의 발탁과 관리에서 독특했던 성
종의 사연들을 소개했는데, 그 끝에 출전을 승정원일기라고 밝혔다.9)
이처럼 다른 문헌의 내용을 전재하면서 그 출전을 분명히 밝힌 경우도
있지만10) 출전을 밝히지 않은 경우도 문헌에서 옮긴 것이 확실한 단편이
적지 않다.

　또 들은 이야기를 기록하면서 그 근거를 보다 확실히 하기 위하여 문
헌을 참고하기도 하였다. 문헌에 대한 언급은 구전물에 권위를 부여하지
만 여전히 중심은 기록된 구전이지 문헌은 아니다. 그런 점에서 『해동잡
록』처럼 다른 문헌으로부터 단편들을 그대로 옮겨오는 잡록과는 다르
다. 편찬자가 직접 견문한 바를 우선 수록한 '원본 잡록집'과 다른 문헌들
에 실려 있던 단편들을 선별 수록한 '전재 잡록집'으로 잡록집을 구분할
때 『기재잡기』는 전자에 속한다. 박동량은 속독과 박학강기로 특히 이름
이 나 있었으므로11) 그 방대한 독서경험을 기록했다고 볼 수 있지만,
해당 문헌을 옆에 두고 그대로 옮기기보다는 그전에 읽고는 기억하고
있다가 뒤에 기억을 되살려 기록한 것이기에 원문과는 차이가 있는 것이
다. 다른 문헌의 내용을 기억하는 과정과 기억을 되살리는 과정을 거쳤
기에, 문헌전재에 의해 형성된 일화라 하더라도 구연전승을 통해 형성된
일화와 본질에서 큰 차이가 나지는 않는다.

　문헌전재를 통해 형성된 것 중에는 조선시대 궁중의 비사나 사대부
사회의 제도, 풍속 등을 기록한 교술도 있고12) 모범이나 경종이 될 만한

---

9) 余於政院日記嘗見之.(대동13, 16면)
10) 그 외 다음과 같은 구절에서도 그것을 확인할 수 있다. '余嘗得見己卯諸賢靜庵先生
　　以下供辭.'(대동13, 21면), '余嘗見安名世史記.'(대동13, 26면)
11) 自少, 讀書數行俱下, 又能强記 …… 閑居以來, 頗近書籍, 興到落筆翩翩.(『한국역
　　대인물전집성』 2, 민창문화사, 1163면)
12) 〈성묘어연파(成廟於筵罷)〉가 대표적 사례이다. 또 〈성묘조(成廟朝)〉(대동13, 16면)

인물들의 특출한 행실을 서술한 서사도 있다. 후자에 등장한 인물은 박동량 자신의 이념적 푯대 역할을 하면서[13] 아울러 후손들의 교육에서 모범이 된다.[14] 후자는 후술할 가문 전승의 기록으로 이루어진 역사적 인물들에 대한 서사와 연관된 것이다.

2) 구연전재

가족 사이에서 구연 전승되거나 사대부 사이에서 구연된 이야기가 『기재잡기』 소재 일화의 대부분을 차지한다. 『기재잡기』는 이야기의 말미나 중간에 출처를 밝혀 주기도 하는데, 그것은 개별 작품의 근원을 알 수 있게 할 뿐만 아니라, 사대부 사회에서 이야기판이 어떻게 이루어졌는가를 알려 준다.[15]

먼저 가문 이야기판을 통해 형성된 가문 이야기는 다음과 같이 나눌 수 있다.

> ① 편찬자 박동량의 친가 가문인 반남 박씨 관련 이야기.
> ② 조모의 친가 가문인 남양 홍씨 관련 이야기.
> ③ 보친의 친가 가문인 선산 임씨 관련 이야기.

도 성종이 강신(姜信)이란 사람을 그 필체를 보고 발탁하는 내용인데, 그 끝에 '내가 장인께서 모아둔 고서첩 가운데서 그 글씨를 많이 보았다.(余於丈人所集古書帖中, 多見之)'라고 첨기했다. 이는 그 이야기의 출전을 밝히기보다는 그의 글씨를 본 곳을 지적한 것이다. 이처럼 『기재잡기』는 사대부 사회의 문화 일반에 대한 경험을 피력하는 성격도 가졌다.

13) 常以自警篇, 名臣言行錄爲律身之本.(『오창집(梧窓集)』 권19 부록 행장)

14) 雖有所得, 率皆鄙俗, 不似古人殼, 率藏之篋中, 不欲傳示求正於人, 不過使子孫有時閒覽用以知今日之光景耳(〈扶寧漫書〉)

15) 『기재잡기』의 구연전재 양상 중 가문 이야기판이 어떻게 이루어졌고, 거기서 어떤 일화가 구연되었는가에 대한 상세한 사항은 이강옥, 「사대부가의 이야기 하기와 일화의 형성」, 『고전문학연구』 별집 8집을 참조할 것.

④ 처의 친가 가문인 여흥 민씨 관련 이야기.
⑤ 부친의 외조모의 친가 가문인 청주 한씨 관련 이야기.

(1) 반남 박씨 선조와 관련된 이야기

반남 박씨 선조 관련 이야기는 『기재잡기』의 중심을 이룬다. 먼저 〈세전(世傳)〉(대동13, 14면), 〈왕부재합천(王父在陜川)〉(대동13, 22면), 〈허굉위이조판서(許磁爲吏曹判書)〉(대동13, 25면), 〈아왕부(我王父)〉(대동13, 25면), 〈심충혜공연원(沈忠惠公連源)〉(대동13, 25면), 〈경복궁(景福宮)〉(대동13, 28면), 〈강적임꺽정(强賊林巨正)〉(대동13, 29면) 등에는 선조들이 직접 등장하고, 〈박송당영(朴松堂英)〉(대동13, 18면), 〈무인년간(戊寅年間)〉(대동13, 20면), 〈박송당선생(朴松堂先生)〉(대동13, 21면), 〈홍영상인재(洪領相忍齋)〉(대동13, 23면), 〈무술알성(戊戌謁聖)〉(대동13, 23면), 〈성소선제원(成笑仙悌元)〉(대동13, 28면) 등에는 반남 박씨 선조와 사제관계나 교우관계가 있었던 사람이 직접 등장한다.

〈세전〉은 심온(沈溫, ?~1418)이 죽으면서 반남 박씨와는 절대 통혼하지 말라는 유언을 남긴 것과[16] 관련된 일화이다. 그런데 『국조인물지(國朝人物志)』는 심온의 죽음에 박동량의 선조 평도공(平度公) 박은(朴訔, 1370~1422)의 말이 결정적 열할을 했다는 사실을 분명히 밝혀 놓았다.[17]

---

16) 심온의 죽음과 관련된 설명은 다음과 같다. '(심온은) 1418년(세종 즉위년) 사은사(謝恩使)로서 명나라에 가게 되었는데, 이때에 그의 동생 심정이 병조판서 박습(朴習)과 같이 상왕인 태종의 병권장악을 비난한 것이 화근이 되어, 이듬해 귀국하다 도중에 의주에서 체포되어 수원으로 압송, 사사되었다. 이 사건은 후에, 심온이 국구로서 세력이 커짐을 염려한 태종과 좌의정 박은(朴訔)의 무고로 밝혀져, 뒤에 세종은 관직을 복위시켰다. 죽음에 임하여 유언으로 박씨와 혼인하지 말도록 당부하였는데, 오랫동안 지켜졌다.'(『한국인물대사전』, 한국정신문화연구원)

17) '溫之死, 由於朴訔, 故有此言也.'(『한국인역대인물전집성』 2, 민창문화사, 1839면), '左議政朴訔言溫以國舅拜首相貪權毁法, 上王意以爲沈汪此言, 必出溫意.'(같은 면)

이에 비해『기재잡기』에서 박동량은 심온이 그런 유언을 하게 된 것이 '우리 선조 평도공(平度公: 박은의 시호)이 좌의정으로 있었기에 그의 죽음에 영향을 끼쳤다 생각하고는 깊은 한을 품어 이런 유언을 내렸을 것이라'[18]하고 '국사(國史)'를 참조하였다며[19] 박은에게 유리한 쪽으로 변명하였다. 그 당시 좌의정이었던 박은이 심온에 대해 비판적인 발언을 한 것은 사실이지만 심온을 죽음에 이르게 한 주도적인 역할을 한 것은 아니고 또 박은의 말이 태종으로 하여금 심온을 죽이고자 결심하게 한 결정적인 계기도 아니었다는 것이다.

심온의 죽음과 유언은 박은의 명예와 관련된 것이므로 박동량은 가문의 이야기판에서 그에 관한 이야기를 거듭 들었을 것이다. 그 이야기는 박은이 심온의 죽음을 초래한 장본인이 아니었음을 강조했을 것이고, 그래서 심온의 금혼 유언은 부당하다고 보았을 것이다. 박동량은 그 이야기를 정당화할 수 있는 문헌을 찾아 인용함으로써 집안에서 전해졌던 이야기가 정당했음을 입증하고자 했다. 그런데 박은이 심온의 죽음을 직접 초래한 것은 아니라는 주장은 역사기록과 차이가 있다. 역사기록은 박은이 심온을 무고했다고 기술하고 있기 때문이다. 그런 점에서 박동량은 박은을 변명하기 위해 역사 기록을 의도적으로 오독했다는 혐의를 벗기 어렵다. 물론 이런 서술태도는 반남 박씨 가문 이야기판의 분위기에서 비롯되었을 것이다. 가족사가 왕조사와 정치사를 이끌어내기는 하지만, 가족사의 정당성을 위해 정치사를 왜곡할 수도 있었음을 암시하는 대목이다.

『기재잡기』'태종'이라는 제목 속에는 세 편의 단편이 들어 있는데,

---

18) 遂以爲 我先祖平度公, 以左相, 於其死也, 爲有力, 故深恨之, 有此遺命焉.(대동13, 14면)
19) 余嘗叅校國史.(대동13, 14면)

〈세전〉은 그 속의 한편이면서도 반 이상의 지면을 차지한다. 이 세 개 일화들은 서로 긴밀하게 관련된 것은 아니지만, 〈세전〉이 가장 중요한 것으로 인식된 것은 분명하다. 태종 시대가 자기 선조와 관련된 심온 일화로 대부분 갈무리된다는 사실이야말로 『기재잡기』가 가족사를 중심으로 왕조사를 이해했다는 사실을 알려준다고 하겠다.[20]

　'중종'조에 있는 〈왕부피파(王父被罷)〉(대동13, 22면), 〈왕부재합천(王父在陜川)〉(대동13, 22면), 〈주신재세붕(周愼齋世鵬)〉(대동13, 22면), 〈심충혜공연원(沈忠惠公連源)〉(대동13, 22면) 등은 할아버지 박소(朴紹)의 낙향 및 죽음과 관련된 일화들이다. 박소의 낙향, 친구 김광준(金光準)과의 교유, 박소 사망 시 진주 생원 이광(李光)의 명당 택지, 신변 위험을 무릅쓴 주세붕의 조문, 박소의 죽음을 느낀 심연원의 통곡 등이 담겨져 있는데, 이것들은 한결같이 박소의 죽음에서 비롯된 비장감을 고조시킨다. 그 비장함은 박소와 주변 인물들에 대한 동정심과 김안로 등 정적에 대한 적개심을 고조시킨다.

　'중종'조는 『기재잡기』 전체의 절반 이상의 비중을 차지하는데 그 대부분은 기묘사화의 피해자와 가해자, 그 뒤에 나타난 정치적 악인에 대한 것이다. 중종 대는 조부 박소가 고난을 겪고 비참하게 죽었던 시기였기 때문일 것이다. 박소 관련 이야기들은 박동량 집안에서 거듭 구연되었을 법한데, 그것들이 '중종'조에 수록되었다고 보아도 좋다. 가령 〈왕부재합천〉과 〈주신재세붕〉은 박소의 사망과 장례시기를 배경으로 한 이야기인데, 그때 자녀들은 모두 어렸고 큰 아들 박응천(朴應川)이 약관을 넘겼다고 되어 있다. 그런데도 그 광경이 아주 상세하게 묘사되었다.[21]

---

20) 그 외 '세종', '중종' 조의 경우도 마찬가지다.

21) 王父在世之日, 與晉州居李生員光, 爲深交, 及聞其訃, 以麻鞋竹杖赴之, 自二十里外, 跨山頂而來, 及到王父家後山, 高聲呼伯父之名曰: "得葬穴矣! 痛乃翁賢而不得

그렇다면 그 자리에 있었던 가족 중 한 사람이 그 장면을 목도하고 가문의 이야기판에서 거듭 이야기하였을 것이고, 박동량이 그것을 들었던 것임에 틀림없다. 그런 점에서 박응천이나 조모 남양 홍씨 둘 중 한 사람이 원 제보자라 할 수 있다.

그 외 〈허굉위이조판서(許磁爲吏曹判書)〉(대동13, 25면), 〈아왕부(我王父)〉(대동13, 25면), 〈심충혜공연원(沈忠惠公連源)〉(대동13, 25면)도 모두 조부 박소(朴紹)와 관련된 것이며[22], 아울러 박소와 교제했던 인물에 대한 일화,[23] 박소와 사제관계를 맺은 인물이나 정치적 동조자에 대한 일화,[24] 박소의 정적이었던 인물에 대한 일화들을 고려하면 박소와 관련된 일화가 중종조 일화의 대부분을 차지한다해도 과언은 아니다.

박소는 박영(朴英)과 절친했다.[25] 그래서 〈박송당영(朴松堂英)〉(대동13, 18면), 〈박송당선생(朴松堂先生)〉(대동13, 21면)에는 박영을 주인공으로 한 흥미진진한 이야기가 체계적으로 전개된다. 여인을 미끼로 과객을 유인하여 소지물을 절취하고 살해하는 강도의 소굴로 들어간 박영은 결국 탈출하여 고향으로 돌아가 성현의 글을 공부하고 온유한 선비가 되었고 평생 탈출할 때 잘렸던 옷자락을 걸어 두고 경계로 삼았다는 이야기나, 김해부시로 재임할 때 여인의 곡소리를 듣고 그 여인이 정부와 싸고 남편을 살해했다는 사실을 밝혀냈다는 이야기는 『기재잡기』에 실려 있는 다른 일화와 비교할 때 구성과 전개가 탁월하여 사건의 단계단계에

壽, 欲爲子孫求善地, 今果得矣." 因下臨痛哭而去.(대동13, 22면)

22) 〈景福宮〉(대동13, 28면)도 심연원(沈連源)에 대한 이야기라는 점에서 여기에 포함된다.

23) 〈朴松堂英〉(대동13,18면), 〈朴松堂先生〉(대동13, 21면)

24) 〈戊寅年間〉(대동13, 20면), 〈洪領相忍齋〉(대동13, 23면),

25) 後聞松朴堂英學有淵源, 遂往從之, 專心承誨研窮義理, 見識益廣踐履彌篤深造極詣, 粹然卓立, 一時輩行咸推仰願交, 松堂亦曰: "子乃我師, 非我友也."(『한국역대인물전집성』 2, 민창문화사, 1216면)

대해 독자의 흥미가 집중되게 한다. 조부 박소에 의해 학덕이 있다고 인정되어 가장 절친한 친구가 된 박영에 대해 박소의 후손들은 큰 관심을 가지게 되었을 것이고, 그런 이유로 박소 이야기는 반남 박씨 가문에서 계속되었던 것이다. 이 과정에서 박영의 탁월함을 부각시키는 체계적인 이야기가 꾸려졌다고 하겠다. 그것은 조선 후기 야담계일화나 야담계소설을 성립시킨 이야기꾼의 솜씨를 연상한다.

박영이 박소 관련 이야기에 등장하는 주동인물이라면 김안로는 대표적인 상대인물이다. 박소가 이행적 인물이라면 김안로는 악인형 인물이다.[26] 김안로는 박소를 죽음으로 몰았던 가장 악질적 정적으로 거듭 등장한다.[27] 그는 중종조 일화들에서 인물 간 갈등을 고조시키는 존재이며, 『기재잡기』 소재 일화들이 정치적 갈등 관계를 서사구조 속으로 수용하게 만들었다. 편찬자 박동량에게 김안로는 조부를 죽음으로 몰았고, 또 부친 박응복에게는 다섯 살 때 아버지를 앗아간 반남 박씨 가문의 원수이다. 반남 박씨 가문의 이야기판은 그런 김안로에 대해 거듭 이야기했던 것이다.

그 외 박소와 이성재종(異姓再從) 관계였던 허굉(許礦), 허광(許礦), 심연원(沈連源), 허항(許沆) 등도 등장한다. 특히 심연원과 박소는 이성재종간이었으면서도 서로 친구로 사귀었으며[28] 또 김안로에 의해 정치적으로 핍박받았기에 동류애가 지극했다. 그래서 박소 자신에 의해 진술된 심연원 관련 이야기가 세 편이나 된다.[29]

---

26) '이행적 인물', '악인형 인물'에 대해서는 이강옥, 『조선시대 일화연구』, 돌베개, 1997, 95~151면 참조.

27) 〈閔承旨世良〉(대동13, 22면), 〈洪領相忍齋〉(대동13, 23면), 〈鄭文翼公〉(대동13, 23면), 〈丁酉歲〉(대동13, 23면), 〈沈忠惠公連源〉(대동13, 25면), 〈丁酉殿試〉(대동13, 25면) 등.

28) 沈忠惠公連源, 與王父爲異姓再從而且相許爲友.(대동13, 22면)

〈강적임꺽정(强賊林巨正)〉(대동13, 29면)은 임꺽정의 활약과 그 토벌과정에 대한 상세한 기록이다. 이것은 조선 후기 야담집인『동야휘집』에 〈취학경단산탈화(吹鶴脛丹山脫禍)〉로 수용될 정도로 서사적 요건을 온전하게 갖춘 것이다. 그 속에 백부 박응천(朴應川)이 등장한다. 이 일화가 임꺽정 관련 이야기의 근원이 되었으며, 또 그 이후의 다른 어떤 이야기 못지 않은 서사적 짜임새와 체계를 갖춘 것은 경험의 당사자인 박응천에 의해 진술된 뒤, 가족 사이에 거듭 구연되었기 때문일 것이다.

(2) 남양 홍씨 선조에 대한 이야기

박동량의 조모는 남양 홍씨인데『기재잡기』에는 남양 홍씨 선조들이 등장하는 일화가 네 편 들어 있다. 〈대사헌홍흥(大司憲洪興)〉(대동13, 16면)에는 조모 남양 홍씨의 조부 홍흥(洪興)이 등장하고, 〈홍정사부(洪正士俯)〉(대동13, 24면), 〈좌랑심의(佐郎沈義)〉(대동13, 24면), 〈홍정공(洪正公)〉(대동13, 24면)에는 조모 남양 홍씨의 부친인 홍정(洪正)이 등장한다.

〈대사헌홍흥〉에서는 의리를 실천하고 원칙을 엄격하게 지키는 홍흥의 일화들이 인상적으로 엮어져 있다. 그리고 그런 홍흥을 전림(田霖)과 나란히 놓아, 소신에 투철한 원칙주의를 높이 평가한다.[30] 특히 홍흥이 임사홍(任士洪)과 한명회(韓明澮)를 탄핵한 것을 강조하고 전형적 모함과 악행을 보여준 그들과 홍흥을 대조시킴으로써 홍흥의 의로운 행동을 부각시켰다. 이와 같은 홍흥의 삶의 자세는 후손에게 기리 교훈이 될 만한 것으로서, 자손들을 위해 거듭 이야기될 만하다. 특히 '돌아가신 부친

---

29) 〈沈忠惠公連源〉(대동13, 22면), 〈沈忠惠公連源〉(대동13, 25면), 〈景福宮〉.(대동13, 28면)

30) 洪公偉人, 雖不足言, 田公武夫, 臨官用法, 無所吐茹, 其時朝廷紀綱之尊, 人物氣像之大.(대동13, 17면)

의 외증조'[31]로 홍홍을 소개한 것으로 보아, 이 이야기는 조모 남양 홍씨의 구연이면서 부친인 박응복의 구연일 가능성이 있다. 부친 박응복이 아들인 박동량으로 하여금 떳떳한 삶의 자세를 갖추도록 하려는 교훈적 의도로 이 이야기를 해주었다고 볼 수 있는 것이다.

〈홍정사부〉, 〈홍정공〉, 〈좌랑심의〉는 나란히 실려 있는데, 〈홍정사부〉에서 홍정을 대사헌 홍홍의 아들이며 선대부의 외조부라 소개하고 있는 것으로 보아,[32] 역시 부친에 의해 구연되었을 가능성이 크다. 먼저 〈홍정사부〉는 홍정이 기묘선류(己卯善類)의 신임을 톡톡히 받아 안동부사로 제수될 때 당시 관례였던 서경(署經)을 면제받았다는 내용이다. 홍정이 기묘사림들의 신임을 받았다는 언급은 박소가 조광조를 비롯한 사림들로부터 기대를 한 몸에 받았다는 지적을 연상시킨다.[33] 『기재잡기』에 등장하는 조부 박소는 언제나 기묘사림과 연결되었고, 사림의 적인 김안로 일당과 갈등관계에 있다. 그런 점에서 〈홍정사부〉는 박소 관련 일화들과 일맥상통한다.

〈홍정공〉은 홍정이 친구 성세창(成世昌)의 아버지 성현(成俔)을 만나는 광경을 인상적으로 묘사했다.

> 눈이 내린 정월 어느 날 저녁 동원 별실로 가서 문을 닫고 조용히 이야기를 나누었다. 밤이 깊어지자 거문고 소리가 들려 왔는데 마당으로 나가 창구멍으로 몰래 들여다보니 한 노인이 매화 아래 눈을 쓸고 앉아 있었다. 백발을 드리우며 연주하는 단금의 그 맑은 음은 절묘하기 이를 데 없었다. 성(成)이

---

31) 大司憲洪興, 忠貞公應之弟, 卽吾先大夫外曾祖也.(대동13, 16면)
32) 洪正士俯, 卽大司憲興之子, 先大夫外王父也.(대동13, 24면)
33) 翌年春, 中司馬第二, 入就講席, 擧止雍容應對詳敏, 諸公皆曰: "今日得玉堂正字, 可賀." 時趙靜菴, 以憲長在坐曰: "觀其精采, 非屈於人下者, 豈必以正字爲期乎?"(『한국역대인물전집성』 2, 민창문화사, 1215면)

"우리 대인일세"하니 그제야 (노인은) 마루에 손님이 온 줄 깨닫고 거두어 들어가셨다. 그 뒤 공[홍정]은 자주 사람들에게 말하기를, "월색이 대낮 같았는데 흩날리는 백발이 보이고 맑은 거문고 소리 간간히 들려오니 그 아득한 모습은 신선이 하강한 것 같았지. 나도 모르게 시원한 기운이 온 몸에 느껴지니 용재 공은 가위 선풍도골이었다네." 하였다.[34]

이는 홍정이 목격한 인상적인 한 장면을 묘사한 것이다. 인물의 일탈된 행동이나 생각뿐만 아니라 일탈된 장면도 일화의 대상이 될 수 있으며, 서술이 아닌 묘사도 일화 서술법의 하나일 수 있음을 보여준다. 아울러 이 일화가 이렇게 생생하고 선명한 형상화에 이르게 된 원동력을 짐작하게 한다. 즉 홍정이 친구 성세창의 집을 방문하였을 보게 된 '거문고 타는 성현의 모습'은 너무나 인상적이어 일생 동안 잊을 수가 없었다. 그것이 그로 하여금 거듭 이야기하게 했을 것이다. 이 일화가 전하는 장면은 직접 목격하지 않으면 포착하기 어려운 은밀한 것이다. 직접적 목격이 생생하고 세세한 진술을 가능하게 한 것이다. 홍정에 의해 거듭 진술된 이 일화의 수화자는 그의 딸인 남양 홍씨나 외손자인 박응복이었을 것으로 추정된다. 편찬자 박동량은 가문의 이야기판에서 조모 남양 홍씨나 아버지 박응복으로부터 이 이야기를 듣고 기록한 것이다. 바로 뒤에 실려 있는 〈좌랑심의〉도 마찬가지다. 주인공 심의(沈義)는 홍정과 은밀한 교우관계를 맺은 인물이다.[35] 그런 점에서 이 이야기 역시 홍정의 진술에서 출발하여 조모 남양 홍씨를 거쳐 박동량에게까지

---

34) 嘗於正月雪後, 就東園別室, 閉窓穩話, 夜半有琴韻, 出庭際, 潛穴窓視之, 有老翁, 就梅花下, 掃雪而坐, 露白髮橫短琴, 淸音響指, 殊極奇絶, 成日: "吾大人也." 俄知有客在堂, 輒顚倒輳之以入, 後公每謂人曰: "方其月色如晝, 梅花盛開, 白髮飄然, 淸徽間發, 漂渺若眞仙下降, 不覺爽氣滿身, 慵齋可謂仙風道骨."(대동13, 24면)

35) 成公洪公, 與之[심의]同登後園, 月夕携手, 縱橫談論, 無所不及, 夜半乃罷, 久以爲常.(대동13, 25면)

전달된 것으로 보아야 하겠다. 심의는 서경덕, 성세창 등과 함께 기묘 사림들에 대해 동조했고 김안로를 비롯한 간귀들의 전횡에 대해 비판적 이었다는 점에서 박소에 의해 대변된 반남 박씨 집안의 정치적 지향과 상통한다.

(3) 선산 임씨 선조에 대한 이야기

박동량의 모친은 선산 임씨로 임구령(林九齡)의 딸이다. 석천(石川) 임 억령(林億齡, 1496~1568)이 5남 중 맏이고 숭선군(崇善君) 임백령(林百齡, ?~1546)이 셋째, 임구령은 그 다음이다.

임억령은 을사사화가 일어나자 그 동생 임백령이 권간(權奸)들과 결탁 하여 사림들을 해칠 것을 예상하고 시를 지어 경계하였다. 임백령이 그 충고를 따르지 않자 벼슬을 버리고 해남으로 돌아가기도 했다. 임억령은 청송(聽松) 성수침(成守琛), 하서(河西) 김인후(金麟厚) 등과 교유했으며, 그 문장의 웅사(雄肆) 호일(豪逸)로 유명했다.[36] 그러나 자식이 없었고 묘석도 없었기에 해남현감 유상재(柳尙載)가 묘표를 세워주었는데, 그때 묘표문을 쓴 사람이 박세채(朴世采)이다. 박세채가 박동량의 손자라는 점을 고려하면 반남 박씨 가문 이야기판이 묘표문 작성에 활용되었음을 짐작할 수 있다.

임백령은 형 임억령과 함께 눌재(訥齋) 박상(朴祥)에게 배웠지만, 이 조판서가 되어서는 윤원형(尹元衡)·이기(李芑) 등과 함께 을사사화를 일으켜 윤임(尹任) 유관(柳灌) 유인숙(柳仁淑) 등을 죽게 하였다. 1570년 (선조3) 을사간당으로 지목되어 훈작을 삭탈당하였다. 『기재잡기』는 이 런 임백령을 중심으로 하여 을사사화 관련된 일화들을 만들었다. 박동

---

36) 『한국역대인물전집성』 4, 민창문화사, 3589면.

량의 외조부인 임구령은 임백령의 정치적 역정에 어떤 식으로든 관여한
인물이다.

『기재잡기』에 실린 선산 임씨 선조 관련일화로는 〈임숭선(林崇善)〉(대
동13, 24면), 〈인묘대점지일(仁廟大漸之日)〉(대동13, 25면), 〈박눌재위나
주목사(朴訥齋爲羅州牧使)〉(대동13, 26면), 〈임목사형수(林牧使亨秀)〉(대
동13, 26면), 〈임숭선백령(林崇善百齡)〉(대동13, 26면), 〈을묘왜적(乙卯倭
賊)〉(대동13, 27면), 〈문정왕후(文定王后)〉(대동13, 28면), 〈범재신청시자
(凡宰臣請謚者)〉(대동13, 28면) 등이다.

〈임숭선〉에서는 형 임억령과 동생 임백령이 대조된다. 먼저 선생 박상
이 두 사람을 달리 본다. 박상은 임억령에게는 『장자』를 주며 장차 '문장
(文章)'이 되리라 했는데 임백령에게는 『논어』를 주며 장차 '관각(館閣)'
의 문장가가 될 것이라 예언했다. 임억령의 성품은 소탈하여 검속(檢束)
에 구애되지 않는데 비해 임백령의 성품은 단정하여 잡스런 곳이 없다는
설명이 거기에 덧붙여졌다.[37] 다음으로 그 모친이 두 사람을 상반되게
대한다. 모친은 임백령을 지극히 좋아하고 아껴 임백령에게 침석 정리와
부축을 도맡게 하고 일마다 칭찬을 아끼지 않았지만, 임억령에게는 거칠
고 서툴기만 하다 하여 어떤 일도 맡기지 않았다. 거기에다 임백령의 과
거시험과 관련된 이야기가 덧붙여졌다. 임백령은 꿈속 계시에 의해 과거
에 합격하게 되고 시관들에 의해 장차 재상이 될 것이라 예언된다는 것이
었다. 이와 같이 임억령과 임백령의 대조를 통하여 임백령이 긍정적인
쪽으로 부각되었다.

이것은 위에서 언급한바 임백령의 실제 행적이나 임백령에 대한 역사
적 평가와는 큰 차이가 있다. 심지어 임백령이 정치적 피해자로까지 설

---

37) 石川性疎脫, 且不拘檢束, 崇善端詳無雜.(대동13, 24면)

정되었다. 임백령은 을사사화를 일으켜 뭇 사람들을 죽인 악인이 아니라 오히려 정치적 악인인 김안로에게 박해받는 존재로 묘사된 것이다. 이런 결과는 제보자와 이야기판의 성격에서 비롯되었다고 짐작된다. 제보자인 박동량의 모친 선산 임씨의 관심은 정치가 아니라 가문 구성원의 행적을 미화하는 것이었다. 그 결과 선산 임씨의 가문 이야기판의 이야기 내용은 역사서술과 일치하지 않았다. 여기서 역사에 대한 기술이 가족사의 관점에서 이루어질 때 어떤 변화가 일어나는 지를 살필 수 있다.

〈인묘대점지일〉은 '인종(仁宗)'조에 들어있는 유일한 일화로서 을사사화가 일어나는 과정을 압축하여 보여주면서 임백령과 임구령이 어떤 역할을 하였는가를 이야기한다. 이 이야기는 박동량의 모친에 의해 전해진 것임도 분명히 하였다.[38] 이 일화는 을사사화 전후의 긴박한 상황을 열다섯 살 여자에게 포착된 대로 제시하였다. 그리하여 을사사화 가해자 쪽의 부당한 행위가 부당하게만 묘사되지 않았다. 특히 임백령과 임구령의 행동이 그러하다. 임백령은 오히려 윤원형의 교활한 행동을 보고 장래를 근심하는 인물로 그려졌으며[39] 임구령 역시 금화사별제(禁火司別提)로서 궁궐의 혼란지경에서도 자기 직분에 충실한양 묘사된 것이다.[40] 이러한 점은 『조선왕조실록』이나 『국조인물지』와 같이 비교적 사실을 충실하게 기록한 문헌이 두 인물을 묘사한 것과는 상당한 차이가 있다. 특히 박동량의 외조부인 임구령은 그 성품이 매우 교활하여 양사(兩司)에서 도청한 내용을 이기와 윤원형에게 고해바친 자로 알려져 있는 것[41]과

---

38) 外祖以其季弟, 方爲禁火司別提, 而先姚年纔十五, 常在其側, 頗記其一二語云.(대동13, 26면)

39) 崇善每嘆曰: "得無不免乎?"(대동13, 26면)

40) 又有彼輩率壯士, 先殺北門諸宰, 次擧大事之語, 故外祖方直禁火司, 聞有人馬聲, 輒提灯檠, 當門而立, 擬爲迎擊之擧, 如此者, 非一, 不知何物奸鬼, 先爲飛語, 次投封書以實之.(대동13, 26면)

너무나 다른 모습으로 그려졌다. 그러나 박동량은 역사적 사실이나 당대의 통념과는 다른 내용임에도 불구하고 모친의 진술내용을 옮겼다. 그리고 그에 대해 다른 문헌을 통해 검증하는 절차도 밟지 않았다. 이곳 역시 가문의 구연전승을 통해 이루어진 역사인식의 한 특징을 짐작할 수 있는 대목이다.

〈박눌재위나주목사〉는 임억령의 강직함을 보여주려 했다. 시관이 된 임억령에게 선생 박상의 아들 박민중(朴敏中)이 시험문제를 가르쳐달라고 애원하자 임억령은 단호하게 거절한다. 박민중이 임억령에게 시험문제를 물었다는 사실은 은밀한 것이어서 당사자 중 떳떳한 쪽인 임억령의 입을 통하지 않고는 진술되기 어려운 내용이다. 이런 임억령의 진술을 일차 구연이라 한다면 그것을 역시 은밀한 공간에서 들은 가족 구성원들의 구연을 이차 구연이라 할 수 있을 것이다. 박민중의 호승(好勝) 집착을 비판하면서[42] 선산 임씨 가문의 떳떳한 삶의 자세를 드러낸다는 점에서 선산 임씨 가문에서 거듭 구연되었을 것이다.

〈임숭선백령〉은 을사사화 후 허자(許磁)와 함께 사림들을 구원하기 위해 발 벗고 나선 임백령의 모습을 보여주었다. 그래서 임백령이 명의 사신으로 갔다 귀국 도중 사망한 대목에서는 제주도에 귀양 가 있던 임형수(林亨秀)가 했다는, "이 사람이 죽다니 나는 이제 죽었네"라는 애도의 말과 임백령이 소윤파들의 형 집행 자세에 대해 비판했다는 홍담(洪曇)의 말을 덧붙였다. 특히 홍담은 만일 임백령이 오래 살았다면 대윤 일파를 신원해주려다 죽은 허자보다 더 큰 형벌을 받았을 것이라 말했다 하였다.

〈을묘왜적〉은 을묘년 왜구가 전라도 지방을 유린하고 있을 때 목사를

---

41) 九齡凶狡最甚, 當兩司中學一會入廳下, 窺聽說話通于李芑元衡輩.(『한국역대인물전집성』 4, 민창문화사, 3572면)
42) 文章之士, 好勝盖如此.(대동13, 26면)

역임했던 임구령이 여러 지방 수령들에게 방비책을 조언했다는 내용으로 이 역시 임구령의 진술에서 시작되어 모친을 거쳐 박동량으로 전해졌다고 볼 수 있다.

〈문정왕후〉는 여러 공신들의 부인들이 문정왕후가 연 연회에 참석하여 머리에 꽃을 꽂아 그 화려함을 과시하였는데 유독 임백령의 부인만은 문정왕후의 간곡한 권유가 있었음에도 응하지 않았다는 내용이다. 그것은 부인의 천성이 엄격하였기 때문이었으며, 그런 부인을 문정왕후도 후대했지만 심히 꺼려하기도 했다는 것이다.[43]

〈임목사형수〉는 삶에 초연하고 죽음에 꿋꿋한 임형수의 인물상을 보여준다. 임형수는 임백령과 관련 있는 인물로 선산 임씨 선조 관련 일화라 볼 수 있다.

이상이 선산 임씨 선조들이 직접 등장하는 작품이라면, 〈성소선제원(成笑仙悌元)〉(대동13, 28면)[44], 인종의 죽음과 관련된 〈인묘빈천(仁廟賓天)〉(대동13, 26면) 등은 선산 임씨가 등장하지는 않지만 임백령에 대한 일화를 제공한 동일 제보자에 의해 형성되었을 가능성이 크다.

요컨대 선산 임씨 가문 선조에 대한 이야기에서는 임백령, 임구령, 임억령 등이 중심 자리를 차지한다. 임백령, 임구령 등은 을사사화 전후

---

43) 蓋其天性嚴厲, 有若男子, 文定極其厚待, 而亦甚憚之.(대동13, 28면)
44) 〈成笑仙悌元〉(대동13, 28면)에는 박응순, 박응복 등의 스승 성제원이 등장하는데 보은현감인 그는 장수현감인 조욱(趙昱)과 대조되었다. 현감으로서 변란이 일어난 사실을 미리 알고 대처를 잘 한 성제원과 그렇지 못해 마침내 미쳐버린 조욱이 대조되었다. 성제원이 미리 조치를 잘 하게 된 이유는 잘 확인되기 어려운 사적인 것이다. 그런 점에서 성제원을 사적으로 잘 아는 사람에 의해 제보되었을 가능성이 크다. 을묘왜변 무렵 임구령이 목사 자리에 있었기에 그와 관련된 여러 벼슬아치들에 대한 사정을 잘 파악하고 있었는데, 이 이야기도 임구령에 의해 후손들에게 구연되었을 법하다. 아울러 성제원은 박응순과 박응복의 선생이었다. 그런 점에서 이들에 의해 구연되었을 가능성도 없지 않다.

시기에 정치적 활약을 한 인물로서 그들에 대한 정치사의 평가는 부정적인 것이다. 그런데 『기재잡기』의 기술은 정치사의 일반론을 따르지 않고 뒤집기까지 했다. 박동량의 모친의 자기 경험 진술로부터 시작된 선산 임씨 가문 이야기는 실제 사건에 대한 것이면서도 거기에 등장하는 선조들의 부정적인 형상을 미화하려는 의도를 농후하게 담은 것이다. 그런 점에서 선산 임씨 관련 일화들은 정치사 서술과 가족사 진술이 모순되는 경우를 전형적으로 보여준다. 『기재잡기』에 실려 있는 일화 중 정치적 성격이 가장 강한 이들 일화들은, 정치적 맥락에 대해 관심이 크지 않고 또 역사적 진실성을 견지해야 한다는 부담으로부터 상대적으로 자유로운 여성 이야기꾼에 의해 기술되었다. 더욱이 그 여성 이야기꾼은 일화에 등장하는 인물들과 동기간이 되는 것이다. 이런 이유로 인물 형상과 사건 전개의 허구적 변형이 가장 크게 이루어지게 되었다고 하겠다.

(4) 여흥 민씨 선조에 대한 이야기

박동량은 장인 민선(閔善)의 집에서 처가살이를 하였다.[45] 그런데 민선이 예조좌랑(禮曹佐郎)이었을 때 임당(林塘) 정유길(鄭惟吉)이 좌상(左相)이었으므로 서로 친밀하게 지냈다. 정유길의 조부 정광필(鄭光弼)에 대한 이야기는 정유길 → 민선 → 박동량의 구연 과정을 거쳤을 가능성이 크다.

정유길이나 정광필이 등장하는 일화는 〈정문익공광필(鄭文翼公光弼)〉(대동13, 16면), 〈정문익공(鄭文翼公)〉(대동13, 23면), 〈정임당(鄭林塘)〉(대동13, 25면), 〈신문경용개(申文景用漑)〉(대동13, 21면) 등이다.

그런데 여흥 민씨의 선조는 『기재잡기』에 거의 나타나지 않는다. 박동

---

45) 十七委禽驪興閔氏之門, 處甥舘.(『한국역대인물전집성』 4, 민창문화사, 1160면)

량의 장인이나 부인에 의한 여흥 민씨 가문 이야기도 박동량에게 전해졌을 법한데, 『기재잡기』에서 그것을 찾기 어렵다는 것은 가부장제 사회에서 남성이 처가 가문에 대해 가졌던 거리감과 관련이 있을 것 같지만 분명치는 않다. 여성쪽 가문의 이야기가 대체로 한 세대 아래의 아들에게 전승되는 반면 같은 세대의 남성에게는 전승되기 어려웠던 사정이 『기재잡기』에도 반영된 것이라고도 볼 수 있다.

(5) 부친의 외조모의 친가 가계인 청주 한씨와 관련된 이야기

청주 한씨는 부친 박응복의 외조모이며 남양 홍씨의 모친의 가문이다. 청주 한씨가 등장하는 작품은 〈서평군문정공한계희(西平君文靖公韓繼嬉)〉(대동13,16면), 〈한판서형윤(韓判書亨允)〉(대동13, 20면) 등이다. 〈서평군문정공한계희〉에서 한계희는 청렴하게 살아가며 종족을 돕느라 녹봉조차 다 써버려 끼니조차 이어가기 어렵게 된다. 이를 안타깝게 여긴 청주 한씨 문중 사람들이 한계희에게 땅 문서를 억지로 안겨 주고는 기뻐하는 이야기다. 서술자는 이에 대해 '가히 충후(忠厚)가 성대한 가문이라 일컬을 만하다'[46]고 평한다. 그리고 선친의 외조모가 한계희의 손녀임을 밝히고는 집안 고암전(鼓岩田)이 그 땅에서 비롯된 것이라 했다.[47] 한계희는 자기에게는 엄격과 청렴의 잣대를 대고 가문의 타인을 위해서는 한 없는 자애와 보시를 베푼 인물로서 자손들에게 교훈이 될만 인물이다. '선친 박응복의 외조모 → 선친 박응복의 모친 남양 홍씨 → 선친 박응복'으로 이어지는 이야기판의 지향은 자손에게 도덕적 덕목을 제시하는 것이다. 누구보다 남양 홍씨가 평소 자손들을 대한 태도에서 그런 점

---

46) 可謂一門忠厚之盛矣.(대동13, 16면)
47) 先大夫外祖母, 則西平之孫, 吾宗家鼓岩田, 亦分於此者云矣.(대동13, 16면)

을 확인할 수 있다. 박동량 집안에 대대로 전해지는 고암전이 이야기 속의 고암전과 연결되게 설정함으로써 그 실감을 더하게 한다. 반남 박씨들은 고암전을 볼 때마다 한계희의 청렴·보시 정신과 그 집안 청주 한씨의 상부상조 분위기를 떠올릴 것이니 자손들에게 이것보다 더 좋은 교훈은 없을 것이다.

그런데 〈한판서형윤〉은 이와는 좀 다른 양상을 보인다. 한형윤은 한계희의 증손으로 한형윤과 마찬가지로 종족의 고아와 과부들에게 널리 은혜를 베풀었다. 그러나 우스개이야기를 지나치게 좋아해 검속(檢束)하지 못하다는 평을 받았다. 먼저 여염에 '소학지(小學之)'[48]라는 말이 유행했는데, 한형윤은 그것을 비꼬았다. 즉 많은 사람들이 모인 자리에서 "근래 삼지(三之)가 있는데 들어 보았소?"하고 물어서 사람들이 모두 "아니요"라 대답하자 그가 말하기를 "소학지, 보지, 자지, 이것이 삼지라"하자 어떤 이는 웃고 또 어떤 이는 입을 다물었다는 것이다. 소학을 '보지'와 '자지'와 나란히 놓음으로써 '소학'을 자꾸 인용하는 것을 조롱하였다. 다음으로 안당(安瑭)의 여러 자질들이 함께 현량과에 급제하여 잔치를 열자 그 자리에서 안당에게 "이게 과연 진짜일까? 그러면 어찌 성사가 아니겠오?"하여 다른 사람이 눈살을 찌푸리게 했다. 이런 일들로 인해 그에 대한 선류(善類)들의 평이 좋지 않게 되었으며 심지어 그 생모와 부친이 일찍 죽고 계모만이 오래 살고 있는 것도 그의 이러한 행실과 관련 있다고 보았다는 것이다.

한형윤의 이러한 행실은 증조 한계희와는 크게 대조된다. 한형윤은 한계희와 마찬가지로 모범적인 행실을 하긴 하지만 지나친 우스갯말을 한다는 이유로 평이 나빠지게 되고 마침내 부모의 불행을 초래하기에

---

48) "소학에서 이르기를[小學之]"이란 말로 시작하여 소학을 자주 인용했다는 뜻이다.

이르렀다는 오해를 받았다. 이런 차이는 실제 두 사람의 행실이 달랐던 것에서 비롯된 것이면서, 아울러 제보자의 구연 동기와 목적이 달랐던 것과도 관련이 있을 것이다. 현재 제보자가 달랐다는 점은 분명하지만 각각의 제보자를 분명히 밝히기는 어렵다. 다만 〈서평군문정공한계희〉의 제보자는 청주 한씨 자신일 가능성이 크다. 선조의 미덕을 한껏 드러내어야 한다는 후손의 사명감이 발견되기 때문이다. 〈한판서형윤〉의 제보자도 청주 한씨일 가능성이 있지만, 원 이야기에 상당한 변형이 이루어진 것 같다. 그 변형을 이룬 사람을 제2의 제보자라 할 수 있는데, 청주 한씨의 미덕을 드러내어야 한다는 의무감에서 비교적 자유로웠던 이야기판의 이야기꾼이라 하겠다.

(6) 친인척이 아닌 사람 관련 일화

〈구연이 확실한 일화〉

앞에서 살펴본 바와 같이 『기재잡기』는 편찬자 박동량의 친인척 관련 일화들을 많이 싣고 있다. 친인척 일화들은 『기재잡기』의 중심을 차지하면서 편찬자의 편찬의도를 강하게 드러내는 역할을 한다고 볼 수 있다. 그런데 『기재잡기』에는 친인척과 관련이 없는 사람이 등장하는 일화도 적지 않다. 고증하면 그들 역시 박동량의 친인척과 관련되었을 가능성이 없지 않다. 그리고 관련되지 않을 때도 친인척의 구연에 의해 박동량에게 제보되었을 가능성도 있다.

먼저 이야기의 앞이나 뒤에 제보자를 분명하게 밝히고 있는 경우를 살펴본다. 〈도은선생(陶隱先生)〉(대동13,14면)은 해평(海平) 윤근수(尹根壽)가 제보자임을 밝혔다. 임금에게 비위를 맞추려는 황거정에 의해 살해된 도은 이숭인에 관한 일화로서 『상촌잡록』, 『동각잡기』 등에서도 비

숫한 내용이 실려 있다. 그렇지만 그 분위기나 인물관계에 있어서 차이
가 있다. 『상촌잡록』의 〈정도전여이도은숭인(鄭道傳與李陶隱崇仁)〉(대
동6, 54면)에서 정도전과 이숭인은 같은 선생님 아래서 공부하며 서로
재주를 겨루는 사이이지만 지향점이 다르다. 그래서 정도전이 권력을 잡
은 뒤에 황거정(黃居正)을 보내어 이숭인을 살해했다는 것이다. 결국 방
석의 난 때 정도전이 살해되고, 황거정도 태종에 의해 훈적이 발탁당했
기에 '정도전이 입은 화가 이숭인보다 더 컸고 이숭인의 이름이 후세까지
빛났으니, 천도는 속일 수가 없는 것이라 후세 소인배들에게 족히 경계
가 될 만하다.'라는 평결을 이끌어 내었다.[49] 이것은 정도전의 정치적
지향을 부정하는 쪽의 시각이다. 태종도 정도전 일파에 대해 이념적 응
징을 가하기 위하여 개입하였을 따름이다. 이에 비해 『기재잡기』에서는
이숭인의 덕이 무엇보다 선명하게 부각되었고 그런 이숭인을 흠모한 태
종 역시 단지 왕권 장악에 급급한 인물이 아니라 덕이 있는 선비를 소중
하게 생각하는 인물로 묘사된 것이다. 즉 『기재잡기』에서는 정치인에 대
한 이념적 비판보다 선비의 인품에 대한 찬탄이 더 강조되었다. 『동각잡
기』의 〈태종명소사인(太宗命召舍人)〉(대동8. 67면)은 태종 즉위부터 태종
16년까지 황거인의 처벌을 두고 조정에서 있었던 논란[50]의 요체를 옮긴
것이다. 그런 점에서 서사체를 만들고자 한 의도가 뚜렷하지 않다.

　이로 볼 때 『기재잡기』의 위 일화는 다른 잡록집에서 옮겨온 것이 아
니라, 구연전승의 분위기와 서술법을 살린 것이라 볼 수 있다. 사실 자체
와 그 사실에 대한 문헌의 기록이 일정하게 관련되었기는 하지만, 그보
다는 제보자의 시각과 그 제보자에 의해 구연된 이야기 자체를 되살리는
쪽으로 기록이 이루어진 것이다.

---

49) 道傳之禍, 列於崇仁, 崇仁之名, 光于後世, 天道不僭, 足以戒後來之小人哉.(대동6, 54면)
50) 태종 1년 8월 23일에서 태종 16년 7월 25일까지(증보 조선왕조실록 CD롬 참조)

〈지중추원사이순몽(知中樞院事李順蒙)〉(대동13, 14면)은 이순몽(李順蒙)
이 도깨비를 만나는 이야기인데, 이순몽은 이 이야기를 편찬자에게 제공한
이실지(李實之)의 외가 선조이다. 이 이야기 역시 다른 잡록집에서 찾기는
어렵다. 〈진사전언경(進士全彦慶)〉(대동13, 17면), 〈근세유인자언(近世有人
自言)〉(대동13, 17면), 〈일일오성위여왈(一日鰲城謂余曰)〉(대동13, 20면) 등
도 마찬가지다. 문헌에서 쉽게 찾을 수 있는 것을 그대로 옮기기보다는
편찬자가 직접 들은 내용을 기록하였기에 『기재잡기』는 다른 잡록집에는
없는 독특한 일화들을 수록할 수 있었던 것이다.

『기재잡기』가 구연전승을 옮김으로써 이룩한 개성은 특히 〈인산부원
군홍윤성(仁山府院君洪允成)〉(대동13, 15면), 〈인성(仁城)〉(대동13, 15면)에
서 뚜렷이 나타난다. 두 일화는 홍윤성과 관련된 것으로 잡록집에서 야
담집에 이르기까지 두루 나타난다. 그런데 〈인산부원군홍윤성〉은 『오산
설림초고』의 〈홍윤성자호서인야(洪允成者湖西人也)〉(대동2, 520면)와 함
께 홍윤성 관련 일화 중 홍윤성과 처녀의 갈등과 결혼을 다룬 일화로서는
가장 이른 시기의 것이다. 이들은 홍윤성의 생존시기로부터 약 120여년
정도 뒤에 정착된 것이기에 사건의 시각으로부터 충분한 시간적 거리를
가진 것이며 또 둘 다 제보자의 구연을 바탕으로 한 것이라는 점에서
공통된다. 조선 초기 잡록집들이 홍윤성이란 독특한 인물의 성격을 형상
화하였지만,[51] 이들은 한 여인이 당면한 문제를 주체적으로 해결하고
보다 높은 수준의 처지를 창출하는 쪽으로 이야기를 전환시켰다. 그 변
화의 방향은 일화가 인간의 세속적 욕망에 대해 보다 큰 관심을 가지며

---

51) 여기에 해당되는 조선 초기 잡록집의 홍윤성 관련 작품들은 『필원잡기』의 〈홍위평공
　　윤성(洪威平公允成)〉(대동1, 697면), 『용재총화』의 〈홍인산(洪仁山)〉(대동1, 575면),
　　〈안중추율보(安中樞栗甫)〉(대동1, 651면), 『청파극담』의 〈유승남루(有僧藍縷)〉(대동
　　2, 535면) 등이다.

그 욕망을 실현시켜주는 쪽이다. 이런 이유로 이들 작품에서는 서사적 전개가 충분하게 이루어졌다. 그런데 『오산설림초고』의 위 작품의 제보자는 남병사를 역임한 신립이라는 남자 사대부였는데 반해, 『기재잡기』의 위 작품의 제보자는 주인공의 손녀였다. 특히 『기재잡기』는 세속적 욕망의 추구 과정을 더욱 그럴 듯하게 포착하였으며 문제를 해결하는 여인의 역할을 크게 부각시켰다.[52] 적극적이고 주체적인 여성이 주인공으로 설정된 것이다. 이러한 주인공 여성의 세계관과 언어감각이 여성 제보자에 의해 섬세하게 포착되어 발전되었다. 홍윤성의 후예인 여성 제보자는 그 선조를 미화해야 한다는 후손으로서의 도리와, 이야기를 흥미롭게 이끌어 가야 한다는 구연자로서의 충동 사이에서 결국 후자를 선택한 것으로도 해석된다. 그리고 바로 이런 성격의 구연물을 편찬자 박동량이 포착하여 『기재잡기』에 실었다는 점에서 『기재잡기』의 구연 지향성을 다시 확인할 수 있다.

〈구연과정이 확실치 않은 일화〉

제보자에 대한 분명한 언급이 없기 때문에 문헌으로부터 옮겨왔을 가능성과 구연의 기록일 가능성을 함께 인정해야 할 일화로 먼저 〈손찬성순효(孫贊成舜孝)〉(대동13,17면)를 생각해 볼 수 있다. 〈손찬성순효〉는 손순효가 기우제를 올려 비를 내리게 하는 내용인데, 그 이전 잡록집에 실린 것으로 『용재총화』의 〈손판원(孫判院)〉(대동1, 624면) 계열과 『해동잡록』의 〈손물재위방백시(孫勿齋爲方伯時)〉(대동2, 633면) 계열로 나눌 수 있다. 〈손판원〉 계열에서 손순효는 기우제의 효험이 없자 자기 정성이 부족해서 그렇다 반성하고 더욱 간절한 기도를 올려 비를 내리게 한다.

---

52) 이상 두 작품에 대한 더 자세한 비교 검토는 이강옥, 『조선시대 일화 연구』, 태학사, 1977, 287~295면 참조할 것.

이에 비해 〈손물재위방백시〉 계열에서 손순효는 기우제를 올려서 대체로 비를 내리게 하는데, 비가 내리지 않으면 "내가 당신에게 비 내려 주기를 기도했는데도 비를 내려 주지 않으니 왠일이냐?"[53]며 신에 대해 화를 낸다.[54] 『기재잡기』의 〈손찬성순효〉는 전자 계열에 가깝지만 그 문면이 동일하지는 않다. 전자 계열에 해당되는 잡록들은 대체로 『용재총화』 문면을 그대로 옮기고 있는데 비해 『기재잡기』는 그렇지 않다.

가령 기우제의 영험이 없는 것에 대한 손순효의 반응부분을 보자. 『용재총화』에서는 '공이 말하기를 "비가 내리지 않는 것은 다른 까닭이 있어서가 아니라 오로지 수령이 정성을 다하지 않았기 때문이다. 성심을 다해 하늘을 감동시키면 하늘도 반드시 감응하실 것이다."하고는 몸소 목욕재계하고 나가서 비를 비니 한밤에 빗소리가 들렸다.'[55]라 묘사하고 있는데 비해, 『기재잡기』에서는 '공이 홀을 쥐고 고개를 숙이고는 탄식하기를 "하늘이 어찌 사람의 정성을 받지 않으리오? 필히 내가 정성이 모자랐을 것이다." 하며 스스로에게 허물을 돌리고는 잠을 자지 않고 향불을 사르며 제물을 올리고 술을 따랐다. 그리고 누가 뭐라 하면 "큰 비가 내릴 테니 걱정마시오" 했다. 과연 '다음날 큰비가 내려 완전 해갈이 되고는 그쳤다.'[56]라고 묘사하고 있으니 그 세부에서는 다르다고 하겠다. 그리고 『용재총화』에서는 이 구절에 이어서 손순효가 우산 쓰기를 마다하고 비를 흠뻑 맞는 모습을 그린 데 반해 『기재잡기』는 '자기의 정성을 다하고 책임을 하늘에 묻는 것은 옛 사람에게서 흔치 않는 일이다.

---

53) 子禱汝雨, 不雨何也.(대동2, 633면)

54) 『병진정사록(丙辰丁巳錄)』에도 실려 있다.

55) 公曰: "不得求雨者無他, 守令不盡誠也. 如或誠心感天, 則天必應之," 遂齋戒親出祈雨, 半夜聞雨聲.'(대동1, 624면)

56) 公抱笏低首而嘆曰: "天豈有不享誠哉? 我必無其誠矣." 自咎不寐, 既焚香奠爵, 若有呼者曰: "當大雨勿惱也." 明日大霈無不浹洽而止.(대동13, 17면)

지성을 다했다면 신명께 추궁을 할 수 있다고 했으니 이 사람이야말로 바로 그 사람이 아닐까?'[57)]라는 편찬자의 생각을 진술했다는 점에서 더욱 큰 차이가 있다. 또 그 다음 일화인 〈손공위찬성(孫公爲贊成)〉(대동13, 17면)은 남산 수풀 속에서 술을 마시고 있던 손순효를 위해 성종이 술과 안주를 하사하니 손순효가 감격한다는 내용으로 역시 다른 잡록집에서는 찾아보기 어려운 것이다.

이상 손순효 관련 일화의 사례를 통해 볼 때, 『기재잡기』에 실려 있는 일화 작품 중 그 제보자가 분명하지 않고 또 편찬자의 친인척 관련 내용이 아닌 경우도 전대의 문헌으로부터 그대로 전재된 것은 아니라는 사실을 짐작할 수 있다. 그것은 그 경우 역시 구연전승을 통해 전해졌거나 아니면 문헌에 실려 있던 것이 박동량의 기억에 의해 재생되는 과정에서 변형되었기 때문일 것이다.

또 〈박평성원종(朴平城元宗)〉(대동13, 18면), 〈판중추구수영(判中樞具壽永)〉(대동13, 19면), 〈삼대장(三大將)〉(대동13, 19면), 〈평성기성대공(平城旣成大功)〉(대동13, 19면) 등은 중종반정이 진행되는 과정에서 성희안, 박원종, 유순정, 심순경, 강혼, 구수복 등이 어떻게 참여하여 위기를 모면했는가를 알려 주는데 그 내용이 대단히 은밀한 것이다. 그런 모습은 중종반정의 귀추만을 대략적으로 보여주는 다른 잡록집에서는 찾아보기 어려운 것이다. 그럴진대 이들 일화들 역시 중종반정에 직접 간접으로 연관된 사람의 제보에 의해 이루어졌을 가능성이 크다. 그리고 〈조언형(曹彦亨)〉(대동13, 20면)도 강혼이 연산군의 조정에서 한 행동에 분개한 조언형이 그와 결별하는 순간을 보여주는데, 이 역시 중종반정의 정신에 동조하는 시각을 바탕으로 하고 있다고 하겠다.

---

57) 盡誠於己, 責必於天, 求之於古, 豈多見哉? 至誠可質神明者, 玆非其人歟?'(대동 13, 17면)

기묘사화와 관련된 일화도 적지 않다. 그중 〈무인년간(戊寅年間)〉(대동13, 20면), 〈정암선생(靜庵先生)〉(대동13, 20면) 등은 조광조를 중심에 놓고 있는데, 일반적으로 잡록류들이 조광조의 비장한 죽음을 염두에 두면서 그를 선인의 화신으로, 그리고 조광조를 내몰아 죽게 한 남곤, 심정 등을 악인의 화신으로 그리는데 반해 두 일화는 조광조의 인간성과 그 행동을 희화화하는 감이 없지 않다. 조광조를 생생하게 살아 있는 인간으로 그렸다고도 할 수 있겠는데, 그것이야말로 이야기판의 분위기를 통하여서 비로소 가능했던 부분이라 하겠다.

〈김충암(金沖庵)〉(대동13, 20면), 〈신문경용개(申文景用漑)〉(대동13, 21면)도 기묘사화와 관련된 이야기다. 〈김충암〉에서 김정(金淨)은 조광조와 함께 기묘사화 직전 사림파를 대표하는 인물이었다. 김정이 사사로운 청탁을 배격하여 공명정대한 관직생활을 하였음을 보여주는 이 이야기는 〈신문경용개〉와 함께 기묘사림을 동정하고 그들의 정당성을 드러내려는 의도와 관련된다. 그리고 그 앞뒤의 일화들[58]도 기묘사림들의 정당성을 인정하고 그들의 불행에 대해 동정하면서도 그들 인간상을 생생하게 포착하여 제시하려 했다는 점에서 공통된다. 〈신문경용개〉는 신용개와 정광필의 관계를 다루고 있다. 잡록집에서 두 사람의 관계를 다룬 경우는 적지 않지만 그 대부분은 주로 '신용개가 백이라도 정광필 하나를 당하지 못한다'[59]는 내용이다. 그런데 『기재잡기』는 신용개와 정광필의 절절한 우정을 말한다. 정광필과 신용개는 금석지교를 맺은 사이로 중종

---

58) 〈한판서형윤(韓判書亨允)〉(대동13, 20면), 〈기묘년(己卯年)〉(대동13, 20면), 〈일일오성(一日鰲城)〉(대동13, 20면), 〈신문경용개(申文景用漑)〉(대동13, 21면), 〈신문경공(申文景公)〉(대동13, 21면), 〈여상문견기묘제현(余嘗聞見己卯諸賢)〉(대동13, 21면), 〈박송당선생(朴松堂先生)〉(대동13, 21면), 〈절효선생성수종(節孝先生成守琮)〉(대동13, 22면) 등이 여기에 해당된다.
59) 百申用漑不能當一鄭光弼(『동각잡기』 상, 대동8, 82면)

이 정광필에게 친구가 있느냐고 묻자 정광필은 "소신에게는 다른 친구가 없고 오직 신용개 한 사람이 있을 따름입니다."고 했고, 또 기묘사화가 일어나기 전 신용개는 죽었는데, 사람들은 만일 신용개가 살아있었다면 사태를 능히 진정하여 변괴가 없게 했을 것이라고들 말했고, 이에 대해 정광필 역시 신용개가 일찍 죽은 것을 탄식했다고 하였다. 이것은 흔치 않은 이야기로서 기묘사화의 귀추를 속속들이 포착하고 있던 사람에 의해 구연된 것일 가능성이 크다.

이같이 『기재잡기』에는 이전의 어떤 잡록집에서도 찾아보기 어려운 독특한 일화들이 많은데, 특정 정치 사건과 연루된 경우도 마찬가지이다. 가령 〈의정부노정막개(議政府奴鄭莫介)〉(대동13, 21면)는 고변자(告變者) 정막개를 풍자하고 있는데 비슷한 내용이 『음애일기』에도 실려 있다.[60] 그러나 『음애일기』에는 아동들이 노래를 부르며 정막개를 조롱하는 내용[61]이 없다. 〈홍문희공언필(洪文僖公彦弼)〉(대동13, 22면)은 홍언필의 과거급제를 예언하는 점쟁이 이야기인데, 그것은 다른 잡록집에서 홍언필을 묘사하는 바와는 다르다. '홍언필은 아들 홍섬(洪暹)이 판서의 자리에 있을 때조차 가법을 엄정하게 하여 홍섬이 웃옷을 입지 않고서는 들어가 뵙지 못하게 했고 또 초헌을 타지 못하게 했다. 손님 접대도 겸손하고도 극진하게 하여 손님들이 그가 판서 자리에 있는 줄 상상치도 못했다'는 것이 다른 잡록집의 주된 내용이다.[62] 그러나 『기재잡기』는 이와 같이 널리 알려진 일화를 전재하지 않았다. 그 외 박민헌의 과거급제 이야기인 〈박참판민헌(朴參判民獻)〉(대동13, 28면)도 다른 잡록집에서는 찾아보기 어렵다.

---

60) 대동2, 161면.

61) 閭里群兒, 處處作隊, 投瓦逐之, 呼曰: "告變鄭莫介, 可笑哉紅帶也!"(대동13, 21면)

62) 〈고인이부자희희(古人以父子嬉戲)〉(대동17, 69면)이 대표적 예이다.

〈병조좌랑윤춘년(兵曹佐郎尹春年)〉(대동13, 25면)은 윤원로(尹元老)에
게 벌을 내리는 것에 대해 이준경(李浚慶)이 반대 의견을 제출한 것과
관련된 이야기로,『을사전문록』,『동각잡기』,『오음잡설』 등에도 비슷
한 일화가 실려 있다. 이들 잡록집에 실려 있는 일화들은 "어린 임금이
새로 즉위하였는데 모후의 지친을 죄주어서는 안 된다"[63])는 이준경의
말을 한결같이 중심부에 놓았다. 가령『을사전문론』〈이준경전〉(대동
3, 99면)은 "처음 원로의 죄를 논할 때에 참의 이준경은 말하기를, "어린
임금이 처음 즉위하였고, 모후의 지친이 되니 죄 줄 수 없다."했으나,
다른 사람들이 그 주장을 들어주지 않았다."[64])라 하였고『동각잡기』도
거의 같은 구절을 옮기고 있다.[65])『오음잡설』은 상대적으로『기재잡기』
의 문면과 가깝지만 그 세부 표현방식은 전혀 다르다.[66]) 그리고『기재잡
기』는 거기다가 그 말을 하던 당시 이준경의 얼굴빛에 대한 묘사를 덧붙
였다.[67]) 이것은 다른 어떤 잡록집의 기록에서도 찾기 어렵다.

　이상을 통해 볼 때,『기재잡기』에 실려 있는 일화 중 제보자가 확실치
않은 경우도 구연의 기록일 가능성이 크고, 또 문헌으로부터 전재한 경

---

63) 公曰: "安有國母在上, 而無端殺其弟乎? 況未有顯罪, 而撲殺士大夫可乎? 決不可爲
　　也!"(대동8, 25면); 獨參議李浚慶, 以爲幼主卽位, 母后至親, 不可罪之, 衆不聽.(『을
　　사전문록』, 대동3, 99면); 獨參判李浚慶, 以爲幼主新卽位, 母后至親, 不可罪之, 衆不
　　聽(『동각잡기』, 대동8, 93면); 李原吉以右尹, 就前言曰: "今時異於前日, 大王大妃在
　　上, 豈可不稟而擅殺其同氣乎?"(『오음잡설』, 대동14, 67).

64) 初議罪元老時, 獨參議李浚慶, 以爲幼主卽位, 母后至親, 不可罪之, 衆不聽(대동3,
　　9면).

65) 初議罪元老時, 獨參判李浚慶, 以爲幼主新卽位, 母后至親, 不可罪之, 衆不聽(대동
　　8, 93면).

66) 李原吉以右尹, 就前言曰: "今時異於前日, 大王大妃在上, 豈可不稟而擅殺其同氣
　　乎?"(『오음잡설』, 대동14, 67면); 公曰: "安有國母在上, 而無端殺其弟乎? 況未有顯
　　罪而撲殺士大夫可乎? 決不可爲也."(『기재잡기』, 대동8, 25면).

67) 公言: "平生無所懼." 當日氣色, 凜凜然, 殊可懼也.(대동13, 25면).

우도 문면이 그대로 옮겨졌기 보다는 편찬자의 기억 속에 있던 것이 다시 정돈되고 해석되어 기록되었다고 보아야 할 것이다. 『해동잡록』처럼 전대 문헌을 그대로 옮기는 방식을 『기재잡기』는 취하지 않았음을 뜻한다. 물론 〈절효선생성수종(節孝先生成守琮)〉(대동13, 22면), 〈이대헌해(李大憲瀣)〉(대동13, 27면) 등은 『해동야언』, 『기묘록보유』 등에서 그대로 옮겨온 것이지만[68] 이런 경우는 예외적인 사례에 해당된다.

3. 『기재잡기』의 서술방식

『기재잡기』는 가문 선조들의 행적을 드러내고자 하는 가문 이야기판에서 비롯된 일화들을 많이 싣고 있다. 그것들은 한 주인공의 언행을 단선적으로 부각시킨다. 선조의 언행을 부각시키는 데에 서술이 집중되기 때문에 다른 인물의 언행이 개입할 여지가 좁아졌다.

주인공의 행동을 일방적으로 서술한다면 서사에서 중시되는 갈등도 만들어지기 어렵다. 그런데 『기재잡기』에는 주인공의 행동을 일방적으로 서술하고자 하는 지향과 함께 주인공을 견제하는 상대인물의 행동을 부각시키고자 하는 지향도 있다. 그것은 주로 조선 초·중기 정치적 사건을 거듭 일으킨 '정치적 악인'에 대한 관심 때문에 형성된 것이다. 그래서 정치적 선인과 악인 사이에 서사적 갈등이 만들어졌다.[69] 아울러 긴밀한 관련이 없는 이야기들을 나란히 놓아 그 등장인물의 정당성 여부가

---

68) 〈國朝〉(『해동야언』, 대동2, 681면), 〈이해전〉(『을사전문록』, 대동3, 414면)

69) 갈등의 서술법을 취한 대표 사례를 열거하면 다음과 같다. 〈세전〉(대동13, 14면), 〈박송당영〉(18면), 〈심충혜공연원〉(25면), 〈강적임격정〉(29면), 〈인산부원군홍운성〉(15면), 〈자고소인지해정류야〉(22면), 〈정문익공〉(23면), 〈정암선생〉(20면), 〈홍령상인재〉(23면), 〈정유세〉(23면), 〈김참판란상〉(27면), 〈국법식년〉(28면).

드러나게도 하였으니, 그것이 대조의 서술법이다.[70] 갈등과 대조는 『기재잡기』의 대표적 서술방식이면서 조선 중기 일화의 주 서술방식이기도 하다.

『기재잡기』의 일화에서 갈등이 주로 나타난다는 것은 현실적 서사체 속에서 서사적 생동력이 본격적으로 생겨났음을 뜻한다. 특히 정치적 악인인 김안로가 상대인물로 등장하여 갈등의 빌미를 만들면서 정도와 빈도 면에서 갈등이 심화되었다. 〈심충혜공연원(沈忠惠公連源)〉(대동13, 25면)은 심연원과 김안로, 〈홍영상인재(洪領相忍齋)〉(대동13, 23면)는 홍인재와 김안로, 〈정문익공(鄭文翼公)〉(대동13, 23면)은 정광필과 김안로 사이의 갈등을 중심축으로 삼았는데 모두 기묘사화 이후 김안로가 사림을 축출하거나 박해한 사건과 관련된 것이다. 그 외 〈정암선생(靜庵先生)〉(대동13, 20면)은 조광조와 고형산 사이의 갈등을, 〈국법식년(國法式年)〉(대동13, 28면)은 윤원형과 박근원 사이의 갈등을 다루고 있다. 요컨대 김안로, 윤원형 등 정치적 악인들의 출현이야말로 갈등구조를 근간으로 한 일화 형성에 결정적 역할을 했다고 하겠다.

그런데 〈국법식년〉는 김안로 못지않은 악인인 윤원형과 박근원의 심각한 대결관계를 다루었지만 그에 대한 서술자의 입장은 양쪽을 동시에 비판하는 것이기에[71] 일종의 양비론(兩非論)이라 할 수 있다. 『기재잡기』는 이처럼 등장인물들을 직접 갈등하게 함으로써 그들의 선악이나 시비가 드러나게 하는 방법을 취하면서도 다른 한편으로 등장인물들이 따로 하는 행동을 서술하여 선악 시비가 가려지도록 하기도 했다. 후자는 주로

---

70) 대조의 서술법을 취한 대표 사례를 열거하면 다음과 같다. 〈좌랑심의〉(대동13, 24면), 〈임숭선〉(24면), 〈정문익공광필〉(16면), 〈신문경공〉(21면), 〈조언형〉(20면), 〈무인년간〉(20면), 〈성소선제원〉(28면).

71) 謹元爲人傾危, 本無可取之端, 而終始淸顯, 元衡有以成就之也.(대동13, 28면)

대조법으로 나타났다.

대조는 두 인물 이상의 행동이나 사고, 말 등을 견주어 문제 삼는 서술 방식이다. 그것은 주로 행동이나 사고, 말 등의 우열·선악·능불능 등을 대조한다. 양쪽을 대조시킬 때 〈국법식년〉처럼 양쪽을 다 비판하는 경우가 있고 〈대사헌홍흥〉(대동13, 16)처럼 양쪽을 다 긍정하는 경우도 있지만, 일반적으로 대조는 양쪽 중 한쪽만을 인정하고 그 입장에서 다른 쪽을 문제삼는다.

〈정문익공광필(鄭文翼公光弼)〉(대동13, 16면)이 정광필의 입장에서 다른 사위들을 문제 삼는다면, 〈신문경공(申文景公)〉(대동13, 21면)은 신용개의 입장에서 고형산을, 〈무인년간(戊寅年間)〉(대동13, 20면)은 유운의 입장에서 조광조를, 〈조언형(曹彦亨)〉(대동13, 20면)은 조언형의 입장에서 강혼을, 〈좌랑심의(佐郎沈義)〉(대동13, 24면)는 심의의 입장에서 심정을 문제삼았다고 하겠다.

『기재잡기』는 가문 선조의 영광과 한을 드러내어 전하는 것을 중시한 반남 박씨 가문 이야기판에 바탕을 두고 가문 선조의 정치적 행적과 관련된 이야기를 많이 수록하였다. 그래서 선조의 언행을 일방적으로 서술하기도 하지만 그 정치적 좌절 경험을 갈등의 서술법으로 포착하기도 했다. 『기재잡기』가 바탕을 둔 또 다른 이야기판인 선산 임씨 가문 이야기판은 반남 박씨 가문의 이야기판에 비해 비장하지는 않지만 을사사화라는 정치적 사건과 연루된 인물들을 많이 등장시키고, 또 그 절박한 상황에서 그들이 어떻게 생각하고 행동하는가를 나타내고자 했기에 대조의 서술법을 자주 활용하였다.

그런데『기재잡기』에서 가문 이야기판을 거치지 않은 일화들에서도 갈등과 대조의 서술방식이 주로 나타난다는 사실은 편찬자 박동량의 대상 인식 방식이 갈등과 대조의 서술방식과 긴밀한 관계가 있음을 암시한다. '나열'이 대상을 있는 그대로 수용하여 제시하는 것이기에 대상의 다양한 국면들을 중시하는 열린 시각의 소산이라 할 수 있다면, '갈등'은 대상의 다양한 국면들 간에 존재하는 긴장을 포착하는 것이므로 세계와 자아 간의 괴리를 중시하려는 시각의 소산이라 할 수 있다. 이에 비해 '대조'는 직접적 관계가 있든 없든 대상의 독립적 국면을 인정하고 다시 그것들을 관련시킨 뒤 거기서 어떤 의미를 추출해 내려 한다. 박동량이 세계를 보는 시각은 갈등과 대조라는 서술방법이 가진 이러한 본질에 대응된다고 할 수 있다.

갈등과 대조의 서술방식에 의해 먼저 포착된 것이 가족사이다. 그 가족사를 근거로 하여 왕조사를 암시하거나 명시했다. 그래서 사적 시각과 공적 시각이 교직되고 긴박되는 것이다. 그 두드러지는 양상을 〈해평월정(海平月汀)〉(대동13, 13면)에서 찾을 수 있다.

『기재잡기』는 해평 윤근수의 이런 말에서 시작된다.

> 해평 월정이 일찍이 나에게 말했다. "세가대족이 국가와 흥망을 같이 한 사례는 대대로 있었다. 그런데 그 중에는 선한 것과 선하지 않은 것의 차이가 없을 수 없다. 그러나 세상 사람들은 그 행사의 옳고 그름을 세세하게 살피지 못하고 한갓 높은 벼슬과 부귀만을 본다[72)

이 대목은 『기재잡기』가 가족사를 통하여 왕조사나 정치사를 기술하려 한 의도를 이해하는 데 중요하다. 해평 윤근수는 국가의 흥망과 운명을 함께 하는 세가대족이 있다는 사실을 지적한 뒤, 그 세가대족의 선악을 구분하여야 함을 주장했다. 그것은 가족사의 기술이 왕조사의 기술과 관

---

72) 海平月汀, 嘗謂余言: "世家大族, 在人國家, 與之相終始者, 代各有之, 而其間不能 無善不善之異, 顧世之人, 不細察其行事之是非, 徒見其奕世冠冕富貴之倚者焉." (〈海平月汀〉(대동13, 13면))

련된 것임을 전제한 것이다. 『기재잡기』가 편찬자 박동량의 친인척 가문의 주요 인물의 행적을 주로 서술한 것도 그 서술을 통하여 그 시대 역사와 정치를 포괄하거나 암시하려 한 것이라 볼 수 있다. 이는 사마천의 『사기』의 서술자세를 연상한다. 사마천에게는 『사기』의 본기·서·세가·열전 가리지 않고 역사적 개인의 생애 이외에 '전체적인 역사' 같은 것은 존재하지 않는다. 『사기』 기술의 중심은 항상 개인의 생애이다. 사마천은 많은 인물들의 전생애에서 흥기와 몰락의 끊임없는 순환 패턴을 찾아낸 것이다.[73] 사마천이 역사적 개인을 통해 왕조사와 통괄적 역사를 추구했다면 박동량은 먼저 자기 집안 인물의 개인사를 통해 고려 말과 조선시대의 정국변화를 읽으려 했던 것이다. 그것은 사마천의 역사기술 자세를 활용하되 그 규모를 축소하고 편찬자 자신의 실감과 이야기 청취 경험을 중시한 것이라고 볼 수 있다.

해평 윤근수는 어떤 가문과 그 가문 사람들이 선한 쪽과 악한 쪽으로 나눠짐에도 불구하고 그것을 냉철하게 분간하지 않고 권력에만 빌붙는 세태를 개탄했다. 가족사를 통해 왕조사나 정치사로 나아가는 『기재잡기』의 서술방식에 따르면 가문과 가문 사람들에 대한 선악의 구분이 어떤 왕조와 특정 시대 정권의 정당성 여부를 구분하는 데로 이어지는 것은 당연하다. 이와 관련하여 박동량은 이인임(李仁任)의 사례를 지적하며 바로 그 점을 더욱 두드러지게 하였다.[74] 즉 박동량은 이인임이 시역(弑逆)의 죄악을 저질렀음에도 불구하고 이인복(李仁復)이나 이숭인(李崇仁)은 그와 일가였기 때문에 그런 비리를 지적하지 못했다는 점을 강조했다. 그리고 원명 교체기 때 명의 대의가 명백하게 정당함에도 불

---

73) 버튼 윗슨, 박혜숙 역, 『위대한 역사가 사마천』, 한길사, 1995, 165면.
74) '至於李仁任, 親行弑逆, 首惡非廉林之比, 而當時李仁復李崇仁, 以一家之人, 曾無一言之及此, 又何也?'(대동13, 13면).

구하고 여전히 고려가 원에 따를 수밖에 없었던 것도 고려왕과 원의 왕이 사위-장인의 가족 관계에 있었기 때문이라 했다. 이는 가족관계와 왕조관계를 대응시켜, 왕조의 정당성과 가족의 정당성을 같은 차원에서 논하고 있음을 뜻한다. 그리고 바로 이어 조선 태종조의 정치사를 진술하는데, 그것이 박동량의 선조 박은과 심온의 이야기인 것이다.

요컨대 가족사의 진술은 정치사 혹은 왕조사의 진술과 다르지 않고, 가족 구성원의 정당성에 대한 판단은 왕조의 정당성에 대한 판단으로 직결된다는 것을 암시한 〈해평월정〉은 갈등과 대조의 서술방식을 통하여 『기재잡기』가 궁극적으로 추구했던 서술원리를 피력한 것으로 이해해도 좋을 것이다. 그러므로 박동량이 『기재잡기』를 통해 가문 선조의 정당성을 입증한 것은 가문의 영예를 회복하기 위해서였을 뿐만 아니라 가문 선조와 직접 관련된 정치적 인물과 그 시대 왕의 정당성을 입증하기 위해서였다고 볼 수 있다. 박동량이 자기 친인척 선조들의 일화들을 많이 게재한 것은 구연된 그들의 이야기에 대해 관심이 많았기 때문뿐만 아니라, 그것을 통하여 정치적 사건들과 인물들에 대해 심판하려 했기 때문이다.

일화사의 관점에서 볼 때, 이러한 서술방식을 근간으로 하고 있는 『기재잡기』는 일화사의 한 획을 그으며, 일화가 조선후기 야담으로 전환되는 계기를 마련했다고 하겠다. 먼저 현실적 서사체가 진정한 서사체로 나아갈 수 있는 필요충분조건인 갈등구조를 탄탄하게 구축했다는 점에서 그러하다. 또 이야기하기의 생산성을 입증했다는 점에서 그러하다. 조선 후기 야담은 보다 전문화된 이야기꾼이 보다 개방된 이야기판에서 이야기한 것에서 발전된 것이기 때문이다.

4. 소결

이상 조선 중기 잡록집을 대변하는『기재잡기』소재 일화의 형성 과정과 그 서술방식에 대해 검토해 보았다.『기재잡기』는 문헌전재와 구연기록의 두 지향을 갖고 있지만 후자의 경향이 더 강하다. 구연기록은 가문 이야기판 이야기를 중심으로 하되, 사대부 이야기판 이야기도 홀대하지 않았다. 박동량의 친가 가문 반남 박씨와 관련된 이야기, 조모의 친가 가문인 남양 홍씨 관련된 이야기, 모친의 친가 가문인 선산 임씨 관련 이야기, 처의 친가 가문인 여흥 민씨 관련 이야기, 부친의 외조모의 친가 가문인 청주 한씨 관련 이야기 등이 중심을 이룬다.

서술방식으로는 갈등과 대조를 주로 구사하였다. 갈등이 대상의 다양한 국면들 간에 존재하는 긴장을 포착하는 것이므로 세계와 자아 간의 괴리를 중시하려는 서술태도의 소산이라면, 대조는 직접적 관계가 있든 없든 대상의 독립적 국면을 인정하고 다시 그것들을 관련시킨 뒤 거기서 어떤 의미를 추출해 내는 것을 중시한 것이다. 이런 서술방식은 반남 박씨와 선산 임씨 가문 이야기판의 세계관을 반영한 것이면서 편찬자 세계관과도 대응되는 것이라 본다.

가족사 진술은 정치사나 왕조사 진술과 다르지 않고, 가족 구성원의 행위에 대한 판단은 왕조의 정당성에 대한 판단으로 직결된다는 것이,『기재잡기』가 갈등과 대조를 통하여 궁극적으로 추구했던 서술의식이라 하겠다. 그러므로 박동량이『기재잡기』를 통해 가문 선조의 정당성을 입증한 것은 가문의 영예를 회복하는 일일 뿐만 아니라 가문 선조와 직접 관련된 정치적 인물과 그 시대 왕의 정당성을 입증하기 위한 것이었다. 박동량이『기재잡기』에다 자신의 친인척 선조들의 일화들을 많이 실은 것은 그들과 관련된 구연 이야기에 대해 박동량이 관심이 많았기 때문뿐만 아니라, 그것을 통하여 정치적 사건들과 정치적 인물들에 대해 판단하고 심판하고자 했기 때문이었다.

　『기재잡기』는 현실적 서사가 허구적 서사 못지않게 흥미진진한 단편으로 나아갈 수 있는 모범을 제시하였다. 서사의 필요조건인 갈등구조를 탄탄하게 구축했고, 이야기판 이야기의 창의성을 활용함으로써 일화사의 한 획을 그으며 조선 후기 야담 형성의 기틀을 마련했다고 하겠다.

제5장

『죽창한화』와 『송도기이』의 비교

1. 『죽창한화』와 『송도기이』의 서지적 고찰

이덕형(李德泂, 1566~1645)은 본관이 한산(韓山)이고 자는 원백(遠伯) 호는 죽천(竹泉)이다. 1596년 정시문과에 을과로 급제하였다. 광해군이 영창대군(永昌大君)을 해치고 인목대비를 유폐시킬 때에 직접 반대의 입장에 서지 않고 왕의 뜻에 따르거나 소극적인 태도를 취했다. 광해군 말년에 도승지로 있을 때 세상이 근본적으로 흔들리자 병을 핑계로 사직하려고 소를 올렸으나 허락받지 못하였다. 인조반정 이후에는 광해군을 죽이지 말 것을 주장하였으며 이를 본 능양군(綾陽君 : 仁祖)이 그를 충신이라고 판단하여 인목대비를 맞이하는 의식에서 그로 하여금 반정을 보고하게 하였다. 인조 때는 한성부판윤이 되어 이괄의 난 진압에 공로가 있어 숭정(崇政)으로 승계하고, 주청사(奏請使)로서 명나라에 다녀온 바 있다. 1627년 정묘호란 때는 남한산성까지 왕을 호종하였다. 예조판서 · 판의금부사 · 지돈녕부사 · 우찬성 등을 지냈으며, 영의정에 추증되었다. 저서로는『죽창한화(竹窓閑話)』·『송도기이(松都記異)』 등이 있으며,『죽천행록(竹泉行錄)』은 그가 주청사로 명나라에 다녀온 사실을 기록한 국문사행록으로 허목(許穆, 1595~1682)이 기록했다고 추정된다.

『죽창한화』와『송도기이』의 서지적 사항을 살펴본다.『죽창한화』가 편찬자의 가문인 한산(韓山) 이씨(李氏) 가문 이야기판에서 구연된 사대부일화를 중심으로 한 것이라면, 『송도기이』 소재 대부분의 이야기들은 송도 관련 인물이나 사건에 대한 것이라는 점에서 뚜렷이 구분된다.

『죽창한화(竹窓閑話)』(동양문고본)를 기준으로 하여, 『죽창한화』와 『송도기이』의 관계를 알아보자. 『죽창한화(竹窓閑話)』(동양문고본)는 표지와 본문 첫 장에 '죽창한화(竹窓閑話)'라는 제목이 명기되어 있다. 필사본이며 한 페이지는 12행이고 한 행은 대체로 23자에서 33자로 되어 있다. 제목은 '죽창한화'이지만 수록 단편들은 기존 『죽창한화(竹窓閑話)』와 『송도기이(松都記異)』에서 선별된 것들이다. 『죽창한화(竹窓閑話)』(동양문고본)의 제1화에서 제10화까지는 『송도기이』에서 옮겨온 것이다. 제11화에서 제31화까지는 기존 『죽창한화』에서 옮겨온 것이다. 제32화, 제33화, 제34화는 『송도기이』의 '부록'을 옮긴 것이다. 제35화는 다시 『송도기이』에서 옮겨온 것이다. 그 다음은 「감여기응(堪輿奇應)」이란 제목이 붙어 있는데 이것은 야담이라 할 수 있다. 이어서 「안상서전(安尚書傳)」, 「장순손전(張順孫傳)」이 실려 있는데, 야담의 성격이 강한 전(傳)이다. 제36화는 제목이 없이 '일송심상국(一松沈相國)'으로 시작되고, 제37화도 제목 없이 '심공위수찬시(沈公爲修撰時)'로 시작된다. 이 역시 야담의 범주에 넣을 수 있다. 둘다 '단왈(斷曰)'로 시작되는 평결부로 마무리된다. 그 다음은 〈전우치전(田禹治傳)〉이 실려 있다. '한문본 전우치전'이라 할 수 있다. 여기에도 '단왈(斷曰)'로 시작되는 평결이 붙어있다. 이어 정군평(鄭君平)과 이항복(李恒福)이 임제(林悌)의 시에 대해 나눈 대화, 임제가 주인공인 시일화(詩逸話), 이행(李荇) 관련 시화 등이 실려있다. 또 한(漢) 태조(太祖)가 명검을 얻게 되는 이야기, 당(唐) 장가정(張嘉貞)의 청렴함이나 송(宋) 장창언(張昌言)과 종세형(种世衡)의 검소함을 보여주는 이야기 등 중국 사람의 일화들도 들어가 있다. 또 지인지감이 있는 유씨(俞氏)와 유씨(劉氏) 이야기, 어릴 적부터 탁월한 시작(詩作) 능력을 발휘한 이영보(李嶸甫)·이인룡(李人龍)·박엽(朴燁) 이야기, 최치원의 일생과 그 문학 이야기, 첩을 살해한 혐의로 사형을 앞두고 있는 남편을 탈옥시키는 부인 이야기, 그리고 거지 행세를 하다 시해(尸解)한 장도령을 주인공으로 한 〈장도령전(張都令傳)〉 등이 차례로 실려 있다. 제36화부터 〈장도령전〉까지는 기존의 『죽창한화』나 『송도기이』에 실려 있지 않은 단편들이다. 마지막에 실려 있는 세 편은 『죽창한화』나 『송도기이』에 실려 있는 짧은 단편을 옮긴 것이다.

책의 이름은 '죽창한화(竹窓閑話)', '죽천만록(竹泉漫錄)', '죽천한화(竹泉閑話)', '죽창잡화(竹窓雜話)', '죽천일기(竹泉日記)' 등 다양하다. 『죽창한화(竹窓閑話)』는 크게 두 계열로 존재한다. 『죽천일기(竹泉日記)』(鵝洲雜錄, 장서각본), 『죽천한화(竹泉閑話)』(아주잡록, 국회도서관본), 『죽천한화(竹泉閒話)』(규장각본), 그리고 『죽창한화(竹窓閑話)』(大東野乘, 조선고서간행회본)가 한 계열이라면, 『죽창한화(竹窓閑話)』(동양문고본)와 『죽창한화(竹窓閒話)』(국립중앙도서관본)가 다른 한 계열이라고 할 수 있다.

『죽천일기(竹泉日記)』(장서각본), 『죽천한화(竹泉閑話)』(국회도서관본), 『죽천한화(竹泉閒話)』(규장각본), 『죽창한화(竹窓閑話)』(조선고서간행회본) 등은 거의 동일한 필사본이며, 『죽창한화(竹窓閑話)』(大東野乘, 조선고서간행회본)도 이 계열에 포함될 수는 있지만 화소 구성에서 약간의 차이가 있다. 이 계열의 필사본들은 『송도기이』와 분명하게 구분되는 '죽천한화' 혹은 '죽창한화'라고 할 수 있다.

반면 『죽창한화(竹窓閑話)』(동양문고본)와 『죽창한화(竹窓閒話)』(국립중앙도서관본)는 『송도기이』를 포함하는 '죽창한화'이다. 이들 필사본은 '죽창한화'와 '송도기이' 소재 단편들을 두루 포함할 뿐만 아니라 어디에도 포함되지 않는 전(傳)이나 야담, 일화들을 포괄한다. 둘을 비교하면 먼저『죽창한화』(국립중앙도서관본)의 화소수가 훨씬 많고 그 내용도 다채롭다. 특히 앞부분에 '거가요람(居家要覽)', '상제변례(喪制變禮)', '잡록(雜錄)' 등의 제목을 붙여 일상생활에 필요한 상례나 제사의 규범과 법도, 문장 작법, 학문 방법 등과 관련되는 구절들을 다른 문헌에서 전재하였다. 그 다음에 '송도기이(松都記異)'라는 제목을 붙여『송도기이』 소재 단편들을 수록하였고, 이어서 제목을 붙이지 않고『죽창한화』 소재 단편들을 옮겼다.『죽창한화』(동양문고본)는 단편들의 수록 순서와 내용에서는『죽창한화』(국립중앙도서관본)와 거의 차이가 없다. 그러나『죽창한화』(동양문고본)는『죽창한화』(국립중앙도서관본)의 수록 단편 수에 비해 50여 편이 모자란다. 서체도『죽창한화』(국립중앙도서관본)가 반듯한 해서체인데 반해『죽창한화』(동양문고본)는 약간 흘려 쓴 행서체에 가깝다.

　『죽창한화』(동양문고본)는 기존『죽창한화』와『송도기이』 소재 단편들을 두루 전한다는 점에서 가치를 가진다. 이들 단편들은 15세기와 16세기 조선 사대부 사회와 민간사회의 여러 삶의 국면과 다양한 인간 군상을 기록하여 증언해준다는 의의를 지닌다. 특히 송도의 풍물이나 인물과 관련된 기록들은 한 지방의 역사와 풍속을 집중적으로 기록한 두드러진 사례라고 할 수 있다. 그 뿐 아니라 여기에 실려 있는 「감여기응(堪輿奇應)」, 「일송심상국(一松沈相國)」, 「심공위수찬시(沈公爲修撰時)」 등은 뚜렷하게 야담의 속성을 보여주는 바, 이들은 작품 자체로서 가치를 지닐 뿐 아니라 야담사의 시기를 좀 더 거슬러 올라가게 하는 역할도 할 수 있다고 하겠다. 그 외 「장순손전(張順孫傳)」과 「장도령전(張都令傳)」도 야담화된 전(傳)의 속성을 보여준다는 특징을 갖고 있다. 「전우치전(田禹治傳)」도 '한문본 전우치전'의 한 전형에 해당한다고 하겠다.

　그런 점에서『죽창한화』(동양문고본)와『죽창한화』(국립중앙도서관본)는 우리 서사문학사에서 특별한 자료로서의 가치를 지닌다고 볼 수 있다.

『죽창한화』속에『죽창한화』와『송도기이』가 다 포함되는 이본이 있기는 하지만 애초『죽창한화』와『송도기이』는 변별되었다고 본다.『죽창한화』는 이덕형이 가문 이야기판에서 집안 어른들로부터 들은 것과 다른 사대부들로부터 들은 것, 그리고 직접 경험한 것에 대한 이야기를 실었다.『송도기이』는 이덕형이 '시재어사(試才御使)'와 '개성유수(開城留守)'로서 개성에 머물 때 방외인 안사내(安四耐), 서리 진주옹(陳主翁) 등으로부터 들은 이야기들을 주로 실었다.

이처럼 두 잡록집은 동일인에 의해 편찬되었지만 그 제보자의 계층이 다르다. 그리고『송도기이』가 개성과 관련된 이야기만을 싣고 있다는 점에서『죽창한화』와 두드러진 차이를 나타낸다.

이러한 점을 근거로 하여 다음과 같은 점들을 예상할 수 있다.

① 두 잡록집에 실려 있는 이야기의 형성 원천이 다르다.
② 이야기에 개입된 세계관에서 차이가 있을 수 있다.
③ 구연된 이야기에 대한 편찬자의 자세가 다르다.
④ 구연과정에 개입된 세계관과 기록과정에 개입된 세계관 사이에서 갈등과 타협이 이루어졌다.

이러한 점들에 대한 검토는 잡록집이나 일화 갈래의 형성과 변모에 대한 체계적 설명을 위한 실마리를 제공할 것이다.

『죽창한화』와『송도기이』는 엄연히 다른 점들을 분명하게 갖추고 있음에도 불구하고 그 궁극적 지향에서 근접하는 면이 있을 것이다. 두 잡록집의 차이에 대한 성찰은 그러한 점들이 어떻게 통합되어 마침내 편찬자가 의도한 목표를 성취하는 쪽으로 귀결되느냐를 밝히는 쪽으로 나아가야 할 것이다. 이 작업은 얼핏 잡록집이란 것이 사대부의 한가함의 소산이어 진지한 의식의 발현과는 무관한 듯 비쳐지기 쉽지만 실상은 잡록집이 그 어떤 다른 글쓰기 못지않은 진지한 의식지향을 담고 있음을 입증할 수 있을 것이다. 이로써 우리 정신사의 귀추를 잡록집을 통하여 추적할 가능성도 타진한다.

『죽창한화』와 『송도기이』에 대해서는 저자가 부분적으로 검토한 있다.[1] 두 잡록집이 이야기판에서의 이야기하기를 근간으로 하여 이루어졌으며, 두 잡록집에 실려 있는 몇몇 작품이 야담의 형성과 관련하여 중요한 암시를 주고 있다는 점을 검토했다. 여기서는 이 연구에 바탕을 두면서 두 잡록집 자체의 본질을 해명하고자 한다. 이 작업은 일화 연구가 일화 작품들을 싣고 있는 잡록집 자체에 대한 총체적 연구에 의해 한 차원 더 나아갈 수 있다는 것을 보여줄 것이다.

『죽창한화』와 『송도기이』를 비교함으로써는 각각의 특징을 대조적으로 해명하겠다. 또 두 잡록집이 함께 추구하는 의미지향이 무엇인가도 밝히고자 한다. 그러기 위하여 제보자와 이야기판의 성격, 서술 내용과 구성 갈래, 서술방식과 의미지향 등으로 나누어 논의를 전개한다.

2. 이야기판의 성격과 일화의 형성

『죽창한화』에는 편찬자의 가문인 한산(韓山) 이씨(李氏) 선조들에 대한 이야기들이 거듭 나타난다. 그것은 편찬자 가문의 이야기판이 성립되었음을 말해준다. 이들 이야기들의 주 제보자는 이덕형의 가까운 선조들이다. 반면 『송도기이』 소재 대부분의 이야기들은 송도 관련 인물이나 사건에 대한 것이다. 그것들은 송도에서 일생의 대부분을 보낸 방외인

1) 이강옥, 『조선시대 일화 연구』, 태학사, 1998, 75~90면 및 이강옥, 「사대부가의 이야기하기와 일화의 형성」, 『고전문학연구』 별집 8호, 한국고전문학회, 2001, 132~146면.

안사내(安四耐)와 서리 진주옹(陳主翁)이 편찬자 이덕형에게 전한 것들이다.[2] 『송도기이』가 송도라는 지역 사람들 사이에서 전승되던 이야기를 모은 지역설화집으로서 성격이 부각되는 까닭이 여기에 있다.

1) 가문의 이야기판

『죽창한화』는 가문 이야기판의 이야기들을 수용하였다. 『죽창한화』에 가장 빈번하게 등장하는 구연자 혹은 제보자는 편찬자의 장인인 신담(申湛, 1519~1595)이다.[3] 신담은 자기 가문과 관련된 이야기를 했을 뿐만 아니라 그 모친의 가문인 한산 이씨 관련 이야기들도 편찬자에게 이야기해 주었을 가능성이 크다.

특히 〈한산숭문동〉(대동17, 66면)은 『죽창한화』에 실려 있는 일화 중 매우 잘 짜여진 작품에 속하는 것으로, 조선 후기 야담의 선구 형태로까지 여겨진다. 여기에 등장하는 이상사(李上舍)는 목은 이색의 증손으로 추수시기에 찾아온 거지스님들에게 정성을 다하여 보시한다. 그러자 어떤 스님이 앞날의 운세를 예언해준다. 이상사의 후손들이 번창하기는 하겠지만 그 집은 다른 성씨의 사람에게 귀속될 것이라는 것이다. 과연 이상사의 후손들은 번창했지만 그 집은 큰 아들이 죽자 둘째 아들 참봉 윤수(允秀)에게 돌아갔고 윤수에게 자식이 없어 결국 외손(外孫)인 신담에게 귀속되었다는 것이다.

이 이야기의 전승 경로는 이중적이다. 먼저 한산 이씨 선조의 선행담

---

2) '其時同處有若安四耐陳主翁諸人, 年皆八十餘, 以其近古聞見博, 而閱事多 …… 余因二老得聞新異之說久矣.'(『대동야승』 17, 민족문화추진회, 1982, 69면; 앞으로의 『죽창한화』와 『송도기이』 원문 인용은 이 책에서 함)

3) 〈명묘조(明廟朝)〉(대동17, 55면), 〈만력신묘(萬曆辛卯)〉(대동17, 58면), 〈윤생자(尹生者)〉(대동17, 60면), 〈만력무자년간(萬曆戊子年間)〉(대동17, 61면), 〈한산숭문동(韓山崇文洞)〉(대동17, 66면) 등이 신담으로부터 들은 것임을 밝혔다.

이기에 한산 이씨 가문의 이야기판을 통해 이덕형에게 전해졌을 가능성
이 크다. 다음으로 이야기에 직접 등장하는 장인 신담이 주 이야기꾼 역
할을 한 편찬자 처가의 이야기판을 통하여 이덕형에게 전해졌다. 이 이
야기가 서사구조 면에서 『죽창한화』의 다른 작품들에 비해 월등한 것이
이런 구연 과정의 독특함과 관련이 있을 것이다.

　이덕형의 친가 선조인 한산 이씨들에 대한 이야기들은[4] 대부분 한산
이씨 가문의 이야기판에서 나온 것들이다. 그중 이덕형의 직계 선조가
등장하는 경우는 〈여고조의정공(余高祖議政公)〉이란 제목의 작품 2편인
데, 이덕형의 고조 이유청(李惟淸, 1459~1531)이 등장한다. 그런데 그중
〈여고조의정공〉(대동17, 57면)은 양경공(良景公) 이종선(李種善, 1368~
1438)이 이유청의 꿈에 나타나 자기 무덤을 손질해 달라고 부탁하는 내용
이다. 이때 이종선은 이유청에게 고조 항렬이긴 하지만 직계 선조는 아니
다. 이종선은 이파(李坡)의 직계 선조인데,[5] 이파는 폐비 사건과 연루되
었기에 죽은 뒤에 극형을 당했다. 이종선은 이파의 조부라는 이유로 그
묘를 훼손당한 것이다. 이 일화에서 묘를 훼손당한 이종선의 혼령이 방계
후손인 이유청에게 현몽하여 묘의 정비를 부탁하는데, 직계 후손들에게
는 그럴 능력이 없기 때문이었다.

　그런데 이에 대한 서술자의 태도는 시종 여유가 있다. 이덕형은 방계
후손으로서 부관참시 당한 이파나 무덤을 훼손당한 이종선의 불행한 처

---

4) 『죽창한화』에 실려 있는 한산 이씨 관련 일화는 〈여고조의정공(余高祖議政公)〉(대동
　17, 57면), 〈오종이공지번(吾宗李公之蕃)〉(같은 면), 〈이헌평공봉(李憲平公封)〉(같은
　면), 〈이아계산해(李鵝溪山海)〉(같은 면), 〈전배문장(前輩文章)〉(대동17, 59면), 〈여선
　조가정모부인(余先祖稼亭母夫人)〉(같은 면), 〈이한성군질(李韓城君秩)〉(대동17, 62
　면), 〈여고조의정공(余高祖議政公)〉(대동17, 64면), 〈한산숭문동(韓山崇文洞)〉(대동
　17, 66면), 〈여위충청감사순도한산(余爲忠淸監司巡到韓山)〉(같은 면) 등이다.
5) 이색 → 이종선 → 이계전(李季甸) → 이파(李坡)

지에 대해 원통해 하지 않는다. 편찬자가 이야기에 대해 거리를 유지하고 있는 것이다. 〈여고조의정공〉(대동17, 64면)에서도 등장인물이 편찬자의 선조라는 사실은 크게 의식된 것 같지 않다.

이에 비해 편찬자 이덕형과 선조의 존재가 긴밀하게 관련되는 경우6)는 서사적 체계를 이루지 않고 교술적인 성격을 더 강하게 지녔다. 여기서는 가문의식을 꽤 강하게 드러내었다.7) 가문의식을 가문의 전통에서 비롯되는 자부심이나 한에 집착하는 것이라 본다면 『죽창한화』는 가문의식을 교술의 영역으로 담았고, 서사의 영역에서는 서사적 원리에 충실하고자 했던 것이다. 서사적 전개가 충분하여 나름대로 탄탄한 서사세계를 만들고 있는 〈이아계산해〉, 〈이한성군질〉, 〈여선조가정모부인〉, 〈오종이공지변〉, 〈한산승문동〉 등의 작품들이 이색→이종선→이계전 등으로 이어지는 방계 계파의 인물과 관련된 것이란 점도 이와 관련된다. 같은 한산 이씨이기는 하지만 직계 선조가 아닌 인물에 대한 이야기는 서술자가 일정한 거리를 둘 수 있기 때문에 비교적 자유롭고 흥미진진한 서사가 가능했다.

그리고 그러한 점은 형성 과정과도 관련된다. 이런 이야기들은 이덕형의 직계 선조들에 의해 구연되어 이덕형에게 전승되었다 하더라도 직계 선조 자신의 이야기보다는 구연의 단계를 더 많이 거쳤을 것임에 틀림없다. 특히 〈한산승문동〉은 앞에서 지적했듯 주인공 이상사(李上舍)가 한산 이씨이긴 하지만, 이상사의 집이 이덕형의 장인인 신담(申湛)에게 귀속되

---

6) 〈여위충청감사순도한산(余爲忠淸監司巡到韓山)〉(대동17, 66면), 〈전배문장(前輩文章)〉(대동17, 59면) 등.

7) 至於連五代建院尊奉, 饗以俎豆, 爲士子矜式者, 吾韓山李姓外無聞 …… 此雖不係於書院, 亦吾門義烈, 足以激千古之感慨也.(대동17, 66면) 余以新及第投刺崔簡易벌, 簡易曰: "牧隱子孫文官繼出, 其遺風餘韻尙有存者, 雖後裔末葉, 血脈流通, 甚可異也."(대동17, 59면)

었다는 사실에 의할 때, 장인에 의해 구연되었을 가능성이 더 크다.[8) 이처럼 내용 면에서 편찬자가 심정적으로 거리가 있는 방계 선조에 대한 이야기가 많으며, 이야기판의 성격 면에서 편찬자 직계 가문의 이야기판이 아닌 이야기판에서 구연된 이야기가 많다는 이유에서 『죽창한화』에 실린 일화들은 서사적으로 더 완성된 단계로까지 나아갔음을 알 수 있다. 편찬자나 이야기꾼이 이야기 자체의 내용이나 구성에 대해 부담을 적게 느끼는 것이야말로 서사적 발전의 전제임을 암시하는 대목이다.

이에 비해 『송도기이』에는 편찬자 가문과 관련된 이야기가 없을 뿐만 아니라, 가문 선조와 직접 관련된 이야기는 거의 없다.[9) 지역 설화를 기록한다는 의식이 그만큼 철저했음을 뜻한다. 편찬자 이덕형이 『죽창한화』에서 가문의 이야기를 많이 기록한 것은 편찬자가 가문의 문제에 어느 정도 집착했다는 사실을 말해주지만, 그럼에도 불구하고 『기재잡기』와는 달리[10) 『송도기이』에서는 가문의 문제에 매달리지는 않았다. 무엇보다 직계 선조의 이야기를 그리 중시하지 않았다는 점에서 그러하다. 직계 선조의 일화로부터 이미 일정한 거리를 둔 것이 『죽창한화』라 할 수 있으며, 이런 거리두기가 더욱 진척된 것이 『송도기이』라 볼 수 있는 것이다. 편찬자는 『송도기이』를 통하여 이념적으로나 정서적으로 심각한 부담을 느끼지 않고서 다양한 일화들을 제시하려 했다고 하겠다.

---

8) 後其宅, 歸於上舍之次子參奉允秀, 參奉無子, 以外孫申聘君爲繼, 聘君生於是宅 (대동17, 66면); 貞夫人韓山李氏, 以正德己卯十二月丁丑, 生公(申湜)於朝之崇文洞.(〈墓地銘〉, 『한국역대인물전집성』 2, 민창문화사, 1693면)

9) 〈여조절의지신(麗朝節義之臣)〉(74면)에 이색, 이종학에 대한 언급이 있으나 이들은 이야기의 등장인물이 아니다.

10) 『기재잡기』가 가문의 문제에 집착하는 양상에 대해서는 이강옥, 士大夫家의 이야기하기와 逸話의 형성, 고전문학연구 별집 8호, 한국고전문학회, 2001, 117~132면 참조.

2) 사대부 동료들의 이야기판

『죽창한화』에는 편찬자가 직접 견문했다고 언급된 사례들이 유난히 많다. 이덕형은 수많은 사람들을 만나 독특한 이야기를 듣고 그것을 기록하였다. 먼저 이덕형이 직접 경험한 바를 그대로 기술한 경우가 있다.[11] 이때 이덕형은 일차적 진술자라 할 수 있다. 그리고 남의 진술을 듣고서 그것을 옮긴 경우가 있다.[12] 이때 이덕형은 이차적 진술자인 셈이다. 〈만력계묘추(萬曆癸卯秋)〉(대동17, 65면)나 〈천계갑자(天啓甲子)〉(대동17, 62면)처럼 편찬자 자신의 경험을 기술한 것임에도 불구하고 어느 정도의 체계를 이루고 기이소가 적절하게 안배되어 서사적 흥미를 불러 일으키는 경우도 있지만, 여기에 해당되는 나머지 경우들에서는 대체로 그러하지 못하다. 자기 자신의 경험을 진술할 때는 사실성을 입증하는 데 몰두하기 때문이다.

이에 비해 타인의 자기 진술에 대해서는 이야기 자체에 집중하여 서사적으로 발전시켜 줄 수가 있는 것이다. 〈이생대순〉(대동17, 61면), 〈하경청〉(58면), 〈이근〉(56면)이 그 대표적인 사례이다. 〈하경청〉에서 서술자는 어릴 때부터 하경청과 같은 동네에 살며 절친하게 지냈다.[13] 이런 그였기에 하경청이 영변의 어느 큰 절 불상을 훼손하여 분란을 일으킨 은밀한 이야기를 거듭 들을 수 있었을 것이다.[14] 그래서 하경청이 불상

---

11) 〈정참판협자화백(鄭參判協字和伯)〉(대동17, 67면), 〈이연평귀(李延平貴)〉(같은 면), 〈진선생욱(陳先生郁)〉(대동17, 56면), 〈폐조시(廢朝時)〉(대동17, 63면), 〈만력계묘추(萬曆癸卯秋)〉(대동17, 65면), 〈만력무술여위정언(萬曆戊戌余爲正言)〉(대동17, 63면), 〈천계갑자(天啓甲子)〉(대동17, 62면) 등.

12) 〈이생대순(李生大醇)〉(대동17, 61면), 〈이근(李謹)〉(대동17, 56), 〈여피란유우어진안(余避亂流寓於鎭安)〉(대동17, 60면), 〈여족인김현감(余族人金縣監)〉(대동17, 65면), 〈하경청(河景淸)〉(대동17, 58면) 등.

13) 余與景淸, 同居比隣, 自少相切.(대동17, 59면)

14) 하경청은 자기의 그 작난을 자기를 그곳으로 초대해준 친구 송구(宋耈)에게도 밝히지

을 훼손하는 과정과 부수적인 일련의 사건들이 잘 짜여졌다. 〈이근〉은
일화가 소설로 나아가는 단계를 명확하게 보여주는 대표적 사례라 인정
될 정도로 서사적으로 발전된 것임은 이미 지적되었다.[15] 그런데 서술자
는 이 이야기를 박경신(朴慶新, 1560~1626)으로부터 들었다고 하였다.[16]
박경신은 이근이 왜적들로부터 풀려났을 때 먼저 찾아간 이근의 외사촌
이다. 그렇다면 그때 이근이 박경신에게 자기체험을 이야기해 주었을 것
이고 박경신은 이근으로부터 직접 들은 포로체험의 이야기를 바탕으로
하고, 인척으로서 알고 있던 이근의 성장과정과 포로송환 뒤의 처지 등
을 덧붙여 이덕형에게 이야기를 들려준 것이다. 즉, 이근은 어떤 사건의
직접적 체험자로서 그 체험이 독특했기에 박경신에게 그 이야기를 해
주었다. 이근이 체험의 일차적 진술자라면, 박경신은 그것을 바탕으로
하여 부연, 보충, 윤색하여 이덕형에게 이야기해 준 이차적 진술자이다.
그리고 박경신은 이 이야기를 여러 번 반복했다는 것을 알 수 있다. 그렇
다면 박경신은 이근 이야기를 주된 레퍼토리로 가진 이야기꾼이라고 볼
수 있을 것이다. 이렇듯 박경신이 주도한 이야기판을 통해 이 작품은 서
사적으로 다듬어졌겠지만, 아울러 서술자에 의해서도 서사적 부연과 변
개가 이루어졌음을 알 수 있다. 〈이근〉이 『죽창한화』에 실려 있는 작품
중 서사적으로 가장 돋보이게 된 것은 이같이 작품 자체가 경험자의 자기
진술을 바탕으로 하면서도 이차적 구연자의 구연을 거쳤으며, 또 그 이
야기로부터 분명한 거리를 유지할 수 있었던 서술자의 '부담 떨치기'와
'거리두기', 그리고 '대상화'가 가능했기 때문이라고 하겠다. 자유로운 이

앉다가 서울로 돌아와서야 비로소 말했다.(景淸與宋耋, 同處安州十有餘朔, 一不開
口, 到京始言.(대동17, 59면))

15) 이강옥, 『조선시대 일화 연구』, 태학사, 1997, 84~89면.

16) 朴監司慶新常言之(대동17, 57면).

야기판을 거쳤다는 말이다. '이근의 일은 참으로 기이하도다.'17)라는 서술자의 소감피력은 자기가 서술한 이야기 자체에 이념적 부담 없이 몰입한 결과라 할 수 있는 것이다.

3) 비사대부층의 이야기판

『죽창한화』의 〈여피란유우어진안(余避亂流寓於鎭安)〉(대동17, 60면)에서 제보자인 노인은 평민출신으로 신선에 가까운 풍모를 보이며 연산군대의 일을 역력히 기억하고 있는 존재다. 이덕형은 그의 풍모와 삶의 방식에서 충격을 받아 여러 가지 질문을 하게 되고, 그에 대해 노인이 대답을 해준다. 편찬자는 그때의 충격과 감동을 바탕으로 하여 그 이야기에서 특별한 의미를 추출했다. 여기서 몇 가지 중요한 사항을 살필 수 있다. 평민의 자기 경험 진술에 대해 사대부인 편찬자가 충격을 받고 감동했다는 점이다. 이는 이야기판의 확장이며 사대부의 평민일화 수용이고 사대부가 서사의 세계를 통하여 평민을 발견한 것이기도 하다. 그것은 편찬자가 이야기의 수용에 있어서 개방적이었기 때문에 가능했다. 그러나『죽창한화』에서는 이런 개방성이 부분적으로만 나타난다.

『송도기이』는 이야기판의 계층적 벽을 허물었다. '한둘 향로(鄕老)들을 불러 민간의 폐단을 묻고 아울러 여항의 풍요와 가담야화를 채집했다.'18)는 구절은『송도기이』의 이야기판이 편찬자에 의해 적극적으로 열려진 것임을 명백하게 알려준다. 이때 '가담'이나 '야화'란 그것이 어떤 내용이든 평민일화나 전설 갈래에 귀속될 것이다. 특별히 지적된 안사내(安四耐)와 진주옹(陳主翁)은 이야기꾼으로서 스스로 경험한 내용이나

---

17) 李謹之事 吁亦異哉(대동17, 57면)
18) 招邀一二鄕老, 詢以民間弊瘼, 兼採閭巷風謠街談野話.(대동17, 69면)

견문한 내용을 모아 이덕형에게 이야기해 주었다. 안사내는 안경창(安慶
昌)으로 천민으로 태어나 스님으로 행세했다.[19] 진주옹은 서리 진복(陳
福)의 아버지로서 그 역시 아전이었다. 그는 이덕형에게 황진이와 관련
된 많은 일화들을 이야기 해주었다.[20] 안경창은 천민으로 태어나 스님
이 되기까지 민간과 사대부의 다양한 삶의 모습에 익숙해졌을 것이고
진주옹은 아전노릇을 했기에 사대부 사회와 민간사회를 모두 꿰뚫어 볼
수 있는 처지에 있었다. 그러므로 이 두 사람에 의해 이덕형에게 전해진
이야기는 평민일화와 사대부일화를 망라했다고 볼 수 있다.

3. 서술 내용과 구성 갈래

『죽창한화』에서는 과거제도, 승진제도, 서책, 문장, 서원 등 사대부
사회의 기초가 되는 제도와 문화, 문물에 대해 이야기한 부분이 큰 비중
을 차지한다. 그것들은 시간을 초월하여 존재하면서도 역사적 변화를 겪
는 것으로 묘사된다. 특히 〈명묘조〉, 〈만력신묘〉, 〈만력무자년간〉 등은
모두 사대부 사회의 풍속, 벼슬제도 등에 대한 진술이기에 교술적인 성
격이 다분한 단편들이다. 이렇게 제시된 조선 시대 제도와 문화, 문물은

---

19) 안경창은 신분이 천류이긴 하지만 당시 학자 명경들과 교류했다는 설도 있다. 즉『송
　도지(松都誌)』는 안경창이 이언적, 이황, 이율곡, 성혼 등의 문하에 출입했고 조식과
　노수신 등과는 교유했다고 한다.(『송도지』,『輿地圖書』상, 대한민국문교부 국사편찬
　위원회, 1973, 1000면) 또 정조 2년 8월 1일의 실록기사에는 서얼의 상서 치록을 요구하
　는 삼남 유생 황경헌(黃景憲) 등의 상소 가운데 "예컨데 김근공, 양사언, 어무적, 송익
　필, 박지화 …… 안경창(安慶昌)은 큰 뜻을 지니고서도 펴보지 못한 채 뜻을 얻지 못해
　초야에 묻혀 있었습니다."라 하여 안경창을 서얼에 포함시켰다.
20) 余於甲辰年爲御史於本府, 繼經兵火, 公廨蕩然, 舘余於南門內書吏陳福家, 福之
　父亦老吏也. 與眞娘爲近族, 時年八十餘精神强健, 每說眞娘之事歷歷如昨.(대동17,
　71면).

『죽창한화』 소재 일화들의 주인공들이 일탈하는 기준을 제시한다. 이들에 의해 조성된 울타리를 벗어나는 것이 일탈인 것이다. 즉 사대부 문화의 실재와 전통이 건재하다는 것이 전제되어야만 위로, 아래로, 밖으로의 일탈[21]이 이루어지고 또 그 일탈의 정도나 성격이 가늠될 수 있다 하겠다. 『죽창한화』는 일탈이 충분하게 이루어지는 일화를 생산해내기 위해 교술적 단편들을 제시했다고도 볼 수 있다. 갈래로 따져보면 이런 풍속이나 제도를 다루는 글들은 '기사(紀事)', '설(說)', '주(奏)' 등 한문학의 전통적 교술갈래들이라 할 수 있다. 그리고 인물들의 다양한 일탈을 포착하기 위해 일화적 서술방식이 적극 활용되었다고 하겠다.

『죽창한화』에서는 사대부일화나 야사의 비중이 더 크다. 그리고 그것들은 가문 이야기판과 사대부 이야기판을 통해 형성된 것이다. 그런데 『죽창한화』의 이야기판은 열려진 것이다. 이야기판이 열려 졌기에 사대부일화는 평민일화와 긴밀하게 연결되기도 하였다.

〈한산숭문동(韓山崇文洞)〉(대동17, 66면), 〈김남창(金南窓)〉(같은 면) 등을 그 대표 사례로 생각할 수 있다. 〈한산숭문동〉은 한산 이씨와 고령 신씨 가문의 이야기이지만 그 소재나 분위기는 평민일화의 그것과 유사하다. 무엇보다 '예언의 실현'이라는 기본 줄기는 서사문학에서 사대부와 평민의 구분을 넘어서서 당대인의 의식을 사로잡은 일종의 시대정신이었다. 〈김남창〉에서 김언겸은 곤궁하게 살아가지만 학문을 닦아 효성이 지극하다. 벼슬을 하기 전 모친이 사망하자 상여를 수레에 싣고 선산으로 향하는데 신원이란 곳에 이르자 바퀴가 부러졌다. 어찌할 바를 모르고 울고 있으니, 마을 사람들이 와서 길가 높은 곳에 장지를 마련하여 주었다. 그런데 지관이 그 무덤자리를 보고 명당이라 탄복하며 '금방(金

---

21) 위로의 일탈, 아래로의 일탈, 밖으로의 일탈에 대해서는 이 책의 '제4부 | 일화의 서술 형식과 서술 미학', '제2장 일화의 일탈 양상'을 참조할 것.

榜)에 붙을 귀한 자손이 2대에 걸쳐 나올'것임을 예언한다. 과연 그로부
터 3년 뒤 김언겸은 과거에 급제하여 수령의 자리에 오르게 되었으며,
그 아들 남창(南窓)도 대과에 올랐다. 이런 사건 전개에는 사대부일화에
서 쉽게 찾기 어려운 독특한 분위기가 있다.

남에게 덕을 베풀고 자기 부모에게 효행을 다하는 것은 당대 사회가
최고로 가치 있는 것이라 여겼던 이념이다. 두 작품은 그 이념이 구현되
는 것을 보여준다. 그리고 예언자가 개입한다. 예언자는 주인공의 좋은
운명을 예언해 주며 결국 그 예언이 실현된다. 이념이 구현되는 과정과
예언된 운명이 실현되는 과정은 정교하게 연결되어 청자나 독자의 관심
을 모은다. 그런데 그 사이에 감춰진 것이 있다. 그것은 욕망이다. 신분
상승이나 처지 개선에 대한 욕망은 아직 분명치 않고 또 서사를 이끌어가
는 분명한 원동력은 되지 못하지만 그 존재를 무시하기는 어렵다. 그 욕
망을 은근히 인정하였다는 점에서 사대부일화의 고식성을 극복하였다.
그 동력은 평민일화에 전형적으로 나타나는 처지상승에 대한 소망이다.

이에 비해『송도기이』는 〈이죽천송도문견록후(李竹泉松都聞見錄後)〉
(대동17, 74면)에서 지적하고 있듯, '옛 수도의 기문이설(奇聞異說)'을 수
록했다. 서경덕(徐敬德), 차식(車軾), 차천로(車天輅), 차운로(車雲輅), 한
호(韓濩), 최영(崔瑩), 황진이(黃眞伊), 유성(有成), 임제(林悌), 우왕(禑
王) 등 송도 관련 유명 인물들과 관련된 기이한 내용이 대부분이고, 박연
폭포, 송악신사(松岳神祀), 화장사(花藏寺) 등 송도의 자연 유물과 관련
된 내용도 적지 않다. 그리고 이들을 담는 갈래는 전설과 사대부일화 및
평민일화이다. 물론 기사(紀事)에 해당되는 것도 있지만『죽창한화』에서
처럼 중심에 놓이지는 못했다.

『송도기이』에는 사대부일화와 평민일화가 함께 실려 있다. 먼저 서경
덕, 차식 등 개성지방 출신의 명사들에 대한 이야기는 사대부일화이

다.[22] 그런데 그것들의 형성 과정은 복합적이다. 〈안경창〉에서는 『송도기이』의 주 제보자인 안경창이 이승(異僧)을 만나 나눈 대화를 소개한 뒤 박연폭포에서 일어난 괴상한 사건을 묘사한다. 이 역시 직접 목격한 것으로 설정되었지만 여러 번 구연되어 안경창에게 전해 졌을 듯한 느낌을 준다. 여기서 평민일화가 다양한 영역에 걸쳐 있다는 사실을 실감할 수 있다.

〈유성〉은 천민인 유성이 옛 주인에 대해 어떻게 행동하는가를 보여줌으로써 계급관계를 본격적으로 다룬다. 유성은 자기 집안이 사족의 종이었다는 사실을 알고는 옛 주인을 찾아가 그 집안사람들을 극진히 봉양한다. 유성은 경제적으로 여유가 생긴 뒤, 그리고 주인 쪽에서 면천을 허락한 뒤에도 주인을 섬겨야 한다는 생각을 더욱 굳건히 하여 실천했다. 유성은 사대부 사회의 계급이데올로기에 매몰되었다고 볼 수도 있고, 천민의 자신만만한 삶의 자세를 보여주었다고도 해석할 수 있다. 전자가 사대부 일화의 기본 이념지향이라면 후자는 평민일화의 한 특징이기도 하다.

더욱이 이 일화의 다음에는 온전한 평민일화가 덧붙여져 있다. 호랑이 새끼를 데려와 길러주고 그들이 거칠어 져서 마침내 어린 아이를 잡아먹자 그들을 놓아 보낸다. 그 뒤 새끼호랑이들은 사슴을 잡아 유성의 문밖에 갖다 놓곤 했는데, 유성은 그것을 사사로이 쓸 수가 없다고 하여 관가에 바쳤다. 짐승인 호랑이에 대해서까지 자상한 은혜를 베풀어 호랑이가 보은하게 만든 유성의 행위는 그의 인품이 다른 어떤 사람과 비교되지 않을 정도로 인자하고 고귀했음을 드러내어 보여준다. 그리고 그러한 인품에 대해 송도의 최고 직위였던 유수조차 감탄했다는 것은 적어도 인격의 면에서 계급관계가 전도되었음을 뜻한다. 이 작품은 사대부계급

---

22) 〈花潭先生〉(대동17, 69면), 〈車斯文軾〉(대동17, 70면), 〈崔永壽〉(대동17, 70면), 〈韓上黨明澮〉(대동17, 71면), 〈韓濩〉(대동17, 72면), 〈車斯文天輅〉(대동17, 72면).

과 평민계급 간의 구체적·관념적 관계를 중심축에 놓았다 할 것인 바,
평민계급의 일방적 시혜나 자기과시로 끝나고 있는 것이다. 사대부계급
과의 관계를 묘사했다는 점에서 평민일화의 영역 확대라 하겠으며, 사대
부가 아닌 등장인물이 우위에 서서 관계를 주도했다는 점에서 평민일화
의 세계관적 우위를 보여준다 하겠다.

〈진이〉에도 몇 개의 일화가 나열되고 있다. 나열된 일화들에서 기생
황진이의 일방적 우위나 비교 우위를 보여준다. 서술자는 바로 그 점을
계속 강조한다. 결국 평민일화와 사대부일화가 두루 결합되었고, 그 결
과 평민일화가 우위를 차지하게 되었다는 점은 『송도기이』의 이야기판
이 크게 달라졌음을 말해준다. 이야기판의 변화가 일화의 속성과 본질이
달라지게 한 것이다.

4. 서술방식과 의미지향

1) 서술방식

『죽창한화』는 대체로 원 일화를 제시하면서 거기에 대한 편찬자의 생
각을 덧붙인다. '사건·사실·역사·현상의 제시', '대상의 수용이나 배
제', '의미의 추출'이란 3단계를 설정할 수 있는데, ①'사건·사실·역
사·현상의 제시'→'대상의 수용이나 배제', ②'사건·사실·역사·현상
의 제시'→'의미의 추출', ③'사건·사실·역사·현상의 제시'→'대상의
수용이나 배제'→'의미의 추출'의 세 가지 유형으로 나눌 수 있겠다.

『죽창한화』에서 대표적인 작품인 〈한산승문동〉의 사례를 따져보자.
이 작품은 그 형성원천이 이중적일 가능성이 크다고 하였다. 그래서 끝
에 붙은 평도 이중적 성격을 그대로 노출시켰다. 먼저 현대부(賢大夫)의

적선에 대한 보답은 정확한 것이니 이 이야기는 하늘이 이승(異僧)을 보내어 적선을 권면하려 한 것이라고 해석한 부분23)이 하나이고, 다음으로 거지중의 예언이 그대로 입증되었으니 참 기이하다고 감탄하는 부분24)이 다른 하나이다. 전자의 평이 이야기로부터 애써 도덕적 의미를 추출하려 한 것일진대 ③에 해당된다면 후자의 평은 그러한 도덕적 부담감에서 벗어나 이야기 자체의 전개에 대해 관심을 보인 것이기에 오히려 ①에 가깝다.

가문 이야기판이나 사대부 이야기판이 꾸려지는 주된 양상도 두 부류로 이해할 수 있을 것이다. 어떤 이념이나 도덕적 덕목을 이끌어내고자 하는 도덕적 경향이 강한 진지한 이야기판과 이야기 자체의 재미에 충실하려는 문학적 경향이 강한 이야기판이다. 가문 이야기판은 주로 전자의 경향에 의해 일화 형성의 원천이 되었지만 후자의 경향에 의해 활력을 얻어 일화 발전의 무대가 되었다고 볼 수 있다.

『죽창한화』는 도덕적이고 정치적인 의미를 추출하고자 하는 진지한 경향이 강하다고 보아야 하겠다. 그렇지만 그런 의미부여 경향이 이야기의 재미를 위축되게 하지는 않았다. 사실은 그 반대라 할 수 있다. 『죽창한화』는 개별 단편 작품들에 대해 어떤 의미를 부여하려는 경향이 강하기는 하지만, 그런 경향이 이야기 자체에 대한 흥미나 관심과 공존하고 있다는 점이 특징이다.

일화로부터 의미를 추출하려는 경향이 강한 『죽창한화』는 본 일화 끝에 평결을 덧붙이고자 했다. 그리고 본 일화는 의미가 명쾌하게 추출될 수 있는 서술방식을 취했다. '대조'나 '통합'의 서술방식은 그에 가장 적

---

23) 賢大夫積善之報, 可謂如合符節, 此必天誘異僧, 使積德者, 有所觀感而益勵也. (대동17, 66면)
24) 其僧之言一一皆驗, 豈不異哉?(대동17, 66면)

절한 것일 수 있다. 가령 〈고인이부자희희위불상(古人以父子嬉戲爲不
祥)〉(대동17, 69면)은 '아버지와 자식 사이에는 효경(孝敬)이 우선되어야
하고 높은 벼슬에 오른 가문은 겸양과 삼감을 위주로 해야 하니 자식된
자 삼가지 않을 수 없다.'[25]라는 의미를 추출했다. 그런데 서술자는 이런
의미를 추출하기 위해 대조되는 인물군상들의 사례를 제시했다. 여기서
박충원(朴忠元)·박계현(朴啓賢), 정효성(鄭孝成)·정백창(鄭百昌)은 홍
언필(洪彦弼)·홍섬(洪暹)과 대조되었다. 전자들이 아버지와 자식 사이
가 지나치게 친밀해 자식이 먼저 죽었다면 후자는 아버지가 엄격하게
자식을 대하고 근신하게 하여 아버지와 자식 모두 천수를 누렸다. 서술
자에 의해 전자들의 사례는 부정되고 후자의 사례가 인정되었다. 『죽창
한화』에서 더 명백하게 나타나는 대조는 공간의 대조이다. 비판의 대상
이 되는 공간은 주로 한양이고 한양의 풍속을 비판하기 위하여 한양과
대조된 공간은 해주나 송도 등 해서지방과 편찬자의 관향인 한산이다.
〈여고조의정공(余高祖議政公)〉(대동17, 64면), 〈유일문관위황해감사(有一
文官爲黃海監司)〉(대동17, 61면), 〈폐조시영건시어을묘(廢朝時營建始於乙
卯)〉(대동17, 63면), 〈여위황해감사시(余爲黃海監司時)〉(대동17, 56면),
〈여위충청감사(余爲忠淸監司)〉(대동17, 66면) 등이 그 두드러진 예이다.

   그런데 〈신정(申瀞)〉(대동17, 56면)과 〈송평(宋枰)〉(대동17, 56면)은 동
일 의미구조를 갖추고서 나란히 놓여 있어 작품 간의 관계를 따지면 나열
이라 볼 수 있다. 그럼에도 불구하고 각 등장인물에 대한 서술자의 태도
는 배척의 경향이 더 강하다. 형식은 나열이지만 의식지향은 대조에 더
가깝다.

   그 외 대부분의 『죽창한화』 소재 일화들은 부분 간 관계가 긴밀하게

---

25) 父子之間, 孝敬爲先, 冠冕之家, 謙謹爲主, 爲人子者, 不可不愼也.(대동17, 69면)

짜여있는 통합구조의 일화이다. 『죽창한화』 소재 일화들이 탄탄한 서사구조를 갖추게 된 원동력이 이야기판에서 비롯되었다면, 그렇게 획득된 단단한 서사구조는 이야기에서 더 분명한 의미가 만들어 지게 하였다. 부분과 부분의 긴밀한 관계는 서술자의 의도가 분명해 지게 하였고, 그래서 마침내 종합적 의미가 쉽게 형성되도록 해 주었기 때문이다.

이렇듯 『죽창한화』의 대조의 서술방식은 한쪽에 대한 배척과 다른 쪽에 대한 지지를 보이는 경우가 많고, 통합의 서술방식은 특정 의미를 생생하게 창출하는 경우가 많다.

이에 비해 『송도기이』는 출발부터 지역설화에 대한 사대부의 열려진 자세를 전제하는 것이기에, 대조보다는 나열의 서술방식을 주로 활용했다. 대조에 비해 나열은 열려진 세계관과 수용의 자세를 나타내기에 적절한 서술방식이기 때문이다. 가령 〈진이〉에서는 황진이와 관련된 일화들을 전부 나열한다는 인상을 준다. 그 나열은 황진이에 대한 세간의 온갖 소문이나 설화들을 무시하지 않는 열려진 자세의 소산이다. 그 결과 기생 황진이의 일방적 우위나 비교 우위가 설정되었다. 이것은 세계관 면과 갈래 면에서 비슷한 변화를 가져왔다. 사대부에 대한 평민 이하의 우위이며 사대부일화에 대한 평민일화의 우위이다. 〈유성(有成)〉(72면)도 주인공 유성이 겪은 일을 총 망라하여 천민 유성의 순실한 인품을 부각시켰다. 유성과 관련된 일화들은 어떤 것이라도 유성의 빛나는 인품을 보여주는 것이기에 한정 없이 나열될 수 있었다. 이념적 긴장에 따른 배타의식이 대조의 서술법을 원용하게 했다면, 이념적 선입견으로부터 자유로우면서도 당당한 삶의 자세가 나열의 서술법을 활용하게 했다 하겠다.

『송도기이』 역시 사건이나 현상으로부터 의미를 추출하는 경우도 있긴 하지만 대체로 '사건·사실·역사·현상의 제시' → '대상의 수용이나 배제'의 서술방식을 취했다고 할 수 있다. 가령 〈안경창(安慶昌)〉에서는 안경창의 선생인 이승(異僧)에 대한 이야기, 그리고 이승의 풍모를 닮은 안경창의 행실을 나란히 제시하고, 이어 안경창이 편찬자에게 해 준 박연폭포 충격담을 그대로 옮겼다. 안경창이 해준 이야기를 옮기는 부분이나 편찬자가 안경창과 사귄 경험을 바탕으로 한 편찬자의 이야기나 그냥 사건이나 현상, 인품을 묘사하고 제시하지 거기에서 어떤 의미항을 추출하지는 않는다. 서술자는 범상하지 않은 인품과 기이한 사건에 대해 호기심은 가지되 꼭 그것으로부터 어떤 의미를 추출하지 않아도 좋을 정도의 거리를 유지하고 있다고 보아도 좋다.

2) 의미지향

『죽창한화』에는 〈박참판이서(朴叅判彝叙)〉(대동17, 58면), 〈만력기해(萬曆己亥)〉(대동17, 62면), 〈천계갑자(天啓甲子)〉(대동17, 62면), 〈한산숭문동(韓山崇文洞)〉(대동17, 67면), 〈이연평귀(李延平貴)〉(대동17, 67면), 〈세종대왕(世宗大王)〉(대동17, 67면), 〈정유지란(丁酉之亂)〉(대동17, 68면) 등 '예언의 실현'을 보여주는 이야기가 많이 실려 있다. 〈박참판이서〉에서 박이서는 맹인 점쟁이 지억천(池億千)의 예언대로 일찍 죽었고, 〈만력기해〉에서 점쟁이 함충헌(咸忠獻)은 사대부들의 앞날을 예언하는데 모두 그대로 되었다는 것이다. 〈천계갑자〉에서 중국의 관상쟁이는 조선에서 온 사신들의 장래를 정확하게 예측하여 서술자로 하여금 '신묘(神妙)'하다는 감탄을 하게 한다. 〈한산숭문동〉에서 동냥중은 이상사의 앞날을 예언해 주며, 〈이연평귀〉에서는 점쟁이 이인명(李麟命)의 예언과 아계(鵝溪)의 지인지감이 적중한다. 특히 〈이연평귀〉는 천도(天道)는 아득하고 오묘하여 상정(常情)으로서는 알아차리기 어렵다고 설명했다. 겉으로 드러난 것으로만 앞날을 예측할 수 없다는 것을 보여주어, 자기 재주만 믿고 타자에게 오만하게 구는 것을 경계한 것이다. 〈세종대왕(世宗大王)〉(67면)에서도 세종의 지인지감이 돋보이고, 〈정유지란〉에서는 조헌(趙憲)의 전쟁 예감이 정확했음을 보여주었다.

이렇듯 사대부 사회에서 가장 큰 관심사인 개인의 영달이나 나라의 정세를 정확하게 예언하는 존재를 부각시켰다. 특히 〈박참판이서〉와 〈만력기해〉는 점쟁이의 예언대로 일찍 죽은 박이서에 대한 이야기로서 당시 사대부들이 자신들의 앞날에 대해 대단히 예민한 관심을 가졌으며, 그것이 자신의 장래에 대해 점을 치는 것으로 나타났음을 알려 준다.

자신의 장래가 자기도 알 수 없는 어떤 운명이나 천명에 의해 이미 결정되어 있다는 운명론적 사유의 흔적은 『죽창한화』 곳곳에서 찾을 수 있다. 그것은 개인사뿐만 아니라 포괄적인 역사의 전개에 대해서도 운명적 시선을 거두게 하지 못하게 하였다.

송도라는 역사적 공간의 의미를 해석하는데도 이런 운명론적 시선이 개입하였다. 특히 『죽창한화』는 편찬자와 송도의 운명적 관계를 신비롭게 설명하였다. 〈만력계묘추(萬曆癸卯秋)〉(대동17, 65면)에서 편찬자는 송도 만월대를 오르는 꿈을 꾸었는데, 그게 송도 구경을 할 징조라 보고 자신의 평소 소원을 이루게 되었다며 기뻐한다. 과연 며칠 뒤 경기어사로 추천되었다. 그러나 왕의 허락을 받지 못해 그 소원이 이루어지지 않았다. 다음해 개성부시재어사(開城府試才御史)가 되는데 이로써 꿈이 사실로 입증되었다. 물론 이 일화의 끝에는 '사대부 공명 거취는 천명을 따를 뿐이지 사사로운 욕심으로 경영하거나 진취하지 못하는 것임이 명백하다.'[26]는 주장으로 귀결되지만, 이것조차 편찬자가 송도로 가게 된 것을 신비화하기 위해 천명을 끌어들인 것이라 볼 수 있다.

---

26) 士大夫功名去就, 當一聽於天而已, 不可以私意經營進取明矣.(대동17, 65면)

『죽창한화』에 묶은 이색 관련 일화가 두드러진 현상은 이와 관련하여 주목된다. 가령 〈전배문장(前輩文章)〉(대동17, 59면)은 우리나라 역대 문인 중 이색의 글이 가장 탁월해 조선뿐만 아니라 명과 왜에 까지 알려졌다는 내용이다. 여기서 이색은 한산 이씨 가문 선조 중 가장 뛰어난 인물이면서 고려 후기 사대부 문화 형성의 주역이었다. 이색의 탁월한 문장 속에 가문의 빛나는 전통과 고려 문화의 우수함이 녹아 있는 것이다. 그런데 간이(簡易) 최립(崔岦)은 편찬자가 급제하여 그를 알현했을 때 "목은 자손 중 문관이 계속 배출되니 그 유풍(遺風)과 여운(餘韻)이 아직도 남아있어 비록 말엽 후손이라도 혈맥이 유통되니 정말 기이하도다"27)라 감탄했다고 한다. 최립의 이 말은 『송도기이』 서문의 구절 중 고려의 '순후한 운치'가 송도에 남아 있다는 말28)과 대응될 수 있다. 양쪽 다 '고려적인 것'을 현재의 긍정적 요소의 원천으로 이해했다는 점에서 그러하다. 또 〈한산숭문동(韓山崇文洞)〉(대동17, 66면)은 이색의 증손인 이상사(李上舍)의 선행을 보여준다. 이상사는 덕을 감추고 벼슬하지 않았는데 성품이 순박하고 남에게 보시하기를 좋아하여 마을의 어른으로 추앙받았다. 그는 추수기에 몰려오는 걸승들에게도 빠짐없이 보시를 했는데, 그 때문에 어떤 걸승은 '보답받기 어려운 곳에 은혜를 베풀었다[施恩於不報之地]'고 평가하고 후에 경사가 있을 것이라 예언한다. 이에 대해 편찬자는 '현대부의 적선에 대한 보답이 가위 부절과 같다.'29)라며 보답을 강조했다. 어느 쪽이든 한산 이씨의 세거지에 살던 이상사가 덕을 숨기고 벼슬을 하지 않았지만 적선을 기꺼이 하는 현대부였다는 점이

---

27) 簡易曰: "牧隱子孫文官繼出, 其遺風餘韻尚有存者, 雖後裔末葉, 血脈流通, 甚可異也.(대동17, 59면)

28) 淳厖餘韻至今猶存, 簿牒頗簡焉.(대동17, 69면)

29) 賢大夫積善之報, 可謂如合符節.(대동17, 66면)

부각되었다 하겠는데, 이 점이 이색의 존재를 연상하는 것이다.

『죽창한화』는 나아가 송도와 가까운 해주와 관련된 이야기를 여러 개 모아 놓고 있다. 먼저 〈여고조의정공(余高祖議政公)〉(대동17, 64면)은 편찬자의 고조 의정공 이유청(李惟淸)이 황해감사(黃海監司)로 갔을 때 도사(都事) 자리에 있던 윤인경(尹仁鏡)의 됨됨이를 높이 평가하여 지극한 배려를 해 주었고 또 서울로 돌아온 뒤로도 윤인경을 추천해 주었는데, 과연 윤인경은 재상의 자리에까지 올랐다. 그리고 윤인경은 이유청이 자기에게 베풀어준 것을 생각하며 이유청을 극진히 모셨으며, 그 점이야말로 '말세의 배은망덕자'들이 상상도 할 수 없는 것이라 하였다. 이렇게 해주라는 지역은 편찬자의 가문 선조와 해주 사람이 가장 감동적인 인간 관계를 형성한 곳임을 강조했다. 〈유일문관위황해감사(有一文官爲黃海監司)〉(대동17, 61면), 〈폐조시영건시어을묘(廢朝時營建始於乙卯)〉(대동17, 63면), 〈여위황해감사시(余爲黃海監司時)〉(대동17, 56면) 등도 해서지역과 관련된 이야기다. 〈유일문관위황해감사〉는 황해감사로 온 서울 문관이 해주 청단역(靑丹驛)의 명마를 데려가려 하자 그 명마가 수양산 중으로 탈출하여 서울로 끌려가지 않는다는 것이고, 〈폐조시영건시어을묘〉의 중간에는 광해군 때 해서지방 특산물의 수탈 상황이 제시되었다.

이는 송도와 해주라는 고려의 중앙 공간의 입장에서 조선의 중앙 공간인 한양의 인물과 풍속에 대해 비판함으로써 편찬자 당대의 윤리적 정치적 문란을 문제 삼은 것이다. 이런 공간 대조에 의한 한양 비판은 〈이생대순(李生大醇)〉(대동17, 61면)에서 더욱 확대된다. 주인공 이대순은 금천(衿川) 사람이다. 그는 경학에 통달하여 이름이 널리 알려 졌으나 서얼 출신이어 궁핍하게 살았다. 그를 불쌍하게 여긴 어떤 재상의 주선으로 한양으로 들어와 훈도노릇을 했다. 그러나 어린 아이들조차 붕당을 나누고 신분을 과시하는 타락한 풍조를 개탄하며 장차 큰 화가 미칠 것임을 예언하고서는 떠났다. 과연 이듬해 계해년(1623년)에 인조반정이 일어났으니 사람들이 그의 선견지명에 감복했다는 것이다.

　이상의 이야기들은 광해군 조에 극에 도달했던 정치와 풍속의 타락을 한양에 국한시키고 그에 대한 하나의 대안 공간으로서 개성과 해주, 금천 등을 설정했다는 점에서 공통된다.

　아울러 한산은『죽창한화』에 등장하는 또 다른 대안 공간이다.〈여위충청감사(余爲忠淸監司)〉(대동17, 66면)에서 충청감사가 된 편찬자는 세거지인 충청도 한산에 이르러 사액서원인 문헌서원(文獻書院)에 이른다. 그곳에는 한산 이씨의 선조인 가정 이곡, 목은 이색, 인재(麟齋) 이종학(李種學)이 모셔져 있다. 거기에다 이자(李耔)를 모신 충주의 음애서원(陰崖書院), 이여(李畲)를 모신 진천의 문학서원(文學書院) 등을 합하면 인근 세 곳의 서원이 한산 이씨 선조를 위해 세워져 있는 것에 대해 감탄한다. 그런데 이곡, 이색, 이종학은 '전 왕조를 위해 절의를 다한[盡節前朝]' 인물이며 이자는 기묘사림 중의 한 사람이다. 비록 서원 배향은 되지 못했지만 이개(李塏)를 덧붙여 언급했다. 이색의 '진황화(眞黃花)' 싯구와 이개의 '현릉송백몽중청(顯陵松栢夢中靑)'[30] 싯구를 연결시켜 '조상과 자손의 절의(節義)가 앞뒤로 꿰어진다'[31]고 하였던 것이다. 이렇게 하여 한산과 인근의 공간은 한산 이씨를 절의정신으로 규합하는 공간으로 작용하였다고 볼 수 있다.

　『죽창한화』가 해서 지역을 중심으로 한 공간 대조에 의해 한양의 풍속이 타락한 것을 비판하고 한산을 중심으로 하여 한산 이씨의 절의 정신이 계승된 것을 강조했다면[32] 『송도기이』는 고려 도읍지인 송도라는 공간

---

30) 남효온, 秋江先生文集 권 8, 『한국문집총간』 16권. 시 전문은 다음과 같다. '禹鼎重時生亦大, 鴻毛輕處死猶榮, 明發不寐出門去, 顯陵松栢夢中靑.'
31) 祖孫節義前後一揆云.(대동17, 66면)

에 고려의 문화와 정신이 남아 있음을 지적하여 고려 왕조의 당당함을
입증하려 한다.

편찬자 이덕형은 송도에 부임하여 송도와 관련된 많은 이야기를 들었
기 때문에『송도기이』를 편찬하였다. 이덕형은 여러 곳의 지방관을 역임
했지만, 송도 이외의 지방에 대한 설화나 일화를 기록하지는 않았다. 송도
에는 설화나 일화가 많았기 때문이라고 보는 것은 안이한 해석이다. 송도
에는 설화나 일화가 많았을 뿐만 아니라 그 많은 이야기들이 편찬자가
갖고 있던 의미지향에 부합하였기 때문에『송도기이』를 편찬하기에 이르
렀다고 보아야 하겠다.33)

『송도기이』의 서문에는 송도의 민심에 대한 언급이 나온다. 지금의
송도 사람들은 고려조의 풍속과는 달리 장사에 골몰하여 이익을 좇고
있다고 했다. 그러나 보통 장사하는 곳은 저울눈을 속이고 서로 소송을
거는 일이 많은데, 지금의 송도에는 옛날 순후한 운치가 남아 있어 지방
관으로 문서를 처리할 것이 얼마 되지 않는다.34) 그래서 한가해진 이덕
형은 송도와 관련된 이야기들을 듣게 되는 것이다. 송도에 남은 고려의

---

32) 〈이한성군질(李韓城君秩)〉(대동17, 62면)은 이질이 선조의 기제사 때마다 자손의 영
달을 지극히 축원했는데, 그 결과 그 손자 이기(李墍), 이증(李增), 종손 이산해(李山
海), 이산보(李山甫) 등이 현달했다는 내용이다. 이질은 이색의 아들인 이종선(李種善)
의 종손이다. 또 〈여고조의정공(余高祖議政公)〉(대동17, 57면)에서는 이종선이 편찬자
이덕형의 고조에게 찾아와 무덤 보수를 부탁하는 내용인데, 이렇게 하여 이색→이종선
의 계파가 편찬자의 직계 선조와 연결되었다.

33) 『송도기이』의 서술지향이 이덕형이 평소 가졌던 문제의식에서 출발한 것이었음은『송
도기이』의 끝 부분에 다음과 같이 밝혀 놓은 것에서 먼저 알 수 있다. 즉, '余嘗目擊麗
史, 常懷憤歎, 窃附己意於卷末, 以竢能辨之君子.(대동17, 73~74면)'라 하여 우왕과
창왕을 왕씨가 아니라 신(辛)라고 한 '冒姓之醜'에 대해 분개하여 그것을 바로 잡기 원
했다는 것이다.

34) 世代綿邈, 麗朝遺俗變易殆盡, 而惟貿遷逐利之習比古尤盛, 是以人民之富庶, 物
貨之殷儲, 可謂冠於吾東矣. 閭閻之俗, 錙銖有競, 宜若囂訟之多, 而淳厖餘韻至今
猶存, 簿牒頗簡焉.(대동17, 69면)

순후한 풍속이 이덕형으로 하여금 송도 관련 이야기를 듣게 해 주었다고 하겠다. 고려의 도읍지인 송도의 도덕적 분위를 '순후한 운치'라 일컬은 데서 이덕형의 고려 왕조에 대한 긍정적 자세를 짐작할 수 있다.

먼저 『송도기이』는 고려 왕조의 몰락을 동정적인 시선으로 포착했다. 그래서 고려조 유신들을 찬양하고 우왕을 위해 그 성이 신씨가 아님을 증명하려 했다. 가령 〈최영수(崔永壽)〉(대동17, 70면)는 몽유록의 형식을 빌어 고려 왕조의 멸망에 대한 회한을 나타낸다. 몽유자 최영수는 문명을 날리는 재사여서 지방에서 뽑는 초시에는 여러 번 합격했으나 한성에 모여 치루는 회시에는 거듭 낙방했다.[35] 한양으로부터 소외된 송도 출신 몽유자가 꿈에서 만나는 왕이 공민왕이고 그를 보좌하는 신하들이 최영, 이색, 정몽주이며,[36] 또 공민왕에게 억울함을 호소하는 부인이 우왕(禑王)의 모친이고, 끌려와 고문을 받는 사람이 정도전이다. 이러한 설정은 고려 멸망에 대한 안타까움을 드러내고 조선 건국의 주체 중 일부의 행위에 대한 반감을 보인 것이다. 대궐로 들어와 호소하는 흰옷 입은 부인이 누구인가에 대해 사문의 여러 노인들과 최영수가 이야기를 나누었는데, 이들 사이에서 그 부인은 '원통함을 호소하는 우(禑)의 친모'라는 데 의견의 일치를 보였다. 이 같은 인물 설정과 스토리 전개는 당시 송도인들의 정서를 반영한 것이다.

끝에는 몽유 사건에 의미를 부여하는 구절이 덧붙여져 있다.

> 고려 말 군신의 원혼이 맺혀 풀어지지 않았는데 백년 후 한미한 사람의 꿈에 나타났으니 어찌 원통하지 않으리. 당시 나라를 판 간흉이 정도전 뿐만 아니었지만 홀로 묶여온 것은 그가 간적의 괴수이기 때문일 것이다.[37]

---

35) 業文少有才名, 屢參鄉解, 不利於會院.(대동17, 70면)

36) 이들 고려조 유신들에 대한 추앙의 자세는 〈여조절의지신(麗朝節義之臣)〉(대동17, 74면)에서도 나타나 있다.

물론 이 구절은 차운로(車雲輅)[38]의 말이지만, 편찬자 역시 이 말에
동조했다. 정도전을 '나라를 팔아먹은' 존재로 규정한 것은 조선 건국의
부당함을 말하는 것이 아니라 고려 멸망의 안타까움을 과장해서 드러내
는 것일진대, 송도인의 정서가 얼마나 강렬하게 여기에 투영되어 있는가
를 알 수 있다.

또 〈세전노국공주릉(世傳魯國公主陵)〉(대동17, 71면)에서는 송도의 어
떤 민가의 말이 갑자기 뛰쳐나가 노국공주의 능에 이르러 멈춰 선다. 말
을 따라 갔던 주인은 그곳에서 능을 도굴하고 있는 도둑들을 발견하게
된다. 말이 도둑의 도굴을 알리기 위해서 집을 뛰쳐나간 것이었다. 이에
대해, '아! 전대 제왕 중에는 장례를 박하게 지내라는 유언을 하기도 했다
던데 이런 지경을 염려해서인가? 집 뛰쳐나간 말이 능으로 갔고, 그래서
말 주인이 도둑을 신고할 수 있었던 것이 어찌 높으신 신명이 이끌어
주셨기 때문 아니겠는가? 기이하도다'[39]하며 감탄했다. '높으신 신명'이
무덤 도굴까지 막아주었다는 해석은 고려 말의 혼란정국에 대한 책임을
공민왕이나 노국공주에게 되돌리지 않는 입장의 반영이다. 오히려 '나라
를 팔아 먹은' 신하들의 책임임을 암시하고 있는 것이다.

이런 의미지향은 부록에 있는 〈고려우창부자(高麗禑昌父子)〉(대동17,
73면)에서 우왕을 공민왕의 아들로 입증하려는 서술지향으로 이어진다.
여기서 정도전과 조준(趙浚)은 부귀에 급급한 인물이다. 그들은 사악함
을 임금에게 덮어씌우지 않으면 오백년 전통의 고려를 혁명할 수 없다는
판단에서 우왕과 창왕의 성을 바꾸는 일을 저질렀다고 비난하고 그것을

---

37) 蓋麗末君臣之冤, 結而不解, 百年之後, 現出於等閑夢寐, 可勝痛哉? 當時賣國之
   奸, 不但道傳, 而獨被縲絏, 豈不以奸賊之魁也?
38) 僉正車雲輅言之(대동17, 71면)
39) 噫, 前代帝王或有遺命薄葬者, 蓋有慮乎此也. 逸馬之到陵, 馬主之告盜, 豈非神明
   之高誘吁亦異哉?(대동17, 71면)

인리(人理)를 상실한 행위로 규정했다. 이어 태조가 위화도 회군을 하여 창의(倡義)하였고 또 나라 전체의 추대를 받았다 했는데 그것은 천명(天命)의 뜻이라 했다. 고려 말의 혼란과 멸망을 정도전과 조준의 패륜적 행동에서 찾는 논리는 고려 왕손으로서의 우왕과 창왕의 위치를 확인해 주었다. 그리고 이성계의 조선건국에 대해서는 사람의 꾀나 의지와는 다른 천명의 차원으로 이끌어감으로써 조선 사대부인 편찬자가 고려 멸망을 변호하는 자기모순을 극복하였다고 해석할 수 있다.

이상에서 볼 때, 『죽창한화』는 '목은 이색을 중심으로 한 한산 이씨 가문의 적통(嫡統) 형성 → 가문사(家門史)의 확장 → 고려 말 조선 초 왕조사의 적통 확립 → 당대적 절의(節義)정신 부각'의 단계로 의미를 추출해 나갔다고 하겠다.

『송도기이』는 '고려 유신들의 충절 부각·송도 출신 인물과 자연 풍물과 관련된 기이한 사례 제시 → 우왕(禑王), 최영(崔瑩), 원천석(元天錫)의 정당성 입증·조준(趙浚), 정도전(鄭道傳)의 부당성 폭로 → 당대적 절의정신의 암시'의 단계로 의미를 형성해 나갔다고 하겠다.

『죽창한화』와 『송도기이』는 고려의 중심지였던 공간에 대한 긍정적 인식을 바탕으로 조선의 중심지인 한양의 도덕적 풍속적 타락을 문제 삼았으며 한산 이씨 선조들을 고려조에 절의를 지켰던 유신의 범주 속에 넣었다는 점에서 의미지향이 상통한다고 볼 수 있는 것이다. '절의정신'은 고려 말에 형성되어 편찬 당대에까지 이어지는데, 이처럼 '절의정신'이 면면 계승되게 한 주체가 한산 이씨였음을 암시했다. 그래서 두 잡록집은 '가문사(家門史) 복원을 통한 고려 말 유신들의 충절 정신을 부각하고 당대적 절의정신의 형성'이라는 궁극적 지향을 확립했다고 하겠다. 그리고 두 잡록집은 이 같은 의미지향의 통합을 꾀하기 위해 갖가지 세부적인 기술방법을 활용하고 있음을 알 수 있다.

5. 소결

『죽창한화』와 『송도기이』는 각각 가문의 이야기판, 사대부 동료의 이야기판, 비사대부층의 이야기판에 의존하는 양상이 다르다. 『죽창한화』가 가문의 이야기판과 사대부 동료의 이야기판에 의존했다면 『송도기이』는 상대적으로 비사대부층의 이야기판에 의존했다. 그렇지만 두 잡록집에 의해 포착된 이야기판은 열려져 있었다는 점에서 공통된다.

서술 내용과 구성 갈래 면에서는, 『죽창한화』가 사대부일화와 야사의 비중이 크다면 『송도기이』는 전설과 사대부일화 및 평민일화의 비중이 더 크다. 『죽창한화』에서는 교술에 해당되는 내용이 많은데, 그것들은 당대의 제도와 문화, 문물을 제시하여 일화의 일탈 기준을 제시한다는 의미를 지니는 것이다. 이에 비해 『송도기이』는 일탈의 기준을 제시하지 않고 송도 지역 사람들의 자유로운 일탈의 세계를 보여준다. 그래서 기이에 가까운 일탈까지 보인 경우도 있다.

서술방식 면에서는, 『죽창한화』가 '사건·사실·역사·현상의 제시 → 대상의 수용이나 배제 → 의미의 추출'의 서술단계를 갖추는 경우가 많은 반면 『송도기이』는 '사건·사실·역사·현상의 제시 → 대상의 수용이나 배제'의 경우가 더 많다. 『죽창한화』가 일화 끝에 평결을 덧붙여 의미를 명쾌하게 드러내고자 했다면, 『송도기이』는 독특한 사건이나 현상, 인품을 긍정적으로 혹은 부정적으로 제시하는 단계에 머물렀다고 하겠다. 이런 태도에 따라 『죽창한화』는 대조와 통합의 서술방식을 주로 활용했다면 『송도기이』는 나열의 서술방식을 많이 활용했다.

의미지향 면에서, 『죽창한화』와 『송도기이』는 고려의 중심지였던 공간에 대한 긍정적 인식을 바탕으로 조선의 중심지인 한양의 도덕적·풍속적 타락을 문제 삼았으며 한산 이씨 선조들을 고려조에 절의를 지켰던

유신의 범주 속에 넣었다는 점에서 의미지향이 상통한다고 볼 수 있는
것이다. '절의정신'은 고려 말에 형성되어 편찬 당대에 까지 이어지는데,
이처럼 '절의정신'을 면면히 계승되게 한 주체가 한산 이씨였음을 암시했
다. 그래서 두 잡록집은 '가문사(家門史) 복원을 통한 고려 말 유신들의
충절 정신을 부각하고 당대적 절의정신의 형성'이라는 궁극적 지향을 확
립했다고 하겠다. 그리고 두 잡록집은 이 같은 의미지향의 통합을 꾀하
기 위해 상술한 대조, 통합, 나열 등의 기술방법을 적절하게 활용하였다.
요컨대 『죽창한화』와 『송도기이』는 상반된 내용과 형식을 담고 있으면
서도 궁극적으로는 하나의 의미지향을 추구하였다고 할 수 있다.

　이상의 논의를 통하여 조선시대 잡록집에 관철되는 통합적 의미지향
이나 주제의식을 추출할 단서를 잡게 되었다. 조선시대 다른 잡록집의
분석도 이런 시각에서 이루어 질 때, 일화사의 기술뿐만 아니라 정신사
나 문화사 기술을 위한 토대를 마련할 수 있을 것이다.

제6장

『송와잡설』의 서사적 재현과
이기(李墍)의 의식세계

1. 머리말

　『송와잡설(松窩雜說)』은 이기(李墍, 1522-1600)가 편찬한 잡록집이다. 잡록집은 사대부가 직접 경험하거나 듣고 읽은 내용을 별다른 서술적 규범을 따르지 않고 기록한 것이다. 갈래 면에서 시화나 논설, 일화, 전설 등 다채롭다. 기억을 따라 편하게 기술해가기에 편찬자의 생각이나 의식이 적극적으로 반영되지 않는 특징이 있다. 하지만 어떤 잡록집은 편찬자의 생각이나 의식을 단단히 보여주기도 한다. 후자의 전통은 남효온의 『추강냉화(秋江冷話)』, 유성룡(柳成龍)의 『운암잡록(雲巖雜錄)』, 이덕형(李德泂)의 『죽창한화(竹窓閑話)』, 『송도기이(松都記異)』, 박동량(朴東亮)의 『기재잡기(寄齋雜記)』 등으로 이어진다고 하겠는데 『송와잡설』은 이 전통에 포함된다.

　이기는 『송와잡설』과, 그와 부분적으로 중복되는 『간옹우묵(艮翁疣墨)』을 편술하여 세상의 모습과 형편을 재현하였다. 잡록집에는 편찬자의 자기 검열이 엄격하지 않기에 잡록집을 통해서 편찬자의 진솔한 의식세계를 포착하는 것이 가능하다. 『송와잡설』의 단편들의 선택과 그에 대한 서술시각을 분석하면 이기의 세계관과 의식지향을 재구성해낼 수 있다고 본다.

『송와잡설』 소재 단편들의 배경 시간은, '고려 말−조선 초−편찬 당대'
로 나눠질 수 있다. 각 연대에 해당하는 단편들은 산발적으로 존재하는
듯하면서도 자세히 살펴보면 긴밀하게 연결되어 있다. 고려 말 단편은
이기의 선조인 이색과 원천석 관련 이야기가 대부분이다. 조선 초 단편
은 이기 당대와 대조되는 풍속이나 제도와 관련된 것과 단종 및 사육신
관련 내용이다. 그리고 당대의 단편은 이기 자신의 경험 내용과 그 배경
에 해당하는 이야기들이다. 그런데 각각에 해당하는 단편들이 시간 순으
로 정돈되어 있지 않고 뒤섞여 있다. 『송와잡설』의 이와 같은 단편의 배
치 방식이 다만 편의상의 무질서라고 보고 지나칠 일은 아니다. 이런 배
치방식에서도 편찬자 이기의 의식지향을 찾아낼 수 있다.

이 장에서는『송와잡설』에 실려 있는 교술적이거나 서사적인 단편들
을 그 관계에 주목하여 분석함으로써 이기의 의식세계를 해명하고자 한
다. 이 작업은 이 시기 사대부의 자의식과 세계관을 섬세하게 포착하는
새로운 시도가 될 수 있다고 본다.

지금까지『송와잡설』에 대해서는 필자가 조선시대 일화사를 검토하는
과정에서 부분적으로 다루었고[1]『간옹우묵(艮翁疣墨)』을 번역하면서『간
옹우묵』과의 비교 검토가 부분적으로 이루어졌다.[2] 그러나 아직 그 전반
의 성격과 재현 방식, 이기의 의식세계에 대한 검토까지는 이루어지지
않았다. 이 장은『송와잡설』연구의 발판을 마련하는 것이면서 조선시대
잡록집을 통하여 편찬자의 의식세계를 구명하는 한 범례를 만들 수 있다
고 판단한다. 『송와잡설』의 원문은『대동야승(大東野乘)』, 『아주잡록(鵝洲

---

1) 이강옥, 『조선시대 일화 연구』, 태학사, 1997.
2) 이기 지음, 신익철·조융희·이철희 옮김, 『간옹우묵(艮翁疣墨)』, 한국학중앙연구원
　출판부, 2010.

雜錄)』, 『패림(稗林)』, 『대동패림(大東稗林)』, 『한고관외사(寒皐觀外史)』
등 총서에 실려 전하는데, 이 책에서는 『한고관외사』3)와 『대동패림』4)
소재 이본을 비교하면서 인용한다.

2. 한산 이씨 가문사와 이기의 세계관

　이기는 본관이 한산(韓山)으로서 목은(牧隱) 이색(李穡)의 후손이며 이
지란(李之蘭)의 아들이다.5) 그는 예조판서를 거쳐 대사헌이 되고, 이어
예조판서·이조판서를 역임하였다. 그가 대사헌으로 있을 때의 일화는
그의 인격을 잘 보여준다. 이기가 말을 타고 종로 네거리를 지나는데 말
이 너무 야위어 가지 못하고 주저앉았다. 그러나 그는 개의하지 않고 소
리를 지르며 앞으로 나아갔는데, 그 뒤에 사람들이 말이 피곤하여 땅에
주저앉는 것을 보면 '대사헌의 말'이라고 일컬었다 한다. 그는 이와 같이

---

3) 김려, 『한고관외사』, 한국정신문화연구원, 2002.

4) 심노숭, 『대동패림』, 국학자료원, 1991.

5) 이기는 어려서부터 시서에 능했고 생원시에 이어 1555년 식년(式年) 문과(文科)에 급
제하였다. 1565년 장령, 1567년 수찬을 역임한 뒤 전한이 되어 편수관으로 『명종실록』
편찬에 참여하였다. 1571년(선조 4) 직제학이 되었으며, 이듬해 좌승지에 올랐으나 노모
가 원주에서 병으로 눕자 이를 봉양하기 위하여 사직을 청하였다. 그러자 노모를 봉양하
도록 1573년에는 강원도관찰사를 제수 받았고, 이듬해 중앙으로 돌아와 우승지가 되었
다. 1578년 다시 양주목사로 내려갔는데, 이때 선정을 베풀었다는 사실이 경기감사에
의하여 조정에 보고되었다. 1583년 다시 중앙으로 돌아와 부제학을 역임한 뒤 장흥부사
를 거쳐 1591년 대사간이 되었다. 1592년 임진왜란 때는 순화군(順和君) 보와 함께 강원
도에 가서 군사를 모집했으며, 청백리에 녹선(錄選)되었다. 1595년 부제학이 되었다가
이듬해 대사간이 되었고 1597년 다시 지중추부사·대사헌·지돈령부사·예조판서 등을
차례로 역임한 뒤 1599년 다시 대사헌이 되고, 이어 예조판서·이조판서를 역임하였다.
이듬해 지돈령부사를 끝으로 벼슬에서 물러났다. 죽은 뒤 1603년에 2품 이상 재신을
청백리로 뽑는 데 녹선 되었고, 그 뒤 영의정에 추증되었다.

청빈하여 한사(寒士)나 다름없이 벼슬생활을 하면서도 기개를 꺾이지는 않았다고 한다.[6]

이기가 생존한 시기는 당쟁이 치열하게 전개되던 때여서 그가 그러한 정치적 분위기에 휩쓸린 것은 어쩔 수 없었다. 특히 대사간으로 있을 때 정철 등 서인들을 비판한 상소문을 읽어보면 그가 동인의 핵심멤버로서 김우옹, 기자헌, 박승종 등과 함께 당쟁에 깊이 관여했음을 알 수 있다.[7] 이기는 온갖 명분을 다 동원하여 반대당의 부당성을 부각시키고 자신의 정당성을 입증하려 했지만, 그 승부의 세계는 목숨을 걸어야 할 정도로 냉혹한 것이었다. 그리하여 삶에 대한 근본적인 불안과 회의가 일어났다. 그것은 삶의 위기감을 조장했다고 하겠는데, 이런 위기감은 자기 가문인 한산 이씨의 내력을 연상했을 때 더 해졌을 것이고, 또 임진왜란의 참상을 직접 경험하면서 결정적으로 고조되었다고 판단한다.

먼저 이기는 자기 가문 선조들의 삶에 대해 거듭 성찰한 것으로 보이는데, 『송와잡설』에 그 흔적이 뚜렷하다. 특히 『송와잡설』의 앞자리에 가문 선조인 가정 이곡과 목은 이색 관련 일화를 내세운 데서 그 점을 확인한다.

한산 이씨(韓山李氏)는 호장공계(戶長公系)와 권지공계(權知公系) 두

---

6) 이기는 〈청렴의 중요함〉이란 단편을 쓰기도 하였다. 이기 지음, 신익철·조융희·이철희 옮김, 『간옹우묵(艮翁疣墨)』, 한국학중앙연구원 출판부, 2010, 20면 참조.

7) 『기축록』 상, 『대동야승』 4, 378면, 381면; 『계미기사』, 『대동야승』 6, 196면, 199면. 이기의 당파의식은 『송와잡설』에서도 노골적으로 드러나기도 하니, 예를 들어 '명종 때에 이르러서는 沈義謙과 李珥가 함께 국론을 잡고 어진 이를 등용한다는 평계로서 門蔭으로 뽑는 규칙을 개시하여, 오직 제가 좋아하는 사람만을 마음대로 등용하니, 조종의 옛 제도가 변해지고 벼슬길도 점차 혼잡하여졌다.'(『대동야승』 14, 민족문화추진회, 189~190면)에서 분명하게 드러난다. 또 이기는 동인과 서인을 중재하려는 이이에 대해서도 철저히 동인의 입장에서 이이를 비난하는 상소를 올리기도 하였다.(이덕일, 『당쟁으로 보는 조선역사』, 석필, 1997, 71면)

계파가 있는데 역사적으로 두각을 나타낸 쪽은 이윤경을 시조로 하는
호장공계이다. 이윤경은 고려 성종(成宗)때 한산군(韓山郡)의 호장(戶長)
이 되었고 5대에 걸쳐 호장직은 세습되었다. 이곡(李穀)은 이윤경의 5대
손이고 이곡의 아들이 이색(李穡)이다. 이종덕(種德)·이종학(種學)·이
종선(種善)은 이색의 세 아들이다. 이들 중 이종덕과 이종학은 아버지
이색이 조선 개국 세력에 의해 제거되는 과정에서 살해되었다. 조선 건
국 후 태조는 이색을 우대하여 한산백(韓山伯)을 내려주며 조선 조정에
참여할 것을 권유했지만 이색은 끝내 거절하였다. 이색의 아들 중 조선
건국 과정에서 유일하게 살아남은 사람이 이종선이다. 특히 그는 권근의
사위가 됨으로써 조선 왕조에 들어서서도 권력으로부터 소외되지 않았
다. 이종선의 아들 이계린(李季疄, 1401~1455)8)은 세조가 왕위에 오르는
데 기여하여 좌익공신(佐翼功臣)에 올라 좌찬성(左贊成)에 이르렀다. 이
계린의 동생 이계전(李季甸, ?~1458)9)은 계유정난을 겪는 과정에서 정난
좌익공신(靖難佐翼功臣)이 되어 영중추부사(領中樞府事)에 이르렀다. 세

---

8) 이계린(李季疄): 태종의 장녀인 정순공주(貞順公主)의 사위이다. 1416년 16세의 나이
로 돈녕부판관(敦寧府判官)에 임명되었다. 그가 젊어서 관직에 나가는 것을 태종이 마
땅치 않게 여겨 오랫동안 관직에 나가지 않다가, 1436년 세종의 명으로 동부승지로 발탁
되었다. 1441년 형조참판, 다음 해 경기도관찰사, 1444년 호조참판, 이듬 해 경상도관찰
사를 거쳐 1446년 대사헌이 되었다. 다음 해인 1447년 황해도관찰사로 임명되어 각 지
방의 사정을 살피면서 계속된 가뭄으로 백성들의 생활이 처참한 것을 보았다. 그는 백성
중에 굶주림을 견디다 못해 사람의 고기를 먹는 사례도 있다는 계문(啓聞)을 잘못 올려
문제를 일으켰다. 개성유수, 형조판서, 호조판서로 임명되었다가 세조의 왕위 찬탈에
협력한 아우 계전과 함께 좌익공신(佐翼功臣) 2등에 녹훈되고 한산군(韓山君)에 봉해
졌다. 1455년 좌찬성이 되었다.
9) 이계전(李季甸): 자는 병부(屛父), 호는 거양재(居養齋), 시호는 문열(文烈). 1427년
(세종 9) 문과에 급제, 집현전(集賢殿)에 있다가 승정원도승지(承政院都承旨)에 이르
러 정난좌익(靖難左翼) 공신에 참여하였고 한성 부원군(韓城府院君)에 피봉되고 대제
학·영중추원사(領中樞院事)에 이르렀다. 1436년(세종 18)에 왕명에 의하여 『사정전훈
의 자치통감강목(思政殿訓義 資治通鑑綱目)』을 김문(金汶)과 더불어 편찬한 바 있다.

조정권에 참여함으로써 부와 귀를 얻었던 이들과는 달리 사육신(死六臣)의 한 사람인 이개(李塏)는 이종선의 손자이고 이계주(李季疇)의 아들로서, 숙부 이계전이 수양대군에게 다가가는 것을 경계하기도 하였다.10)

호장공계(戶長公系)는 조선 왕실과 혼인관계도 맺었다. 이종학의 4남 이숙무(李叔畝, ?~1439)11)는 태조의 맏아들인 진안(鎭安)대군 이방우(李芳雨)의 사위가 되었다. 이숙무의 조카 이훈(李塤)은 효령(孝寧)대군의 사위가 되었다.

한편 한산 이씨 권지공계(權知公系)는 이윤우(李允佑)를 시조로 하는데, 9세인 이위(李衛)는 단종이 폐위되자 황해도 백천(白川)의 부흥촌(富興村)으로 퇴거하였다. 그 무렵부터 권지공계(權知公系) 한산 이씨는 황해도 연백군(延白郡) 일대에서 살게 되었다.

한산 이씨 가문은 조선 건국 및 세조 왕위 찬탈과 긍정적으로든 부정적으로든 긴밀하게 관련되었다. 이색이 끝까지 고려에 대한 충절을 지킨 선례는 세조 왕위 찬탈 과정에서 단종에 대한 충성을 지키는 정신으로 이어질 수 있을 터인데도 한산 이씨 사람들이 모두 그렇게 하지는 않았다. 호장공계(戶長公系)인 이계린(李季疄), 이계전(李季甸) 등이 세조를 지지하여 공신이 된 반면, 같은 호장공계인 이개(李塏)는 세조의 왕위찬탈에 극구 반대하다 사육신의 한사람으로 처형당했다. 권지공계(權知公系) 후손들은 세조왕위 찬탈 때 황해도로 물러가는 결단을 내렸다.

이기(李墍)는 세조 왕위 등극의 공신인 이계전의 직계 후손이다.12) 그

---

10) 上在潛邸時, 叔父季甸出入甚密, 塏常戒之.(『韓國歷代人物傳集成』3, 民昌文化社, 1980, 2571면)

11) 이숙무(李叔畝): 시호는 양탁(良度). 한산군(韓山君) 색(穡)의 손자. 문벌로 벼슬에 나가 형조 참판에 이르고, 황해·함길·평안·경상·전라도 관찰사를 거쳐 형조 판서·판한성 부사가 되어 진안군(鎭安君) 방우(芳雨)의 딸과 결혼했으므로 지돈령 부사(知敦寧府事)가 되었다.

런 그가 『송와잡설』에서 세조의 왕위 찬탈을 부정적으로 서술하고 것은 의미심장하다. 일단 이기가 6대조 이계전 보다는 이색과 이개(李塏)의 충절정신을 받들었다고 볼 수 있다. 그러나 이기가 양 극단 중 한 쪽만을 선택한 것은 아니다. 『송와잡설』은 양극단을 함께 수용하면서도 그 각각 에 머물고 있지는 않은 것이다.

이기가 이런 태도를 보이기까지 심상찮은 내면적 고민과 모색을 거쳤 을 것이라 짐작한다. 이색의 후손으로서 충절정신을 소중하게 간직하지 만 엄연한 현실 정치의 상황 논리를 완전히 무시하기도 어려웠을 것이 다. 또 특히 세조 왕위 찬탈 과정에서 가문 선조들이 보여준 상반된 자세 는 후손으로 하여금 곤혹스럽지만 진지하게 자기성찰을 하도록 만들었 을 것이다. 이기가 양극단을 재현하고 나아가 그것을 극복한 방식을 밝 히는 것은, 이기라는 한 개인의 내면의식을 탐구할 수 있게 할 뿐 아니라 절망의 시대에 지식인이 추구할 수 있는 한 대안을 찾아본다는 의의도 지닐 것이다.

3. 『송와잡설』의 서사적 재현과 이기의 의식지향

잡록집이 단편들의 배치를 꼼꼼하게 따지지 않는다 하더라도 적어도 첫 단편과 끝 단편에는 특별한 의미가 깃들어 있기 마련이다. 『송와잡설』 의 첫 단편은 〈왕씨용종야(王氏龍種也)〉(한고관, 771)이고 끝 단편은 〈유박 영지칭명자(有朴永之稱名者)〉(한고관, 809)이다. 〈왕씨용종야〉에서는 고

---

12) 이기 - 부(父) 이지란(李之蘭; 李之涵이 형) - 조부(祖父) 한성군(韓城君) 이질(李 秩) - 증조부(曾祖父) 이장윤(李長潤, 1455~1528) - 이우(李堣)- 이계전(李季甸) - 이종선(李種善)

려의 우(禑)임금이 신돈의 자식이라는 모함을 받아 죽기 전에 자기 어깨를 드러내어 보여주면서 자기가 왕씨 왕족임을 입증하려 했다는 이야기를 제시한다. 고려 왕씨는 반드시 몸의 어딘가에 비늘이 있으며 그것이야말로 왕씨가 용손(龍孫)임을 증명해주는 것이기 때문이라는 것이었다. 이기는 이 일이 '국사에는 기재되어 있지 않으나, 임영[강릉] 사람들이 지금까지 그 이야기를 하고 있다.'고 하였다. 고려 왕권과 왕족의 존재에 대한 인정과 동정을 나타낸 부분이다. 〈유박영지칭명자〉는 근본조차 분명하지 않은 박영(朴永)이란 사람의 말을 소개한다.

> 거의 10년을 관서 지방에서 호구(糊口)하고 살았습니다. 이제야 서울에 돌아오니, 인심과 풍속이 전과 크게 다릅니다. 위로 조사(朝士)로부터 아래로 일반 선비까지 모두 남을 깔보고 스스로 잘난 체하는 버릇이 있어 토붕와해(土崩瓦解)의 형세가 이미 되어 버렸습니다 …… 만약 나의 소견을 고집하면 저들은 반드시 이론(異論)을 세울 것이고, 나의 올바른 뜻을 굽혀 저들을 따르면 도리어 사체(事體)를 해치게 될 터이니, 차라리 산야로 물러가서 편하게 누워 있는 것만 못합니다.[13]

술수학(術數學)에 능통하다는 박영의 이 말 속에는 당대 현실에 대한 위기의식이나 절망감이 뚜렷하게 베여있다. 이기는 박영의 말에 깊이 공감하지만 그를 따라 운둔하지는 못한다. 과연 그 얼마 뒤인 1589년 기축옥사(己丑獄事)가 일어나고 이어 왜적이 침략하여 이 글을 기록하는 시점까지 난리는 계속되고 있다.

이와 같이 『송와잡설』의 처음과 끝을 장식하는 두 단편은 편찬자 이기

---

13) 糊口關西, 幾至十年. 今始還京, 人心風俗, 大異於前, 上自朝士, 下至韋布, 皆有傲物自聖之習, 土崩瓦解之勢已成 …… 若執我所見, 則彼必立異, 若屈己從渠, 則反傷事體, 不如退臥山廬也(한고관, 809면)

가 과거의 역사를 바라본 관점과 자기 시대에 대해 가졌던 절망감을 압축하여 잘 보여준다. 『송와잡설』 소재 기타 단편들도 근본적으로 이러한 두 가지 면을 전제로 하여 현실 재현과 의식지향의 다채로운 변주를 보여준다.

1) 자기 시대에 대한 절망

『송와잡설』의 출발이요 바탕은 편찬자가 당대에 대해 느낀 절망감이다. 〈조가개국이백년(朝家開國二百年)〉(한고관, 776)이 그 점을 분명하게 보여준다. 여기서 이기는 자기가 살아가던 시대의 고통을 묘사하고 그에 대해 질문을 던진다. 조선 개국이후 크고 작은 재앙과 정변이 있었지만 세종, 성종, 중종, 명종 같은 임금들이 잘 무마하여 선조에까지 이르렀다. 그러나 그때부터 온갖 재난이 닥쳐오기 시작했다. 수십 년 동안 역질이 유행하며 백성들이 많이 죽었는데, 기축년(1589) 정여립(鄭汝立) 옥사가 일어나면서 천여 명이 죽었다. 그로부터 3년 뒤 왜구가 쳐들어와 수많은 군사들과 백성들이 죽었고, 살아남은 백성들도 일을 잃고 농사도 실패하여 시체로 나뒹굴게 되었다. 그 와중에 호서(湖西)와 해서(海西)에 반란이 일어났다는 고발로 많은 사람들이 해를 입었다. 역질이 성행하는 중에 학질이 유행하였다. 비바람에 놀랄만한 재앙들이 잇달아 한번 전염되기만 하면 일어날 수 없다. 곧 모두가 죽을 것이라는 예감이 든다. 이런 절박한 자리에서 이기는 하늘을 향해 따진다.

> 물(物)이 성한 다음에 쇠하여지는 것은 천도(天道)의 상례이다. …… 아! 인간을 사랑하여 살리고자 하는 것은 하늘의 본심인데, 어찌하여 진노(震怒)하기를 그만두지 않는가? 왜노를 불러들여 폭행을 하게하고 악귀가 행흉(行凶)하도록 맡겨 두어 죽이고 또 죽여서, 지금 와서는 더욱 심하게 하니, 인

(仁)으로 덮어 주고 하민(下民)을 불쌍하게 여기는 지극한 덕이 과연 이와
같은가? 옛사람이 말하는 죽을 운수가 끝나지 않아서 그런 것이나 아닌가?
온 세상 사람을 다 죽여 버리고 별도로 하나의 마땅한 사람을 낳게 하려고
그러는 것인가? 청구 수천 리 지역에 사람이 없어지고 원귀의 터로 변하게
하려고 그러는 것인가? 아니면 어지러움이 심하고 비운(否運)이 극도에 이르
게 하여 인심이 허물을 후회하고 다스림을 생각하도록 한 다음에 다시 태화
(泰和)한 운수를 열어 주려고 그러는 것인가? 하늘의 뜻한 바는 진실로 알
수 없다.14)

　　이렇게 이기는 사람의 편에서 하늘을 향해 절규했다. 자연 재앙, 왜구
침략, 그리고 돌림병의 만연으로 인한 인명의 살상에 초점을 맞추어 자
기 시대가 비운(否運)의 극에 달했다고 이기는 판단한 것이다. 『주역』에
서 말하는 비극반태(否極反泰)가 아니라 비래태거(否來泰去)인 것 같으
니 하늘의 뜻은 정말 알 수 없는 것이다. 이기는 하늘을 원망하는 듯하면
서 자기 시대의 절망을 환기하고 있는 것이다.

　　나아가 임진왜란 와중에 사람들이 보여주는 변절, 탐욕, 허위 등을 목
격한다. 〈만력임진(萬曆壬辰)〉(한고관777)은 임금이 서울을 떠난 뒤, 서
울에서 일어난 조선 사람들의 타락상과 변절, 기회주의적 행실을 재현해
준다. 임금이 서울을 떠나자 조선 민중들은 닥치는 대로 약탈을 자행한
다. 왜구가 들이닥치자 적지 않은 사람들은 왜구에 빌붙어서 잘 살아간
다. 왜구가 입성하면 지옥이 될 것처럼 예상했으나 실상 너무나 조용한
일상이 펼쳐졌다. 시장을 열고 물자를 교역하는 것은 전과 다름이 없었

---

14) 物盛而衰, 天道之常 …… 嗚呼! 愛人而欲生之者, 天之本心也. 胡爲震怒不已, 召倭
　　肆暴, 任鬼行兇, 殺之又殺, 至今彌甚, 仁覆閔下之至德, 果如是乎? 無乃古人所謂殺
　　運未訖而然耶? 將盡殺一世之人, 別生一副當人而然耶? 使青丘數千里之地, 無復人
　　理變爲寃鬼之場而然耶? 抑將亂甚否極, 使人心悔過思治然後, 復開泰和之運而然
　　耶? 天意之所在固未可知也.(한고관, 776면)

다. 할아버지가 손녀를 왜장에게 아내로 주니 온 동네가 그 덕에 편해졌
다. 왜적들과 술자리를 벌이고 도박도 하였다. 그러나 왜구들은 물러갈
때 대부분의 사람들을 죽였다. 살아남은 사람들은 서울이 수복되자 말을
바꾸었다. 도성을 탈출하지 않은 것은 우리 병사들이 돌아오기를 기다렸
다가 안에서 내응하기 위해서란다.15) 이에 대해 이기는 '민정(民情)이 반
복난측(反覆難測)하여 가히 두려운 것이 이와 같았다.'16)고 통탄하였다.

　이기는 전쟁 상황에서 사람들이 보여주는 이런 변절과 표변에서 엄청
난 충격을 받은 것 같다. 더욱이 이런 경험의 축적이 인심을 흔들리게
하고 제도를 훼손시킨 것을 더 심각하게 여긴다. 가령 상례(喪禮)의 기강
이 무너져 상주된 자가 궤연(几筵)17)을 받들고 집으로 돌아와서 병을 핑
계대고 안방에 거처하면서 마시고 먹고 손님 접대하기를 평소와 다름없
이 한다. 조정에서는 상주가 된 무사에게 기복(起復)해서 종군하라는 영
을 내리고 무부는 그에 따랐다. 문관으로 재상의 반열에 오른 자도 자진
해서 기복하는 자가 많았다. 선비로서 스스로 글을 읽었다는 사람이나
예법을 배웠다고 자부하는 자도 모두 상복(喪服)을 입지 않고 윗사람 아
랫사람, 어른 아이 할 것 없이 상례를 실행하지 않았다. 우리의 본심은
애달파하고 망극하게 여기는 것이니, 그 본심이 왜적의 변으로 하루아침
에 사라지고, 금수(禽獸)의 지경에 빠져들어도 스스로 깨닫지 조차 모르
고 있다고 하였다.18) 법의 기강도 날로 해이해지고 인심도 날로 사치해

---

15) 僥倖脫身者, 反爲變其辭說, 以爲前日之留都不去者, 姑待我兵之來, 欲爲內應而
　　然也.(한고관, 777)
16) 民情之反覆難測, 其可畏又如此.(한고관, 777)
17) 궤연(几筵): 영궤(靈几)와 혼백, 신주를 모셔 두는 곳.
18) 嗚呼! 前日之不肯從權者, 何心? 而今日之對人恣食者, 抑何心歟? 所謂失其本心
　　者也. 夫三年之喪, 天之經地之義而民之彝也, 故賢者以爲輕而不肯者所當勉也, 是
　　何吾心本然惻怛罔極之天, 一朝因醜賊之變, 蕩然淪喪, 陷爲禽獸而不自覺也? 可歎
　　也夫! 可怪也夫!(한고관, 777면)

져 세상의 도리가 무너졌다.[19)]

과연 이러한 절망적 현실에서 사대부는 무엇을 할 수 있으며 무슨 대안을 떠올릴 수 있을까? 이기는 이런 고민을 깊이 하였다. 일단 사대부가 자기 일상에서 공부하고 추구해온 유가이념이 규범으로서 제 역할을 하지 못한 점을 솔직하게 인정하였다. 그래서인지 다른 사대부들의 잡록집에서 일반적으로 만나는 이념에 대한 교술적 진술을 찾기는 어렵다. 그 대신 현실에서 느낀 당혹감을 질문을 형식으로 먼저 드러낸 것이다.

이상과 같은 자기 현실에 대한 이기의 절망감은『송와잡설』의 서사적 재현의 바탕과 출발이 된 것으로 보인다.

2) 절망적 현실에서 모색한 네 갈래 길

(1) 타락에 대한 고발과 풍자

이기는 스스로 경험한 임진왜란의 참상과 그 폐해에 대해 가장 심각하게 고민을 하였다. 전쟁을 초래한 제반 요인과 침략한 왜적에 대해 당당히 응전하지 못한 점들에 대해 안타까운 마음으로 고발하고 비판하였다. 〈원주흥원참(原州興原站)〉(한고관, 784)은, 왜적이 임진왜란 30여 년 전부터 전쟁을 준비하고 있었다 했다. 또 원주의 수부(水夫) 이일정(李一貞)과 사노(私奴) 원유공(元有功)이 3~4년 뒤 왜적이 반드시 조선반도를 침략할 것이라는 왜사(倭使)의 말을 듣고 그 사실을 당시 목사에게 전했지만, 목사가 그걸 망령된 말이라고 일축하였다는 점을 지적하고 있다. 목사는 나라의 방위를 위해 결정적으로 중요하게 활용해야 할 정보를 얻고도 무시하였다. 이런 목사야말로 당쟁만 일삼고 왜적 방어에 소홀했던

---

19) 中廟朝以後, 法紀漸解, 人心日奢, 犯分踰禮之事, 無有紀極, 則家舍所向之南北, 不暇問也, 可見世道之漸降而人心之不古若也.(한고관, 787면)

조선 사대부의 모습을 대변한다. 이기는 목사의 안이한 태도를 보여줌으로써 조선 사대부를 고발하고 있다.

〈여씨지조(麗氏之朝)〉(한고관, 787)에서는 백성을 최우선으로 배려하는 것은 고려조부터 내려온 전통이었음을 강조한다. 고려조에는 낭장(郎將)[20]등은 백성의 일에 익지 못하고 다스리는 도를 모른다 하여 백성을 가까이하는 벼슬을 주지 않았다고 했다. 가령 거제(巨濟)는 왜적이 우리나라를 침략해오는 길목이었는데도 그곳 백성을 위하여 문관을 수령으로 발령 낸 것이었다.

> 우리 조선에 들어와서도 조종(祖宗) 이래로 무변(武弁)은 내지(內地)로 발령 내지 말라는 명이 있었다. 그러나 중종(中宗) 중기 이후 권간(權奸)들이 줄이어 나타나 뇌물을 좋아하고 방비에 소홀하여 자기들과 친하고 젊은 무관을 부요한 고을 원으로 제수한 적이 많았다. 자기들 권세를 믿고 함부로 날뛰며 남에게 아부하고 자기를 살찌우는 일이라면 못하는 일이 없었으니 민심이 원망하고 이반되어 나라의 근본이 병들어버렸다.[21]

이처럼 백성을 배려하는 것을 외적으로부터 나라를 지키는 것보다 더 소중하게 생각해왔는데, 중종 이후 등장한 권간(權奸)들은 애민정신을 상실하고 뇌물을 바치거나 자신들과 친한 무관에게 변방 고을 수령 자리를 주었다는 것이다. 그렇게 부임한 무관은 철저히 타락했다. 〈함경일도(咸鏡一道)〉(한고관, 785)는 무관의 타락 자체를 문제 삼았다. 함경도 변방 지역은 야인과 인접해있어 무관을 고을 수령으로 보내었다. 무관 수령들은 백성들에게 혹형을 가하고 백성들을 흙이나 초개처럼 보았다. 백

---

20) 고려 · 조선 시대의 무관직(武官職).

21) 我朝, 自祖宗以來, 亦有武弁勿差內地之令, 而靖陵中年以後, 權奸繼踵, 樂其苞苴, 恃勢縱恣, 悅人肥己, 無所不至, 民心怨叛, 而邦本病矣.(한고관, 787면)

성들 역시 수령을 '낮도둑[晝賊]'으로 불렀다. 그래서 서울에 온 어느 함경도 사람이 성균관을 지나가다가는 옆 사람에게 '조정에서 낮도둑들을 모아 기르는 곳'[22]이라고 설명해준다. 이에 대해 이기는, "이 말이 비록 지나치게 분격(憤激)하기는 하지만, 그 정상은 가히 불쌍하니, 그런 말을 듣고는 부끄러워하게 된다."[23]라는 소감을 덧붙인 것이다.

〈제왕지법(帝王之法)〉(한고관, 787)은 청춘과녀의 개가 금지와 환관의 축첩 허용의 문제점을 지적하면서 그것은 '인정(人情)에 바탕을 두지도 않았고, 천리(天理)에 순응하지도 않았으며, 성인(聖人)의 법에도 맞지 않다고 비판했다.

이기는 이러한 제도적 문제점에 편승하여 악행을 일삼는 악인을 고발한다. 〈김안로폐출(金安老廢黜)〉(한고관, 779)은 기묘제현의 억울함을 주장하여 당시 실권을 잡고 있던 세 허씨와 두 심씨에게 빌붙었다가, 자기가 실권을 잡자 이들을 이용하고 부려먹은 김안로(金安老)의 교활함을 고발한다. 〈김안로구거상위(金安老久據相位)〉(한고관, 807)에서는 뇌물의 많고 적음에 따라 다른 사람을 대하는 태도가 표변하는 김안로의 타락상을 드러내었다. 〈정문익공시구(鄭文翼公蓍龜)〉(한고관, 791)에서 김안로는 완전한 군자 정굉필을 끝까지 따라다니며 배척하고 모함한다. 이기는 군자에게는 언제나 악인들이 따라 붙는다고 인식한 듯하다.[24] 그 외 〈인산부원군홍윤성(仁山府院君洪允成)〉(한고관, 807)은 거만한 홍윤성을, 〈송감사흠(宋監司欽)〉(한고관, 807)은 여색을 지나치게 밝히는 송흠을 풍자하고 있다.

이런 고발과 비판을 바탕으로 하여 좀더 일반화된 풍자를 만들었다.

---

22) 朝廷聚會晝賊而長秧之處.(한고관, 785면)

23) 此言雖過於憤激, 其情可矜, 而聞之亦可媿矣.(한고관, 785면)

24) 〈정문익공위군소소구(鄭文翼公爲群小所搆)〉(한고관, 791면)

〈우열양산소록(偶閱兩山所錄)〉(한고관, 786)은 진양산(陳兩山)이 기록한 것을 옮긴 내용으로, '도둑'과 '부자'의 대비를 통하여 '부자'를 풍자한다. 도둑이 성지용의인(聖智勇義仁) 등 다섯 개의 도(道)를 가졌다면[25] 부자는 인의예지신(仁義禮智信) 등을 지칭하는 오적(五賊)을 제거했다는 것이다.[26] 도둑이 다섯 가지 도를 보존하여 자기 도를 이루었다면 부자는 다섯 가지를 적으로 삼아 필히 그것을 제거한 뒤에라야 부를 이룬다 하니, 오늘날의 큰 부자는 옛날 도적보다 그 문제가 심각하다고 하였다. 부자가 인자하지 못하고 의롭지 못하며 예의를 모르고 지혜롭지도 않으며 신의도 없다는 점을 이렇게 신랄하게 풍자한 예를 찾기 어렵다.

〈호남변산근처유조상사(湖南邊山近處有曹上舍)〉(한고관, 806)는 재물에 대한 탐욕을 풍자한다. 조상사(曹上舍)는 일종의 대부업을 하며 재물욕에 눈이 어두워진 존재다. 그로부터 물건을 빌려가서 그 값을 상환하지 못하고 있던 한 양수척이 바위 아래에 잠들어 있는 호랑이를 발견하고 죽었다고 착각하고는 조상사를 찾아간다. 자기가 물건 값을 갚을 호랑이를 잡아두었으니 가져가라고 했다. 조상사는 기뻐 날뛰며 호랑이를 담아올 들것을 마련하여 바위 위로 올라가 호랑이를 바라보았다. 호랑이는 사람 소리에 놀라 깨어 골짜기가 흔들릴 정도의 소리를 지르고 내달렸다. 그 바람에 조상사는 정신을 잃고 바위 아래로 굴러 떨어져 만신창이가 되었으니 말도 탈 수 없어 들것에 들려 내려 왔다. 이때 조상사는 누런 삼베옷을 입고 있었다. 멀리서 이 광경을 보던 집안 자제들이 말했다.

"이번 호랑이는 얼룩무늬 호랑이가 아니고 누른 호랑이네!"[27]

---

25) 盜亦有道, 妄意室中之藏, 聖也. 知可否 智也. 入先, 勇也. 出後, 義也. 分均, 仁也. 不存五者之道而能大盜者, 天下未嘗有也.(한고관, 786면). 이 부분은 《장자》의 〈거협(胠篋)〉편에서 따온 것이다.(《장자익》, 《한문대계》, 〈거협〉 2~3면 참조)

26) 富翁之言曰: "欲爲富, 先去五賊, 不去五賊, 而能成大富, 天下未嘗有也. 所謂五賊, 仁義禮智信야."(한고관, 786면)

조상사는 자식들에 의해 짐승으로 낙인찍히게 된 것이다. 이런 식으로 재물을 탐하는 자를 철저하게 풍자하였다.[28)

〈중원영평부칠가령(中原永平府七家嶺)〉(한고관, 786)은 아버지의 말에 순종하지 않고 반대로만 행동하는 아들의 패륜을 문제 삼는다. 윗사람의 말을 따르지 않는 행위는 세상을 불행하게 하며 설사 개심하여도 불행을 초래한다는 점을 풍자하는 것이다. 〈무실지언위지허언(无實之言謂之虛言)〉(한고관, 808)은 더 근본적으로 허황한 말하기를 풍자했다. "실속이 없는 말을 헛말이라 하고 말하고도 행하지 않는 것도 헛말이라 한다."[29) 이고 단정한 뒤, 하나의 우언(寓言)을 제시했다.

옛날에 사명(司命)[30)이, '구천(九天) 상제(上帝)의 옆은, 뭇 별이 거처하는 곳이다.' 하여, 실상이 없는 헛말을 부대 세 개에다 가득 담고 하계에 던져서 길에다 버렸다. 그 중 가장 큰 부대는 이원(梨園)의 늙은 기생이 가져가고 그 다음 것은 길옆 수령이 가져가고, 또 그 다음 것은 이조판서가 가져갔다.[31)

늙은 기생, 수령, 이조판서 등은 차례대로 실속이 없는 헛말을 하는 것으로 풍자되었다. 이기는 이들이 응낙을 하고도 일일이 실행하지 못하는 사정을 어느 정도 이해해주기는 하지만 헛말을 했다는 비난을 면하지는 못한다고 단정했다.[32) 〈양남원(梁南原)〉(한고관, 796)에서는 성종의 목소리를 통하여 법관(法官)이 된 양성지(梁誠之)를 꾸짖는다. 양성지는

---

27) "今此虎, 非斑文虎也, 乃黃色虎也"(한고관, 806면)
28) 可爲貪得者之戒也.(한고관, 806면)
29) 无實之言, 謂之虛言, 言而不行, 謂之虛言.(한고관, 808면)
30) 사명(司命): 사람의 생명을 주관하는 신. 칠사(七司)의 하나로서, 봄에 제사를 지낸다.
31) 昔者司命, 以爲九天上帝之側, 乃衆星所居之處, 无實虛言, 盛之三帒, 投之下界, 棄置路上, 最其大帒, 則梨園老妓得之, 其次, 路傍守令, 得之, 又其次, 銓曹尙書得之.(한고관, 808~809면)
32) 虛言之譏, 烏得免乎?(한고관, 809면)

꿋꿋하게 바른 말을 하는 절조가 없었다. 성종은 양성지가 법관이 된 지 8년이 되어도 자기 귀를 거슬리게 하는 말 한마디 하지 않은 것을 '매우 가상하게 여긴다.'[33]고 했는데, 이기는 성종의 그 말이 풍자하고 천하게 여기며 미워하는 뜻이 깊은 것[34]이라 해석했다.

이처럼 이기는 세상에서 절망하면서 도대체 세상을 절망적으로 만든 것이 무엇이었는지를 두루 떠올리고는 그것들을 고발하고 비판하고 풍자했다. 비판과 풍자는 그래도 현실이 달라질 수 있는 일말의 가능성이 있다는 것을 전제한 대응방식일 것이다.

(2) 이상적 인간형의 부각

세상이 흐트러져도 이념과 규범에 철저히 충실한 사람은 있게 마련이다. 그들을 찾아내어주는 것은 절망적 세상을 밝힐 빛을 만들어주는 것과 같아 간절하다. 〈정문익공재기묘년간(鄭文翼公在己卯年間)〉(한고관, 788), 〈모재선생(慕齋先生)〉(한고관, 791), 〈이판서현보(李判書賢輔)〉(한고관, 798), 〈이상공준경(李相公浚慶)〉(한고관, 799), 〈황익성공희(黃翼成公喜)〉(한고관, 801), 〈황익성공희위수상(黃翼成公喜爲首相)〉(한고관, 802), 〈黃翼成〉(한고관, 802) 등이 정광필, 김안국, 이현보, 이희보, 이준경, 황희 등을 '어진 정승' 혹은 '군자'로 추앙한다.

〈정문익공재기묘년간〉에서 정광필(鄭光弼, 1462~1538)은 임금 앞에서 자기를 '비부(鄙夫)'라 지칭하며 영의정으로서의 책무를 다하지 못한다고 통렬히 비난한 한충(韓忠, 1486~1521)을 관대하게 대한다. '젊은이들이 감히 말하는 풍조를 꺾거나 억압해서는 안된다'는 마음에서였다. 또 임금

---

33) 成廟戒之曰: "卿爲法官八年, 向予一无拂戾迕耳之言, 予甚多之."(한고관, 796면)
34) 聖主一言, 規諷而賤惡之意, 深矣.(796~797면)

앞에서 대선배 영의정의 무능을 통렬하게 비난한 한충의 존재는 법관이
된 지 8년이 되어도 임금의 귀를 거슬리게 하는 말 한마디 하지 않은
양성지(梁誠之)[35]와 대조된다. 〈모재선생(慕齋先生)〉(한고관, 791)에서
김안국(金安國, 1478~1543)은 기묘제현(己卯諸賢)의 영수로서 평생 성(誠)
을 위주로 하는 학문을 닦았다. 기묘사화 때는 여흥으로 물러가 20년
동안이나 후생들을 가르쳤으며 사군연국(思君戀國)에 충실했다. 문형이
되어 조정으로 돌아온 뒤에는 온 정성을 다하여 사대교린의 문서를 작성
하여 중국에서도 인정받았다. 〈이판서현보〉에서 이현보(李賢輔, 1467~
1555)는 만년(晚年)의 물러남을 위하여 자녀들의 혼처를 모두 자기 고을에
서 구하였고 그래서 서울 생활에 미련을 두지 않고 향촌의 자연 속에서
일생을 잘 마무리 할 수 있었다. 이상적 치사(致仕)를 실천한 것이다. 〈이
상공준경〉에서는 완벽한 군자 이준경(李浚慶, 1499~1572)의 인격을 보여
준다. 이준경은 청렴하고 결백하여 사사로움을 추구하지 않았다. 학문이
해박하여 일을 만나면 즉시 결단을 내린 일 등도 부각시켰다. 이기는 이
단편의 끝에서 '본조의 현명한 재상인 황희, 허조(許稠, 1369~1439)를 제
외하면 정광필의 뒤에는 오직 공 한 사람만 있을 따름이다.'[36]라는 평을
달았는데, 이기가 이런 이상적 인물들을 언제나 염두에 두고 있었음을
짐작할 수 있다.

　　황희는 가장 돋보이는 이상적 인물이다. 〈황익성공희〉는 황희가 너그
러운 인격자가 된 사연을 알려준다. 〈황익성〉에서 황희는 집안에서 어떤
상황에서도 어느 한쪽의 편을 들어 다른 쪽에게 상처를 주지 않는다. 그
가 있는 곳에서는 갈등하는 어느 쪽도 다 만족하게 된다. 분란이 아니라
관용과 화해를 가져다주는 것이다.

---

35) 〈양남원(梁南原)〉(한고관, 796)
36) 本朝賢相, 黃喜許稠之外, 鄭光弼之後, 惟公一人而已.(한고관, 799면)

이처럼 『송와잡설』이 추구한 이상적 사대부상은 절망적 현실에서 떠올린 희망의 빛이 되었다. 다만 사대부의 삶이 정치적 맥락을 걷어낼 수 없기에 현실 갈등의 흔적은 여전히 남아있다.[37]

다른 한편 양민과 천민 중에서도 양반을 능가하는 도덕적 품성과 인정의 세계를 보이는 경우가 있다. 〈원주서남(原州西南)〉(한고관, 789)과 〈통천군읍내(通川郡邑內)〉(한고관, 789)에서 는 평민 부부가 서로에 대한 지극한 사랑을 보여준다. 〈원주서남〉은 전형적인 민간사회를 배경으로 한다. 떠돌이 부부라는 등장인물이 이러한 배경과 잘 어울린다. 1554년[38] 동짓달 밤, 호랑이가 남편을 물어죽이자 그 아내는 그 누구의 도움도 받지 못하면서 남편의 시신을 물고 가려는 호랑이와 밤새도록 대치한다. 날이 밝아오자 호랑이는 시신을 포기하고 도망친다. 아내는 가진 재물을 다 팔아 장례 비품을 마련하여 예의에 맞게 장사를 치렀고 죽을 때까지 혼자 살았다 한다. 이에 대해 이기는, "이 여인의 행실이 옛날의 열부(烈婦)에 못지 않는데, 이웃이 관가에 알려주지 않았던 까닭에 포상을 받지 못했고 온 곳과 간 곳을 다 모르게 되었다."[39]고 안타까워했다. 남편의 시신을 빼앗기지 않기 위해 밤새도록 호랑이와 씨름하는 여인의 용감하고 간절한 행동은 사대부가의 여인네들에게서는 찾아보기 어려운 것으

---

37) 그 외 이상적 사대부상에 해당하는 것으로는 〈조판서사수(趙判書士秀)〉(한고관, 803)의 청렴한 조사수(趙士秀, 1502~1558), 〈황형역명장야(黃衡亦名將也)〉(한고관, 803)의 엄숙한 황형(黃衡, 1459~1520), 〈윤참판부(尹參判釜)〉(한고관, 803)의 너그러운 윤부(尹釜, 1510~1571), 〈崔錦山克成〉(한고관, 789)의 효자 최극성(崔克成) 등이다.

38) 이 때는 편찬자 이기가 약 33살 되던 해이다. 그렇다면 이기는 자기 당대에 민간에 있었던 실화를 전해 들었다고 보아야 하겠다. 이기에게 이 이야기를 해 준 사람이 사대부이든 비사대부이든 간에, 적어도 이 이야기의 원 생산자는 바로 원주로 부터 30리 떨어진 구파촌의 백성들이었음은 두 말할 여지도 없다. 『송와잡설』이 '당대'의 '민간'의 이야기를 적극 수용했다는 점이 이 사례에서 더욱 분명해 졌다.

39) 此女之所行, 不下於古之烈婦, 而隣保不告官府, 故褒賞不及, 而其所從之來所往之處, 皆莫知也.(한고관, 789면)

로서, 절망적 현실에서 떠올려 의지할 수 있는 인간형이라 할 수 있다. 떠돌이에게 박절하게 대하는 마을 사람들의 모습에서 임진왜란 전후 각박해진 세태를 감지한다. 그 악조건 속에서도 믿을 건 스스로의 힘과 의지이다. 〈통천군〉역시 1583년에 있었던 실화를 옮기고 있다. 이때는 이기가 62세였다. 통천군의 가난한 남자는 나무를 하러 갔다가 동상을 입고 쓰러진다. 옷이 헤어져 추위를 막아주지 못했기 때문이다. 아내는 남편이 몰고 갔던 소가 혼자 돌아오자 남편을 찾아 나선다. 쓰러져 있는 남편을 발견한 아내는 옷을 벗고 가슴을 맞대어 안았다. 아내 몸의 온기에 의해 남편이 깨어나기를 바랐지만, 결국 부부는 머리를 가지런히 하고 함께 얼어 죽는다. 집에 있던 아이들도 이튿날 아침 부모의 시신이 있는 곳으로 기어가서는 울기 시작했다는 것이다. 이 이야기를 듣고 눈물 흘리지 않는 사람이 없었으니 군수 이응린(李應麟)이 고아들을 불쌍히 여겨 구휼하고 그 집의 부역을 면제했다는 것이 귀결이다. 이 작품은 당시 빈한하게 살아가던 백성들의 삶의 한 극단을 보여준다. 옷이 얇아 얼어죽는 남편, 그리고 그 남편을 구해내려는 일념으로 웃통을 벗고 가슴을 맞대는 아내, 부모의 시신 옆에서 울부짖는 아이들의 모습은 당시 민간의 비참한 삶의 풍경을 보여주지만, 그래도 남편을 살리기 위해 최선을 다하는 아내의 모습이 절실한 아름다움을 만든다.

〈임영군사삼인(臨瀛軍士三人)〉(한고관, 790)은 말단 군사들의 인정과 의리를 다루었다. 세 사람의 군사들은 북방 수자리를 지키다가 차례로 돌림병에 걸린다. 한 사람이 죽자 두 사람은 시신을 번갈아 짊어지고 와 망자의 아버지에게 시신을 인도한다. 그리고 그 아버지의 사례를 절대 받지 않는다. 군사들은 인정을 베풀고 의리를 지키되, 자기들이 생각하는 바 옳지 못하다고 여겨진 것을 절대 하지 않았다. 이는 '잘하고 못함'이나 '잘되고 못됨' 보다는 '옳고 그름'[40]을 우선시하는 것으로, 이기는 그런 삶의 자세가 미천한 사람에게서 실천되고 있다는 점을 특별히 부각시켰다. 이 이야기를 전해준 상사(上舍) 함시화(咸始和)[41]와 이기에 의해 이념이 더 강화되었을 것이다.

이처럼 사대부는 물론 평민과 천민 신분의 사람에게서도 의리와 도리가 관철되는 일화를 선별하여 드러나게 함으로써 절망적 세상에서 그들이 의지처가 될 수 있을 지를 탐색했다 하겠다.

(3) 고려 후기와 조선 초의 충절을 떠올림

절망적 현실에서 모색한 또 다른 길은 충절정신이 살아있던 과거의 재현이다. 시간여행의 귀결점은 고려후기이다. 그것은 이기의 집안 연원과도 무관하지는 않다. 이색을 중심으로 한 한산 이씨의 선조들이 충절정신을 몸소 실천한 것은 이미 널리 알려진 사실이며, 방외인의 선구로서 고려 말 은둔지사를 대변한 원천석은 이기의 외조부의 고조였던 것이다.[42]

『송와잡설』은 맨 먼저 고려 왕씨의 비늘 이야기를 소개했다. "왕씨는 용(龍)의 종족이다. 아무리 못난 자손 먼 후손이라 하더라도 몸의 어딘가에 반드시 비늘이 있다."[43]라는 구절은 아주 단호하다. 그 사실에 대한 조금의 의심도 없다. 실제로 신돈의 자식으로 의심을 받아 사형에 처해졌던 우(禑)왕은 처형당하기 직전 왼쪽 어깨죽지의 바둑돌만한 크기의 비늘을 보여주면서, "이제 이걸 보여주지 않고 죽으면 너희들이 내가 신(辛)가가 아닌 줄 어찌 알겠느냐?"라고 되물었다는 것이다. 이에 대해

40) 이강옥, 『조선시대 일화 연구』, 태학사, 1997, 226~280면.
41) 上舍 咸始和, 見余, 言之如此.(한고관, 790면)
42) 麗季進士元天錫, 余之外王父之高祖考也.(한고관, 800면)
43) 王氏龍種也. 雖屛孫末裔, 一身某處, 必有鱗甲.(한고관, 771면)

이기는 이 이야기가 비록 국승(國乘)에는 실려 있지 않지만 임영(臨瀛, 강릉) 사람들은 지금까지 그 이야기를 한다고 언급하였다. 임영 사람들은 〈임영군사삼인(臨瀛軍士三人)〉(한고관, 790)에서 보았듯, 의리와 신념이 뚜렷한 사람이니 그들이 지금까지 이야기한다는 사실은 고려왕족 용손설의 신빙성을 더 크게 만든다. 이 단편은 고려왕조 마지막 왕권의 명예를 회복시켜주어 고려 말 충절파들의 충절행위가 떳떳하고 정당했다는 암시를 준다.

두 번째 단편인 〈운곡선생(耘谷先生)〉(한고관, 771)에서 원천석은 우왕과 창왕(昌王)이 폐위되었다는 말을 듣고 "나라에서 선왕(先王)의 아들을 신돈(辛旽)의 아들이라 하여 폐위하고 서인으로 만들어 강화에 내쳐버렸다."[44]며 비분강개하고 우왕, 창왕을 부자를 '선왕'이라 지칭하는 시를 짓고 통곡한다. 이 단편에 이어진 〈운곡공(耘谷公)〉(한고관, 771)에서 원천석은 최영(崔瑩)이 형을 당했다는 소식을 듣고 통분의 시를 짓는다. 원천석이 등장한 이 두 단편은 고려왕과 대표적 신하의 죽음이 부당하다는 것을 절절하게 지적한 것이다.

통틀어 고려의 안타까운 종말로 귀결될 이 단편들 바로 다음에 단종의 죽음 관련 단편이 이어져있다는 사실이 매우 의미심장하다. 〈노산군손우영월군(魯山君遜于寧越郡)〉(한고관, 772), 〈노산군조우영월(魯山君殂于寧越)〉(한고관, 772) 등이 그것이다. 전자에서 노산군이 된 단종은 영월군으로 내려간 뒤에도 아침이면 곤룡포를 입고 걸상에 앉아 있으니 모두들 보고 공경을 다한다. 노산군을 죽이려고 내려온 금부도사도 그 위엄 앞에서 손을 쓸 수 없어 긴 끈으로 노산군의 목을 매어서는 뒤쪽 창구멍으로 끈을 끌어당겨 목을 졸라 죽였다고 한다. 노산군이 죽을 때까지 왕으

---

44) 國家, 以先王之子, 爲辛旽之子, 廢爲庶人, 投之江華.(한고관, 771면)

로서의 위엄을 보여줌으로써 그 폐위가 부당하고 안타깝다는 뜻을 드러
내었다. 후자에서는 정체불명의 중이 나타나 노산군의 시신을 탈취해갔
는데 시신은 강물에 던져졌을 것이라 추정한다.

> 하늘이 길고 땅도 영원하니 그 한이 어찌 다하겠는가? 혼은 지금도 떠돌아
> 다닐 것이로다. 진실로 애닯도다.[45]

명백하게 단종을 폐위시킨 세조의 행위가 부당하고 단종이 폐위되어
노산군으로 강등되었다가 살해된 것이 원통하다고 진술했다.

〈광묘병자지난(光廟丙子之難)〉(한고관, 773)은 병자년(1456) 단종 복위
사건에서 사육신의 한 사람으로 죽음을 당한 하위지(河緯地, 1412~1456)
의 가족 이야기다. 하위지를 처단한 뒤 조정에서는 연좌율(連坐律)을 적
용하여 금부도사를 일선(一善, 선산)으로 보내어 두 아들을 죽이도록 하
였다. 금부도사가 들이닥치자 큰 아들은 어쩔 줄 모르고 있는데 둘째 아
들 박(珀)은 모친과 영결할 시간을 달라 요청하고는 안으로 들어간다.
박(珀)은 죽음을 앞두고 조금도 흔들리지 않은 자세로 누이동생이 한 지
아비를 따르는 의리를 평생 지키도록 하라는 마지막 당부를 하고 죽음을
맞이한다. 하위지 아들은 죽음 앞에서 당당했고 의리를 지키는 데 철저
했다. 그의 이런 이념적 당당함을 부각시킴으로써 단종복위 시도의 정당
함을, 단종 폐위의 부당함을 주창하는 것이다.

그리고 단종 살해를 다룬 단편과 하위지 아들의 죽음을 다루는 단편
사이에 이기의 선조 이색의 이야기가 놓였다. 〈목은대위아태조소중(牧隱
大爲我太祖所重)〉(한고관 772), 〈목은어고려공양왕(牧隱於高麗恭讓王)〉
(한고관, 772)이다. 두 단편을 통하여 부각된 것은 이색-태조의 관계와

---

45) 天長地久, 恨其曷旣, 魂至今猶漂蕩, 誠可哀哉.(한고관, 772)

이색-정도전 및 조준의 관계이다. 전자에서는 태조가 이색을 매우 소중하게 생각했다는 점이 강조되었다. 태조는 이색을 보호해주고 또 불렀지만 이색은 응하지 않았다. 결국 이색은 병자년(丙子, 1396) 여름 여흥(驪興)으로 가는 배 안에서 죽었다. 이색의 죽음에 대해서 이렇게 의문을 제시했다.

> 공의 죽음에 대해서 사람들이 많이 의심하였다. 대개 고려 왕씨의 자손이 배 안에서 많이 처치를 당했기 때문이다. 이것이 모두 정도전(鄭道傳, 1342 ~1398)과 조준(趙浚, 1346~1405) 등의 술책이었다. (공의 죽음에 대하여서도) 여러 사람의 의심이 없을 수 없었다. 아아, 애통하도다![46]

이기는 선조 이색의 죽음을 고려 왕씨의 죽음과 나란히 놓았고 그 혐의를 정도전과 조준에게 두었다. '고려 왕씨의 죽음-원천석의 죽음-이색의 죽음-단종의 죽음-사육신의 죽음-하위지 아들의 죽음'이 나란히 연결되고 그 죽음이 억울하고 애달프다는 감상을 함께 덧붙인 것이다.

이들의 죽음은 독자에게 애달픔을 일으키는 바, 그 바탕은 당당한 충절정신이다. 떳떳한 죽음이야말로 그 시대가 이념과 이상에 충실한 시대였음을 증명한다. 그런 점에서 고려 후기 충절인사와 조선 초기 단종복위 사건 전후의 사육신들은 이념적으로든 삶의 방식에서든 동질적이다. 이들 관련 단편들이 나란히 놓인 까닭이 여기에 있다. 더욱이 고려 조정은 〈여씨지조(麗氏之朝)〉(한고관, 787)에서 주장하는 것처럼 백성을 애호하는 것을 중하게 여겼다. 이런 주장은 도탄에 빠진 백성을 구제하기 위해 무능한 고려왕조를 갈아치운다던 조선건국 주역들의 주장과는 완전히 반대가 되는 것이다. 이기에게 고려후기 왕정과 그 시절의 충절파 신

---

46) 公之歿, 人多疑之, 蓋麗氏之子孫, 多於舟中見處, 此皆鄭道傳趙浚等之術也. 衆人之疑, 不能無也. 嗚摩痛哉!(한고관, 773)

하늘은 절망적 현실에서 떠올린 찬란한 과거였다고 하겠다.

(4) 운명의 실현과 신비주의

지금까지 절망적 현실에서 이기가 모색한 것은 세 가지로 나타났다. 타락한 인물들이 보이는 행동이나 그들에 의해 만들어진 부당한 상황을 비난하고 풍자하는 것, 이념을 모범적으로 실천하는 이상적 인물의 존재를 환기하는 것, 이념적으로 떳떳하여 비장했던 고려후기와 조선 초기라는 과거를 떠올리는 것 등이다. 이 세 가지 길은 그래도 사람의 힘이나 의지를 믿고 어느 정도 거기에 의지하는 것이다. 이런 서술 행위들이 과연 현실에 절망한 이기가 자기를 다독거리고 현실의 곤경을 넘어설 수 있게 했을까? 부분적으로 그럴 수 있었다고 판단한다. 『간옹우묵(艮翁疣墨)』에도 비슷한 서술 행위가 그대로 발견되기 때문이다.

그러나 이기는 그 세 가지 길이 자신은 물론 자기 시대 타자들에게 완전한 위로나 치유의 역할을 다할 수 있다고 믿지는 않은 것 같다. 『송와잡설』에는 위의 세 가지 지향과 전혀 다른 또 하나의 서술지향이 또렷하게 나타난다. 그것은 예정된 운명을 받아들일 수밖에 없다는 자각, 예언이 그대로 관철되는 경이로움의 경험, 명료하게 이해되지 않은 인물의 신비로운 행적 목격, 현실에서 일어나는 기이한 일의 부각 등이다.

〈관상감정이번신(觀象監正李翻身)〉(한고관, 793)은 이기가 자기 할아버지의 종제(從弟)인 이번신(李翻身)을 만나 나눈 대화를 소개한다. 이번신은 음양, 지리, 복서(卜筮), 술수[數學] 등에 통했으며 특히 천문(天文)에 정통한 사람이다. 이기는 이번신과 자신 사이의 대화 내용을 장황하게 소개하고 있는데, 거기에 이기가 천문을 통해 장래를 예언하는 것에 얼마나 큰 관심을 가졌는가가 잘 나타난다.

공이 말했다.

"해와 달이 이지러지거나 먹히는 것은 비록 이와 같이 말하여도 오히려 가능하거니와, 분야(分野)에서 별들의 도수가 잘못 되는 일과 아침과 대낮에 구름과 안개가 탁해지는 것은 다른 나라 탓을 할 수는 없는 것이니 매우 두려운 일이다."

내가 말했다.

"지금의 상위(象緯)[47]의 역(逆)과 순(順)은 어떠하고, 뒷날에 응할 길흉(吉凶)은 어떠합니까?"

공이 한참동안 찡그리고 있더니 대답했다.

"액(厄)이 닥치는 고비는 말할 수 없다."

내가 말했다.

"액이 닥치는 고비라는 것은, 변방에 틈이 생겨 성이 함락되고 군사가 몰락하는 근심이 있다는 것이 아닙니까?"

"국경 지역은 편하고 위급한 것이 일정치 않아 이기기도 하고 지기도 하니 어느 나라인들 그렇지 않겠느냐? 이것을 액이 닥치는 고비라고 말할 수는 없느니라."

"그렇다면 조정에 서로 얽어매고 다투어서 사림을 모두 타도하는 화가 있다는 말입니까?"[48]

여기서 이기는 천문 관찰의 결과를 미래의 길흉이나 변방의 함락, 병사의 몰락, 간신의 발로, 사림의 몰살 등과 관련하여 질문을 던진다. 이기는 현실적 절망을 경험하면서 천문의 징조에 더 간절한 관심을 갖게

---

47) 상위(象緯): 일월(日月)과 오성(五星)을 말함. 더 넓혀서 하늘의 여러 현상까지를 포괄적으로 말하기도 함.

48) 公曰: "日月之虧蝕, 雖謂之如此猶或可也, 至於分野星辰之失度, 朝晝雲霧之乖濁, 不可歸之他國, 甚可畏也." 余曰: "當今象緯之逆順如何, 而吉凶之應於後日者, 亦如何歟?" 公顰蹙良久曰: "厄會厄會不可言也." 余曰: "所謂厄會者, 無乃邊圍作孼有陷城覆軍之患乎?" 公曰: "封疆之地, 寧棘無常 或勝或敗, 何國不然? 不可以此, 謂之厄會也." 曰: "然則朝廷之上, 交搆角逐, 有打盡士林之禍歟?"(한고관, 793~794면)

되었음을 뜻한다. 그리고 이번신의 말을 가슴에 간직하며 잊은 적이 없다고도 하였다. 그뒤 이번신의 예언은 그대로 적중되었으니 이기의 우려가 실현된 것이기도 하다.[49]

〈중묘조(中廟朝)〉(한고관, 784)에서는 어느 역 벽에 방외(方外)의 뜻을 담은 절구 두 수가 발견되었는데 사람들은 그것을 정희량(鄭希良)이 남긴 것이라 추정하고 그가 강에 빠져 죽었다고도 하고 스님이 되어 구름처럼 떠돌아다닌다고도 하였다. 이에 대해 이기는 정희량이 어떻게 된 것인지 분명히 알 수는 없지만 이 시가 '난을 피해 세상으로부터 숨은 사람'[50]이 지은 것은 분명할 것이라 했다. 그런데 정희량은 『주역』의 이치에 밝아 앞일을 잘 맞혔다고 한다. 정희량이 포착한 자신의 미래는 "갑자년의 화가 무오년보다 더 심할 것이니 그때 나는 화를 면하지 못할 것이다."라는 것이다. 예상되는 미래가 지금의 난국보다 더 심각한 것일 때 그리고 자신의 의지나 힘으로는 그런 미래를 개선할 가능성이 없다고 판단하게 될 때, 적극적으로 선택할 수 있는 두 길은 죽음과 은둔이다. 이기가 이 시에 대해 관심을 가진 것도 이런 선택과 무관하지 않을 것이다. 이런 구도는 〈유박영지칭명자(有朴永之稱名者)〉(한고관, 809)에서도 그대로 재현된다. 술수학에 능통한 박영은 앞으로 세상이 좋아질 가능성이 전혀 없는 걸 예감하고 은둔을 선택했다.

정희량이나 박영이 미래를 예언한 것은 그래도 일정한 현실에서의 조짐을 반영한 것이다. 그러나 사람의 의지가 미래에 영향을 줄 수 없고 사람의 힘에 대한 근본적 불신에 이르게 될 때, 현실 경험과는 상관없는 예정된 운명을 떠올리게 마련이다. 예정된 운명은 사람이 알아볼 수는 있어도 그것을 바꿀 수는 없는 노릇이다. 〈남사고울진인야(南師古蔚珍人

---

49) 天譴之可畏如此, 而公之善於推步, 今可見也(한고관, 794면)
50) "今雖未見其信否, 而亦必避亂遁世者之辭乎"(784)

也)〉(한고관, 778), 〈세전(世傳)〉(한고관, 781), 〈전라감사계본(全羅監司啓本)〉(한고관, 783), 〈관상감정이번신(觀象監正李翻身)〉(한고관, 792) 등은 하나같이 이미 정해진 운명을 알아맞히는 과정을 보여준다. 이중 〈남사고울진인야〉는 사람의 운명이 땅의 기운에 좌우된다는 것을 전제로 하고 남사고가 그 기운을 알아보는 신비로운 능력을 갖고 있었다는 것을 보여준다. 〈세전〉은 '밭가는 소는 풀을 먹을 수 없지만/ 창고의 쥐는 넉넉한 양식이 있지/ 만사에 분수는 미리 정해져 있는 법/ 덧없는 인생 공연히 바쁘게만 하네'[51]란 시구를 인용하면서 '분수를 지키지 않는 자에게 경계가 될 만하다.'[52]는 교훈을 추출해내었다. 만사의 분수는 이미 정해져 있기에, 의지를 가지고 온 힘을 다하여 노력하기 보다는 그냥 주어진 분수대로 사는 것밖에 다른 길이 없다고 가르친다. 이렇게 되면 소가 열심히 밭을 갈 이유가 없어지고 창고의 도둑 쥐도 훔쳐 먹으며 살아도 분수에 맞으면 당당하게 된다. 〈전라감사계본(全羅監司啓本)〉(한고관, 783)에서는 '국가의 치란(治亂) 흥망(興亡)이 모두 일정한 운수(運數)에서 나왔으니 하늘도 어찌 할 수 없으며 사람의 힘도 그 사이에 개입하지 못하는 게 아닌가?'[53]라 하여 정해진 운수에는 하늘도 사람의 힘도 개입하지 못하는 게 아닌가 하는 근본적인 질문을 던지기도 하였다.[54]

그런데 운수나 운명에 의존하여 세상을 설명하는 이런 방식은 신비로운 능력을 가진 사람에 대한 관심과 연결된다. 절망적 현실에 갇히지도

---

51) 耕牛無宿草, 倉鼠有餘糧, 萬事分前定, 浮生空自忙(한고관, 781면)
52) 不守分者之戒也.(한고관, 781면)
53) 國家治亂興亡, 皆由於一定之數, 天亦無可奈何, 而抑不能容人力於其間耶?(한고관, 783면)
54) 〈여조오백년(麗朝五百年)〉(한고관, 793)은 불가항력의 존재 원리를 운명 대신 끌어왔다. '壬辰倭賊之難, 都城大小廬舍, 蕩爲灾燼, 破瓦殘礎, 滿目慘然, 物盛而衰 固其變也.'

않고 그렇다고 운수나 운명에 대해서도 안절부절 할 필요가 없는 초연하고 탁월한 인물에 대한 관심이다.

〈전우치해서인야(田禹治海西人也)〉(한고관, 798)에서 전우치(田禹治)는 배우지도 않았는데 글을 잘 지었고 귀신을 부리는 도술이 있다고 소문이 났다. 과연 한 마을의 돌림병을 누구를 부르는 듯한 소리를 몇 번 내어서 한마을 병자들을 순식간에 치료해주었다. 전우치는 신비로운 방법으로 귀신의 힘을 끌어왔다. 〈윤무주명은(尹茂朱鳴殷)〉(한고관, 783)은 회화나무 신의 존재를 구체적으로 보여준다. 윤명은(尹鳴殷)이 술에 취해 거리에 쓰러져 있는데 자기 집 회화나무 신이 찾아와서 모시고 집까지 돌아와서는 회화나무 아래서 사라져버렸다고 한다. 회화나무에 신이 깃들어 있다는 것을 받아들였다. 심지어 〈무과조현범(武科趙賢範)〉(한고관, 782)에서는 잡힌 자라가 죄수의 모습으로 현몽하여 살려줄 것을 호소한다. 〈만력병술동(萬曆丙戌冬)〉(한고관, 783)에는 잡힌 잉어의 신이 현몽하여 역시 방생을 간청한다. 나무와 동물이 신이나 사람의 모습으로 사람을 만나는 현상은 합리적으로 설명되지 않는 신비로운 것이다. 이들은 인지로 해명되지 않는 신비로운 영역을 일상의 공간에 구축하게 만든다.

〈안상공당(安相公瑭)〉(한고관, 782)은 이런 기이한 이야기와 연결되는 현실의 자리를 알게 한다. 안당(安瑭, 1461~1521)은 평소 자라 먹기를 즐겼는데, 그가 화를 당하기 전, 갑자기 작은 자라들이 그 집으로 몰려왔다. 자라들을 독에다 잡아 넣어 독이 가득 차면 버리고 또 차면 버리고를 반복하기를 거의 일여 년 간 하였다. 그 무렵 안당의 아들 안처겸(安處謙, 1486~1521)[55]이 무고를 받아 처형당했고 안당도 혐의를 받아 함께 죽게

---

[55] 안처겸(安處謙, 1486~1521): 1519년(중종 14) 동생 처근(處謹)과 함께 현량과 병과에 급제한 후 성균관학유가 되었다. 1521년 기묘사화를 일으켰던 심정(沈貞)·남곤(南袞) 등의 제거와 경명군의 추대를 모의했다고 송사련(宋祀連)이 무고하여 안형(安珩)·황현

되었다. 작은 자라들이 갑자기 몰려온 기이한 현상과 신사무옥(辛巳誣獄)56)이란 역사적 사건이 연결되었다. '별요(鼈妖)'라 했듯이 암담한 정치상황이 기이한 자연현상으로 귀결된 것이다.

결국 세상은 사람의 의지나 판단, 노력과는 무관하게 전개된다는 사실을 받아들이게 되었다. 세상의 가공할 위력과 암담한 상황 앞에 사람은 안절부절못하며 알 수 없는 어떤 힘에 자신을 맡긴다. 시간의 흐름에 희망을 걸 수도 없다. 이런 태도는 현실을 비판하거나 풍자하고, 이상적 인격자를 흠모하고, 찬란한 과거를 떠올리던 태도와는 상반된다. 절망적 상황은 엄연한 현실이며 미래도 막연하게나마 암울하게 느껴진다. 물론 명확하게 그릴 수 없는 미래는 뜻밖의 행운과 고난의 극복을 가져다 줄지도 모른다. 이기가 마지막으로 신비적 삶을 재현한 것도 이런 기대를 가졌기 때문일 수도 있다. 천명(天命)과 우연은 어떤 사람에게는 다 잡은 행운을 놓치게 하지만57) 어떤 사람에게는 뜻밖의 행운을 주는58) 것도 이런 맥락에서 이해된다.

4. 대조의 서술원리와 양변론의 극복

이상과 같이 『송와잡설』을 훑어보면 현실에 절망한 이기가 자포자기

(黃倪) 등과 함께 주살되었다.
56) 신사무옥(辛巳誣獄): 1521년(중종 16)에 일어난 옥사. 안당(安瑭)의 아들 안처겸(安處謙)은 이정숙(李正淑)·권전(權磌) 등과 함께 기묘사화로 득세한 남곤(南袞)·심정(沈貞) 등이 사림(士林)을 해치고 왕의 총명을 흐리게 한다는 비판을 했다가 그 자리에 함께 있던 송사련(宋祀連)이 무고를 하여 안처겸·안당·안처근(安處謹) 등이 처형된 사건.
57) '이에 천명이 없으면 인력으로 취하는 것이 불가능함이 명백함을 알겠다.'(是知天命不在, 則不可以人力取之也, 明矣.)(〈석유박효종자(昔有朴孝宗者)〉(한고관, 799))
58) 시골유생이 잠저(潛邸) 때의 중종을 우연히 만나 중종반정 뒤 벼슬을 얻는 것.(〈중묘재잠저시(中廟在潛邸時)〉(한고관, 805))

상태에서 신비로운 힘과 우연에 미래를 맡겨버린 형국이라 할 수 있다. 그러나 태생적으로 현실을 놓아버릴 수 없는 사대부는 궁극적으로 그 현실을 떠날 수 없다. 현실에서의 해결책을 끝까지 모색하게 되는 것이다. 이기도 그러했다. 이기가 말년을 보낸 임진왜란 전후 조선사회는 삶과 죽음, 타협과 원칙, 당파와 당파 등 양극단이 집요하게 형성되었고 사대부에게는 양자택일을 강요하였다. 이런 양극화 현상은 한 시대를 절망적인 것으로 만들어갔다. 양극화 현상은 양극단적 사고인 양변론과 뗄 수 없는 관계에 있다. 양변론은 세상과 사람을 긍정과 부정 중 한쪽으로만 바라보고 해석하는 것이다. 양변론은 정치 현실에서 내 편과 네 편으로 가르는 당파주의를 조장하는 과정에서 구체화된다. 양극화 현상이 양변론을 부추겼고 양변론은 양극화 현상을 다시 조장했다. 이기가 『송와잡설』을 통하여 보여준 당대의 절망은 양변론의 귀결이라고도 할 수 있다. 그리고 이기 역시 그 양변론으로부터 자유로울 수 없었다. 이기는 이런 양극화 현상과 양변론을 '대조'의 서술원리로 재현했다. 대조는 한 단편 안에서 관철되기도 하지만, 『송와잡설』 전체 속에서 명시적으로 암시적으로 관철되었다.

일화사에서 대조의 서술원리는, 사화와 당쟁 등 정치적 갈등이 심화되어 화매(禍媒) 역할을 하는 가해자나 악인들이 양산되자 피해자나 선인들도 뒤따라 부각되는데서 비롯되었다 할 수 있다. 대조는 분열과 배타의 시대에 성행하여 타자를 배제하고 응징하는 서술지향을 갖고 있는 것이다.[59]

당쟁과 임진왜란의 참상과 그 폐해에 대해 심각하게 고민을 한 이기는 자기시대의 제반 문제들을 일으키고 왜적에 대해 당당히 응전하지 못한

---

59) 이강옥, 『조선시대 일화 연구』, 태학사, 1997, 185면.

점들에 대해 고발하고 비판하였다. 아울러 온갖 악행을 일삼고 선인을 괴롭히는 악인을 풍자했다. 악인과 선인은 〈이상공극배(李相公克培)〉나 〈이판서자(李判書籽)〉(한고관, 774)에서처럼 한 단편 안에 들어가 대조되기도 하지만 『송와잡설』이란 하나의 잡록집 속에서 각각 동떨어져 있으며 대조되기도 한다. 갈등이 두 인물의 직접적 관계를 전제하지만, 대조는 그럴 필요가 없다. 그런 점에서 대조는 편찬자가 세상을 비판 풍자하기도 하고 세상에서 선인을 찾아 소개하기도 할 때 자연스럽게 형성된다.

인물의 대조와 함께 『송와잡설』에서 반복하여 나타나는 대조는 풍속이나 제도의 대조다.

> 조종조에는 사대부의 옷 빛깔은 토홍(土紅)을 상등 빛깔이라 하였다. 대개 붉은 흙을 물에 담가서 찌꺼기는 버리고 정하게 만들어서 준비하였다가 아교를 타서 물들이는데, 그 빛이 찬란하였다. …… 말세(末世)에 와서는 천한 하리(下吏)들도 모두 홍화(紅花)로 물들인 옷을 입는다 …… 재상 외에 堂下官 이하는 착용할 수 없음은 국법으로 금하던 것이다 …… 수십 년 이래로는 하천(下賤)의 무리가 모두 무늬 있는 비단을 입어도 나라에서 능히 금하지 못하여 참람한 습속(習俗)이 바로 여기까지 이르렀으니, 아! 탄식할 일이다.[60]

여기서 '조종조(祖宗朝)'와 당대가 대조되었다. 이기는 자기시대를 '말세(末世)'로 지칭하면서, 조종조와 대조되는 자기 시대의 '참담한 풍속'을 탄식하였다. 〈여조무거지제(麗朝武擧之制)〉(한고관, 804)는 무과(武科) 과거제도의 시행이 조선 초부터 임진왜란 기에 이르기까지 얼마나 문제적으로 변했나를 기술했다. 귀결점은 "뽑은 사람이 많을수록 장수 재목

---

60) 祖宗朝士大夫服色, 以土紅爲上色, 蓋以朱土沈水淘去其滓, 精鍊爲飛和膠染之, 則其色爛然 …… 及其末世, 下吏之賤, 皆著紅花之色 …… 宰相之外, 堂下官以下, 不得著持, 國法所禁也 …… 數十年來, 下賤之輩, 皆著交綺紗羅, 國不能禁之, 習俗之, 僭濫, 一至於此, 吁可歎也!(한고관, 804면)

은 더욱 부족해졌다."[61]는 것이다. 이것은 조선 초와 임진왜란 시기를
비교해서 이르는 말이다.

〈여씨지조(麗氏之朝)〉(한고관, 787)는 지방관으로 무관을 임명하는 것
과 관련하여 고려 조정과 중종 이후 조선 조정을 대조한다. "고려 조정은
오직 백성을 아끼는 것을 중하게 여겨서, 낭장(郎將) 등은 백성의 일에
익숙하지 못하고 다스리는 도를 모른다 하여 백성을 가까이하는 벼슬은
제수하지 않았다."[62]에서 시작하여, "정릉(靖陵, 중종) 중년 이후에는 권
간(權奸)이 잇달아서, 뇌물만 좋아하고 권세를 믿고 방자하게 굴며, 다른
사람에게 아부하고 자신을 살찌게 하기를 이르지 못하는 곳이 없었다."[63]
로 끝났다. 애민정신에 의해 무관을 지방관에 임명하지 않는 고려와 뇌물
때문에 무관을 지방관에도 임명하는 조선 중종 이후의 풍조가 대조되었
다. 귀결점은, "민심이 원망하고 반란을 일으켜 나라의 근본이 병들어
버렸다."[64]이다. 〈이여자경천지칭(爾汝者輕賤之稱)〉(한고관, 799)은 "이
런 부끄럽고 나쁜 말이 조종조(祖宗朝)에는 아주 없었는데, 연산군 말년과
정릉(靖陵, 중종) 초년에 호남의 영광, 만경 지방에서 처음 나와서 사방으
로 전해졌다."[65]는 식으로 마무리 서술을 하였고, 〈조종조(祖宗朝)〉(한고
관, 800)는 공주가 피접(避接)을 나갈 때 '조종조'와 '금상(今上)' 때를 대조
하였다. 조종조 때는 여염집이 모르도록 조용히 피접을 나갔지만, 금상
때는 사족의 집 문에 표를 붙이고 그날로 당장 집을 비우도록 독촉을

---

61) 取人愈多, 而將才益乏.(한고관, 805면)
62) 麗氏之朝, 惟以恤民爲重, 以郎將等, 不習民事, 不知治道, 不授親民之官.(한고관,
   787면)
63) 靖陵中年以後, 權奸繼踵, 樂其苞苴, 恃勢縱态, 悅人肥己, 無所不至.(한고관, 787면)
64) 民心怨叛, 而邦本病矣.(한고관, 787면)
65) 此等醜惡之言, 祖宗朝, 絶無, 至燕山之末 靖陵之初, 始發於湖南之靈光萬頃之地,
   而遂傳習於四方云.(한고관, 800면)

하기까지 한다. 그 결과 원망이 미치지 않은 곳이 없었지만 성상(聖上)께서 알지 못하니 한스럽다고 하였다.

이렇듯 편찬자 당대의 인물과 풍속 제도는 전대의 인물이나 풍속 제도와 철저히 대조적으로 기술되었다. 고려조에서 시작된 제도나 풍속은 대부분 완벽에 가깝고 그것이 후대로 내려올수록 타락하였다. 시간적으로 시작점인 고려 혹은 조종조와 귀결점인 당대가 대조되었다. 이기는 과거와 현재, 그리고 미래를 분절하여 인식한 셈이다. 현재는 절망적이고 현재 시점에서 예견하는 미래도 이미 천명이나 운명에 의해 정해져 있다. 미래가 절망적 현재에 의해 규정되는 것이라면 미래도 밝지 못하다. 규범적인 과거만이 떳떳하다. 양변의 한 극단인 떳떳함과 당당함은 모두 과거와 연결된다. 이기가 잡록에서 모색할 수 있었던 거의 유일한 담론은 이렇게 찬란한 과거를 둔 우리가 왜 이렇게 되었는가? 과거는 그렇게 찬란한데 지금은 왜 이렇게 흐트러졌는가? 등에 대한 질문인 것이다.

이런 질문은 인물의 대조에서 선인 축에 배정된 인물들이 대부분 이기의 한산 이씨 선조들이거나 그들과 관련된 인물이라는 점을 다시 떠올리게 한다. 이기는 선조 이색의 죽음을 고려 왕씨 죽음과 나란히 놓았고 그 혐의를 정도전과 조준에게 두었다. '고려 왕씨의 죽음 – 원천석의 죽음 – 이색의 죽음 – 단종의 죽음 – 사육신의 죽음 – 하위지 아들의 죽음'을 나란히 서술하고 그에 대한 애달픔을 일으켰다. 그 원동력은 당당한 충절정신이다. 떳떳한 죽음이야말로 그 시대가 이념과 이상에 충실한 시대였음을 증명하는 것이다. 그런 점에서 고려후기 충절인사와 조선 초기 단종복위 사건 전후의 사육신들은 이념적으로든 삶의 방식에서든 동질적이다. 이기에게 고려왕조는, 최소한 고려 말기 왕정과 그 시절의 충절파 신하들은 절망한 현실에서 떠올린 찬란한 과거였고 그런 점에서 시간적 대조가 이 지점에서 가장 뚜렷하다. 제도와 풍속에서도 마찬가지다.

이기는 이런 대조법에 의해 당대 조선 현실을 냉철하게 평가하며 그 실상을 재현하였다. 일화는 소설과는 달리 대조하는 양 극단을 한 작품 속에 담지 않아도 된다. 그러니 인물간의 갈등 상황까지 제시할 필요는 더욱 없었다. 일화는 여기저기 양극적 존재나 상황들을 제시해두기만 하여도 잡록집 안에서 결국 서로 대조를 이루게 되는 것이다. 타락한 악인의 일화와 모범적 선인의 일화가 공존하는 것 자체가 대조가 된다. 이기는 의식적으로 이런 대조를 만들기도 하였고 당대 실정을 반영하는 과정에서 자연스럽게 대조가 만들어지기도 하였다. 제도와 배경은 그 자체가 현실의 바탕이 되는 요소이다. 제도와 배경의 시간적 대조는 언제나 과거가 선한 쪽의 자리를 차지하였다. 현재의 문제성은 과거의 모범성을 통해 더 부각되었고, 현재가 문제적이었기에 모범적 과거는 더 간절하게 떠올려졌다.

그러나 『송와잡설』은 이런 질문을 던지고만 있지는 않다. 절망적 상황에서도 찾을 수 있는 현실적 빛은 있게 마련이다. 적어도 사대부는 이런 식으로 현실을 포기하지 않아야 한다고 다짐했을 것이다. 이기가 암중모색한 것은 대조에 의해 재현된 현실세계가 배타와 파국을 넘어서 어떤 대안을 마련하는 것이다. 『송와잡설』에는 양극단의 대조를 넘어선 단계들이 산발적으로 제시되어 있다.

먼저 고려 말과 조선 초 핵심 인물들의 관계에서다. 이색과 태조 이성계의 관계를 재현하는 데서 그 점을 찾을 수 있다. 이색과 태조는 양분법적 대조에 의하자면 공존하기 어려운 관계다. 고려조정에 대한 충절로 대변되는 이색의 삶이 역성혁명의 주도자인 태조에 의해 인정될 수 없기 때문이다. 이색이 양변의 한쪽이라면 태조는 그 반대쪽이다. 그러나 『송와잡설』은 이색과 태조의 친밀한 관계를 거듭 재현한다. 태조는 이색을 매우 존중했고 그래서 자신의 자(字)와 당호(堂號), 둘째 아들의 이름을

지어주기를 청했다.66) 이색은 태조에게 '송헌(松軒)'이란 당호를 지어주
었다. 태조가 사는 집에다 변치 않은 '절의(節義)'를 뜻하는 소나무의 이
름을 부여했다는 것은 역설이다. 이기는 이색과 태조 사이에 이 역설적
공존이 성립된다고 믿었다. 혁명 이후 조정에서는 이색에게 중형을 내려
야 한다는 의견이 분분했지만 태조는 끝까지 이색을 용서하도록 하였
다.67) 〈목은어고려공양왕(牧隱於高麗恭讓王)〉(한고관, 772)은 이색이 여
흥으로 가는 배 안에서 죽기 직전까지도 태조가 그를 부르고 또 친구의
예로써 가르침을 청한 장면을 재현해 보여준다. 이색의 석연찮은 죽음을
언급할 때도 정도전이나 조준의 술책을 말하지 이색에 대한 태조의 간절
한 신망을 의심하지는 않는다. 이색도 끝까지 태조를 친구로 지지했다는
사실은 〈목은적거장단(牧隱謫居長湍)〉(한고관, 775)에서 확인할 수 있다.
이색이 태조에게 부친 시의 구절에, '신의 죄 죽어 마땅한데 성주가 인자
하시니/ 관내에 살게 되어 몸 편하다오/ 어떻게 천행을 만날 수 있었나
묻는다면/ 송헌이 나의 친구여서라고 말하겠네'(臣罪當誅聖主仁/ 屛居關
內得安身/ 問渠何以逢天幸/ 只爲松軒是故人)라 했고, 또 정몽주가 죽었다
는 소식을 듣고 지은 시에는, '송헌이 날 얼마나 사랑하나 다시금 느껴워
라'(更感松軒愛我深)라고 했다. 또 이색은 태조의 충의(忠義)를 강조해주
기도 한다.68) 이렇게 이기는 이색과 태조 사이에 의리와 배려, 상호 존중
이 가능했다는 것을 거듭 보여주려 하였다. 정도는 약하지만 그런 관계
는 원천석(元天錫)과 태종 사이에서도 이루어졌음을 보여준다. 원천석은
방외적 삶을 통하여 고려왕조에 대한 절의를 지켰다. 태종은 그런 그를
찾아가 자문을 구하고 큰 깨달음을 얻었다. 태종이 즉위한 뒤에는 원천

---

66) 牧隱大爲我太祖所重, 太祖嘗請其字及居室號, 又請名其二郞.(한고관, 772면)
67) 革命之後, 朝廷將議置重典, 太祖特原之.(한고관, 772면)
68) 松軒忠義薄雲天.(한고관, 780면)

석의 안부를 물었고 이미 죽은 것을 알고는 그 아들에게 벼슬을 제수하였
다. 이기는 이에 대해 '성주께서 스승의 옛 정을 잊지 못함이 이와 같았
다.'[69]며 그들의 간절한 관계를 부각시켰다.

나아가 이기는 신숙주에 대한 양변론적 지탄에 제동을 걸어주었다.
신숙주는 세조의 왕위찬탈을 방조했다는 평가를 받아왔으며, 특히 그 부
인의 자결은 신숙주가 세종의 고명신하(顧命臣下)로서 그 뜻을 받들지
못하고 동지를 배반한 것을 강조하는 사건으로 거듭 회자되었다. 그런
속설에 대하여 이기는 다른 입장을 보였다. 〈신고령숙주지부인(申高靈叔
舟之夫人)〉(한고관외사 774)의 원문은 병자년 사육신 사건이 일어났던 날
저녁 신숙주가 자기 집으로 돌아오니 부인이 막 자기 목을 매려 하고
있었다고 했다. 신숙주가 그 까닭을 물으니 부인은 성삼문 등의 옥사 소
문을 들었고 그래서 자기 남편도 그들과 뜻을 같이 했을 것이기에 틀림없
이 죽을 것이라 판단하고 사망 소식이 들려오는 즉시 목을 맬 참이었다고
대답한다. 이는 신숙주 부인의 말을 통해 신숙주가 신의를 저버린 인물
임을 주장하는 부분이다. 그런데 이에 대해 이기는 간주(間註)를 통하여
이 원문을 근본적으로 부정하는 사실을 제시한다. 사육신의 옥사는 4월
에 일어났는데, 신숙주의 부인은 그해 정월에 이미 죽었다는 것이다.[70]
이기는 사육신 옥사와 신숙주 부인의 관계가 성립되지 않음을 보여줌으
로써, 신숙주의 배신행위가 노골적으로 드러나지 않도록 해주었다. 그러

---

69) 聖主不忘甘盤之舊, 如此.(한고관, 800면)
70) 다른 야사를 살펴보건데 이 일은 을해(乙亥)년 여름 노산군이 왕위를 물려주고 세조가
   수선(受禪)하던 날에 있었던 일로 진신(搢紳) 간에 전해지면서 미담이 되었다. 이 기록
   은 출처가 분명하지 않은 소문에서 나온 듯하다. 부인은 병자년 정월 4일에 사망했는데
   육신(六臣)의 옥은 그해 4월에 일어났으니 이런 일이 어찌 일어날 수 있었겠는가?(謹按
   他野史, 此事在於乙亥夏. 魯山遜位光廟受禪之日, 搢紳間相傳以爲美談, 此錄似出
   於傳聞之未詳耳. 夫人卒於丙子正月四日, 而六臣之獄, 起於四月, 安得有云云之說
   也.'(한고관, 774면))

면서도 이기는 〈노산군(魯山君)〉(한고관, 772)에서 단종의 말로에 대해 동정어린 시선을 보냈고, 〈광묘병자지난(光廟丙子之難)〉(한고관, 773)에서 하위지 둘째 아들이 죽음을 맞이하는 당당한 모습을 그렸다. 그런가 하면 〈신상공용개(申相公用漑)〉(한고관, 773)에서는 신숙주의 손자 신용개가 아버지 신면의 원수를 갚는 장쾌한 모습을 그렸다. 이처럼 이기는 세조의 왕위찬탈을 비판하고 단종의 비극적 말로를 동정하는 시선을 가지면서도, 그와 다른 자리에 선 사람인 신숙주를 일방적으로 매도하지 않고 변명할 수 있는 부분은 변명해주기도 한 것이다.

세조의 왕위 찬탈과 관련하여 이기가 보여준 이런 태도는 물론 양변론을 넘어서기 위한 지식인으로서의 간절한 바람의 소산이다. 그런데 그러한 데에는 한산 이씨 선조들이 보여준 행적이 작용했을 수 있다. 상술했듯, 한산 이씨 사람들 중에는 이계린(李季疄), 이계전(李季甸) 등 세조를 적극 지지하여 공신이 된 사람이 있는가 하면, 호장공계 이계주(李季疇)의 아들 이개는 세조의 왕위찬탈에 극구 반대하다 사육신의 한사람으로 처형당했다. 권지공계(權知公系) 후손들은 세조왕위 찬탈 때 황해도로 은둔해 들어가기도 하였다. 이계전의 직계 후손인 이기는 공신이 된 선조들을 단호히 매도할 수 없었고 그렇다고 세조의 행위를 전부 인정할 수도 없었다. 사대부로서 이념적 원칙을 포기할 수 없었기 때문이다. 이런 이기이기에 선조들의 결단을 두고 복잡한 자의식이 재구성되었을 터이다. 결국 선조들 중 어느 한쪽만을 선택하지 않고 또 사대부로서 이념적 원칙을 저버리지 않는 길은 양 극단을 넘어서는 것이었다.

양변론을 넘어서서 대안을 마련하고자 한 이기의 이런 의식지향은 황희(黃喜) 일화들을 통하여 완벽하게 정돈된다. 『송와잡설』은 황희(黃喜) 관련 일화들을 총집성하여 가장 독특한 모습으로 만들었다. 그중 〈황익성공희〉(한고관, 801)는 다른 잡록집에 실린 것들[71]과 비교할 때도 독특한 자리에 있다. 무엇보다 〈황익성공희〉는 고려 말기라는 역사적 전환기를 시간적 배경으로 설정했다는 점이 가장 독특하다. 황희는 고려 말 적성훈도(積城訓導)라는 벼슬을 하고 있었던 것으로 되었다. 길을 가다가 노옹이 누렁소와 검정소를 이끌고 밭을 가는 모습을 보고는 노옹에게 어느 소가 일을 더 잘하느냐고 물었다가 노옹으로부터 짐승조차 좋고 나쁜 말을 알아들으니 함부로 말하지 말라는 경책을 듣는 내용인데, 황희는 노옹의 이 말에 충격을 받고 마음씀씀이가 완전히 달라진다. 그런 점에서 이 일화는 짐승조차 자기 능력에 대해 이러쿵저러쿵 말하면 싫어하니 사람은 더하다. 그러니 사람의 능력이나 시비에 대해 함부로 이야기하지 말라고 가르친다. 그런데 이기는 여기에다, "고려가 망하자 군자들이 농사를 지었는데 노옹도 그 중 한사람일 것이다."[72]라는 평을 덧붙였다. 이기는 황희를 고려의 벼슬아치로, 노옹을 고려의 군자로 소개함으로써 이 일화를 고려 멸망과 조선 건국이라는 역사적 사실과 관련이 되도록 만들었다. 그것은 이기가 단순한 교훈담이던 이 일화에다 역사적 함의를 부여했음을 뜻한다. 〈황익성〉(한고관, 802)에서는 이렇게 달라진 황희가 보여주는 최고의 경지가 재현된다. 황희는 서로 다투는 계집종 둘을 다 옳다고 인정해주며 그런 분명치 않은 태도를 보이는 삼촌이 문제라고 대드는 조카까지 옳다고 말해준다. 이기는 이런 황희의 태도에 대해 "계속 글을 읽으며 끝내 분변(分辨)하여 어느 한쪽으로 기울지 않았다."[73]는 평을 붙였다. 이렇게 집안에서 분변하지 않고 어느 한쪽을 선택하지 않은 것은 사대부 사회의 경험에서 우러났을 가능성이 크다. 사

---

71) 〈황희〉(용재총화, 대동1, 74), 〈황익성공희〉(필원잡기, 대동1, 286), 〈황익성공〉(필원잡기, 대동1, 333), 〈황호안공수신〉(청강쇄어, 대동14, 379), 〈황희〉(해동잡록, 대동5, 623)

72) 麗氏之將亡, 君子之耕稼者, 翁其一也.(한고관, 802면)

73) 讀書不撤, 終無分辨歸一之路.(한고관, 802면)

화나 당쟁의 과정은 양극 현상을 가져왔고, 사대부로 하여금 시시비비를 냉철하게 가리고 어느 쪽의 편을 들게 강요하였다. 그리고 그런 선택이 엄청난 피해와 파국을 몰아왔다. 『송와잡설』은 그런 양 극단의 모습들을 적나라하게 재현해왔다. 그러나 거기에 머무는 한 절망적 상황을 타개할 길은 보이지 않는다. 이기는 황희의 이 일화를 통하여 양극단을 넘어서는 길을 제시하려 했다. 그리고 그런 황희를 지도한 이가 고려유신임을 새로 덧붙임으로써 이상적 과거로서의 고려가 더 강조되는 것이다. 이상적 과거는 양극 현상과 양변론을 극복할 대안을 제공해주는 바, 그것은 찬란한 과거로부터 절망적 현실에 내리는 희망의 빛과 같은 것이다.

5. 소결

이 장은 『송와잡설』을 분석하여 편찬자 이기의 의식세계를 해명하고자 하였다.

이색이 고려왕조에 대해 충절을 보였다면, 세조의 왕위 찬탈 과정에서 이계린, 이계전과 이개는 상반된 태도를 보였다. 고려 후기와 조선 초기에 한산 이씨 선조들이 보인 행적은 이기로 하여금 내면적 고민과 모색을 하게 하였고 그 결과를 『송와잡설』에 반영하였다.

인생의 말년에 겪은 당쟁과 임진왜란은 이기로 하여금 현실에 대해 절망하게 만들었다. 그 절망감은 『송와잡설』의 서사적 재현의 바탕이 되고 출발이 되었다. 이기가 절망적 현실에서 모색한 길은 네 가지였다. 문제적 현실을 고발하고 풍자했다. 인격의 빛을 보여주는 이상적 인간형을 모색하였다. 고려 후기와 조선 초의 충절인사를 떠올렸다. 그리고 운명이 실현되는 양상을 확인하고 세상을 신비롭게 착색했다.

태생적으로 현실을 놓아버릴 수 없는 사대부로서 이기는 그 현실을 떠나지 않고 현실에서 해결책을 찾을 수밖에 없었다. 양극화 현상과 양변론은 사대부로 하여금 양 극단 중 양자택일을 강요했다. 『송와잡설』에 서술원리로 관철된 대조의 서술원리는 그런 양자택일과 배타적 세계인식에서 비롯된 것이었다. 이기는 대조의 서술원리에 의해 당대 조선 현실을 냉철하게 평가하며 그 실상을 재현하였다. 그러나 이기는 현실세계가 배타와 파국을 넘어설 수 있는 대안적 단계를 모색했다.

이기는 이색과 태조, 원천석과 태종 사이의 역설적 공존을 재현하여 강조하였다. 세조의 왕위찬탈을 비판하고 단종의 비극적 말로를 동정하는 시선을 가지면서도, 그와 다른 자리에 선 사람인 신숙주를 일방적으로 매도하지 않고 변명할 수 있는 부분은 변명해주기도 하였다. 세조의 왕위 찬탈과 관련하여 이기가 보여준 이런 태도는 물론 양극단론을 넘어서기 위한 지식인으로서의 간절한 바람의 소산이다. 세조에 대해 상이한 행적을 보인 한산 이씨 선조들에 대한 내면적 성찰의 결과이기도 하다. 이기가 대립했던 한산 이씨 선조들 중 어느 한쪽만을 선택하지 않고 또 사대부로서 이념적 원칙을 저버리지 않을 수 있는 길은 양 극단을 넘어서는 것이었다.

양변론을 넘어서서 대안을 마련하고자 한 이기의 이런 의식지향은 황희(黃喜) 관련 일화를 통하여 완성되었다. 전쟁과 당쟁은 양극 현상을 가져왔고, 개인으로 하여금 시시비비를 냉철하게 가리고 어느 쪽의 편을 들게 강요하였다. 그리고 그런 선택이 엄청난 피해와 파국을 몰아왔다. 『송와잡설』은 그런 양 극단의 모습들을 적나라하게 재현했다. 그러나 거기에 머무는 한 절망적 상황을 타개할 길은 없다. 이기는 황희의 일화들을 통하여 양극단을 넘어서는 길을 제시하였다. 그리고 그런 황희를 지도한 이가 고려유신임을 새로 덧붙임으로써 이상적 과거로서의 고려

가 더 강조되었다. 이상적 과거는 양극 현상과 양변론을 극복할 대안을
제공해주는 바, 그것은 찬란한 과거로부터 절망적 현실에 내리는 희망의
빛과 같은 것이다.

제7장

『국창쇄록』의 일화 선택과 이상적 인물 형상

1. 머리말

『국창쇄록(菊窓瑣錄)』은 우재(迂齋) 이후원(李厚源, 1598~1660)이 편찬한 잡록집으로『야승(野乘)』에만 실려 있다.[1] 지금까지 나온 인명사전들은 이후원이『국창쇄록』을 편찬한 사실을 지적하지 않고 있으며, 이후원의 후손들이 1983년에 편찬해낸 그의 문집『우재집(迂齋集)』에도『국창쇄록』저작에 대한 언급은 없다. 그러나 이후원이『국창쇄록』을 편찬했다는 것은 분명한 사실이다. 먼저『야승』에 실려 있는『국창쇄록』에는 '迂齋 李厚源 輯'이라는 편찬자 표시가 있다. 또『국창쇄록』제161화에는 '我外王父芝川公'[2]라 하여 지천공 황정욱(黃廷彧)을 '외할아버지'로 지칭하는데, 황정욱은 이후원의 외할아버지가 맞다.[3]

이후원은 자가 사원(士源)이고 호는 우재이며 본관은 전주이다. 사계(沙溪) 김장생(金長生)으로부터 예학을 배웠다. 인조반정을 주도하였고 이괄의 난 때는 임금을 호위하였다. 병자호란 때도 임금을 호위하여 남

---

1) 『野史叢書의 總體的 研究』, 영신아카데미 한국학연구소, 1976, 44~48면.

2) 영신아카데미 한국학연구소, 『野史叢書의 個別的 研究 : 資料篇』, 永信아카데미 韓國學硏究所, 1978, 101면; 앞으로『국창쇄록』의 본문 인용은 이 책으로부터 한다.

3) 完山府院君郁, 以才諝稱, 配長溪府院君黃公廷彧女, 以萬曆戊戌生公於楊口縣寓舍(宋時烈 찬,〈神道碑銘〉,『迂齋集』, 169면)

한산성으로 들어갔다. 전란이 끝난 뒤에는 척화신(斥和臣)들을 옹호하였고 스스로도 북벌론의 참모가 되어 송준길(宋浚吉)을 병조판서에, 송시열(宋時烈)을 이조판서에 천거했다. 청(淸)에 대한 태도에서 김자점(金自點)과 극단적 대립을 보이며 청에 대해 민족적 자존을 잃지 않은 정책을 추구했다. 그렇지만 효종이 북벌 준비를 과도하게 추진하는 바람에 민생이 어려워지고 민중의 원망이 일어나자 인심을 거스르는 일을 하지 말 것을 상소하여 효종으로 하여금 반성하게 하였다. 특히 이후원은 예조(禮曹)를 네 번이나 맡으며 충효의열(忠孝義烈)을 실천한 사람을 가려서 정표(旌表)를 내리고 유학(儒學)을 권장하였다. 우의정이 되었을 때는 성삼문(成三問), 박팽년(朴彭年)의 사우(祠宇)를 설립하고 전팽령(全彭齡)[4] 사우(祠宇)의 훼철을 주장했다. 효종9년(1658년) 정월에 우의정에서 사직하도록 여섯 번이나 차자(箚子)를 올렸으나 효종은 허락하지 않았고 2월에는 열 번이나 차자를 올렸으나 임금이 만류하였다. 충청도관찰사, 호조참판, 병조참판, 공조판서, 호조판서, 형조판서, 예조판서, 이조판서, 우의정 등을 역임하였고, 홍명하(洪命夏), 송시열(宋時烈), 이유태(李惟泰), 송준길(宋浚吉) 등과 교유하였다.[5]

　조선시대 잡록집은 『용재총화(慵齋叢話)』나 『필원잡기(筆苑雜記)』, 『청

---

4) 옥천(沃川) 사람 전팽령(全彭齡)은 평판이 좋지 않았지만 이 고장 호족들이 서원을 세워 그를 추대했다. 중봉(重峯) 조헌(趙憲)선생의 위판(位版)은 그 밑에 모셨다. 인조(仁祖) 초기에 사계(沙溪) 선생이 그 서원의 부당함에 대해 상소를 한 결과 서원을 훼철하라는 왕명(王命)이 내렸다. 그러나 방백과 수령들이 화를 당할까 두려워 감히 왕명을 봉행하지 못했다.(〈통정대부 수 전주부윤(守全州府尹) 송공(宋公) 행장〉, 『동춘당집』 제20권)

5) 宋時烈, 〈신도비명(神道碑銘)〉, 『迂齋集』, 169면; 宋浚吉, 〈묘표(墓表)〉, 『우재집』, 173면; 金壽興, 〈묘지명(墓誌銘)〉, 『우재집』, 177면; 黃景源, 〈본전(本傳)〉, 『우재집』, 184면; 李選, 〈가장(家狀)〉, 『우재집』, 204면; 〈년보〉, 『우재집』, 237면; 李性雨, 〈우재선생완산이공약전(迂齋先生完山李公略傳)〉, 『우재집』, 287면 등 참조.

파극담(靑坡劇談)』등 편찬자가 직접 견문한 것을 모은 것과『기묘록(己卯錄)』,『해동잡록(海東雜錄)』등 다른 문헌의 단편들을 옮긴 것 등으로 나눠지는데,『국창쇄록』은 후자에 해당하는 잡록집의 한 정점이라고 할 수 있다. 특히『국창쇄록』은 인물 일화들을 선별하여 전재하고 있는데 인물들의 생존연대를 살펴보면 대부분 이후원 이전 세대에 속하지 당대의 인물은 없다.6) 선별된 부분은 역대 임금들과 사대부들의 인품이나 행적, 그리고 삶의 자세를 전형적으로 보여주고 있는데, 그런 점은 잡다한 지식이나 사실, 사건들을 무질서하게 옮겨놓은 다른 잡록집과는 분명히 차별화된다. 그것은 이후원이 각 시기를 대변하는 인물상을 정립하고자 하는 서술의식을 분명하게 가졌다는 사실을 알려준다. 선택된 단편들은 '이상적 임금', '이상적 사대부', 그리고 '임금과 신하의 바람직한 관계' 등으로 나눠질 수 있도록 재배치되었다. 이런 점에서 이후원의 이상적 인간에 대한 관점과『국창쇄록』의 일화 배치를 연결시켜 해명할 수 있을 것이다.

『국창쇄록』에 실려 있는 인물일화는 164개이다. 그중 1화에서 4화까지는 목조(穆祖)부터 환조(桓祖)까지 태조 이전 4대 선조들의 이야기이고, 5화부터 38화까지는 태조로부터 광해군에 이르기까지 조선 역대 임금의 이야기이다. 39화부터 164화까지는 황희(黃喜)로부터 이해(李瀣)까지 사대부들의 행적을 다루었다. 물론 임금 이야기 속에 신하의 존재가 개입하며, 신하 이야기 속에 임금의 존재가 개입한다.

4대조와 태조 및 태종 이야기들은 대부분『태조실록』〈총서〉나『용비어천가』소재 신화소들을 전재하고 있다. 나머지 임금의 일화들은『조선왕조실록』이나 행록(行錄), 야사의 기록들로부터 부분 발췌한 것이다.

---

6)『국창쇄록』에 등장하는 사대부 중 생년과 몰년이 가장 늦은 사람이 윤근수(尹根壽, 1537~1616)인데, 그는 이후원이 19살 때 사망하였다. 나머지 인물들 중 이후원의 생년인 1598년까지 생존한 인물은 없다.

사대부들의 일화들은 해당 인물의 묘지명(墓誌銘)과 행장(行狀)을 근거하여 발췌하고 기타 잡록집 기록들을 옮긴다. 가령 142화, 143화, 144화는 이탁(李鐸, 1509~1576) 일화인데 모두 다 심수경(沈守慶, 1516~1599)이 편술한 이탁의 비명(碑銘)에서 그대로 옮겨온 것들이다.[7] 심수경이 재구성한 이탁의 일생은 매우 긴 문장으로 재현되어 있다. 물론 일정한 스토리를 갖추고 있기도 하다. 이후원은 이 분명한 자료를 바탕으로 하여 네 부분만 발췌하여 3개의 일화로 만든 것이다. 『국창쇄록』에 선택된 부분들은 짧지만 이탁의 인간됨됨이를 보여주고 그 일생의 특징을 나타내는 데 손색이 없다. 그런 점에서 이후원의 탁월한 서사적 안목을 확인할 수 있다. 163화도 황준량(黃俊良, 1517~1563)의 일생을 몇 개의 장면으로 재구성한 것인데, 이황이 편찬한 〈행장〉[8] 중에서 몇 단락을 발췌한 것일 뿐 다른 책으로부터 옮겨온 부분은 없다. 편찬자는 다만 일화를 선별하는 데만 개입하였지 자신의 언어를 통하여 소회를 덧붙이지는 않는다.[9]

이 장은 이상과 같은 점들을 유념하며 『국창쇄록』에 재현된 이상적 임금과 사대부, 바람직한 군신관계의 양상 등을 살펴보겠다. 인물의 선택과 문면의 발췌, 이상적 인물 유형의 설정에 깃든 편찬자 이후원의 경험이나 생각을 밝혀내겠다. 마침내 『국창쇄록』이 구사한 서술방식이 일화의 일탈 양상이나 인간상 정립과 갖는 관계를 해명하고자 한다. 우리 문학사의 전개에서 잡록집의 존재는 매우 중요한 영역을 차지하지만, 그 전체가 분석조차 되지 않은 경우가 더 많다. 방대한 양의 단편들을 포괄하는 이론체계와 체계적 담론을 구성하는 것이 힘든 작업이기 때문일

것이다. 그런 점에서 현재는 잡록집 연구나 거기에 실려 있는 일화에 대한 연구가 장벽에 부딪혀 있는 인상을 준다. 더욱이 『국창쇄록』과 이후원에 대한 연구는 지금까지 전혀 시도된 적이 없다. 이런 형편을 고려할 때 이 장은 잡록집 분석과 그 해명을 위한 유용한 작업틀을 마련하는 의의를 지닐 수 있다. 또한 『국창쇄록』과 이후원에 대한 연구가 전혀 없는 이 시점에서 이 장은 연구는 『국창쇄록』과 이후원 연구가 활성화되는 계기를 마련할 수 있다고 본다. 궁극적으로는 조선후기로 나아가는 잡록집의 한 맥락을 더 선명하게 설명하는 길을 마련할 것이다.

2. 이상적 임금의 형상화

제1화가 목조(穆祖), 익조(翼祖) 관련 신화소들을 담는다면 2화는 도조(度祖)의 흑룡 퇴치담을 담는다. 3화는 다시 목조 이야기로 돌아간다. 1화와 3화는 함께 목조 이야기를 담았지만, 1화가 초현실적 내용인데 반해 3화는 철저히 현실적 내용이다. 3화에서 목조는 관기(官妓)를 두고 전주 지주(知州)와 갈등을 겪다가 위험을 피해 삼척으로 옮겨간다. 그러나 삼척으로 새로 부임해오는 안렴사(按廉使)가 목조와 오래 묵은 혐의가 있는 사람이라 목조는 다시 함길도 덕원부(德源府)으로 옮겨가고 거기서 익조를 낳는다. 익조가 경흥부(慶興府), 함흥부(咸興府)로 옮겨가서는 도조를 낳고, 도조는 환조를 낳고, 환조가 영흥부(永興府)로 이사 가서 태조를 낳는다.

1화와 3화에서 목조나 익조는 살던 곳에서 권력자와의 갈등 때문에 다른 곳으로 이사를 간다. 그런데 목조와 익조는 살던 곳에서 민중들의 지지를 받았다는 점이 강조된다. 다른 곳으로 옮겨가는 목조와 익조를 수많은 민중들이 따라가는 장면들이 거듭 제시되고 있는 것이다.10) 민중들이 함께 살기를 간절히 바랄 정도로 4대조들의 덕과 인품이 뛰어났다는 점은 4대조 이야기가 창출한 가장 뚜렷한 메시지다. 선조들이 그런 미덕을 가졌기에 태조도 그랬을 것이고, 그런 태조가 새로운 왕조를 만들어 임금이 된 것은 정당하다는 인상이 자연스레 만들어졌다.

4화는『태조실록』에 없는 단편으로서 선조들의 묘소에 대한 이야기다. 묘소는 먼저 선조들의 죽음을 전제하기에 선조 관련 단편 중에서 마지막에 오는 것이 합리적이다. 또 태조라는 위대한 후손의 탄생이 선조의 탁월한 묘소와 관련이 있다는 점에서 뒤의 역대 임금 이야기를 끌어오는 역할도 한다. 5화는 '역대 제왕이 일어날 때는 반드시 부서(符瑞)의 징조가 있다'11)며 태조 잠저(潛邸) 시 신인(神人)으로부터 금척(金尺)을 받는 일화부터 제시한다. 금척 이외, 경술(庚戌)년에 자기(紫氣)가 하늘에 뻗친 것, 경신(庚申)년에 흰 무지개가 해를 꿰뚫은 것, 무진(戊辰) 년에 위화도 홍수물이 금방 불어나지 않다가 태조 군사들이 돌아가자마자 물이 불어나 섬 전체가 수몰된 것, 이승(異僧)이 지리산 바위틈에서 이서(異書)를 얻어 바친 것 등이 부서(符瑞)의 징조다. 그리고 끝에는 이런 징조들이 다 중국의 위대한 군왕의 경우에 필적한다는 것을 지적한다.

이로써 4대조와 태조의 고매한 인품과 탁월한 능력, 신령스런 행적 관련 일화들이 망라되었다. 〈용비어천가〉나『태조실록』소재 신화소들 중에서 필수적인 것들이 온전하게 옮겨졌다고 볼 수 있다. 또 여기에 해당하는 일화들은 다음의 조선 역대 임금들의 일화나 신하들의 일화와

10) 後翼祖威德漸盛, 諸千戶手下之人, 皆歸心, 諸千戶皆忌而謀害之(1면); 穆祖 …… 遂移居外鄕三陟縣, 民之願從而徒者, 百七十餘家(3면); 翼祖徒居慶興府, 避亂入赤島, 自赤島還德源湧珠里 …… 慶興之民, 徒之者如歸市(3면)
11) 歷代帝王之興, 必有符瑞之徵(4면)

의식지향 면에서 일맥상통한다.

6화부터 38화까지는 역대 임금에 대한 일화이다. 왕별 일화의 내용을 추려보면 다음과 같다.

	왕	내용
6화	태종, 세종, 문종	각 왕의 즉위년에 내린 감로
7화	원경왕후	태종이 세종을 안고 있는 꿈
8화	태종	태종이 세종에게 왕위를 물려주고 유람함
9화	세종	세종이 세운 집현전의 학사들
10화	세종	중국으로부터 七章景服을 받은 것
11화	세종	세종의 8대군, 10왕자들이 모두 반듯한 것
12화	세종	세종이 화훼 아닌 유실수를 좋아한 것
13화	세종	東方堯舜이라 불린 세종의 궁중 생활태도
14화	세종, 문종	세종이 8세 세자를 正朝使로 보내려다 무산됨
15화	문종	刑獄에 대한 문종의 유시
16화	문종	문종의 노인 우대 정책
17화	모든 임금	왕실의 자손 번성
18화	문종	求賢에 대한 문종의 유시
19화	문종	임금이 갖춰야 할 태도에 대한 문종의 유시
20화	문종	황해도 역병이 돌자 문종이 손수 지은 제문
21화	문종	문종의 동기간 우애
22화	태종, 문종	고려 왕씨 후손에 대한 배려
23화	세조	선왕에게 제사지낼 때의 세조의 예법
24화	인종	인종의 남다른 행실과 인품
25화	인종	병든 중종 侍側과 극진한 장례
26화	인종	문정왕후에 대한 인종의 효도, 인종의 임종
27화	인종	재상 선택의 중요성에 대한 인종의 유시
28화	인종	懷才抱道의 逸士를 등용하려 했던 인종의 의지

29화	명종	明倫堂과 學校 육성 의지를 유시함
30화	선조	명종 승하 후 선조의 端莊한 儀表
31화	선조	이황의 생각을 아낌
32화	선조	勸課敎誨를 명함
33화	선조	병을 겪고 난 뒤 교훈을 말함
34화	선조	이여송의 筆法 요구를 거부함
35화	선조	御弓 주운 자를 방면해줌
36화	선조	한양 수복 후 정성만 있으면 어디서라도 文廟에 제사를 올릴 수 있다 함
37화	선조	중국 조정에서 내린 冕服을 고치지 않으려 함
38화	광해군	兩司의 啓에 대하여 답변함

　이후원은 선조 31년에 태어나 광해군 대에 청년기를 보내고 인조반정에 참여하였으며, 효종 대에는 척화(斥和)와 북벌(北伐)을 지지한 인물들 중의 한 사람으로서 임금 측근에서 주된 활약을 하였다. 그런 그가 정작 자신이 직접 모신 인조와 효종, 현종 관련 일화를 싣지는 않았다. 조선 어느 임금에 대해서보다도 생생하게 전할 이야기가 많았을 이후원이 세 임금 관련 일화들을 싣지 않았다는 것은 『국창쇄록』이 편찬자의 직접 견문을 수록한 것은 아니라는 사실을 분명하게 알려준다. 그리고 가능한 한 객관적 진술을 추구했다는 원칙도 확인할 수 있다.

　왕이 등장하는 경우들을 모두 포함시켜 계산하면, 태종 4개, 세종 7개, 문종 9개, 세조 1개, 인종 5개, 명종 1개, 선조 8개, 광해군 1개가 된다. 세종, 문종, 인종, 선조 관련 일화가 가장 많은 편이고, 세조와 명종, 광해군 관련 일화는 단 한편이며, 나머지 단종, 예종, 성종, 연산군, 중종 등에 대한 일화는 한편도 없다. 단종 일화가 없는 것은 단종과 직접 관련된 이야기를 하는 것이 여러모로 부담스러웠기 때문일 것이다. 다만 단종을 직접 언급하는 대신 사육신들의 장렬한 최후를 기술했다. 그것은 임금으로서의 단종을 간접적으로 보여주는 것이기도 하다. 성종 역시 조선 왕 중에서 가장 탁월한 치적을 남긴 것으로 평가되는데 그의 일화가 없는 것이 의아하게 느껴진다. 반면 성종은 신하들의 특별한 행적을 언급하는 후반부에는 여러 번 등장한다. 한 임금으로서 탁월한 업적을 쌓았음에도 불구하고 그것을 드러내는 대신, 신하와의 원만한 관계를 구축한 임금으로서 두드러지게 한 배치야말로, 『국창쇄록』의 궁극적 서술지향이 어디에 있는가를 짐작하게 한다.

임금과 신하 사이에 바람직한 관계가 성립되기 위해서는 우선 임금의 마음씀씀이가 그런 관계에 적합해야 한다는 것을 강조한다. 가령 6화는 태종, 세종, 문종 대에 감로(甘露)가 내린 사건을 배경으로 한다. 감로가 내리니 그때마다 신하들이 상서로운 징조라며 진하(陳賀)를 올렸으나 임금이 그것을 받아주지 않는다. '이것은 한기(旱氣)의 소치이니 어찌 진짜 감로이겠냐?"[12]라고 말하는 문종을 통해 '겸양'이 이상적 임금이 되는 중요한 요건임을 암시한다.

세종에 대한 일화는 많은 편인데 모두 세종의 모범적인 인품과 돋보이는 왕정을 보여준다. 세종은 집현전을 세워 최고의 학자들을 배출했으며 중국으로부터는 비로소 칠장경복(七章景服)을 받도록 한다. 또 신하들이 간언하기를 간절히 바라며[13] 부적절한 간언을 하더라도 신하를 벌주는 일이 없었다. 그래서 신민들이 그 은택을 두루 입었다. 세종은 나랏일을 두루 잘 다스렸을 뿐 아니라 가문과 자기 자신도 잘 이끌었다. 그래서 여덟 대군과 열 명의 왕자가 다 반듯한 행실을 하였다. 스스로 사치를

---

12) 咸吉道, 進甘露, 上曰: "此旱氣所致耳, 豈眞甘露哉?"(6~7면)
13) 嘗謂大臣曰: "歷觀往昔太平之世, 尙有牽裾切諫者, 今康未及於古而未見有敢言者何也?"(18면)

싫어해 심지어 화훼도 유실수를 선호한다. 책을 손에서 놓지 않았고 침묵과언(沈默寡言)한다. 이 모든 것을 고려할 때 세종은 '동방요순(東方堯舜)'이라 할 수 있다는 것이다.

수에 있어 가장 많은 경우는 문종 일화다. 문종이 만 3년도 왕위에 있지 못한 점을 상기할 때 이것은 뜻밖의 일이다. 문종은 억울한 백성이 없게 하기 위한 '휼형지의(恤刑之意)'가 지극했으며, 치사(致仕)하고 귀향하는 늙은 신하들을 극진히 예우했으며, '구현납간(求賢納諫)'의 의지가 강했다. 자신의 과실에 대한 말을 듣고는 기꺼이 고쳤고, 동기 간 우애도 각별했다. 특히 그는 고려 왕족의 후손들의 작위를 존중하고 그들에게 의복과 말, 논밭과 집, 노비들을 하사하여 제사를 지내고 대를 이어갈 수 있게 했다. 『국창쇄록』은 세종과 함께 문종을 가장 이상적인 임금으로 소개하고 있는 셈이다.

문종이 과대 서술되었다면, 그 대를 이은 단종은 극단적으로 과소 서술되었다. 과대 서술과 과소 서술은 둘 다 일반적이라 할 수 없으며, 일반적이지 않은 것만큼 거기에는 편찬자의 특별한 서술동기가 투영되었다고 볼 수 있다. 이와 관련하여 『국창쇄록』에는 박팽년, 성삼문, 이개, 하위지, 유성원, 유응부 등 사육신의 행적이 거의 〈육신전〉의 수준으로 옮겨져 있다는 점을 유념할 필요가 있다. 문종이 고려 왕씨 후예들을 잘 보살펴 주었다는 사실을 강조한 것과 사육신들이 단종복위를 위해 애쓰다 탄로가 나 장렬하게 최후를 맞이했다는 사실을 강조한 것은 동일한 서술의식의 소산이다. 정통성이 부정된 고려 왕씨의 후예조차 보살펴 준 것을 표창하는 서술의식에 의하자면, 조선 왕통의 정통성을 이은 단종을 폐위시키고 마침내 죽음으로 몰아넣은 행위를 결코 용납할 수 없다. 문종의 치적을 드높이는 것은 수양대군의 단종 폐위를 이중적으로 비판한다. 먼저 문종은 단종에게 왕위를 물려 준 선왕이다. 단종의 폐위는 문종

자신의 결단을 부정하는 행위이기에 용납할 수 없다. 다음으로 문종은 멸망한 왕조의 왕족조차 배려해주고 그들이 대를 해주어야 한다고 생각했고 또 그것을 실천했다. 이런 생각과 행위의 주체인 문종은 단종을 몰아내고 죽음에 이르게 한 행위를 용납할 수 없다. 단종 폐위에 대한 간접적 비난이 사육신들의 일화들을 통하여 직접적인 비난으로 전환되었다. 여기서 서술자의 강렬한 역사의식을 발견할 수 있는 것이다. 실제로 이후원은 우의정으로 있을 때 성삼문(成三問), 박팽년(朴彭年)의 사우(祠宇)를 설립해주었다.

인종 일화들은 그 효행을 중심으로 인종의 인간됨을 부각시킨다. 문정왕후에 대해 지극한 효성을 다하는 인종의 형상은 대효(大孝)를 실천하고 최고의 임금으로 추앙되는 순임금을 연상시킨다. 특이한 점은 국정운영과 관련되는 면은 주로 인종의 유시(諭示)로만 보여준다는 것이다. 27화가 재상 선택의 중요성을 역설했다면[14] 28화는 '회재포도(懷才抱道)의 일사(逸士)'를 등용하려는 인종의 의지를 보여준다.[15] 인종에 대한 이런 서술방법은 인종의 재위 기간이 단지 1년에 지나지 않았던 점(1544~1545)을 참작하면 온당하고 적절한 것이라 하겠다. 인종은 지극한 효성을 지닌 인자한 임금으로써 무한한 가능성을 가지긴 했으나 실행의 시간을 갖지 못하여 유시(諭示)로만 후세에 이름을 남긴 셈이 된다.

그에 비해 선조는 무려 41년(1567~1608) 동안 임금의 자리에 있었다. 그리고 그만큼 파란만장한 사건을 경험했다. 선조 일화의 구체성이 돋보

---

14) 仁宗初年, 首相缺, 以手書諭大臣曰: "輔相之職, 百責所萃, 相得其人則治, 否則亂 亡隨之, 是以古之明君, 皆重相, 必廣擇鴻儒碩德之人"(16면)

15) 仁宗令大臣薦逸士之懷才抱道者, 將欲擢用, 大臣難於其薦, 將先朝舊規以稟, 上 曰: "賢人君子之懷才抱道者, 雖重於出處, 而唯在人君求之之誠不誠如何耳. 得而果 賢則擢置宰相, 亦何難哉? 如或拘於舊例, 置賢人君子於不可求之之地, 則古人所謂 野無遺賢, 其亦誣後世之言耶."(16~17면)

이는 것도 그 덕이다. 선조는 그 말 속에도 경험적 사실을 생생하게 담는
다. 30화는 중국 황제 목종(穆宗)조차 감탄할 정도로 선조의 외모와 법도
가 뛰어났음을 강조한다. 병을 앓고 나서도 스스로 실섭(失攝)하여 신하
들의 걱정을 끼친 것에 대해 반성한다. 31화는 학문 도야에 치열했던 선
조가 이황을 가까이 하며 그의 척자편언(隻字片言)조차 놓치지 않으려는
성의를 가졌음을 보여준다. 그런 선조이기에 32화에서는 문사(文詞)만
숭상하고 과문(科文) 준비만 일삼는 선비들의 풍습을 개탄하고 학행이
있고 사표가 될 만한 사람을 골라 여러 읍을 순행하며 권과교회(勸課敎
誨)하게 해야 한다고 했다. 그리고 그 다음의 34, 35, 36, 37화는 임진왜
란을 겪어가는 선조의 모습을 적나라하게 보여준다.[16] 선조는 임진왜란
전후에 임금으로서의 품위를 지키고 도리와 책무를 다하는 모습으로 형
상화된 것이다. 그런 점에서 유시로써 인품을 드러내어준 인종의 경우와
상반된다.

이상을 통해 볼 때『국창쇄록』에서 구현된 이상적 임금상은 먼저 겸허
하게 자기를 돌아보는 데 철저하고 신하나 백성들에게 관대하다. 나랏일
을 잘 꾸려가는 것만큼 왕실을 원만하게 꾸려가기도 한다. 왕실 어른에
게 효성을 다하고 대군이나 왕자들의 훈육에도 철저하여 왕실을 순조롭
게 꾸려가는 것이다. 침묵과언(沈默寡言)은 또 다른 덕목이다. 무엇보다
지혜로운 사람을 발굴하여 등용하고 현신들의 간언을 기꺼이 들어주는

---

16) 34화에서는 원병으로 온 이여송이 선조에게 글씨를 요구하지만 선조는 소기(少技)를
  남에게 자랑할 수 없다며 거부한다. 35화에서 선조는 피난하다 어궁(御弓)을 잃어버리
  는데 그것을 주워간 사람을 용서해주어 남을 감동시킨다. 36화에서는 수복 후 한양으로
  돌아온 선조가 문묘에 제사를 올리려는데 정전(正殿)이 다 소진되어 신하들이 난감해하
  자, 신이 없는 곳은 없다며 학궁의 옆에 신위를 배설하고 정성들여 제사를 올린다. 37화
  는 피난을 가면서 궁중의 모든 것을 포기하면서도 중국 황제로부터 하사받은 '망룡의(蟒
  龍衣)'를 움켜잡고 가는 선조의 모습을 그린다.

구현납간(求賢納諫)이 최고의 덕목으로 부각된다고 하겠다.

3. 이상적 사대부의 형상화

『국창쇄록』은 이상적인 사대부상을 재현하는데, 우선 평화로운 시기
보다는 위기나 곤경의 시기를 대처하는 사대부의 모습을 포착하려 한다.
사대부가 추구하는 명분을 위협하는 역사적 사건을 인물 일화의 배경으
로 설정하는 것이다. 이때 사대부들의 본 모습이 적나라하게 떠오른다.
단종복위사건(44, 45, 46, 47, 48, 49화), 계유정란(50, 62화), 장영기(張永
崙)의 반란(65화), 중종반정(69화), 이시애난(77화), 왜구침입(82화), 실록
사초(史草) 위조 사건(86화), 무오사화(99화)[17], 갑자사화(84화), 기묘사
화(101화), 을사사화(104화), 정여립 사건(160화)[18] 등이 사대부의 삶에 개
입하는 역사적 사건인 바, 이런 절박한 상황에서도 꿋꿋하게 명분과 의
리를 지켜가는 인물들을 그려낸다. 먼저 조광조 일화를 살펴보자.

정암 조광조는 성화(成化) 임인(壬寅)년에 태어났다. 어릴 때는 놀기만
좋아 하더니 이윽고 어른의 법도를 갖추었다. 남의 잘못을 보면 문득 가리켜
이야기해주었다. 장성하여서는 스스로 독서하고 또 수업을 받는 법을 알았는
데 항상 강개한 큰 뜻을 가져 과거문에 뜻 두는 것을 좋아하지 않았다. 성현의
풍모를 흠모하고 널리 공부하고 힘써 실천하니 정덕(正德)을 이룰 것을 기약

---

17) 99화는 사제관계인 김종직, 김굉필 등의 개인적 삶 속에 무오사화라는 정치적 사건이
결정적으로 틈입하여 삶을 망가뜨리는 형국이다. 그런 형국에서도 "汝等心存敬畏, 無
敢懈惰, 人或議己, 切勿相較"라거나 "言人之惡, 如含血噴人, 先汚其口, 汝等以此爲
戒"라는 김종직의 말은 정치적 음모에 끝까지 맞서는 개인 사대부의 강건함을 감동적으
로 보여준다.
18) 160화는 정여립의 난 때 의연하게 행동한 이계(李啓)에 대한 이야기다.

했다. 정덕(正德) 경오(庚午)년에 사마시(司馬試)에 장원하고 을해(乙亥)년
에 효렴(孝廉)으로 천거되어 사지(司紙)를 제수받고 이해 가을 대과에 급제
했다. 정축(丁丑)년에 통정(通政)으로 진급하고 무인(戊寅)년에 대사헌(大
司憲)의 자리에 특별 진급했다. 기묘(己卯)년 10월 사화가 일어나자 능성으
로 귀양가 그해 12월 2일 어명이 내려오니 선생이 목욕하고 옷을 갈아입고는
조용히 도사(都事)에게 말했다. "주상 전하께서 소신에게 사약을 내리시니
나의 죄명에 합당하도다."하며 차를 청하고 들은 뒤, '임금 사랑하기를 아비
사랑하듯 했네. 하늘의 해가 나의 단심을 비추리'라는 시를 짓고는 죽으니
향년 38세였다.[19]

　이 일화는 얼핏 보기에 조광조의 생애를 요약 제시한 것 같지만 특별
한 서술법을 구사하고 있다. 조광조의 삶에 있어 초점이 되는 중종대의
활약이나 기묘사화의 진행 과정에 대해서는 언급하지 않는 대신 다음
두 가지 대목을 부각시킨다. 첫째, 조광조의 평소 인격과 품행과 관련되
는 부분이다. 조광조는 남의 그릇됨을 지적해주는데 머뭇거림이 없다.
과거문(科擧文)에 연연하지 않으며 성현의 풍모를 흠모하고 정덕(正德)
을 이룰 것을 기약하며 박학역행(博學力行)한다. 둘째, 어명을 받아 조용
히 목욕재개하고 죽음을 맞이하는 장면이다. 여기서 서술자는 상황에 대
해 진술을 하는 대신 조광조 자신의 마지막 '말'과 '시'를 소개한다. '하늘
의 해가 나의 단심을 비추리'라는 구절은 자신의 떳떳함을 압축하여 담고
있다. 첫째와 둘째 사이에 비약이 있는데, 그 비약 부분을 메우고 조광조
의 죽음을 애석해하는 일은 독자에게 맡겨진 셈이다. 독자들은 평소 조

19) 趙靜菴光祖以成化壬寅生. 小少嬉戲, 已有成人儀度, 稍見人非違, 輒指言之, 及長
　　知讀書修業, 慷慨有大志, 强不屑意於科擧之文 興慕聖賢之風 博學力行 期於有成
　　正德, 庚午魁司馬, 乙亥擧孝廉, 除司紙. 是秋登第. 丁丑進階通政, 戊寅特陞大司
　　憲, 己卯十月, 禍作, 謫綾城而後名之至, 在十二月二日, 先生卽沐浴更衣, 從容謂都
　　事曰: "主上賜臣死, 合有罪名."請茶聽而死. 作詩曰: "愛君如愛父 天日照丹衷." 遂
　　卒, 年三十八.(66~67면)

광조의 품격과 인격을 환기하며 조광조의 마지막 말과 시를 읽게 되는데, 그 과정에서 그 죽음의 부당함과 비장함을 한층 더 절실하게 경험하게 된다.

길재(吉再)을 다룬 41, 42, 43화는 왕조의 교체라는 스케일이 좀더 큰 상황 속에서 사대부가 살아가는 방식을 성찰하게 한다. 40화는 가난으로 외가에 맡겨졌던 길재가 자라를 보고 자기 처지와 동일시하는 시를 지어 외조부와 동네사람들을 다 울게 만든다는 내용이다. 길재의 효행을 인상적으로 보여준다. 41화는 16세 때 자기의 은거의 뜻을 술회한 유명한 시를 소개하며, 42화는 고려가 장차 망할 것을 예견한 길재가 벼슬을 버리고 귀향하다 목은 선생을 방문하고 시를 얻는 내용이다. 43화는 태종 잠저 시에 함께 공부한 길재를 태종이 불렀으나 길재가 응하지 않음으로써 절의를 지킨 내용이다. 길재는 조선의 건국을 인정할 수 없었지만, 아들 사순(師舜)을 통해서 간접적으로 조선을 인정하게 된다. 절의를 지킨 후손에게 벼슬을 준다는 조선 세종조의 제도의 혜택을 입어 아들이 한양으로 향하면서 절을 올리자 길재는, "너는 내가 고려를 향하는 마음을 본 받아 네 조선의 임금을 섬겨라."[20]는 말로써 두 왕조의 절묘한 공존을 일군다.[21]

길재와 관련된 이 네 일화는 고려의 멸망과 조선 건국이라는 역사적 격변을 배경으로 하여 충절의 소중함을 부각시킨다. 그런데 조선 건국을 정당화하는 입장에서 보면, 고려 왕조에 대한 절개를 지나치게 강조하는 것은 바람직하지 않다. 그런 점에서 길재와 길재의 아들 사순을 함께 등장시켜 타협을 기획한 것이라고 볼 수 있다. 그리고 거기다가 사육신의

---

20) 汝當效我向高麗之心·事汝朝鮮之主(26면)

21) 태종이 '太宗嘉其節義, 優禮遣之, 特復其戶.'(26면)라 하여 전자를 강조했다면, 세종은 '世宗初卽位, 崇獎節義, 召子弟之堪敍用者'(26면)라 하여 후자를 강조한다.

일화(44, 45, 46, 47, 48, 49화)를 덧붙인 서술의도가 의미심장하다. 절의
는 고려조 신하인 길재를 통해서보다, 조선조 신하들인 사육신을 통해서
더 강조되었다. 길재는 어떻든 살아남고 자식까지 다음 왕조에 벼슬을
얻지만, 사육신들은 스스로의 목숨을 바치고 자손까지 멸손되는 비극을
맞이하기 때문이다.

고려 왕조에 대한 충절 정신과 조선 왕인 단종에 대한 충절의 문제에
동시에 연결된 사람이 이계린이다.

> 찬성(贊成) 이계린(李季疄)은 양경공(良景公) 종선(種善)의 아들이고 목
> 은(牧隱)의 후손이다. 성품이 곧고 엄격했다. 강원, 경기, 경상, 황해 4도의
> 안찰사가 되었는데, 남비징청(攬轡澄淸)의 풍으로 비리척결에 공정하여 친
> 구나 권세자라 하여 차별하지 않았다. 수령이 된 한 근친자가 그 밑에 있으며
> 그가 너무 과하다고 혹 말하면 공은 "출척은 대사라 감히 사사로운 뜻으로
> 그것을 어지럽힐 수 있겠는가?"라 답했다. 또 수령 중 형제들의 위세를 이용
> 하거나 연로하여 다만 남의 비위만 맞추는 자들을 공은 맨 먼저 축출했으니
> 그 봉공수정(奉公守正)이 이와 같았다.[22]

안찰사의 자리에서 공정하고도 엄격하게 원칙을 준수하는 행동은 이
계린(1401~1455)의 인격을 전형적으로 보여준다. 이계린은 관직을 수행
하는 과정에 사사로운 감정이나 이권이 결코 개입하지 않게 한다. 그것
은 '봉공수정(奉公守正)'으로 요약된다. 그런데 그의 원칙주의는 그 자신
의 심각한 희생을 초래하지 않는다. 더욱이 이계린은 호조판서로 임명되
었다가 아우 이계전과 함께 세조의 왕위 찬탈에 협력하여 좌익공신(佐翼

---

22) 李贊成季疄, 良景公種善之子, 牧隱之孫也. 性方嚴. 嘗出按江原京圻慶尙黃海四
道, 慨然有攬轡風, 其黜陟務循至公, 不以親舊權勢而低昂之有. 近親爲守令, 亦居
下, 或言太甚, 公曰: "黜陟大事也. 敢以私意而亂之乎?" 又有守令, 倚兄弟之勢, 年
老苟容者, 公首黜之, 其奉公守正如此(61면)

功臣) 2등에 녹훈되고 한산군(韓山君)에 봉해진다. 편찬자 이우원은 앞에
서 사육신들의 비장한 죽음을 부각시킴으로써 세조의 왕위찬탈이 부당
하다는 점을 강조한 바 있다. 또 성삼문의 목소리를 통하여 세종의 고명
신하(顧命臣下)인 신숙주가 변절한 것을 비판하고 있다.[23] 심지어 이조
판서 허후(許詡)가 김종서를 효수하는 것을 반대하여 세조를 격노하게
하자 이계린의 동생 이계전(李季甸, 1404~1459)이 허후를 변방으로 귀양
보낼 것을 주장하였다는 사실을 내세워 그런 이계전의 처사를 비판하기
도 한다.

이계린이 세조의 왕위 찬탈을 도와 공신이 되었다는 점을 문제 삼지
않으면서 그의 봉공수정(奉公守正)만을 부각시키는 서술태도는 여러 가
지 면을 생각하게 한다. 물론 이 구절들이 묘지명을 비롯한 기존 문헌에
서 옮겨진 것이라 하더라도, 그런 구절들을 옮겨온 편찬자는 그 구절들
의 취지를 인정하고 받아들였다고 보아야 한다. 왕위 찬탈의 인정과 봉
공수정(奉公守正)의 지향은 모순된다 하겠는데, 이런 모순이 한 인물의
일생에서 이의 없이 존재할 수 있었던 것은 먼저 그 인물이 생존한 시기
의 성격과 관련된다고 볼 수 있다. 역사적 전환기에서는 주체의 원칙주
의가 필경 자신의 희생을 초래한다. 그래서 일화에서도 비장한 결말이
만들어 진다. 대체로 주체의 죽음이나 불행으로써 이념적 원칙을 부각시
키기 때문이다. 이에 비해 이계린의 경우처럼 주체가 원칙을 추구하는데
도 죽음이나 불행이 뒤따르지 않는 것은 그 시대가 그 원칙을 받아들일
만큼 원만하거나 여유가 있었음을 암시한다. 이로써 그 원칙은 과장되지
는 않지만 사회의 규범으로 부각된다. 그리고 그 원칙은 주체의 인간됨

---

23) 公被鞫時, 申叔舟, 在上前, 三問數之曰: "始與汝, 在集賢殿時, 世宗, 日抱王孫,
步出庭中, 逍遙散步, 謂諸儒臣曰: '寡人千秋萬歲之後, 汝等須念此兒也.' 言猶在
耳, 汝獨忘乎? 我不意汝之爲惡, 至於此極也."(28면)

됨을 부각시키는 계기로서의 의의를 더 많이 가지게 된다. 다음으로 편
찬자의 서술의도와 관련된다. 가급적으로 폄(貶)보다는 포(褒)를 지향한
것이다. 그런 이유로 역사적 격변기에서 비장하게 이념을 실현한 사대부
에 대한 형상화는, 원만한 인격을 일상적으로 실현하는 사대부에 대한
형상화로 이동한다. 이런 이동은 이극배(李克培, 1422~1495), 손순효(孫
舜孝, 1427~1497), 상진(尙震, 1493~1564) 관련 일화들에서 이루어진다.
이극배(李克培)는 세조가 즉위하는 데 공을 세워 좌익공신(佐翼功臣) 3등
에 녹훈되었으며, 북변의 야인 정벌 때는 신숙주(申叔舟)의 종사로 출전
하기도 했다. 그러나 54화는 이극배의 이런 면을 드러내지 않고 대신
그가 가진 인격적 덕목을 부각시킨다. 이극배는 남의 잘못을 이야기하는
대신 자기를 되돌아본다. 자기 가문이 융성하는 것을 우려하여 자제들에
게 "물(物)이 성하면 반드시 쇠퇴하게 마련이다."고 하며 삼가라고 가르
친다. 두 손자에게 수겸(守謙), 수공(守恭)이란 이름을 지어주며 처세의
도로서 이 두 글자만 한 것이 없다고 한다.

　57, 58화에서 손순효(孫舜孝)는 하늘까지 감동시키는 지극한 효자이
며, 자식에게는 철저한 '청백(淸白)'을 강조하는 인격자이다. 61화에서
윤효손은 어머니의 만수(萬壽)를 비는 효자이다. 62화에서 심응(沈膺)은
간사한 재상 심정(沈貞)의 아버지이지만 지극한 효자이다. 심응이 이궁
(離宮) 숙직을 하고 있을 때 계유정란이 일어나는데, 아버지의 안부가
걱정되어 집으로 가보고자 하지만 군사들이 도로를 빽빽하게 점령하고
있어 불가능했다. 그래서 말 가랑이 사이로 기어서 집에 까지 가서 아버
지의 무사함을 확인하고 돌아온다. 계유정란이라는 심각한 정치적 사건
이 진행되는 과정인데도 그것을 배경으로만 처리하고 효도의 실현이라
는 의미망을 부각시켰다.[24)]

　이와 같이 사대부의 인격을 중심으로 한 이상적 사대부의 형상화는

상진(尙震, 1493~1564)에게서 종합되는 형국이다. 즉, 135화~140화는 상
진(尙震)의 일대기에 가깝다. 그의 일생이 정치적 격변과 무관한 것은
아니지만 정치보다 개인적 삶의 궤적이 서사를 이끈다. 상진은 어릴 적
외모가 기이하고 때때로 웃고 울고 하기를 반복했지만 선친은 그 범상치
않음을 간파했다. 그러나 일찍 고아가 되었고 또 일찍 학문에 뜻을 두지
못하여 동류로부터 비웃음을 산다. 학업에 분발하기 시작한 뒤로는 조금
도 흔들리지 않고 인격 완성의 길을 나아간다. 마침내 27세에 기묘과에
급제하자 전일 그를 모욕하던 사람들이 무척 부끄러워하였다. 그러나 상
진은 오히려 그들에게 감사해한다.[25)]

정치사적으로 상진은 청렴하고 관후 인자한 명상(名相)으로서 조야(朝
野)의 신망이 두텁기는 했으나, 만년에 윤원형·이기 등 소윤(小尹) 일파
와 어울려 사림의 지탄을 받기도 하였다. 그러나 『국창쇄록』은 그런 점
을 언급하지 않고 상진이 온전한 이상적 인격체로 성장해가는 과정과
귀결만을 보여준다. 특히 140화는 완성된 인격자로서의 상진을 두루 보
여준다.[26)] 요컨대, 상진은 타인의 잘못이나 악에 대해 관대하고 자기의

---

24) 90화는 심회(沈澮)의 족고(族姑)에 대한 효도를 다룬다.("情之所在, 禮亦附焉, 吾豈
忘鞠養之恩, 私圖自便乎?"; 53면)

25) "非君警, 我無所成就, 君實愛我受惠多矣."(85~86면)

26) 상진은 남의 잘못에 대해 듣는 것을 기뻐하지 않고 반드시 그 마음을 살펴 용서할 수
있는 길을 찾는다.(不喜聞人過, 聞之必先探其心, 求其可恕之道; 88면) 남의 착한 점
에 대해 들으면 아무리 작은 것이라도 그리고 그게 노복이라 하더라도 자제들에게 알려
서 크게 칭찬한다.(聞人之善, 必揚擧不已, 雖婢僕之愚, 有一少善, 謂子弟曰: "某爲
此言行, 此事可善也 汝輩勿少也."; 88면) 95화에서 강석덕(姜碩德)은 도의가 중하다
며 과거에 다시 응시하지 않는다. 그의 인품은 두 아들에게 경계하는 말에 압축되어 있
다.(人之富貴榮達在天, 非求之可得, 所自盡者, 孝悌忠信禮義廉恥而已, 有媿於是,
餘不足觀; 60면) 강석덕이 좀 더 강고한 인품을 보인다는 점에서 다소 차이가 있지만,
근본적으로는 상진의 인품과 통한다. 특히 강석덕은 벼슬하지 않는 선비의 모범을 보인
다. 잘못을 저지르는 사람이 있으면 가르치기를 포기하지 않았고 도둑질을 하는 자가
있어도 도리어 가련하게 여겨 "네가 배가 고프고 추우면 나를 찾아와 고하거라. 다시는

부족한 점이나 실수에 대해 엄격하다. 일생생활에서는 검소(儉素)하여 꾸미기를 일삼지 않는다. 덕량(德量)이 넓고 두텁다 하겠는데 그런 점에서 가장 이상적인 사대부 중 한 사람이라 할 수 있다.

심연원(沈連源, 1491~1558)은 위와 같은 상진과 대비된다. 155화와 156화는 심연원의 탁월한 통치 능력을 발휘한다.[27] 심연원의 비명(碑銘)은 정사룡(鄭士龍, 1491~1570)이 지었다.[28] 정사룡은 심연원과 같은 해 태어난 인물이기에, 비명의 문장은 심연원과 관련된 문건 중에서 가장 이른 시기에 나온 것이라 할 수 있다. 이후원은 이 장문의 비명 중에서 중요한 구절을 발췌하여 두 개의 일화로 만들었다. 155화는 심연원이 김안로의 배척을 받아 제주목사로 좌천되는데 그에 대해 난색을 표시하지도 않고 담담히 임지로 향하는 모습을 먼저 서술한다. 바다 가운데서 풍랑을 만났는데 뱃사람들조차 어쩔 줄 모르고 두려워했지만 심연원만은 재각(齋閣)에 있는 듯 태연해하며 시를 읊조린다. 그는 제주에 도착하여 탁월한 지도력을 보인다. 변경을 지키는 일 이외에 농정(農政)을 독려하니 도내 전체가 풍성해진다.[29] 해도의 지방 풍속을 예절로 이끌어 초하루 보름에

그러지 말거라."(或有偸盜者, 反憐之日: "汝若飢寒, 須來告我, 愼勿復然."; 88면)라고 타일러주기만 한다. 남이 자기의 잘못을 이야기하면 아주 미미한 것도 크게 받아들여 자기를 반성하고는, "내가 과연 그런 면이 있지. 백성은 지극히 우둔하면서도 신령스럽지."(人若言公過云, 則有至微者所道, 必思所以致誇之由而反己日: "吾果有之, 民固至愚而神矣."; 88면)라고 말해준다. 은혜를 임금에게 돌렸고 남에게 자기 이름을 드날리려 하지 않는다. 상진의 자상한 마음은 벌레나 짐승에까지 이르니, 마당에서 가둬두고 기를만한 짐승들도 반드시 놓아주면서 "마음 놓고 마시고 쪼아 먹으려는 것은 사람이나 짐승이나 같은 마음이다."라고 하고, 맛있게 먹을 만한 것도 반드시 살려줄 길을 추구하며 말하기를 "어찌 차마 살아있는 것을 마주하면서 잡아먹을 것을 생각할 수 있을까?"라고 말한다.(凡虫獸可爲庭玩者, 則必放之日: "飮啄自如物我同情", 滋味可供者, 必求生道日: "豈忍對生而思食乎?"; 89면) 집안에 거처할 때는 그릇이나 가재도구가 누추하거나 더러운 것을 말하지 않았다.

27) 89화도 한계미(韓繼美)의 치적을 다룬다.
28) 『한국역대인물전집성』 2, 민창문화사, 1980, 1835~1838면.

대궐을 향해 첨배(瞻拜)하는 의식과 봄가을로 문묘(文廟)에 올리는 석전제(釋奠祭)를 거행하였으며 글방을 크게 수축하여 『사서(四書)』와 『고문진보(古文眞寶)』 등 서적을 간행하여 무식한 백성들을 과습(課習)시키니 백성들 가운데 공부하고자 하는 자가 많아졌고 국학(國學, 성균관)에 들어가기를 청하는 자도 있었다. 또 제주도 산천의 험하고 평탄한 곳과 요새지를 상세히 그림으로 그려서 한 축(軸)을 만들었는데, 을묘년(乙卯年, 1555년) 왜구(倭寇)가 제주를 침입하여 숙련된 병사들과 노련한 장군들조차 어쩔 줄 몰라 하는데 수상으로 있던 공이 그 축을 꺼내 보며 지휘를 해주니 모두들 그 선견지명에 탄복했다는 내용이다. 여기까지가 155화의 내용인데, 백성들 중에서 공부하는 자가 많아졌다는 대목까지는 비명에 이어진 내용이다. 반면 제주도 요새지 그림을 그려 오는 대목 뒷부분은 비명의 후반부에 있는 내용이다. 이후원은 심연원의 비명 전문 중에서 제주도와 관련된 내용을 여기저기 발췌하여 155화를 만든 것이다. 156화는 '보암(保菴)'이라는 자호(自號)를 택한 것, 겸근(謙謹)을 자손들에게 가르친 것, 6조항의 진계(陳戒)를 만들어 바친 것, 병이 들어 몸져누웠을 때도 시정(時政)에 대한 충언을 중단하지 않은 것, 명종이 치하하고 위로한 것, 송인(宋寅)의 만시(輓詩) 등을 담았다. 송인의 만시를 제외한 나머지도 모두 정사룡이 비명의 구절들을 옮긴 것이다. 다만 앞 뒤 순서를 적잖이 바꾸었다. 이후원은 심연원 일화를 통하여 탁월하면서도 모범적인 벼슬아치의 전형을 제시하고자 했다. 그러기 위해 심연원의 일생에서 가장 두드러진 사례들을 그의 비명에서 발췌하여 가져왔다. 전체적으로

---

29) 128화도 여기에 해당한다. 여기서 김안국(金安國, 1478~1543)은 병이 들어 몸져 누워 있을 때조차 중국에 보내는 표전(表箋)을 스스로 지으며, "이것은 나의 직분이니 어찌 병이 들었다고 남의 손에 맡길 수 있겠나?"(80면)라고 했다. 김안국은 이 때문에 병이 도져 결국 죽게 되었다.

보면 이후원의 선택과 발췌는 아주 적절했다고 볼 수 있다. 그만큼 이후원에게는 가장 인상적인 말이나 행동, 상황을 포착하는 능력이 뛰어났다고 본다.

요컨대 『국창쇄록』은 그 원칙과 이념을 고수하며 엄격하고도 성실하게 살아간 사대부를 포착하고 있다. 그들에게는 가끔 여유 속에서의 장난기와 유머를 발견할 수 있지만, 궁극적으로 그것이 중시되지 않는다. 대부분의 일화들은 다양한 환경에서 사대부가 어떻게 생각하여 결단하고 행동해야 하는가를 문제 삼고 있는 것이다. 그래서 주체의 사고나 행위가 얼마나 뛰어 났는가 혹은 인상적으로 일탈했는가를 보여준다. 세상의 여건이 순조로운 때라면 주체의 이러한 뛰어남이나 일탈은 부수적인 문제를 유발하지 않는다. 그러나 세상의 여건이 당대인의 이념이나 윤리에 대한 상식적 기대조차 어그러뜨릴 정도로 열악한 경우, 주체의 뛰어남과 일탈은 주체에게 잠재적 위험 요소가 된다. 『국창쇄록』은 후자의 경우가 더 두드러진다. 그것은 편찬자 이후원의 삶의 경험이나 자세와 관련될 것이다. 이후원은 병자호란 때 척화(斥和)를 주장했고 그 뒤로는 북벌론을 내세우며 송시열등 다른 북벌론자들을 추천한 인물이다. 북벌론의 이데올로기적 한계와 문제 등을 논외로 할 때, 그의 이러한 입점은 당대의 청과 조선의 공존이라는 현실을 중화의 이념에 의거하여 인정하지 않는 것이다. 현실이 달라져도 항존하는 이념을 고집함으로써 마침내 변화된 현실을 되돌리려는 것이다. 이념적 일탈과 그 비극적 결말을 담고 있는 일화 작품은 그의 이러한 이념적 문제의식과 순조롭게 대응될 수 있었다고 하겠다.

이후원이 가장 이상적이라고 소개한 사대부들은 무엇보다 '불휘(不諱)'의 직간(直諫)을 기꺼이 하는 존재들이다. 스스로의 명분과 신념을 소중하게 생각하고 그것을 지키기 위하여 시정 무리들을 따르지 않는다.

명분과 신념을 지키기 위해서 어떤 희생도 감내한다. 나아가 벼슬아치로서도 능력과 원칙을 지키니 '봉공수정(奉公守正)'이 그 모두를 요약한다.

4. 임금과 신하의 바람직한 관계 재현

이상의 분석에 의할 때, 『국창쇄록』이 재현한 이상적 임금과 사대부는 외적인 조건이나 위치를 논외로 하고 그 품성 자체만 고려하면 결정적 차이가 없다는 것을 알 수 있다. 그리하여 임금과 신하의 바람직한 관계는 양쪽이 각각 사람으로서 갖춰야 할 덕목과 삶의 자세를 온전하게 갖췄을 때 서로 원만하게 소통하게 되어 자연스레 이루어지는 것이다. 『국창쇄록』은 이상적 임금상과 사대부상을 제시함으로써 양자의 행복한 소통과 조화의 관계를 창출하려 했다.

『국창쇄록』이 궁극적으로 제시하고자 한 것이 임금과 신하의 이상적인 관계라는 점은 일화들의 배치 방식에서 확인할 수 있다. 제1화부터 38화까지가 임금의 일화라면, 40화 이후는 신하의 일화다. 39화는 둘의 경계가 된다는 점에서 특별한 자리에 있다고 할 수 있다. 39화에서 비로소 임금 아닌 신하 황희(黃喜, 1363~1452)가 등장하는데, 황희의 개인만을 다루는 것은 아니고 태종–황희의 관계에 초점이 맞춘다. 그런데 39화를 이전과 연결시켜 볼 때나 이후와 연결시켜 볼 때나 순서가 어그러졌다. 이전과 연결시키면 이미 37화에서 선조, 38화에서 광해군에 대해 이야기했기에, 태종을 언급하는 39화는 순서를 어긴 셈이다. 이후와 연결시키면 40, 41, 42, 43화가 길재(吉再, 1353~1419)를 등장시키고 44화부터 49화까지 사육신들을 다룬다는 점에서 황희를 다루는 39화는 역시 순서를 어겼다. 39화는 임금에 대한 이야기로 해석할 때도 순서가 어그러졌고, 신하에 대한 이야기로 해석할 때도 순서가 어그러진 셈이다. 이렇게 이중적으로 양쪽의 순서를 어기는 39화는 바로 그런 점에서 편찬자가 특별한 의미를 부여하고 중요한 기능을 하게 한 일화라고 하겠다. 그것은 임금과 신하가 함께 가장 모범적인 모습을 보이는 사례를 제시하는 것이다. 태종은 '신하에 대한 배려'라는 면에서 임금 중에서도 가장 인상적인 모습을 보여주기 위하여 임금 일화 군의 마지막에 등장했다. 황희는 '사대부로서의 경륜과 인품'이라는 차원에서 신하 일화들 중에서 가장 앞자리에 섰다.[30] 물론 39화에서 태종은 양녕대군을 두둔하는 황희에 대해 격노한 적이 있고, 황희는 그 문제로 인해 귀양도 갔다. 그럼에도 불구하고 태종에게 황희는 '충직(忠直)'한 진정한 재상이고 하루도 임금 곁을 떠나게 할 수 없는 신하이다.

조선시대 잡록집들이 두루 전재하면서 공유한 황희 일화들은 시비판단을 하지 않고 관대하기만 한 황희의 행동을 보여준다.[31] 규범적 서술을 지향하는 『해동명신록(海東名臣錄)』의 〈황희〉조차도[32] 어린 노비들이 옆에서 떠들거나 뺨을 쳐도 너그럽게 있는 황희의 모습을 보여주며, 또 황우(黃牛)와 흑우(黑牛) 중 어느 소가 일을 더 잘하느냐고 물었다가 농부로부터 심오한 이야기를 듣고 크게 깨달은 뒤 평생 남의 시비를 따지지 않았다는 일화를 수용한다. 그러나 『국창쇄록』은 이렇게 널리 알려진 황희 일화들을 싣고 있는 잡록집을 무시하고 역시 신숙주가 편술한 묘지명을 바탕으로 단편을 만들었다. 39화는 3단 구조를 갖추었다.

---

30) 性寬厚沈重, 有宰相識度, 風姿魁偉, 聰明絶人, 治家儉素, 喜怒不形, 論事正大, 務存大體, 不喜紛更, 有古大臣風, 議獄以寬爲主(24면)

31) 이런 황희의 모습은, 『동야휘집』, 『용재총화』, 『성호사설』, 『청파극담』, 『필원잡기』, 『송와잡설』 등에 두루 실려 있다. 이강옥, 「문학교육과 비판·성찰·깨달음」, 『문학교육학』 29호, 한국문학교육학회, 2009, 36~40면 참조.

32) 『한국역대인물전집성』 5, 민창문화사, 1980, 4775~477면.

① 황희의 어린 시절의 비범함(黃翼成公喜, 生而神氣, 異凡兒)
② 황희를 끔찍이 아끼는 태종의 행동과 말
③ 황희의 품행과 인품[33]

①에서 어릴 적 비범함을 말했다면, 보통은 그런 점이 크면서 어떻게 발현 발전되었는가를 보여주기 마련이다. 그러나 여기서는 곧바로 ②로 넘어간다. 황희 개인의 인성 발현이 아니라 그런 황희를 아껴주는 태종의 배려를 부각시키는 것이다. 그런 점에서 ①은 태종의 배려가 정당하고 적절했다는 것을 말하기 위한 발판이 되었다. ③은 성인이 된 황희가 보여준 품성과 경륜, 모범적 일상생활 태도를 말한다. 이것도 '모두들 현명한 재상이라 말했다.'는 데로 귀결한다. 그런 점에서 ③역시 ②를 뒷받침하는 부분이거나 최소한 긴밀한 관계가 있다.

39화 이후로 임금과 신하 사이의 이상적이고 원만한 관계를 보여주는 일화가 이어진다.(43, 50, 51, 52, 53, 55, 56, 63, 64, 66, 69, 74, 75, 78, 79, 81, 92, 93, 94, 110, 113, 136, 137, 138, 139, 141, 159, 161화 등) 여기에는, 인품과 경륜을 갖춘 인재를 알아보고 등용하여 지지해주고 아껴주는 임금이 등장하며, 임금의 뜻을 받들고 소신에 따라 직간하고 자기 신념대로 올곧게 실천하는 신하가 등장한다.

신하를 아낀다는 점에서 돋보이는 임금으로 인종을 들 수 있다. 먼저 27, 28화에서 인종은 대신들에게 재주 있고 도를 갖춘 인재들을 추천하여 중용하라 명했다. 대신들은 그러한 추천이 어렵다며 전대의 규정을 거론했다. 그러자 인종이 말한다.

---

33) 性寬厚沈重, 有宰相識度, 風姿魁偉, 聰明絶人, 治家儉素, 喜怒不形, 論事正大, 務存大體, 不喜紛更, 有古大臣風, 議獄以寬爲主, 嘗謂人曰: "寧失於輕, 不可枉刑." 雖老, 手又釋卷, 互閉兩目, 以養目力, 雖細字亦讀之, 不憚. 爲相二十四年, 中外想望, 皆曰: "賢宰相"(24면)

"재주있고 도를 갖춘 현인 군자들이 비록 출처(出處)를 신중하게 하지만
결국은 그들을 초빙하는 임금의 성의에 달려 있는 것이다. 얻어서 과연 현명
하면 재상으로 발탁하는 것에 무슨 어려움이 있겠는가? 혹 옛 사례에 구애되
어 현인 군자들을 구할 수도 없는 지경에 방치해 둔다면 이것이야 말로 옛
사람이 말한 '야무유현(野無遺賢)'에 해당되니 이것 역시 후세를 속이는 말
이도다."34)

인종은 대신들이 이의를 제기해도 자기 뜻을 굽히지 않는다. 관습을
무시하고서라도 초야에 묻혀 있는 인재를 등용하고자 하는 의지를 내비
친다. 반면 대신들은 관습에 얽매여 인종의 파격적 인재 등용 의지를 받
아들이지 못한다. 인종이 서화담과 정북창을 발탁하여 요직에 앉히려 했
지만 그러기 전에 인종이 서거했다는 마지막 언급이 의미하는 바가 크
다. 서술자는 그것이 '세상에 전하는 이야기'라는 점을 강조한다.35) 서술
자는 서화담과 정북창의 버려짐과 인종의 이른 서거를 세상사람들과 함
께 안타까워한 것이다. 인재 등용에 대한 인종의 훌륭한 생각이 실현되
지 못한 것이 안타깝다는 점을 간접적으로 드러내었다.

성종도 인재를 발탁하고 그들을 총애하여 그들이 소신을 갖고 일을
할 수 있는 충분한 여건을 만들어 준다. 성종-김우신(金友臣)(51화), 성종
-손순효(55, 56화), 성종-윤효손(59화), 성종-허종(66화). 성종-권경우
(權景祐)(73화), 성종-채수(74, 75화), 성종-성희안(成希顏)(78화)의 관계
가 소개되는 바, 이는 임금과 신하 사이의 가장 바람직한 관계를 보여주
는 사례이다.

---

34) 仁宗令大臣, 薦逸士之懷才抱道者, 將欲擢用, 大臣難於其薦, 將先朝舊規以禀, 上
曰:"賢人君子之懷才抱道者, 雖重於出處, 而唯在人君求之之誠不誠如何耳, 得而果
賢則擢置宰相, 亦何難哉? 如或拘於舊例, 置賢人君子於不可求之之地, 則古人所謂
野無遺賢, 其亦誣後世之言耶?"(16~17면)
35) 世傳, 仁宗以徐花潭鄭北窓, 將擢置爰立之位, 未及而遽登仙云.(17면)

성종–손순효의 관계를 보여주는 55화와 56화가 대표적인 사례가 된
다. 55화에서 손순효는 인정전 술자리가 무리 익자 친히 아릴 말씀이
있다며 어탑으로 가서, "여알(女謁)이 심해 언로가 열리지 않습니다."[36]
라는 직간(直諫)을 한다. 성종이 손순효 쪽으로 몸을 구부리며 "어찌하면
해결할꼬?"라 물으니 "전하께서 아시기만 하면 임금 자리를 잃지는 않을
것입니다."[37]라 대답한다. 옆에 있던 재상들이 깜짝 놀라 손순효가 무슨
말을 하였는지 성종에게 묻자 성종은 "다 짐이 간언을 듣지 않은 탓이
다."[38]라 대답해준다. 서술자는 이에 대해 "(직간한 신하에 대한)융성한
대접이 이와 같았다."[39]라고 평하였다. 그리고 이 일화가 손순효의 〈비
문(碑文)〉[40]에서 나온 것이라 한 뒤 '세전(世傳)'하는 것이라며 다소 다른
내용을 소개한다.[41] 『국창쇄록』은 묘비명 등에서 발췌 전재할 뿐이니
이렇게 원천이 다른 일화끼리 비교하는 일은 예외적이라 할 수 있다. 그
만큼 성종과 손순효의 관계에 대해 서술자가 큰 관심을 가졌다는 증거일
것이다. 성종에 대한 손순효의 간언 태도는 과장되었다고 느껴질 정도로
거침이 없다. 그래도 성종은 모든 것을 자신의 탓으로 돌림으로써 직언
하는 신하를 보호하고 부추겨 준다. 이로써 임금과 신하는 자신들의 자
리에서 할 수 있는 최선의 일을 다 했다고 평가되며, 그 시대가 상대적으
로 태평한 때였음을 암시한다.

---

36) 女謁太盛, 言路未廣(34면)
37) "上若知之, 自無其失"(34면)
38) "以子爲不聽諫耳"(34면)
39) 其隆遇如此(34면)
40) 손순효의 〈비명(碑銘)〉은 이창신(李昌臣)이 썼다.
41) 즉, 손순효가 성종에게 "이 자리가 아깝습니다."하니 주위 사람이 무슨 이야기를 했는
   가 듣고 싶다 하자 성종이, "짐이 여색을 좋아하는 것을 경계하는 말이라."고 했다는
   것이다. 이 일화는 〈성묘조(成廟朝)〉(병진정사록, 대동야승1, 721면), 〈연산위세자시
   (燕山爲世子時)〉(어우야담 원문, 180면) 등에 실려 있다.

그 외 51화는 김우신이 성종으로부터 '성권(聖眷)'을 입음이 크다 했다. 59화는 중국을 다녀온 윤효손의 주장을 그대로 받아주고 그에 따라하는 성종을 소개한다. 66화에서는 성종이 창릉(昌陵)과 경릉(敬陵)에 제사를 올리고 돌아오면서 바로 사냥을 하려하니 예조판서 허종(許琮)이 비판하는 상소를 올렸다. 그러자 성종은 그게 놀이를 위한 것이 아니라 악수(惡獸) 제거를 위한 것이었지만 그래도 허종의 말이 정당하기에 뒤에는 그런 사냥을 하지 않겠다고 약속했다. 73화는 서장관으로서 권귀와 결탁하여 불법 무역을 하는 역관들의 폐단을 척결한 권경우(權景祐)를 칭찬하고 언관(言官)으로 발탁하는 성종의 언행을 보여준다. 권경우도 당당하고 꿋꿋하게 언관으로서의 직분을 다한다. 74, 75화에서는 채수(蔡壽)가 성종의 융성한 대우를 받는 것을 보여준다. 75화의 마무리는 "권주(眷注)의 융성함이 비할 바 없었다."이다. 78화에서 성희안(成希顔)은 어릴 때부터 대장을 자칭하며 뭇 아이들을 지휘하였는데 급제 후 성종이 그 재주를 아꼈다. 성희안이 부친을 위한 여묘살이를 할 때 바위 위에서 잠이 들었는데 꿈에 선고(先考)께서 소리를 질러 깨어보니 거대한 호랑이가 다가오고 있어 돌을 던지며 피했다. 사람들이 효성에 감응된 바라 했다. 상을 마치니 성종이 불러 꿩을 하사하며 모친을 봉양하라 했다는 것이다. 이 일화의 마무리도 "소관(小官) 때부터 받은 권우(眷遇)의 융숭하고 장대함이 이와 같았다."[42]이다.

92, 93, 94화는 태종, 세종, 세조 등 삼대에 걸친 임금들이 황희와 그 자제들과 대를 이은 관계를 지속한다는 점에서 이중삼중의 강조점이 찍혀졌다고 할 수 있다. 태종과 황희의 관계는 이미 39화에서 언급한 바 있다. 내용과 형식에서 중복되는 부분이 많은데도 불구하고 그것을 다시

---

42) 自爲小官, 其荷眷遇之隆重如此.(47면)

기술한 것은 93, 94화에서 태종 이후의 왕들과 황희 자제들 사이의 바람 직한 관계를 이끌어오기 위한 포석이다. 92화에서 태종은 황희를 이틀만 못 만나도 반드시 불러들인다. 그리고 비밀스런 사안에 대해 상의를 많 이 한 모양인데, 그 때마다 "이 일은 나와 경만이 아는 일이오. 만일 이것 이 누설되면 경 아니면 내가 누설한 것이라오."[43]라며 군신간 돈독한 의리를 과시한다. 태종의 황희에 대한 전폭적 신뢰와 의지는 세종에게 이어진다. 93화는 황희의 장남 황치신(黃致身)의 특출함을 보여주는데 그런 면을 알게 된 태종이 황치신을 동중서(董仲舒)보다 낫다며 '동초(董 超)'라는 이름을 내린다. 황치신은 지방 수령으로서나 중국 사신으로서 맡은 일을 유능하게 수행하는데 특히 조종 이래로 중국으로부터 송사(宋 史)을 얻지 못하고 있었는데 성절사(聖節使)로 가서 결국 한 질을 얻어 오니 세조가 특히 기뻐하며 큰 상을 내린다. 황치신과 그 동생 황수신(黃 守身)은 형제 간 지극한 우의를 보여주었는데, 그 소문을 들은 세조는 동생 영응대군(永膺大君)을 불러, "우리 형제의 우애도 마땅히 그와 같이 하자꾸나."[44]라고 했다는 것이다. 임금과 사대부를 이상적인 인간으로 평가하는 기준에 차이가 없다는 점을 여기서 다시 확인할 수 있다. 그뒤 로 세조는 황치신을 끔찍이 총애하여 가까이 둔다. 94화는 황희의 셋째 아들인 황수신을 내세운다. 황수신은 성품이 관후(寬厚)하고 침웅(沈雄) 하여 어릴 때부터 대인의 품격을 보인다. 그는 어릴 적에 우물에 아이가 추락하자 놀라지 않고 침착하게 건져준 일로 아버지 황희로부터 재상이 될 인물이라 기대를 받는다. 흥천사(興天寺)에서 독서를 할 때 그곳을 방문한 세종 앞에서 발군의 실력을 보여 세종이 기특하게 여기게 한다. 11살 때는 중국 사신 황엄(黃儼)의 눈에 뜨여 잊혀지지 않은 사람이 되었

---

43) 此事, 子與卿, 獨知之. 若泄, 非卿卽子.(54면)

44) 世祖 …… 謂永膺曰: "吾兄弟友愛 亦當如之."(58면)

다. 그렇지만 택민제세(澤民濟世)가 과거 급제에서 비롯하는 것은 아니라며 평생 썩은 선비는 안 되겠다 다짐한 뒤 과거를 위한 공부는 더 이상 하지 않고 경사(經史)에 대한 학문에 전념하였다. 그러나 흥천사에서의 일을 기억하고 있는 세종에 의해 발탁되어 영의정에 이른다. 이렇게 하여 황희와 그 아들들은 부자지간인 태종, 세종, 세조 등 임금과 대를 이은 특별한 군신관계를 보여줌으로써 바람직한 군신관계의 한 정점을 보여준다고 하겠다.

그 외 중종과 이언적(105화), 성종과 이번(李蕃)(110화), 명종과 이황(113화), 중종 및 명종과 상진(136, 137, 138, 141화), 명종과 이희검(159화), 선조와 윤근수(161화) 등이 거듭 모범적인 군신관계를 부각시킨다. 105화에서 이언적은 전주부윤으로 있을 때 위강(爲綱) 1조와 인주심술(人主心術) 5조 등 수천 언의 상소를 올렸는데 중종이 그 뜻을 알고 감탄하여 동궁은 물론 조정 밖 사람들까지 보게 하였고 이언적에게는 병조참판의 벼슬을 특배(特拜)하였다. 이언적이 그 특배를 받아들이지는 않았지만, 신하가 충당(忠讜)의 간언을 올리고 임금이 그것에 감동하여 심기일전했다는 것은 『국창쇄록』이 보여주고자 바람직한 군신관계의 한 전형이다. 110화는 성종과 이언적의 아버지인 이번(李蕃)의 관계를 다룬다. 경주에 세거하던 이번은 경상도 하과(夏課)에서 장원을 한다. 성종이 그 시부(詩賦)를 좋아해 그를 국학에 머물게 하여 공부하게 한다. 이번은 그 뒤 귀향하여 후생을 가르치는 일을 사업으로 삼는다. 이 일화의 마지막은 "성종께서 재주있는 사람을 아끼고 그것을 권장하여 나아가게 하는 경우가 이처럼 많았다."[45]이다. 113화에서 명종은 이황을 여러 번 불렀으나 이황이 응하지는 않으며 명종은 이황이 만들어 올린 도산기(陶山記)와 시

---

45) "成廟之愛才獎進率多, 如此."(71면)

편의 병풍족자를 언제나 침전에 두었다고 한다. 귀결은 "그 권주(眷注)의
출중함이 이와 같았다."[46]이다. 136화에서 중종은 승급(陞級)을 초월하
여 상진(尙震)을 거듭 특제(特除)한다. 그러면 대간은 사람은 비록 특제
에 합당하나 제도에 부당하므로 고치고는 한다. 마지막에 조종조 부터
벼슬의 자급(資級)을 중히 여겨 특지(特旨)의 길을 막았는데도 불구하고
상진이 11번이나 특지를 받았다는 사실을 강조하며 마무리한다.[47] 137
화는 명종이 취로정(翠露亭)에서 신하들을 불러 잔치를 열었을 때 상진
이 취하여 정원에 누운 일을 소개한다. 명종은 상진을 위하여 장막을 둘
러주고 지나간다. 다음날 신하들이 상진이 실례를 범했기에 벌을 주라
했지만 명종은 오히려 그 광경이 자기를 흐뭇하게 했다며 실례가 아니라
했다. 끝 부분에 상진이 임금에게 올린 시구를 "대신의 계를 바치는 법도
가 있다."[48]고 하였다. 138화는 상진이 병이 들자 명종이 내의(內醫)를
보낸 사실을 지적한다. 그것을 "신권(宸眷)의 무겁기가 이와 같았다."[49]
로 마무리한다. 139화도 상진에 대한 명종의 대우를 "대신에 대한 은총과
예의가 가히 지극하다 하겠다."[50]로 요약한다. 141화도 명종의 상진에
대한 대우를 "지우(知遇)의 깊음"[51]으로 지칭한다. 159화는 좀 이완되고
넉넉한 군신관계를 보인다. 이희검(李希儉)은 강직하여 숨기는 것이 없
다. 명종이 내원에서 신하들과 잔치를 열었을 때 술에 자신 있는 자가
있는가라고 묻자 이희검이 기꺼이 나선다. 명종이 큰 잔으로 술을 주니
이희검이 크게 취한다. 명종이 중관(中官)에게 부축하여 모시게 하니 "사

---

46) "其眷注之出尋常, 如此."(72면)
47) 祖宗朝重資級而防特旨之路也. 公以特旨拜官者, 凡十一度, 而改者二焉.(86면)
48) 大臣進戒之軆.(87면)
49) 宸眷之重, 如此.(87면)
50) 其恩禮大臣, 可謂至矣.(88면)
51) 特知遇深耳(90면)

람들이 영광으로 생각했다."52)고 한다.

　이상에서, 임금과 신하의 바람직한 관계가 형성되기 위해서는 먼저 임금 쪽에서 그럴 수 있는 요건을 갖추는 것이 중요하다고 본다. 임금은 제도나 절차를 넘어서서라도 묻혀있는 뛰어난 인재를 찾아내며 일단 등용해준 뒤에는 흔들리지 않고 끝까지 지지해준다. 또 신하의 어떤 간언이라도 겸허하게 들어주고 그 간언을 자기를 돌아보는 계기로 삼는다. 세조와 허후(許詡)의 관계를 보여주는 50화는 역으로 신하의 간언을 받아들이지 않을 때 얼마나 심각한 비극적 상황이 초래되는가를 역력히 보여준다. 허후는 세종과 문종 시대 20여 년 동안 벼슬살이를 한다. 그는 근신수구(謹身守口)하여 가는 곳마다 칭찬을 받았다. 그러나 계유(癸酉)년에 세조가 김종서, 황보인 등을 죽이고는 정인지 등을 불러 술자리를 마련해주었는데 허후는 기일이라 핑계를 대고 고기를 먹지 않는다. 세조는 허후가 핑계를 댄다는 걸 알았지만 더 이상 묻지 않고 김종서 등을 시장에다 효수하고 자손들을 죽이도록 명령했다. 그때 허후는 "이 사람들이 무슨 큰 죄를 지었다고 효수하고 그 자식들을 죽인단 말입니까?"53)라고 항변한다. 그러자 세조가 고기를 먹지 않은 것도 이 때문이라고 물으니 허후는 그렇다고 대답하고는, "조정 원로들께서 같은 날 모두 돌아가셨는데 살아남은 것만 해도 지나친데 어찌 고기를 먹겠습니까?"54)라며 눈물을 흘린다. 결국 허후는 그 때문에 귀양가서 죽게 된다. 허후는 시류배에 휩쓸리지 않고55) 자기 신념을 지키며 결정적 순간에 임금에게 할 말을 다한다. 그러나 임금이 그런 간언이나 말을 기꺼이 들어주지 않

---

52) 人以爲榮(100면)

53) 公曰: "此人等, 胡大罪, 至於梟首孥戮乎?"(31면)

54) "朝廷元老, 同日盡死, 詡生亦足矣. 又從而食肉乎?"(31면)

55) 157화도 시류에 휩쓸리지 않고 원칙에 철저하며 살아가는 정이주(鄭以周, 1530~ 1583)의 미덕을 보여준다.

기에 극단적 비극이 만들어지는 것이다.[56]

이렇듯 신하는 행정이든 학문에서든 탁월한 능력을 보이고 또 스스로 갖춘 신념에 따라 숨김없이 직간(直諫)을 할 수 있어야 한다. 그리고 그런 직간을 기꺼이 들어주고 오히려 자기를 돌아보는 계기로 삼는 임금이 존재해야 한다. 이런 맥락에서 구현납간(求賢納諫)[57]과 초배(超拜), 특배(特拜), 특제(特除)[58], 그리고 권주(眷注), 권우(眷遇) 등의 핵심어가 거듭 사용되었다.

서술방식 차원에서 보면, 임금을 중심에 두고 특별한 신하와 평범한 신하가 대조된다. 서술자는 특별한 신하와 임금과의 관계에 초점을 맞추었지 반대의 경우를 다소 폄하했다. 특별한 신하와 보통의 신하는 대조될 뿐 아니라 보통의 신하는 바람직한 군신관계 지속에 걸림돌이 되게 묘사된다.[59] 그것은 서술자가 은근히 관습적 군신 관계를 문제 삼는 것이기도 하다. 이후원의 이런 관점은 그가 광해군의 문제를 그 누구보다 분명하게 감지했으며 그것이야말로 그가 인조반정을 주도하는 원동력이 된 것과 긴밀한 관련이 있다. 다시 말해 『국창쇄록』이 재현한 이상적인 군신관계는 역사적 사실의 확인이면서 아울러 이후원 자신이 자기 시대에 대해 가진 문제의식의 발로이기도 하다. 신하의 직간을 기꺼이 받아

---

56) 98화도 연산군(燕山君, 1476~1506 재위)과 이현보(李賢輔, 1467~1555)의 불편한 관계를 보여준다. 이현보는 사관으로서 임금의 일거수일투족을 다 기록할 수 있도록 임금에게 더 가까이 다가갈 수 있는 조치를 요구하다가 연산군의 미움을 산다. 연산군은 신하의 간언을 듣는 데 충실하지 않았고 군신간 소통을 달가워하지 않았다. 이런 연산군과 이현보의 관계가 원만할 리 없다. 반면 중종과는 가장 이상적인 군신관계를 만든다. 중종이 언로를 열어준 덕이다.

57) 79에서 성희안이 죽기 전에 중종에게 남긴 마지막 고언도 "願聖明 用賢納諫而已"(47면)이다.

58) 中宗丁酉, 以尙成安特拜刑曹參判, 己亥特除本曹判書.(86면)

59) 一二日不見, 必召賜見, 嘗曰: "此事, 予與卿, 獨知之, 若泄, 非卿卽予." 勳舊大臣多不悅(54면)

들여 감동적인 군신 관계를 보여주는 일화들을 통하여 이후원은 자기 시대가 당면한 군신관계의 위기를 해결할 해법을 찾으려 했다고 볼 수 있다.

5. 『국창쇄록』의 서술방식과 문학사적 의의

일화는 일상생활에서 실제로 일어난 사건이나 실존한 인물에서 포착할 수 있는 독특한 사연을 언어화한 것이다. 일화의 한 모티프가 특별하게 된 것은 일상적 삶의 질서로부터 이탈된 행동이나 말, 상황이 생겨났기 때문이다.[60] 『국창쇄록』은 상황이나 행위의 독특함을 보여주는 장면적 제시가 아니라 주인공의 특별한 말을 옮기는 관념적 제시의 서술방식을 주로 구사한다.

이런 경향은 일화의 일탈 양상과 긴밀히 관련된다. 일화의 일탈은 '밖으로의 일탈', '위로의 일탈', '아래로의 일탈'로 나눠진다. 밖으로의 일탈은 일탈(逸脫)에서 일(逸)보다는 탈(脫)에 무게가 더 실린 경우로 이완된 일탈이라 부를 수 있다. 사회적 규범이 엄격하게 적용되는 삶의 영역 밖으로 잠시 일탈하는 것을 뜻한다. 이것은 사회의 규범을 부정하거나 그 규범에 심각한 손상을 끼치는 것은 아니다. 위로의 일탈에서 '위'는 규범 실천의 정도가 높은 것을 지칭한다. 그 규범에 부합하는 행위를 탁월하고 철저하게 하는 경우를 위로의 일탈이라 한다. 일탈(逸脫)에서 일(逸) 쪽을 더 부각시키는 경우이다. 그 반대가 '아래'로의 일탈이다. 규범을 극단적으로 어기거나 규범의 일반적 수준에 크게 못 미치는 행동을 하는

---

60) 이상 일화의 성격과 특징에 대해서는 이강옥, 『조선시대 일화 연구』, 태학사, 1998, 42~43면 참조.

경우이다. '위'나 '아래'로의 일탈은 서술과정에서 규범에 대한 의식이 강하다는 점에서 공통된다. 긴장된 일탈이라고 부를 수 있다.[61] 이런 일탈 양상의 선택은 그대로 일화의 서술방식으로 전환된다. 일화사의 맥락에서 볼 때, 조선 초기 잡록집을 대변한다 할 『용재총화』나 『필원잡기』, 『용천담적기(龍泉談寂記)』 등은 밖으로의 일탈이나 아래로의 일탈을 중심 서술방식으로 선택하여 호기심을 끌었다. 그런 호기심은 일화의 형성과 지속의 동력이 되었다. 그러다가 조선 중기의 『을사전문록(乙巳傳聞錄)』, 『기묘록보유(己卯錄補遺)』, 『기축록(己丑錄)』, 『장빈거사호찬(長貧居士胡撰)』 등에 이르면 밖으로의 일탈은 거의 없어지고, 위로의 일탈과 그 반대인 아래로의 일탈이 주로 나타났다. 『국창쇄록』은 후자의 전통을 이으면서도 위로의 일탈이 압도적 비중을 차지한다는 점에서 특별하다.

『국창쇄록』은 임금과 신하의 바람직한 관계의 사례들을 드러냄으로써 임금과 사대부 양쪽에 동시에 뚜렷한 교훈을 주려 한 것이라고 할 수 있다. 『국창쇄록』은 이상적 임금과 사대부를 소개하되, 그 삶의 특정 순간의 빛나는 부분을 포착하여 준다. 그것은 위로의 일탈을 실행하는 가장 적절한 서술방식이다. 그러기 위해 『국창쇄록』은 조선시대 잡록집의 일화 전통을 따르지 않았다. 황희 일화에서 그랬고, 조광조나 유관 일화에서도 그러했다. 먼저 황희 일화의 경우, 시비판단을 하지 않고 관대하기만 한 황희의 행동만을 보여주는 것이 잡록집들 사이에 공유된 부분이다. 행장에 가까운 내용을 담은 『해동명신록(海東名臣錄)』조차도 황희 일화의 그런 전통을 수용했다. 그러나 『국창쇄록』은 그 전통의 맥을 완강히 거부하고 다른 교술적 문헌들에서 단편들을 발췌했다. 조광조 일화도 잡록집들 사이에서 공유된 여색 관련 일화군에서 이탈했다. 즉, 다른 잡록

---

61) 이상 일화의 일탈 양상에 대해서는 이 책의 '제4부 | 일화 서술 형식과 서술 미학', '제2장 일화의 일탈 양상'을 참조할 것.

집들이 공유한 조광조 일화에서는, 조광조의 얼굴과 목소리에 반한 여인
이 방안으로 들어와 사랑을 고백하자 조광조가 그녀를 꾸중하는데, 그
때문에 여인과 조광조의 운명이 크게 달라진다.[62] 그런데 『국창쇄록』의
조광조 일화에서는 조광조가 어떤 여관을 방문하였다가 아름다운 여인을
발견하고는 자신의 안정력(安定力)을 시험한다. 그 여인에게 자기 머리를
빗게 했는데 빗질을 하느라 밤이 깊었다. 그 제서야 조광조는 노복들을
돌아가게 한다. 이에 대해 서술자는 "그가 여색 삼가기를 이와 같이 하였
다."라고 평을 붙였다.[63] 이 일화는 그의 〈행장(行狀)〉에서 비롯된 것으
로서[64] 가장 큰 변화는 행위의 주체가 여인에서 조광조로 바뀌었다는
점이다. 조광조 스스로가 자기의 안정력을 시험해보았다는 것은 정욕을
느끼는 여인의 처지를 중심에서 밀어냈다는 것을 뜻한다. 또 이희검(李希
儉)의 일생을 다루는 159화는 유명한 손순효 일화와 유관(柳寬) 일화를
패러디한다. 잡록의 손순효 일화[65]를 수용하면서도 군신관계에 더 집중
한다. 이희검의 묘비명[66]을 근간으로 하였으면서도 평을 바꾸었다. 묘비

---

62) 여기에 해당하는 일화는, 『洪仁祐耻齋集』, 『靜菴先生文集附錄』, 『삽교집』, 『동패락
　　송』, 『청야담수』 등에 실려 있다. 이에 대한 자세한 분석은 이강옥, 「야담에 나타나는
　　여성 정욕의 실현과 서술 방식」, 『한국고전여성문학연구』 16집, 한국고전여성문학회,
　　2008, 179~185면을 참조함.
63) 靜菴少時, 至旅舍, 有女姿甚美, 先欲試定力, 令梳髮, 梳已, 夜幾深, 旣使僮僕麾
　　去, 其謹女色如此(67면)
64) 少時, 至旅舍, 有女甚美, 先生欲試定力, 乃令梳髮, 梳已, 夜深, 卽命移次, 其謹酒
　　遠色類是(靜菴先生文集附錄卷之六)
65) 〈손공순효(孫公舜孝)〉(오산설림초고, 대동야승2, 516면)가 대표적이다. 〈윤문도공회
　　(尹文度公淮)〉(필원잡기, 대동야승1, 697면)도 유사하다.
66) 신흠(申欽)이 찬술했다. 일찍이 승지로 명종대왕을 모실 당시 내원(內苑)에서 재상들
　　에게 연회를 베풀었는데, 임금이 좌우 신하들에게 누가 술을 많이 마시느냐고 묻자, 공
　　이 대답하기를, "신도 이것은 상당히 자신이 있습니다." 하였다. 이에 임금이 큰 잔으로
　　마시라고 명하여 만취하게 되자, 임금이 중관(中官)으로 하여금 촛불을 잡고 부축하여
　　나가게 하였으니, 그 솔직하여 숨김이 없는 것이 이와 같았다. (『한국역대인물전집성』

명에서는 '숨김없이 솔직하게 아뢰기가 이와 같았다.'[67]로 끝나는데 『국
창쇄록』에서는 '사람들이 영광되다 생각했다.'[68]로 바꾸었다. 이희검의
묘지명이 그의 성격이나 인품 자체를 보여주려 했다면, 『국창쇄록』는 임
금과 신하의 이상적 관계를 보여주고자 하였다는 점을 여기서도 확인할
수 있다. 다음으로 이희검은 유관(柳寬)의 고택으로 들어가 산다. 유관의
고택이란 지붕이 세서 유관이 방안에서 우산을 쓰는 바로 그 집이다. 이
희검이 구태여 그 유관의 집으로 들어가 살게 한 것은 '우산을 받치는
것에 비하면 사치스럽다.'는 이희검의 말로써 유관의 검소함을 차용하기
위함이다.[69] 이렇듯 『국창쇄록』은 잡록집 일화들의 통속적 전통을 수용
하지 않고 교술적 문헌들의 단편들을 직접 발췌 전재함으로써 '위로의
일탈'을 완벽하게 재현하였다고 하겠다.

　『국창쇄록』은 검소함, 효행, 직간(直諫)과 강직함, 억강부약(抑强扶弱)
등을 이상적 임금과 사대부가 갖춰야 할 필수적 덕목으로 부각시키려
하였다. 이런 서술지향이 '위로의 일탈'을 구현하는 서술방식을 더욱 두
드러지게 하였다. 반면 역대 왕 중에서 부정적인 면이 더 강한 왕에 대한
일화는 가능한 한 옮기지 않았다. 세조나 연산군을 내세운 일화가 거의
없는 것이 그 증거다. 설사 그에 대한 일화를 옮길 때도 가능한한 부정적

4, 민창문화사, 1980, 3531~3533면)

67) 其白直無隱, 類此.(『한국역대인물전집성』 4, 민창문화사, 3532면). 『인물고』도 마찬
　　가지다.(『한국역대인물전집성』 4, 민창문화사, 3531면)

68) 人以爲榮.(100면)

69) 만년에 동문(東門) 밖에 살면서 호를 동고(東皐)라고 했는데, 그곳은 곧 하정(夏亭)
　　상공(相公) 유관(柳寬)이 살았던 집이었다. 하정은 청백하다고 소문난 분으로서 지붕이
　　무너져도 수리하지 않고 비가 오면 우산을 받치고 살았으므로 담론하는 자들이 칭송하
　　였다. 공은 옛날 낡은 모습을 그대로 두고 대강만 수리하는데, 어떤 손님이 그 누추함
　　을 비웃자 공은 말하기를, "우산을 받치는 것에 비하면 사치스럽다."고 하였다.(『한국역
　　대인물전집성』 4, 민창문화사, 3532면)

인 부분에 대한 비난이나 풍자는 삼가고 긍정적인 면을 부각시키려고 노력한 흔적이 강하다. 사대부의 경우도 그러했다. 홍윤성(洪允成, 1425 ~1475), 김안로(金安老, 1481~1537), 유자광(柳子光, ?~1512), 송사련(宋 祀連, 1496~1575), 윤원형(尹元衡, ?~1565) 등 잡록집에서 선인형 인물들을 집요하게 괴롭히던 악인형 인물들을 언급하지 않는다. 특히 이계린의 경우는 『국창쇄록』의 이런 성향을 복합적으로 보여준다. 『국창쇄록』은 사육신의 장렬한 최후를 보여줌으로써 세조의 왕위 찬탈을 간접적으로 문제 삼았는데도, 세조를 도와 공신이 된 이계린을 봉공수정(奉公守正) 한 이상적 사대부라고도 했다. '왕위 찬탈 동조'와 '봉공수정(奉公守正)' 이 편찬자에게 모순으로 느껴지지 않았음을 뜻한다. 사대부들이 신하로서 임금에게 직간하는 것을 중시하고 또 자기 신념에 따라 시류에 휘둘리지 않는 것을 강조하면서도 정작 사대부의 일생을 서술하는 과정에서는 모순이나 과오를 알맞게 숨겨주고 덮어주며 이해해주는 쪽으로 기운 것이다.

『국창쇄록』의 이와 같은 서술방식의 특징은 이후원이 세상을 잘 거두어주려 한 원만한 심성의 소유자였다는 점과 관련시킬 수도 있다. 그러나 이후원이 평탄한 삶을 살았던 것은 아니다. 그는 인조반정을 주도하였으며, 병자호란이 일어났을 때는 임금을 호위하여 남한산성으로 들어갔다. 척화파로서 전쟁을 치른 뒤에는 북벌론의 참모가 되어 북벌론을 이끌어갔던 것이다. 그 누구보다 험난한 세상을 살았던 이후원이 세상과 사람들의 과오나 한계를 호락호락 인정해주고 사람들의 세상살이를 낙관적으로 기술한 것은 얼핏 납득이 되지 않는다. 아마도 밝고 어두운 면이 교차된 과거 중에서 밝은 면만을 선별함으로써 당대 사회를 위로하고 사람들이 앞으로 모범으로 삼아 살아갈 이상적 인간형의 범례를 제공하려 했기 때문일 것이다.

이후원은 효종의 과도한 북벌 준비로 민생이 도탄에 빠지자 민심을 거스르지 말라고 효종에게 직간한 바 있다. 원칙과 강직만을 고집하지 않은 것이다. 더욱이 사계(沙溪) 김장생(金長生)으로부터 예학을 배운 그는 예조(禮曹)를 네 번이나 맡으며 충효의열(忠孝義烈)을 실천한 사람을 가려서 정표(旌表)를 내리고 유학(儒學)을 권장하였다. 우의정이 되었을 때는 성삼문(成三問), 박팽년(朴彭年) 등의 사우(祠宇)를 설립하였다. 『국창쇄록』에는 충효의열(忠孝義烈)을 실천한 사람의 이야기가 중심을 이루며 특히 사육신들의 처절한 최후가 자세히 그려진 것은 이런 이후원의 정책적 지향과도 관련이 있다고 하겠다.

특히 주목할 것은 『국창쇄록』이 사대부들의 〈묘지명〉을 주요 소재원으로 활용했다는 점이다. 『국창쇄록』의 서술방식은 〈묘지명〉의 서술방식과 더 직접적으로 관련이 있다. 묘지명은 16세기에 들어와 매우 활발하게 만들어지기 시작했고 17~18세기에 가장 많이 만들어졌다고 한다. 묘지명의 제작이 늘고 수요층도 확대된 것은 사대부층을 중심으로 유교의례가 널리 정착되고, '겸손, 검소' 그리고 효의 실천을 숭상하는 사회적 분위기가 조성되었기 때문으로 추증된다.[70] 묘지명은 무덤의 주인이 누군가를 알리고 망자의 일생을 후대에 살아가는 사람들에게 알리는 목표를 갖고 있었기에 추모하고 칭찬하는 논조를 취할 수밖에 없었고 한정된 지면에 최대의 찬사를 넣기 위해서 압축서술의 방식을 활용하였다.

---

70) 「조선의 묘지 묘지명 탄생과 역사」, 『삶과 죽음의 이야기-朝鮮墓誌銘』, 국립중앙박물관, 2011, 19면. 묘지명은 주인공의 가족이나 제자, 친인척이 주로 지었지만, 고위 관직을 지냈거나 명망있는 학자의 경우는 다른 관리나 학자들이 지었다. 왕이나 왕비의 묘지명은 당대 제일의 문신이나 홍문관 예문관의 대제학이 지었다고 한다. 묘지명을 다른 사람에게 부탁할 때는 주인공의 자제들이 가장(家狀)이나 행장(行狀)을 먼저 만들어 제공하기도 하였다. 이렇게 만들어진 묘지문은 돌이나 도자기에 새겨져 무덤에 매장되었지만 선지(先誌)라는 이름으로 종이에 옮겨지고 문집에도 수록되어 후대 사람에게 읽힌 것이다.(같은 책, 211면)

『국창쇄록』의 많은 일화들은 그런 묘지명의 구절을 다시 발췌한 것이기에 압축적 서술에 의한 긍정적 형상화의 묘미를 더욱 뚜렷하게 보여주게 되었다.

『국창쇄록』은 지난 시대를 살아간 이상적 인물들을 선별하여 그 묘비명을 지면에다 다시 써준 셈이다. 그럼으로써 한 시대를 풍미한 임금과 사대부가 새롭게 인격의 빛을 발할 수 있게 해주었다. 후대인이 『국창쇄록』을 읽는 것은 눈앞에 생생하게 되살아난 선인들을 귀감으로 삼아 더 고결한 인격을 닦고 더 강인하게 원칙을 추구할 것을 다짐하는 의식과 같은 것이 될 수 있었을 것이다. 『국창쇄록』이 역사적 포폄(褒貶)을 통하여 진지한 독자들의 삶을 이끌어주었다고 할 수 있겠다. 그것은 잡록집이 일상의 잡다함을 받아들이기만 한 데서 역으로 일상을 이끌어주는 단계로 나아갔다는 뜻이 되는 바, 『국창쇄록』의 문학사적 의의는 여기서 찾을 수 있다.

6. 소결

『국창쇄록』은 '이상적 임금상', '이상적 사대부상', '바람직한 군신 관계' 등을 재현했다. 본고는 먼저 이상적 임금상을 살폈다. 이상적 임금은 겸허하게 자기를 돌아보는 데 철저하고 신하나 백성들에게 관대하다. 나랏일을 잘 꾸려가는 것만큼 왕실도 원만하게 꾸려간다. 왕실 어른에게 효성을 다하고 대군이나 왕자들의 훈육에도 철저하다. 침묵과언(沈默寡言)은 또 다른 덕목이다. 무엇보다 지혜로운 사람을 발굴하여 등용하고 현신들의 간언을 기꺼이 들어주는 구현납간(求賢納諫)이 최고의 덕목으로 부각되었다.

이상적 사대부는 원칙과 이념을 고수하며 엄격하고도 성실하게 살아간다. 그들은 '불휘(不諱)'의 직간(直諫)을 기꺼이 하는 존재들이다. 스스로의 명분과 신념을 소중하게 생각하고 그것을 지키기 위하여 시정 무리들을 따르지 않는다. 명분과 신념을 지키기 위해서 어떤 희생도 감내한다. 나아가 벼슬아치로서도 능력과 원칙을 지키니 그것은 '봉공수정(奉公守正)'으로 요약할 수 있다.

임금과 신하의 바람직한 관계가 형성되기 위해서는 먼저 임금 쪽에서 요건을 갖추는 것이 중요하다고 본다. 임금은 제도나 절차를 넘어서서라도 묻혀있는 뛰어난 인재를 찾아내며, 일단 등용해준 뒤에는 흔들리지 않고 끝까지 지지해준다. 또 신하의 어떤 간언이라도 겸허하게 들어주고 그 간언을 자기를 돌아보는 계기로 삼는다. 신하는 행정이든 학문에서든 탁월한 능력을 보이고 또 스스로 갖춘 신념에 따라 숨김없이 직간(直諫)을 할 수 있어야 한다. 그리고 그런 직간을 기꺼이 들어주고 오히려 자기를 돌아보는 계기로 삼는 임금이 존재해야 한다. 이런 맥락에서 구현납간(求賢納諫)[71]과 초배(超拜), 특배(特拜), 특제(特除)[72], 그리고 권주(眷注), 권우(眷遇) 등의 키워드가 거듭 사용되었다. 『국창쇄록』이 재현한 이상적인 군신관계는 역사적 사실의 확인이면서 아울러 이후원 자신이 자기 시대에 대해 가진 문제의식의 발로이기도 하다. 신하의 직간을 기꺼이 받아들여 감동적인 군신 관계를 보여주는 일화들을 통하여 이후원은 자기 시대가 당면한 군신관계의 위기를 해결할 해법을 찾으려 했다고 볼 수 있다.

서술방식 면에서 『국창쇄록』은 '위로의 일탈'을 주로 보여준다. 『국

---

71) 79에서 성희안이 죽기 전에 중종에게 남긴 마지막 고언도 "願聖明 用賢納諫而已"(47면)이다.

72) 中宗丁酉, 以尙成安特拜刑曹參判, 己亥特除本曹判書.(86면)

창쇄록』은 임금과 신하의 바람직한 관계의 사례들을 드러냄으로써 임금과 사대부 양쪽에 동시에 뚜렷한 교훈을 주려 한 것이라고 할 수 있다. 이상적 임금과 사대부를 소개하되, 그들 삶에서의 특정 순간의 빛나는 부분을 포착하여 준다. 그것은 위로의 일탈을 실행하는 가장 적절한 서술방식이다. 『국창쇄록』은 잡록집 일화들의 통속적 전통을 수용하지 않고 교술적 문헌들의 단편들을 직접 발췌 전재함으로써 '위로의 일탈'을 완벽하게 수행하였다고 하겠다.

『국창쇄록』은 검소함, 효행, 직간(直諫)과 강직함, 억강부약(抑强扶弱) 등을 이상적 임금과 사대부가 갖춰야 할 필수적 덕목으로 부각시키려 하였다. 이런 서술지향이 '위로의 일탈'을 구현하는 서술방식을 더욱 두드러지게 하였다. 반면 역대 왕 중에서 부정적인 면이 더 강한 왕에 대한 일화는 가능한 한 옮기지 않았다. 세조나 연산군을 내세운 일화가 거의 없는 것이 그 증거다. 『국창쇄록』의 이와 같은 서술방식의 특징은 이후원이 세상을 잘 거두어주려 한 원만한 심성의 소유자였다는 점과 관련시킬 수도 있다. 그러나 그 누구보다 험난한 세상을 살았던 이후원이 세상과 사람들의 과오나 한계를 호락호락 인정해주고 사람들의 세상살이를 낙관적으로 기술한 것은 얼핏 납득이 되지 않는다. 밝고 어두운 면이 교차된 과거 중에서 밝은 면을 주로 선별함으로써 당대 사회를 위로하고 사람들이 앞으로 모범으로 삼아 살아갈 이상적 인간형의 범례를 제공하려 했기 때문일 것이다.

『국창쇄록』이 사대부들의 〈묘지명〉을 주요 소재원으로 활용했다는 점은 『국창쇄록』의 서술방식과 더 직접적으로 관련이 있다. 묘지명은 무덤의 주인이 누군가를 알리고 망자의 일생을 후대 사람들에게 알리는 목표를 갖기에 추모하고 칭찬하는 논조를 취할 수밖에 없었고 압축서술의 방식을 활용하였다. 『국창쇄록』의 많은 일화들은 그런 묘지명의 구절

을 다시 발췌한 것이기에 압축적 서술에 의한 긍정적 형상화의 묘미를
더욱 뚜렷하게 보여주게 되었다.

　『국창쇄록』은 지난 시대를 살아간 이상적 인물들을 선별하여 그 묘비
명을 지면에다 다시 써준 셈이다. 그럼으로써 한 시대를 풍미한 임금과
사대부가 새롭게 인격의 빛을 발할 수 있게 해주었다. 후대인이 『국창쇄
록』을 읽는 것은 눈앞에 생생하게 되살아난 선인들을 귀감으로 삼아 더
고결한 인격을 닦고 더 강인하게 원칙을 추구할 것을 다짐하는 의식과
같은 것이 될 수 있었다. 『국창쇄록』의 문학사적 의의는 여기에서 찾을
수 있다.

제8장

『공사견문록』을 통해본
일상적 경험의 일화화와 그 활용

1. 머리말

일화는 실제로 일어난 사건이나 실재한 인물과 관련된 특별한 사항을 압축 제시하는 서사 갈래이기에 일상의 경험과 긴밀한 관계가 있다. 일화가 일상과 관계를 맺는 방법은 두 가지다. 먼저 경험자 자신이 자기의 경험 내용을 그대로 담는 것이다. 이때 일화는 경험과 가장 긴밀한 관계를 맺게 된다. 다음으로 남의 경험에 대한 이야기를 전하는 방법이다. 이때는 일화가 경험과 간접적으로 관계를 맺게 된다.

일상은 매일 되풀이되는 생활이다. 특별한 것을 일상적이라 하기 어렵다. 그러나 진기하고 특별한 사건도 일상 속에 들어 있다. 그런 점에서 일상은 이중적 성격을 가진다. 일상은 반복적이고 진부하며 사소하지만, 일상 속에는 심오하고 특별한 의미가 깃들어져 있기도 하기 때문이다.[1]

일상이 매일 되풀이되는 것으로만 보인다면 그런 일상은 일화의 내용이 되기 어렵다. 일상의 경험으로써 일화의 내용을 구성해내기 위해서는 일상 속에서 특별한 것을 발견할 수 있어야 한다. 일상을 바라보는 태도

---

[1] 이와 같은 일상성의 개념에 대해서는 박재환 외 편역, 『일상생활의 사회학』, 한울아카데미, 2002, 24면 및 신종한, 한국소설의 일상성, 『동양학』 35, 단국대학교 동양학연구소, 2004, 5면을 참조할 것.

가 중요하다. 언제나 되풀이 되는 듯한 일상이지만 다른 시각으로 바라보면 아주 특별한 순간을 포착할 수 있는 것이다.

일상은 지금 이곳에서 각각의 개인이 주체적으로 꾸려가는 사적이고 사소한 생활이다. 일상적 인간은 현재에 초점을 맞추기에 원칙적으로 과거나 미래를 지향하지 않는다. 특히 미래에 도래될 어떤 상황을 위하여 현재를 양보하거나 희생시키는 것을 용납하지 않는다. 또 역사적 과거를 끌어와 현재를 억압하지도 않는다. 일상적 인간은 지금 이곳에서 일어나는 것을 감지하고 느낄 따름이다. 그래서 구체적이다.

이 구체성을 넘어서는 것으로는 먼저 추상성을 들 수 있다. 추상성은 아직 지금 이곳 현실에서 일어나지 않은 일을 예상한 것이거나 지금 이곳의 일을 아주 거친 말로 암시한 것이다. 다음으로 이념을 들 수 있다. 이념은 지금 일어나고 있는 일을 그 자체로 보고 받아들이지 않고 그것에 대해 가치 판단을 하도록 이끄는 원동력이다. 이념의 이름으로 일상의 의의가 인정되거나 부정된다. 추상성이나 이념성은 일상을 그 자체로서만 존재하게 내버려 두지 않는 것이다. 그런 점에서 일상성을 말할 때 추상성이나 이념과의 관계를 살피는 일이 중요하게 된다고 하겠다.

이 장에서는 이런 '일상'의 개념을 염두에 두면서, 정재륜(鄭載崙, 1648~1723)이 편찬한『공사견문록(公私見聞錄)』2)을 살펴본다.『공사견문록』

---

2)『공사견문록』은 '동평만록(東平漫錄)', '동평기문(東平記聞)', '한거만록(閑居漫錄)', '공사문견록(公私聞見錄)' 등으로 불려진다. 장서각본, 전형필본, 금서룡(今西龍)본, 영남대본 등의 완본이 있다. 영남대본은『패림(稗林)』의 156책과 157책으로, 각 책이 두 권으로 구성되어 있다. 장서각본은 상·하권으로 나누어져 있다. 영남대본의 화수는 대략 355화이고 장서각본의 화수는 357화이다. 영남대본과 장서각본은 수록 순서에 약간의 출입을 보인다. 장서각본은 강주진에 의해 번역되었다.(강주진 역,『동평위 공사견문록』, 양영각, 1985)강주진에 의하면,『공사견문록』의 속편이 있는데 약 85화가 들어 있다고 한다.(강주진, 위의 책, 352면)

　　동방미디어주식회사 한국학정보연구소가 온라인상에 올려놓은『공사견문록』은 전집에서 조선 시대 사대부의 일상적 경험이 어떻게 이루어지고 그 경험 중특별한 것이 어떻게 일화로 정착되는가를 살펴보겠다. 또 이렇게 형성된일화가 다시 사대부의 일상에서 재활용되어 어떤 영향을 끼치는가를 살필 것이다.

이 일련의 과정에서 매우 요긴한 추동의 역할을 한 것이 이야기판이다. 사대부의 경험 방식 중 상당한 영역은 말하기(이야기하기)와 듣기, 그리고 그것에 대한 쓰기이다. 말하기와 듣기, 쓰기가 어떤 맥락과 과정으로 이루어지고 그것이 일상적 삶에서 어떤 역할을 하는지도 검토할것이다.

2. 정재륜의 이야기 경험과 『공사견문록』

정재륜은 영의정 정태화(鄭太和, 1602~1673)의 아들로 태어나 좌의정정치화(鄭致和, 1609~1677)[3]에게 입양되었다. 9살 되던 1656년(효종 7)효종의 다섯째 딸 숙정공주(淑靜公主)와 혼인하여 동평위(東平尉)가 되었다. 1670년(현종 11) 사은정사로, 1705년에는 동지정사로, 1711년에는동지 겸 사은정사로 청나라를 다녀왔다.

정재륜은 상층 사대부 가문에서 태어나 가문 안팎의 여러 사대부들과교유하며 사대부로서의 삶을 영위했을 뿐만 아니라 부마가 되어 궁중인물들과도 관계를 맺었다. 사대부 사회를 경험하면서도 궁중 생활을 경

171화, 후집 176화이고 서문과 발문도 있다.(KoreaA2Z.com) 이 사이트는 원문 사진도제공하고 있어 편리하게 활용할 수 있다. 앞으로 『공사견문록』의 작품 인용은 이 자료에서 하는데, 첫 몇 글자를 제목으로 삼고 전후집 및 화수를 제시한다.
3) 정태화의 동생으로 의령 남씨와 결혼했으나 아들을 얻지 못하여 형 태화의 막내 아들정재륜을 입양했다. 1667년에 좌의정에 올랐다.

험한 것이다. 궁중 생활은 특히 국가를 대변하는 왕의 생활과 곧바로 연결되었다. 그는 9살 때부터 효종, 현종, 숙종, 경종 등 네 왕을 부마의 자격으로 모셨다. 궁중 사람들의 일상은 사적이면서도 공적이었는데 정재륜도 예외가 아니었다.

선친 정태화는 인조조인 1628년 별시문과에 급제하면서 벼슬살이를 시작하여 1673년 벼슬살이에서 물러날 때까지 요직을 두루 거쳤으며 영의정만 다섯 번이나 역임했다. 특히 1636년 청나라의 침입에 대비하여 설치된 원수부의 종사관으로서 김자점(金自點)의 휘하에 들어가 병자호란을 맞이하였으며 1637년에는 세자시강원 보덕으로 소현세자를 따라 심양으로 갔다. 돌아와서는 육조의 판서와 대사헌을 두루 거쳤는데 그때 소현세자의 죽음과 후계 문제로 조정이 심각하게 갈등하였다. 결국 소현세자의 부인 강씨가 사사되고 그 아들이 제주에 유배되면서 더 힘든 곤경에 처하게 되었다. 인조, 효종, 현종 대의 요직을 두루 거친 정태화의 경험은 고스란히 아들 정재륜에게 전해졌다.

아울러 정태화의 증조부 정창연(鄭昌衍, 1552~1636)의 경험이 정재륜에게 수용되었다. 정창연은 1579년(선조 12) 식년문과에 급제하였다. 임진왜란 때 선조가 서울을 떠나자 호가(扈駕)하였고 1614년(광해군 6)에 우의정과 좌의정이 되었는데 이 무렵 영창대군의 사사와 폐모론이 일어나자 그 부당성을 지적하며 물러나 두문불출했다. 광해군의 비(妃) 유씨가 그의 생질녀였기 때문에 광해군의 옥사 과정에서 억울한 사람들을 많이 구해주게 되었다. 인조반정 이후에는 좌의정이 되었다.

이상과 같은 정재륜의 이력과 집안 선조들의 벼슬 경험이 일화의 형식으로『공사견문록』에 적극 수용되었는데, 그것은 정재륜의 특별한 성향과도 관련된다.

『조선왕조실록』은 정재륜을 이렇게 평가하였다.

기국(器局)이 준위(俊偉)하고 계책과 사려(思慮)가 있었으며 분에 넘치는 일체의 분화(紛華)한 풍습을 제거하고 검약(儉約)을 힘써 숭상하였다. 초옥(草屋)에서 따로 거처하면서 그 의복이 한결같이 검소하였기에 의연히 모든 부마의 존경을 받고 그 모범이 되었다. 사조(四朝)를 내리 섬겼고, 국조(國朝)의 고실(故實)을 두루 알아 사람들이 많이들 물어와 의혹을 풀기도 하였고, 조정의 사대부들도 또한 의지하고 중히 여겼다. 그러나 처사(處事)가 괴상하여 교정(矯情)에 가까운 것들이 많았으며, <u>남의 은미(隱微)한 일을 즐겨 살피는 것을 능사(能事)로 삼았으므로, 사람들이 이것을 그의 병통으로 여겼다.</u>[4]

정재륜의 검소한 삶을 높이 평가하였다. 국조의 고실을 많이 알아 남의 의혹을 풀어주었다는 점을 인정하면서도 남의 은밀한 일을 살피기 좋아한 것은 병통이라 비판하기도 하였다.[5] 국조의 고실을 많이 아는 것과 남의 은밀한 일을 살피기 좋아한 것은 얼핏 다른 영역일 듯하다. 전자가 국가의 공적 사항에 대한 독서 지식이라면 후자는 개인의 사적 영역에 대한 견문 지식이라고 볼 수 있기 때문이다. 그러나 꼭 그렇지는 않다. 『공사견문록』에 거듭 지적되어 있는 것을 보면 국조의 고실에 대한 그의 지식도 대부분 다른 사람들의 이야기에서 획득한 것이다. 그런 점에서 '국조의 고실'과 '남의 은밀한 일'은 정재륜의 왕성한 호기심과 관련된다. 그 호기심은 남의 이야기를 적극적으로 들으려 한 것으로 이어졌다.

겸사이기는 하겠지만 정재륜은 스스로 '어려서부터 과분한 것을 탐해 선비의 학업에는 종사하지 아니하였으므로 기록한 문자가 뜻이 제대로

---

[4] 器局俊偉, 且有計慮, 痛去禁臠紛華之習, 務尙儉約, 別處草屋, 被服一如寒素, 綽然爲諸駙馬之矜式, 歷事四朝, 多識國朝故實, 人多質問而決疑, 朝士大夫, 亦倚以爲重, 然處事詭異, 多近矯情, 喜察人隱微事, 以爲能, 世以是病之.(「동평위 정재륜의 졸기」, KoreaA2Z.com 『조선왕조실록』 경종 011 3/2/8(무오))

[5] 이런 비판이 다소 지나쳤다 여겨졌는지, 『경종수정실록』에서는 이 부분을 삭제했다. (『조선왕조실록』경수 4원 3/2/8(무오) 참조할 것)

통하지 않습니다.'6)라고 하며 책 속에 들어있는 역사적 사실을 고증하는 것이 자기의 장기가 아니라 했다. 반면 경험이 많은 사람을 만나면 그들의 경험 이야기를 적극적으로 요청하여 듣고자 하였다.7) 그런 듣기 취향은 아주 어릴 때부터 시작되었다. 늙은 궁중 궁인들은 정재륜이 어려서 자기들 말을 듣지 않거나 들어도 이해하지 못한다 짐작하고는 아주 은밀한 궁내의 이야기들조차 거리낌 없이 하였는데, 정재륜은 그런 이야기들을 정확하게 듣고 기억해내었다.8) 특히 『공사견문록』에 실려 있는 광해군 관련 이야기들의 대부분은 이들 궁녀들의 비밀스런 이야기에서 비롯된 것이라 보아도 좋을 것이다. 또 어린 정재륜은 노인들을 만나기만 하면 '고사(古事)'를 물었다.9) 『공사견문록』을 통독한 뒤의 소감을 바탕으로 했겠지만 정재륜의 일가 삼촌인 정지현(鄭之賢)이 쓴 서문은 정재륜의 이런 성향을 요약하여 설명해준다.

> 이듬해에 혼례(婚禮)를 거행하고 여러 공자(公子)와 더불어 대궐에 출입하면서 임금이 하는 법을 보기도 하고 친히 가르침을 받았다. 노당(老璫, 늙은 내시)과 노궁인(老宮人)이 하는 옛날 이야기를 곁에서 들었다. 또 조반(朝班)에 수행하여 선배(先輩)나 장로(長老)들과도 어깨를 나란히 하여 조정의 반열에 자리한 지 50년 동안에 그 아름다운 말과 참다운 의논을 들은 것이 많았는데, 겸하여 가정(家庭)에서 들은 것까지 기록하여 두 책을 만들고 제목을 '공사견문(公私見聞)'이라 하였다. 비록 천한 종이나 계집의 말이라도 세상을 경계하는 데 관계가 있는 것이면 반드시 모두 기록하였다.10)

---

6) 幼叨禁闥, 未嘗從事儒業, 所記文字, 未能通暢.(『공사견문록』 서문)
7) 『공사견문록』이 명기한 제보자의 대부분은 늙었다. 늙었다는 것은 ①경험을 많이 쌓았다는 점 ②경험을 되돌아볼 수 있다는 점 등을 의미한다.
8) 余九歲時, 初入大內, 光海時老宮人尙多存者, 相與話舊, 而意余童騃, 不解聽語, 無所隱, 諸人咸曰: "光海主過於愼色, 一月之間, 幸後宮者, 不過十五日."(〈여구세시(余九歲時)〉(전집 37화))
9) 余自幼少時, 逢老人, 輒問古事.(후집 136화)

벼슬을 할 수 없는 부마로 일생을 보내야 했던 정재륜은 직접 경험의
영역이 좁을 수밖에 없었다. 그런 그가 세상을 다양하게 경험할 수 있는
편리한 방식은 이야기를 듣는 것이었다. 그가 어릴 적부터 사람들을 만
날 때마다 어떤 일에 대해서든 묻고 이야기를 들었다는 것은 경험의 좁은
폭을 확장하려 한 증거라 할 수 있다. 궁중에나 가정, 거리에는 정재륜의
이런 성향을 충족시켜줄 수 있는 이야기판이 성립되어 있었고 또 그 스스
로 그 이야기판을 부추겼다. 또 확보한 이야기들을 일상에서 적극 활용
하였다.

이렇게 나온 『공사견문록』을 '과정록(過庭錄)'의 전통과 비교해볼 필
요가 있다. 선친이 돌아간 뒤 아들이 선친의 언행을 기록한 것이 과정록
이라면, 정태화(혹은 정치화)-정재륜의 관계에만 초점을 맞추면 『공사견
문록』은 과정록이 된다. 반면 정재륜과 그 아들 정효선(鄭孝先)의 관계에
서는 그렇지 않다. 정효선은 아버지 정재륜의 언행을 자기가 기록하지
않고 아버지에게 '후세 사람에게 모범이 되고 경계가 될 만한 것을 생각
나는 대로 기록하여 가정에 전해줄 것'을 청했다.11) 정효선은 왜 아버지
의 말씀과 언행을 스스로 기록하지 않고 아버지에게 부탁한 것일까? 먼
저 정효선에 의한 '과정록'의 저술은 정효선이 아버지보다 일찍 죽었기에
현실적으로 불가능했다.12) 다음으로 아버지 정재륜의 언행이 정효선에
의해 '과정록'으로 재현되기보다는 할아버지 정태화(정치화 및 고조할아버

<hr>

10) 翌年, 行昏禮, 與諸公子出入禁闥, 獲覩聖範, 親承提耳之訓, 傍聽老璫老宮入典故
之談. 又與先輩長老, 並肩聯席於朝行垂五十年, 其聞嘉言懿論者, 旣多, 兼有家庭
之聞, 錄爲兩册, 目之以公私見聞, 雖係賤隷賤婦之言, 有關警世 則必皆收錄.(鄭之
賢의 서문)

11) 公之胤秀才, 供役於筆硏之間, 秀才仍請於公, 以可爲後人師範後人懲創者, 隨思
隨記, 傳之家庭, 公乃爲之草.(鄭行源의 발문)

12) 子孝先, 娶副率李萬徽女, 早歿.(李光佐 撰, 〈東平尉鄭載崙墓表〉, 『동평위 공사견
문록』, 강주진 역, 양영각, 1985, 349면.)

지 정창연)의 언행이 아버지 정재륜에 의해 재현되는 것이 더 바람직하다
고 판단했을 것이다. 정재륜은 부마로서 살아가야 했기에 직접 한 경험
보다는 각층의 사람들로부터 들은 이야기를 통한 간접 경험이 더 다양했
다. 설사 그런 경험에서 우러난 이야기들이 정재륜의 입을 통하여 아들
정효선에게 전달되었다 하더라도 그 내용들의 대부분이 정재륜의 귀를
통하여 포착된 것일진대 정효선의 붓보다는 정재륜의 붓이 더 정확하고
도 생생하게 그 이야기를 재현할 수 있었을 것이다.

3. 이야기판의 활성화와 일화의 형성

『공사견문록』소재 작품 중 편찬자 정재륜이 직접 경험하거나 목격한
것에 대한 것은 많지 않지만, 〈여어유시(余於幼時)〉(전집 130화), 〈기해오
월(己亥五月)〉(전집 135화), 〈효묘우애(孝廟友愛)〉(전집 137화), 〈현묘상송
청사(顯廟嘗送淸使)〉(전집 147화) 등은 거기에 해당한다. 〈여어유시〉는
밥을 남겼다고 효종으로부터 꾸중을 들은 어릴 적 이야기다. 〈기해오월〉
은 효종이 임종하는 모습을 그렸고, 〈효묘우애〉는 우애를 몸소 실천하는
효종의 행동을 그렸다. 〈현묘상송청사〉는 군졸의 실수로 다칠 뻔했던
현종이 그를 용서해주는 내용이다. 이들 이야기에서 정재륜은 스스로 그
장면들을 겪고 보았다는 것을 강조했다.[13]

그 외 대부분의 작품들은 정재륜이 남들로부터 들은 이야기를 바탕으
로 한 것이다. 『공사견문록』에서 정재륜이 보여주는 세상은 이야기 속의
세상이다. 작품들의 끝이나 중간에 제보자를 명시하는 것도 이야기되었

---

13) 此, 乃余終始目觀者.(전집 135화); 此, 余及余內公主之所嘗親見者也.(전집 136화);
　　臣以別雲劒, 入侍目觀之.(전집 147화)

다는 사실을 중시했다는 증거다.

『공사견문록』에는 여러 개의 이야기판이 존재한다. 가장 두드러지는 것으로 먼저 정재륜의 가문 이야기판을 들 수 있다. 선친 정태화가 중심 이야기꾼이고 그를 통하여 증조의 이야기가 정리되고 전달되었다. 다음으로 궁중 이야기판이 성립되었다. 궁중 생활을 한 사람들이 그 경험을 공유하는 이야기판이다. 궁인과 환관, 왕실 사람들이 구성원이다. 효종의 둘째 딸인 숙명공주(淑明公主)에게 장가들어 청평위(青平尉)에 봉해진 심익현(沈益顯, 1641~1683)도 중요한 역할을 했다. 사대부들이 구성하는 사대부 이야기판과 하층민들이 주 구성원이 된 민간 이야기판도 있다.

1) 가문 이야기판

사대부 가문은 이야기를 통하여 가문의 역사와 선조의 정신을 전승하기도 한다. 이야기는 가문 선조 관련 사건과 선조들의 언행 등을 담기 때문이다. 이야기는 가문의 역사와 정신을 가르치는 무형의 교과서인 셈이다.[14]

『공사견문록』에는 먼저 '우리 집안 어른들[吾家宗丈]'[15]이 들었다거나 집안에 전해지는 이야기[16]라고 하여 가문 이야기판을 막연히 지칭하는 경우가 있다. 〈인종재동궁(仁宗在東宮)〉(전집 3화), 〈선조대왕지성사대(宣祖大王至誠事大)〉(전집 18화), 〈선조조왕자(宣祖朝王子)〉(전집 24화), 〈국구연흥김공(國舅延興金公)〉(전집 74화), 〈여성위(礪城尉)〉(후집 3화) 등이다.

---

14) 이에 대해서는 이강옥, 「사대부의 삶과 이야기 문화」, 『한국인의 삶과 구비문학』, 집문당, 2002, 53~75면을 참조할 것.
15) 전집 41화.
16) 家間流傳之言.(후집 3화)

인종(仁宗)이 동궁으로 있을 때다. 서연(書筵)을 열어 강관(講官)이 막 책을 펴고 글을 읽는데, 인종이 갑자기 안색이 창백해지더니 천천히 강관에게,

"글 읽는 것을 중단하라."

하고는 일어나 안으로 들어갔다. 조금 후에 다시 나와 말하기를,

"벌이 소매 속으로 들어가 몹시 쏘았는데, 겨우 잡아서 버렸다."

하였다. 당시 인종은 어린 나이였는데 거룩하신 덕이 천성으로 이룩되어 침착하기가 이와 같았다. 내가 어렸을 때 가정에서 들었다.[17]

인종이 동궁에 있을 때는 정재륜의 증조부도 태어나기 전이다. 이 이야기는 몇 대조 이전 선조로부터 전승되었을 것이다. 소매 속에 벌이 들어간 상황은 위급하다면 위급하다. 어린 인종은 침착하고도 품위 있게 사태를 잘 해결했다. 가문의 선조들이 가문 후손들에게 '어떤 위급한 사태라도 자기 신분의 품위를 지키며 침착하게 대처하면 잘 해결된다.'는 삶의 자세와 지혜를 가르치기 위해 거듭 활용하였을 것이다. '어렸을 때 가정에서 들'었지만 분명히 기억될 수 있었던 것은 집안의 특정 누구로부터만 들은 것이 아니라 여러 어른들로부터 거듭 들었기 때문이다. 이것은 세종의 지혜를 나타내는 일화(〈세종조(世宗朝)〉(전집 1화))의 형성 및 전승 과정과 비슷하다. 정재륜의 8대조인 정사(鄭賜)가 세종조에 벼슬을 하였기에 이 일화를 포착할 수 있었고 그것이 '우리 가정에 유전되'어 '내가 듣게 되었다.'는 것이다.[18] 〈선조대왕지성사대〉는 모든 일을 꼼꼼하게 처리하는 선조(宣祖)와 그렇지 못한 조정 신하들을 대조시켰다. 이들 작품들은 가문 선조들과는 직접 관련되지 않기에 담담하게 기술되었다.

---

17) 仁宗在東宮, 開書筵, 講官開卷進讀, 忽玉色慘沮, 徐命宮官曰: "讀止!" 起而入內, 少頃, 復出曰: "有蜂入袖, 螫之甚急, 纔已去之耳." 仁宗方沖齡, 而聖德天成雍容如此. 余少聞於家庭.(전집 3화)

18) 八代祖直[提]學公, 仕世宗朝, 此說流傳於家庭, 故余得聞之.(전집 1화)

반면 〈여성위〉는 여성위(礪城尉) 송인(宋寅)의 말을 대부분 옮겨놓고 있다. 말을 삼가며 조심스럽게 살아가야 했던 궁중 사람들의 고민을 나타내었다. 이야기의 분위기는 다소 무거운데, 그것은 정재륜의 전조모(前祖母)가 여성위의 증손(曾孫)인 데서 비롯되었다고 볼 수 있다. 〈국구연흥김공〉의 분위기는 이보다 더 무겁다. 김제남(金悌男)의 죽음과 부인 노씨의 제주 유배, 달성위(達城尉) 서경주의 의리, 그리고 인조반정으로 해배(解配)된 소식을 전해주는 까치의 기이한 행태 등 생사의 경계를 넘나드는 긴장된 이야기가 이어진다. 중요한 것은 이것이 김제남과 서경주의 가문에서 거듭 이야기되었다는 점이다. 그 이야기가 정재륜 가문으로 전해졌다. 연결고리는 정재륜의 외조부다. 그는 김제남의 생질이었다. 외조부는 이 일련의 일을 직접 목격하고 그것을 정재륜 가문에 전했다. 여기에서 가문 이야기가 가문의 경계를 넘어서서 공유되는 양상을 발견할 수 있다.

증조부 정창연은 가문 이야기판에서 두드러진 이야기꾼으로 등장한다. 그는 〈선묘시(宣廟時)〉(전집 6화), 〈선조대왕(宣祖大王)〉(전집 23화), 〈광해계축영창대군(光海癸丑永昌大君)〉(전집 45화), 〈여증조수죽부군(余曾祖水竹府君)〉(전집 66화) 등의 제보자이거나 등장인물이다. 정창연은 정재륜이 태어나기 전에 죽었으므로 정창연의 이야기는 정태화나 다른 집안 선조들에 의해 정재륜에게 구연되었을 것이다. 〈선묘시〉에서 정창연은 선조(宣祖)를 직접 모신 신하로서 선조의 검소한 생활 태도를 보여준다. 그는 후손들에게 검소한 생활을 권장하기 위하여 이 이야기를 '자주' 하였다.[19] 〈선조대왕〉은 명나라 장수와 선조의 대화를 담았다. 왜구를 물리쳐주려고 온 명나라 장수가 잠시 한강에서 뱃놀이를 하다가 "이 강물 속에 용이 숨어 있는데 우리 군교(軍校) 중에 누군가가 반드시 잡아

---

19) 余曾祖左相府君, 親承上敎, 每言於家庭.(전집 6화)

낼 것이니 두고 보세요." 하자 선조가 "용이 아무 해를 끼치지 않는데 꼭 잡아서야 무얼 하겠소." 했다는 것이다.[20] 이에 대해 정재륜은 '나의 선조가 호가(扈駕)하였기에 친히 그 일을 보았다. 고로 내가 가정에서 능히 들었다.'[21]고 했다. 또 '대개 중국 사람은 요술을 잘하는 자가 많으므로 그 속임수에 넘어갈까 염려하였기 때문이고, 또 참으로 용을 잡아낸다 하더라도 처치하기가 곤란한 것을 염려했기 때문이었다.'고 해설했다.[22] 이것은 지나치게 압축된 원 이야기의 이해를 돕기 위한 설명이다. 분위기가 느긋하고 어떤 교훈항을 무리하게 추출하지도 않았다. 명나라 장수의 허풍과 선조의 지혜를 '말에 의한 응수'로써 보여주려 한 것이다.

이에 반해 〈여증조수죽부군〉은 광해조 때 왕실 인척이 되어 위세를 부리던 유희분(柳希奮), 박승종(朴承宗)의 종과 첩 자식의 그릇된 행동을 보여주고 비판하였다. 분수와 정도를 모르고 설치는 인간 군상들의 행동을 통해 암울한 미래를 예견했으니 분위기가 달라졌다. 〈광해계축영창대군〉은 더욱 심각한 분위기다. 심희수가 증조부 정창연을 찾아와 눈물을 흘리며 이야기한다. 정창연이 그 사연을 정태화에게 전했고 정태화가 다시 정재륜에게 전했을 것이다. 그럼에도 '선친이 이렇게 이야기했다.' 고 서술하지 않고 마치 정재륜 자신이 그 자리에서 두 사람의 만남을 목격한 듯 심희수의 말을 생생하게 옮겼다. 심희수의 말[23] 속에는 영창대군의 죽음과 관련된 사실이 담겨져 있을 뿐만 아니라 그에 대한 판단과

---

20) 時宣祖大王, 嘗與征倭天將, 泛舟漢江. 天將曰: "此有潛龍, 軍校中有能捕之者, 請觀之." 宣廟曰: "龍不爲害, 何必捕之?" 天將笑而止.(전집 23화)

21) 余先祖扈駕, 親見其事, 故余得聞於家庭.(같은 곳)

22) 盖中國人, 多善幻術者, 故慮或被其誑眩, 且慮所捕雖眞, 處之亦難也.(같은 곳)

23) 主上宜抱置大君於膝上, 啗以果實日: "有賊, 欲害汝, 我在, 汝勿驚." 如是 則可以慰先王在天之靈, 而今反有此, 不忍爲之事, 必不得保我邦家矣. 老臣恨不早死.(전집 45화)

소회까지 들어있다. 이야기꾼 심희수는 자기 이야기에 대한 집착이 대단히 강했다. 정재륜은 그런 분위기를 고스란히 옮기기 위해 마치 자신이 이야기 자리에 동참하여 직접 들은 듯 기술한 것이다.

가문 이야기판에서 가장 많은 작품을 구연한 사람은 선친 정태화이다. 그가 구연했다고 지적된 경우만 헤아려도 25화 이상이다. 표시는 없지만 정태화가 구연했을 것으로 추정되는 작품은 그보다 더 많다. 또 양아버지인 정치화(鄭致和)에 의해 구연된 것도 적지 않다.[24]

그런데 가문 이야기판이 아버지를 중심으로 이루어진 것은 특이하다. 이것은 『용재총화』나 『기재잡기』 등 조선 초·중기 잡록집의 경우와 상반된다. 조선 초중기 잡록집의 가문 이야기판에서 중심 자리를 차지한 사람은 편찬자의 모친이나 할머니 등 여성층이었다. 『공사견문록』의 가문 이야기판에는 그런 여성들이 등장하지 않는다. 대부분 여성들은 궁중 이야기판에 나타날 뿐이다. 정재륜의 가문 이야기판에 여성들이 동참하지 않았을 리는 없다. 『공사견문록』 이야기판에서의 여성 부재 현상은 『공사견문록』의 편찬방침과 관련될 것이다. 보통 가문 여성들의 이야기는 사적 영역에 국한되는 경향이 강하다. 여성들은 친정과 시댁 어른들의 사소한 일상의 이야기를 잘 기억하고 구연한다. 특히 『용재총화』의 편찬자 성현의 외조모 동래 정씨에게서 그런 점이 두드러졌다. 『공사견문록』은 공적 영역을 중심으로 하고 사적 영역도 공적 영역과 겹쳐질 수 있는 부분까지 수용했다. 그래서 사적이기만 한 여성들의 이야기는 제외한 것으로 판단된다. 그런 방침은 궁녀들의 이야기를 실은 것과 모

---

24) 『공사견문록』에서 생부 정태화는 '先君(翼憲公)'으로, 양부 정치화는 '先考左議政府君'으로 지칭되는데, 정치화에 의한 이야기는 〈선묘조(宣廟朝)〉(후집 16화), 〈허장적어여선고(許丈積於余先考)〉(후집 17화), 〈김참찬수현(金僉贊壽賢)〉(후집 27화), 〈동악적거홍천(東岳謫居洪川)〉(후집 63화), 〈여상백우선고(余嘗白于先考)〉(후집 94화), 〈이판서경휘(李判書慶徽)〉(후집 107화) 등이다.

순되지 않는다. 궁녀들의 일상은 사적 영역과 공적 영역에 걸쳐져 있기 때문이다.

선친이 들려준 이야기도 증조부의 이야기와 큰 차이가 없다. 역대 임금에 대한 것이 주류이고 뛰어난 사대부에 대한 이야기가 그 다음이다. 〈선조숭상검덕(宣祖崇尙儉德)〉(전집 5화)는 선조 임금의 검소한 품성을 언급했는데, 선친은 그 이야기를 선조의 사위인 해숭위(海嵩尉) 윤신지(尹新之)에게서 들은 것이라고 하였다. 이것은 증조부가 들려준 〈선묘시(宣廟時)〉(전집 6화)과 같은 맥락의 이야기다. 〈만력임인(萬曆壬寅)〉(전집 22화)은 인빈(仁嬪) 김씨(金氏)의 선한 마음가짐을 전했다. 선조가 계비를 간택하여 대례(大禮)를 행하는 날 다른 후궁들은 불만스런 표정이었으나, 인빈 김씨만은 언사와 기색이 편안하여 마치 자기에게 특별히 기쁜 일이 있는 것 같았다. 그래서 궁중 사람들이 모두들, "김빈(金嬪)은 반드시 후한 복을 누릴 사람이다."하였다는 것이다. 이는 선친이 어렸을 때에 광해군의 장인인 유자신(柳自新)부인으로부터 들었는데 그녀는 증조부의 누님이다. 그래서 이야기가 증조부로부터 시작되었음을 짐작할 수 있다.

〈폐주광해비유씨(廢主光海妃柳氏)〉(전집 27화)는 광해군의 비(妃) 유씨가 왕가의 며느리로서 얼마나 가슴조이고 살았는가를 암시한다. 그녀는 불도를 받들며 궁궐 안팎에다 불상을 모시고 축원을 했는데 그 축원의 내용이 다른 게 아니라 다음 생에는 왕가의 며느리가 되지 않게 해달라는 것이다. 이것 역시 선친이 국구(國舅) 집사람에게서 듣고 와서 이야기해 준 것이라 하였다. 〈인조신상벌(仁祖愼賞罰)〉(전집 75화)은 상벌에 신중했던 인조의 이야기다. 효종에 대한 이야기가 더 많은 것은 선친이 효종대에 주로 벼슬을 했기 때문이다. 〈효묘인산기성(孝廟因山旣成)〉(전집 123화), 〈효종무술추(孝宗戊戌秋)〉(전집 139화), 〈효종무술(孝宗戊戌)(후집 51화) 등은 효종과 관련된 내용이면서도 선친의 뛰어난 감각과 혜안을 부각시킨다는 점에서 공통된다.

〈박판서서(朴判書邀)〉(후집 45화)는 선친이 들려준 이야기 중 가장 잘 짜여진 감동적 일화다.

> 판서 박서(朴邀)는 나의 선군 익헌공(翼憲公)의 동갑 친구이다. 어릴 때에 어느 집안과 약혼을 하였는데, 결혼을 하기 전에 처녀가 심각한 병에 걸려 겨우 소생하였다. 처녀가 그 병 때문에 실명했다는 소문이 퍼졌다.
>
> 그 당시 박공의 부친은 돌아가신 뒤라, 맏형이 어머니에게 말씀을 드리고 다른 곳으로 혼처를 구하려 하였다. 박공이 말하기를,
>
> "앓다가 눈이 먼 것은 하늘이 시킨 것이지 그 여자의 죄가 아닙니다. 소경인 아내와 함께 살 수는 있지만, 사람으로서 믿음이 없으면 (이 세상에) 나설 수가 없습니다. 바꿀 수가 없습니다."
>
> 하니, 맏형이 기특하게 여겨 결혼을 허락하였다. 그런데 합근(合巹)할 때 보니 신부의 눈이 멀지 않았다. 원수 집에서 이간질 한 것이었다. 박공은 만력 임인년에 나서 효종 계사년에 졸하였는데, 나이가 52세였다.[25]

선친의 친구 박서의 결혼담으로, 박서의 신의와 의리가 돋보인다. 그에 대해 어떤 판단도 내리지 않은 것은 이야기 자체의 감동에서 읽는 사람들이 스스로 교훈을 얻을 수 있었기 때문일 것이다.

그 외 〈김판서시양(金判書時讓)〉(후집 69화), 〈동악적거홍천야(東岳謫居洪川也)〉(후집 63화), 〈만력임인(萬曆壬寅)〉(전집 22화) 등은 김시양과 이동악이라는 현명한 사대부의 독특한 행동과 철학을 보여준다.[26]

---

25) 朴判書邀, 乃余先君翼憲公庚友也. 兒時約婚于某處, 未聘而處女得危病復生, 有言, 其兩目因病失明者, 時朴公春府不在世, 伯氏告于慈闈, 欲改求他婚, 朴公曰: "病盲天也, 非其罪也. 盲妻猶可同居, 人無信不立, 不可改也." 伯氏奇其言, 而許之. 及合巹, 目實不盲, 盖爲讎家反間也. 朴公生于萬曆壬寅, 卒于孝宗癸巳, 壽五十二.(후집 45)

요컨대 정씨 가문 이야기판의 이야기들은 전체적으로 정치적 성향이 강하다. 여성 이야기꾼을 배제함으로써 그런 성향을 두드러지게 하였다. 정치적 내용이 자손들을 위한 교훈을 형성하는데 더 적절하다고 판단했기 때문일 것이다. 비일상적 내용의 이야기를 자손 교육을 위해 활용해 간 것이 정씨 가문 이야기판의 한 특징이라고 하겠다.

2) 궁중 이야기판

궁중 이야기판에는 궁인, 내시, 부마를 비롯한 왕실 사람들이 동참한다. 이들은 궁중이라는 닫힌 공간에서 일생을 보내야 했으면서도 그 속에서의 경험 내용이 나라의 중차대한 일들과 관련되었다.

궁인들이 가장 빈번하게 이야기꾼으로 등장한다. 이들은 임금과 관련된 특별한 일들을 정확하게 기억하고 그 진실성이나 정당성에 대해 나름대로 판단을 내린다. 특히 광해군 때의 궁인들은 정재륜이 부마가 된 시기에도 생존하고 있었는데 광해군 대의 일들을 소상히 기억하고 나름대로 그에 대한 생각을 고정시켜놓고 있었다.

먼저 궁인들은 이야기를 통하여 사실을 확인하려 했다.

> 나는 아홉 살 때 처음으로 궁으로 들어갔는데, 광해군을 모셨던 늙은 궁인들이 아직도 많이 남아서 서로 옛일을 이야기하고 있었다. 내가 어린애니까 말귀를 못 알아들을 줄 알고 숨김없이 말들을 하는데, 여러 사람이 모두 말하기를, "광해주(光海主)가 여색을 지나치게 삼가해서 한 달 동안 후궁에 행차한 것이 15일도 안 되었는데 세상에서는 잘못 알고 호색하다고 말하니, 너무나 원통하다."
> 하였다.

---

26) 그 외 〈여중씨우상공(余仲氏右相公)〉(후집 119화)는 중형 정재숭(鄭載嵩)이 제보한 것이다.

옛적부터 태자와 모든 왕이 아보(阿保, 유모)의 손에서 길러졌으므로, 생
명을 손상시키는 줄도 모르고 절제를 하지 않아 일찍 죽는 이가 많았다 하는
데, 이는 어찌 이 같은 말에 연유된 것이 아니겠는가?27)

여기서 궁녀들은 광해군이 호색 방탕했다는 소문이 부당하다는 점을
'한 달 동안 후궁에 행차한 것이 15일도 안 되었'다는 근거를 들어 입증하
였다. 〈노궁비춘향(老宮婢春香)〉(전집 39화)은 늙은 궁비의 목소리를 통
하여 인조반정 날 광해군이 궁궐을 탈출하여 의관(醫官) 정남수(鄭枏壽)
의 집으로 가는 과정을 박진감 나게 재구성했다. 궁인들의 이런 이야기
는 역사적 사건의 은밀한 부분을 정확하게 증언한다는 점에서 의의가
크다. 그것은 궁인들만이 할 수 있는 이야기다.

궁인들은 자기 경험 내용에 대해 일정한 이념적 평가도 하였다. 〈광해
시궁인(光海時老宮人)〉(전집 26화)에서 두 궁인은 풍년의 혜택을 성인은
적절하게 베풀 수 있지만 어리석은 임금은 오히려 풍년 때문에 사치스런
마음을 일으켜 패망에 이르게 된다는 원칙을 제시하고 그 원칙에 따라
광해군의 패망을 설명하였다. 광해군이 패망하게 된 것이 사치스런 마음
을 갖게 된 때문이고 그 사치스런 마음은 풍년이 들어서 생겨난 것이기
때문에 결국 풍년은 광해군의 원수라는 결론에 이르렀다.

이들 궁인들의 정치적 감각은 풍년이 행운이 아니라 불행과 연결된다
는 상식을 넘어서는 발상을 가능하게 하였다. 여성들의 제한된 활동영역
을 고려할 때 궁녀들의 이런 정치적 인식 능력은 특기할 만하다. 〈인조화
가지일(仁祖化家之日)〉(전집 79화)도 정치적 격변 과정에서 궁인들이 가

---

27) 余九歲時, 初入大內, 光海時老宮人, 尙多存者, 相與話舊, 而意余童騃 不解聽語,
無所隱, 諸人咸曰: "光海主過於愼色, 一月之間, 幸後宮者, 不過十五日, 而世誤以
好色稱之," 噫! 自古太子諸王, 生長阿保之手, 不知傷生之道, 全無限節,
率多夭折者, 安知其不由於此等之說耶?(전집 37화)

졌던 의식적 긴장과 관련된다.

궁중의 환관들도 이야기꾼으로 등장한다. 〈광해시(光海時)〉(전집 65화), 〈인조병술(仁祖丙戌)〉(전집 88화), 〈여아시(余兒時)〉(후집 116화) 등이다. 환관들은 궁중의 세세한 일들을 꾸려가는 자리에 있었기에 〈광해시〉에 서처럼 궁인이 한 이야기를 확인해주거나 〈인조병술〉처럼 임금과 세자 사이의 은밀한 말을 정확하게 기억하여준다. 〈여아시〉는 집안에서조차 소외되는 어느 환관의 사례를 들려주었다.

정재륜은 어린 나이에 궁중으로 들어가 인평(麟坪) · 숭선(崇善) · 낙선(樂善) 등 왕자들, 익평(益平) · 청평(靑平) · 인평(寅平) 등 도위(都尉)들, 인평의 아들 복녕군(福寧君), 그리고 소현세자(昭顯世子)의 아들 경안군(慶安君) 등과 가까이 지내면서 효종의 훈계를 직접 받았다.[28] 〈효종대왕성덕(孝宗大王聖德)〉(전집 114화)은 "너희들이 왕실의 일가나 의빈으로서 처지가 서로 같으니, 힘써 서로 애호하며 화기를 잃지 말고 나의 돈목하는 뜻을 본받아라."라는 효종의 훈화 말씀을 직접 듣고 항상 명심하며 살아왔음을 밝혔다. 〈효종대왕재봉림저(孝宗大王在鳳林邸)〉(전집 140화)는 만년의 효종이 현종에게 은밀히 전한 이야기를 실었는데 그것은 부인 숙정공주가 엿듣고 전한 것이다. 〈현묘조(顯廟朝)〉(전집 156화)와 〈효종조(孝宗朝)〉(전집 164화)는 현종의 자애로운 품성을 보여주는 이야기로서 제보자를 밝히지는 않았지만 공주나 다른 궁실 식구들로부터 들었을 가능성이 크다. 종실로부터 들었을 가능성도 없지 않다. 종실들은 왕실의 권위를 유지해가는 세력으로서 왕실의 도덕성을 선도해야 한다고 생각했기 때문이다. 종실로부터 들었다고 분명히 밝힌 작품은 〈안공탄대(安公坦大)〉(전집 20화)와 〈오성군종실야(烏城君宗室也)〉(후집 125화) 등이

---

28) 전집 114화.

다. 〈안공탄대〉는 선조의 외증조부이지만 철저히 검소하고 겸손하게 살아간 안탄대에 대한 이야기다. '위로의 일탈'을 전형적으로 보여줌으로써 왕실은 물론 사대부의 귀감이 된다. 〈오성군종실야〉는 그 반대인 '아래로의 일탈'을 한 오성군을 그린다. 오성군은 방탕하게 일생을 산 것으로 알려졌다. 정재륜은 그에게 "공이 호협하고 빗나간 행동을 한 것은 남에게 유혹되어 그랬습니까? 아니면 타고난 품성이 방탕하여 스스로 억제할 수 없어서 그랬습니까?"라며 적극적으로 묻는다. 오성군은 답변으로 젊었을 적 자기가 방탕의 길로 빠져들 수밖에 없었던 사연을 진술한다. 오성군의 회한에 찬 마무리는, "연소 자제들은 나의 경우를 경계로 삼아 더불어 놀 사람을 삼가고 (방탕한 마음이) 싹트기 전에 금해야 할 것이오."라는 것이다. 종실이 들려준 두 이야기는 일탈의 방향이 반대이지만 좁게는 왕실의 자제들에게, 넓게는 모든 젊은이에게 바람직한 삶의 자세를 가르치려 한 것이다.

궁중 이야기판에서 가장 돋보이는 제보자 중 한 사람이 정재륜의 동서인 청평위(青平尉) 심익현(沈益顯)이다. 그는 〈순회세자빈(順懷世子嬪)〉(전집 4화), 〈신판서정(申判書鋌)〉(전집 44화), 〈임진지란(壬辰之亂)〉(전집 71화), 〈인조개기후(仁祖改紀後)〉(전집 80화), 〈현묘재춘궁시(顯廟在春宮時)〉(전집 126화), 〈흥덕대원군(德興大院君)〉(전집 129화) 등을 전했다. 그 이야기는 왕실 주변에서 공공연하게 혹은 은밀하게 들은 것들로서 임금이나 왕세자의 탁월한 품성이나 지혜로운 통치와 관련된 것이 많고 〈신판서정〉처럼 광해군 말년의 암울한 세태를 경고하는 것도 있다. 심익현은 궁실 부마 중에서도 정재륜과 가장 가까운 사이로 궁실에서 듣고 알게 된 이야기를 자유롭게 공유하는 사이였다. 특히 〈임진지란〉은 심익현이 부친 심지원(沈之源)으로부터 들은 것을 정재륜에게 전한 것이다.

요컨대 왕실 이야기판은 왕실 구성원이 입장을 변명하여주고 그들의

도덕적 우월성을 드러내는 경향이 강하다. 이야기꾼들이 이야기 내용에
집착하는 성향도 강하다.

3) 사대부 이야기판

사대부 이야기판을 통하여 이야기 소재의 폭이 넓어졌다. 정재륜에게
이야기를 전한 사대부들은 이름이 명기되거나 '선배', '장로(長老)', '노재
상(老宰相)' 등으로 지칭되었다. 여기에 해당하는 작품으로는 전집 중 17,
19, 29, 33, 36, 43, 46, 49, 53, 68, 74, 90, 92, 104화, 후집 중 2, 7,
24, 25, 73, 81, 129, 131, 133, 134, 141, 143, 150, 169, 170화 등이다.

사대부 이야기판의 이야기꾼들은 이야기 대상에 대해 적절한 서사적
거리를 유지하고 있다. 궁실 이야기판의 이야기꾼처럼 대상에 집착하여
비장하게 이야기하는 경우가 많지 않다. 가령 왕실 이야기판에서 가장
비장한 분위기를 보이던 광해군 관련 일화들도 〈선묘장택저(宣廟將擇
儲)〉(전집 17)에서는 다른 시각에서 포착되었다. 여기서 광해는 "반찬을
만드는 것 중에 무엇이 제일인가?"라는 선조(宣祖)의 물음에 "소금입니
다."라고 대답하고 그 이유도 잘 설명하여 선조의 세자 능력 시험에 일단
합격한다. 다음으로 "너희들이 부족해 하는 바는 어떤 것인가?"라는 물
음에 "다만 어미가 일찍 죽은 것이 애통합니다."라 대답하여 선조를 흡족
하게 함으로써 세자로 뽑혔다. 이렇듯 광해가 세자로 되었다는 결과뿐만
아니라 임금과 왕자와의 대화 자체도 경쾌하게 다뤄졌다.

왕권의 변동을 다루면서도 그 자체보다는 그와 관련된 사대부들의 권
력 부침과 운명에 초점을 맞추었다. 〈세지욕이일기은수(世之欲以一己恩
讐)〉(전집 19화)가 사람의 힘으로는 어쩔 수 없고 오직 하늘의 힘에 달려
있을 듯한 사대부의 성패를 다루었다면, 〈심영상지원(沈領相之源)〉(전집
90화)은 광해 때 수상 노릇을 한 박승종의 종말에 대해 다루었다.

나머지 대부분은 특별한 상황에서 모범적으로나 탁월하게, 혹은 부당하거나 비굴하게 살아간 사대부들의 행태를 보여줌으로써 바람직한 사대부의 삶의 방식을 제시하려 하였다. 〈계곡장공(谿谷張公)〉(후집 81화)은 임금께 공경하듯 상관을 공경하라는 장유(張維)의 가르침을 담았다. 〈만사심공(晚沙沈公)〉(후집 73화)에서 심공은 새 달력 수십 부를 몰래 가져가려다 궁지에 몰린 자기 경험을 이야기하면서 남이 주는 것이 아니면 절대 가져가지 말라고 후손들에게 훈시한다. 〈이상국완(李相國浣)〉(후집 24화)에서는 창녀와 가까이 지낸 무관을 배척하려는 이완에게 그 아버지 이수일(李守一)이 "내게 잘못이 없는 후에야 남의 잘못을 말할 수 있는 법이다. 너의 아비도 젊었을 적 그런 일이 있었다."라며 자신의 과거 실수를 연상시켜 줌으로써 남을 거두어 용서하는 마음가짐이 소중하다는 훈계를 했다.

　　채정린(蔡廷獜)은 서파(庶派)로서 문관이다. 글을 잘하고 조심성이 있는 까닭에 재상들이 가상하게 여기고 천거해주어 낭천현감(狼川縣監)이 되었다. 흉년을 만나자 그의 적족(嫡族)으로 시골에서 궁하게 사는 이들이 줄지어 관청으로 와서 환곡을 달라 아우성치니, 싫어하거나 고달프게 여기는 기색을 보이지 않고 마음을 다하여 접대하였다. 마침내 관가 곡식 창고가 바닥나버려 파면되고 벌을 받았다. 그래도 말하기를,
　　"벼슬은 없어도 살 수 있지만, 가문 친척들과 화목하지 못한다면 어떻게 세상에 나설 수 있겠는가? 그 때문에 벼슬을 잃었지만 나는 후회하지 않는다."
하였다. 사람들이 모두 다 그를 가상하게 여겼다.[29]

---

29) 蔡廷獜庶派文官也. 善文而能小心, 故宰相嘉之, 薦爲狼川縣監. 値凶歉之年, 其嫡族之窮居鄕曲, 親行負戴者, 絡繹官門, 乞貸徵責, 廷獜不示厭苦之色, 盡心接待, 以至官庫板蕩, 罷官受罪而乃曰: "無官猶可生, 而與嫡族不和, 則何以立於世? 以此失官, 吾無所悔." 人以是多之.(후집 170화)

친척들과 백성들을 살리느라 자기 벼슬 잃는 상황도 기꺼이 받아들이는 채정린의 실천과 당당한 철학이 제시된 것이다. 구체적 상황에서 벼슬아치들이 어떻게 행동하고 생각하는 것이 바람직한가를 명백하게 보여준다.

〈효묘정유(孝廟丁酉)〉(후집 25화), 〈역관김근행(譯官金謹行)〉(후집 150화) 등은 사치를 경계했다. 〈구시공역액정(舊時供役掖庭)〉(후집 169화)은 환관이나 궁첩과 결탁하는 것이 패망의 지름길임을 강조했다.

그런가 하면 〈숭정병자(崇禎丙子)〉(후집 133화)이나 〈참봉송덕기(參奉宋德基)〉(후집 141화), 〈인조무자(仁祖戊子)〉(후집 129화) 등은 흥미소가 좀 더 가미된 일화를 제시하고서 교훈을 찾는다. 〈숭정병자〉는 술에 취해 실수로 자기 아이를 죽이고 발광하여 죽는 이야기고 〈참봉송덕기〉는 산사에서 독서를 하던 유생이 쇠고기 한 꼬치를 부처의 입에 문지르며 "너에게 한 꼬치 권한다." 하였다가 그날 밤 가위 눌려 죽는 이야기다. 〈인조무자〉는 바람피우던 기생에게 그 기둥서방이 추궁하자 기생이 칼로 자기 손가락을 찍으면서 결백을 맹세하는 이야기다. '술을 조심하라.', '남을 모멸하는 짓을 함부로 하지 마라.', '기생은 요물이니 조심하라.' 등의 교훈을 추출하기는 하지만 일화 자체에 더 흥미가 끌리도록 되어 있다. 〈김판서신국(金判書藎國)〉(후집 7화)은 벼슬아치의 능력을 보여주기도 한다.

이렇듯 사대부 이야기판은 비교적 다양한 소재로써 사대부가 어떻게 자기 일상을 꾸려가야 할지를 구체적으로 보여준다. 다양성과 구체성을 확보하여 뚜렷한 형식을 갖춘 일화를 만들고 거기에다 교훈항을 덧붙이는 것이 사대부 이야기판 이야기의 특징이라 하겠다.

4) 민간 이야기판

민간 이야기판에는 젊어서 남의 종노릇을 하다가 늙어 민간에서 살게
된 종들의 이야기가 많다. 전집의 14, 15, 32, 53화, 후집의 140, 157,
158, 168, 173화 등이 종들이 해준 이야기다. 종들은 자기가 섬긴 주인과
관련된 사건 중 가장 인상적인 대목을 정확하게 기억하고 실감나게 구연
한다. 〈선묘조국구(宣廟朝國舅)〉(전집 14화)에서 김제남의 종은 영창대군
의 죽음과 김씨 가문의 몰락에 대해 이야기하면서 안타까운 심정에 언제
나 울먹인다. 〈임진지란(壬辰之亂)〉(전집 15화)에서 액정서 노비는 피란
가던 어가(御駕)를 따라갔는데 그 때 길가 백성들이 선조를 향하여 돌멩
이를 던지는 광경을 목격하고 증언했다. 〈계해반정일(癸亥反正日)〉(전집
54)에서 훈련원의 노졸(老卒)은 계해년(癸亥年) 반정하던 날의 권력 부침
을 이렇게 증언한다.

> 계해반정 일에 한찬남(韓纘男)[30]이 결박되어 땅바닥에 고꾸라져 있다가
> 목이 몹시 마르므로 수졸(守卒)에게 마실 것을 좀 달라했지요. 그러자 수졸
> (守卒)들이 말했지요.
> "대비(大妃)께서 서궁(西宮)에 계실 때 오늘 너보다 목이 더 마르셨다. 그
> 때 네놈이 물 한 모금이라도 드렸느냐? 지금 내가 왜 너에게 물을 주겠느냐?"
> 한찬남이 다시는 물 달라는 말을 하지 못했지요.[31]

인목대비와 한찬남의 운명 역전을 목마름이란 상황을 통하여 극명하
게 드러냈다. 훈련원 노졸은 권력 부침의 무상함을 꿰뚫어보고서 이런

---

30) 한찬남(韓纘男, 1560~1623)은 김제남의 처벌을 적극 주장하였다. 이이첨의 사주를
　　받아 해주옥사를 일으켰다. 형조판서에까지 이르렀으나 1623년 인조반정으로 주살되
　　었다.

31) 癸亥反正日, 韓纘男被縛倒地, 渴甚, 求飮於守卒, 卒曰: "大妃在西宮, 飢渴甚於汝
　　今日, 而汝曾不進一勺水, 我何以救汝渴哉?" 纘男更不敢出言.(전집 54화)

절묘한 상황을 포착하여 이야기했다 할 수 있겠다. 〈여어년소시(余於年
少時)〉(후집 140화)에서 김자점의 종은 김자점의 패망의 원인을 '명사들
과 접촉하고 권세만을 좋아한 것'이라고 분명하게 지적하기도 했다.

이렇듯 정재륜은 종들의 현실 감각을 존중하여 받아들였다. 나아가
〈유반궁노비(有泮宮奴婢)〉(후집 168화)의 늙은 계집종은 "하늘이 사람을
사랑한다고 그 누가 했나? 내 보기에 모두 거짓말이다."[32]라고 당돌하게
하늘의 소행을 원망한다. 이 원망은 정치의 격변에 대한 계집종 나름의
통찰과 판단을 근거로 한 것이다. "근년에 조정이 네 번이나 바뀌었는데
······ 하늘은 그 사람들(교만해진 사람들)에게 재앙을 거듭 내려 깨우치게
하여 그 인간됨됨이를 완성시켜주지 않고 오히려 교만한 마음을 부추겼
다가는 마침내 벌을 내리니, 그 이치를 헤아릴 수 없어요. 이런 하늘에
대해 내가 유감이 없을 수 없지요."[33]라는 계집종의 설명은 도도하면서
도 핵심을 찌른 것이다. 〈조막동천예야(趙莫同賤隷也)〉(후집 158화)에서
도 조막동은 관노로 일생을 거의 다 보낸 사람인데, 벼슬아치들의 심리
를 예리하게 꿰뚫어 보고 있다. "관직에 있는 사람은 반드시 먼저 자기를
다스린 연후에야 아랫사람을 단속할 수 있습니다. 저들이 진정 얼음이나
옥 같다면 우리들이 어찌 감히 민간의 것을 빼앗아다 먹을 수 있겠습니
까?"[34]라며 사대부의 각성을 촉구하는 것이다. 이 모든 것이 종으로서
경험에서 우러난 것이다.

〈윤후길천예야(尹厚吉賤隷也)〉(후집 157화)의 윤후길도 관가의 종이었
는데, 다리에 흉측한 흉터가 있었다. 정재륜이 까닭을 물어 기어코 대답

---

32) 孰謂皇天愛人? 以吾觀之, 皆虛語爾!(후집 168화)

33) 近年朝著四變 ······ 天胡不屢降異, 以玉成其人, 而乃厚其驕心, 而降之罰也, 理不
可測. 吾以是不能無惑于天.(후집 168화)

34) "居官, 必先自律己然後能檢下, 彼誠氷玉也, 則吾輩安敢作拏民間乎?"(후집 158화)

을 듣고자 하니 사연을 이야기해준다. 사헌부 관리가 윤후길에게 죄인
을 잡아오라 시켰다. 죄인이 은 30냥을 뇌물로 주기에 윤후길은 그 돈
이면 일생을 편안하게 살 수 있을 것 같아 그 돈을 챙겨 도망쳤다. 결국
체포되어 매를 맞고 죽을 지경에 이르러 풀려났다. 30냥 은은 약 비용
으로 다 날려버렸다. 남은 것은 상처뿐이었다. 이에 대해 윤후길은 이렇
게 말한다.

> 사람이 마음을 먹음에 한번 올바름을 잃어버리면 이익을 구해도 도리어
> 해를 얻는 것이 이와 같은 지경에 이릅니다. 그런 사정은 어찌 천한 사람들에
> 게만 나타나겠습니까? 사대부들도 역시 그러할 것입니다.[35]

윤후길은 종으로서 한 순간 잘못을 저질렀지만 그 경험을 통하여 깨달
음을 얻게 되었다. 나아가 그 깨달음을 보편적 교훈으로 확대했다. 그는
자기 경험을 근거로 삼아 사대부에게 교화를 베푸는 입장이 된 것이다.

미천한 신분의 사람이 자기 경험을 통해 각성하여 교훈적 진술을 하는
경우는 〈인수우천(人雖愚賤)〉(후집 172화)에서도 찾을 수 있다. 이려(二
麗)는 서울의 창기인데 창기들이 결국 비참해지는 것은 미워진 얼굴 때
문이 아니라 마음씀씀이 때문이라고 하였다.

> 창기들은 반드시 남자로 하여금 그 아내와의 화목함을 버리게 만든 뒤에라
> 야 이로움을 얻게 되지요. 그래서 매양 젊은 남자만 만나면 온갖 아양과 교태
> 를 다 떨면서 그 뜻에 영합하여 그로 하여금 침혹(沈惑)하고 천성을 잃어 집
> 안을 망치고 일을 잃어 버리게 만든 뒤에야 그만둡니다. 부부와 부자간에 그
> 도리를 지키지 못하는 것이 모두 우리 창기에서 말미암았습니다. 남을 해롭

---

35) 人之設心, 一失其正, 則求利得害, 至於如此, 奚但隷人哉? 士大夫亦然矣.(후집
157화)

게 하기가 이와 같으니 우린들 어찌 끝이 좋겠습니까?[36]

이려(二麗)는 자기 자신 뿐만 아니라 창기 전체의 잘못을 깨닫고 이렇게 정연한 논리를 전개하였다. 서술자도 이에 대하여 '사람이 비록 어리석고 미천해도 자연스럽게 그 잘못을 깨닫는 경우가 있다.'[37]고 인정하였고, 또 이려의 이런 경우를 확장하고 일반화시켜, '이것이 비록 천한 창기가 스스로 그 실상을 말한 것이나, 남을 해롭게 하여 자기 이익을 취하는 자들에게 경계가 될 만하다.'[38]라고 확장된 교훈을 덧붙였다.

역관이나 의관, 아전이나 서리들도 많은 이야기를 구연했다. 역관의 이야기를 통하여 중국 사신의 행태가 소개되었다. 〈선묘조상방(宣廟朝尙方)〉(전집 9화)에서는 역관은 초피(貂皮)를 둘러싸고 명나라 사신과 선조 임금 사이에 일어났던 우스운 상황을 전한다. 〈광해조천사(光海朝天使)〉(전집 51화)에서는 허균과 이이첨에 대한 명나라 사신의 관상을 소개한다. 〈유김유위(有金由渭)〉(후집 165화)의 김유위는 이름난 의관으로서 재상의 집을 드나들다가 곧 모든 권력자와의 관계를 끊는다. 권세가들은 결국 망하게 되고 그들이 망하면 그들과 관계를 맺던 사람들도 모두 망한다는 세상 흐름을 알게 된 것이다. 그래서 권력자들을 따라다니는 것은 '나의 분수를 지켜 내 몸을 편안하게 하며 천명을 기다리는 것만 못하다.'[39] 했다. 의관이 자기 경험을 바탕으로 안분자족(安分自足)을 실천한 것이다.

아전이나 서리들은 하나같이 세태의 흐름을 관망하고 거기서 추출한

---

36) 爲娼者, 必使人舍其家室之好, 而後, 己得其利, 故每逢少年, 輒百般獻媚 以迎其意, 使之沈惑喪性破家失業, 而後已, 其夫婦父子之間, 不得其道者, 皆由於我, 其害於人如是 則己亦安得善其終也(후집 172화)

37) 人雖愚賤, 亦有自然覺悟其非者.(같은 곳)

38) 此雖賤娼, 自道其實之語, 而可爲害人自利者之戒也.(같은 곳)

39) 不如守吾分安吾身, 以待天命.(후집 165화)

원리와 규범을 사대부들에게 들려준다. 사대부를 향한 규범적 목소리가 다른 어떤 이야기꾼의 목소리보다 더 강하고 당당하다. 〈유병조노리(有兵曹老吏)〉(전집 42화), 〈여어금상(余於今上)〉(후집 139화), 〈병조리지년로(兵曹吏之年老)〉(후집 144화), 〈병조리김준(兵曹吏金峻)〉(후집 161화), 〈근유서리(近有書吏)〉(후집 167화), 〈유일정원노리(有一政院老吏)〉(후집 175화) 등이다. 〈유병조노리〉에서 병조의 늙은 아전 출신 김준은 강화로 쫓겨가는 광해군을 대하는 사람들의 태도를 관찰한 결과를 이야기해준다. 광해군이 폭정을 일삼을 때는 모두 다 그를 저주했지만 막상 쫓겨 갈 때는 행색이 참혹하여 무지한 사람이라도 불쌍히 여겨 눈물을 흘리지 않는 자가 없었다. 그런데 오직 훈신(勳臣) 중에는 광해를 불쌍하다고 여기는 경우는 적고 대부분 광해의 몰락을 통쾌하게 여겼다. 불쌍하다고 여긴 사람은 모두 좋은 벼슬을 지냈지만 통쾌하다고 한 사람은 모두 제 명에 죽지 못했다는 것이다. 세력의 부침에 따라 지조 없이 헤매던 당시 높은 사대부들의 작태를 담담하게 기술하고 비판하였다. 〈여어금상〉에서 심기원을 수행하던 아전은 심기원의 패망 원인을 설명함으로써 무인들이 설치는 세상에 경종을 울렸다. 〈병조리지년로〉는 이해 계산에 따라 명분을 내팽개치는 사대부 세계를 꼬집었다. 〈병조리김준〉은 인조반정 이후 재상들이 술을 마시지 않는 것을 보고 앞날을 밝게 점쳤다. 〈근유서리〉에서 늙은 서리는 말과 행동이 걸맞지 않은 사대부를 비판하면서 말과 행동을 삼가기를 충고한다. 〈유일정원노리〉에서 늙은 아전은 과거 부정을 자행하던 시관의 앞날을 예언한다.

아전이나 서리는 사대부와 함께 생활하면서도 사대부들과 거리를 두고 그들의 언행을 관찰할 수 있는 위치에 있었다. 자신들의 경험을 바탕으로 하여 사대부 사회와 사대부 자신들의 문제들을 정확하게 지적하고 나아가 신분은 낮지만 사대부들에게 따끔한 조언을 주기에 이르렀다.

그 외 〈여자유소시(余自幼少時)〉(후집 136화)는 벼슬아치들의 부회 근성을 기생의 목소리를 통하여 들려주고, 〈진주목사(晉州牧使)〉(후집 100화)는 '북쪽 지방 늙은이'들의 목소리를 통하여 지방관의 일상을 그려준다.

요컨대 민간 이야기판은 개별 경험을 생생하게 담으면서도 상황에 부합하는 교훈항을 당당하게 제시하였다.

4. 말하기·듣기·쓰기의 전개와 통합 양상

정재륜은 이상의 이야기판들에서 구연된 이야기들을 재구성하여 다시 썼다. 이야기판에서 이야기를 구연하고 듣는 것은 말하기와 듣기의 영역이고 그 이야기를 재구성하여 다시 쓴 것은 쓰기의 영역이다. 말하기와 듣기, 쓰기가 따로 전개되면서도 결국 『공사견문록』으로 통합된 것이다.

1) 말하기

말하기는 무엇을 어떤 태도로 어떻게 말하는가를 지칭한다. 『공사견문록』의 말하기는 자기 경험을 바탕으로 한 경우가 많다. 그런데 몇 경우40)를 제외하고는 자기 경험의 중심에 이야기꾼이 들어가지 않는다. 대체로 이야기꾼은 바라보고 관찰하며 판단한다. 경험이 공적 성격이 강하기 때문일 것이다. 아전이 사대부를 바라보고, 궁인이 임금을 관찰하고, 종이 주인을 판단한다.

말하는 태도는 관조하며 성찰하는가, 동일시하며 집착하는가, 관심을 갖고 다만 전달하는가 등으로 나눌 수 있다. 〈광해시노궁인(光海時老宮

---

40) 〈여중씨(余仲氏)〉(후집 119화), 〈윤후길천예야(尹厚吉賤隸也)〉(후집 157화), 〈인수우천(人雖愚賤)〉(후집 172화).

人)〉(전집 26화)의 늙은 궁인처럼 대상에 집착하지 않고 대상을 관조하고 성찰하는 이야기꾼이 있다. 주로 늙은 아전이나 서리, 종들이 남의 경험이나 행동을 전할 때 그런 태도를 가졌다. 〈윤후길천예야〉(후집 157화), 〈여중씨(余仲氏)〉(후집 119화)처럼 자기 경험을 이야기하며 스스로 깨달은 바를 진술할 때도 그런 태도를 보였다. 자기 경험에 충실하고 그 경험의 의미를 반추한 결과 자기 한계를 극복하고 보편적인 삶의 지혜를 창출하기에 이른 것이다. 이때 말하기는 자기 성찰을 이끌 뿐만 아니라 성찰의 결과를 그럴듯하게 정리하여 타인과 공유하는 행위이기도 하다.

사대부 이야기판의 이야기꾼들도 이야기 대상에 대해 적절한 서사적 거리를 유지함으로써 이야기 내용에 집착하지 않았다. 이야기 자체보다는 이야기에서 추출할 수 있는 교훈항에 더 관심을 가졌기 때문일 것이다.

반면 이야기꾼이 이야기 대상에 지나치게 집착하여 자기 동일시에 이르기까지 하는 경우도 많다. 특히 그런 말하기 태도는 궁중 이야기판에서 자주 나타났다.

> 인조가 반정하던 날, 궁인으로서의 직분을 맡아 일할 수 있는 자를 갑자기 확보할 수 없었다. 그래서 광해의 옛 궁인 중에서 나이가 들고 죄가 없는 자를 내전에 들여보내 시중들게 하였다. 그 가운데 한보향(韓保香)이라는 궁인이 있었는데, 옛 주인을 잊지 못하여 때때로 몰래 슬피 우니, 옆에 있던 궁녀가 인렬왕후(仁烈王后)에게 밀고하기를,
> "아무개가 옛 주인을 생각하고 있으니, 변란이 있을까 두렵습니다."
> 하니, 인렬왕후가,
> "의로운 사람이다."
> 하고, 한보향을 불러 위로해 주고 심지어 말하기를,
> "국가의 흥망은 무상한 것이다. 우리 임금께서 하늘의 은총을 입어 비록 오늘의 자리를 얻었지만 뒷날 광해만도 못한 실수가 있을지 어찌 알겠느냐?

너의 마음가짐이 이와 같으니 내 아들의 아보(阿保)가 될 수 있겠도다.”
하고 보모 상궁(保母尙宮)으로 삼고 호초(胡椒) 한 말을 주었다. 밀고한 궁
인에게는 종아리를 치면서,

“오늘 한 너의 행동을 보니 뒷날 너의 마음이 어떻게 될까 짐작하겠다.”
꾸중하고, 이어 여러 궁녀들을 타이르기를,

“너희들은 이 사람을 본받지 말라.”
하였다.

한씨는 감격하여 눈물을 흘렸으며, 불안해하고 있던 옛 궁인들도 모두 마
음을 놓고 감복하여 정성을 다 바치려 다짐했다.

나의 아내인 공주(公主)의 보모(保母) 김씨는 곧 광해(光海)를 시침(侍
寢)한 사람이다. 그 일을 목격하였는데 그에 대해 이야기할 때마다 눈물을
흘렸다.[41]

여기서 이야기꾼은 숙정공주의 보모 김씨이다. 광해를 모시던 궁인들은
광해가 폐출되면서 함께 쫓겨날 궁지에 몰렸다. 그러다가 궁중의 형편상
어쩔 수 없이 계속 궁중 일을 맡게 되었다. 그들을 인조의 궁인들은 못마땅
하게 여겼다. 한보향에 대한 무고도 그런 태도의 소산이다. 이런 이야기
내용에 대해 보모 김씨는 민감하게 반응하지 않을 수 없다. 대상 인물과
같은 처지였기 때문이다. 그래서 이야기를 할 때마다 눈물을 흘린다. 이야
기꾼이 이야기 내용에 대해 긴밀하게 관련되어서 집착하는 경우다.

〈선묘조국구(宣廟朝國舅)〉(전집 14화)에서는 김제남의 종 한 사람이 김

---

41) 仁祖化家之日, 宮女之可堪職事者, 倉卒無以備數, 命光海舊宮人, 年老無罪者, 入
內供奉. 有韓氏名保香者, 不能忘舊主, 有時竊竊悲泣, 同列者, 密告于仁烈王后曰:
“某也追思舊主, 恐其有變也.” 后曰: “此義人也.” 召韓慰籍, 甚至曰: “國家興廢無常,
吾王賴天之靈, 雖得有今日, 安知後日復不如光海之失之乎? 爾之秉心如此, 可以阿
保吾子.” 命爲保母尙宮, 且錫胡椒一斗, 而引言者, 撻之曰: “觀汝今日之爲, 可知他
日之心.” 仍諭諸宮女曰: “爾輩毋效此人.” 韓氏感激流涕. 其舊人之不自安者, 皆釋
然歸服, 務盡其誠. 余內公主之保母金氏, 卽光海朝進環人也. 目見其事, 常言之垂
涕.(전집 79화)

제남의 외손자 영창대군이 태어났을 때의 반응을 전했다. 집안사람들이
모두 경사났다고 야단이었지만 김제남의 며느리 정씨(鄭氏)만은 근심하
며 한탄했는데, 과연 그 뒤 영창대군은 원통하게 죽고 김씨 집안이 망했
으니 정씨가 앞날을 정확하게 예견했다는 것이다. 그런데 이야기꾼은 이
이야기를 할 때마다 목이 메어 말을 잘 이어가지 못했다. 이야기꾼은 자
기가 섬겼던 김제남과 영창대군의 억울한 죽음으로부터 초연하지 못했
고 김씨 집안의 멸망을 자신의 멸망과 다름없이 절망적인 것으로 받아들
였기 때문이다.

이렇듯 『공사견문록』에서 이야기꾼은 사건이 정치적 격동과 관련되고
또 이야기꾼 자신이 그 사건과 직간접적으로 관련된 경우 이야기에 대해
과도하게 집착하는 경향이 강하다.

2) 듣기

듣기는 호기심을 충족시키고 즐기기 위해 소극적으로 듣는가, 아니면
은밀한 진술을 밝혀내고 거기에 특별한 의미를 부여하면서 적극적으로
듣는가 등으로 나눠질 것인데, 『공사견문록』에서는 후자의 태도가 두드
러진다. 정재륜은 남으로부터 이야기를 듣는 것을 좋아하면서도 진지하
게 들었다. 어떤 내용이든 이야기가 사실과 부합하여 믿을 만한지를 확
인하려 하였다.

우선 제보자가 이야기 속의 사건을 직접 목격했다는 점을 강조한
다.[42] 이야기의 신빙성을 입증하는 가장 확실한 방법이다. 가령 〈여어금
상(余於今上)〉(후집 139)에서 제보자 손태웅(孫泰雄)은 심기원(沈器遠)을
모시던 아전이었기에 심기원 집안에서 일어난 일들을 빠짐없이 목격한

---

42) 余先祖, 扈駕, 親見其事, 故余得聞於家庭.(전집 23화)

존재다. 그래서 그의 이야기는 믿을만하다고 수용되었다.

　이야기의 신빙성을 직접 확인하기 어려운 경우는 다른 방법으로도 이
야기에 권위를 부여하려 하였다. 먼저 어떤 이야기를 들은 뒤 믿을만한
다른 사람의 이야기를 다시 듣고서 전 이야기의 사실성이나 진실성을
확인하려 하였다.[43] 대체로 제보자가 그 이야기의 출처를 밝혀주지 않
는 경우나 제보자의 권위를 완전하게 인정하기 어려운 경우다. 궁인으로
부터 들은 〈광해임술(光海壬戌)〉〈전집 38화〉, 〈인빈김씨(仁嬪金氏)〉〈전집
69화〉, 〈인조위소현세자(仁祖爲昭顯世子)〉〈전집 85화〉 등이나, 아전으로
부터 들은 〈병조리(兵曹吏)〉〈후집 144〉 등이 여기에 해당한다. 〈광해임
술〉은 궁인이 정재륜에게 이야기해주었는데 정재륜은 그것을 허적(許積)
의 이야기를 통하여 다시 확인했다. 허적의 종매(從妹)가 광해군의 후궁
이 되었기에 허적은 광해군 때 일을 소상하게 잘 알고 있다 했다. 〈인빈
김씨〉도 정재륜이 궁인으로부터 들은 것이다. 인빈(仁嬪) 김씨(金氏)의
겸손한 덕성을 알려주는 내용이다. 정재륜은 그 뒤 영의정 서문중(徐文
重)으로부터 비슷한 이야기를 듣는다. 서문중은 인빈의 첫째 딸인 정신
옹주(貞愼翁主)의 손자였다. 〈인조위소현세자〉는 정재륜이 먼저 듣고 부
친의 친구 유경소(柳景紹)에게 이야기하니 그도 또한 그 이야기를 들었
다 하였다. 〈심영상지원(沈領相之源)〉〈전집 90〉은 사대부의 이야기를 다
른 사대부의 이야기로써 확인한 경우다.

---

43) '余嘗聞此言於老宮人, 及聞徐領相文重之言, 亦符前聞, 徐公卽嬪第一女貞愼翁主
　　之孫也.'(전집 69); '余兒時, 得聞此說於老宮人, 而後聞許及第積之所言, 亦如此, 盖
　　許之從妹, 有爲光海後宮者, 故詳知其時事也.'(전집 38화); '余嘗聞此說於老宮人,
　　告諸先友柳丈景紹, 則柳丈曰: "我亦曾聞此言, 而其處子姓權."云'(전집 85화); '余與
　　金參判始振伴直摠府時, 修撰沈梓, 翰林崔後尙, 入直闕中, 來見金公, 言及此事, 金
　　公之論亦與沈公同.'(전집 90화); '鄭僉知之賢, 鄭宣傳官之相, 趙知禮門衡, 趙進士
　　邦徵, 親聞吏言, 爲余言之如是此, 與某宰及掖庭人所遭事相類, 故附錄于下, 以爲
　　後人戒.'(후집 144화)

이야기의 권위를 확보하는 또 다른 방법은 자기에게 이야기를 해준 사람으로부터 그 이야기의 근본 출처를 확인하는 것이다. 〈순회세자빈 (順懷世子嬪)〉(전집 4화), 〈선조조상방(宣廟朝尙方)〉(전집 9화), 〈선묘장 택저(宣廟將擇儲)〉(전집 17화), 〈광해계축(光海癸丑)〉(전집 40화), 〈계축개 옥(癸亥改玉)〉(전집 43화), 〈광해조천사(光海朝天使)〉(전집 51화), 〈임진지 란(壬辰之亂)〉(전집 71화), 〈인조개기(仁祖改紀)〉(전집 80화), 〈현묘재춘궁 시(顯廟在春宮時)〉(전집 126화), 〈효종대왕(孝宗大王)〉(전집 140화), 〈홍순 언(洪純彦)〉(후집 131화) 등이다.

〈순회세자빈〉의 이야기는 부마 심익현으로부터 들었는데 정재륜은 그 이야기의 전승 과정을 '심익현 → 선조조 궁인 → 순회세자(順懷世子) 의 빈(嬪)의 시녀'로 역추적했다. 〈선조조상방〉에서는 '역관의 늙은 아들 → 역관'으로, 〈선묘장택저〉에서는 '송덕기→허균'으로, 〈광해계축〉에 서는 '정명공주(貞明公主)의 아들 홍만회(洪萬恢) → 정명공주'로, 〈계축 개옥〉에서는 '정재륜의 친구 → 이원로'로, 〈광해조천사〉에서는 '역관의 아들→ 역관'으로, 〈인조개기〉에서는 '부마 심익현 → 인평대군 → 효종' 으로, 〈현묘재춘궁시〉에서는 '심익현 → 현종 → 효종'으로, 〈효종대왕〉 에서는 '숙정공주 → 현종 → 효종'으로, 〈홍순언〉에서는 '홍명하 → 장로' 등의 단계로 뿌리를 찾아갔다.

한편 기록의 권위에 의존하기도 했다. 〈선묘조(宣廟朝)〉(전집 7화), 〈폐세자(廢世子)〉(전집 29화), 〈유장로(有長老)〉(전집 36화), 〈계해사월(癸 亥四月)〉(전집 92) 등인데, 〈선묘조〉에서는 정재륜이 '선배'들로부터 들 었다가 인흥군(仁興君)이 편찬한 『월창야화(月窓夜話)』에서 확인하였다. 인흥군은 선조의 왕자이기 때문에 선조와 관련된 이 이야기에서는 완전 한 권위를 갖춘 사람이다. 〈폐세자〉에서는 이야기꾼인 유씨 노인이 그 선조의 기록을 바탕으로 하였다는 점을 강조한다. 〈유장로〉에서는 유몽

인의 『어우야담』을, 〈계해사월〉에서는 광해군의 '묘표(墓表)' 기록을 통하여 이야기의 신빙성을 확인하였다.

　요컨대 정재륜은 다양한 이야기를 적극적으로 듣되, 그 이야기의 신빙성을 확보하기 위해 노력했다. 적극적이고 신중한 듣기 태도는 조선시대 사대부들의 공통된 것이라는 점을 조정의 의사 집행과정을 통해서 확인할 수 있다. 가령 『조선왕조실록』에는 정책을 입안하거나 사태를 해결하는 근거 자료로서 떠도는 이야기를 활용할 것인가에 대해 논란이 많다. 태종 9년 기록[44]에는 백성들의 굶주림에 대한 이야기를 들은 세자가 임금에게 그 이야기를 전하자 임금이 일단 그 이야기의 출처를 확인하라고 명한다. 세자는 이야기의 출처를 확인하는데 실패하는데 그래서 이야기는 정책 입안을 위한 자료로 채택되지 않는다. 영조도 효열(孝烈)을 표창하기 위한 초계(抄啓)를 읽을 때마다 '얼음을 깨서 잉어를 잡았다거나 겨울에 죽순이 돋아났다는 이야기가 들어 있으면' 대상에서 제외시켜버릴 정도였다.[45] 이야기의 근거와 신빙성을 중시했다는 것이다. 역대 임금들의 이러한 태도는 당연히 사대부들의 끊임없는 상소 때문이었다. 가령 정조 때 판의금부사(判義禁府事) 홍억(洪檍)은 임금을 옆에서 시봉하는 사람을 잘 가려서 '그들로 하여금 감히 …… 민간의 저속한 이야기로 …… (임금의) 시청(視聽)을 현란시키지 못하게'하라고 강력하게 상소하였다.[46]

---

44) '임금이 연침(燕寢)에서 세자에게 이르기를, "나는 백성들이 굶주린다는 말을 들으니 마음이 아프다." 하니, 세자가 자리를 피하며, "신이 듣자오니, 백성들 가운데 굶주림으로 인하여 나물을 캐다가 죽은 자도 있다고 합니다." 하였다. 임금이 놀라서, "네가 들은 것을 자세히 물어보고 오너라." 하니, 세자가 환관(宦官)의 무리를 불러 물으니 모두, "길에서 들었는데, 어떤 사람인지 자세히 알지 못합니다."하였다.'(〈침전에서 세자와 굶주려 죽는 백성들에 대해 이야기하다〉(『조선왕조실록』 태종 017 09/04#27)
45) 〈효열 증직 대상자 30명에 대해 복호만 허락하고, 구례를 복구하게 하다〉)(『조선왕조실록』 정조 046 21/2/10)

정재륜도 이런 분위기로부터 자유로울 수 없었을 것이다. 정재륜은 세간과 궁중에서 전승되던 온갖 이야기들에 대해 호기심을 가지고 적극적으로 들었지만, 거기에 머물지 않고 이야기 자체에 권위를 부여하기 위한 여러 가지 방안을 모색했다. 자기가 들은 이야기에 권위를 부여하고자 한 것은 다른 사대부들의 비난을 모면하기 위한다는 소극적 이유에서만은 아니었다. 스스로 들은 이야기에 대해 교훈성을 부여하기 위한 정지 작업이기도 하였다. 그런 작업은 쓰기 단계에까지 이어졌다.

이야기를 듣되, 그 이야기와 실제 현실의 관계를 우선 생각했다는 점에서 정재륜은 이야기 자체의 독립성을 완전하게 인정하지는 않았다. 이야기를 이야기만으로 즐기지는 않은 것이다. 그보다는 이야기를 사실과 관련시키려 애썼고, 그런 신빙성을 바탕으로 하여 교훈을 추출하려 하였다.

3) 쓰기

정재륜은 이렇게들은 이야기를 기록하기에 이르렀다. 아들의 요청에서 비롯하기는 했지만 이야기의 기록 과정에서 정재륜이 적극 개입한 것을 보면 그 스스로도 기록의 필요성을 인정하였다고 볼 수 있다. 그는 기록을 하면서 이야기들을 적절하게 변형시켰고 거기다 나름대로의 감상과 생각을 덧붙이며 적극적으로 썼다.

이야기꾼이 일화를 구연하면서 교술적 진술을 이끌어내었다면, 정재륜은 이야기를 기록하면서 일화와 교술적 진술을 확장하였다. 일화를 중심에 둔 말하기가 이루어지고, 그것을 다시 활용하는 글쓰기의 모형을 만들어낸 것이다.

---

46) 〈판의금부사 홍억이 사직을 청했으나, 허락하지 않다〉(『조선왕조실록』 정조 044 20/03/06)

(1) 기본 구조

[작품 1]

① 숭정(崇禎) 병자년 난리가 나기 전 호조 서리가 된 사람이 있었는데, 나이 70이 가까워서 처음으로 아들을 낳아서 매우 사랑하였다. 언제나 밖에 나가서 과일이나 떡 같은 것을 얻으면 꼭 소매 속에 넣어 와서 아들에게 주었다. 하루는 술에 취하여 돌아와 누웠는데 아이가 그의 소매를 더듬으며 먹을 것을 찾았다. 취한 서리는 흰 개가 자기를 물려고 한다 착각하고는 벽 위에 있던 칼을 빼어 마구 찔렀다. 술이 깨어서 그 광경을 보고는 그만 발광하여 죽었다 한다.

② 술을 즐기는 사람은 조심할 줄을 알아야 마땅하다.

③ 액정서(掖庭署) 사람 김대규(金大奎)가 전에 눈으로 본 것을 나에게 말한 것이다.47)

[작품 2]

① 판서 김시양(金時讓)이 왕명으로 영남을 순찰할 때에 어떤 고을이 착오로 날짜를 어겼다. 향소(鄕所)를 잡아다가 형틀에 매고 장차 볼기를 치려 하는데, 갑자기 어떤 사람이 밖으로부터 뛰어 들어와 자기 몸으로 향소의 볼기를 막아주려 하였다. 판서의 사위 이도장(李道長)이었다. 묶여 있던 향소는 그의 숙부였다. 그러자 판서가 꾸짖기를,

"내가 사위 하나로 인하여 나라의 법을 폐할 수 있겠느냐?"

하고, 나졸에게 명하여 밀어 내치고 곤장을 쳤다.

② 판서가 사사로운 것을 돌아보지 아니하는 것이 이와 같았다 한다.

③ 이도장(李道長)은 일찍이 판서를 지낸 이원정(李元禎)과 대사헌을 지낸 이원록(李元祿)의 부친으로서, 한림과 옥당을 거쳐 이조 좌랑이 되었으

---

47) 崇禎丙子難前, 有爲戶曹書吏者, 垂老始生一子, 奇愛之, 每出外, 得果實餌餅之類 則輒袖歸以遺之. 一日醉歸, 兒探其袖以索, 而吏醉以爲白犬將噬己, 拔壁上劒, 亂 斫之, 及醒視之, 遂發狂死. 嗜酒者, 宜知戒矣. 掖庭人金大奎, 嘗目觀之, 爲余言. (후집 133화)

며, 당상관에 오르지 못하고 죽었다. <u>나의 선군께서 일찍이 말씀하셨다.</u>[48)]

①은 일화를 제시하거나 일화를 제시한 뒤 그에 대한 등장인물의 말을 덧붙이기도 한다. 그 말은 일화의 교훈을 압축하여 제시한다. ②는 앞 일화에 대한 서술자의 평가이다. ③은 제보자를 밝힌 것이다. 제보자의 존재는 먼저 이야기에 권위를 부여한다. 그렇게 확보된 이야기의 권위는 독자들에게 교육적 권위로 전환된다. [작품 1]에서 액정서 김대균이 그 사건을 눈으로 직접 보았다 했기에 독자는 사건이 실제로 일어났다고 인정하지 않을 수 없게 된다. 그럼으로써 사건이 주는 경각심이 더 강렬해진다. [작품 2]는 선친이 말씀하신 것이다. 그럴진대 특히 후손 독자들은 선조가 내려주신 훈화의 말씀으로 수용하게 된다.

이와 같은 삼단계가 『공사견문록』소재 작품들의 기본 구조라 할 수 있다. 이 기본 구조를 바탕으로 하여 다양한 응용이 이루어진다. 쓰기 과정의 응용은 일화의 성격이나 기록자의 의도에 따른다.

(2) 일화들의 결합에 의한 의미의 보편화

[작품 3]

① 나의 증조(曾祖) 수죽부군(水竹府君)께서는 성 남쪽 밖에 별장을 두었는데, 수풀과 연못은 옛 부터 전해온 것이다. 광해 시절 증조부께서는 한양에서 계시기를 좋아하지 않아 간혹 거기로 가시기도 하였다. 꽃나무를 많이 심어서 꽃이 필 때마다 비단 수를 놓은 것처럼 화사하였다. 동쪽 담 쪽으로 증조

---

48) 金判書時讓, 奉命巡嶺南, 有一邑稽誤失期, 拏致鄕所, 縛於刑板, 露臀將杖之, 忽有自外突入者, 以身加於鄕所臀上, 乃判書女壻李道長, 而所縛之人卽李之叔父也. 判書叱之曰: "吾豈因一女壻而廢國法乎?" 命羅卒推出而仍杖之, 判書之不顧私如此云. 李卽曾經判書元楨大憲元祿之父, 而官經翰苑玉堂吏曹郎, 未陞緋玉而歿. 余先君嘗言之.(후집 69)

부의 누이[49]의 아들 급제(及第) 유희분(柳希奮)의 별장이 있어 수풀이 서로 이어졌다. 하루는 유희분의 종이 담을 넘어 들어와서 꽃나무를 훔쳐가 유희분의 동산에 심으려 하였다. 증조부의 종들이 놀라 증조부께 달려가 여쭈니, 증조부께서 말씀하기를,

"희분이 어찌 그 종을 시켜서 우리 동산의 꽃나무를 옮겨 심게 하였겠는가? 다만 가득차기가 극에 이르면 사변(事變)이 일어나니 종의 무리가 (주인의) 권세를 믿고 이처럼 나쁜 짓을 일삼으니, 이는 조물주가 그렇게 시켜서 마음대로 할 수 없는 것과 같은 것이다. 기한이 차면 저절로 그치게 될 것이니, 굳이 금할 필요가 있는가? 가져가는 대로 내버려두어라."

하였다. 과연 얼마 안 되어 그 집이 망했다.

② 같은 시기에 박승종(朴承宗)이 영의정으로서 국정을 담당하였고, 또 왕실과 혼인을 맺어 부귀가 극에 이르렀다. 그 첩의 아들이 어린아이로서 수락산으로 놀러 갔는데, 의복과 타는 말의 화려함이 산골짜기를 빛나게 하였다. 산벼랑에 있는 명마구리[胡燕] 둥지를 보고 장난삼아 울산 바다에서 잡은 반 건조 전복(半乾鰒魚)을 그 둥지에 던져주고 촌사람들이 다투어 주워가는 모양을 구경하였다. 울산 전복은 우리나라 동해 바다에서 나는 산물 중 가장 진귀한 것으로 곤궁한 선비나 가난한 백성들은 구경하기조차 쉽지 않은 것인데, 그는 기와부스러기 같이 여겼다. 아끼는 바가 없고 교만하고 사치함이 이와 같으니 어찌 망하지 않을 수 있겠는가?

③ 두 가지 일은 비록 차이는 있지만 큰 기한이 임박하였는데도 혼미하여 스스로 반성할 줄 모른다는 점에서는 한 가지라 하겠다.[50]

---

49) 증조부의 누이는 유자신(柳自新, 1541~1612)의 부인이 되었다. 이들의 셋째딸이 광해군의 비(妃) 유씨였다. 인조반정으로 유자신은 관작과 봉호가 추탈되었고, 아들 희분(希奮), 희발(希發), 희량(希亮) 등은 처형, 유배되었다.

50) 余曾祖水竹府君, 有別墅在南郭外, 卽林塘舊業也. 府君在光海朝, 不樂在京時, 或往居焉. 多植花樹, 每花發爛若錦繡, 府君妹子柳文昌希奮, 置別墅於東墻之外, 園林相連. 一日柳奴踰墻而入, 偸斲花樹, 將移植於柳園, 奴輩駭而奔告. 府君曰: "希奮豈使其奴斲移吾園之木也? 但其盈滿已極, 事變將至, 故奴輩之怙勢作孼如此, 有似造物使之不得自由者, 限滿則自止, 何必禁之? 任其取去也." 未幾其家果敗. 同時朴承宗, 以首相當國, 且連姻王室, 富豪極, 一時其妾子, 以童艸, 往遊於水落山, 衣服騎乘

먼저 ①은 증조부의 경험담으로써 증조부에 의해 이야기되어 가문 이야기판에서 전승되다가 정재륜에게 수용되었다. ②는 출처가 분명하지 않지만 비슷한 시기의 이야기로 유사한 행동을 보여주고 비슷한 문제를 제기하는 것이기에 증조부에 의해 구연되었을 가능성이 크다. 정재륜은 두 이야기를 나란히 배치했다. ①에서 증조부의 예언은 적중했음을 보여주었다. 증조부는 세상일에서 가득차면 기운다는 진리를 믿었다. 그리고 유희분 종들의 교만한 행동을 보고서 그 가문의 앞날을 예견하였다. 정재륜은 그런 증조부의 확신에 찬 통찰을 독자에게 보여주되 증조부의 목소리를 그대로 들려주었다. "종의 무리가 (주인의) 권세를 믿고 이처럼 나쁜 짓을 일삼으니, 이는 조물주가 그렇게 시켜서 마음대로 할 수 없는 것과 같은 것이다. 기한이 차면 저절로 그치게 될 것이니, 굳이 금할 필요가 있는가? 가져가는대로 내버려두어라."라는 증조부의 말은 서술자에 의해 의도적으로 강조되었다. 그리고 '얼마 안 있어 과연 그 집은 망했다.'[51]라는 마무리 진술은 증조부 발언의 정당성을 한 번 더 부각시켰다. ②는 이런 이야기의 연장선상에 있다. 박승종의 첩 자식의 사치스런 행동은 유희분의 종들의 행동과 다를 바 없다. 둘 다 주인과 아버지의 권세를 염두에 둔 분에 넘치는 행동을 했다. 그런데 ②는 시종 서술자의 목소리로 서술되었다. 그에 대한 평가도 서술자의 평가이다. 서술자의 이런 목소리는 ①의 증조부의 목소리와 그 철학을 그대로 수용한 것이다. 나란히 배치된 두 이야기를 통해 세계관이 증조부에서 손자로 계승되는 양상을 발견하게 된다. 가문 이야기판에서 따로 존재했을 법한 이 두 이

輝映岩谷, 見胡燕作巢於山崖, 以蔚山牛乾鰒魚, 戲擲其巢, 以觀村人爭拾之狀, 蔚山鰒魚, 我東海味之最珍者也. 窮儒寒生得見猶不易, 而彼則視同瓦礫, 無所恪惜, 驕侈如此, 安得不亡乎? 二事雖殊, 大限將至, 迷不自省, 同一致也.(전집 66화)

51) 未幾其家果敗.(같은 곳)

야기가 글쓰기 단계에서 같은 공간에 배치됨으로써 가문의 세대 간 이념 형성의 통로를 구성해낸 것이라 하겠다. ③은 ①과 ②를 묶어준다. 그럼으로써 세대 간 이념 형성의 통로를 입증했다. '큰 기한이 임박했는데도 혼미하여 스스로 반성할 줄 모른다'는 것은 은근히 광해군 시절의 정치상황이라는 대단히 큰 대상을 지칭하는 듯한 인상을 준다. 그리고 그만큼 교훈의 일반화 정도가 커졌다.

'일화의 제시'→'등장인물의 말에 의한 평가'→'제2일화의 제시'→ '서술자의 평가'→'의미의 일반화' 순으로 나아간 쓰기 방식은 『공사견문록』이 추구하는 세대간 교훈의 전수라는 목표와 긴밀하게 관련되는 것이라 할 수 있다. 그리고 이것은 일상의 일화를 바탕으로 하는 사대부 글쓰기의 중요한 전략이라 할 수 있다.

(3) 메타화

[작품 4]

① 동악(東岳)이 홍천에 귀양살이할 때 이웃에 천한 계집종으로 소경이 된 사람이 있었다. 항상 사람들에게 말하기를,

"나이가 30이 지나도록 음양의 이치를 알지 못하니 남자와 하룻밤이라도 잘 수 있다면 죽어도 한이 없겠다."

하였다. 그 때에 동악에게 글을 배우는 문하생이 10명쯤 있었다. 그 중의 한 사람이 음탕한 것을 좋아하는 무인(武人)을 속여 계집종이 소경이라는 사실을 숨기고 권하여 하룻밤 데리고 자게 하였다. 이튿날 동악이 듣고 그 문하생을 책망하기를,

"일은 마땅히 바른 대로 알려서 취하고 버리는 것은 그에게 맡겨야 할 것인데 너는 그녀가 소경이라는 것을 숨기고 데리고 자게 했으니 자못 정직하지 못한 데 가깝다. 이런 버릇은 기를 수 없다."

② 이렇게 가르치고 꾸짖기를 그치지 않았다.

③ 옛 사람은 비록 조그마한 일에서라도 올바르게 처리하는 것이 이와 같았다.

④ 나의 선고(先考) 좌의정 부군(左議政府君)이 동악(東岳)에게서 글을 배울 때에 그 가르치는 말씀을 들으시고 후생(後生)에게 말씀하셔서 법칙으로 삼았다.[52]

①은 서당 주변의 일상에서 일어난 특별한 사건이다. 동악은 거기서 교훈을 추출했다. 그 교훈이 동악이라는 등장인물의 말 속에 압축되어 있다. ②는 그에 이어진 진술로서 이런 교훈을 담은 일화가 동악에 의해 지속적으로 활용되었음을 지적한다. ③은 그에 대한 서술자의 평가이다. 서술자의 입장에서 교훈을 생성해낸 결과이기도 하다. ④는 제보자를 밝히는 대목이면서도 제보자인 부친이 동악의 교수 방식을 계승했음을 밝혀주는 부분이다. 여기서 사대부 교육 현장에서 일화가 어떻게 형성되고 또 그 일화가 어떻게 계승 확대 활용되는가를 선명하게 알 수 있다.

이것을 요약하자면 '일화의 제시 → 등장인물의 말에 의한 평가(교훈의 형성) → 서술자의 평가 → 제2 등장인물에 의한 재활용'이 된다. 선친의 교훈 속에 동악의 교훈이 녹아 들어 간 형국이다. 그런 점에서 정재륜이 글을 쓰면서 ④에서처럼 선친의 교훈을 언급하고 그에 대해 평가하는 것은 동악의 교훈을 메타적으로 활용하고 평가하는 것이다. 글쓰기에서 동악 관련 일화를 메타화하는 것이 핵심 전략이라 할 수 있다. 정재륜이 경험한 사건의 차례로 보면, 선친으로부터 이야기를 듣는 것이 먼저고

---

52) 東岳謫居洪川也. 隣有賤婢之盲者, 常語人曰: "年過三十, 尙不知陰陽之理, 若伴男子, 得過一夜, 則死無所恨矣." 時李公學徒在門下者, 近十人, 中有少年子, 誑武人之喜淫者, 諱其盲而勸之宿, 翌日東岳聞而責其人曰: "事當直告, 任其取舍, 而今汝諱其病, 而使之同宿, 頗近不直, 此習不可長也." 誨責不已. 古人雖於微細事, 處之以正者, 如此. 余先考左議政府君, 受學於東岳, 聽其教語, 言於後生, 俾爲柯則. (후집 63화)

그 이야기를 통하여 동악의 일화가 재구성되었다. 그러나 정재륜은 그 일차 구연과 재구성의 순서를 무시하고 사건이 일어난 순서대로 재배치하였다. 이런 재구성이 가능했던 것은 가문이나 왕실에서 메타적 교육이 활발하게 이루어졌기 때문일 것이다. 메타적 교육 방식이 메타적 글쓰기로 전환되었다고 볼 수 있다. 이런 일련의 전개과정은 일화가 교육적으로 확장 활용되어가는 과정이라 하겠다.

5. 일화를 통한 일상적 교훈의 생성과 사대부 가문 교육

일화 속의 등장인물은 일상에서 독특한 경험을 한다. 그것을 '일탈 경험'이라 부른다. 일탈의 방향이 긍정적인 쪽이든 부정적인 쪽이든 등장인물이 그 경험에서 가장 먼저 받은 것은 자극과 충격이다. 이 자극과 충격이 등장인물로 하여금 일탈 경험을 되새기고 되돌아보게 만든다. 마침내 뭔가를 깨닫고 달라진다. 자기 경험에서 우러난 삶의 지혜나 교훈이 스스로를 달라지게 만들었고, 달라졌기 때문에 그 경험으로부터 삶의 지혜나 교훈을 추출할 수 있기도 하였다.

정재륜은 남의 이야기를 듣는 데 관심이 많았다. 특히 특별한 경험을 하고 스스로 달라져 있는 이야기꾼을 만났을 때마다 이야기판을 만들어서 그 내력을 들었다. 정재륜이 그들로부터 들은 이야기들은 이미 다른 이야기판에서 구연되고 전승되면서 교육적으로 활용되던 것이었다. 정재륜도 그런 이야기들을 들은 뒤 그것을 교육적으로 활용하였다. 말하기와 듣기 차원의 교육이 이뤄진 것이다.

『공사견문록』은 이런 과정과 결과의 산물이다. 『공사견문록』에 실려 있는 대부분의 작품들은 '말하기 → 듣기 → 쓰기'의 과정을 거친 것이다.

그 과정은 사대부 사회나 궁실에서 이루어진 교육의 과정이기도 하다. 그 교육은 의도적으로 이루어지기도 하였고 자연스럽게 이루어지기도 하였다. 의도적으로 이루어진 것은 이야기하는 사람이 어떤 의도를 가지고 자식들이나 아랫사람(혹은 윗사람)에게 이야기를 들려주고 그에 대한 평가를 내리는 경우이다. 반면 남의 이야기를 우연히 듣거나 엿들은 경우는 자연스럽게 교육이 이루어졌다. 또 일군의 이야기는 어느 한 이야기판에서 구연되면서 탁월한 전승력을 얻게 되어 다른 이야기판으로 옮겨져 거듭 구연된다. 이야기 내용과 구조 속에 이미 교훈적 요소가 가미되어 있기 때문에 이야기를 하고 이야기를 듣는 과정에서 자연스럽게 교육이 수행되었다.

먼저 궁중 교육의 양상을 살펴보자.

> 인조가 반정한 후에 국구(國舅)인 서평(西平) 한준겸(韓浚謙)에게 글을 보내어 궁궐에서 먼저 할 바를 물으니 대답하기를,
> "광해 때에는 은상(恩賞)이 지나쳐서 나라를 잃게까지 되었습니다. 이제는 마땅히 그 일을 바로잡아서 종실·척리(戚里)와 귀빈(貴嬪)·근시(近侍)들로 하여금 모두 분수를 알게 하시고 하사하는 물건에 대해서도 정해진 규정을 적용하여 요행의 길을 막아야만 은총을 믿고 게을러지는 폐단이 없어져 나라가 오래도록 편안해질 수 있을 것입니다."
> 하니, 인조가 크게 옳게 여겨서 무릇 베풀어줌이 공평하게 되도록 힘썼다. 이는 모두 한공의 말 한마디가 도움이 된 것이라 한다. 효종이 항상 이 사정을 인평대군(麟坪大君, 인조의 셋째 아들, 효종의 동생)에게 이야기해주었다. 청평(靑平) 심도위(沈都尉)가 곁에 모시고 있다가 듣고서 나를 위하여 이렇게 말해주었다.[53]

---

53) 仁祖改紀後, 貽書國舅韓西平浚謙, 問宮闈間所當先者, 公對曰: "光海時, 恩賞過濫, 以致失國, 今宜一反其事, 使宗戚貴近, 皆知分限, 至於賜與之物, 亦皆定式, 無開僥倖之路, 然後可無恩竭致慢之弊, 而國家亦得久安矣." 仁祖大以爲然, 凡所施

여기서 한준겸의 한 마디 말은 '말의 일탈'에 해당할 수 있다. 그 말 속에 과거의 사실과 현재의 전망이 녹아들어 있다. 한준겸의 말 한 마디가 인조의 행동을 변화시켰다. 문면에 나타나지는 않지만 인조는 아들 효종에게 그 이야기를 전했다. 그때 인조는 한준겸의 말 뿐만 아니라 그 말을 해준 한준겸의 인물됨됨이와 그 말을 실천하여 나라가 달라진 양상까지 포괄하여 효종에게 들려주었을 것이다. 그래서 효종은 다시 동생 인평대군에게 이야기를 해줄 수 있었다. 이상은 일화 구연을 통한 의도적인 교육의 과정이다. 때마침 그걸 심익현이 엿들었다. 심익현이 그것을 정재륜에게 이야기해줌으로써 자연스럽게 교육이 확장된 것이다. 그 다음 단계는 정재륜이 자기 가문으로 돌아와 아들 정효선을 비롯한 가문의 젊은이들에게 이야기를 전함으로써 그들을 교육시키는 것이다.

비슷한 과정이 〈현묘재춘궁시(顯廟在春宮時)〉(전집 126)와 〈효종대왕(孝宗大王)〉(전집 140)에서도 나타난다. 〈현묘재춘궁시〉에서는 효종이 아들 현종에게 인종, 광해, 중종 대 신하들의 언행을 예로 들면서 '사람을 볼 때는 다만 그 마음가짐이 사특한가 올바른가만을 살필 것이고 그 행적에 집착하여 의심을 해서는 안 된다.'는 교훈을 제시한다. 효종이 현종에게 세자 교육용으로 해주던 이야기를 부마 심익현이 듣고 정재륜에게 전하였다. 〈효종대왕〉에서는 효종이 세자로 책봉되기 직전 행실을 잘못했던 식객에 대해 현종에게 이야기해줌으로써 그를 경계하라는 충고를 준다. 이 이야기를 숙정공주가 듣고 정재륜에게 전했다.

이렇듯 일화의 이야기하기를 통한 궁중의 교육은 은밀하게 이루어졌지만 우연한 기회에 그 이야기가 궁실의 다른 사람에게 포착됨으로써 구연과 교육의 영역이 확장된 것이다.

與, 務得其中, 此皆韓公一言之助云. 孝廟常以此, 語麟坪大君, 靑平沈都尉, 侍傍, 聞之, 爲余言, 如是.(전집 80화)

정재륜이 끊임없이 선친이나 다른 사대부로부터 이야기를 듣고 교훈을 얻는 사례도 그 본질은 이와 다르지 않다. 가문 이야기판이나 사대부 이야기판에서도 왕실 이야기판 못지않게 은밀하지만 적극적으로 일화 구연을 통한 교육이 이루어진 것이다.

또 정재륜은 민간 이야기판을 적극 활용함으로써 상대적으로 폐쇄된 왕실 이야기판과 가문 이야기판의 한계를 극복하였다.

> 내가 숙종(肅宗) 을묘년(乙卯年 1675, 숙종 원년) 간에 온천(溫泉)에 목욕하러 가다가 촌가(村家)에 들러 말 먹이를 주었다. 집주인 손태웅(孫泰雄)은 나이가 80세가 넘었다. 그가 스스로 말하기를, "전에 심기원(沈器遠)[54]을 모시는 아전이었지요." 하였다. 내가 묻기를,
> "그럼 심기원(沈器遠)이 패망하기 전에 그렇게 될 줄 알았소?"
> 하니, 손태웅이,
> "소인이 멀리 내다보는 지견이 없는데, 어찌 선견지명이 있겠습니까? 다만 세상에 소위 무사라고 하는 자들 중에는 재상의 집을 찾아가 출세할 것을 구하지 않는 이 없지만, 그것은 여진여퇴(旅進旅退)에 불과할 뿐입니다. 그런데 심기원은 그렇게 생각하지 않고 (무사들이) 오면 불러서 잘 대접하고 온갖 말을 다하니 문관(門館)에 머물면서 밤낮을 가리지 않는 무사들의 무리가 매우 많아 용맹을 자랑하고 기이한 재주를 과시하며 스스로 팔아 쓰여지기를 구하지 않는 이가 없었습니다. 집안의 난잡한 것이 이와 같았으니 재화(災禍)가 없을 수 있겠습니까? 마음 속에서 역적모의를 했는지는 사람마다 다 알 수 있는 것은 아니지만, 그 무렵 알 만한 사람들은 대부분 그의 끝이 좋지 않을 것을 알았을 것입니다."
> 하였다.
> 내가 보기에, 갑인년(甲寅年 1674) 이후 재상으로서 화를 입은 자는 무사들이 그 집안에 가득한 것이 빌미가 된 것을 많이 보았다. 그러니 손태웅의

---

54) 1644년 懷恩君 德仁을 추대하려는 반란을 꾀하다 발각되어 처형당했다.

말은 세상을 경계할 만하다 하겠다.[55]

손태웅은 아전 출신으로 물러나 민간에 묻혀 살고 있는 존재다. 정재
륜은 손태웅이 심기원을 모시던 아전이었다는 말에 적극적으로 질문을
던진다. 그 질문이 손태웅의 이야기를 이끌어내었다. 손태웅은 그 이야
기에서 정치적 일상의 핵심을 밝힌다. 높은 벼슬아치들이 무사들을 가까
이 하면 결국 패망의 지경에 이르게 된다는 것이다. 이것은 손태웅이 경
험을 통하여 확보한 교훈이다. 정재륜은 경험에서 우러난 손태웅의 이야
기에 공감한다. 그리고 자기의 경험을 견주어 본다. 손태웅의 말이 세상
을 경계할 가치가 있음을 인정하게 된다.

세상을 경계한다는 것은 특히 사대부들의 삶의 방식에 대한 경계이다.
아전 출신이면서 민간에 묻혀 사는 사람이 사대부의 삶을 이끌어줄 교훈
을 제시한다는 점에서 교훈 생성의 관계가 역전되었다. 그것을 가능하게
한 것이 이야기다. 이야기가 신분의 경계와 기존 관계를 허물거나 역전
시킬 수 있는 것이다. 관건은 이야기의 감동과 설득력일 뿐이다.

중인이나 천민들의 경험에서 우러난 교훈을 정재륜이 기꺼이 청취하
고 기록한 것은 일상 경험을 중시한 데서 비롯되었다. 『공사견문록』에는
이와 유사한 작품이 여러 편이다. 〈유반궁노비(有泮宮奴婢)〉(후집 168화)
의 늙은 계집종은 사대부들이 규범의 이상형이라 보는 하늘에 대해 유감
을 표시한다. 〈조막동천예야(趙莫同賤隸也)〉(후집 158)에서 관노 조막동

---

55) 余於今上乙卯年間, 往浴溫泉, 秣馬村家, 家主孫泰雄, 年過八十矣. 自言曾爲沈器
遠陪吏, 余問: "汝於器遠, 未敗前, 能知其必敗乎?" 泰雄曰: "小人無遠識, 安能有先
見耶? 但見世所謂武士者, 無不干謁宰相之門, 以求發身, 而不過旅進旅退而已. 器
遠則不然, 來則引接致款, 辭意綢繆, 故武士之留連門館, 夜以繼日者, 其類甚多, 無
不誇勇獻奇以自眩售, 門庭之雜亂如此, 其能無禍乎? 其包藏逆謀, 雖非人人之所可
知, 而其時識者, 多知其不終矣." 余見, 甲寅以後, 宰臣被禍者, 多崇於武士盈門, 則
泰雄之言, 可以警世矣.(후집 139화)

은 사대부가 먼저 도덕적으로 깨끗해야 한다며 사대부의 각성을 촉구한다. 〈윤후길천예야(尹厚吉賤隷也)〉(후집 157화)에서 역시 관노인 윤후길은 자기의 실수를 솔직하게 시인했다. 그렇지만 거기에서 멈추지 않았다. 자기의 실수 경험을 근간으로 하여 마음을 올바르게 가지는 것이 일상에서 가장 소중하다는 철칙을 제시한다. 〈인수우천(人雖愚賤)〉(후집 172화)에서 서울 창기 이려(二麗) 역시 자기들 창기들의 비참한 말년을 사례로 제시하면서 사람의 일생에서 마음씀씀이가 가장 중요하다고 가르친다.

사대부를 향한 역관이나 아전, 서리들의 규범적 목소리는 더 강렬하다. 그들은 사대부들과 함께 생활하면서도 사대부들과는 거리를 두고 그들의 언행을 관찰할 수 있는 위치에 있었다. 아전과 서리는 자신들의 일생의 경험을 바탕으로 하여 사대부 사회와 사대부 자신들의 문제들을 정확하게 지적하고 사대부들에게 필요한 조언을 당당하게 전한 것이다.

특히 이런 이야기가 '임금 → 신하', '사대부 → 천민', '선조 → 후손'의 방향을 고수하는 기존 교훈담과 공존하고 있다는 점이 『공사견문록』이 보여주는 대단히 독특한 면이라고 하겠다.

정재륜은 상하 신분의 사람들이 만들어낸 교육적 일화를 수용했을 뿐만 아니라 같은 사대부 신분의 그것들도 수용하였다. 그것은 한 가문 이야기판의 이야기가 가문의 경계를 넘어서 가문끼리 공유되도록 함으로써 가능해졌다.56)

요컨대 『공사견문록』의 작품들은 궁극적으로 일상을 잘 꾸려가기 위한 규범을 제시하고자 한 것이다. 그러기 위해서 일상의 경험을 바탕으로 해야 한다. 일화의 서술형식은 그 경험을 담을 수 있게 하였다. 추상적

---

56) 〈국구연흥김공(國舅延興金公)〉(전집 74화), 〈이상국완(李相國浣)〉(후집 24화)

규범을 제시할 때도 교술적 진술로 일관하지 않고 '어떤 사람이 이렇게 이야기했다'라거나 '어떤 사람이 이런 행동을 했는데'라는 식으로 진술함으로써 교육이 생생하게 이루어지도록 해준 것이다. 『삼강행실도』가 관념을 먼저 생각하고 거기에 부합하는 일상의 행실을 찾은 결과라면, 『공사견문록』은 구체적 경험을 먼저 하고 이어서 그에 대한 성찰을 하면서 여러 신분의 일상에서 세세하게 필요한 한 삶의 지혜나 규범, 태도를 추출할 수 있었다. 『공사견문록』에서 그것이 가능했던 것은 일화 말하기와 듣기에 대한 정재륜의 특별한 관심이었다. 이야기는 다양한 신분과 계층의 일상적 경험을 담아 정재륜에게 전했고 정재륜이 그것을 적극적으로 듣고 썼다. 그런 점에서 『공사견문록』에서는 일화의 형성 못지 않게 일화의 활용이 중시되었다고 하겠다.

6. 소결

이 장은 '일상'의 개념을 염두에 두고 정재륜의 『공사견문록(公私見聞錄)』을 분석함으로써, 조선 시대 사대부의 일상적 경험이 어떻게 이루어지고 그 경험 중 특별한 것이 어떻게 일화로 정착되는가, 또 이렇게 형성된 일화가 사대부의 일상에서 재활용되어 어떤 영향을 끼치는가를 살폈다.

부마로서 살아간 편찬자 정재륜은 각층의 사람들로부터 이야기를 적극적으로 들음으로써 간접 경험을 쌓았다. 그 이야기 경험이 일화를 형성하게 했고 또 활용되게 하였다.

먼저 『공사견문록』의 이야기판을 살폈다. 정씨 가문 이야기판은 여성 이야기꾼을 배제함으로써 정치적 성향을 두드러지게 하였다. 정치적 내용이 자손들을 위한 교훈을 형성하는데 더 적절하다고 판단했기 때문일 것이다. 궁중 이야기판은 왕실 구성원이 입장을 변명하여주고 그들의 도덕적 우월성을 드러내는 경향이 강하다. 이야기꾼들이 이야기 내용에 집착하는 성향도 강하다. 사대부 이야기판은 비교적 다양한 소재로써 사대부가 자기 일상을 꾸려가는 모습을 보여주었다. 다양하고 구체적인 내용을 뚜렷한 형식에 담아 일화로 만들고 거기에다 교훈항을 덧붙였다. 민간 이야기판에서는 특히 아전이나 서리들이 자신들의 경험을 바탕으로 하여 사대부 사회의 문제들을 정확하게 지적하고 사대부들에게 따끔한 조언을 주었다. 그들은 사대부와 함께 생활하면서도 사대부들과 거리를 두고 그들의 언행을 관찰할 수 있는 위치에 있었기 때문이다. 민간 이야기판의 이야기들은 개별 경험을 생생하게 담으면서도 상황에 부합하는 교훈항을 당당하게 제시하였다.

이런 이야기판 이야기의 존재 양상을 분석하여 말하기와 듣기, 쓰기가 전개되고 통합되는 양상을 살폈다. 말하기는 이야기꾼의 경우를 통하여 해명하였다. 특히 정치적 격동과 관련된 이야기를 말할 때 집착이 강했다.

듣기는 호기심을 충족시키고 즐기기 위해 소극적으로 듣는가, 아니면 은밀한 진술을 밝혀내고 거기에 특별한 의미를 부여하면서 적극적으로 듣는가 등으로 나눠지는데, 『공사견문록』은 후자의 태도가 두드러진다. 편찬자 정재륜은 남으로부터 이야기를 듣는 것을 좋아하면서도 진지하게 들었다. 또 이야기가 신빙성이 있는지를 확인하려 하였다. 그렇게 확인된 신빙성을 바탕으로 하여 교훈을 추출하려 하였다.

정재륜은 이렇게 들은 이야기를 기록하기에 이르렀다. 기록을 하면서 그 이야기들을 적절하게 변형시켰고 거기다 나름대로의 감상과 생각을 덧붙였다. 적극적인 쓰기를 한 것이다. 일화를 중심에 둔 말하기가 이루어지고, 그것을 다시 활용하는 글쓰기의 가능성을 보인 것이다. 쓰기에서는 기본구조를 설정하고, 일화의 결합에 의하여 의미를 보편화하는 방법을 구사했다. 한 일화가 다른 일화를 포섭하게 하는 메타적 쓰기도 시도했다. 가문이나 왕실에서 메타적 교육이 활발하게 이루어졌기 때문이다. 메타적 교육 방식이 메타적 글쓰기로 전환된 것이다. 이런 일련의 전개과정은 일화가 교육적으로 확장 활용되어가는 과정이라 하겠다.

『공사견문록』은 궁극적으로 일상을 잘 꾸려가기 위한 규범을 제시하고자 한 것이다. 그러기 위해서 일상의 경험을 바탕으로 해야 한다. 일화가 그 바탕을 마련해주었다. 추상적 규범을 제시할 때도 교술적 진술로 일관하지 않고 '어떤 사람이 이렇게 이야기했다'라거나 '어떤 사람이 이런 행동을 했는데'라는 식으로 진술함으로써 교육이 생생하게 이루어지도록 해주었다. 『삼강행실도』가 관념을 먼저 생각하고 거기에 부합하는 일상의 행실을 찾은 결과라면, 『공사견문록』은 구체적 경험이 선행되고 그에 대한 성찰을 하게 되면서 여러 신분의 일상에서 필요한 한 삶의 지혜나 규범, 태도를 제공할 수 있었다. 『공사견문록』에서 그것이 가능했던 것은 일화 말하기와 듣기에 대한 정재륜의 특별한 관심이었다. 이야기는 다양한 신분과 계층의 일상적 경험을 담아 정재륜에게 전했고 정재륜이 그것을 적극적으로 듣고 썼다. 그런 점에서 『공사견문록』은 일화의 형성 못지않게 일화의 활용 쪽을 중시하였다고 하겠다.

이상과 같은 분석을 통하여 일상의 모든 경험을 소중하게 여겨 기억하고, 그 기억 내용을 일화로 만들어 교육 제재로 활용했던 선인들의 삶의 진지함과 지혜를 발견할 수 있다. 이야기 속에 일상이 담겼을 뿐만 아니라, 그 이야기를 하고 듣고 쓰는 것 자체가 그들의 일상이었던 셈이다.

사대부 사회에서 이야기하기와 듣기, 쓰기가 그들의 일상을 구성하는 중요한 요소였다는 사실은 좀 더 적극적인 의미를 부여하며 앞으로 더욱 깊이 있게 분석해야 할 것이다.

　교육자가 피교육자에게 추상적 원칙이나 당위를 내세우기보다는, 자기 자신이나 가까운 사람들의 경험, 나아가 이 나라의 역사까지도 활용한 '교훈의 생성' 방식이 교육을 생생하고 실감나게 만들 수 있었던 것이다. 오늘날 말하기, 듣기, 쓰기 통합 교육의 한 대안을 여기서 찾을 수 있다고 본다.

제9장

『과정록』의 내용 형성과 글쓰기 방식
일상적 경험의 일화화와 그 활용

1. 머리말

　이 장은 박종채(朴宗采, 1780~1835)가 아버지 박지원에 대해 쓴『과정록(過庭錄)』의 내용 형성과 글쓰기 방식을 살피고자 한다. '과정록'은 아들이 돌아가신 아버지의 언행(言行)을 대상으로 하여 쓴 글이다. '과정록'의 글쓰기는 실존 인물과 관련하여 일어났던 사실을 충실하게 옮겨야 한다. 또 글쓰기의 주체가 아들이고 대상이 아버지이기에 아버지와 아들의 관계가 미묘하게 작용한다. 글쓰기가 사실을 어떻게 반영하고 활용할 것인가? 글쓰기 주체가 대상과의 관계를 어떤 수사법으로 승화시킬 수 있을 것인가? 과정록 글쓰기에 대한 연구는 이 두 가지 과제를 푸는 데 중요한 기여를 할 것이다.

　최근 글쓰기에 대한 관심이 고조되고 글쓰기 방식을 설명하는 틀도 몇 가지 제시된 바 있다.[1] 그런데 이런 작업에서 제시된 기준이나 틀은

---

1) 대표적인 업적으로 정천구, 「삼국유사 글쓰기 방식의 특성 연구」, 서울대학교 석사학위 논문, 1996; 최귀묵, 「김시습 글쓰기 방법의 사상적 근거 연구」, 서울대학교 박사학위논문, 1997; 이지호, 「연암 박지원의 글쓰기 방법론 연구」, 서울대학교 박사학위논문, 1997 등을 들 수 있다. 정천구는 통일성과 긴밀성, 서술방식, 작자와 독자의 관계 측면에서 논의를 전개했다. 최귀묵은 김시습의 글쓰기를 정명(正名), 가명(假名), 무명(無名), 실사명(實事名)으로 나누어 분석했다. 이지호는 연암 글쓰기의 이념적 지향을 '대상 의미의 다층적 분화', '기존 가치 체계의 해체', '이용후생적 지식 생산' 등으로 나누었다.

일반화된 것이고 거대담론적인 것이어서 실제의 글쓰기 방식을 설명하
는 것이나 글쓰기 지도에 응용하는 것과는 다소의 거리가 있다.

　이 장은 실제로 글을 쓰고 글쓰기를 지도할 방식을 염두에 두면서『과
정록』글쓰기 방식을 분석하고자 한다.『과정록』은 쓰기는 물론 말하기
와 듣기, 읽기의 지도에서도 매우 유용하게 활용할 수 있는 텍스트다.
특히『과정록』은 다양한 말이나 글을 적절하게 활용한 예시들을 많이
갖추고 있다. 말이나 글의 정보를 적절하게 활용하는 것이야말로 글쓰기
를 위한 내용 형성에 대단히 중요한 사안이라 본다면,『과정록』의 분석
결과는 글쓰기 지도에 유용하게 활용할 수 있으리라 본다.

　박종채는 아버지의 언행 관련 정보를 얻기 위해 여러 통로를 활용했
다. 먼저 직접 들은 아버지의 말씀들을 기억해내었다. 또 자기 집안이나
가문에 전해지는 아버지에 대한 말들을 활용했다. 다른 사람들이 아버지
에 대해 한 말들을 옮겼다. 다른 사람들과 아버지가 주고받은 말들도 활
용했다. 이런 말하기와 듣기가 이루어지는 상황을 '이야기판'으로 이해
할 수 있다. 가문이나 마을, 사대부 사회에서 다양하게 이루어진 이야기
판의 이야기가『과정록』속으로 수용된 것이다. 또 여러 문건들을 활용
하였다. 문건의 내용은 이야기가 제공해주지 못하는 정보를 확보하거나
이야기의 내용을 보완하는데 활용되었다.

　이런 정보들이『과정록』찬술 과정에서 어떻게 활용되는가는『과정록』
의 글쓰기 방식과 긴밀하게 관련된다.『과정록』은 서술자가 시종 서술자
자신의 목소리로 진술하기도 하지만, 남의 말을 그대로 제시하기도 한다.
연암의 말, 연암 친구의 말, 연암과 친구가 주고받은 대화, 떠도는 말
등이 단편의 중심에 놓이기도 한다. 그런가 하면 말과 진술이 긴밀하게
엮어져 형성된 일화가 제시되기도 한다. 말·대화·진술·일화 등을 어떤
상황과 맥락에서 활용하는가 하는 것은 글쓰기의 구체적 방식을 살피는

일과 직결된 일이다.

2. 『과정록』 정보의 원천

　『과정록』 정보의 주 원천은 연암의 말과 이야기다. 연암은 아들 박종채에게 많은 사항에 대해 말해주었다. 박종채는 그 경우, '선군상언(先君嘗言)'(1-46²)), '교불초등(敎不肖等)'(2-26), '사어불초등(私語不肖等)'(3-17), '상조불초배(嘗詔不肖輩)'(4-34), '매계불초배(每戒不肖輩)'(4-41) 등으로 표시하면서 연암의 말을 그대로 옮겼다. 또 박종채가 목격한 연암의 행동을 묘사한 경우도 있다.³⁾

　연암이 들려준 많은 이야기는 연암이 반남 박씨 가문 이야기판에서 들은 것이다. 특히 권4의 29화에서 34화까지는 연암의 증조부 박태길, 조부 박필균, 박필주, 부친 박사유 등 집안 어른들에 대한 내용인데, 연암이 직접 만나보지 못한 선조도 있기에 가문에 전승되던 것임에 틀림없다.

　　　이런 말씀을 하시기도 했다.
　　　"언젠가 우리 형제가 여호(黎湖 : 박필주) 선생을 강가의 집으로 찾아가 뵌 적이 있다. 선생께서는 막 진지를 들고 계셨고 다른 집안사람들은 방 밖에 모여 밥을 먹으려 하고 있었다. 선생께서 물으셨다.
　　　'너희들 반찬은 무어냐?'
　　　'건어입니다.'
　　　그러자 선생께서는 이렇게 꾸짖으셨다.
　　　'오늘 저녁은 금계공(錦溪 : 박동량) 어른의 기일이다. 너희들이 소밥을 먹

지 않아서야 되겠느냐!'

　그리고는 건어를 치우라고 분부하셨다. 금계공은 선생께는 고조부가 되지만 다른 사람들에게는 이미 6대조가 된다. 나는 그 당시 나이가 어려 선생께서 너무 예법이 엄하다고 생각했다."[4)]

　이 이야기는 연암으로부터 박종채로 전해진 것이다. 연암은 형제들과 함께 조부 박필주를 뵈었지만 선조 박동량의 기일에 소밥을 하지 않았다고 꾸중을 들었다. 박필주는 연암 형제들과 몇 마디 말을 주고받다가 훈시를 시작하는데 그날이 선조 박동량의 기일이라는 사실을 환기하고 후손들의 행실을 단속시킨다. 여기서 이야기판이 성립되었다 하겠지만, 이야기는 교술적이지 서사적이지는 않다.

　반면 〈4-29〉는 '아버지는 한가하실 때면 우리들을 위해 다음과 같이 집안의 옛날 일들을 자세히 말씀해주셨다.'[5)]고 시작하여 박필주와 조현명(趙顯命) 사이의 사연을 전한다. 〈4-30〉도 내용이 이어지지만 서사적으로 확장되었다. 〈4-34〉는 서사적 확장이 극대화된 것이다. '집안에 전해오는 옛 일들을 다음과 같이 낱낱이 들어 말씀해주셨다.'[6)]고 하여 집안 선조 박상충, 박은, 박소, 박응천, 박응순, 박응남, 박응복, 박동량, 박필하, 박종채의 고조부 박태길, 증조부 박필균 등과 관련되는 일화들을 소개했다. 그중 박상충, 박은, 박소, 박응천, 박응순, 박응남, 박응복 등에 대한 이야기는 박동량(朴東亮, 1569~1635)이 편찬한 『기재잡기』에 나오는 것이다.[7)] 『기재잡기』의 그 이야기들은 조모 남양 홍씨를 중심으

---

4)　又曰: "吾兄弟嘗往拜黎湖先生於江舍, 先生方進食, 家內諸人在室外食, 先生問: '汝輩食何饌?' 對曰: '乾魚也.' 先生叱曰: '今夕乃錦溪先祖諱辰也, 爾輩可不食素?' 命輟其乾魚也. 錦溪公於先生爲高祖, 而於諸人已爲六世, 吾時年少, 以爲禮法太嚴也."(371면)

5)　每燕居中, 爲不肖輩, 備說家中舊事(370면)

6)　因歷擧家故事曰(372면)

로 하여 이루어진 반남 박씨 가문 이야기판에서 박동량이 들은 것이다.
박동량의 6세손인 연암은 『기재잡기』에 기록된 내용을 읽었을[8] 뿐만 아
니라 반남 박씨 가문 이야기판에서 계속 전승되던 선조들에 대한 이야기
를 아울러 듣고는 아들들에게 전했다고 할 수 있다. 연암이 선조의 이야
기를 들은 곳이 가문 이야기판이었을 뿐만 아니라 연암이 교훈적 목적으
로 그 이야기를 아들들에게 구연해주는 그곳도 가문 이야기판이다.
〈4-36〉에서도 연암은 왕실 법도가 엄하다는 것을 이야기하다가 반남 박
씨 집안에 전해오는 이야기를 해준다.[9]

 이상과 같이 연암과 박종채는 가문 이야기판의 이야기를 『과정록』의
정보원으로 적극 활용하였다고 할 수 있다.

 박종채는 또 연암 주위 인물들의 말도 적극 활용했다. 아들로서 선친의
인품이나 득실에 대해 차마 평가하는 것이 쉽지 않았다면, 선친 가까이서
선친을 잘 알게 된 사람들의 말은 선친에 대한 평가에 적절하게 활용될
수 있었다. 연암의 장인 이보천(李輔天)(1-6), 이광현(李光顯)(4-45), 이우
신(李友信)(4-78), 이익모(李翊模)(4-79), 김기순(金箕淳)(3-32), 이현겸
(李賢謙)(1-31), 이송(李淞)(1-40), 유화(柳訴)(3-16), 이영원(李英遠)(3-
29), 유언호(俞彦鎬)(4-6), 김기서(金箕書)(4-80), 윤시동(尹蓍東)(4-85)

---

7) 〈세전(世傳)〉(『기재잡기』, 『대동야승』13, 민족문화추진회, 1978, 14면), 〈왕부재합천
 (王父在陜川)〉(같은 책, 22면), 〈허굉위이조판서(許磁爲吏曹判書)〉(같은 책, 25면),
 〈아왕부(我王父)〉(같은 책, 25면), 〈심충혜공연원(沈忠惠公連源)〉(같은 책, 25면),
 〈경복궁(景福宮)〉(같은 책, 28면), 〈강적임꺽정(强賊林巨正)〉(같은 책, 29면)
8) 『과정록』〈4-89〉화는 박지원이 중국과 우리나라 문헌에 다 같이 실려 있거나 중국과
 우리나라에 함께 관련된 사실들을 뽑아내어 하나의 총서로 만들고자 하여 우선 관련
 서적의 목록부터 작성하였다 하고는 그 목록 속에 『기재잡기』가 포함되어 있다.(先君
 中歲, 嘗欲取華東文獻之互見錯出者 及事實之中外交涉者, 裒集爲一部叢書, 先具
 目錄, 而隨錄成券者, 亦可三二十券 …… 姑附記於此 …… 耽羅見聞錄 寄齋雜記 ……
 : 397면)
9) 先君嘗論我朝宮閩之嚴, 因言吾家舊傳(375면)

등의 말이 거듭 인용된다. 그외 집안사람(4-79), 노비(1-25), 전설을 전하는 민중(1-33) 등의 말이 인용되고 있다.

말 뿐만 아니라 책, 편지, 제문 등도 적극 활용된다.(1-12, 2-16, 2-27, 2-28, 2-29, 2-14)

또 이상의 요소 중 둘 이상의 것에 의존하기도 한다. 선친의 말씀 내용을 확인하기 위하여 남의 글이나 책을 인용하기도 한다. 서술자의 자기 진술의 신빙성을 확보하기 위하여 지방에 전승되는 이야기를 소개하기도 한다.

때로는 이중 삼중으로 제보자를 제시한다. 가령 〈4-64〉에서 이야기는 맨 먼저 이면구라는 사람의 자형인 김광서가 이면구에게 해준 것인데, 이면구는 그것을 박종채의 형에게 해주었고, 박종채의 형이 그 이야기를 박종채에게 해준 것으로 되어 있다. 박종채는 해당 이야기를 그대로 옮길 뿐만 아니라 그 전승 과정도 서술 속에 드러나게 하였다.

〈4-78〉과 〈4-79〉는 이우신과 이익모가 각각 박종채의 외사촌 형인 이노중(李魯中)에게 해주었는데, 이노중이 그 이야기를 박종채에게 전해 주었다.

이렇듯 다양한 통로의 말하기와 듣기, 읽기가 『과정록』의 내용 형성에 작용하였다. 그 모든 과정과 결과가 『과정록』의 쓰기로 귀결된 것이다.

3. 『과정록』의 목표 형상

박종채가 『과정록』을 쓰면서 시종 염두에 둔 것은 세상 사람들에게 선친을 어떤 모습으로 보일까 하는 것이다.[10] 선친의 형상은 인품이나

─────────────

10) 이와 관련하여 월터 옹(Walter Ong)의 견해가 참고 된다. "명확하든 불명확하든 상상

세계관에 대한 추상적 진술로, 혹은 그것을 암시하는 구체적 언행 묘사로 형성되는데, 과연 『과정록』에서는 '인품-풍채-말-문장' 등이 긴밀하게 서로 연결된다. 〈3-29〉에서 〈3-33〉까지, 그리고 4권의 전반부에 이르기까지 풍채, 말, 모습, 목소리, 체질, 하루 일과, 글 등에 나타난 선친의 특징이 연결되었다.[11]

> 비문이나 묘지(墓誌)는 생동감 있게 서술되어 그 사람이 목소리와 모습을 듣고 보는 듯하였으며, 편지글은 붓 가는대로 썼으면서도 인정물태를 다 드러냈으니, 스스로 요점을 나타내어 진부한 말을 답습하지 않으셨다.[12]

연암이 비문이나 묘지를 통하여 '그 사람의 목소리와 모습을 듣고 보는 듯'하게 했다는 것은 글과 대상의 핍진한 관계를 강조한 것이고, 연암이 '개성적 글을 창조하'였다는 것은 글과 주체의 긴밀한 관계를 강조한 것이다. 나아가 연암이 생애의 각 단계의 처지에 따라 좋아하는 글의 종류가 달랐음을 지적하기도 했다.[13]

박종채가 선친의 형상화를 위해 대단히 세심한 배려를 했다는 것은 소위 '1차 수정본'과 '완성본' 사이의 차이를 통해서도 알 수 있다.[14] 가령

력 속에서 어떤 종류의 역할-흥미 추구자, 경험의 반성적 공유자 등-로서 청자를 예측해야 한다."(양정실, 「해석 텍스트 쓰기의 서사교육 방법 연구」, 서울대학교 박사학위논문, 2006, 41면에서 재인용)

11) 〈3-29〉(풍채), 〈3-30〉(말 태도), 〈3-31〉(모습, 목소리), 〈3-32〉(체질), 〈3-33〉(하루 생활), 4권의 전반부(글, 문장론)

12) 碑誌寫生, 而其人之聲貌如見, 書牘信筆, 而事物之情態畢露, 自出機杼, 不襲陳言 (356면)

13) 先君初年得力 …… 中年以後, 脫畧世網, 隱居遠遊 …… 此先君文章初晚之別也. (358면)

14) 1차 수정본과 완성본의 차이는 박지원·박희병 옮김, 『나의 아버지 박지원』, 돌베개, 1998의 '일러두기'와 '과정록 원문'의 각주들 및 박지원·김윤조 역주, 『역주 과정록』,

〈1-21〉은 선친이 삼청동 백련봉 아래에 세 들어 살 때 붐비던 손님들에 대한 이야기다. '1차 수정'본에서는 '매양 눈 내리는 아침 비 오는 저녁이면 등불을 앞세운 채 나란히 말을 타고 안주와 술병을 가지고 찾아오는 사람들은 모두 당시 조정의 벼슬아치들로 명론(名論)으로써 끌어들이려는 자들이었다.'[15]고 끝냈다. 이 부분을 '완성본'은 '매양 눈 오는 아침이나 비 오는 저녁이면 말을 나란히 탄 채 술병을 들고 찾아오니 빈자리가 없었다. 아버지는 처음에는 글을 짓고 벗을 사귀는 일이 즐거워서 그러는 줄로만 알았는데, 얼마 지나지 않아 조정의 벼슬아치들이 서로 자기 당파로 아버지를 끌어들이려 한다는 것을 알게 되었다.'[16]라고 고쳐, 연암이 벼슬아치들의 불순한 동기를 알아차리게 된 점을 강조했다. '완성본'은 거기에다 '아버지는 이를 몹시 불쾌하게 여기셨고, 이후 초연히 세상에서 벗어나려는 뜻을 품으셨다.'[17]는 구절을 덧붙였다. 이런 변개는 시정잡배들과 어울리기 보다는 그들이 설치는 세상으로부터 멀어지려는 성향이 선친에게 강했다는 점을 더 분명하게 드러내려 했기 때문이라 하겠다.

그런가 하면 선친으로 하여금 말을 아끼게 함으로써 선친의 지극한 효성을 부각시키기도 하였다. 즉 〈1-18〉은 연암의 단지(斷指) 일화를 다

태학사, 1997의 각주들 및 김윤조, 「『과정록』에 나타난 연암의 몇 면모」, 『한국학논집』 32, 한양대학교 한국학연구소, 1998, 248~256면 등에 상세하게 고증되어 있어 큰 도움을 받았다. 또 홍아주는 초고본과 완성본을 비교하여 수정의 의미를 살폈는데, '정치적 상황에 대한 고려', '보수적 측면의 강화', '대상의 긍정적 이미지 강화', '글의 재미와 생동감 고조' 등으로 요약했다.(홍아주, 「박종채의 『과정록』 연구—전기문학으로서의 특징을 중심으로」, 서울대학교 석사학위논문, 2005, 17~39면 참조.)

15) 每當雪朝雨夕, 連騎導燈, 挈榼携壺而來者, 皆當時朝紳. 欲以名論引重者也(박지원·김윤조 역주, 『역주 과정록』, 태학사, 1997, 309면)

16) 每雪朝雨夕, 連騎携樽, 殆無虛席. 先君直以爲文字友朋之樂而已. 頃之, 乃知當時朝紳, 互相有欲以名論引重者(284면)

17) 先君大以爲不悅. 自是有超然遠引之志(284~285면)

룬 것인데, '완성본'은 '1차 수정본'에 비해 덧붙여진 부분도 있고 생략된
부분도 있다. 덧붙여진 부분은 연암의 단지로 부친이 소생한 뒤 연암의
큰 아들 박종의(朴宗儀, 1766~1815)의 돌잔치를 여는 장면이다.[18] 소생한
할아버지는 손자의 돌잔치를 구경하며 일상적 행복의 극치를 누리는데,
그걸 가능하게 한 것이 아들 연암의 단지였다. 그만큼 연암의 단지 행위
의 가치가 배가되었다. 다른 한편 '완성본'에서 생략된 부분도 있다.

> ① '俄頃回甦 而指血亦止'(1차 수정본) → '俄頃回甦'(완성본),
> ② '但驚怵叫啼 先君誘止之曰 吾操刀偶傷手指 愼勿令伯氏及家人知
> 之也'(1차 수정본) → '但驚怵叫啼'(완성본)

①에서 조부의 소생만 부각시키고 연암의 손가락 피에 대한 언급을
생략함으로써 연암이 자기의 단지 행위에 연연하지 않았다는 인상을 만
들어 내었다. ②에서는 연암으로 하여금 자기 단지 행위에 대해 말을 아
끼게 했다. 두 가지 생략을 통하여 단지 당사자가 자화자찬이나 자기 미
화를 하지 않는다는 인상을 만들었다.
이 같은 말 아낌은 또 다른 목적을 위해서도 구사되었다.

> 아버지는 언젠가 이런 말씀을 하신 적이 있다.
> "내가 젊을 때 남은 돈 스무 냥이 있었다. 네 어머니의 의복이 해진 것을
> 생각하고 그 돈을 보자기에 싸서 주었더니 이렇게 말하더구나. '집안 살림을
> 책임지고 있는 형수님은 늘 가난하고 쪼들리십니다. 이 돈을 왜 저한테 주십니
> 까?' 내가 그 말을 듣고 몹시 부끄러웠다. 지금도 그 말이 잊히지 않는구나."[19]

---

18) '이 달 엿샛날은 형님의 돌이었는데, 할아버지는 돌상을 차리라고 하시고는 평상시와
같이 즐거워하셨다.'(而是月六日, 爲吾先兄初度. 及日王考促具晬盤, 歡悅如平常:
282면)
19) 先君嘗言: "吾少時, 嘗有用餘錢二千, 念淑人衣具缺, 用齎衣襆以遺之, 淑人言:
'伯嫂中饋, 常艱乏, 何乃以此入私室乎?' 吾時甚慚, 其言至今不能忘也."(박지원・김

'1차 수정본'에 있던 이 장면을 '완성본'은 생략했다. 연암이 부인에 대한 연민의 정을 어쩔 수 없어 몰래 돈을 주는 부분은 연암의 인간적인 면이 모처럼 드러난 곳이었다. 그걸 지웠다는 것은 박종채가 선친을 더욱 더 원칙에 철저하고 사적인 측면에 구애되지 않는 인물로 형상화하려는 동기가 강했음을 암시한다.

박종채는 이런 근본적인 서술동기를 깔고서 다음과 같은 아버지의 표상을 정립하고자 했다.[20]

1) 가정의 효성스러운 자손, 자애롭고 교육적인 아버지

박종채가 먼저 내세우고자 한 아버지의 표상은 효성스런 자손, 자애롭지만 엄격한 아버지상이었다. 부친 임종 직전 단지를 하는 연암의 모습은 (1-18) 전형적인 효자로서의 연암을 드러낸다. 〈1-3〉에서는 연암이 서너 살 때부터 이미 '부모의 베갯머리에서 부채질하고 이부자리를 따뜻하게 하는 일'을 본받아 행하였다고 한다. 〈1-19〉에서는 녹천 이씨와의 장지 분쟁이후 장지 소유권을 임금으로부터 인정받았음에도 불구하고 그곳에 부친을 묻지 않는데, '임금의 분부가 비록 지극히 황감하기는 하나 이미 다른 사람과 원한을 맺은 터에 장사지낸다면 돌아가신 아버지께서 편안하시겠는가?'[21]라며 돌아가신 부친의 마음까지 배려하는 '양지(養志)'를 실천한다. 부친이 돌아가신 뒤에는 형과 형수를 부모처럼 모셨으며 (1-20), 형이 돌아갔을 때는 부친의 얼굴과 형의 얼굴을 연결시키는 애절

윤조 역주, 『역주 과정록』, 태학사, 1997, 318면)

20) 김혈조 교수는 『과정록』에 나타나는 연암의 형상을 '연암의 개인적 모습', '同人的 결합에서의 연암', '官人으로서의 연암' 등으로 나누어 고찰한 바 있다.(김혈조, 「과정록을 통해 본 연암의 형상」, 『민족문화논총』 6, 영남대학교 민족문화연구소, 1984, 40~60면 참조)

21) "聖敎雖極感惶, 旣與人結怨, 而因以葬之, 於亡親安乎?"(284면)

한 추모의 시를 짓기도 한다. 〈2-26〉과 〈2-27〉는 가문의 시제를 위해 자상한 노력을 기울이는 모습을 포착했으며, 〈4-69〉은 비록 당파는 달라도 가문 동기들 사이의 우애를 위해 노력하는 모습을 보여주었다.

연암이 아들들에게 다양한 교훈의 말씀을 들려주는 모습을 그대로 제시함으로써 자애롭고도 엄격한 아버지상을 만든다. 〈4-34〉에서 연암은 자식들에게 청빈하게 살아가라는 교훈을 주기 위해 집안 선조들의 이야기를 들려준다. 〈4-41〉에서는 신독(愼獨)하며 공부에 열중하라 당부한다. 〈4-42〉에서는 물욕을 극복하기 위해서라도 세상 경험을 해야 한다고 충고하고, 〈4-43〉에서는 세상 벼슬살이에 나가고 들어가는 방법에 대해, 〈4-50〉에서는 효에 대해, 〈4-51〉에서는 선악에 대해 조언을 들려준다. 〈4-58〉에서는 사사로이 도살한 고기를 먹지 않고, 기러기나 까마귀 고기를 먹지 않는 것 등 일상의 사소한 행동을 통해서도 자식들에게 자상한 교훈을 들려주려 애쓰는 연암의 모습이 선명하다.

2) 원칙을 고집하는 벼슬아치

연암은 1786년 유언호의 천거로 선공감(繕工監) 감역(監役) 벼슬을 시작한 뒤, 1789년 평시서(平市署) 주부(主簿), 1790년 의금부 도사(都事), 제릉령(齊陵令), 1791년 한성부 판관, 안의현감(安義縣監), 1796년 제용감(濟用監) 주부, 의금부 도사, 의릉령(懿陵令), 1797년 면천군수(沔川郡守), 1800년 양양부사(襄陽府使) 등을 역임하였다. 연암은 그때마다 잘못된 관례나 관행을 거부하고 원칙을 추구하며, 부당한 명령을 거부하고 소신을 지키는 일화의 주인공이 된다. 연암의 다음 말에 그런 성향이 압축되어 있다.

나는 번거롭게 꾸미는 걸 싫어한다. 행차할 때 벽제하는 일, 음식을 올리는
절차, 수령의 기거동작을 소리 내어 알리는 일 등은 일제 없애도록 할 것이며
모든 일을 간략하고 정숙하게 하도록 노력하거라. 새 법령을 시행할 때 그
일로 혹 자기에게 책임이 돌아올까 염려되면 필시 전례(前例)가 그렇지 않음
을 들어 미적거리는데, 만일 사사건건 전례만을 들먹인다면 고을 원은 두어
서 무엇 하겠느냐? 더구나 전례가 반드시 다 옳은 것도 아니지 않느냐? 앞으
로 함부로 전례를 들먹이지 않도록 하라.22)

과연 연암은 선공감으로 있을 때, 종실 상계군(常溪君)이 죽자 황급해
진 서리가 관례에 따라 문서를 미리 작성해 왔는데, "감히 어명을 미리
헤아린단 말이냐!"라며 끝내 서명해주지 않는다.23) 평시서 주부로 있을
때는 임기를 6일 남겨두고 무신년(1788년) 섣달 도목정사(都目政事)를 맞
게 되었다. 이조의 서리가, "날짜수가 며칠 모자라기는 하나 관례상 융통
성이 있지요."24)라며 임기가 만료된 것으로 보고할 것을 권하니, 연암은
"내 평소 한 번도 구차한 짓을 한 적이 없다. 보고하지 마라."25)며 끝내
거부한다.(2-1) 제릉령에 부임한 연암은 벌목 금지구역을 분명하게 설정
하였고 구역 내 도벌된 나무들의 묵은 뿌리를 다 없애도록 하였다. 타성
에 젖어있던 아랫사람들은 괜히 억지로 일을 만든다고 투덜댔다. 곧 적
간사(摘奸使)가 내려와 도벌 사례를 찾았으나 찾지 못하고는, "그러나 하
나도 없다고 보고할 수는 없는 노릇이니 이를 장차 어쩌면 좋지요."26)라

22) "吾厭苦煩文. 凡大聲唱喏, 進食節次, 起居警上之類, 一並除之, 凡事惟務簡省整
肅. 政令之間, 慮有譴責者, 必以前例二字漫漶, 若事事必用例, 何以官爲? 況例未
必盡是者乎? 其自今無敢輒稱前例也."(313~314면)
23) 例必先期知委, 敢以公文書待矣(관행: 295면): 先君叱曰, 敢預度上命乎. 不署之
(원칙: 295면)
24) "日數少次, 例有闊狹"(299면)
25) "吾平生, 未嘗有苟且, 其勿報!"(같은 면)
26) "然不敢以全無復命, 將若之何?"(302면)

며 난감해하였다.(2-5) 한성부판관이었을 때는 한성부에 잘못을 떠넘기는 승정원 승지들의 잘못을 지적했다(2-8)

한 고을의 행정을 도맡았기 시작한 안의현감 때부터는 잘못된 관행을 거부하고 원칙을 고수하는 사례가 더 많이 발견된다. 임자년(1792년) 흉년이 들자 피해액을 감영에 보고하게 되었다. 아전들이 "매번 감영에 재해를 보고하면 피해액을 삭감하는 게 관례였습니다. 이제 만일 사실대로 감영에 보고하여 감영이 그 절반을 삭감한다면 백성들의 세금을 감면해줄 수 없게 되거늘 어떡하려고 그러십니까?"[27]하며 피해액을 부풀리도록 간청했다. 그러자 연암은 "그건 장사치나 거간꾼들이 값을 부풀려 속여 파는 술책이니 그런 일을 해선 안 된다."[28]라며 사실대로 보고하게 했다. 감영에서는 보고한 숫자대로 승인하였다.(2-17) 또 연암은 인륜에 관련된 일은 다른 일보다 더 엄격하게 다루었는데 그 원칙에 따라, 가족처럼 친하게 지내던 의관이 남의 아내를 범하자 가차 없이 쫓아버린다.(2-22)

면천군수 때는 정조 임금이 내려주신 정리곡(整理穀)을 다른 환곡과 섞어 보관하던 관례를 버리고 특별히 '정리곡고(整理穀庫)'를 만들어 정리곡을 따로 보관하게 한다.(3-6) 양양부사를 하던 때는 황장목 벌채로 이익을 남기고 또 자기 관을 만들 것은 갖고 가던 전임 수령들의 관례를 파기하며, 남은 황장목 널빤지로 백성들을 위해 다리를 만들어준다.(3-22) 또 중들이 궁속(宮屬)과 결탁하여 지방 관리를 능멸하는 것을 당연한 일로 눈감아주던 관행을 부당하게 여겨 감사에게 그 처벌을 요구했으나 받아들여지지 않자 "궁속과 중들에게 제압되는 고을 원이 아전들과 백성들을 어찌 다스린단 말인가!"[29]하며 사임해버린다.(3-23)

---

27) "每報災營門, 例爲削減. 今若從實報營, 營削其半, 則無以分俵杂何?"(310면)
28) "此, 販夫儈類增價售眩之術, 不可爲也."(310면)

이상과 같이 박종채는 연암이 어떤 자리에 있든 '바람직하지 못한 관례나 관행을 철저히 부정하고 원칙에 충실'하는 일화들을 제시하였다. '아버지는 일을 처리함에도 잠시도 적당히 하는 법이 없었으므로 이와 비슷한 일이 매우 많았다.'[30]는 진술을 보면, 이런 연암의 형상을 드러내려던 의도가 분명했음을 알 수 있다. 또 이런 원칙주의가 분명 당사자의 불이익을 많이 초래했을 것[31]임에도 불구하고 그 때문에 연암이 피해를 입는 경우보다는 연암의 참 모습이 널리 알려지는 계기가 되는 경우가 더 많게 하였다.[32] 이는 어느 정도 사실의 반영일 수도 있겠지만, 아버지의 당당함을 보여주려는 의도에서 그쪽을 강조한 감이 없지 않다.

3) 탁월한 수령

연암이 관례를 받아들이지 않고 자기 원칙을 과감하게 밀고 나갈 수 있었던 원동력은 자신의 능력에 대한 믿음이다. 박종채는 연암이 수령으로서 탁월한 능력을 보이고 또 중요한 업적을 쌓았음을 부각시켰다. 〈1-52〉에서 호조판서는 연암에게 전좌(殿座)를 위한 대(臺)를 쌓을 방안을 묻는데, 연암이 벽돌을 이용하는 법을 가르쳐준다. 〈2-10〉에서 연암은 간사한 거짓말을 담고 있는 소송장을 정확하게 가려냄으로써 백성들로 하여금 '이 분은 총명한 원님이라 속일 수 없다.'고 탄복하게 만들고 거짓

---

29) 先君歎曰: "安有官長, 爲宮屬僧徒所挈制而可以臨民, 發政令者乎?"(345면)

30) 先君凡於事之不明白處, 不能暫時姑息, 如此類者甚多.(333면)

31) 〈2-1〉에서 연암은 6일을 못채워 결국 6개월 뒤에 승진했다. 〈3-23〉에서는 사임했다.

32) 가령 '그 후 얼마 되지 않아 옥사가 크게 일어났으니, 아버지께서 기미를 살펴 삼가셨던 태도를 이런 일에서도 알 수 있다.'(1-45), '당시 왕명을 받들어 내려온 적간사는 별군직에 있던 이익이었다. 그는 이후 때때로 아버지를 찾아뵈었으며, 아버지의 문집 읽기를 청했다.'(2-5), '이로 인해 한성부가 무사할 수 있었다.'(2-8), '이 일이 있은 후 면천군의 아전들은 아버지를 귀신같다고 여겼다'(3-6), '그걸 보고 경탄하지 않는 이가 없었다.'(3-22)

소송을 못하게 하였다. 〈2-11〉에서는 투서를 한 교활하고 영악한 아전을 색출하여 아전들의 투서짓 풍조를 없앴다. 〈2-12〉에서는 아전의 포흠 (逋欠) 문제를 해결했고, 〈2-15〉에서는 튼튼한 둑을 쌓게 하여 헛된 노동을 하지 않도록 만들었다. 〈2-23〉에서는 싸움질을 일삼는 안의 사람의 소행을 고쳐주며 좀도둑을 얼씬도 못하게 만든다. 〈3-5〉는 천주교를 신봉하게 된 사람들을 완력이나 형벌이 아닌 타이르는 말로써 달라지게 만든다.

이처럼 연암은 타락한 벼슬아치들의 안이한 관행을 배척하는데 머물지 않고 그것을 넘어서는 대안을 갖고서 실천한 것이다. 이런 탁월한 능력으로 백성들을 잘 살게 해주었기에 백성들의 숭앙을 받았음을 강조했다.(2-40)

또 어릴 적에 영민했다는 사실을 지적한 것도 수령으로서 탁월한 능력을 보였다는 점을 강조한 서술자세와 관련이 있을 것이다. 〈1-4〉에서는 다섯 살인 연암이 할아버지가 이사 갈 집의 대청과 사랑이 어떤 방향으로 나 있으며 집이 몇 칸이나 되는지 틀림없이 알았다고 했다. 목수를 부리지 않고 눈썰미로 요량해 집을 짓기도 했다.(1-5)

4) 현실에 실망하여 현실로부터 멀어지려 한 선비

『과정록』의 연암은 기회만 생기면 한양이란 공간과 거기서의 벼슬과 권력으로부터 멀어지려 한다. 억지로 떠밀려 과거에 응시했지만 시권을 제출하지 않고 나와 버리는 행동33)을 부각시킨 것은 연암의 이런 심성구조를 박종채가 강조하고자 했기 때문이다. 연암으로 이사를 가거나, 벼슬을 했을 때도 주로 외직으로 돌았던 사실을 부각시킨 것도 이런 서술

---

33) 不呈券而出.(1-22), 先君隨衆入場, 不呈券而出.(1-49)

의도의 연장선에 있는 것이다.

일상은 답답함을 줄 따름이고 현실은 철저한 절망감을 안겨주었다. 연암이 울화증[34]과 우울증[35]이 있었다는 것을 강조한 것도 그와 관련된다. 그런 점을 고려한다면 연암이 한양 공간으로부터 멀어지고자 한 것은 당연하다고 볼 수 있다. 그래서 '더욱 낙담하여 함부로 행동하는 듯하니 도리어 그게 몸을 보존하는 비결이 된 것을 기뻐하셨다. 그러나 항상 울적해서 멀리 떠났으면 하는 생각을 가지셨다.'[36]고 했다.

궁극적으로는 당대 현실에 대한 관심 자체를 떨쳐버린 것으로 형상화했다.[37]

4. 『과정록』의 글쓰기 방식

사람의 말과 행동에 대한 기록은 고대 중국으로부터 이원적으로 이해되어왔다. 사관을 좌사(左史)와 우사(右史)로 나누어 좌사가 기언(記言)을 맡았다면 우사는 기사(記事)를 맡았다는 것이다. 박종채가 선친의 일생을 재구성하는 데에도 이런 구분이 이루어졌다. 말만을 다룬 단편이 있는가 하면 행동만을 다룬 것도 있고, 말과 행동을 섞어 연결한 경우도 있다.

박종채는 적극적 듣기와 읽기의 결과를 활용하면서 연암의 형상을 만들어 갔다. 원칙대로 살아가는 아버지의 모습에 대해 자부심을 가지고,

---

34) 常有氣鬱火升之症.(349면)

35) 然常鬱鬱.(291면)

36) 益澒落自放, 反喜其爲存身之訣. 然常鬱鬱, 有退擧之想.(291면)

37) 先君自燕峽以後, 漸無當世之志.(294면) 先君窮居, 到老始登蔭路, 世人猶不知無復當世志(297면)

아버지가 궁극적으로 이기거나 잘되게 서술했다. 그런 낙관주의는 원칙
이 승리하리라는 소망을 개입한 것이기도 하다.(2-17, 2-19) 다른 한편
아버지가 탁월한 능력을 갖고 원칙을 소신 있게 지켜갔음에도 불구하고
아버지에 대한 비방과 험담이 그치지 않는 것에 대해 한탄하고 실망했
다. 『과정록』을 시작하면서 길흉을 예언하는 북경 점쟁이의 말을 인용한
것38)은 아버지의 일생에 쏟아졌던 비방과 험담에 대한 안타까움39)을
달래기 위한 것이기도 할 것이다. 원한40)과 체념41)의 자세를 보여주기
도 했다.

이와 같이 글쓰기 대상의 목표 형상과 글쓰기 주체의 태도가 원만하게
연결되어 소기의 효과를 거두게 하는 것이 글쓰기 방식이다. 박종채가
구사한 글쓰기 방식을 살펴본다.

1) 연암의 말과 글 제시

말만을 다룬 단편은 적극적인 말하기와 소극적인 듣기 및 쓰기의 결
과다.

연암의 말과 글을 그대로 옮긴다. 〈4-41〉, 〈4-42〉, 〈4-43〉 등은 '아
버지는 늘 우리에게 이렇게 훈계하셨다.' 혹은 '다음과 같이 말씀하셨다.'
는 서술자의 간략한 코멘트만 붙이고 바로 연암의 말을 옮기고 있다.

〈2-35〉는 기생과 중들과의 만남에 대한 연암의 말을 옮긴 뒤, 서술자
가 그에 대해 간단히 언급한다. 반면 〈3-17〉은 서술자가 정조의 죽음에

---

38) "이 사주는 마갈궁에 속한다. 한유와 소식이 바로 이 사주였기 때문에 고난을 겪었다.
반고와 사마천과 같은 문장을 타고났지만 까닭없이 비방을 당한다."("此命磨蝎宮, 韓昌
黎蘇文忠以此故窮, 班馬文章, 無事致謗."(278면))
39) 不肖竊爲之痛心焉(281면), 鳴呼慟矣.(338면)
40) 鳴呼險矣. 此吾家百世之讎也.(348면)
41) 其亦命數也乎?(349면)

대해 서술한 뒤 연암의 말을 두 번 직접 인용하였다. 연암의 말은 서술자의 진술을 뒷받침하면서 더 은밀하고 내면적인 부분까지 밝혀주는 역할을 한다. 〈1-24〉의 "나는 과거를 일찍 그만두어 마음이 한가하고 거리낌이 없었다. 그래서 산수유람을 많이 했다."42)라는 구절도 본인의 말이 아니고는 포착하기 어려운 연암의 속내를 나타내어준다.

〈3-10〉은 남당(南塘) 한원진(韓元震)의 성리학설이 농암 김창협 등 선현들의 학설과 다르다는 이유로 남당의 제사에 참예하지 않는 호남지방 수령들과 연암의 말을 소개한다. 호남 수령들의 말은 서술자가 간략하게 요약 기술한 뒤, '아버지는 이렇게 말씀하셨다.'면서 연암의 말을 직접 인용한다. 연암과 상대인물이 말이 다른 생각을 담고 있을 때, 연암 쪽의 생각으로 중심을 옮기기 위하여 상대인물의 말은 서술해버리고 연암의 말만 직접 인용하는 방식을 고안한 것이다.

연암의 말은 타인에 대한 평가를 담기도 한다. 〈4-38〉에서는 연암의 말은 장인이면서 평생지기라고 할 이보천의 인격과 삶의 방식을 알려준다. 〈4-61〉에서는 유언호(俞彦鎬)의 근검함과 충후(忠厚)함을 찬양하고, '그 안분지족함이 이와 같았다.'라고 마무리한다. 〈4-62〉는 김리소(金履素)를 평가한다. 이런 인물들은 다른 단편에서 역으로 연암을 평가한다. 그런 점에서 이 인물들을 높이 평가하는 것은, 연암을 좋게 평가하는 그 인물들의 말에 권위를 부여하는 역할도 한다.

연암의 말은 단순한 교술에 머물지 않고 일화를 담기에 이른다. 〈4-61〉, 〈4-62〉, 〈4-25〉, 〈2-25〉 등에서의 연암의 말에는 일화가 담겼다. 〈4-61〉이나 〈4-25〉의 일화는 연암의 말 전체를 실감나게 만든다.

---

42) 吾廢科頗早, 心意開曠, 所以多遊覽.(285면)

2) 타인의 말과 글 인용

연암과 관계를 맺었던 타인의 말을 그대로 옮긴다. 타인의 말은 연암에 대한 소중한 정보를 제공하기 때문이다. 〈3-32〉의 김기순의 말은 연암의 체질을 알려 준다. 〈3-29〉는 선친의 풍채에 대한 이영원(李英遠)의 말을 옮겼다. 이들은 〈1-2〉의 북경 점쟁이의 예언과 함께 연암의 삶에서 그대로 관철되었다.

〈1-31〉의 이현겸(李賢謙)은 연암이 개성 금학동에 거주할 때 배운 사람으로서 연암으로부터 배운 바를 두루 이야기해준다. 그리고 문집으로 연암의 언행을 기록했다고 하였다.[43] 박종채가 이현겸의 문집을 읽고 그 내용을 『과정록』에 수용한 것이다.

대부분 타인의 말들은 연암의 인품이나 글, 풍채 등을 찬양한다. 〈1-40〉에서 이송(李淞)은 연암의 의론이 자기를 시원하게 해준다 했다. 〈2-34〉에서 연암의 처남인 이재성(李在誠)은 기생과의 질탕한 풍류를 근엄한 마음으로 극기해가는 연암의 모습을 묘사해준다. 아들로서 언급하기 편치 않는 내용을 다루는 데 이재성의 말을 활용한 것이다.

〈3-16〉에서 유화(柳訴)는 연암의 우스갯소리의 본질에 대해 해명해줌으로써 보통 사람들의 연암에 대한 오해를 풀어주었다. 그 외 대부분의 상대인물의 말은 연암의 탁월한 인격이나 능력을 찬양해준다.[44]

그중 유언호의 말은 특별한 양상을 보인다. 연암의 적지 않은 글이 '거짓을 꾸며 명성을 훔치는 유자(儒者)'를 비판하는데, 그에 대해 화를 내며 언짢아하는 자들이 많았다. 유언호는 그 현상에 대해, '이 친구는

---

43) 賢謙, 寬厚長者, 有文集, 多述先君言行.(289)
44) 〈4-79〉의 이익모(李翊模)는 자기 글을 낮춰 연암 글을 높인다. 〈4-45〉의 이광현(李光顯)은 연암의 인품을 찬양한다. 〈4-78〉의 이우신(李友信)은 연암의 글을 칭찬한다. 〈4-80〉의 김기서(金箕書)도 연암의 글을 그림과 글을 칭찬한다.

위선적인 유자를 꾸짖으려고 특별히 풍자한 것뿐일세. 나는 자네들이 걸 핏하면 위선적인 유자를 대신해 분노를 터뜨리는 게 늘 이상하네.'45)라 며 한 마디 재치로써 연암에게 날아온 화살을 되돌려준다.

이렇듯 타인의 말과 글은 아버지 연암의 인품이나 행동을 평가하는 글을 쓰기 어려운 아들 박종채를 대신해서, 연암의 인품이나 행동의 특 징을 분명하게 제시하기 위해 활용되었다고 하겠다.

3) 서술자의 일방적 진술

등장인물들의 말을 직접 인용하지 않고 인물들이 관계를 맺게 하지도 않으면서 서술자가 서술하기만 하는 경우다. 〈3-8〉은 연암이 안의 수령 으로 있을 때 번거로운 의례를 없애니 관아가 조용해졌고, 감옥도 비게 되었다 한다. 다만 살인사건 용의자 한 사람만이 빈 옥에 갇혀 있었는데 그가 불쌍하여 간수의 방에 지내게 했다는 사실을 서술했다. 〈2-16〉은 경상감사 정대용이 연암의 명성을 듣고 찾아와 그동안 해결하지 못한 도내의 의옥(疑獄)을 연암에게 부탁하여 다 해결했다는 사실을 서술했 다. 〈2-28〉은 안의 관아에 연못을 파고 개울물을 끌어들이고 집을 지어 꾸몄다는 사실을 기록했다. 〈3-11〉도 면천군수 재직 시 튼튼한 제방을 만든 사실을 언급했다. 〈3-26〉은 연암이 장간공(章簡公)의 행장을 짓기 까지의 사연을 개술한 것이다.

이와 같이 서술자의 일방적 진술로 일관되는 경우는 그 내용이 부친의 내면세계나 사적 관계와는 무관한 것일 때다.

---

45) 俞忠公笑曰: "此友所護者, 僞儒耳. 特有激而發, 吾常怪君輩多事出氣力, 代爲僞 儒擔愼耳."(358면)

4) 연암과 타인의 말 엮음

연암과 타인의 말을 나란히 엮어서 연암의 언행을 드러내는 경우다. 먼저 연암과 타인이 같은 시공간에서 직접 대화를 나눈다. 그럼으로써 친밀감이나 유대감을 형성한다. 〈3-4〉에서 연암은 정조의 부름을 받는 다. 정조는 대뜸 "내가 지난번에 문체를 고치라고 했는데 과연 고쳤느 냐?"[46]하고 추궁한다. 그러자 연암은 엎드려 "성스러운 분부에 황공하 와 아뢰지 못하옵니이다."[47]하고 사죄한다. 그때 정조는 웃으며 "내가 최근 좋은 글감 하나를 얻었다. 너를 시켜 좋은 글 한 편을 짓게 하려 한 지 오래다."[48]며 이방익(李邦翼)이 바다에 표류한 일의 전말을 글감으 로 준다. 이와 같은 두 사람의 대화는 연암에 대한 정조의 지극한 관심과 배려를 극적으로 보여준다. 〈1-41〉에서도 연암과 이광려(李匡呂)의 대 화가 지기 간의 두터운 우정을 창출한다.

한편 〈2-39〉는 문답을 통해 생각 차이를 극명하게 보인다. '어떤 사 람'이 상식과 통념을 대변하는 사람이라면 그에 답하는 연암은 통념을 넘어선 사람이다. '어떤 사람'은 승진하기 위하여서는 궁상을 떨어 남의 동정을 얻어야 한다고 주장하는데 반해, 연암은 안분자족하며 승진을 위 해 억지로 불쌍하고 슬픈 시늉을 짓는 것은 어리석은 행동이라 거부한 다. 귀결점은 연암의 생각이다.

짧은 말을 적절하게 배치하는 것은 '말의 일탈'을 이룬다. 〈3-24〉의 두 번째 이야기는 양양부사의 봉록과 관련하여 빼어난 말 재미를 만들었 다. 연암이 봉록으로 '1만 2천 냥' 받았다는 말에 충격을 받은 사람들이 반신반의하면서 추궁하니 연암은, "바다와 산의 빼어난 경치가 1만 냥

---

46) "予向飭文體之變改矣. 果改之乎?"(328면)
47) "聖教之下, 惶恐無以爲對."(같은 면)
48) "吾近得一好題目, 欲使爾製出一編好文字者, 久矣."(328-329면)

가치는 되고 녹봉이 2천 냥이니, 넉넉히 금강산 1만 2천 봉과 겨룰 만하
지 않소!"[49]하고 대꾸한 것이다. 이것은 '말의 일탈'을 통한 일화의 수준
에 가까이 간 작품이라고도 할 수 있다.

　이상 연암과 타인의 말은 한번이나 두 번의 대꾸로 끝난다. 말이 재치
있게 된 데에는 박종채가 적극 개입하였다. 〈1-44〉, 〈1-45〉 등의 대화
는 박종채 자신이 직접 들을 수 없는 것이며, 또 연암이 그런 투로 박종채
에게 이야기해주었을 가능성도 희박하다.

> 아버지가 물었다.
> "어명이 내려왔느냐?"
> 서리가 대답했다.
> "아직 내려오지 않았습니다."
> 아버지는,
> "감히 어명을 미리 헤아린단 말이냐!"[50]

　이렇게 이어지는 대화는 묘미있는 말을 적극 활용하려는 박종채가 그
럴듯하게 만든 게 분명하다. 〈1-22〉는 성화를 이기지 못해 회시에 응시하
기는 하지만 답안지를 제출하지 않고 나온 연암의 행동에 대한 것이다.
'식견 있는 사람'들은 "구차하게 벼슬하려 하지 않으니 옛날 사람의 풍모
가 있다."[51]고 했고, 연암의 장인인 이보천은 "지원이 회시를 보았다고
하여 나는 그다지 기쁘지 않았는데, 시험지를 내지 않았다는 얘기를 들으
니 몹시 기쁘구나."[52]고 말했다 한다. 그리고 서술자의 평가를 덧붙였다.
친분이 먼 사람과 가까운 사람이 하는 평가의 말을 나란히 배치하고 마침

---

49) "海山之勝可値萬, 邑俸爲二千, 優可与金剛之萬二千相埒也."(346면)
50) 先君曰: "有成命否?" 曰: "姑未下矣." 先君叱曰: "敢預度上命乎!"(295면)
51) 有識者聞之, 皆以爲; '進取不苟, 有古人風'(285면)
52) "某之會圍, 吾不甚喜也, 及聞其不呈券, 甚欣然也."(같은 면)

내 서술자의 평가를 이끌어내는 구도 역시 의도적인 것으로 보인다.

좀 더 색다른 서술법을 〈2-29〉에서 찾을 수 있다. 안의에서 가졌던 술자리 이야기다. 먼저 그 술자리에 참여한 사람들을 소개하고는 '세상 사람들은 당시 아버지가 지은 시를 외워 전했으며 그 모임을 멋진 일로 생각하였다.'[53]고 서술자가 서술한다. 그리고는 술자리에 참석했던 이재성이 다른 사람에게 보낸 편지를 인용한다. 편지 내용은 그 술자리의 흥겹고 흐뭇했던 상황을 자세하게 묘사하는 것이다. 다시 서술자가 마무리 서술을 한다. 이재성의 편지는 서술자의 서술이나 인물의 말이 감당하기 어려운 문어적 묘사의 묘미를 보여준다.[54] 『과정록』의 서술방식에 대한 박종채의 세심한 배려를 짐작할 수 있는 대목이다.

요컨대 연암과 타인의 말을 엮는 경우는 두 사람 사이의 친밀감이나 연대감을 증폭시키는 경우도 있고 두 사람 사이의 차이를 대조적으로 부각시키는 경우도 있다. 묘미 있는 말을 서술의 효과를 극대화하기 위해 활용한다는 점에서 공통된다.

5. 일화의 생성과 활용

1) 일화의 생성

인물에 국한하여 볼 때, 한 인물의 말이나 행동에서 특별한 것이 있다면 일화를 생성할 필요조건은 마련된 셈이다. 좀 더 진척된 일화가 되기

---

53) 一世傳誦爲盛事(315면)

54) 僕到花林, 四十日處荷風竹露之館, 主人使君, 時豐政簡, 封篆可有三分, 日晷輒來居客位, 琴樽古雅, 書劍整暇, 韻釋名姬, 動在左右, 酒酣縱談千古文章事, 此樂可敵百年, 不知僕他日能擁麾專城如花林之勝, 安能得客如燕岩其人乎?(315~316면). 〈2-14〉에서도 임금을 독대했던 연암이 그 특별한 경험의 섬세한 느낌을 이서구에게 보내는 편지 형식으로 피력하였다.

위해서는 그런 특별한 말과 행동을 엮어 사건을 만들어야 한다.

〈2-14〉는 연암이 정조를 독대하는 과정을 보여준다. 말단 벼슬아치를 임금이 불러 독대한다는 것 자체가 일탈이다. 정조의 자상한 물음과 배려가 전면으로 드러나고 그에 대한 연암의 대꾸는 나타나지 않는다. 그 뒤 연암은 영해에 귀양가 있던 이서구에게 편지를 보낸다. 편지는 정조를 독대했을 때의 연암의 내면을 진솔하게 표현한다. 앞의 서술과 이 편지를 연결하여 온전한 일화를 생성하였다.

인물 관계의 특이함을 활용한 일화가 〈4-68〉이다. 힘이 세고 담력과 지략이 있는 백동수는 연암과 동갑이었다. 그가 '비장이 장수 섬기듯' 연암을 섬긴다. 하루는 술에 취해 연암 앞에서 술주정을 했는데, 연암은 "자네 소행이 무례하니 볼기를 맞아야겠다."며 실제로 볼기짝을 열 대나 때리고 나무랐다. 백동수가 그 뒤로 술을 마시고는 연암을 뵙지 않았다 한다. 연암의 행위와 백동수의 인물형상은 주위에서 익히 만나보기 어려운 특별한 일탈을 보여준다.

일화는 추상적 진술과는 달리 구체적 일상을 실감나게 재현한다. 박종채가 일화의 그런 속성을 적극 활용한 증거는 한 단편의 후반부에 '○' 표시를 하고 부연하는 단편을 덧붙이는 경우다. 가령 〈3-5〉의 전반부는 천주교 신자들을 설득하여 신앙을 포기하는 방식에 대해 원론적인 주장을 펼쳤다. 그러다가 '○' 표시 뒤의 후반부에서는 연암의 실제 경험을 재구성했다. 즉 천주교 믿는 사람을 처음에는 곤장을 쳐서 다스려 보았지만 역효과만 났는데, 그 뒤 말로서 차분히 실마리를 좇아 반복하여 설득하니 눈물을 흘리며 회개하였다 한다. 그리고는 연암과 천주교 신자 사이의 대화를 그대로 소개한다. 이런 이원적 서술법은 박종채가 어떤 메시지를 전하되, 생생한 감동을 일으키기 위하여 일화를 활용하려 했다는 점을 암시한다.

일화를 중시한다는 것은 일상성에 눈을 떴다는 증거이기도 하다. 〈1-20〉은 연암이 형님과 형수를 부모 섬기듯 했다는 내용을 담았는데, 연암이 형님을 섬기는 데 대해서는 '친척과 친구들은 이런 아버지를 저 옛날 사마온공이 그 형 백강을 섬긴 데 견주었다.'55)고 기술하였는데 반해, 형수에 대해서는 '형수 이공인(李恭人)은 하도 가난을 많이 겪은지라 몸이 대단히 수척했으며 때로 우울함을 풀지 못하였다. 아버지는 한결 같이 온화한 얼굴과 좋은 말로써 그 마음을 위로해드렸다. 매양 무얼 얻으면 그것이 비록 아주 하찮은 것일지라도 당신 방으로 가져가지 않고 반드시 형수께 공손히 바쳤다.'56)고 하여 구체적인 행위를 통하여 설명한다. 남자에게는 남의 평가가 중요하지만 여자에게는 일상적 감각을 뒷받침해주는 것이 더 소중하다는 생각에서 형수에 대해서만 일화를 덧붙였다 볼 수 있겠다.

〈2-40〉은 선친의 원칙주의·청렴함·엄격함을 생생하게 보여주기 위하여 세 개의 독립 일화를 제시했다. 이야기는 '병진년 봄에 경직으로 옮기셨다.'고 시작한다. 다음부터는 그렇게 옮기기까지의 이야기를 다룬다. 안의 백성들은 연암이 떠날 때가 되어서야 수령이 얼마나 지극한 선정(善政)를 베풀었는가를 알고는 동구 밖까지 눈물을 흘리며 따라와서는 송덕비를 세우겠다고 한다. 그러자 연암은 "너희들이 끝내 그 일을 한다면 내 마땅히 집안의 하인들을 보내 송덕비를 부셔서 땅에 묻어버린 다음 감영에 고발하여 주모자를 벌주도록 하겠다."57)고 말렸다. 연암에 대한 백성들의 흠모와 선친의 원칙에 대한 단호함이 대조되어 결과적으로 연

---

55) 親戚知友間, 多擧溫公之事伯康以況之(284면)

56) 嫂氏李恭人, 飽經貧寒, 鞠瘁已甚, 有時踔鬱不能遣. 先君一以和顏好語慰藉之. 每有所得, 雖甚微細, 必不入私室, 敬納於嫂氏.(같은 면)

57) "汝輩必欲爲之, 吾當專送家奴, 椎碎埋之, 訴營門首謀者抵罪."(324면)

암의 덕을 드러낸다. 이것이 첫 번째 일화라면 두 번째 일화에서는 비렁뱅이 안의 노파와 '나'의 문답이 이루어진다. 노파는 세월이 흘렀지만 안의의 백성들은 여전히 연암을 그리워한다는 분위기를 전한다. 그에 대해 '내'가 "그건 내 선친 때의 일이다."하니 노파는 눈물을 흘린다. 특이하게도 박종채가 서술자 '나'로 개입하였다. 박종채가 직접 경험한 것인데, 그 경험을 일화로 만들어 대상화했다.

세 번째 일화는 주로 김철희(金喆凞)라는 사람의 말로 이루어졌다. 김철희의 말 속에 안의 사람들의 이야기가 들어있는 형국이다. 그러나 안의 사람들의 이야기는 텍스트에 실현되지 않았다. 김철희의 말 속에서는 안의 사람들과 김철희 사이의 대화만이 실현되었다.

> 그 사람들은 말끝마다 '연암 어르신, 연암 어르신'이라 했습니다. 그래서 제가 '당신은 그 분을 직접 뵈었소?'하고 물었더니 그 사람이 대답하기를, '직접 뵙지는 못했소. 다만 고을 사람들이 말하는 것을 익히 들어 알고 있는 거라우'라고 했습니다.[58]

여기서 김철희는 등장인물이면서도 안의 사람들의 이야기를 전하고 또 안의 사람들과 대화를 나누는 제2의 서술자다. 제2의 서술자인 김철희를 소개하는 상위의 서술자도 존재한다. 여기서 실화를 바탕으로 한 일화가 몇 단계의 진척을 이루었다는 것을 확인할 수 있다.

박종채는 이처럼 선친의 말과 다른 사람의 말 등을 적절하게 활용하면서 선친의 인격을 부각시키는 훌륭한 일화를 구성하였다.

〈4-34〉는 가문 이야기판에서 구연된 이야기를 바탕으로 하기 때문에 일화로서의 서사적 확장이 더 이루어진 경우라 할 수 있다.

---

58) 言必稱燕岩老爺. 問: "汝能及見否?" 曰: "未及見, 但慣聽邑人之傳道如此." 云(325면)

일찍이 우리 형제들에게 말씀하셨다.

"너희들이 장차 벼슬하여 녹봉을 받는다 할지라도 넉넉하게 살 생각은 하지 말거라. 우리 집안은 대대로 청빈하였으니, 청빈이 곧 본분이니라."

그리고는 집안에 전해오는 옛 일들을 다음과 같이 낱낱이 들어 말씀해주셨다.[59]

여기서 '일찍이 …… 말씀하셨다.'는 연암의 말씀을 그대로 옮기는 표시다. 그 다음은 세 단계로 나눠져 있다. 첫째 단계는 '너희들이 …… 본분이니라' 부분으로 연암이 아들들에게 들려준 한 두 문장의 교훈적 진술이다. 둘째 단계는 집안에 전해오는 옛 이야기다. 선조 박상충, 박은, 박소, 박응천, 박응순, 박응남, 박응복, 박동량, 박필하, 박종채의 고조부 박태길, 증조부 박필균 등과 관련되는 일화들이다. 셋째 단계는 '우리 집안은 수십 대에 걸쳐 청빈함과 검소함이 이와 같았으니 이는 원래 타고난 것이었다. 내 비록 너희들이 따뜻한 옷을 입고 배부르기를 바라지만 부귀와 안일을 얻으려 해서는 안 된다. 오직 바라는 바는 사대부 집안으로서 글 읽는 사람이 끊어지지 않았으면 하는 것이다.'[60]라는 마무리다. 이 세 단계는 '도입 교훈–관련 일화–마무리 교훈'의 구성을 보여준다. 교훈을 더 생생하고 감동적으로 전하기 위하여 일화를 삽입한 것이면서 이 전체가 더 큰 일화를 구성한다.

이와 같이 일화의 생성과 활용은 『과정록』의 진술이 연암과 관련된 말과 행동, 그리고 사건을 집성하는 과정에서 자연스럽게 이룬 서사적 성취라 할 수 있다. 그런 성취를 가능하게 한 것이 다음과 같은 서사 전략

---

59) 嘗詔不肖輩曰: "爾曹他日雖得祿食, 毋望家計之足也. 吾家傳世淸貧, 淸貧卽本分耳." 因歷擧家傳故事.(372면)

60) "吾家歷數十世, 淸素如此, 此殆天之所畀付者耳. 吾雖望爾曹衣煖食飽, 富樂安逸必不可得. 但願大家不絶讀書種子耳."(375면)

이라 할 수 있다.

2) 일화의 서사 전략

(1) 초점인물의 설정

초점인물이란 대상을 바라보고 관찰하기 위하여 서술자가 선택한 등
장인물을 지칭한다. 세상을 보는 눈의 선택이다. 누구의 눈으로 세상을
보는가를 결정하는 것은 대상을 구체적으로 형상화하는 데 필수 조건이
다. 그 조건을 분명하게 인식했다는 것은 대상을 구체적으로 서술하려
했다는 증거다.

〈4-29〉는 '아버지는 한가하실 때면 우리들을 위해 다음과 같이 집안
의 옛날 일들을 자세히 말씀해주셨다.'[61]고 시작하여 박필주와 조현명
(趙顯命) 사이의 사연을 전한다. 그런데 초점인물을 어린 연암으로 설정
하여, '재상이나 되는 분이 어진 이를 이렇게까지 정성스럽게 공경하다
니!'[62]라는 오해로 끝냈다. 이어진 〈4-30〉에서 초점인물은 장성한 연암
으로 바뀐다. 장성한 연암은 박필주와 조현명의 관계를 정확하게 이해하
게 되었다. 연암의 집안은 '신임의리(辛壬義理)'라 하여 신임사화를 일으
킨 소론 쪽의 책임을 철저하게 물어야 한다고 주장했으며, 그래서 소론
까지 등용해주는 탕평책을 인정하지 않고, 탕평책을 찬성하는 사람을 비
열한 인간으로 배척했다. 조현명은 박필주를 공경하기 때문이 아니라 박
필주에게 탕평책을 은근하게 주지시키려고 찾아왔다.[63] 어른이 된 연암
은 그 진실을 알게 되고, 집안 어른들이 조현명을 환영한 것이 아니라

---

61) 每燕居中, 爲不肖輩, 備說家中舊事.(370면)
62) 宰相敬賢之誠, 有如此.(370면)
63) 이 사정에 대해서는 박지원·박희병 옮김, 『나의 아버지 박지원』, 돌베개, 1998의 각주
   91, 94, 101에 걸쳐 상세하게 설명되어 있다.

배척했다는 사실도 깨닫게 된 것이다.

이렇게 초점인물을 달리 설정한 것은 조현명의 위선적 행동이 성숙되지 않은 눈으로 볼 때는 잘 포착되지 않지만 성숙된 눈으로 보면 명백하게 보인다는 점을 대조하기 위함이다.[64] 세상에는 어린 연암처럼 위선자들의 위선 행위를 진실한 것으로 오해하는 어리석은 사람들이 많아 위선자들이 행세할 수 있지만, 세상의 어린 아이들이 예외 없이 어른이 되듯이 어리석은 사람들이 깨어나면 위선자의 위선 행위는 여지없이 들통이 나서 응징된다는 주장을 함축하고 있는 것이다.

〈1-18〉은 두 명의 초점인물을 내세워 실화로부터 서술적 거리를 둠으로써 완전한 일화를 구성해낸 경우다. 여기에 등장하는 인물들은 각각 고유한 개성을 갖고서 말하고 행동한다. 연암은 아버지의 생명을 연장하기 위하여 단지(斷指)를 한다. 그런데 연암은 자기의 단지 행위가 알려져 남에게 보이기 위한 효행으로 비쳐지는 것을 우려하여 몰래 일을 단행하고자 하였다.

박종채는 그런 연암의 뜻을 받들고 단지 행위를 감동적으로 서술하기 위하여 몇 가지 서술 장치를 고안하였다. 먼저 서술 순서를 조정했다. 사건의 중간에 해당하는 "정해년에 할아버지 상을 당하셨다."를 첫 문장으로 삼았다. 그 다음의 서술 분절은 할아버지가 돌아가시기 전에 일어난 특별한 사건, 즉 연암의 단지 행동과 관련된 것이다. 박종채는 그것을 두 명의 초점인물의 다른 시각에서 기술했다. 먼저 연암이 칼을 가는 장면을 제시한다. 그 장면을 발견한 형님은 "칼을 갈아 무엇 하려느냐?"고 묻는다. 연암이 생강을 썰려고 한다고 둘러댔다. 그리고는 약을 짤 때

---

64) 『연암집』의 〈大考資憲大夫知敦寧府事贈諡章簡公府君家狀〉이 같은 사건을 다루지만 시종 장성한 연암의 시각에서 기술하는 것과 비교된다.(박지원·신호열·김명호 옮김, 『국역 연암집』, 민족문화추진회, 2004, 282~284면 참조)

왼쪽 중지를 칼로 베어 피를 약에 탄다. 연암의 아버지는 그 덕에 소생하여 110일이나 더 살았다. 여기까지가 하나의 시각에서 기술되었다. 연암이 단지 행위를 비밀에 부쳤다는 점을 고려할 때 박종채는 어떻게 하여 그 과정을 이렇게 생생하게 묘사할 수 있었을까? 어색하게 여겨진다. 박종채는 '전지적 작가' 시점으로 그 장면을 묘사한 것이다.

다음의 서술분절에서는 새로운 초점인물을 등장시켜 단지 장면을 목격하게 하였다.

> 당시 이 일은 아무도 본 사람이 없고 아홉 살 난 나의 큰누이[65]만이 곁에서 목도했다. 그러나 어려서 영문을 몰라 아버지께서 왜 그러시는지 알지 못하고 울음을 터뜨렸다. 누님은 그 후 어느 날 밤 수심에 찬 얼굴로 걱정하여 말했다.
>
> "지난 3월 경황이 없을 때 아버지께서 칼질을 하다가 손가락을 베이셨는데, 이제 나으셨는지 모르겠네."
>
> 이 말을 듣고 큰아버지께서 놀라 어떻게 손가락을 베었더냐고 물었다.
>
> "손가락을 벤 후 핏방울을 약 주발에 떨어뜨리셨어요. 참 이상하지요?"[66]

여기의 초점인물은 박종채의 큰 누이다. 문제는 그때의 큰 누이가 아홉 살 어린아이였다는 점이다. 아버지의 단지는 어린아이의 눈에 충격적인 것으로 포착되었다. 누이는 놀라 울음을 터뜨렸다. 그리고 아버지가 칼질을 하다가 잘못하여 손가락을 베었다고 오해했고, 약 주발에 핏방울을 떨어뜨린 것은 더 이상하다며 여전히 이해를 하지 못했다. 이런 순진한 어린아이를 초점인물로 설정함으로써 연암의 단지 행위는 본인이 비

---

65) 박지원의 큰 딸, 이종목(李鍾穆)에게 시집갔다.

66) 此事無人見之, 獨吾伯姉李氏婦, 年方九歲, 在側見之, 幼不省事, 不知其所以然, 但驚怵叫啼. 他日夜坐, 悄然傷懷曰: "當三月蒼黃時, 父親操刀傷手指, 今未知已廖否." 伯父驚問其傷指狀, 對曰: "傷指後, 滴血椀藥, 可怪也."(282면)

밀로 부쳤음에도 불구하고 아주 인상적으로 드러났고 그 결과 큰 아버지
와 독자에게 주는 감동은 더 커졌다.

연암의 단지 행위가 어린아이의 눈에 포착된 것은 실제 사실이다. 박
종채는 그 점을 아주 특별한 서술 장치로 활용했다. 이중적 시선의 하나
로 어린아이의 시선을 활용한 것이다. 이로써 단지 행위에 덧칠될 법했
던 '효행'이라는 이데올로기적 요소를 제거하고 연암의 아버지에 대한
순수하고 간절한 마음만을 나타낼 수 있었다고 하겠다.

박종채는 서술의 순서를 재조정하고 초점인물을 특별하게 활용함으로
써 서술대상을 완전하게 대상화하였다. 그로써 독립된 일화 작품을 완성
했고, 그런 일화는 선친의 단지 행위를 감동적인 방식으로 나타낼 수 있었
던 것이다.

(2) 갈등 상황에서의 대조법67)

박종채가 형상화하고자 했던 아버지 상 중에서 가장 두드러진 것 중
하나는 '관행을 거부하고 원칙을 고수하는' 모습이었다. 현실은 관행으
로 점철되어 있다. 그래서 현실의 관행을 받아들이지 않으면 불편함을

---

67) 홍아주도 '浮彫的 照明'이라는 제목으로 부친의 미덕을 부각시키려는 『과정록』의 서술
 방법을 분석했다. 즉, "의견이 대립되는 상황에서 서술 대상의 견해가 받아들여져 좋은
 결과를 초래한 사례를 보여준다거나, 서술 대상보다 못난 사람과 서술 대상을 대조하거
 나, 다른 사람의 호의를 거절함으로써 서술 대상의 강직함을 더 돋보이게 하는 등의 방식
 으로 대상을 부각시키는 서술은 傳이나 여타 과정록에서는 흔하게 찾아보기 어렵다. 『과
 정록』은 특히 '다른 인물과의 대비'라는 장치를 활용하여, 연암의 뛰어난 능력과 강직한
 성품을 浮彫的으로 형상화하는 데에 성공을 거두고 있다고 볼 수 있다."(홍아주, 「박종채
 의 『과정록』 연구 —전기문학으로서의 특징을 중심으로」, 서울대학교 석사학위논문,
 2005, 75~84면)고 요약하였다. 이 책의 분석은 이 연장선에 있다. 다만 이 책은 대조가
 이루어지는 맥락에 초점을 맞춘다. 단순한 대조가 아니라 주체와 상대인물이 갈등하여
 심각한 사건을 초래할 맥락에서도 갈등하게 만들지 않고 주체와 상대인물을 분리시켜
 대조시키기만 하는 서술 방식에 초점을 맞추었다는 점에서 관점이 다르다.

경험하게 되거나 불이익을 당하게 마련이다. 연암은 예견되는 불편함과 불이익에도 굴하지 않고 원칙을 추구한다.

관행과 타협하며 살아가는 인간군상과 원칙을 끝까지 고수하는 연암은 갈등하기 보다는 대조될 따름이다. 갈등해야 할 두 쪽이 갈등하도록 만들지 않고 대조시키다가 한쪽의 정당성을 두드러지도록 하는 것이 『과정록』의 특징이다. 정당성을 얻는 쪽은 원칙을 추구한 연암이다.

가령 〈2-1〉에서 이조 서리는 연암을 위하여 연암에게 관례에 따를 것을 충고한 것이지 연암을 억압하거나 연암의 앞날을 방해하려한 것이 아니었다. 연암은 관례를 받아들이지 않았기 때문에 승진이 6개월 늦어졌다. 연암이 손해를 본 것 같지만 규정의 원칙을 생각한다면 당연한 일이다. 연암은 얻은 것이 더 많다. "날이 저물어 갈 길이 멀면 누군들 마음이 급하지 않겠는가. 그렇건만 평소 자신의 삶이 원칙을 이토록 지키다니!"[68]라는 좋은 평판을 받게 되었기 때문이다. 일화의 전개 과정에서 큰 가치가 창출된 셈이다.

황장목 벌채와 관련된 〈3-22〉은 이런 서술구조의 전형에 해당한다.

> 양양에는 벌목을 금하는 황장목(黃腸木) 숲이 퍽 많았다.(시작 상황)
> 매번 조정에서는 감독관을 파견해 황장목을 베게 했는데 양양부사에게는 으레 사사로운 이익이 많이 떨어졌다. 비록 청렴한 수령이라 할지라도 황장목을 남겨 훗날 자신의 장례 때 쓰게 하려 했다.(관례)
> 아버지가 양양에 부임하시자 친지들은 황장목 이야기를 자주 했다.
> 그러나 아버지는 듣고도 못 들은 척하셨다.
> 우리들에게는 이렇게 말씀하셨다.
> "너희가 내 본심을 아느냐? 상고시대에는 얇은 관으로 검소하게 장례를 치렀다. 너희가 혹 사람들이 하는 말을 듣고서 후일 나의 장례 때 황장목을

---

[68] "日暮途遠, 人孰不汲汲, 而素守如許乎!"(299면)

쓸 생각을 한다면 이는 내 뜻을 크게 거스르는 일이다. 황장목으로 나의 관을 짜는 일도 옳지 않다고 여기고 있거늘, 직위를 이용해 이익을 얻는 일이야 말해 무엇하겠느냐!"

(관례를 거부하고 원칙을 강조함)

황장목은 감독관의 입회하에 벌목되어 대궐에 진상되었다.

그러나 진상하고 남은 널빤지들이 온 고을에 낭자했다. 아전들이 이 사실을 보고하자, 아버지는 아무아무 곳 시냇가에 옮겨놓으라고 하셨다. 모두들 그 영문을 몰랐다. 아버지는 며칠 후 몸소 그 시냇가에 가셔서 말씀하셨다.

"여기에 다리가 없어 사람들이 다니는 데 괴로워한다. 이 나무로 다리를 놓으면 몇 년은 편리하게 지낼 수 있을 게다."

그리하여 널빤지를 깔아 다리를 설치하셨다.

(연암의 실천)

그 후 아버지께서 돌아가셨을 때 유언에 따라 해송으로 만든 널빤지를 썼다. 그걸 보고 경탄하지 않는 이가 없었다. (귀결)[69]

시작 상황과 관례의 제시, 관례의 거부, 귀결 등이 긴밀하게 연결되었다. 관례를 따른 전임 양양부사와 관례를 따르지 않는 연암은 서로 만나지 않기에 직접 갈등할 수도 없다. 다만 황장목에 대한 자세가 상반될 따름이다. 갈등이 아닌 대조의 서술법을 선택한 것이다.

---

69) 襄陽最多黃腸禁林, 每差員監斫, 本官例多沾漑, 雖廉者, 或留以爲送終之具. 先君之赴襄陽也, 知舊多以此爲言, 先君聽之, 若不聞也, 乃敎不肖等曰: "爾輩知吾本意乎? 上古有三寸之棺, 爾輩若或以言者之言, 爲他日厚終之計, 大違吾志也. 以此厚終尙不可, 況又藉以爲利乎?" 及監斫封進後, 餘板之留落者, 狼藉一境, 輩吏以告, 先君命輸置某某處川邊, 皆莫曉其旨. 後幾日, 親行到川邊曰: "此地無梁, 人皆病涉, 可以此爲幾年利矣." 並使列置之, 爲杠橋. 後先君喪, 遺命用海松板, 見者莫不驚歎. (344~345면)

	시작상황	관례 제시	관례 거부, 원칙 확인	불이익	귀결
1-45	선공감 숙직	장례 대비 위해 어명 없는 문서 작성	어명 없이 문서에 서명 않음	없음	옥사의 피해 입지 않음
2-1	선공감 감역 임기 만료가 6일 남음	도목정사 때 임기가 끝난 것으로 보고하라 함	구차한 짓 하지 않겠다 거부함	승진이 미루어짐	삶의 원칙을 지킨다는 칭찬
2-5	제릉령에 부임	도벌된 나무의 수를 적게 혹은 많게 보함	도벌된 나무의 수를 그대로 보고하게 함	없음	적간사였던 이익이 그 일로 연암을 존경하게 됨
2-17	흉년이 듦	감영에서 피해액을 삭감하기에 피해액을 부풀려 보고함	피해액을 그대로 보고함	없음	보고한 피해액대로 감영이 보상해줌
2-24	겉치레 꾸미는 일을 좋아하지 않음	수령의 기거동작을 소리내어 알림	벽제를 못하게 함	없음	관아가 조용해지고 고을이 평화로워짐
3-22	황장목이 많은 양양부사로 부임	수령들이 황장목 벌채로 이익을 남기거나 황장목 착복	황장목을 사사로이 쓰지 않고 남은 널빤지로 다리를 만듦	없음	사람들이 경탄함
3-23	양양부사로 부임	궁속과 결탁한 신흥사 중들이 관리를 억박지르고 능멸함	감사에게 이들을 처단하라는 의견을 제출함	받아들여지지 않아 사임함	벼슬 사임

위 표에서 확인할 수 있듯, 박종채는 대조의 서술방식을 거듭 활용했다. 대조를 통하여 의롭지 못한 관례를 받아들이지 않고 원칙을 추구하는 연암의 빛나는 모습을 드러내려 한 것이다. 선친의 형상 중에서 가장 빛나는 형상을 돋보이게 하기 위하여 박종채가 고심하여 마련한 서술법이 '갈등 상황에서의 대조'인 것이다.

이런 대조는 억양법을 통하여 더 뚜렷하게 부각된다. 단점을 진술하는 듯 하는데 결과적으로는 상대방의 장점을 드러내는 것이 되고, 비방을 하는 듯 하지만 전환적으로 생각하면 찬사가 되는 억양법을 즐겨 활용했다.

가령 〈3-30〉에서 연암은 격의 없이 말했으나 마음에 맞지 않는 사람이 자리에 끼어들면 한마디도 하지 않았다. 사람들은 그것을 연암의 단점이라 여겼다. 연암 스스로도 "이것은 내 기질에서 연유하는 병통이라 고쳐보려고 한 지 오래지만 끝내 고칠 수 없었다. 내가 일생 동안 험난한 일을 많이 겪은 것은 모두 이 때문이었다."[70]라고 말하여 그런 버릇을 병통이라 자가 진단했다. 그러나 서술자는 연암의 이런 말하기의 병통을 '악을 미워하는 아버지의 성품'으로 승화시켰다. 연암의 말버릇은 연암에게 큰 고통을 가져왔지만, 그런 말버릇이야말로 악을 용납하지 않는 심성이 소산이라는 쪽으로 발상을 전환시켰다. 〈1-6〉의 이보천의 말중, '다만 악을 지나치게 미워하고 뛰어난 기상이 너무 드러나 그게 걱정이다.'[71]는 구절도 악을 지나치게 미워하는 연암의 태도가 장래에 문제를 일으키리라는 걱정을 한 것이면서 악의 유혹에 끝내 굴하지 않은 연암의 일생을 찬양한 것이기도 하다.

억양법을 활용하여 연암의 단점이 독자들에게 장점으로 보여지도록 이끈 셈이다. 간단치 않은 사상 때문에 부당하게도 세인들의 오해를 받았던 연암의 일생은 이런 억양법을 활용하지 않을 수 없게 했을 것이다. 다른 각도에서 해석하면 억양법이야말로 연암의 일생을 기술하는 가장 적절한 수사법이었다고도 할 수 있다.

(3) 변치않는 자아와 변하는 세계의 부각

연암은 달라지지 않는 인격체다. 어떤 상황에서도 변하지 않는다. 이런 자아가 세계를 만나 구성하는 관계는 일방적이다. 고정된 자아인 연암은 타자나 세계의 부당함을 정확하게 인지하고 타자와 세계를 바꾸려고만 한다. 타자나 세계는 연암의 관념이나 삶의 자세를 받아들임으로써

---

70) "此吾氣質之病, 矯揉之久, 終莫能改. 一生備經險巇, 未嘗不由於此."(352면)
71) "但疾惡太甚, 英氣太露, 是可憂也."(279면)

달라진다.

〈2-20〉의 술주정꾼, 〈2-23〉의 불량배, 〈4-68〉의 술주정한 백동수, 〈4-70〉의 불량배 이재함, 심지어 〈4-72〉의 〈4-71〉의 귀신들린 여자조차도 연암에 의해 교정되어 선량한 인간으로 돌아왔다. 그리고 변화된 그들은 연암의 인품과 기개를 높이 생각하게 된다.[72]

천주교도들을 집요하게 설복시키는 〈3-5〉는 타자를 변화시키는 연암의 자세를 가상 잘 보여준다. 완력을 이용하지 않고 차근차근 대화를 나눠 타자를 스스로 깨우치게 하는 방법을 제공하는 것이다. 이것은 〈4-68〉에서 회초리질 하는 방법과는 정반대의 것이다.

이처럼 연암은 타자를 교정하는 데서도 다양한 방법을 구사하였다. 어느 쪽이든 분명한 것은 고정된 자아가 세계를 바꾼다는 것이다. 그 과정에서 자아인 연암이 가진 이념이나 사상이 세계 쪽으로 옮겨 간다. 그 점에서만 이념의 변화요 형성이라고 볼 수 있다.

(4) 만남의 부각

'현실에 실망하여 현실로부터 멀어지려 한 선비'가 『과정록』의 목표 형상 중 하나라 하였다. 『과정록』에는 그 세속적 불우(不遇) 속에서 빛을 발하는 진정한 만남의 모티프가 적극 활용된다.

만남은 다른 사람이 연암을 찾아와 이뤄지기도 하고[73] 연암이 찾아

---

72) 自是, 不復敢被酒入謁曰: "吾嘗被燕岩公責矣."(387면), 李後語人曰: "朴燕岩, 吾 向於弼雲臺下見之, 可畏哉?"(388면)

73) 무장 한 분이 아버지 곁에 와 앉으며 말하기를, "오늘 훈련대장 서유대가 연암공에게 인사드립니다……."라고 하였다. 이후 그는 때때로 아버지에게 찾아오곤 했는데, 그때 마다 큰 술병 서너 개를 가지고 와 종일토록 기분 좋게 마신 후 돌아갔다(有一戎帥, 移就先君坐曰: "今日, 訓練大將徐有大請一識燕岩執事."…… 自此時時來過, 輒携 三四大壺, 終日暢飮而歸,; 300면)

나서서 이뤄지기도 한다.[74] 〈1-40〉에서 연암은 동문인 이송(李凇)을 방문하는데, 이송은 그 기쁨을 이기지 못해 마을사람들을 다 불렀다. 그리고 밤새도록 즐겁게 대화를 나눈다. 〈2-41〉과 〈2-42〉는 절친한 친구였던 유언호와의 아름다운 교류를 보여준다. 〈2-41〉은 임종의 순간까지 연암을 그리워하는 유언호를 통하여, 〈4-60〉은 꿈에 나타난 죽은 친구들을 위하여 술상을 차려주는 연암을 통하여 지극한 우정을 보여준다.

〈1-41〉에는 연암과 이광려(李匡呂)와의 만남이 극적으로 묘사되어 있다. 연암이 길을 가다가 어느 집 사립문 안에 정교하게 만들어진 수레를 발견하고 들어가 살펴보았다. 그 순간 집 주인이 마루에서 내려와 웃으면서 말한다.

"그대는 혹 박연암이 아니오? 나는 이광려입니다."[75]

이광려가 자기 집 수레를 구경하고 있는 사람을 한눈에 연암이라 추정하게 한 것은 두 사람의 만남을 우연이 아닌 것으로 보이게 만든다. 이렇게 만난 두 사람은 대청에 올라 앉아마자 문장에 대해 토론하는데, 연암이 대뜸

"그대는 평생 독서를 하셨는데 아는 글자가 몇 자나 되지요?"[76]
라 말하여 곁에 있던 사람을 깜짝 놀라게 한다. 이 말 역시 박종채의 특별한 의도에 의해 설정되었다는 것은 다음에 제시된 다른 사람의 말을 통해 확인할 수 있다.

'이공이 글을 잘 하고 박식한 선비라는 걸 누가 모른단 말이야!'[77]

좌중의 사람들이 이렇게 생각했다고 추정한 쪽은 박종채다. 그렇다면

---

74) 〈1-40〉(294면)
75) "君豈非朴燕岩乎? 吾乃李匡呂也."(294면)
76) "君平生讀書, 識得幾個字?"(같은 면)
77) "孰不知李公文章博洽士也?"(같은 면)

연암과 이광려의 만나는 방식을 특별하게 만들고 두 사람이 주고받은 말도 색다르게 만든 것은 박종채가 두 사람이 만나는 순간을 특별히 부각시키기 위한 서술 장치임을 알 수 있다. 박종채의 서술장치는 계속된다. 연암의 그 당돌한 질문에 이광려가 "겨우 서른 자 남짓 아는 것 같군요."[78]라고 대답하여 다시 좌중의 사람들을 더 놀라게 하기 때문이다. 좌중의 사람들은 그 말이 무슨 뜻인지 알지 못한다. 다만 연암과 이광려만이 서로의 말을 이해할 따름이다. 이 일화의 귀결점은 '이공은 이 한마디 말로 바로 아버지와 지기(知己)가 되어 이후 자주 찾아왔다.'[79]는 것이다. 그런 점에서 이 일화는 연암이 불우한 세속 삶을 살아갔지만, 지기와의 만남은 거듭 이루어졌고, 그 점이야말로 연암의 삶을 위대하게 만들었다는 점을 강조한다고 하겠다. 만남의 모티프 활용은 『과정록』 속 연암의 형상을 가장 돋보이게 하는 장치라고 할 수 있다.

이렇게 만난 지기들은 연암을 위하여 많은 일을 해준다. 특히 자기 해명에 서툴고 또 자기 해명을 구차하다며 하지 않으려는 연암을 위하여 지기들은 연암에 대한 세인의 오해를 변명해준다. 그리고 연암에 대한 변치 않는 지지와 신뢰를 보인다.

> 죽촌(竹邨) 이공(李公)이 이런 말을 하였다.
> "① 지금 사람은 연암 어른의 문장을 알지 못하고들 있습니다.
> ② 그 어른은 대상의 모습을 핍진하게 그렸으며 진부한 말을 절대 쓰지 않았지요. 그 분이 지으신 글은 자구가 아담하고 뜻이 참신하여 절로 법도를 이루었지요.
> ③ 지금 사람들은 이 어른의 글을 그저 지금 사람의 글로만 읽기 때문에 대수롭지 않게 여겨 그 진가를 모르고 있지요.

---

78) "僅識得三十餘字."(294면)
79) 自是李公定爲一言知己, 頻頻來訪(같은 면)

④ 간혹 그 글을 좋아하는 사람이 있다 하더라도 단지 한두 글귀를 갖고 운위할 따름이지 글의 요지와 대의가 어디에 있는지는 알려고 하지 않지요. 그러니 어찌 이 어른의 글을 안다고 하겠소?

⑤ 하지만 시간이 흐르면 흐를수록 더욱더 그 글을 알아주는 사람이 나올 거지요. 더군다나 실용적인 면에 힘썼으니 후세에 가장 오래도록 전해질 겁니다."80)

연암이 불우를 지적하고(①), 연암 글의 특징과 가치를 요약하며(②), 연암 글의 진가를 알아주지 않는 세상 사람들을 탓하고(③), 연암을 안다고 하는 사람조차 연암을 온전하게 알아주지 못하는 것을 안타까워 하지만(④), 언젠가 연암의 위대함이 인정되는 날이 올 것이라 축원한(⑤) 것이다.

이와 같은 연암을 위한 변명은 정조 임금에 의해 극점에 이른다. 정조는 연암에 대한 신뢰를 유지하면서 기회가 있을 때마다 연암을 궁중으로 부르거나 다른 신하들에게 소개 하였다. 〈2-2〉에서는 정조의 은밀한 부름의 방식을 보여주며, 〈3-4〉에서는 문체반정으로 궁지에 몰린 연암을 오히려 정조가 소명해주기 위하여 새로운 글감을 준다.

〈4-9〉는 연암의 평생 지기였던 처남 이재성과 연암이 서로의 글에 대해 평가한 내용을 병치시키고는 양자를 연결하는 말을 했다. '두 분은 반평생을 한 집에 거처하며 친구처럼 격려하고 형제처럼 다정하게 지내셨는데, 아버지의 글을 제대로 논하고 아버지의 마음을 안 사람은 지계공 한 분뿐이었다.'81)

---

80) 竹邨李公嘗言: "燕岩丈文字, 今人無知之者. 盖其切事造境, 未嘗蹈襲陳言, 字雅意新, 自成法致, 今人但以今人之文讀之, 故尋常不知其珍貴. 且或有喜之者, 只得傳道其一二字句而已, 未嘗尋其宗旨大致之所在, 何足以知此丈之文哉? 然世彌久, 而彌能有知之者. 且其務適實用, 故傳後, 亦當最久."(392면)
81) 半生一室, 有偲怡塤篪之樂, 論文知心, 一人而已(359~360면)

이상을 통하여 아버지의 불우를 안타까워하는 아들 박종채가 그것을 보완하려한 전형적인 서술 장치를 찾을 수 있다. 불우를 보상하는 진정한 만남을 보여주고 또 그렇게 만난 지기들의 말씀을 통하여 아버지의 삶을 긍정적으로 부각시키려 한 것이다.

3) 목표 형상과 서술 전략

'가정의 효성스런 자손, 자애로운 아버지'라는 연암의 형상을 만들기 위해서는 주로 초점인물들의 이중적 시각을 활용하거나 연암 말의 직접 인용이라는 방법을 활용했다. '원칙을 고집하는 벼슬아치'의 형상을 만드는 데는 '갈등 상황에서 대조법'을 활용하였다. '탁월한 수령'으로서의 형상을 만드는 데는 '자아의 지속과 세계의 변화'라는 서술전략을 활용했다. '현실에 실망하여 현실로부터 멀어지려 한 선비'의 형상을 두드러지게 하기 위해서는 타인의 말을 직접 인용하거나 '만남의 부각'이라는 모티프를 활용하였다.

이렇게 보면 박종채는 목표 형상을 명확하게 설정하고, 그 목표 형상을 가장 효과적으로 만들 수 있는 글쓰기 방식을 고심하여 모색했다고 하겠다. 그 결과 목표 형상과 글쓰기 방식이 바람직하게 조응되고 있음을 확인할 수 있다. 바로 그런 점에서 박종채의 『과정록』은 글쓰기 교육의 좋은 텍스트가 될 수 있을 것이다.

6. 소결

이상 박종채가 아버지 박지원에 대해 쓴 『과정록』의 글쓰기 방식을 살폈다. 『과정록』은 풍부하고 적절한 글쓰기 방식을 활용하고 있기에 그것을 잘 분석하면 글쓰기와 듣기, 읽기 교육과 연계시킬 가능성이 크다는 것이 이글의 전제였다.

『과정록』정보의 주 원천은 연암의 말과 이야기이다. 특히 가문 이야기판의 이야기들이 적극 수용되었다. 또 연안 주위 인물들의 말과 글도 적극 활용되었다. 다양한 통로의 말하기와 듣기, 읽기가 『과정록』의 내용 형성에 작용하였다고 하겠다.

박종채가 『과정록』을 쓰면서 시종 염두에 둔 것은 세상 사람들에게 아버지를 어떤 모습으로 보일까 하는 것이다. 박종채는 수정본을 내면서까지 아버지의 목표 형상을 부각시키려 애썼다. '가정의 효성스러운 자손, 자애롭고 교육적인 아버지', '원칙을 고집하는 벼슬아치', '탁월한 수령', '현실에 실망하여 현실로부터 멀어지려 한 선비' 등이 두드러진 목표 형상이었다.

이런 목표 형상을 뚜렷하게 만들기 위하여 다양한 글쓰기 방식을 고안하여 구사했다. 크게 보면 서술자가 소극적으로만 개입하고 등장인물들의 말을 소개하는 경우와 서술자의 적극적으로 개입하여 다양한 서술 장치를 활용하는 경우로 나눌 수 있다. 전자의 경우 연암이나 타인의 말과 글을 그대로 옮겼다. 특히 타인의 말과 글을 옮긴 것은 아들이 아버지를 함부로 평가할 수 없었던 사정을 고려한 적절한 조치였다.

서술자가 적극적인 개입을 하는 경우에는 특히 등장인물들의 말과 행동을 엮어서 일화를 만드는 것이 돋보였다. 일화의 생성과 활용은 『과정록』의 진술이 연암과 관련된 말과 행동, 그리고 사건을 집성하는 과정에서 자연스럽게 이룬 서술적 성취라 할 수 있다. 이를 바탕으로 하여 고안해낸 서술전략은 '초점인물의 설정', '갈등 상황에서의 대조법', '억양법', '자아의 지속과 세계의 변화', '만남의 부각' 등이었다.

'가정의 효성스런 자손, 자애로운 아버지'라는 선친의 형상을 만들기 위해서 주로 초점인물들의 이중적 시각을 활용하거나 연암 말의 직접 인용이라는 방법을 활용했다. '원칙을 고집하는 벼슬아치'의 형상을 만드는 데는 '갈등 상황에서 대조법'을 활용하였다. '탁월한 수령'으로서의 형상을 만드는 데는 '자아의 지속과 세계의 변화'라는 서술 방식을 활용했다. '현실에 실망하여 현실로부터 멀어지려 한 선비'의 형상을 두드러지게 하기 위하여는 타인의 말을 직접 인용하거나 '만남의 부각'이라는 모티프를 활용하였다고 할 수 있다.

이렇게 보면 박종채는 목표 형상을 명확하게 설정하고, 그 목표 형상을 가장 효과적으로 만들 수 있는 글쓰기 방식을 고심하여 모색했다고 하겠다. 그 결과 목표 형상과 글쓰기 방식이 바람직하게 조응되고 있음을 확인할 수 있다. 바로 그런 점에서 박종채의 『과정록』은 글쓰기 교육의 좋은 텍스트가 될 수 있을 것이다.

참고문헌

【자료】

『古今笑叢』, 민속학자료간행회.

『고려명현집』 2, 성균관대학교 대동문화연구소.

『大東野乘』, 서울대학교 규장각본.

『大東野乘』, 조선고서간행회.

『大東野乘』, 민족문화추진회.

『稗林』, 영남대학교 도서관본.

『한국문헌설화전집』, 동국대학교 한국문학연구소 편.

『東國三綱行實圖』, 民俗苑.

『三綱行實圖』(고대대본, 상백문고본), 홍문각.

『三綱行實圖』(성균관대본, 규장각본), 홍문각.

『續三綱行實圖』(原刊本, 重刊本), 홍문각.

『搜神記』, 『중국문헌자료집』 제1집, 서광문화사.

『二倫行實圖』, 玉山書院本.

『조선왕조실록』

『太平廣記』, 통문관.

『太平廣記諺解』, 박이정.

『韓國歷代人物傳集成』 1, 2, 3, 4, 5, 民昌文化社, 1980.

權鼈, 『海東雜錄』.

權應仁, 『松溪漫錄』.

金鑢, 『寒皋觀外史』, 한국정신문화연구원, 2002.

金富軾, 『三國史記』.

金時讓, 『紫海筆談』.

_____, 『荷潭破寂錄』.

_____, 『涪溪記聞』.

金安老, 『龍泉談寂記』.

金正國, 『己卯錄』.

南孝溫, 『秋江冷話』.

_____, 『師友名行錄』.

_____, 『秋江集』.

朴東亮, 『寄齋雜記』.

朴鼎賢, 『凝川日錄』.

朴宗采, 『過庭錄』.

徐居正, 『筆苑雜記』.

_____, 『四佳集』.

成俔, 『慵齋叢話』.

____, 『虛白堂集』.

____, 『浮休者談論』.

申炅, 『再造蕃邦志』.

申翊聖, 『延平日記』.

申欽, 『象村雜錄』.

沈魯崇, 『大東稗林』, 국학자료원, 1991.

沈守慶, 『遣閑雜錄』.

安璐, 『己卯錄補遺』.

安錫儆, 『雪橋集』.

魚叔權, 『稗官雜記』.

禹性傳, 『癸甲日錄』.

柳夢寅, 『於于野談』.

柳成龍, 『雲巖雜錄』.

尹國馨, 『聞韶漫錄』.

_____, 『甲辰漫錄』.

尹根壽, 『月汀漫筆』.

尹耆獻, 『長貧居士胡撰』.

尹斗壽, 『梧陰雜說』.

李墍, 『松窩雜說』.

_____, 신익철·조융희·이철희 옮김, 『간옹우묵(艮翁疣墨)』, 한국학중앙연구
　　　원 출판부, 2010.

李德泂, 『竹窓閑話』.

_____, 『松都記異』.

李陸, 『靑坡劇談』.

李士溫, 『乙巳傳聞錄』.

李厚源, 『菊窓瑣錄』.

李源命, 정명기 편, 『原本 東野彙集』, 보고사, 1992.

李珥, 『石潭日記』.

李仁老, 『破閑集』.

李耔, 『陰崖日記』.

李廷馨, 『東閣雜記』.

李濟臣, 『淸江先生鯸鯖瑣語』.

李齊賢, 『櫟翁稗說』.

『逸史記聞』.

一然, 『三國遺事』.

任輔臣, 『丙辰丁巳錄』.

鄭載崙, 『公私聞見錄』.

鄭弘溟, 『畸翁漫筆』.

趙慶男, 『亂中雜錄』.

趙慶男, 『續雜錄』.

曺伸, 『謏聞瑣錄』.

曺偉, 『梅溪集』.

____, 『梅溪叢話』.

車天輅, 『五山說林草藁』.

崔滋, 『補閑集』.

許筠, 『海東野言』.

黃有詹, 『丁戊錄』.

黃赫, 『己丑錄』.

【단행본】

강주진, 『이조당쟁사연구』, 서울대학교 출판부, 1971.

김명호, 『연암 문학의 심층 탐구』, 돌베개, 2013.

김일성종합대학 편, 『조선문학사』, 천지, 1989.

김태준, 『조선소설사』, 학예사, 1939.

김현룡, 『韓中小說說話比較硏究』, 일지사, 1976.

박종채, 『과정록』, 서울대학교 규장각본.

____, 『과정록』, 『열상고전연구』 8, 열상고전연구회, 1995.

____, 『과정록』, 『한국한문학연구』 6집 및 7집, 한국한문학회, 1982, 1984.

박지원·김윤조 역주, 『역주 과정록』, 태학사, 1997.

박지원·박희병 옮김, 『나의 아버지 박지원』, 돌베개, 1998.

박지원·신호열·김명호 옮김, 『국역 연암집』, 민족문화추진회, 2004.

박희병, 『한국고전인물전연구』, 한길사, 1992.

서대석 편저, 『한국문헌설화집요』(Ⅰ), (Ⅱ), 집문당, 1991, 1992.

安秉卨, 『중국우언전기연구』, 국민대학교 출판부, 1988.

영신아카데미 한국학연구소, 『野史叢書의 總體的 硏究』, 1976.

____, 『야사총서의 개별적 연구』, 1978.

李秉烋, 『朝鮮前期畿湖士林派硏究』, 일조각, 1987.

이강옥, 『조선시대 일화 연구』, 태학사, 1998.

이강옥, 『한국야담연구』, 돌베개, 2006.

이덕일, 『당쟁으로 보는 조선역사』, 석필, 1997

이수건, 『영남 사림파의 형성』, 영남대학교 민족문화연구소, 1979.

이은순, 『조선후기 당쟁사연구』, 일조각, 1989.

이태진, 『조선유교사회사론』, 지식산업사, 1989.

임형택, 『한국문학사의 시각』, 창작과 비평사, 1984.

장덕순, 『한국설화문학연구』, 서울대학교 출판부, 1970.

장덕순 외, 『구비문학개설』, 일조각, 1971.

鄭杜熙, 『朝鮮初期政治支配勢力研究』, 일조각, 1983.

정홍교·박종원, 『조선문학개관』 상, 백의, 1988.

조동일, 『한국문학통사』 2, 3, 지식산업사, 1989.

조동일, 『한국설화와 민중의식』, 정음사, 1985.

조희웅, 『조선후기 문헌설화의 연구』, 형설출판사, 1980.

【 논문 】

강재철, 「성종조 패관소설의 융성동인 연구」, 『한문학논집』, 단국대학교 한문
학회, 1985.

강진옥, 「움직이고 멈추기, 오고 가기의 분류체계」, 『한국구비문학대계』 별책
부록(1) 한국설화유형분류집, 한국정신문화연구원, 1989.

김대숙, 「속이고 속기, 바르고 그르기의 분류체계」, 『한국구비문학대계』 별책
부록 (1) 한국설화유형분류집, 한국정신문화연구원, 1989.

김상조, 「'계서야담'의 筆記受容연구」, 『논문집』 28집, 인문사회과학편, 제주
대학교, 1989.

김윤조, 「『과정록』에 나타난 연암의 몇 면모」, 『한국학논집』 32, 한양대학교
한국학연구소, 1998.

김종철, 「서사문학사에서 본 초기소설의 성립문제」, 『고소설연구논총』, 다곡
이수봉 선생 회갑기념논총 간행위원회, 1988.

김태안, 「용재총화연구-골계산문을 중심으로」, 『안동대 논문집』 6집, 1984.

김혈조, 「과정록을 통해 본 연암의 형상」, 『민족문화논총』 6, 영남대학교 민족
문화연구소, 1984.

_____, 「연암 박지원의 사유양식과 산문문학」, 성균관대학교 박사학위논문,
1992.

김화경, 「한국설화의 토착적 장르에 관한 고찰」, 『한국·일본의 설화연구』, 인
하대학교 출판부, 1987.

김희경, 「기녀 결연 야담 연구」, 연세대학교 석사학위논문, 1990.

박순임, 「잘되고 못되기, 잇고 자르기의 분류체계」, 『한국구비문학대계』별책
부록 (1) 한국설화유형분류집, 한국정신문화연구원, 1989.

박희병, 「청구야담연구」, 서울대학교 석사학위논문, 1981.

_____, 「조선후기 '傳'의 小說的 性向 研究」, 서울대학교 박사학위논문,
1991.

서대석, 「설화와 이조소설의 비교연구 서설-신화·전설·민담의 소설적 전개
를 중심으로」, 『국어국문학』 64, 국어국문학회, 1974.

_____, 「한국신화와 민담의 세계관 연구」, 『국어국문학』 101, 국어국문학회,
1989.

성낙훈, 「〈한국당쟁사〉」, 『한국문화사대계』 II, 고려대학교 민족문화연구소.

신동흔, 「역사인물담의 현실대응방식연구」, 서울대학교 박사학위논문, 1993.

안병국, 「태평광기의 이입과 영향」, 『온지논총』 제6집, 온지학회, 2000.

양정실, 「해석 텍스트 쓰기의 서사교육 방법 연구」, 서울대학교 박사학위논문,
2006.

윤기홍, 「선초의 문학사상과 갈래 연구」, 『연세어문학』 19, 1986.

이강옥, 「조선후기야담집연구」, 서울대학교 석사학위논문, 1982.

_____, 「야담의 연구시각」, 『한국문학사의 쟁점』, 집문당, 1986.

_____, 「동야휘집의 세계관 연구」, 『한국문화』 11집, 서울대학교 한국문화연
구소, 1993.

_____, 「조선시대 일화의 일탈」, 『국문학연구』 1997, 서울대학교 국문학연구
회, 1997.

이강옥, 「용재총화의 장르구성과 서술구조에 관한 연구」, 『구비문학연구』 6
집, 한국구비문학회, 1998.

_____, 「조선시대 일화의 유형과 그 서술원리」, 『한국학보』 99집, 일지사,
2000.

_____, 「죽창한화와 송도기이의 비교연구, 『어문학』 74호, 한국어문학회,
2001.

_____, 「박종채『과정록』의 내용 형성과 글쓰기 방식」, 『한국한문학』 39집,
한국한문학회, 2007.

_____, 「송와잡설(松窩雜說)의 서사적 재현과 이기(李墍)의 의식세계」, 『이
문학』 제120집, 한국어문학회, 2013.

_____, 「필원잡기 서사적 단편의 존재방식과 서거정의 세계관」, 『동양한문학
연구』 37집, 동양한문학회, 2013.

_____, 「서거정 필원잡기와 구양수 귀전록의 비교 연구」, 『우리말글』 58집,
우리말글학회, 2013,

_____, 「국창쇄록(菊窓瑣錄)의 일화 선택과 이상적 인물 형상」, 『국어국문학』
165, 국어국문학회, 2013.

이경우, 「설화의 분류」, 『한국문학사의 쟁점』, 집문당, 1986.

_____, 「초기야담의 문학성에 관한 연구」, 서울대학교 박사학위논문, 1991.

이문세, 「용재총화연구」, 단국대학교 석사학위논문, 1987.

이복규, 「이기고 지기, 알고 모르기의 분류체계」, 『한국구비문학대계』별책부
록(1) 한국설화유형분류집, 한국정신문화연구원, 1989.

이상일, 「설화장르론」, 『민담학개론』, 일조각, 1982.

이지호, 「연암 박지원의 글쓰기 방법론 연구」, 서울대학교 박사학위논문,
1997.

이태진, 「15세기 후반기의 '鉅族'과 名族意識」, 『한국사론』 3, 1976.

이학주, 「조선조 야담집 작가의 야담 인식에 관한 연구」, 강원대학교 석사학위
논문, 1991.

이헌홍, 「實事의 小說化」, 『한국고소설의 조명』, 아세아문화사, 1990.

임완혁, 「조선 전기 필기연구-조선 전기 필기의 성격규명을 위하여」, 성균관

대학교 석사학위논문, 1991.

임재해, 「설화의 존재양식과 갈래체계」, 『구비문학』 8집, 한국정신문화연구원 어문연구실, 1985.

임형택, 「한문단편 형성 과정에서의 강담사」, 『창작과 비평』 49호, 창작과 비평사, 1978.

_____, 「17세기 규방소설의 성립과 '창선감의록'」, 『동방학지』 57집, 1988.

장경주, 「성종조 신진사류 집단의 문학 유파적 성격」, 『부산한문학연구』 5집, 1990.

장연호, 「『태평광기』의 한국 전래와 영향」, 『한국문학논총』 39집, 한국문학회, 2005.4.

장인진, 「청파극담연구」, 『계명한문학』 4집, 계명한문학회, 1987.

장진길, 「한국설화문학에 있어 장르들의 본질규정과 관계설정」, 『논문집』 20호, 충남대학교 인문과학연구소, 1982.

정두희, 「조선 세조-성종조의 공신 연구」, 『진단학보』 51집, 진단학회, 1981.

정만조, 「16세기 사림파 관료의 붕당론」, 『한국학논총』 12집, 국민대학교 한국학연구소, 1989.

정명기, 「야담의 변이양상과 의미연구」, 연세대학교 박사학위논문, 1988.

鄭振鐸, 「寓言的 復興」, 『정진탁문집』 제6권, 인민문학출판사, 1988.

정천구, 「삼국유사 글쓰기 방식의 특성 연구」, 서울대학교 석사학위논문, 1996.

정출헌, 「고전소설에서의 현실주의 논의 검토」, 『민족문학사연구』 제2호, 민족문학사연구소, 1992.

조동일, 「설화 기록의 양상과 소설의 성립」, 『전통과 사상』 IV, 한국정신문화연구원, 1990.

_____, 「한국 설화의 분류 체계와 '잘 되고 못 되는 사연'」, 『구비문학』 6, 한국정신문화연구원 어문연구실, 1981.

_____, 「한국구비문학대계 자료 수집과 설화 분류의 기본원리」, 『한국구비문학대계』별책부록(1) 한국설화유형분류집, 한국정신문화연구원, 1989.

조희웅, 「설화의 유형 및 분류」, 『한국구비문학선집』, 일조각, 1977.

차종재, 「필원잡기연구」, 단국대학교 석사학위논문, 1982.

최귀묵, 「김시습 글쓰기 방법의 사상적 근거 연구」, 서울대학교 박사학위논문, 1997.

최신호, 「역옹패설의 장르 문제」, 『진단학보』 51집, 1981.

홍순석, 「용재총화연구」, 『국어국문학』 98집, 국어국문학회, 1987.

홍아주, 「박종채의『과정록』연구-전기문학으로서의 특징을 중심으로」, 서울대학교 석사학위논문, 2005.

황태면, 「용재총화연구」, 단국대학교 석시학위논문, 1988.

【 외국논저 】

구양수, 강민경 역, 『귀전록(歸田錄)』, 학고방, 2008.

陳蒲淸, 『중국고대우언사』, 호남교육출판사, 1983.

American Folklore Society, *Folklore Genres*, Austin & London : University of Texas Press, 1971.

Aristotle, poetics, Bernard F. Dukore, *Dramatic Theory and Criticism* : New York, 1974.

Bakhtin, M. M., 전승희·서경희·박유미 옮김, 『장편소설과 민중언어』, 창작과 비평사, 1988.

Bascom, William R., The Forms of Folklore : Prose Narratives, *Journal of American Folklore* 78, 1965.

Ben-Amos, Dan, Analytical Categories and Ethnic Genres, *Folklore Genres*, Austin & London : University of Texas Press, 1976.

Braudy, Leo, *Narrative Form in History and Fiction*, Princeton Univ., 1970.

Carr, David, *Time, Narrative, and History*, Bloomington : Indiana University Press, 1986.

Chang, Shelly Hsueh-lun, *History and Legend*, Ann Arbor : The University of Michigan Press, 1990.

Daiches, David, Literature and Social mobility, *Aspect of history and class consciousness*. ed, Istvan Meszaros, London : Routledge & Kegan Paul. 1971.

Gossman, L., *History and Literature in the writing of History*, Wisconsin Univ., 1978.

Grothe, Heinz, *Anekdote*, Stuttgart : Metzler, 1984.

Holloway, John, *Narrative and structure*, New York : Cambridge University Press, 1979.

Klein, Johannes, *Geschichte der deutschen Novelle*, Wiesbaden : Franz Steiner Verlag, 1956.

Lämmert, Eberhard, *Bauformen des Erzählens*, Stuttgart : J. B. Metzlersche Verlagbuchhandlung, 1970.

Lewenthal, Leo, *Literature and the image of man*, Boston : Beacon Press., 1957.

Littleton, C. Scott, A two-dimentional Scheme for the Classification of Narrative, *Journal of American Folklore*, Vol.78 No.307.

Martin, Wallace, *Recent Theories of Narrative*, Ithaca and London : Cornell University Press, 1986.

Mitchell, W. J. T., *On Narrative*, Chicago : The University of Chicago Press, 1980.

Nye, R. B, *History and Literature*, Ohio State Univ., 1966.

Ong, Walter J., *Orality and Literacy*, London & New York : Methuen, 1982.

Prang, Helmut, *Formgeschichte der Dichtkunst*, Stuttgart : W. Kohlhammer Verlag, 1971.

Propp, Vladimir, *Theory and History of Folklore*, trans. Ariadna Y. Martin and Richard P. Martin, Minneapolis : University of Minnesota Press, 1984.

Scholes, Robert & Kellog, Robert, *The nature of Narrative*, New York

: Oxford University Press, 1966.

Weimann, Robert, *Structure and Society in Literary History*, Charlottesville : University Press of Virginia, 1976.

Wiese, Benno von, *Novelle*. Stuttgart : J. B. Metzlersche Verlag, 1969.

찾아보기

▌이강옥(李康沃)

경남 김해 낙동강변에서 태어나 자랐다. 서울대학교 국문학과를 졸업하고 서울대학교에서 문학 박사학위를 받았다. 예일대학교 비교문학과와 스토니브룩 대학 한국학과 방문교수로 연구했다. 경남대학교 국문학과 교수로 봉직하였고 현재 영남대학교 국어교육과 교수로 있다. 한국구비문학회, 한국어문학회, 한국고전문학회 회장을 역임했다. 성산학술상, 천마학술상, 지훈 국학상을 수상했다.

『조선시대 일화 연구』(1998), 『한국야담연구』(2006), 『구운몽의 불교적 해석과 문학치료교육』(2010), 『젖병을 든 아빠 아이와 함께 크는 이야기』(2001), 『보이는 세상 보이지 않는 세상』(2004), 『새 세상을 설계한 지식인 박지원』(2010) 등을 펴냈다.

일화의 형성 원리와 서술 미학

2014년 8월 28일 초판 1쇄
2015년 8월 28일 2쇄

지은이 이강옥
펴낸이 김흥국
펴낸곳 도서출판 보고사

책임편집 이유나
표지디자인 이준기

등록 1990년 12월 13일 제6-0429호
주소 서울특별시 성북구 보문동7가 11번지 2층
전화 922-5120~1(편집), 922-2246(영업)
팩스 922-6990
메일 kanapub3@naver.com
http://www.bogosabooks.co.kr

ISBN 979-11-5516-268-2 93810

ⓒ 이강옥, 2014

정가 28,000원

이 도서의 국립중앙도서관 출판시도서목록(CIP)은 서지정보유통지원시스템 홈페이지(http://seoji.nl.go.kr)와 국가자료공동목록시스템(http://www.nl.go.kr/kolisnet)에서 이용하실 수 있습니다. (CIP제어번호 : CIP2014020721)